한국 대표
아동문학가
작가·작품론

초판 1쇄 인쇄 | 2021년 05월 17일
초판 1쇄 발행 | 2021년 05월 25일

글 | 박상재

펴낸이 | 오세기
펴낸곳 | 도담소리
주　소 | 경기도 고양시 일산서구 강성로 147, 811호(동문시티프라자)
전　화 | 031) 911-8906
팩　스 | 031) 912-8906
이메일 | daposk@hanmail.net

편집디자인 : 공간디앤피

등록번호 | 제2017-000040호
ISBN 979-11-90295-11-6　03800

박상재 평론집

한국 대표 아동문학가 작가·작품론

도담소리

머리말

한국
아동 문단의 별무리

『한국 동화 문학의 탐색과 조명』, 『한국 동화 문학의 어제와 오늘』에 이어 필자의 세 번째 작가 작품론인 『한국대표아동문학가 작가 · 작품론』을 내놓는다. 이 책은 한국 아동문학의 선구자인 「따오기」의 시인 한정동을 필두로 한국 아동문학의 큰 별인 정지용, 백석, 이원수, 권정생 등 아동문학의 일가를 이룬 작가 · 시인들의 삶과 문학을 조명한 작가 · 작품론집이다.

이 책에서 논의한 작가 · 시인들은 우리나라 아동문학사에서 꼭 눈여겨 볼 작가들로, 유명을 달리한 문인으로 한정하였다. 이 책에서 논의의 대상이 되지 못한 작가들 중에도 한국 아동문학사에서 마땅히 조명받아야 할 아동문학가들은 많지만 제한된 지면 때문에 다음 기회로 미루게 되었음을 밝혀 둔다.

첫 평론집 『한국 동화 문학의 탐색과 조명』에서는 마해송, 강소천, 김요섭, 이영희, 이준연, 최효섭, 배익천, 김병규, 정채봉, 김문홍, 박성배, 강원희, 신동일 등의 동화를 살펴보았다.

두 번째 평론집 『한국 동화 문학의 어제와 오늘』에서는 한국 동화 문학의 기틀을 마련한 이주홍 · 김성도 · 최태호를 비롯하여 1960년대 동화

문단을 창출해 갔던 조대현 · 권용철 · 유여촌, 70년대 동화 문학을 주도해 갔던 강준영 · 손춘익 · 강정규, 1980~90년대 동화 문학을 힘차게 이끌어 갔던 이금이 · 김자환, 1990년대에 등단하여 2000년 이후에 활발한 작품 활동을 하고 있는 김향이 · 심상우 · 이성자 · 정진 · 홍종의 · 함영연 · 김경옥 · 이지현 · 서석영 등 다양한 작가들의 삶과 문학을 다루었다.

『한국대표아동문학가 작가 · 작품론』에서는 권순하, 권정생, 박경종, 박홍근, 백석, 유여촌, 윤복진, 이석현, 이원수, 이태준, 정지용, 조흔파, 주요섭, 최승렬, 최인욱, 한인현, 한정동, 현덕(가나다순) 등 18인의 삶의 궤적과 작품론을 다루었다. 이들은 모두 고인이 되었지만, 한국 아동 문단의 반짝이는 별로 기억될 것이다.

아무쪼록 이 책이 한국아동문학의 계보와 흐름을 공부하고 연구하려는 독자들에게 조금이나마 보탬이 되어 준다면 필자로서는 더 없는 보람이 되겠다. 끝으로 이 책의 필요성을 동감하고 선뜻 출판에 동의해 준 도서출판 도담소리에 고마움을 표한다.

2021년 5월 저자 **박상재**

[목차]

백로처럼 살다간 농심 작가
– 권순하 동화론

Ⅰ. 노향이 걸어온 길

노향(鷺鄕)[1] 권순하(權純河)는 1936년 충남 서산시 음암면 탑곡4리 고양동에서 태어났다. 그곳은 조상 대대로 살아온 터전[2]이다. 부친 권혁건과 모친 최증은 사이에 7남매 중 장남으로 태어났다.

그는 어린 시절부터 선친에게 한학과 서예를 배웠다. 음암초등학교와 서산중학교, 서령고등학교를 졸업하고, 서라벌예술대학 문예창작과[3]와 동국대학교 국어국문학과를 졸업했다. 육군 병장으로 만기 제대한 뒤 1963년 사학이자 모교인 서령고등학교에서 교육계에 첫발을 디뎠다. 1975년 공립학교로 자리를 옮겨 부여여자중학교, 비인중학교, 천안농업고등학교, 온양여자고등학교 등을 거쳐 합덕고등학교를 끝으로 중등교육에 종사하며 약 40년간의 교직생활을 마감했다.

---

1) '노향'이란 호는 하얀 백로가 푸른 들녘에 한가롭게 노닐고 있는 모습에서 취한 것으로 농촌의 서정이 담겨 있다.

2) 그의 생가 앞에는 우람한 은행나무 몇 그루가 늘어서 있고, 동편 마당에는 2백여 년 전 조상이 심은 거대한 느티나무와 정취가 넘치는 정자가 세워져 있다.

3) 서라벌예술대학 재학시절에 안수길, 김동리, 박목월, 서정주에게 지도를 받았다.

1964년 1월 유정자와 혼인하여 슬하에 인용, 혜경, 희용 등 3남매를 두었다. 2011년 2월 26일 심근경색으로 76세를 일기로 타계하여 서산시 운산면 수당리 선산에 잠들어 있다.

노향의 집안은 전통적인 유학의 가문이었다. 부친 권혁건은 경암(敬菴) 최원(崔愿)[4]에게 사사했다. 경암은 노향의 외조부이기도 하다. 경암의 학통은 멀리 율곡 이이로부터 유래한다. 그로부터 노론의 영수 우암 송시열 등을 거쳐 간재 전우(田愚)로 학통이 이어졌는데, 경암은 간재의 후학이 된다.

노향은 고향 마을에서 농촌계몽운동에 앞장섰다. 그는 1954년, 서령고 재학 시절부터 사랑방에서 야학을 열고 마을 청소년 등 문맹자들에게 한글을 가르쳤다. 고향에서 이상적인 농촌을 건설하겠다는 포부를 갖고 농촌부흥운동에 투신한다. 13년 동안 「향토회」[5]라는 청소년 단체를 만들고, 애향가[6]를 작사 · 작곡하여 부르게 했다. 마을회관을 건립하고, 황무지를 개간하며, 유실수 심기와 지붕 및 담장 개량, 농작의 과학화 등을 부르짖었다. 그는 전쟁으로 피폐해진 농촌을 살리기 위해 농촌부흥운동을 실천하면서 흙과 함께 살며 땀을 흘렸다.

극단을 창설하여 명절 때면 사랑방 마루에 무대를 가설하여 연극도 했다. 그는 고향 마을 고양동에 전통적인 농악놀이와 박첨지놀이(인형극)를 지방무형문화재로 지정하는 데 노력했다. 그 결과 고양동은 충청남도로부터 〈박첨지 마을〉[7]로 지정을 받았다.

노향은 타고난 재능이 많아 문학 외에도 서예, 한국화에도 능숙하고 판각에도 뛰어나 많은 작품을 남겼다. 성격이 호탕하여 술과 노래 등 풍류와

---

4) 경암은 노향의 외조부이다.

5) 당시에는 4H라는 단체가 보급되고 있던 때이나 우리고유의 명칭을 주장하여 애향단이란 이름을 고수했다. 군청에서 명칭을 4H로 하자고 설득하였으나 뜻을 굽히지 않았다.

6) 1954년에 노향이 직접 만든 애향가는 3연으로 되어 있는데, 1연은 다음과 같다.
아침해 찬란한 황금의 고을/ 평화로운 내 향토 고양동 산천/ 땀흘려 옥토에 씨를 뿌리니/
오곡이 무르익어 향기 맑아라

7) 마을 입구 도로와 마을회관 앞에 표지석이 세워져 있다.

멋을 즐겼다. 그야말로 문 · 서 · 화 · 악 · 극 등 각 방면에 걸친 다재다능한 예술가였다. 문학에서는 동시, 동화, 소년소설, 단 · 중 · 장편소설, 수필 · 희곡까지 망라했다. 특히 종합 예술적 성격을 갖는 희곡에 대하여 남다른 관심을 기울였다. 서령고등학교 재직 시부터 학생 연극활동을 지도했는데, 대본, 연출, 무대 미술 및 제작, 의상과 소품 등을 모두 직접 준비하여 '천안극장'과 서산의 '성남극장' 등에서 공연을 하기도 했다. 합덕여자고등학교 재직 시에는 연극을 지도하여 충남 도내 학생 연극 경연대회에서 3등으로 입상하기도 했다.

그는 농민운동의 체험을 바탕으로 「들녘 소 울음」[8]이라는 소설을 썼다. 또 단편소설 「농가」, 중편소설인 「박서방네」 등을 통해 곤궁한 농촌 실정을 폭로하고, 농민들의 슬픔을 대변하면서 농정의 실책을 비판하고, 절규했다. 그는 1989년에 농민문학가를 육성하기 위하여 '한국농민문학가협회'를 창립했다. 회장에 소설가 이동희를 추대하고 그는 부회장으로 활약했다. 또 계간지 〈농민문학〉지를 창간하고 주간으로 일했다. 1990년에는 '한국교단문학회'를 창립하고, 계간으로 〈교단문학〉도 창간하여 주간을 역임했다. 이처럼 그는 문학 발전을 위해서도 열정을 보이며 행동으로 실천했다.

노향은 아동문학에도 뜻을 두고 활발히 작품활동을 펼쳤다. 곤궁한 현실의 어린이와 청소년들에게 꿈을 심어 주기 위해서였다. 『바람 속에 피는 꽃』(동화 중편소설, 1973)을 시작으로, 『산 너머 푸른 하늘』(대광출판사, 1978)[9], 『별나라 여행』(세종문화사, 1975), 『언덕 위 꽃구름』(대광출판사, 1977), 『이 세상 어딘가에』(대광출판사, 1978), 『동굴 속의 왕자』(세종문화사, 1979), 『날개 찢긴 나비』(대일출판사, 1987), 『춤배네 도둑고양이』(아동교육문화연구회, 1991), 『아기들쥐의 아슬아슬 여행』(아동교육문화연구회, 1991), 『아기새 삐삐』(책동네, 1999), 『마술걸린

8) 월간 『동양문학』 제3회 신인문학상 당선작이다.

9) 『산 너머 푸른 하늘』, 『언덕 위 꽃구름』, 『이 세상 어딘가에』 등은 책표지에 '소년소녀학원명작선집'이라고 명시되어 있다. 이 작품들은 중 · 장편으로 청소년소설에 해당된다.

10) 22편의 창작동화와 4편의 전래개작동화, 5편의 꽁트, 9편의 단편소설, 2편의 희곡이 실려 있다.

토끼들』(책동네, 2001), 『고희기념 작품집』(세계문예, 2007)[10] 등의 아동문학 작품집을 남겼다. 『날개 찢긴 나비』로 1988년 제10회 한국현대아동문학상을 받았다.

Ⅱ. 흙에서 일궈낸 거침없는 동심

노향은 농촌을 사랑하고 농민을 좋아했다. 순후한 농심은 천심인 동심과도 통한다. 노향이 아동문학을 하게 된 계기는 동심과 맞닿아 있는 진한 농심을 소유했기 때문이다. 노향이 태어나서 자란 고양동은 가야산의 학 날개 모양의 쌍봉 능신 아래이다. 산세 좋고 평화로운 곳에서 자랐기 때문에 평화로운 심성을 갖게 되었고, 동심을 근간으로 하는 아동문학에도 적을 두는 계기가 되었다.

이 글에서는 그가 세종동화문고 시리즈를 통해 발표한 두 편의 장편 『별나라 여행』과 『동굴 속의 왕자』를 중심으로 문학적 성과와 특성을 살펴보고자 한다.

1. 공상과학소설 『별나라 여행』

『별나라 여행』은 장편 공상과학소설[12]이다. 70년대 중반에 이처럼 스케일이 방대한 공상과학소설[13]을 발표한 것은 평가할 만한 일이다. 그런데 이

11) 세종동화문고에는 이원수(호수 속의 오두막집), 꼬리달린 개구리(박경종), 꽃씨와 인형(김성도), 동전 한 닢(손춘익), 날아간 물오리(윤사섭), 달과 뱃사공(이효성), 딩동댕 구두병원(이윤자), 강아지똥(권정생), 사슴의 노래(김영자), 잎 다섯(강준영), 삼돌이 삼형제(김영일) 등이 포함되어 있다.

12) 표지에 '권순하 우주과학 공상 소년소설집'이라 명시되어 있다.

13) 이 분야의 선구자로는 한낙원을 들 수 있는데, 그가 처음 쓴 과학소설 『금성 탐험대』는 1962년부터 〈학원〉지에 22회에 걸쳐 연재 후 1965년에 '학원명작선집'으로 간행되었다.

작품이 회자되지 못한 이유는 작가가 아동문학에만 천착하지 않은 결과일 수도 있고, 작품의 구성이 디테일하지 못하고 황당한 공상성의 남발로 문단의 주목을 끌지 못했기 때문이다.

작가는 머리말에서 이 작품은 '단순히 인류의 미래를 상상해 본 작품이 아니다. 문명이 발달할수록 제기되는 많은 문제점을 과학 문명에 던지기 위해 쓰여진 작품'이라 했다. 그의 말대로 전자 과학의 발달로 인해 파생되는 제반 문제를 울림 큰 메시지를 던져 주고 있다.

이 작품은 제1부 괴물편, 제2부 인조인간편, 제3부 말세편으로 구성되어 있다. 그런데 이 작품의 시간적 배경은 미래로만 설정되어 있을 뿐, 서기 몇 년인지 구체적으로 명시되어 있지 않아 흡인력을 약화시키고 있다.

프롤로그에서 우주선을 타고 우주여행을 하는 등장인물은 사람이 아니라 인조인간[14]이다. 그 인조인간은 로봇을 연구하고 개발해 온 남 박사에 의해 탄생했다.

> 우주선을 타고 있는 인조인간들이 야단들이다. 무수히 날아오는 접시 비행기를 향애 레이저 광선을 발사해도 접시 비행기들은 파괴되지 않는다. 천분의 일초 내에 두꺼운 강철벽을 뚫는 레이저 광선인데도 접시비행기들은 까딱하지 않는다.
>
> "어! 레이저 광선도 소용없어."
>
> 우주선 내의 인조인간들은 더욱 기가 죽어 이제는 숨도 못 쉰다.
>
> "어서 지구로 SOS를 치라니까." (13쪽)

이 작품의 프롤로그 부분이다. 이 작품은 수백 년 후에 펼쳐지게 될 지구

14) '인조인간'이란 사람과 같이 걷기도 하고 말도 하는 기계 장치를 일컫는 말로, 영어로는 로봇이다. 특히 모습과 행동이 인간을 닮은 로봇은 안드로이드(Android)라고 칭한다. 소설이나 SF의 영향에 의해 기계 로봇보다는 원형질로 배양해 피부와 장기조직까지 진짜 사람과 유사하게 만든 인조인간을 지칭하는 개념으로 많이 사용되고 있다. 외형만 인간과 닮은 형태를 취하는 휴머노이드 로봇을 포괄하는 개념이다.

의 운명을 상상한 판타지이다. 저자의 말대로 무한한 과학 문명을 개발하다가 예기치 않은 폭발물 사고로 전 인류가 멸망하는 날을 가상한 것이다. 그때 우연히 최후에 남은 몇 명의 생존자가 다시 제2의 원시인이 되고, 그 원시인들이 우주의 문명인들에게 노예가 되고, 따라서 지구가 우주인들의 식민지가 되는 날을 가상하여 쓴 글이다. 이 책에는 인조인간 제조를 연구하는 남문일 박사가 중심인물로 등장한다.

> 섬광이 발사되자 자연 무선도 끊기고 우주선은 날지를 못하고 공중에 떠있는 채 정지 상태에 놓였다./ 잠시 후에 우주선은 '팡' 하는 폭음과 함께 우주에서 폭파되었다./ 순간 남문일 박사는 소스라치듯 꿈속에서 깨어났다. '휴…' 긴 한숨과 함께 등에서는 땀이 후줄근히 흐른다.(14쪽)

인용문에서처럼 남 박사는 인조인간을 개발하여 우주를 개척하려는 당찬 포부를 갖고 있는 인물이다. 그의 인조인간 제조 연구를 돕는 인물은 성길용이다. 이 글은 컴퓨터 산업이 초보 단계에 머물던 1970년대 중반에 쓰여졌다. 그런데 배경이 되는 시공적 배경은 제4차 산업혁명 운운하며 첨단 전자 기술이 발달한 오늘날의 모습을 잘 그리고 있다.

우주선을 타고 화성에 가서 주택공사를 하던 기술자 열두 명이 사망하는 사건이 발생한다. 남 박사는 인조인간 제조 주창론자이다. 인조인간을 대량으로 생산하여 화성에 보내 공사를 했더라면 소중한 인명의 희생을 막을 수 있다고 주장한다.

> "그렇지. 옳은 말이야. 지브로올터해협에 댐을 건설할 때, 도버해협의 바다 밑을 뚫어 런던과 파리 간의 터널[15]을 부설할 때, 알래스카와 시베리아, 베링해를 연결[16]하는 데 육교를 완공하기까지 희생된 인간의 수는 그 얼마였던가? 그런 때 만일에 인조인간이 대량 생산되어 산업 건설 분야에

투입이 되었더라면 인간의 희생은 없었을 것이고, 혹 있었다 해도 그 수는 많이 줄일 수가 있을 것이야."(29쪽)

인류 역사상 각종 공사현장에서 난공사를 하다 희생된 인부들은 부지기수이다. 유럽과 아프리카를 사이에 두고 있는 지브로울터해협에 댐을 건설한다는 내용은 현실화되지 않았지만, 영국과 프랑스를 잇는 해저터널은 이미 완공되었고, 베링해 연결 육교도 추진 계획을 발표했다. 이처럼 작가의 상상력이 낳은 환상성은 종종 현실로 이루어지게 되므로 판타지는 엄청난 동력을 지녔다고 할 수 있다.

괴물은 입을 크게 벌려 하품하듯 한다. 입을 벌리는 순간 피라도 묻은 듯 빨간 이가 노출된다. 벽에 착 달라붙어 수십 개의 발을 늘어뜨리고 꿈틀대던 괴물은 해가 지고 실내가 점점 어두워지자 큰 뱀 여러 마리가 꿈틀대듯 하다가 남 박사가 들여다보고 있는 창구를 향해 기어온다. 아니, 공간을 날아오는 것 같다.(48쪽)

이 소설은 최근 개봉하여 많은 관객을 사로잡았던 괴기 공포영화[17] 같은 설정으로 이루어져 있다. 남문일 박사는 시험관 속에서 인조인간을 만들다가 실수로 괴물을 만들게 된다. 괴물은 남 박사 부부와 주변 사람들을 해친

---

15) 영국과 프랑스를 잇는 해저터널은 도버해협 50Km를 횡단하는 거리이다. 유로스타는 1994년 5월 영국 엘리자베스 여왕과 프랑스 미테랑 대통령이 참석한 가운데 개통되었으며, 런던과 파리는 무정차로 3시간 정도 소요된다.

16) 문선명 세계평화통일가정연합 총재가 미국 알래스카와 러시아 시베리아를 잇는 약 85㎞의 '평화의 왕 다리' 건설에 나섰다. 26일 AP통신에 따르면 베링해협에 건설되는 이 교각은 인류 역사상 최대 규모의 토목공사로 약 2,000억 달러(약 200조 원)의 예산이 투입될 것으로 전해졌다.(2005. 6. 27. 문화일보 기사)

17) 유령이나 요괴, 괴물이 등장하는 괴기 영화와 초자연적 · 마술적 · 신비적인 영혼 재래 등을 소재로 한 오컬트 영화(Occult film), 살인이나 범죄를 소재로 한, 피가 튄다는 뜻의 스플래터 영화(Splatter movie), 이상한 사태에 직면한 인간들의 혼란과 고통을 그린 SF영화, 또 특수효과로 연출한 SFX영화, 충격적인 공포와 전율에 역점을 둔 호러 영화(horror picture) 등이 이 범주에 속한다. 한국에서 제작된 주요 공포영화로는 알포인트(2004), 괴물(2006), 기담(2007), 불신지옥(2009), 예고살인(2013), 곡성(2016) 등이 있다.

다. 남 박사는 괴물에 피를 빨린 후 눈이 상하여 이식을 한다. 피를 빠는 괴물이라면 흡혈귀(吸血鬼)[18]라고 할 수 있다. 우리나라 전승설화에는 흡혈귀가 등장하지 않지만 유럽에서는 뱀파이어(vampire)[19]라는 이름으로 등장한다. 유럽 설화에서 뱀파이어는 생물의 피(정기)를 빨아먹는 존재이다.

> 출입구로 나온 남 박사는 냄새를 따라 괴물이 있는 곳을 급히 찾아갔다./ 남 박사가 문밖으로 나오자 미리 나와서 기다리고 있던 괴물은 달려들어 한 덩어리로 합친다./ 밖으로 나온 괴물은 바람을 타고 날기라도 하듯 대지의 어둠을 헤치고 달려간다. – 중략 – 보도를 접하는 전 세계의 인류는 경악을 금치 못하며, 괴물을 창조한 남 박사에 비난을 퍼붓고 있다.(64~65쪽)

남 박사와 괴물은 몸이 하나로 된 것이다. 괴물과 인간의 합신은 괴기공포소설에서 자주 볼 수 있는 삽화이다. 괴물은 날기라도 하듯 어둠을 헤치고 달려간다. 나라 안은 괴물 때문에 비상이 걸리고, 경찰은 신고가 들어오기만 기다린다. 괴물은 흉가로 소문난 외딴 산속 오 여사 집으로 숨어든다. 괴물이 오 여사의 피를 빨자, 눈이 하얗게 변질되어 이식 수술을 받는다. 괴물이 피를 빨자 눈이 상하게 된다는 설정은 독창적이긴 하지만 엽기적이다.

> 오 여사의 집 부엌 지하실에 숨어 있던 괴물은 구렁이처럼 가늘고 긴 몸으로 변해 나왔다. 밖으로 통하는 공기통으로 나온 것이다./ 밖으로 나온 괴물은 수많은 발을 날개처럼 펼치고 바람을 탄다./ 바람을 가르며 번

18) 이단자나 범죄자 또는 자살한 자들의 불안정한 영혼이 인간의 피를 마시기 위해 주로 박쥐의 모습으로 밤에 묻힌 장소에서 나와 피를 빨아먹는다고 한다.

19) 아라비아의 구울, 중국의 강시 등도 흡혈귀와 비슷한 존재이다.

개처럼 날아 찢겨진 구름 사이로 빛나는 별 하늘을 난다. - 중략 - 순식간에 괴물은 서울 오 여사가 입원하고 있는 병원 시체실로 들어왔다. - 중략 - 오 여사가 괴물로 변해 입원실을 탈출하자 모든 사람들은 어안이 벙벙해 입이 벌어질 뿐이다.(99쪽)

마치 공포영화의 한 장면을 보는 듯한 삽화이다. 2006년에 개봉된 우리 영화 〈괴물〉[20]이 연상된다. 괴물은 김 사장의 목욕탕으로 숨어들어 김 사장을 해친다. 김 사장의 눈에 독침을 박고 해친 것이다. 그런데 목욕탕의 보일러가 터지며 불이 난다. 결국 괴물은 불에 타서 죽고 김 사장도 병원에 실려가 목숨을 잃게 된다. 이러한 삽화는 개연성이 부족하고 구성이 치밀하지 못하여 문학성을 떨어뜨리고 있다.

남 박사가 인조인간을 만들려다 실패하여 사람들이 희생되자, UN에서는 인조인간 제조 금지령을 내린다. 성길용 박사는 스승인 남 박사의 유업을 이어받아 마침내 인조인간 제조에 성공한다. 지구는 길용별에서 온 우주인들에게 점령당한다. 지구보다 첨단과학이 더 발달한 우주인들은 성 박사를 비롯한 인간들을 문명인으로 인정은 하지만 괴물로 취급할 뿐이다. 마치 우리가 여러 동물 중에서도 개나 고양이를 반려동물 삼아 집에서 함께 사는 격이다. 지구 사람이 우주인들의 애완동물로 전락하고 만 것이다. 우주인들은 지구에 아파트처럼 커다란 집을 짓고 사람들을 애완동물 다루듯 분양해 간다.

화성에 도착하니 여기도 미리 와서 기지를 건설하고, 거주하는 인간들

20) 한강 둔치로 오징어 배달을 나간 강두는 한강 다리에 매달려 움직이는 괴상한 물체를 발견한다. 정체를 알 수 없는 괴물은 둔치 위로 올라와 사람들을 해치기 시작한다. 강두는 중학생인 딸 현서를 데리고 정신없이 도망가지만, 현서의 손을 놓치고 만다. 괴물은 기다렸다는 듯이 현서를 낚아채 유유히 한강으로 사라진다. 갑작스런 괴물의 출현으로 한강은 모두 폐쇄되고, 도시 전체는 아수라장이 된다. 강두 가족은, 위험 구역으로 선포된 한강 어딘가에 있을 현서를 찾아 나서 괴물을 물리치는 이야기이다.

이 달에서처럼 반긴다.

화성은 수십 명의 인간들이 거주하고 있다. 인구가 적은 데다 너무 멀리 떨어져 있기에 한 번 지구에서 누가 오면 더 반기는 것이다. - 중략 -

성 박사도 달에서 사람들을 만났을 때보다 더 반갑다. 전혀 모르는 사람들이지만 친형제간처럼 반갑고 친근감이 있다.(174쪽)

성 박사 일행은 달에서 몇 시간 머문 후, 화성 여행길에 오른다. 달 기지에는 과학자, 천문학자, 관광객들이 머무는데, 주로 여행 오는 신혼부부들이 대부분이다. 성 박사는 자신이 만든 인조인간들을 데리고 화성에 간다. 그들을 화성에 상주시키며 기지 건설을 하기 위해서이다. 인조인간들은 자신들만 남겨 두고 지구로 가는 성 박사가 야속하다. 그들은 인공지능이 있기에 태어난 지구를 그리워하고 화성에서만 살다 죽는 것을 슬퍼한다. 인공지능(Artificial Intelligence, AI)이란 인간이 가진 지적 능력을 컴퓨터를 통해 구현하는 기술을 말한다. 알파고 이후 요즘에 많이 회자되는 단어이지만 이 작품이 창작된 70년대에만 해도 생소한 단어였다.

성 박사는 화성[21]에 기지를 건설하여 주택까지 짓게 한다. 화성에 주택을 건설하는 것은 목성, 토성, 천왕성, 명왕성 같은 다른 혹성에 여행을 하기 위한 전진기지로 개발하기 위한 것이다. 작가는 화성의 환경을 지구의 기후 조건과 흡사하다고 말한다.

화성에 도착을 한 후 휴게실에서 쉬고 있던 성 박사는 밖으로 나왔다.

21) 토성 탐사선 카시니-하위헌스 탐사 계획은 NASA와 유럽 우주국(ESA), 이탈리아 우주국의 공동 프로젝트로, 1997년 10월 우주선이 지구에서 발사돼 2004년 7월 토성 궤도에 진입했다. 궤도에 진입한 우주선은 카시니 궤도선과 하위헌스 탐사선 등 두 부분으로 되어 있었는데, 이 중 하위헌스 탐사선은 2004년 12월 모선에서 분리돼 2005년 1월 토성의 위성 타이탄의 표면에 착륙해서 배터리가 고갈될 때까지 한 시간 이상 데이터를 송출했다. 카시니 탐사선은 2017년 9월 임무가 끝나면 토성으로 추락시켜 파괴할 예정이다. 한편 NASA는 2030년대까지 인간을 화성에 보낼 계획으로 화성 탐사에 주력하고 있는 중이다. 오는 9월 카시니 미션이 종료되면 NASA와 유럽 우주국은 다음 단계의 화성 미션을 계획할 것이라 한다. 천왕성과 해왕성, 그리고 목성의 위성 유로파에 대해서도 탐사 계획을 가지고 있다.

산과 들에 무성하게 자라나는 진귀한 식물과, 기어다니는지 날아다니는지, 아니면 얼음판 위를 미끄러지듯 다니는 갖가지 동물들을 구경하기 위해서다. – 중략 – 화성의 동물들 눈은 자라목처럼 속으로 깊숙이 들어갔다가 무엇을 볼려고 할 때만 길게 쑥 나오곤 한다. 밤에는 반딧불처럼 스스로 불을 켜고 밤에도 불편 없이 물건을 식별하며 돌아다닌다./ 지구의 대부분 동물들처럼 육지동물과 바다동물이 따로 있는 것이 아니다. 물에서도 살고, 하늘에도 날고 한다.(177~180쪽)

화성의 동물들에 대한 묘사이다. 과연 화성에는 동물을 비롯한 생물이 살고 있을까? 이를 규명하기 위하여 인류는 꾸준한 연구와 탐험을 추진했다. 최초로 화성의 표면에 착륙을 시도한 탐사선은 소련의 마스 2호와 3호였으며, 마스 3호는 화성 표면의 이미지를 지구로 전송했으나 화성 착륙 도중 교신이 끊겨 실패했다. 이후 미국의 바이킹 1호와 2호가 1976년 7월 20일 최초로 화성 착륙에 성공하여 이미지를 전송했다.

미국항공우주국(NASA)은 2017년 5월 10일 미국 워싱턴 DC에서 열린 화성 탐사 심포지엄에서 화성 유인 탐사 계획을 발표했다. 2018년부터 프로그램을 가동해 2033년 이후 사람을 화성에 보낸다는 계획[22]이다. NASA는 지구 궤도에 있는 국제우주정거장(ISS) 대신 달 궤도에 유인 우주정거장 '딥스페이스 게이트웨이(Deep Space Gateway)'를 건설해 화성 탐사 프로젝트의 전진기지로 삼는다는 계획이다.

공항에는 수백 명의 크고 작은 괴물(우주인)들이 몰려와 있고, 광속 우주선을 납치해 온 괴물체를 탔던 우주인들도 먼저 내려와 광속 우주선을 에

22) 최근 스페이스X의 최고 경영자(CEO) 일론 머스크는 2020년대부터 화성에 사람을 보내 100만 명이 사는 행성으로 만들겠다고 밝혔다. 함께 공개된 화성 이주용 로켓과 우주선 영상은 소셜네트워크서비스(SNS)로 공유되며 큰 관심을 끌었다. 미국 정부도 유인 화성 탐사를 적극적으로 추진하고 있다. 트럼프 대통령은 미항공우주국(NASA)의 내년도 예산 195억 달러를 승인하면서 2033년 화성에 사람을 보내겠다고 천명했다.

> 워싸고 성 박사 부부를 지켜보며 괴물 같다고 한다. – 중략 – 머리가 앞뒤로 두 개씩 달린 괴물은 새처럼 두 발로 다니는데, 왼 몸은 쥐처럼 회색빛 털이 곱게 났고, 손은 네 개나 된다. 덩치는 택시 두어 개 정도로 크고, 얼굴의 생김은 너무 복잡해, 이건 사람–짐승의 얼굴이 아니라 하나의 기계와 같다.(246쪽)

우주인들의 형상을 괴물로 표현하며 기계와 같다고 했다. 머리가 두 개이고 손이 네 개인 괴물이다. 우주인들은 자신들과 생김이 다른 성 박사 부부를 괴물 같다고 한다. 자신의 관점에서 보면 생김새가 다른 것이 괴물인 것이다. 공상과학소설답게 작가의 상상력이 무한한 우주 공간을 유영하고 있다. 상상력이 환상성을 획득하기 위해서는 치밀한 내적 질서가 유지되어야 한다.

> '우주인의 노예가 된 인간. 우주인들의 노리개가 된 인간은 이제 인간이 아니라 괴물이다.'
>
> 우리 안에 감금된 성 박사는 창밖을 내다보며 쓸쓸하게 웃는다. 어처구니가 없어서이다.(297쪽)

이 소설의 에필로그이다. 지구를 지배하게 된 우주인들은 그들이 살던 별나라에서 여러 가지 재료를 가져온다. 그러면서 우주선에 지구의 남녀 한 쌍을 싣고 간 것이다. 우주인들이 지상의 동물과 인간 남녀 하나씩을 싣고 가는 것을 보고 성 박사는 비극적으로 시작된 인류의 제2의 역사에 통탄을 금치 못한다. 인간은 우주인들에 의해 사육되고 실험 대상으로 전락한 것이다.

이 작품에는 어린이가 등장하는 것도 아니고, 동심이 바탕이 된 것도 아니다. 따라서 과학동화라기보다 공상과학소설인 것이다.

2. 독자의 폭을 넓힌 『동굴 속의 왕자』

『동굴 속의 왕자』는 '현대 아동 명작선'이라는 타이틀을 달고 세종문화사에서 출간되었다. 그런데 내용으로 볼 때 아동문학이라는 말이 무색하다. 고려 시대를 배경으로 한 야담[23]류로 청소년의 눈높이에 맞는 장편소설이다. 이 소설은 70년대 중반에 발표되었다. "본 작품은 하나의 야화 한 토막이지만, 동화적인 수법으로 써 어린이들로부터 소년소녀들은 물론, 성인들도 동심으로 돌아가 즐겨 읽을 수 있게 써 보았다."고 한 작가의 말처럼 다양한 독자층[24]을 겨냥하고 창작된 소설이다. '동화적 수법'은 쉬운 문장으로 이루어져 아동들이 읽어도 무리가 없다는 뜻으로 해석할 수 있다.

이 작품의 주인공은 일용이다. 제목에서 엿볼 수 있듯이 일용은 자신의 신분을 모른 채 동굴 속에서 살아가는 왕자이다. 용은 왕이나 왕자의 신분을 상징한다. 따라서 일용은 장차 왕이 되는 왕자임을 암시하고 있다.

산속 동굴에서 백산 선생과 함께 사는 일용은 호랑이를 쫓다가 박치호를 만난다. 박치호는 일용이 쫓던 고양이를 사로잡아 염통의 피를 빨고 있었다. 박치호는 자신의 성을 모르는 일용을 대놓고 무시한다. 일용은 자신의 성도 모르는 것을 자괴한다. 둘은 멧돼지 두 마리를 안주 삼아 술시합을 하고, 결국 일용이는 자신의 턱밑에 있는 용수를 뽑으려던 치호를 물리친다. 치호와 헤어진 일용은 백산 선생이 기다리는 동굴로 돌아온다.

이튿날 새벽 일용은 맨손으로 호랑이를 잡는다.

> 일용이 못지않게 호랑이도 바람을 가르며 허공에 뜬다./ 둘은 공중에 높이 떠 한 덩어리가 되어 땅에 떨어졌다./ 호랑이를 안고 땅에 내려온 일

23) 민간에 전해오는 역사적 사건이나 인물에 얽힌 이야기로 '야사', '패설'이라고도 한다. 주로 역사적 사건이나 인물에 얽힌 일화를 소재로 하는데 사실과 허구가 결합되어 있다.

24) 영화로 말하면 '전체 관람가'에 해당된다.

용이는 주먹에 힘을 주어 호랑이의 머리를 내려쳤다./ 한 주먹에 호랑이는 늘어진다. - 중략 - 입을 벌리는 순간, 일용이는 호랑이의 두 뒷다리를 틀어쥐고 땅바닥에 자리개질쳤다. 소리도 지르지 못하고 호랑이는 죽었다.(60쪽)

일용이가 맨손으로 호랑이를 때려잡는 삽화이다. 무협지나 중국 무협영화의 장면을 보는 듯한 삽화이다. 맨주먹으로 호랑이의 머리를 치자 호랑이가 늘어지니 천하무적 장사가 아닐 수 없다. 자리개란 무엇을 묶는 데 쓰는 짚으로 만든 굵은 줄을 말하고, 자리개질이란 볏단을 두 손으로 잡고 털듯이 내려쳐 죽이는 방법을 뜻한다. 농촌 출신의 작가가 아니면 쉽게 구사할 수 없는 말이다.

일용은 산에서 산적인 털보를 만나 겨루다 항복을 받는다. 털보로부터 그들의 두목이 치호임을 알게 된다.

배보자기를 끌러고 나니 파란 인조 보자기로 또 쌌다. 파란 보자기를 끌렀다. 빨간 보자기가 또 한겹 싸였다. 이를 끄러고 나니 노란 보자기에 또 싸여 있다. 이를 벗기고 나니 부러진 황금 단도가 햇빛에 눈부시다. 반토막으로 부러진 칼은 손잡이가 있는 부분이다. - 중략 -

"이는 왕비마마께서 왕자와 공주에게 나누어 주신 황금칼이다."(70쪽)

일용에게 무술을 가르치며 함께 굴속에서 기거하던 백산 선생은 죽기 전에 일용의 신분에 대한 비밀을 밝힌다. 일용은 왕자인데 후궁 세력이 왕비를 몰아내고 권력을 차지하는 바람에 궁중에서 피신을 하게 된 것이다. 백산 선생도 충성스런 장군이었는데, 역적으로 몰려 목숨까지 위협받자 산속으로 몸을 숨겨 혼자 살게 된 것이다. 어느 날 사내아이를 데리고 쫓기던 남자는 숨을 거두며 백산 장군에게 아이를 부탁한다.

"산적한테 금덩이를 빼앗겼오. 그것을 안 빼앗길려다가…. 이 아이는 왕자요, 부탁해요."

입 안 목소리로 겨우 말을 마친 그는 숨을 거두었다. - 중략 - 굴 속에 들어와 보니 아기의 품에서 바로 이 칼이 나온 것이다.(74쪽)

아기의 품에서 나온 칼은 반 토막난 황금칼이다. 백산 선생은 일용에게 기회가 되면 역적 무리들을 물리치고, 그들의 허수아비 노릇을 하고 있는 임금을 구하라고 당부한다. 또한 자신도 죽을 때가 되었으니, 명이 다 된 애마도 죽여 곁에 나란히 묻어 달라는 유언을 남기고 숨을 거둔다.

말을 죽여 백산 선생님의 무덤 옆에 나란히 묻어 준 후 일용이는 창과 칼, 그리고 활까지 보관해 둔 굴의 입구를 바위로 막았다./ 허름한 옷차림에 머리카락을 아무렇게나 늘어뜨려 바보스럽게 하고는, 이십여 년 간 뼈를 굵히며 정든 산을 떠났다./ 그의 품에 지닌 것이라곤 공주와 나눠 가진 부러진 보검(황금 단도) 뿐이다.

'하루 빨리 칼의 짝을 찾아야 할 터인데….'/ 공주를 하루 빨리 만나길 기원하며 일용이는 세상을 찾았다.(79~80쪽)

일용은 산 굴에서 내려와 동생인 공주를 찾아나선다. 일용은 강 대감 집의 머슴으로 들어가게 된다. 일용이 일도 잘하고 힘이 좋은 장사라는 소문이 퍼지자 구경꾼들이 모여든다. 대감 집에는 몸종 버들이의 시중을 받는 꽃님 아가씨가 살고 있다. 꽃님 아가씨는 무남독녀로 뒤뜰 별당에서 살고 있다. 어느 날 밤 꽃님 아가씨는 버들이와 함께 장사 머슴을 구경하러 간다.

이때였다. 일용이의 코고는 소리가 들리고, 이어 내뿜는 숨소리와 함께 방문이 풀썩 열린다.

"움머! 방문이 왜 열리지?"

꽃님 아가씨와 버들이가 동시에 놀랐다. - 중략 -

"아가씨, 가만히 계셔요. 누가 나오는 것이 아니에요."

일용이의 방문이 열리는 것을 살피고 있던 버들이가 꽃님 아가씨를 부른다.(100쪽)

꽃님 아가씨는 일용이 추운 겨울에 이불도 안 덮고 자는 것을 보고 호피 이불을 꺼내다 덮어 주고 별당으로 간다. 눈이 내려 발자국이 난 것을 걱정한 꽃님과 버들이는 잠을 못 이룬다. 평소 이불을 덮지 않고 자던 일용은 호피 이불 때문에 땀을 많이 흘리다 깬다. 눈이 토방까지 쌓인 것을 보고 일용은 눈을 쓴다. 힘이 장사인 일용으로서는 눈 쓰는 일 정도야 식은 죽 먹기이다.

'아니, 이 새벽에 누가 눈을 쓸지?'

의아해 하며 담뱃대에 담배를 넣었다. 꺼져 가는 화로불을 뒤적뒤적해 불씨를 고르고 불을 붙여 뻐끔뻐끔 담배 연기를 빨아 낸 강대감은

"어흠, 흠."

바탕기침을 하며 문을 열고 나왔다.(113쪽)

이 작품의 배경은 고려 시대이다. 그런데 강 대감이 담배를 피는 삽화가 나온다. 담배는 아메리카가 원산지로 콜럼버스에 의해 유럽에 전파되었고, 우리나라는 일본을 거쳐 임진왜란 직후에 들어온 것이 역사적 사실이다. 고려 시대 작중 인물의 흡연 장면은 사실과 배치되어 작품의 신뢰성을 떨어뜨리고 있다.

일용이 호피이불을 덮고 잔 것을 알게 된 강 대감은 꽃님이를 불러다 호통을 치고 일용이도 잡아들이라고 호령을 한다. 양반집 딸이 머슴과 어울

린 것을 생각하니 분통이 터진 것이다. 위기를 맞은 일용은 몰래 도망을 쳐 동굴로 돌아간다. 아버지인 강 대감에게 머슴과 내통했다는 오해를 받은 꽃님은 엄동설한에 버들과 함께 쫓겨나게 된다. 버들이는 너댓살 때 식모로 들어온 아낙네를 따라 강 대감네에 얹혀 살며 꽃님의 몸종이 된[25] 것이다. 그런데 머슴에게 호피이불을 덮어 줬다는 이유로 외동딸을 내쫓는 아버지의 행태는 핍진성이 떨어져 보인다.

버들이는 꽃님 아가씨와 함께 떡보따리, 패물보따리를 이고 절을 찾아 깊은 산중으로 들어간다. 두 사람은 중이 되려고 개운사라는 절을 찾아가는 것이다.

> '아니, 눈 덮인 깊은 산중에서 누가 저렇게 울고 있지?'
>
> 귀를 의심했다. 어쩌면 사람의 울음이 아닐지도 모른다는 생각까지 들었다.
>
> '그렇다면 귀신의…? 사람으로 변한 여우 할메가 우는 것인가?'
>
> 하는 느낌도 들었다. - 중략 - 궁금해 하는 일용이는 울음 소리가 들리는 곳을 향해 서서히 걸어갔다.(141쪽)

일용에게 발견된 꽃님 아가씨와 버들은 굴속으로 함께 간다. 일용은 이들이 도라지골 강 대감네 딸과 몸종임을 알고 놀란다. 일용은 자신이 강 대감집 장수 머슴이었다는 것을 고백한다. 일용이 글도 알고, 여느 머슴과 다르다는 것을 알게 된 꽃님과 버들은 일용과 함께 굴 속에서 기거하게 된다.

일용은 아가씨들에게 고기가 아닌 쌀밥을 해 주고 싶어 산적 무리인 치호를 찾아간다. 산적 무리들에게 붙잡혀 다 죽게 된 일용을 두령 치호의 첩인 옥화가 살려준다. 일용이 치호를 찾아가 대결을 벌이려 하자 치용은 스

25) 같은 책 138쪽.

스로 무릎을 꿇는다.

> "내 부하들 중에 누가 너를 구해 줬니?"
>
> "그렇다."
>
> 일용의 대답에 침울해지는 치호는 고개를 숙이고 끄덕인다. - 중략 -
>
> "… 가장 중요한 때에 적을 구하고 나를 죽도록 하는 배신자들을 부하로 거느리고 있는 나는 세상을 살아갈 용기를 잃었습니다."
>
> 치호는 눈물을 뚝뚝 흘린다.(170~172쪽)

치호는 일용을 두령으로 추대하고 자신은 부두령이 되겠다고 한다. 일용은 산적들을 의적으로 만들고 장차 의병으로 양성해 나라를 위해 싸우기로 다짐한다. 일용은 꽃님과 버들을 데려와 의적들과 함께 생활한다. 500여 명의 의적들은 산을 개간하여 농사를 짓기도 하고 훈련을 열심히 하며 무술을 익힌다. 그때 오랑캐들이 쳐들어와 연일 패전을 한다는 소식이 들린다.

> 날이 갈수록 북방의 땅을 다 빼앗기고, 머지않아 서경(평양)마저 내놓게 됐다는 소문을 듣는 국민들마다 이렇게 한마디씩을 하며 원망을 한다.
>
> - 중략 - 북방을 다 빼앗기고, 서경마저도 빼앗길 날이 오늘 내일로, 시간 문제라는 소문이 듣는 사람들의 숨통을 조이고 있는 어느 날, 치호와 함께 일용이는 의적들 앞에 나섰다.(186~187쪽)

일용이 천여 명의 의병들을 이끌고 오랑캐들을 물리치러 전쟁터로 나아가는 삽화이다. 일용을 살려준 치호의 첩 옥화도 여자 의적들을 이끌고 싸움에 나간다. 남은 여자들을 보호하는 사람은 힘이 장사인 칠떼기이다. 의적 마을엔 꽃님과 버들이, 처호 아내와 몇몇 아이들만 남아 있다고 서술하고 있다.

> 병신이기에 장가도 갈 수가 없지만 색씨의 곁에 마저 있지 못하고 살아 나오다가 이제 가까이 있게 되니 영광스럽기만 하다. – 중략 – 임자가 있는 치호의 처와 꽃님 아가씨보다도 칠떼기는 버들이에게 마음을 더 쏟아본다./ 치호의 처와 꽃님 아가씨는 임자가 있는데, 오직 버들이만 혼자이기 때문이다.(192쪽)

칠떼기는 여성들을 보호하는 임무를 맡은 남성이기 때문에 성불구자로 설정했다. 70년대의 시대정신은 남존여비의 사상이 잔존하고, 마초 의식이 팽배하던 상황이다. 오늘날엔 '병신'이란 단어가 기피어가 되고 '장애인'이란 단어가 공용어화 되었지만, 당시엔 병신이란 말이 널리 통용되던 말이다. 더불어 살아가는 사회에서 몸이 불편한 이를 '병신' 운운해서는 안 된다는 의식이 일반화되었기 때문이다.

70년대는 이청준의 소설 〈병신과 머저리〉[26]가 널리 회자되던 시기이다. 그런데 이청준 소설에서의 '병신'과 이 작품에서의 병신은 의미가 다르다. 병신이란 낱말에는 일반적으로 두 가지의 뜻이 있다. 하나는 '신체의 어느 부분이 제 기능을 하지 못하거나 보통과는 다른 형체를 가진 사람'을 이르는 말이고, 또 하나는 '생각이 모자라고 행동이 어리석다고 여겨지는 사람을 얕잡거나 핀잔하여' 이르는 말이다.

이 작품에서 말하는 '병신'은 전자를 뜻하므로 당 시대 작품에서도 마땅히 금기어가 되었어야 한다. 이 작품의 시점이 작가 관찰자 서술이므로 작가의 사상이 반영된 결과임을 묵과해서는 안 될 것이다.

---

26) 1966년 『창작과비평』 가을호에 실린 이 작품은 6·25전쟁 체험의 실존적 고통을 간직한 형과 절실한 체험도 없이 관념적 고통을 가지고 무기력하게 살고 있는 동생 '나'를 통해서, 인간 실존의 아픔의 근원과 그 극복 양상을 형상화했다. 제목 '병신과 머저리'에서 '병신'은 죄책감으로 인해 일상적 삶을 포기하려는 정신적 상처를 가진 형을, '머저리'는 자신의 아픔이나 환부의 원인조차 알지 못하는 동생을 각각 의미한다고 할 수 있다. 형과 동생은 한국전쟁을 거쳐 1960년대 산업화 시대를 살아가는 지식인의 두 양상을 보여주는데, 이들은 각각 현실의 부조리에 대해 적극적으로 대처하여 갈등을 해결하는 행동적 지식인과 정체성을 상실하고 소극적으로 현실에 타협하는 관념적 지식인의 전형을 나타낸다.

일용이 이끄는 의병들은 나날이 세가 불어나 오천여 명에 이르게 된다. 전쟁터로 향하던 일용은 기수를 서경으로 돌린다. 서경에 들러 임금과 상의할 일이 있어서이다. 고려의 수도는 개경인데 서경에 임금이 있다고 한 설정은 사실성에서 벗어나 있다. 일용은 성문을 지키고 있는 문지기에게 자신의 상소문을 임금께 전하라고 한다. 일용은 마침내 꿈에도 그리던 임금과 마주하게 된다.

> '아바마마, 당신이 아바마마입니다. 당신의 아들 일용이옵니다.'
>
> 생각하는 일용이의 가슴이 벅찬다. 그러면서도 아바마마라고 부르지 못하는 자신이 서글프다. 아들이 돌아왔는데도 알아보지 못하는 상감마마를 대하니 또한 서글프다. – 중략 –
>
> "그런데 과인을 만나고자 하는 이유가 무엇이지?" – 중략 –
>
> " … 소인에게 모든 군사들의 지휘권을 허락해 주셔야만 할 줄로 감히 올립니다." – 중략 –
>
> 잠시 눈을 감고 있던 상감마마는 다시 꿈을 회상한다.
>
> '대궐 문으로 용 한 마리가 들어올 것이다. 그 용으로 하여금….'
>
> 꿈에 나타나신 상왕의 말씀을 기억하고 단안을 내렸다.
>
> " … 그러니 의병뿐만 아니라 군사들까지 모두 거느리고 나가 잘 싸우도록 해라."(198~201쪽)

일용은 마침내 군사 지휘권을 쥐고 출전을 한다. 임금도 함께 싸움터에 나가자 군사들의 사기도 높아진다. 일용은 매복 작전을 세워 오랑캐들을 궤멸시킨다. 눈이 어두운 임금은 적장을 일용으로 착각해 접근했다가 사로잡혀 혈서로 항복문을 쓰려는 순간에 이른다. 그때 일용이 말을 타고 달려와 임금을 구하고 적장을 죽인다.

"아바마마, 소자는 십오륙 년 전에 죽었어야 할 일용이옵니다." - 중략 -

"아니, 그럼 네가 왕자 일용이란 말이냐?" - 중략 -

단호히 대답을 하며 일용이는 품에 깊숙이 감추고 있는 부러진 황금 단도를 내놓았다.

"이것이 제가 왕자라는 증거품이옵니다." - 중략 -

"이는 어마마마께서 돌아가시기 직전에 저와 공주에게 잘라서 나누어 주신 것이옵니다."

"오! 왕자!"(234~235쪽)

임금으로부터 일용이 왕자라는 발표를 들은 군사들은 만세를 부른다. 일용은 역적의 무리들을 처단하게 하고, 임금의 허락을 얻어 꽃님과 버들을 데려온다. 버들이는 일용 왕자에게 '그간 소중히 간직한 것이 있느냐?'고 묻는다. 일용은 직감적으로 느껴지는 바가 있어 버들이의 어깨를 잡는다.

"그럼, 네가…."

확인을 하듯 묻는데, 버들이는 품속에서 헝겊으로 싼 조그마한 꾸러미를 꺼낸다. 이것을 보는 순간 일용이는 빼앗듯 받아들고 급히 끌렀다. 틀림없는 부러진 황금단도이다.

"네가 공주…?"

뚫어져라 바라보는 일용에게 버들이는 달려 든다.

"오빠!"

일용이의 가슴에 얼굴을 묻고 버들이는 어깨를 들먹이며 운다.(253쪽)

역적들에 의해 쫓겨난 동굴 속의 왕자는 결국 왕자의 신분을 되찾고, 꽃님 아가씨의 몸종으로 있던 버들은 공주의 신분을 되찾는다. 전술한 것처럼 버들이는 너덧 살 때 식모로 들어온 아낙네를 따라 강 대감네에 들어왔다 식모 아낙이 죽자, 꽃님이의 몸종이 된 것이다. 의적의 두령이 왕자가 되고, 양반집 몸종이 공주가 되는 신분 상승의 설정은 동서양의 고전에서 이야기의 테마로 즐겨 다루어졌다. 신분 상승을 수반하고 해피엔딩으로 귀결되는 이야기의 틀은 전형적인 고전소설 수법이다.

> 어머니와 아버지를 모시고, 왕자님을 따라 도라지골을 떠나는 꽃님 아가씨는 꽃가마 속에서 연해 고운 미소를 머금는다./ 풍악을 울리며 대궐을 찾아가는 꽃님 아가씨를 축하라도 해 주듯 단풍이 고운 산천이 오늘따라 한결 아름답기만 하다.
>
> 꽃길을 가듯, 고운 단풍이 수놓은 산을 굽이굽이 돌아가는 왕자님 행차를 구경하고 있는 도라지골 사람들은 언제까지고 헤어질 줄을 모르고 있다.
>
> 멀어져 가는 풍악 소리만 풍년 든 가을 들판에 울려 퍼진다.(261쪽)

이 소설의 마지막 장면이다. 이 작품은 〈현대 아동명작선〉이란 타이틀을 달았지만, 정작 아동보다는 청장년 독자에게 더 알맞은 창작물이다. 『동굴 속의 왕자』는 엄밀히 따지자면 아동문학이 아니라 역사·무협소설로 분류할 수 있다. 어린이 독자들이 소화하기에 다소 버거운 표현도 있고, 역사적 사실에 반하는 내용도 눈에 띄기 때문이다. 작가가 책 머리에 밝혔듯이 '하나의 야화'를 동화적 문장으로 풀어 써서 전 연령층이 함께 읽을 수 있게 한 점은 평가해야 할 것이다.

Ⅲ. 나오는 말

노향 권순하는 1970년대에 활약한 작가이다. 농촌에서 흔히 볼 수 있는 백로를 사랑한 노향은 농촌에 살며 농민운동을 전개하였다. 그는 농촌 현실을 반영한 소설을 쓰기도 하였다. 『흔들리는 갈대』, 『기지촌』, 『박서방네』, 『들녘 소 울음』, 「농가」 등이 그 결과물이다. 그의 핍진한 농심은 천심인 동심과 상통하기에 아동문학과도 인연을 맺지 않을 수 없었다. 『바람 속에 피는 꽃』, 『산 너머 푸른 하늘』, 『별나라 여행』,『언덕 위 꽃구름, 『이 세상 어딘가에』, 『동굴 속의 왕자』 등이 그가 70년대에 발표한 아동청소년 문학 작품이다.

노향은 예술적 재능이 뛰어났다. 문학 외에도 서예와 한국화에도 능하고 판각에도 조예가 깊어 많은 작품을 남겼다. 문 · 서 · 화 · 악 · 극 등 각 방면에 걸쳐 활약한 다재다능한 예술가였다. 문학에서는 동시, 동화, 소년소설, 시[27], 소설, 수필[28], 희곡[29]까지 거침이 없었다. 특히 종합예술적 성격을 갖는 희곡에 대하여 남다른 관심을 기울이기도 했다.

그가 쓴 소년소설에는 주어진 여건에 안주하여 안일하게 살아가는 것을 거부하고, 보다 나은 삶을 위하여 어려운 현실을 극복하면서 굳세게 스스로 살 길을 개척해 나가는 인물상이 확립[30]되어 있다. 그의 동화도 판타지 세계보다 현실 세계를 다룬 작품이 대부분이다.

이 글은 노향이 1970년대에 발표한 두 편의 장편소설만을 대상으로 하였다. 두 편 모두 '현대아동명작선'이라는 타이틀을 달고 출간되었는데, 한 편은 공상 과학소설이고, 또 한 편은 패설적 성격을 띈 야담 소설류이다. 출판사에서는 표제에 '우주과학 공상 소년소설집', '아동명작선'이라고 내세웠지만, 아동문학이란 이름표를 달기에는 경계가 모호한 작품들이다.

---

27) 『고향집 옛날에는』(2003)

28) 『어머니의 숭늉맛』(2004)

29) 대본을 집필한 「머슴 칠떼기」(1977)는 서령고 재직시 서산 성남극장에서 공연했고, 「현대춘향전」(1984)은 천안농고 재직 시 천안극장에서 공연했다.

30) "농촌의 청소년들과 함께 황야에서 몸부림치며 암울한 농촌의 현실에 절규하곤 했던 나의 삶과 문제의식은, 이러한 농민소설뿐 아니라 소년소설을 쓰는 데에도 반영되었던 듯하다." 권순하, 『고희기념 작품집』 449쪽.

청소년을 비롯한 다양한 독자층이 읽을 수 있지만, 아동들이 읽기에는 다소 버거운 내용들도 있다. 이러한 문학적 특성을 결코 장점이라고 할 수는 없다. 이는 노향이 여러 장르를 섭렵하여 장르에 대한 경계를 넘나든 결과이거나, 아동문학에 대한 장르 인식을 명확히 하지 않은 결과로도 파악할 수 있다.

노향은 전술한 두 장편 외에 『바람 속에 피는 꽃』, 『산 너머 푸른 하늘』, 『언덕 위 꽃구름』, 『이 세상 어딘가에』 등의 청소년소설도 남겼다. 그는 중등학교 교직을 은퇴할 무렵부터 동화집을 상재하였다. 『날개 찢긴 나비』, 『춤배네 도둑고양이』, 『아기들쥐의 아슬아슬 여행』, 『아기새 삐삐』, 『마술걸린 토끼들』 등은 제목만 보아도 감지할 수 있는 동화집들이다. 권순하 동화를 논구하려면 이들 작품집에 대한 논의가 필수적이다. 이들 작품에 대한 본격적인 연구가 이루어지기를 기대한다.

민들레꽃과 아기 양 그리고 무명저고리
– 권정생 동화론

Ⅰ. 작가가 걸어온 길

권정생(權正生)은 1937년 8월 18일 일본 도쿄(東京) 시부야(澁谷) 하따가야(幡ケ谷) 혼마찌(本町) 3쪼오메(丁目) 595방(番) 헌옷 장수집 뒷방에서 태어났다. 아버지 권유술(權有述)과 어머니 안귀순(安貴順) 사이에서 태어난 5남 2녀[1] 중 여섯째이다. 어렸을 때의 이름은 경수로 불렸다.

청소부였던 아버지는 쓰레기더미에서 헌 책을 찾아와 뒤란 구석에 쌓아 두었다가 고물 장수에게 팔았다. 이 쓰레기더미 속에서 『이솝이야기』, 『그림동화집』, 오스카 와일드의 『행복한 왕자』, 오가와 미메이(小川未明)의 『빨간 양초와 인어』, 미야자와 켄지(宮沢賢治)의 『달밤의 전봇대』 같은 동화책을 읽으면서 혼자 글을 익혔다.

1944년 시부야 혼마찌에서 초등학교에 입학해 8개월을 다녔다. 이 해는 태평양전쟁 기간이라 하루도 빠지지 않고 미군의 공습이 있었다. 12월, 토쿄의 폭격으로 집이 모두 불타 없어졌다. 단칸의 보금자리마저 잃어버린 식구들은 뿔뿔이 흩어졌다. 군마현(群馬縣) 쓰마고이(妻戀)라는 시골로 이사

1) 장남 일준, 차남 목생, 3남 을생, 4남 정생, 5남 정, 장녀 귀분, 차녀 차분(또분)이다.

했다가 거기에서 해방을 맞았다.

군마현 우에하라(上原) 소학교에 6개월 다니다, 해방을 맞아 후지오카(富岡)로 이사를 했다가 1946년 3월에 가족과 함께 귀국했다. 조선인연맹에 가입한 두 형은 식구들이 귀국할 때 일본에 남아 추후 귀국하기로 했으나 끝내 돌아오지 않았다. 식구들은 뿔뿔이 흩어졌다. 권정생은 어머니, 큰누나, 동생과 함께 청송 외가에서 자랐다. 아버지와 작은누나는 안동으로 갔다.

청송군 화목면 장터 마을에서 1년 남짓 살면서 여섯 번 이사를 했다. 청송군 화목국민학교를 5개월 다녔다. 어머니는 약초를 캐서 팔고 여름에는 품을 팔았다. 일이 없는 겨울에는 자루 하나를 메고 동냥을 나갔다. 열흘씩 보름씩 돌아오지 않으면 권정생은 누나와 동생 셋이서 귀리나 호밀 가루로 끓인 죽을 먹으며 기다렸다.

1년 동안 떠돌이 생활을 하면서 생활 터전을 찾다가 그해 12월, 뿔뿔이 흩어졌던 식구들이 모여 아버지의 고향인 안동 일직에서 소작 농사를 짓게 된다.

1947년 3월 20일, 여덟 살인 동생과 함께 안동 일직국민학교 1학년에 입학했다. 담임은 권정생이 2학년일 때는 3학년으로, 3학년일 때는 5학년으로 월반할 것을 권했지만, 어머니가 반대했다. 상급반은 학교를 늦게 파해서 집안일을 못 하기 때문이었다.

아버지 소작 농사만으로 학교를 다닐 수 없자, 어머니가 행상을 나섰다. 권정생은 학교에서 돌아오면 아버지와 동생이 먹을 밥을 짓고 살림을 했다. 어머니는 닷새 만에 돌아오는 장날에 나갔다가 돌아와 다음 날이면 또 나갔다.

어머니는 권정생을 중학교에 보내려고 열심히 돈을 모았다. 그런데 6·25 전쟁이 났다. 어머니가 행상으로 모은 돈은 화폐 가치가 100분의 1로 떨어져 소 세 마리를 살 수 있었던 돈은 염소 한 마리도 구할 수 없게 되었다. 전쟁이 나자 식구들은 다시 뿔뿔이 헤어져 생사도 모르게 되었다.

1953년 3월, 16세의 나이로 안동 일직국민학교를 1등으로 졸업했다. 가정 형편상 중학교는 1년 뒤에 가기로 하고, 나무를 해다 판 돈으로 암탉을 사다 길렀다. 암탉이 여름까지 백 마리가 넘게 되었지만, 닭 전염병이 번져 일주일도 못 가서 모조리 죽었다. 결국 중학교는 들어가지 못했다.

돈을 벌기 위해 여름부터 객지 생활을 했다. 집을 나가 나무 장수, 고구마 장수, 담배 장수, 점원 노릇을 했다. 이웃 마을 예배당에서 하는 야간학교에 나아가 영어 알파벳도 배우고 수학도 공부했다. 수업료로 한 달에 한 번씩 나무를 해다 주었다.

1955년 고학으로 상급학교에 갈 생각으로 다시 집을 떠나 부산에서 재봉틀 상회 점원으로 일했다. 그런데 이듬해 결핵을 앓기 시작했다. 아무에게도 아프다는 눈치를 보이지 않으려 했으나 1년을 버티다 끝내 견디지 못하고 자리에 누웠다. 늑막염에 폐결핵까지 겹쳤다.

1957년 병든 몸을 이끌고 안동으로 돌아오지만, 신장결핵, 방광결핵으로 병세가 악화되었다. 어머니는 약초를 캐고 메뚜기, 뱀, 개구리를 잡는 등 권정생의 병 치료를 위해 애썼다. 동생은 집을 나가고 어머니는 병간호에 여념이 없자, 농사는 아버지 혼자 지을 수밖에 없었다.

권정생은 집나간 동생과 부모에게 고생시킬 수는 없다는 생각에 차라리 죽기를 바라며 기도했지만, 병세가 차츰 좋아졌다. 완전히 건강해진 것은 아니었지만 그때부터 죽지 않는다는 신념을 갖게 되었다. 신문이나 라디오, 책 한 권도 빌려 볼 수 없는 산골에서 성경책은 권정생에게 위안을 주고 깨침을 주었다.

1964년 고향에 돌아온 지 6년 만에 교회 주일학교 교사가 되었다. 전날까지도 이웃 마을 저수지 공사에 일을 나갔던 어머니가 누운 지 6개월 만에 세상을 떠났다. 큰형과 셋째 형은 일본에 있고, 둘째 형 목생은 공사장에서 일하다 죽고, 넷째인 권정생은 10여 년째 병을 앓고 있는 상황에서, 아버지는 막내아들에게나마 가계를 잇게 해야 한다고 생각하여 권정생에게 외지에 갔다 오라고 권유했다.

1965년 4월 중순, 권정생은 동생에게 쪽지 한 장을 남기고 집을 나와 기도원으로 갔다. 기도원 생활 열흘 만에 그곳을 나와 그날 밤부터 거지 생활을 하기로 결심했다. 그렇게 100일 가까이 대구, 김천, 상주, 점촌, 문경을 떠돌며 거지 생활을 했다.

8월 초순, 아버지의 고향 가까운 예천 지방으로 갔을 때, 갑자기 온몸에 열이 오르고 걸음을 옮겨 놓기 힘들 정도로 아랫배가 아팠다. 이튿날 한밤중에 몸도 못 가눌 정도의 상태로 집으로 가서 부고환 결핵을 앓았다. 아버지는 그해 늦가을부터 이따금 병석에 눕더니 결국 12월에 세상을 떠났다.

권정생은 1966년 5월에 입원하여 콩팥을 떼어내는 수술을 하고, 12월에는 방광을 들어내는 수술을 한다. 하나 남은 콩팥도 성하지 않았지만 다 제거하면 안 되기 때문에 바깥으로 소변 주머니를 다는 수술을 했다. 퇴원할 때 의사는 2년 쯤은 살 수 있을 것이라고 귀뜸했다.

동생은 결혼해서 따로 나가 살았다. 권정생은 동생의 결혼을 참으로 감사해 하며 자신이 자유로운 몸이 된 것을 하나님이 베풀어 준 최대의 은혜라 생각했다. 1968년 2월부터 일직교회 문간방에 들어가 살게 되었다. 서향으로 지어진 예배당 부속 건물의 흙담집은 겨울엔 춥고 여름엔 더웠다. 외풍이 심해 겨울엔 귀에 동상이 걸렸다가 봄이 되면 나았다. 그 조그만 방에 살면서 권정생은 종지기 생활을 하며 글을 쓰고 아이들을 만났다.

「깜둥바가지 아줌마」를 대구 매일신문 신춘문예 공모에 보냈는데, 본심에 올라갔다 떨어졌다. 이 작품은 〈새벗〉 8월호에 실렸다. 권정생은 「강아지똥」을 동시로 썼는데, 만족스럽지 못했다. 1969년 월간 『기독교교육』의 제1회 기독교아동문학상 현상 모집에 「강아지똥」을 동화로 고쳐 응모하기로 했다. 정생은 마감 날까지 원고지의 앞면 뒷면을 메워 가면서 고열을 참아가며 동화를 썼다. 50일간의 고통 끝에 「강아지똥」은 완성되었고, 응모 결과 당선 통지서를 받았다. 상금은 1만 원이었는데, 그 상금에서 5천 원을 떼어 새끼 염소 한 쌍을 사고, 나머지 5천 원으로는 쌀 한 말을 샀다. 〈기독교교육〉 6월호에 동화 「강아지똥」이 발표되었다.

권정생은 상금을 타기 위해 신춘문예에도 응모했다. 1971년 매일신문 신춘문예에 「아기양의 그림자 딸랑이」가 가작으로 입선되고, 1973년에는 조선일보 신춘문예에 「무명저고리와 엄마」가 당선되었다. 1974년 그의 첫 단편동화집 『강아지똥』(세종문화사)이 출간되었다.

Ⅱ. 권정생의 초기 동화

1. 강아지 똥이 만든 작가

권정생의 대표작은 「강아지똥」과 「몽실이」이다. 그 중에서도 「강아지똥」은 등단작이고, 어린이들에게 가장 널리 알려져 있어, 작가의 분신이라고 할 수 있다. 권정생은 동화집 『강아지똥』의 머리말을 통해 자신의 신분을 다음과 같이 술회했다.

> 거지가 글을 썼습니다. 전쟁 마당이 되어 버린 세상에서 얻어먹기란 그렇게 쉽지 않았습니다. 어찌나 배고프고 목말라 지쳐 버린 끝에, 참다못해 터뜨린 울음소리가 글이 되었으니, 글다운 글이 못 됩니다.

작가는 스스로 거지임을 고백하고 있다. 자신의 약점이나 결점은 감추고, 강점이나 장점은 내세우려는 것이 인지상정이다. 그런데 권정생은 자신의 떳떳하지 못한 신분을 당당히 밝히고 있다. 어린아이들은 자신의 의견을 울음으로 표출한다. 배가 고프거나 목이 마르면, 의사전달을 울음으로 호소하기 마련이다. 권정생도 배고프고 목마른 거지 생활이 버겁고 힘들어 참지 못하고 울음소리로 터뜨린 삶의 절규가 동화가 된 것이다.

"돌이네 흰둥이가 누고 간 똥입니다.

흰둥이는 아직 어린 강아지였기 때문에 강아지똥이 되겠습니다.

골목길 담 밑 구석자리였습니다. 바로 앞으로 소달구지 바퀴 자국이 나 있습니다.

추운 겨울, 서리가 하얗게 내린 아침이어서 모락모락 오르던 김이 금방 식어 버렸습니다.

「강아지똥」의 프롤로그이다. 애초부터 똥을 누고 간 당사자를 '돌이네 강아지'라고 하지 않고 '돌이네 흰둥이'라고 지칭했다. 어린 강아지의 이름이 흰둥이라는 것을 각인시킴으로 똥의 존재를 부각시키기 위함이다. 왜냐하면 강아지 똥은 이야기를 이끌어 가는 중심인물이고 서사구조에서 고갱이기 때문이다.

강아지들도 배변을 할 때에는 한쪽 구석을 택하기 마련이다. 어린 강아지라도 배변 행위를 할 때에는 장소를 구분할 줄 알고 타자를 배려할 줄 안다는 메시지를 던져 주고 있다. 하찮은 강아지도 분별력 있는 행동을 하는데 사람은 어찌해야 하는가라는 물음을 은연중 던지고 있는 것이다.

강아지똥은 오들오들 추워집니다. 참새 한 마리가 포르르 날아와 강아지똥 곁에 앉더니 주둥이로 콕! 쪼아 보고, 퉤퉤 침을 뱉고는,/ "똥 똥 똥…… 에그 더러워!"/ 쫑알거리며 멀리 날아가 버립니다.

"똥이라니? 그리고 더럽다니?"

무척 속상합니다. 참새가 날아간 쪽을 보고 눈을 힘껏 흘겨 줍니다. 밉고 밉고 또 밉습니다. 세상에 나오자마자 이런 창피가 어디 있겠어요./ 강아지 똥이 그렇게 잔뜩 화가 나서 있는데, 소달구지 바퀴 자국 한가운데 뒹굴고 있던 흙덩이가 바라보고 빙긋 웃습니다.

인격이 부여된 '더러운 똥'은 돌이네 강아지가 누고 간 똥이다. 똥이기는 하지만 귀여운 강아지가 눈 똥이기 때문에 '개똥' 만큼은 더럽게 느껴지지 않는다. 이 동화가 시작되는 공시 공간은 추운 겨울 아침 골목길 담 밑 구석 자리이다. 서리가 하얗게 내린 추운 아침이라 분위기가 무척 을씨년스럽다. 그곳에 흰둥이라는 강아지가 누운 똥이 주인공이 된다. 강아지 똥, 참새, 흙덩이가 등장하여 말을 하고 생각하고 행동하는 전형적인 의인화 동화이다.

이 동화는 문장이 쉽고 간결하다. 문장이 쉬우니 유아들도 이해할 수 있고, 이야기 속으로 빠져들어갈 수 있는 흡인력도 강하다. 사람들이 천하게 여기고 멸시하는 똥을 소재로 한 세계 최초의 창작동화[2]이다. 어린 독자일수록 열악하고 가엾은 존재에 대한 동정심이 강하다. 권정생의 솔직 담백한 문장은 어린 독자들을 의식하고 쓰여졌음이 분명하다. 어린 독자를 의식하여 현란하고 호사스럽게 포장하지 않은 것이 오히려 마력으로 작용한 것이다.

강아지 똥은 세상에 태어나자 마자 자신을 욕하고 기피하는 참새가 미워 화가 난다. 그런데 이런 자신을 바라보고 웃으며 위로하는 흙덩이가 있어 존재감을 찾게 된다.

"아니야, 하나님은 쓸데없는 물건은 하나도 만들지 않으셨어. 너도 꼭 무엇엔가 귀하게 쓰일 거야."

흙덩이는 자신의 처지를 비관하며 슬퍼하는 강아지똥을 위로하고 희망

2) 민담, 전래동화에는 똥이나 방귀를 소재로 한 이야기들이 더러 있다.

을 준다. 흙덩이는 산비탈 밭에서 곡식도 가꾸고 채소도 가꾸던 존재이다. 그러다 소달구지에 실려 가던 중 달구지 바퀴 자국에 떨어져 소외자가 된 것이다. 사람들은 보통 자신이 처한 불행의 원인을 남의 탓으로 돌린다. 그런데 흙덩이는 달구지에서 떨어지게 된 이유를 자신의 탓으로 돌린다.

> "내가 아주 나쁜 짓을 했거든. 지난 여름, 비가 내리지 않고 가뭄이 무척 심했지. 그때 내가 키우던 아기 고추를 끝까지 살리지 못하고 죽게 해 버렸단다."

자신의 잘못을 성찰하는 흙덩이의 태도는 종교적 고해이다. 흙덩이는 아기 고추를 끝까지 살리지 못한 것을 가뭄 때문이 아니라 자신의 정성이 부족한 탓으로 돌린 것이다. 자신의 잘못을 인정하지 않고, 변명을 일삼는 보통 사람들과는 다른 특별함이 흙덩이를 돋보이게 한다. 흙덩이는 자신의 삶을 성찰하며 강아지 똥에게 희망의 메시지를 선사한다.

강아지 똥은 자신의 처지에 대한 실망을 새로운 희망으로 생각을 바꾼다. 그리고 마침내 민들레 싹의 거름이 되어 줌으로써 한 송이 아름다운 꽃으로 피어나게 한다. 더러운 '똥'이 아름다운 '꽃'으로 승화하는 것이 이 작품의 고갱이이다. 인식의 깨달음도 충격이지만, 이 과정을 무리 없이 아주 생생하게 형상화한 데에 이 작품의 진정한 주제가 숨어 있다.

> "너의 몸뚱이를 고스란히 녹여 내 몸속으로 들어와야 해. 그래서 예쁜 꽃을 피게 하는 것은 바로 네가 하는 거야."
>
> 강아지똥은 가슴이 울렁거려 끝까지 들을 수가 없었습니다.(아, 과연 나는 별이 될 수 있구나!) 그러고는 벅차 오르는 기쁨에 그만 민들레 싹을 꼬옥 껴안아 버렸습니다.
>
> "내가 거름이 되어 별처럼 고운 꽃이 피어난다면, 온몸을 녹여 네 살이

될게."

몸뚱이는 몸을 속되게 이르는 말이다. 강아지 똥이기에 '몸'이란 표현보다는 더 잘 어울리는 말이다. 고스란히는 '조금도 축나거나 변하지 않고 그대로 온전히'라는 뜻이다. 민들레는 강아지 똥에게 그대로 온전히 녹여 자신의 몸속으로 들어오라고 한다. 민들레의 프로포즈를 받은 강아지 똥은 자신도 별이 될 수 있다는 기쁨에 가슴이 울렁거린다. 그는 벅차오르는 기쁨에 민들레 싹을 꼭 껴안는다. 그러고는 자신의 온몸을 녹여 민들레의 살이 되기로 다짐한다.

> 비는 사흘 동안 계속 내렸습니다./ 강아지똥은 온몸이 비에 맞아 자디잘게 부서졌습니다. 땅 속으로 모두 스며들어가 민들레의 뿌리로 모여들었습니다. 줄기를 타고 올라와 꽃봉오리를 맺었습니다.
>
> 봄이 한창인 어느 날, 민들레는 한 송이 아름다운 꽃을 피웠습니다. 향긋한 내음이 바람을 타고 퍼져나갔습니다.
>
> 방긋방긋 웃는 꽃송이엔 귀여운 강아지똥의 눈물겨운 사랑이 가득 어려 있었습니다.

비는 쉬지 않고 사흘 동안 내린다. 작가는 왜 하필 비를 이틀도 아니고 닷새도 아닌 사흘 동안 내린다고 했을까? 그 해답은 3이라는 숫자의 상징성에 있다고 본다. 3은 성서의 성부, 성자, 성령이라는 삼위일체, 불교의 3존불[3] 등과 같이 종교적 신앙과 관련이 있다. 1은 불안정하고 2는 대립적일 수도 있지만, 3은 안정적인 구조를 지니고 있다. 3총사, 삼시세판, 삼시세끼 등 3은 우리의 생활과도 밀접하다. 3이 상징하는 것처럼 비가 사흘 동안 내려 강아지똥과 민들레를 한 몸이 되게 해 주는 메신저 역할을 한다.

3) 본존불인 삭가모니와 좌우에서 시립하는 보처불보살을 합하여 부르는 불교 용어이다.

한 송이 아름다운 민들레꽃을 피운 자양분은 참새에게 욕을 먹은 강아지 똥이다. 작가는 '귀여운 강아지 똥'이라고 표현했다. 더러운 기피의 대상에서 귀여움의 마스코트로 변신을 한 것이다. 방긋 웃는 민들레꽃을 피우는 데에는 강아지 똥의 눈물겨운 사랑이 숨어 있음을 역설하고 있다.

이 동화는 너무 미천하여 쓸모없을 것 같은 존재라도 훌륭하게 쓰일 수 있다는 가르침을 담고 있다. 자괴감을 자존감으로 고양시키고, 자애에 대한 가치를 깨닫게 하는 내용일 뿐 아니라 사랑과 희생의 가치를 잔잔하게 가르쳐 주는 작품이기도 하다. 강아지 똥이 빗물에 완전히 녹아 뿌리를 통해 스며들어 민들레꽃이 되었듯이, 이 작품의 주제 역시 겉으로 드러나지 않는다.

권정생이 동화에서 즐겨 찾는 작품의 소재나 등장인물들은 미천하여 냉대받고 구박받으며 짓눌리고 희생되는 존재가 대부분이다. 하지만 그들은 다시 꽃으로 피거나 멸시와 구박으로부터 해방되어 거룩을 느낄 수 있는 삶으로 승화한다. 작가는 눈에 보이는 현상 너머의 본질을 추구함으로써 자연의 섭리를 신앙의 본질과 접목시키고 있다.

권정생은 삶의 피상만을 좇지 않는다. 그의 동화는 현실에 튼실히 뿌리내리고 있다. 혐오와 기피 대상이 쓸모 있는 존재로 거듭나고, 미천한 존재가 귀한 존재로 대접받고, 낮은 존재가 드높은 존재로 탈바꿈한다. '강아지 똥'은 작가의 분신인 동시에, 천대받고 멸시당하며 살아가는 불우한 이웃들에게 희망을 준다. 이런 미천하고 혐오스런 오물 덩어리가 꽃으로 승화한 동화적 상징성 때문에 어른들까지 이 동화의 마력에 빨려드는 것이다.

2. 그림자가 바라본 인간의 우상(愚像)

「아기양의 그림자 딸랑이」는 동화에서는 좀처럼 다루지 않은 분단 및 참전 문제를 비판적 시각으로 접근하고 있다. 아기 양들의 싸움을 통해 어리석기 짝이 없는 전쟁으로 한없이 고통받고 희생을 강요받는 인간들의 미련함을 노골적으로 비판했다. 매일신문 신춘문예에 가작으로 입선한 이 작품에는 작가의 신념인 반전평화 사상이 녹아들어가 있다. 이 동화는 사람의 그림자가 아니라 동물의 그림자를 주인공으로 했다. 주인공은 딸랑이라는 이름을 가진 아기 양의 그림자이다.

어둡게만 살고 있습니다. 따라만 다니고 흉내만 냅니다. 하늘 높이 날아 보지도 못합니다. 아무 데나 누워서만 지냅니다. 소리를 낼 수 없어 슬퍼도 울지 못합니다. 기뻐도 웃지 않고 벙어리인 채 살고 있습니다. 그림자는 바보입니다. 이 바보 그림자가 세상 어디에나 있습니다. 하나님이 맨 처음 세상을 만들기 전부터 그림자는 살고 있었습니다. 빛을 만들 때에도 하나님은 이 그림자를 깨끗이 없애지 않았나 봅니다.

「아기양의 그림자 딸랑이」의 프롤로그이다. 물체가 빛을 가리어 물체의 뒤에 나타나는 검은 형상을 그림자라고 한다. 근심이나 불행으로 어두워진 마음이나 그 마음이 드러난 표정을 뜻하기도 한다. 이 동화는 그림자를 의인화한 동화로, 아기 양의 그림자 딸랑이가 중심인물이다. 마치 '스무고개'라는 말놀이를 대하는 듯한 내용이다. 이 동화의 장점은 그림자의 특성을 잘 표현한 데 있다. 슬퍼도 울지 못하고, 기뻐도 웃지 않고 벙어리인 채 살고 있는 그림자를 바보라고 칭했다.

아기 양은 신나게 산등성이를 뛰어가다가 저쪽에서 마주 뛰어오는, 자기와 비슷한 아기 양을 만났습니다. 두 아기 양들은 하얀 털을 까칠하게 일으켜 세우고는, 앞발을 번쩍 들고 머리를 빼딱하게 꼬나보았습니다.

이상한 일입니다. 남남이라 하지만 서로가 같은 동족이 아니겠어요? 까닭도 없이 싸우다니 모를 일입니다. 무기래야 하찮은 뿔밖에 더 없습니다. 그러나 작은 아기 양치고는 어마어마한 싸움이 벌어지고 말았습니다./ 밀고 밀리며 뿔대가리로 한참 동안 박치기를 하다가 마지막에는 둘 다 낭떠러지에 굴러 떨어지고 말았습니다. 데굴데굴데굴……./ 물론 두 그림자들도 함께 굴러 내려갔습니다.

아기 양들은 가시에 긁히고 바윗돌에 부딪혀, 머리랑 모가지랑 피투성이가 되었습니다.

딸랑이 그림자의 주인인 아기 양이 마주 뛰어오던 아기 양과 싸우는 장면이다. 아기 양들은 뿔로 박치기를 하고 싸우다가 낭떠러지로 굴러 떨어지고 만다. 가시에 긁히고 바윗돌에 부딪혀 머리와 모가지가 피투성이가 된다. 이 장면을 읽는 대부분의 독자들은 어린 양들을 한심하게 생각하며 혀를 차게 된다. 그런데 이 양들의 어리석은 행동은 곧 인간 세계를 풍자한 것이다. 6·25라는 동족상잔, 세계 2차 대전, 월남전 같은 전쟁터에서 인간들끼리 총을 쏘고 포탄을 터뜨리며 살생을 일삼았던 인간들을 질타하고 있는 것이다.

그러나, 아기 양은 다음 날도 한바탕 싸움을 했습니다. 두 번째 싸움은 처음보다 굉장했습니다. 아기 양의 한쪽 뿔이 흔들거렸습니다. 앞다리 하나가 절뚝거렸습니다. 아기 양의 주인이 빨간 약을 발라 주고 흔들거리는 뿔은 붕대로 둘둘 감아 주었습니다.

"쪼꼬만 녀석이 싸움만 하는군."/ "죽고 싶어 환장을 했나 봐."

주인집 어른들이 서로 주고받은 말입니다. 딸랑이도 '옳은 말씀이지' 하고 속으로 뇌까렸습니다.

그날 하루 종일 아기 양은 우리 안에 갇혀 있어야만 했습니다. 베어다 주는 풀도 먹을 수가 없었습니다. 상처 난 곳은 아프고, 배고프고, 갑갑해서 하루가 무척 지루했습니다.

아기 양들은 한번 싸움에 그치지 않고 두 번째 싸움을 벌인다. 두 번째 싸움은 피해가 더 심하여 뿔이 흔들거리고, 다리를 절뚝거리기까지 한다. 아기 양은 다친 곳을 주인에게 치료받는다. 아기 양은 싸움을 한 댓가로 우리 안에 갇히게 되고, 상처난 곳이 아파서 고통을 받는다. 이러한 아기 양의 행동을 그림자 딸랑이는 못마땅하게 생각하고 한심하게 생각한다. 아기 양과 같은 어리석은 행동을 만물의 영장이라고 자칭하고 스스로 현명하다고 자부하는 인간들도 답습하고 있음을 작가는 은근히 질타하고 있다.

> 딸랑이는 그제야 짐작을 했습니다. 사람들도 역시 전쟁이란 싸움이 있어서 눈도 다치고 다리 병신도 된다는 것을./ 하니까. 싸움은 누구나 다 하고 있는 한 가지 버릇인가 봅니다. 정말 이상한 버릇도 다 있구나 싶습니다.
>
> 아이들은 한참 동안 지껄이며 떠들더니 이번에는 입을 모아 큰 소리로 노래를 부릅니다.
>
> "…… 싸우고 싸워서 세운 이 나라/ 공산 오랑캐 침략을 받아/
> 공산 오랑캐 침략을 받아/ 자유의 이 민족 피를 흘린다."
>
> 딸랑이는 그 노래에 숨이 막혀 버릴 것 같습니다. 싸우고 싸워서 세운 나라를, 누군가 또 싸워서 빼앗으려나 봅니다.

동네 아이들이 양이 갇혀 있는 우릿가로 온다. 한 아이가 다친 아기 양을 보고 "전쟁하다 부상을 입었군." 하고 말하자, 아기 양은 화를 발끈 낸다. 딸랑이는 전쟁이란 말을 처음 듣고 아이들의 다음 말에 귀를 바싹 기울인다. 아이들은 다친 아기 양에게 "꼭 베트콩 같다", "아니야! 무장 간첩이야!", "것도 아니야, 철이네 아저씨야." 하며 신나게 웃어제낀다. 철이네 아저씨는 전쟁에서 한쪽 눈을 잃고, 다리 한쪽을 잘린 상이군인인 것이다.

딸랑이는 사람들도 전쟁이란 싸움이 있어서 눈도 다치고 다리 병신도 된다는 것을 짐작하게 된다. 이처럼 전쟁의 폐해를 부각시키며 인간들의 우둔함과 전쟁의 모순을 고발하는 것이다.

> 그때, 마을 쪽에서 아이들의 고함 소리가 납니다./ "우리는 맹호부대 맹호부대 용사들아……."
>
> 목이 터져라 군가를 부릅니다. - 중략 - / 미루나무 그림자는 길게 한숨을 쉽니다.
>
> "정말 사람들의 말대로 싸우고 싸워서 이 나라를 세운 거예요?"
>
> 딸랑이는 입술을 깨물었습니다.
>
> "모두들 왜 미워할까? 싸우지 않을 수는 없을까?"
>
> 슬픔이 치밀어 올랐습니다. 미루나무 그림자의 가슴에 와락 기대며, 소리없는 울음을 안타까이 흐느껴 울었습니다.

「아기양의 그림자 딸랑이」의 마지막 부분이다. 그림자 딸랑이는 아기 양이 다른 양들과 싸우는 것을 보고 마음이 불편하다. 인간의 세계에도 전쟁이 계속되는 걸 알고는 몹시 슬퍼하게 된다. 딸랑이는 미루나무 그림자를 만나고 시냇물을 만나면서 진실에 눈을 뜬다. 세상의 모든 생명들이 탐욕과 싸움이 없는 평화의 마음을 가질 때에만 물처럼 빛을 투명하게 통과시켜서 그림자 없는 세상을 만들 수 있다는 것을 깨닫는다.

「아기양의 그림자 딸랑이」는 「강아지똥」과 비슷한 구조를 가지고 있지만, 필요 이상의 종교적 설교적 요소[4]가 드러나 문학성을 폄하시키고 있다. 이것은 당시 작가의 주일학교 교사라는 직분이 반영된 결과이다. 그런데 이

4) 시냇물은 뱅글뱅글 돌면서 얘기합니다./ "맨 처음, 하나님이 세상을 만들었을 땐 전부 발가숭이였단다. 사람도, 짐승도, 꽃도, 나무도, 벌레들도……. 그런 걸 사람이 그게 싫다고 옷을 입었대."/ "사람이? 누가?"/ "아담과 하와가."/ "어째서 발가숭이가 싫었을까?"/ "하나님처럼 되고 싶었단다. 그게 잘못이잖니? 하나님께서 절대로 먹지 말라 하신 과일을 몰래 따먹고 나서 동티났지 뭐야. 저지른 죄가 드러났거든. 그래 그 죄가 부끄러워 얼른 나뭇잎으로 가리웠대."

작품에는 탐욕과 싸움 같은 부정적인 대립자가 돌출되게 나타난다. 「아기 양의 그림자 딸랑이」는 향후 권정생 문학의 주요 특질을 집약한 모티브로 작용하게 된다.

3. 민족의 수난사를 다룬 동화시

조선일보 신춘문예 당선작인 「무명저고리와 엄마」는 작가가 3년 동안이나 긴 시간을 두고 한 줄 한 줄 써 나간 작품이다. 이 작품은 서사의 줄거리를 한 문장 한 문장 시적 형상으로 압축하여 동화라는 수틀에 한땀 한땀 바느질해 낸 작품이어서 동화시로 지칭해도 무방하다. 엄마가 손수 만들어 입은 무명저고리를 매개로 일제 강점기의 수탈과 민족 분단, 한국전쟁, 베트남전쟁 참전이라는 민족의 수난사를 조명했다.

모두 10연으로 짜여 있는 이 작품에는 가혹했던 일제의 탄압과 수탈, 독립운동, 강제 징용, 동족상잔, 월남 참전 같은 굵직 굵직한 역사적 사건들을 씨실로 그 역사에 얽힌 한 가족의 참담한 운명을 날실로 짠 피륙에 무명실로 선명하게 수놓고 있다.

> 물레 소리가 납니다./ 짤깡짤깡 베 짜는 소리도 납니다./ 엄마 저고리, 무명 오라기, 오라기마다 그 소리들이 들립니다./ 하도 많이 일을 한 엄마의 마디 굵은 손가락으로 정성스럽게 바느질을 한 저고리입니다. 엄마 저고리는 엄마가 손수 물레를 잣고, 베틀로 꽁꽁 짜서 지어 입은 옷입니다. 그 많은 아가들의 시중을 들면서도 엄마는 어느 누구한테 바느질을 맡길 곳이 없었습니다. 그보다도 엄마는 더 많이 아가들을 위해 일을 하고 싶어, 무엇이나 엄마 손으로 밤낮을 가릴 수 없이 바빴습니다.

1연은 엄마가 돌리는 물레 소리와 베 짜는 소리로 막이 오른다. 물레란 솜에서 실을 자아내는 틀을 말한다. 오늘날에는 물레를 사용하는 집이 없지만 50~60년대에만 해도 농촌에서는 목화 농사를 지어 물레를 자았다. 물레질을 하면 보통 솜이나 고치에서 하루 15~20개 가락에 실을 드릴 수 있다. 물레로 실을 자으면, 그 실을 베틀에 얹어 베를 짠다. 실, 헝겊 등의 가늘고 긴 조각을 오라기라고 한다. 엄마는 목화 농사를 짓고 솜을 따서 물레질을 하여 무명실을 잣는다. 무명실을 베틀로 짜서 무명 오라기를 만들고 그것을 다시 마름질하여 무명 저고리를 깁는다. 무명 저고리 한 벌에는 이렇게 엄마의 한숨과 땀이 고스란히 스며 있는 것이다.

첫 아기, 복돌이를 낳고부터 엄마 일손은 더욱 바빠진 것입니다.

그러나 엄마는 즐거웠습니다. 잇달아 차돌이와 삼돌이가 태어났습니다. 복돌이의 복숭아 볼이 비비적거렸던 어깨판에, 차돌이와 삼돌이의 볼이 연거푸 저고리를 비볐습니다. 엄마 저고리는 젖 냄새가 납니다./ 복돌이 냄새가 납니다. 차돌이, 삼돌이의 코흘린 냄새가 납니다. 베틀 소리와 함께 아가들의 울음 소리가 무명 오라기마다 감겼습니다. 복돌이, 차돌이, 삼돌이의 울음 소리입니다.

오늘날엔 여러 이유로 출산을 기피하여 인구 절벽 시대가 되었지만 50, 60년대만 해도 자녀들의 수가 한 가정에 대여섯 명 이상은 되었다. 이 동화의 주인공 엄마도 복돌이, 차돌이, 삼돌이를 차례로 낳아 젖을 먹여 기른다. 오늘날은 워킹맘 시대라 모유보다는 분유를 많이 먹이지만 작품이 쓰여진 60년대 초에는 엄마 젖이 수유의 주류였다. 엄마는 아이들을 돌보며 베틀에 앉아 무명 천까지 짜니 얼마나 곤궁한 삶이었을까? 어린아이들은 엄마 품에 파고드느라 무명 천에 콧물을 묻힌다. 아가들의 젖 냄새, 콧물 냄새가 저린 엄마의 무명 오라기에는 아가들의 울음 소리도 함께 배어 있는 것이다.

선달 그믐날은 복돌이, 차돌이, 삼돌이 셋이서 서낭당 고개 밑까지 아빠 마중을 나갔습니다. 서녘골 용두산 허리로 짧은 겨울 해가 꼴깍 넘어가도록 아빠는 끝내 나타나지 않았습니다./ 쓸쓸한 설날도 지났습니다./ 궁궐 깊숙이 갇히셨던 임금님이 슬픈 운명을 하시게 되자 갑자기 서울 거리는 술렁거렸습니다./ 소리 없이 통곡을 하며, 소리 없이 눈물을 흘리는 흰옷 입은 사람들의 가슴과 가슴으로 한맺힌 소리가 질기게 전해져 갔습니다. 강을 건너고 산을 넘어 방방곡곡 퍼져 갔습니다.

살구꽃이 피는 봄이 왔습니다. 아빠가 갈아 놓고 간 밀밭이 퍼렇게 자라도록 역시 아빠 소식은 감감했습니다./ 만세 소리가 두메산골까지 메아리치던 그해 삼월달, 아빠는 일본 헌병의 총칼에 찔려 죽었으리라는 슬픈 소식이 들려 왔습니다.

2연에서는 일본의 조선 강점과 을미년 명성왕후 시해 사건, 고종의 승하와 3·1만세운동을 다루고 있다. 일제의 식민 통치가 가속되자 아이들의 아버지는 일곱 남매만큼이나 아끼던 새끼 밴 누렁이를 팔아 먼 길을 떠난다. 나라를 되찾기 위한 대열에 나선 것이다. 아이들은 설날이 되면 아빠가 돌아올까 봐 서낭당까지 마중을 나가지만 쓸쓸한 발길을 돌린다. 고종 임금의 독살설까지 퍼지자 성난 백성들은 나라를 되찾기 위한 만세운동에 동참한다. 결국 아빠는 만세운동을 벌이다 일본 헌병의 총칼에 숨을 거둔다.

3연에서 복돌이는 수수팥단지를 싼 삼베 보자기를 허리춤에 묶고 새벽길을 떠난다. 엄마의 배웅을 받고 떠난 큰아들은 북간도에서 독립군이 되었다는 소문이 들린다. 까막눈이라는 설움을 떨쳐 버리겠다고 동경으로 유학을 떠난 둘째는 의사가 되었다는 소식이 들리지만 차돌이는 끝내 엄마 곁으로 돌아오지 않는다.

4연에서는 셋째 삼돌이의 사연을 다루고 있다. 일본 국기의 머리띠를 매고 징용으로 끌려간 삼돌이는 남태평양 전투에서 전사했다는 통지가 날아온다. 그 소식을 접한 엄마는 눈물을 쉴 새 없이 흘리고 무돌이는 엄마 목덜미에 붙어 소리 질러 울고, 큰분이와 또분이도 엄마보다 더 서럽게 운다.

몽둥이와 긴 칼을 찬 일본 순사들이 자주 마을을 들락날락거렸습니다./ 강제 공출 벼 가마니를 실은 짐바리가 고개 너머 주재소가 있는 장터까지 잇닿았습니다. 집집마다 뒤주 바닥이 말끔히 드러났습니다./ 엄마와 큰분이가 머리에 이고 거둬들였던 볏단도 타작 마당에서 고스란히 빼앗겼습니다.

아빠와 새살림을 차릴 때 들여놓았던 반짝반짝 길들여진 서 말들이 솥도 빼앗아 갔습니다. 놋양푼도 그릇도 숟가락도 가져가 버렸습니다. 일본순사 꽁무니에 붙어다니는, 한쪽 눈이 찌그러진 백정이 뒤주 속에 숨겨뒀던 검둥이를 잡아갔습니다.

그해의 보릿고개는 유난히 배가 고팠습니다. 엄마는 산나물을 뜯기에 바빴습니다. 송피죽과 칡가루 떡으로 숨결이 이어졌습니다.

5연에서는 일제의 한반도 수탈을 적나라하게 그리고 있다. 일제는 전쟁물자 조달에 혈안이 되어 솥단지와 숟가락까지 약탈해 가고, 심지어 뒤주 속에 숨겨 둔 가축까지 강탈해 갔다.

소나 말의 등에 실어서 나르는 짐을 '짐바리'라 한다. 볏가마니는 짐바리로 실려 가고, 볏단까지 빼앗기니 소나무 껍질과 풀뿌리까지 캐어 먹는 신세가 된 것이다. 그런 와중에서도 큰분이는 처녀가 되어 가고, 또분이도 쑥쑥 자란다. 막돌이와 무돌이도 꾸러기들이 되어 갈 무렵, 마침내 해방을 맞게 된다.

6연에서는 꽃분이가 시집을 가고 또분이도 혼사를 기다린다. 집은 여전히 가난하여 수수풀떼기와 꿀밤떡으로 겨울을 넘긴다. 6월이 되자 전쟁이 터진다. 엄마는 만삭이 되었다는 큰분이의 안부가 머리를 어지럽혔지만,

막돌이와 무돌이를 앞세우고 피난길에 나선다. 또분이도 무거운 봇짐을 이고, 엄마 뒤를 따른다. 누더기를 걸친 피난민들 사이에서 엄마는 막돌이와 무돌이의 손을 꼭 잡고 걷는다. 허기지고 지쳐가는 피난길이다.

7연은 피난길에서 일어난 가족의 수난사를 그리고 있다. 막돌이는 피난길에 싸움터에서 날아온 파편에 맞아 다리 하나를 잃는다. 또분이는 막돌이를 살리기 위하여 양공주가 되어 검둥이 아기를 낳고 어디론지 자취를 감춘다. 딸 아기를 낳은 큰분이는 세 이레를 못 채우고 마을 사람들과 함께 북녘 땅으로 끌려간다.

> 손등은 흙먼지가 더부룩이 쌓였습니다. 뭉툭하게 닳은 호미 끝엔 월남에서 싸우는 무돌이의 모습이 가끔씩 비쳐 보였습니다. 잇따라 또분이와 큰분이의 안쓰런 모습도 보였습니다. 삼돌이도 보였습니다. 차돌이와 복돌이의 건강한 모습도 아른거렸습니다. 커다란 아빠 얼굴이 여섯 아이들의 얼굴 너머에서 조용히 넘어다 보고 있었습니다.

8연은 월남전 이야기를 다루고 있다. 무돌이는 월남에 파병되어 전쟁터를 누빈다. 엄마는 무돌이에게서 오는 편지를 읽으며 다리가 불편한 막돌이와 함께 목화밭을 일군다. 엄마의 눈에 여섯 아이들의 모습과 남편의 모습이 아른거린다.

9연에서는 월남전에 참전했던 무돌이마저 잃게 된다. 목화밭에서 김을 매고 돌아온 엄마는 한 달째 편지가 없던 무돌이의 전사 통지를 받는다. 막돌이의 한쪽 다리를 부둥켜안은 엄마는 쓰러져 누운 채 막돌이를 쳐다본다. 엄마의 숨은 거칠어진다.

> 달빛이 은가루처럼 곱게 내리고 있었습니다. 큰분이의 댕기가 달빛에 반짝거립니다.

복돌이, 차돌이, 삼돌이의 얼굴이 달님처럼 훤히 밝습니다. 막돌이가 조끼 주머니에 든 곶감을 꺼내고 무돌이와 나눠 먹습니다. 엄마가 달려갑니다. 무돌이를 껴안습니다.

일곱 아기들이 한꺼번에 엄마 저고리에 안겨 옵니다. 보드랍고 따스한 엄마 저고리입니다.

저만치서 커다란 아빠가 빙그레 바라보고 있습니다. 엄마는 그렇게 일곱 아기들을 저고리 품에 안고 영원히 고향으로 가 버렸습니다.

엄마는 이렇게 일곱 아기들을 품에 안고 숨을 거둔다. 전쟁 통에 이북으로 끌려간 큰분이, 전쟁 때 막돌이를 살리기 위해 양공주가 되어 사라진 또분이, 독립군이 되어 만주에서 싸웠던 복돌이, 일본에 유학간 후 돌아오지 않은 차돌이, 징용으로 끌려가 남태평양 전투에서 전사한 삼돌이, 월남전에 참전했다 전사한 무돌이, 6·25전쟁 때 한쪽 다리를 잃은 막돌이, 그들을 바라보며 웃는 남편까지 그리며 한많은 세상을 떠나간 것이다. 이렇게 일제 강점기와 6·25전쟁, 월남전을 거치는 동안 남편과 일곱 자녀가 모두 희생된 아픈 가족사를 그린 것이다.

엄마 저고리를 가운데 두고 무지개가 피어났습니다. 일곱 빛의 촛불이 따스한 그림처럼 엄마 저고리를 밝혔습니다. 무지개를 타고 엄마의 사랑스러운 아기들이 조롱조롱 나타났습니다. 복돌이 얼굴이 엄마 어깨 위에서 웃고 있었습니다./ 차돌이와 삼돌이와 큰분이, 또분이, 막돌이와 무돌이가 저고리 가슴팍에서 방긋방긋 웃고 있었습니다./ 색동 무지개가 아기들의 얼굴을 곱게 물들였습니다. 목화밭에서는 하얀 목화송이들이 피어났습니다. 북간도와 남태평양 바다와 월남 땅으로 엄마의 손길처럼 따스한 목화송이가 날아가고 있었습니다./ 한쪽 다리로 반 조각 땅을 딛고 선 막돌이가, 무지개의 한 끝을 잡고 목화밭 위에 사뿐히 펼쳐 놓았습니다.

엄마가 조용히 내려다보고 있었습니다.

이 동화의 에필로그이다. 이 작품은 10개의 연으로 구분되어 있고, 편편히 시적 문장으로 짜여 있어서 한 편의 동화시라고 해도 무방하다. 시적 문체의 리듬감 있는 문장들이 반복과 병치의 구조로 전개되고 있어서 서사시를 방불케 한다.

이 동화는 남편과 일곱 자식들의 아픔을 껴안고 한 많은 일생을 살다간 어머니를 향해 '막돌이'가 부르는 절실한 사모곡이자 당 시대를 눈물로 살아간 한 여인의 피빛 모성가이기도 하다. 이 작품의 에필로그는 비극을 무지개 빛 환상으로 처리하여 '엄마'의 슬픈 영혼을 하늘나라로 인도하고 있다. 색동 무지개는 일곱 자녀의 상징이고, 한쪽 다리로 반 조각 땅을 딛고 선 막돌이의 모습은 무지개 빛이어서 더욱 슬픈 비극의 징표이다.

어머니의 모성은 오롯한 희생으로 나타난다. 남편을 나라의 독립 제물로 바치고 일곱 자식 중 여섯 자식을 전쟁의 희생 양으로 잃는다. 한 자식마저 전쟁의 파편을 맞고 불구가 되어 무지개의 한 끝을 잡고 한쪽 다리로 서 있는 삽화는 비극의 극치인 것이다. 이는 한 가족의 비극이기 전에 한민족의 비극이고 지구촌의 참상인 것이다. 10연으로 구성된 이 이야기는 가히 서사시라 불러도 좋을 동화시다.

Ⅲ. 나오는 말

권정생은 평생 140편의 단편동화, 5편의 장편동화, 5편의 소년소설(단편 1편 포함), 100편이 넘는 동시와 동요 외에도 80여 편의 옛이야기를 재화 혹은 재창작하고, 150여 편에 이르는 산문을 남겼다. 「금복이네 자두나무」로 한국아동문학가협회에서 제정한 제1회 한국아동문학상을 받았다.

권정생의 동화는 가난과 불행의 근본적 원인을 알게 하고, 시련과 고난을 딛고 일어서는 과정을 통해 함께 살아가는 삶의 중요성을 깨닫게 한다. 그것은 작가가 몸소 체험한 삶을 바탕으로 진실이라는 혼을 담아 글을 썼기 때문이다.

1983년 이후 직접 지은 5평짜리 오두막집에서 강아지와 둘이서 사는 검소한 삶을 실천하며 평생 독신으로 살았다. 2007년 5월 17일 지병이 악화되어 대구가톨릭대학교병원에서 71세의 나이로 영면했다. 권정생은 기독교적 신앙을 바탕으로 자연과 생명, 어린이, 그리고 고난 받는 이웃들에 대한 사랑을 작품의 주요 주제로 다뤄 왔다.

그의 첫 수상작인 「강아지똥」은 일찌기 우리 동화에서 볼 수 없었던 죽음과 삶의 문제를 다루었다. 「아기양의 그림자 딸랑이」 또한 동화에서는 잘 다루지 않던 분단 및 참전 문제를 비판적 시각에서 접근했다. 「무명저고리와 엄마」는 일제 강점기의 수탈과 남북 분단, 베트남 파병이라는 민족사를 수놓듯이 이야기했다.

권정생은 행복한 어린이보다 힘들게 사는 어린이가 더 많은 시대에 그들의 아픔과 불행을 외면할 수 없다고 했다. 병든 몸으로 육신의 아픔을 달고 살던 권정생은 창작 과정이 결코 녹록하지 않았다. 동화 한 편을 쓸 때마다 혼신의 힘을 쏟았다. 그는 자신이 세상에 온 흔적을 글이라는 매체로 남기려 했다. 지독하게 가난했기에 원고지 살 돈도 없어 이면지에 동화를 쓰는 등 힘든 여건에서도 창작을 멈추지 않았고, 이런 시련을 통해 그의 문학은 더욱 튼실해졌다. 그의 삶에는 보통 사람으로는 상상하기 힘든 초인의 의지가 있기 때문에 그의 동화 편편마다 치열한 작가정신이 담겨 있다.

향수에 젖어 부르는 통일 희망가
– 박경종 동화론

Ⅰ. 작가가 걸어온 길

내양(來陽) 박경종(朴京鍾)은 1916년 5월 4일 함경남도 홍원에서 태어났다. 연변에 있는 동흥중학교(東興中學校)[1]에 재학중이던 1933년 〈조선중앙일보〉 신춘문예에 동요 「왜가리」가 입선되었다. 1937년 동흥중학교를 졸업한 후 1940년 홍원 군청 임산과에서 근무했다.

1940년 〈동아일보〉 신춘문예에 동요 「둥굴다」가 입선된 후 아동잡지 〈아이생활〉을 중심으로 작품활동을 했다. 1943년 〈아이생활〉 편집동인[2]과 해방 후 홍원에서 초 · 중등학교 교사와 잡지사 기자를 하다가 1951년 월남했다. 서울에서 양복점을 운영하는 등 상업에 종사하면서 동요와 동화를 창작했다.

그는 월남 후 평양 출신의 정혜옥[3]과 결혼하여 슬하에 1녀(현숙) 1남(영훈)

1) 일제 강점기 천도교의 최익룡 등이 북간도 용정에 세운 중등 교육기관이다. 한인 2세들에게 중등 교육을 실시할 목적으로 설립되었다. 지금은 룡정 제3중학교로 조선족 학교가 아니고 한족 학생들이 공부하는 학교로 되었다.

2) 1943년 〈아이생활〉이 경영란을 겪게 되자 당시 집 한 채 값인 200원을 제작비로(아이생활이 1944년 1월에 강제 폐간되기까지 4차례에 걸쳐 50원씩) 기부하기도 했다.

3) 1925년 생으로 경기초급대학 보육학과 교수를 지냈고, 명륜유치원을 운영한 동요 작곡가이다.

을 두었다. 자녀들은 가정을 꾸려 해외에서 살고 있다. 연변에 살던 그의 어머니는 1975년에 69세로, 아버지는 1980년에 72세로 각각 타계했다.

한글글짓기지도회 회장(1969), 한국문인협회 아동문학 분과 회장(1977), 한국문인협회 이사 한국아동문학가협회장(1981), 한국크리스찬문학가협회 회장 등을 역임했다. 받은 상으로는 제1회 한정동아동문학상(1969), 제5회 이주홍아동문학상(1985), 제5회 한국펜문학상(1985), 제23회 한국문학상(1986), 대한민국문학상 본상(1988), KBS동요대상(1991), 대한민국 은관문화훈장(1995), 함경남도문화상(1996), 반달동요대상(1999) 등을 수상했다.

2006년 박경종아동문학상이 제정되어 시상해 오다 제10회로 중단되었다. 그는 여러 아동문학상 운영위원으로도 활약했는데, 한정동아동문학상 운영위원장, 소천아동문학상 운영위원장, 계몽아동문학상 운영위원, 덕성유치원 이사장 등을 지냈다.

문학사업에도 활발하게 참여하여, 1963년부터 국제 펜클럽 회원으로서 활동하였고, 1969년 한국동요동인회장, 한국글짓기지도회장, 1975년 문교부 국민학교 교가 제정위원, 1977년 한국문인협회 아동문학 분과 회장, 1979년 한국음악저작권협회 부회장, 1981년 한국아동문학가 협회장과 한국크리스천문학가 협회장, 1991년 한국도서잡지윤리위원회 심사위원 · 한국문인협회 이사 등을 두루 역임하면서 아동문학 진흥에 기여했다.

2006년 경칩날(3월 5일) 공주원로원에서 노환으로 별세하여 경기도 남양주시 진건읍 사능리에 있는 영락교회 공원묘지에 영면하고 있다.

Ⅱ. 박경종의 동화 세계

박경종은 동화작가로보다 동요 · 동시인으로 더 잘 알려져 있다. 그것은 그가 동요로 등단하여 주로 동시와 동요시를 많이 발표[4]했기 때문이다. 이는 박경종과 연배가 비슷한 강소천도 동시로 등단하여 동화 창작도 병행하였으며, 세 살 아래의 박홍근도 마찬가지이다. 내양의 동요시는 초등학교 교과서에도 「초록바다」 등 4편[5]이 실려 있다. 하지만 그가 펴낸 동화집이 22권나 된다는 사실을 간과해서는 안 된다. 박경종은 1934년 조선중앙일보에 동화 「아기 참새」를 발표하면서 동화작가[6]로 출발하였다.

그가 처음 발표한 동화 「아기 참새」의 프롤로그는 '흰 눈이 소리 없이 내리는 날이었습니다. 노마는 널마루 위에 걸터앉아 멀리 눈 내리는 하늘을 말없이 바라보다가 돌담 곁에 세워져 있는 빗자루로 앞마당을 깨끗이 쓸어 놓았습니다.'로 시작한다.

이 작품에 나오는 노마[7]는 앞집 순이네 집에서 기르는 파랑새를 너무 갖고 싶어 한다. 하지만 새를 살 형편이 못되어 참새를 잡기로 결심한다. 마침내 쌀 한 줌을 맷방석[8] 밑에 뿌리고 참새를 유인하여 사로잡는 데 성공한다. 옛날 농촌에서는 맷방석이나 삼태기 등을 이용하여 참새를 잡는 풍경이 흔했다. 노마는 아버지가 쓰던 낡은 새장 안에 아기 참새를 넣고 처마 끝에 달아 놓는다.

---

4) 박경종이 상재한 동시집으로는 『꽃밭』(중앙문화사. 1954),『초록바다』(인문각. 1962), 『고요한 한낮』(배영사. 1967), 『조그마한 호수』(세종문화사. 1974), 『우리 모두 나비되어』(서문각. 1979), 『엄마하고 나하고』(백록출판사. 1981), 『억새꽃 웃음』(백록출판사. 1983), 『병아리 모이』(백록출판사. 1984), 『하얀 풀꽃』(보림. 1985), 『팔지 않는 기차표』(보림. 1986), 『별 총총 초가집 총총』(서문당. 1986), 『철새들도 돌아가는데』(써레. 1987), 『옥수수 엄마』(대교출판. 1988), 『문 없는 까치집』(동화문학사. 1988), 『느티나무가 선 마을(남광. 1990), 『낡은 고무신 한 짝』(베드로서원. 2000) 등이 있다. 동요집으로는 『개나리꽃밭』(교학사. 1971), 『우리 모두 나비 되어』(서문당. 1979)가 있다.

5) 「겨울밤」(부엉 부엉이가 우는 밤~), 「눈」(흰 눈이 보슬보슬 내려 옵니다~), 「푸르다」(푸른 푸른 푸른 산은 아름답구나~), 「초록바다」(초록빛 바닷물에 두 손을 담그면~) 등이다.

6) 동화집으로는 『노래하는 꽃』(소년문화사. 1958), 『송이골 다람쥐』(1963), 『해님이 보낸 화살』(교학사. 1966), 『둘이서만 아는 비밀』(대한기독교서회. 1969), 『꼬리 달린 개구리』(세종문화사. 1974), 『병아리 풍년』(어문각. 1979), 『청개구리 나라』(교학사. 1980), 『어린 양들의 기도』(보이스사. 1982), 『날개 달린 흰 말을 타고서』(금성출판사. 1984), 『노란 하늘 붉은 하늘』(생활교양연구사. 1985), 『왜가리 할아버지』(지경사. 1988), 『솔개골고개 이야기』(화술. 1988), 『도망간 개구리』(태양사. 1990), 『남으로 흐르는 강』(삼성미디어. 1991), 『둘이서 같이 잡은 핸들』(용진. 1991), 『밤손님』(꿈동산. 1994), 『다람쥐 장수』(지경사. 2001) 등이 있다.

7) '노마'는 함경도에서 사내아이를 일컫는 방언이다. 함경도가 고향인 박경종의 작품에는 '노마'가 등장인물로 자주 나온다.

8) 주로 매통이나 맷돌 아래 깔아 곡식을 담거나 방석으로 쓰는 짚으로 만든 물건을 뜻한다.

"얘, 참새야. 엄마 아빠가 보고 싶니?"

"저 하늘에 마음대로 날고 싶어 그러니? 동무한테 가고 싶어서 그러니?"

그러나 아기 참새는 노마가 하는 말을 못 들은 척하면서 여전히 큰 숨만 헐떡 쉬고 있습니다. 이 모양을 바라보던 노마는 어쩐지 참새가 불쌍하게 보였습니다.

그래 생각하다 못해 새장문을 열어주었습니다.

-『다람쥐 장수』 142~143쪽.

노마는 아기 참새를 기르기 위해 온갖 노력을 다한다. 물도 떠다 주고 모이도 갖다 주지만 참새는 밖으로 나가려고만 한다. 이웃집 순이네가 파랑새를 기르는 것이 부러워 참새를 잡아 기르려는 노마의 행동은 동심의 발로이다. 이해타산에 능한 성인이라면 굳이 별 쓸모없는 참새를 잡기 위해 노력을 기울이지 않았을 것이다.

노마는 아기 참새가 먹이를 먹지 않자 순이 엄마한테 파랑새 먹이를 얻어다 주지만 실패하고 만다. 마침내 노마는 아기 참새가 갇혀 있는 새장 문을 연다. 이러한 심경의 변화는 자의적이어서 감동을 촉발 할 수 있다. 〈아기 참새〉에는 새장에 갇힌 아기 참새가 불쌍해서 날려 주는 노마의 마음을 통해, 생명의 소중함에 대한 따스한 사랑의 마음이 담겨 있다.

「돌멩이 사탕」은 가난하여 사탕 한 개조차 살 수 없는 길수가 돌멩이를 사탕처럼 입 속에 넣고 굴리는 아픈 이야기이다. 요즘 아이들의 눈으로 보면 믿기지 않는 이야기이지만 50~60년대의 앵글에서는 그리 낯설지도 않은 삽화이다.

길수는 소풍날 도시락을 준비하지 못해 점심 시간에 혼자 구석진 곳을 찾는다. 철이가 제 도시락을 나눠 먹자했는데도 아이들 눈을 피한 것이다. 길수의 어머니는 피난살이로 고생 끝에 병을 앓다 세상을 떠나고 아버지는 재혼을 했다. 길수가 도시락을 가져오지 못한 까닭은 새어머니에게 소풍날이라는 말을 못 했기 때문이다. 그만큼 말주변이 없고 내성적인 아이이다.

길수는 혼자 놀기 심심하여 꽃포기 밑에 있는 조그만 돌멩이를 손으로 깨끗이 닦아 입속에 넣었다./ 마치 남 보기에는 맛있는 알사탕이나 먹는 듯이 입 안에서 한 바퀴 굴리기도 하고 양 볼에 뱅뱅 돌아 나오게도 해 보았다.

"길수야, 너 혼자 여기서 뭘 하니?" 하는 선생님의 목소리가 들리었다.

길수는 놀랐다. 얼굴이 빨개졌다. 그리고 머리를 숙인 채 일어섰다. 선생님 뒤에는 철이가 서 있었다.

– 앞의 책, 16~17쪽.

길수는 입 안에 있던 돌멩이를 꺼내어 감추려다 땅에 떨어뜨린다. 선생님은 길수를 데리고 아이들이 있는 곳으로 안내한다. 철이가 길수와 도시락을 나눠 먹자, 다른 아이들도 먹을 것을 갖다 준다. 며칠 후 선생님은 길수를 교무실로 부르더니 서랍에서 종이에 싼 돌멩이를 꺼내 보여준다. 소풍 때 입에 물고 있던 그 돌멩이다. "나는 이 돌멩이를 오래오래 거둬 두련다. 네가 훌륭한 사람이 되면 그때 너에게 돌려 주겠다." 선생님은 이렇게 말하며 길수를 격려해 준다.

이러한 선생님의 모습은 평소 박경종이 보여준 면모이다. 박경종은 〈아이생활〉이 경영란을 겪을 때 성금을 보내기도 했고, 가난한 문인에게 양복을 지어 선물하기도 했으며, 종래에는 10억의 재산을 사회단체에 기부하고 세상을 떠났다.

「철이는 살아있다」는 6.25전쟁을 배경으로 쓴 동화이다. 이 작품은 눈 내리는 날 태극기를 안고 인민군의 총탄에 쓰러져 죽은 철이의 이야기이다. 박경종이 공산주의가 싫어 월남을 감행했듯이 그의 이념이 반영된 반공 동화인 셈이다. 철이는 북한의 작은 도시에 살던 아이인데, 강 선생이 가장 사랑하던 아이이다.

> 여름부터 시작한 전쟁은 겨울이 와도 계속하고 있다. 그런데 인제는 인민군들은 점점 멀리 북으로 달아나고 마을 사람들은 하루 속히 국군들이 오기만 마음 소긍로 은근히 기다리고 있다. – 중략 – 마을 사람들은 크게 기뻐하였다. 현물세가 든 학교가 불에 타 버렸으나 인제는 공산주의자들이 하나 없는 자유의 천지가 올 것을 생각하고 크게 기뻐했다.
>
> – 앞의 책, 63~69쪽.

「마지막 들려주는 자장가」도 6·25전쟁 당시 피난생활을 소재로 그린 동화이다. 박경종 본인도 1·4후퇴 때 유엔군을 따라 내려온 피난민이다. 그런 까닭에 피난살이의 고달픔과 서러움을 누구보다도 잘 안다. 35세의 젊은 나이지만 폐허가 된 전쟁터에서 혹한기의 배고픔과 추위를 견뎌내기란 고육이 아닐 수 없다. 그 때문에 힘든 생활을 견디지 못하고 병으로 숨져 간 난민들이 수없이 많았다. 1년 중 가장 추운 1월의 날씨에 굶어 가며 정처없이 떠도는 피난민들이 아사하거나 동사하는 것은 당연지사였다. 이 동화에 나온 순이 어머니도 피난길에 병을 얻어 숨을 거두고 만다.

> 순이네 고향은 이북에 있습니다. 1·4후퇴 때에 이북에서 넘어왔습니다. 순이네가 고향을 떠날 때는 눈 내리는 날이었습니다. 주먹 같은 함박눈이 내려서 길 가는 앞이 잘 보이지 않앗습니다./ 순이 아버지, 어머니 그리고 오빠 철수와 언니 순남이와 세 살잡이 순이를 등에 업고 무릎까지 빠지는 눈길을 터벅터벅 걸어서 후퇴하는 유엔군과 함께 지금 살고 있는 이곳까지 왔던 것입니다.
>
> – 앞의 책, 18~19쪽.

어머니가 세상을 떠나자 순남이는 어머니가 하던 집안일을 도맡게 된다. 순남이는 소녀 가장이 된 것이다. 일자리가 없어 힘들어 하던 아버지는 주위의 도움으로 은행 수위로 취업을 한다. 그런데 어린 동생 순이를 돌볼 사람이 없어 주인집 아저씨에게 맡기려 한다. 하지만 순이가 울자 할 수 없이 업고 학교에 간다. 탁아나 돌봄 시설이 없던 당시에는 그리 낯설지 않은 풍경이었다.

> "엄마! 엄마! 엄마……."
>
> 순이가 엄마를 부르면서 우는 소리는 몹시도 슬프게 들려왔습니다. 순남이는 책가방을 든 채 한참 서서 순이 울음 소리를 들으면서 생각하였습니다.
>
> '오늘 학교를 가지 말까?'/ '아니다. 시험은 치러야 할 것이 아니야?'
>
> '순이를 업고 학교에 갈까?'/ '동무들이 웃으면 어쩌나?' - 중략 -
>
> 순남이네 학교엔 오늘 한 사람이 늘었습니다. 담임 선생님이 교단에 올라서서 출석부를 펼쳐 들고 아이들의 이름을 부르다가 순남이와 옥순이 사이에 어린아이가 앉은 것이 눈에 띄었습니다.
>
> – 앞의 책, 86~87쪽.

이 동화의 배경이 된 시절의 환경은 지극히 열악했다. 순남이가 책가방을 들었다고 표현했는데, 가정 형편으로 보아서는 책보를 매었다고 표현함이 타당할 것이다. 당시의 학생들이 가방을 드는 것은 부유한 집안에서나 가능했던 일이다. 아이를 업고 학교에 간다는 것은 감수성이 예민한 아이들에게는 커다란 용기가 필요한 행위이다. 순남이가 순이를 업고 학교에 갈 수밖에 없었던 것은 시험을 보는 날이었기 때문이다. 이러한 개연성이 삽화에 대한 설득력을 더해 주고 있다.

"언니 왜 울어. 응?"

"아니다! 내가 왜 울겠니?" – 중략 –/ "그래! 그럼 언니. 나 자장가를 좀 들려줘." – 중략 –

언니가 부르는 자장가는 오늘 밤이 마지막으로 들려주는 자장가입니다. 순이는 두 눈을 꼭 감고 언니가 들려주는 자장가를 듣습니다.

창 밖에선 소리없이 가랑비가 내립니다. 처마 끝에선 가끔 낙숫물 떨어지는 소리가 들려옵니다.

– 앞의 책, 90~91쪽.

세월이 흘러 순남이 언니는 시집을 가게 된다. 순이는 언니가 아기를 낳으면 자기가 업어 주겠다고 한다. 자신을 업어 키워 준 언니의 고마움에 보답하기 위해서이다.

인용문은 이 동화의 에필로그로, 순남이 언니가 시집가기 전날 순이에게 자장가를 들려주는 장면이다. 엄마처럼 자장가를 불러 재워 주던 언니는 떠나야 하고, 처맛끝 낙숫물 소리가 애잔하다. 형제자매간 스무살 터울이 전혀 특별하지 않았던 50년대의 이야기는 독자들의 가슴을 찡하게 한다.

「노마의 편지」는 크리스마스 선물을 받고 싶어 산타클로스 할아버지에게 편지를 쓴 노마의 이야기이다. 유년의 어린이들은 산타클로스의 존재를 믿고, 크리스마스가 되면 선물을 기다린다. 나이가 들수록 산타의 환상은 깨어지게 되지만 마음이 순정한 아이들일수록 그 믿음은 오래 간다. 우체국 집배원으로 일하는 백 영감은 수신인이 산타클로스인 노마의 편지를 발견하고 배달 방법에 대해 우체국장과 의논한다. 우체국장은 예배당의 장 목사를 찾아가 노마의 편지를 보여준다.

해마다 기다려도 우리 집엔 한 번도 찾아오지 않는 산타클로스 할아버지! – 중략 – 할아버지, 우리 집에 아버지가 없어서 업수이 보지요? 아버지는 사변 때 이북으로 끌려갔습니다. 이북에 계신 아버지는 아버지가 아닙니까? 할아버지, 올해는 기어코 찾아오세요.

– 앞의 책, 32쪽.

노마의 아버지는 6·25전쟁 때 북으로 끌려간 채 생사를 모른다. 하지만 노마는 아버지가 북에 살고 있을 것이라 믿는다. 이런 노마는 자신이 받고 싶은 선물은 과자나 카라멜이 아니라 이야기책과 그림책이라고 쓴다. 아버지의 부재로 가난한 노마는 일회성 기호 식품이 아니라 책 선물을 바라는 것이다. 노마의 편지를 읽고 난 장 목사는 자신이 산타클로스가 되기로 한다. 백 영감은 장 목사에게 노마네 집을 알려준다.

오늘은 노마가 기다리고 기다리던 크리스마스날이었습니다. 노마는 산타클로스 할아버지가 보내 준 새 양복을 입었습니다. 그리고 또 예쁜 그림책을 겨드랑이에 끼고 마을 앞에서 땡땡 종소리가 울리는 예배당으로 달려가고 있습니다./ 노마는 예배당으로 가다가 동무들을 만나면 좋아라고 자랑하고 있습니다.

"이것 봐! 양복과 그림책을 산타클로스 할아버지가 가져다주셨어!"

동무들은 모두 다 눈이 둥그래졌습니다.

– 앞의 책, 33~35쪽.

새 양복을 입고 그림책을 낀 채 교회로 향하다 동무들에게 자랑하는 노마의 모습에는 동심이 잘 녹아 있다. 노마가 크리스마스날 아침에 받은 양복과 그림책은 장 목사가 선물한 것임을 독자들은 눈치 챌 수 있다. 노마가 받은 선물 중에 양복이 포함된 것은 작가가 양복점을 운영한 것과 무관하지 않을 것이다. 어린이들이 양복을 입는 것이 보편화되지 않은 시절이었기 때문이다.

「세 동무」에는 땅 소나기 영감과 노루, 토끼, 꿩이 등장한다. 땅 소나기 영감은 목소리가 하늘에서 울리는 소나기 소리와 같다고 해서 마을 사람들이 붙인 별명이다. 노루, 토끼, 꿩 세 동무가 양지바른 곳에 앉아서 이야기꽃을 피운다. 언덕 밑에서 낮잠을 자던 땅 소나기 영감의 감투를 장난꾸러기 봄바람이 굴리면서 달아난다. 감투를 보고 노루는 물 떠먹는 그릇 같다고 하고, 토끼는 걸상이라고 하고, 꿩은 새들의 집이라고 말한다.

낮잠에서 깬 영감이 감투를 찾자 놀란 세 동무는 감투를 나뭇가지에 걸어 놓고 달아난다. 영감이 감투를 찾아 머리에 쓰자 골짜기에서 노루 울음소리가 들려온다. 땅 소나기 영감이 놓은 덫에 노루가 걸린 것이다. 영감은 노루를 붙잡아 두 다리를 묶어 등에 메고 산을 내려간다. 노루의 슬픈 울음소리를 듣고 토끼와 꿩은 노루를 구하기로 한다. 꿩은 영감이 쓰고 있던 감투를 물고 달아난다.

> "네 이놈, 네 이놈 버릇없이 누구의 감투를 가지고 가니. 얼른 가져오지 못해!"
>
> 그러나 꿩은 하늘로 날아가다가 언덕 밑에 있는 소나무 가지에 걸어놓았습니다. – 중략 –
>
> 영감님이 나뭇가지를 힘있게 흔드는 바람에 감투가 그만 땅에 떨어졌습니다. 건너편 나뭇가지에 앉아 이 모양을 바라보던 꿩은 또 떨어진 감투를 물어서 더 높은 가지에 걸어 놓았습니다. – 중략 – 그 동안 언덕에선 토끼가 노루 발에 묶은 노끈을 앞니로 다 끊었습니다. 토끼와 노루는 좋아라고 소리치면서 달아났습니다.
>
> – 앞의 책, 44~45쪽.

두 친구 덕에 노루가 목숨을 건진 것이다. 이러한 삽화는 작가의 생명 존중 사상이 깃들어 있다. 덫을 놓아 노루를 사로잡고 좋아서 춤을 추는 영감의 모습은 물욕에 눈이 어두워 생명을 경시하는 기성세대의 탐욕을 상징한다. 위험을 무릅쓰고 역경에 처한 친구를 구해 주는 친구의 우정은 독자들에게 감동을 주기에 충분하다. 꿩이 감투를 물어 나뭇가지에 걸어 놓거나, 영감이 감투를 가지러 간 사이 토끼가 노루 발을 묶은 노끈을 앞니로 끊은 사건은 핍진성이 있어 동화에 역동성을 불어 놓고 있다.

> 한참 웃던 꿩이 말하였습니다.
>
> "아까 우리가 주운 것이 영감님의 감투야."
>
> "그래 그래, 네 말이 맞다. 감투다. 지금 세상 사람들이 그 감투를 가지고 날마다 싸움을 한다는구나."/ "싸움이요?"/ "좋은 감투를 쓰겠다고 감투 싸움을 하는 거야."/ "그래요?"/ "나는 보지 못하였지만 이야기에는 영감이 쓰는 감투가 다르구, 원님이 쓰는 감투가 다르구, 정승이 쓰는 감투가 다르대……."
>
> – 앞의 책, 47~48쪽.

인용문은 꿩과 노루의 대화이다. 감투란 본래 말총이나 가죽 · 헝겊 등으로 차양 없이 만든 관모를 일컫는다. 벼슬하는 것을 '감투쓴다' 하여 벼슬의 대명사처럼 사용하기도 하는데, 여기서의 감투는 관직의 표상인 탕건을 말하는 것이다. 그런데 감투와 탕건이 혼동되어 사용되고 있다. 높은 직위에 오르기 위해 서로를 헐뜯고 싸우는 인간 사회를 노루와 꿩은 자신의 뿔에 앉히고 토끼는 등에 앉혀 이야기를 나누며 깊은 산속으로 들어간다. 이러한 삽화는 노자의 무위자연설(無爲自然說)을 상징한다.

「꼭꼭 할아버지」는 오동나뭇집 할아버지의 별명이다. 할아버지가 콩대를 거두다 언덕 잔디밭에서 낮잠이 들었는데, 코고는 소리에 깨어 보니 커다란 노루가 코를 골며 자고 있었다. 할아버지는 허리끈을 풀어 노루의 뒷발을 묶는다. 노루가 달아날까 봐 걱정이 된 할아버지는 주머니에서 송곳을 꺼내 눈을 찌르려 한다. 하지만 노루가 불쌍해서 찌르지 못하고 '꼭 꼭' 소리를 외치며 찌르는 시늉만 한다. 살아있는 짐승을 사로잡기 위하여 눈을 찌른다는 것은 너무 끔찍하여 천벌을 받을 일이다. '꼭 꼭' 소리에 놀라 잠이 깬 노루는 달아나고, 그 노루는 할아버지 허리끈이 소나무 가지에 걸리는 바람에 돌쇠에게 붙잡히고 만다.

> 얼마 후였습니다. 노루는 네 발을 꼭꼭 묶인 채 돌쇠의 지게 위에서 눈물을 흘리고 있습니다. 돌쇠는 좋아라고 어깨를 으스대면서 황소를 앞세우고 언덕길을 넘어오고 있습니다. 지게가 무거운 줄도 모르고 신이 나서 휘파람을 불면서 걸어옵니다./ 언덕길을 넘어온 돌쇠는 오동나뭇집 할아버지가 풀밭에 앉아서 옷고름으로 눈물을 닦고 있는 것을 보았습니다.
>
> – 중략 – 할아버지는 돌쇠의 지게를 붙잡고서,/ "얘! 이 노루가 내 노루다! 내 노루야!"
>
> "할아버지 노루야요? 그럼 할아버지가 집에서 기르던 노루야요?"
>
> – 앞의 책, 58~59쪽.

「꼭꼭 할아버지」는 부싯돌로 불을 붙여 담배를 피울 정도로 문명과는 거리가 먼 전근대적인 인물이다. 돌쇠 역시 말총으로 올가미를 만들어 다람쥐를 잡으려 하는 전형적인 산골 총각이다. 둘 다 순박한 성격이지만 노루의 소유권을 놓고서는 서로 다툰다. 결국 마을 사람들이 모여 들어 구경하는 가운데 구장(이장) 영감이 재판을 하게 된다. 돌쇠와 할아버지의 사연을 들은 구장은 돌쇠의 소유임을 선언하고, 마을 사람들은 '돌쇠 장가 밑천 얻었다'며 축하해 준다. 노루를 잡으려 할 때 '꼭 꼭' 소리를 외쳤다는 말을 듣고 마을 사람들은 오동나뭇집 영감을 '꼭 꼭 할아버지'라고 부르게 된 것이다. 다 잡은 노루를 마음이 약해 놓치고 결국 돌쇠에게 빼앗기게 된 할아버지는 우유부단한 인물이다. 그런데 이 동화는 에피소드를 열거했을 뿐 주제가 다소 모호한 것이 흠이다.

「영희와 개구리」에는 순박한 성격의 철이가 등장한다. 지난해 여름 공부 시간에 매미를 잡아 가지고 온 철이는 '매미'라는 별명으로 놀림을 받는다. 영희는 이런 철이를 놀리려고 울타리 밑에 숨어서 매미 울음을 낸다. 영희가 놀리는 것을 안 철이는 화가 나서 영희 동생 노마를 통해 종이에 싼 물건을 전달한다.

> 철이는 하이얀 종이에 무엇을 조그맣게 싸서 들고 골목길을 나왔습니다. 그리고는 이리저리 살펴보고 섰습니다. 그때 마침 영희 남동생인 노마가 세발 자전거를 타느라고 삐이죽 삐이죽 하면서 골목길에서 놀고 있었습니다./ 이것을 본 철이는 노마에게 달려갔습니다.
>
> "노마야! 너 이거 너희 누나 갖다 주어라."
>
> 노마는 이상하다는 듯이 머리를 갸웃거리면서, "이것 뭐야?"
>
> "그건 꽃씨인데 너희 영희 누나가 며칠 전에 내게 부탁한 거야."
>
> – 앞의 책, 112쪽.

종이를 펼쳐 보던 영희와 노마는 그만 깜짝 놀란다. 노마는 멀리 달아나고 영희는 그만 뒤로 넘어지고 만니다. 노마가 건네준 종이 뭉치에서 개구리가 튀어나왔기 때문이다. 철이가 자신을 놀린 영희를 놀라게 하려고 복수를 한 것이다. 살아있는 개구리 따위를 도시락 같은 빈 그릇에 넣어 특정인을 놀라게 하는 수법은 코믹 연극이나 명랑 소설에서 단골 소재로 많이 쓰여 왔다. 이 동화 역시 이웃에 사는 친구끼리의 장난을 소재로 잔잔한 웃음을 선사하는 내용으로 짜여 있다.

「병아리와 강아지」 역시 이웃에 사는 동무끼리 사육하는 동물로 인해 다투면서 생긴 에피소드를 그린 작품이다. 철이와 노마는 어릴 때부터 울타리 하나를 사이에 두고 같이 자란 동무이다. 학교에도 붙어 다니고 소 먹이러도 같이 가는 송아지 동무이다. 어느 날 노마네 마당 꽃밭에 들어온 철이네 얼룩 강아지가 꽃가지와 꽃봉오리들을 꺾어 놓는다. 화가 난 노마는 편지를 써서 철이네 강아지 목에 매단다. 그러고는 꼬리를 나뭇가지로 때리니 강아지는 깨갱거리며 철이네 집으로 달려간다. 노마가 보낸 편지를 읽은 철이는 화가 잔뜩 난다. 편지에 강아지가 꽃가지를 꺾어 놓아 때렸다고 씌여 있었기 때문이다. 쪽지 편지를 보낼 때에는 동생이나 친구 따위의 인편을 이용하는 것이 보통인데, 강아지 목에 걸어 보낸 것이 흥미로운 설정이다.

> 얼마 후 철이의 생각과 꼭 같이 노마네 풋병아리는 이리저리 모이를 찾아다니다가 맷방석 밑에 있는 모이를 보고 좋아라 달려와서 정신 없이 줍고 있었습니다.
>
> 방 안에서 이 모양을 바라보던 철이는 빙그레 웃다가 좋은 기회라고 생각이 들어 끈을 급히 잡아당겼더니 맷방석은 앞으로 숙이어지고 병아리는 완전히 맷방석 속에 들어가서 푸득푸득 날개를 치며 삐악삐악 울고 있었습니다./ 철이는 좋아라고 달려나갔습니다./ 맷방석 속에 든 노마네 병아리를 안고 방에 들어와서 노마한테 편지를 써서 풋병아리 목에다 달아매고 노마네 집 울타리 너머로 슬쩍 넘겨 보냈습니다. – 중략 –
>
> 노마야, 너희 집 풋병아리는 우리 밭에 심어 놓은 배추씨를 다 파먹었다. 그래도 나는 때리지 않고 곱게 돌려 보낸다. 그런 줄이나 알아라. 철이
>
> – 앞의 책, 190~193쪽.

그런 일이 있은 후 노마네 병아리 떼가 철이네 마당으로 들어와 모이를 쪼는 일이 생겼다. 철이는 노마에게 복수할 기회라 생각하고 병아리를 잡아 연극을 하게 된 것이다. 병아리를 유인해 사로잡아 엉뚱한 누명을 씌워 목에 편지를 달아 돌려보내는 철이의 행동은 웃음을 자아내게 한다.

이튿날부터 학교에 갈 때도 철이는 노마를 부르지 않고 혼자 등교한다.

학교에서도 눈길을 주지 않고 다른 애들과 어울리는 철이를 보고 자신을 반성한다.

철이는 엄마의 허락을 얻어 풋병아리 한 마리를 철이의 생일 선물로 준다. 그러자 노마 역시 노마네 집으로 놀러 다니는 얼룩강아지 한 마리를 선물로 준다. 두 아이는 서로 화해하고 다시 정다운 친구가 된다. 동심을 지닌 어린이들은 어른들보다 쉽게 화해를 한다. 동심은 자존심을 쉽게 녹이고, 화난 마음도 금세 다스리는 특성이 있기 때문이다.

박경종 동화는 이처럼 일상의 사건을 유머있게 조명하여 이야기를 재미있고 훈훈하게 마무리하는 특성이 있다. 이것은 작가가 동심이야 말로 폭력으로 얼룩진 이 세상을 구원할 수 있다고 믿기 때문이다.

「병아리 풍년」은 노마네 집에서 기르는 닭들이 병아리를 많이 부화해서 생긴 에피소드를 그린 동화이다. 노마네는 암탉이 깐 병아리 열 두 마리를 들에 풀어 놓고 기른다. 그런데 한 마리가 없어져 소동을 벌이던 중 옹담샘물 속에서 헤엄치는 병아리를 발견한다.

그 병아리가 훈이네 집에서 얻어 온 오리알이 부화된 오리 새끼인 것을 알고 재미있어 한다. 안데르센의 미운 〈오리 새끼〉의 삽화가 떠오르는 이야기이다. 그런데 노마네가 기르던 다섯 마리 암탉 중 한 마리가 없어지는 일이 생긴다.

> "어느 놈이 남의 닭을 훔쳐다 팔아 먹었는 게지."
>
> 하고 노마 아버지가 말씀하시면,
>
> "이 마을에 닭을 훔쳐다 팔아 먹을 사람이 어디 있어."/ 하고 노마 할머니가 말씀하셨습니다. 이렇게 하여 벌써 열흘이 지나고 스무 날이 지난 어느 날이었습니다. – 중략 –
>
> "네 아버지는 누가 훔쳐갔다고 하더니 어디 숨어서 알을 깠구나!"
>
> "할머니, 어디 숨어서 알을 깠을까요?"/ "글쎄 말이다."

노마는 좋아라고 병아리를 세어 보았습니다./ "할머니, 열다섯 마리나 되네요."

– 앞의 책, 169~171쪽.

사라졌던 닭이 병아리 열다섯 마리를 이끌고 나타난 것이다. 그 바람에 노마네는 병아리 풍년을 맞게 된다. 암탉이 비밀 장소에 알을 낳고 병아리를 까는 일은 시골에서는 낯선 풍경이 아니다. 반전은 이야기를 재미있게 만드는 요소가 된다. 노마 아버지는 이웃을 의심했지만 할머니는 이웃에 대한 믿음을 잃지 않는다. 이 동화의 결말 역시 문제가 해결되며 화목하게 막을 내리고 있다.

「둘이서만 아는 비밀」은 6·25전쟁을 배경으로 철이의 활약을 그린 전쟁 동화이다. 철이네 형은 군대에 가고 철이네 담임인 최 선생님도 국군이 되어 전선을 누빈다. 철이네 마을도 인민군에 점령당한다. 전쟁이 일어난 지 몇 달 후여서 국군은 남으로 후퇴를 하고 있는 상황이다.

철이네도 집을 떠나 움집으로 거처를 옮긴다. 어느 날 군대에 간 형이 몰래 움집으로 들어온다. 형은 철이에게 사르데냐의 '북치는 소년' 이야기[9]를 꺼내며 중요한 임무를 준다. 그것은 시한폭탄을 인민군 탱크에 장착하여 폭파시키는 일이었다.

"철이야, 이 시간폭탄(시한폭탄)은 앞으로 세 시간 후면 폭발하게 된다. 네가 지금 이것을 가지고 가 학교 앞에 있는 북괴군 탱크 밑에다가 넣어 두어라. 그렇지 않고 이 움집에 두면 우리 모두 죽는다. 알았지?"

---

9) 이 이야기의 출전은 Cuore(사랑의 학교)로, 이탈리아의 작가 에드몬도 데 아미치스가 1886년에 발표한 아동소설이다. 이탈리아어로 마음, 심장을 뜻한다. 초등학교 4학년인 엔리코가 학교와 집에서 있었던 아름다운 일들을 일기에 적어 가는 형식을 취하고 있다. '북치는 소년'은 오스트리아와 이탈리아의 쿠스도바 전투 때 이탈리아 사르데냐 출신의 북치는 소년이 총탄에 부상을 입어 가며 편지를 전달하는 바람에 승리한다는 내용이다.

철이는 형에게 시간폭탄을 받아 한참 바라보다가 무슨 말없는 맹세를 하면서, 형에게 잘있으라는 눈짓을 하면서 밖으로 나갔습니다.

– 앞의 책, 180~181쪽.

철이는 동무들과 같이 학교 앞에 가서 숨바꼭질을 한다. 탱크 위에 앉은 인민군들은 아이들이 숨바꼭질을 하는 모습을 웃으면서 지켜본다. 아이들의 노는 모습을 보고 인민군들이 웃는 삽화는 전장의 군인이라도 동심이 묻어 있다는 반증이다. 철이는 숨바꼭질을 빌미로 탱크 아래로 숨어들어 간다. 탱크 위의 인민군들은 아이들이 숨바꼭질을 하는 것으로 여기고 대수롭지 않게 생각한다. 탱크 위의 군인들이 아이들의 놀이를 제지하지 않는 것은 작가가 염원하는 평화사상이요 화합의 정신이다.

탱크 밑에 숨어 있던 철이가 큰소리를 치면서 달려 나왔습니다.

"이겼다. 만세! 이겼다……."/ 이 소리를 들은 다른 애들은 웃으면서,

"얘! 네가 이겼어? 하하……."/ 그래도 철이는 두 팔을 높이 흔들면서 또 소리를 쳤습니다.

"이겼다. 만세! 이겼다……."/ 그리고 친구들과 같이 놀지도 않고 그냥 달아났습니다. 다른 친구들은 철이가 하는 짓이 하도 이상하여 웃었습니다. – 중략 –

얼마 후였습니다. 학교 앞에서 하늘이 무너지는 듯한 요란한 소리가 조용한 저녁 공기를 울렸습니다.

– 앞의 책, 183~184쪽.

인용문은 철이가 탱크 밑에 시한폭탄을 두고 나오는 장면과 시한폭탄이 폭발한 장면을 묘사한 삽화(揷話)이다. 과수원 움집으로 달려간 철이는 요란한 폭음 소리를 들으며 형과 얼싸안는다. 박경종은 형의 부탁을 실행한 철

이의 행동을 사르데냐의 '북치는 소년'에 비유하며 애국심을 고양하고 있다. 초등학생이 시한폭탄을 설치하러 적군이 지켜보는 탱크 아래로 기어들어가는 삽화는 과장된 면도 있으나 결코 억지라고는 폄하할 수만은 없다. 내양이 소년을 통해 그려 낸 애국심은 그가 결행한 흥남부두의 탈북 의지와 반공정신에서 비롯되었다. 부모 형제와 고향을 버리고 월남을 감행한 그의 용단은 5년 동안의 공산 치하 체험이 낳은 결과라고 할 수 있다.

「돌아오지 않는 잉꼬」는 노마가 잉꼬를 매개로 돌아가신 할아버지를 그리워하는 내용이다. 노마네 집에서 기르는 잉꼬 한 쌍은 서울에 사는 삼촌이 할아버지가 심심할까 봐 선물로 보낸 것이다. 할아버지는 날마다 정성껏 잉꼬를 돌본다. 그러던 어느날 물을 주려고 연 문으로 잉꼬들이 탈출하고 새끼만 두 마리 남게 된다.

> 나는 혼자 생각하였습니다.
>
> '잉꼬 엄마 아빠는 왜 달아났을까? 귀여운 아기새끼를 두고 왜 달아났을까? 푸른 하늘을 마음대로 날고 싶어서 달아났을까? 움트는 나뭇가지에 앉아서 마음대로 노래를 부르고 싶어서 달아났을까?'
>
> 나는 아무리 생각하여 보아도 모르겠습니다. 할아버지는 새 모이를 죽처럼 만들어 가지곤 참대 끝에다 묻혀서 아기잉꼬 입에다가 밀어 넣었습니다. 처음에는 잘 받아먹지를 않았습니다./ 그러나 할아버지가 입으로 '찌유찌유' 엄마잉꼬가 새끼를 부르는 듯이 불렀더니 아기잉꼬들은 입을 벌렸습니다.
>
> – 앞의 책, 129쪽.

노마 할아버지는 상심한 채 새끼들을 열심히 돌본다. 얼마 후 할아버지는 병이 나서 세상을 떠나고 노마가 대신 잉꼬를 돌보게 된다. 어느 날 노마는 할아버지가 했던 것처럼 잉꼬를 손가락 위에 올려 놓는다. 처음엔 잠자코 있던 잉꼬들이 포르르 날아가 버린다. 걱정이 된 노마는 어머니한테 모이를 주려고 문을 열자 달아났다고 거짓말을 한다. 어머니는 '잉꼬가 할아버지를 따라 먼 나라로 갔나 보다.'며 옷고름으로 눈시울을 누른다.

이 동화는 작가가 체험한 고향 상실의 아픔을 그리고 있다. 조롱을 떠난 잉꼬는 박경종 자신이다. 잉꼬도 작가처럼 자유가 그리워 답답한 조롱을 탈출하여 자유를 찾은 것이다. 잉꼬는 자유를 찾아 떠났지만 잉꼬를 떠나보낸 할아버지와 노마는 상실의 아픔을 맛보게 된다.

잉꼬의 탈출은 흥남 철수와 연관되며 박경종에게는 고향의 상실을 의미한다. 「돌아오지 않는 잉꼬」는 곧 돌아갈 수 없는 고향이며, 이러한 사건은 디아스포라적 정서를 안겨 주게 된다. 그것은 박경종이 평생 안고 살아야 했던 트라우마로 작용할 수밖에 없었다.

Ⅲ. 나오는 말

박경종의 동화에 등장하는 인물들의 이름은 토속적이다. 순이, 노마, 철이, 돌이, 훈이로 대표되는 주인공들은 내양 자신의 분신이자 북에 두고 온 고향과 동무들의 모습이다.

동요시 「초록빛 바다」에 나오는 순이는 고향 땅에서 함께 놀던 옛동무이다. 노마와 철이 훈이도 향수로 얼룩진 인물들이다. 그의 동화에는 자연과 사람이 한데 어우러지는 교감이 아련한 그리움으로 작용하며 서정적으로 묘사되곤 한다.

박경종의 동화에는 할아버지 할머니가 중심인물이거나 주변 인물로 자주 등장한다. 그들은 어린 시절 그에게 정을 듬뿍 주던 조부모의 모습이다. 할아버지가 등장하는 동화로는 「꼭 꼭 할아버지」의 오동나무집 할아버지, 「세 동무」의 땅 소나기 영감, 「노마의 편지」의 백 영감, 「돌아오지 않는 잉꼬」, 「할아버지와 운전수」, 「개구리」, 「병아리」 등이 있고, 할머니가 등장하는 동화로는 「다시 찾은 생일날」, 「병아리 풍년」, 「외할머니와 돌이」, 「아기 오리」[10] 등이 있다. 이들 중 중심인물인 경우 익살스럽거나 실수를 저지르는 빈틈이 많은 인물이며, 주변인물인 경우 문제를 해결해 주거나 아픔을 위로해 주는 조력자의 역할을 하고 있다.

그런가 하면 결손 가정의 아이도 주인공으로 많이 나온다. 6·25전쟁으로 인해 아버지나 어머니가 부재한 가정이다. 「노마의 편지」의 노마, 「마지막 자장가」의 순이, 「돌멩이 사탕」의 길수 등이 결손 가정의 아이이다. 이들은 현실에 닥친 어려움을 극복해 가며 조력자에 의해 꿈과 희망을 갖고 살아가는 긍정적인 인물들이다.

내양의 동화에는 공간적 배경으로 교회당도 자주 등장한다. 그는 어린 시절 교회 주일학교에서 선생님이 들려주는 동화가 너무 재미있어 집에 돌아오면 주일학교 가는 날을 손꼽아 기다리곤 했다고 회고한다. 그런 영향으로는 청년 시절 선교사들이 운영한 〈아이생활〉이 경영난을 겪자 편집동인을 하며 도왔고, 평생을 독실한 기독교인으로 살다 갔다. 그런 작품들로는 「노마의 편지」, 「은행나무 밑에서」, 「외할머니와 돌이」 등을 들 수 있다.

박경종의 동화 속에 나오는 인물들은 하나같이 인간적이며 따스한 정감이 넘친다. 때로는 갈등하고 반목하고 티격거리다가도 종래는 화해하고 서로를 안아준다.

그의 동화는 풋풋한 자연을 배경으로 어미소, 풀개구리, 엄마닭, 호박넝쿨, 송아지, 병아리 등 향토적인 소재들이 평화롭게 살아간다. 주인공들은 모두 작가와 동무들의 어린 시절 분신이며 배경은 북에 두고 온 고향 산천의 모습이다. 그의 동화에는 자연 친화적인 사람들이 정을 나누며 오순도순 살아가고 있다. 그런 까닭에 내양의 동화에는 두고 온 고향에 대한 향수

---

10) 「할아버지와 운전수」, 「개구리」, 「병아리」, 「외할머니와 돌이」, 「아기 오리」 등은 『밤손님』(꿈동산, 1994)에 수록되어 있다.

를 느낄 수 있고, 그의 호처럼 따스한 미래의 희망을 느낄 수 있다.

내양은 월남 후 평생을 고향 홍원을 그리며[11] 살았다. 그는 고향 앞바다가 사무치게 그리워 동요시 「초록빛 바다」(1962)에서 함께 놀던 "우리 순이 손처럼 간지럼 줘요"라고 노래했고, 「눈」에서는 "고향에서 낯익은 새하얀 눈이 반가워 두 손에 받아 봤더니 눈물만 방울방울 짓고 있"다고 한탄했다. 얼마나 고향에 가고 싶었으면 불가능한 줄 뻔히 알면서도 「팔지 않는 기차표」(1986)에서 처럼 손자에게 홍원 가는 기차표를 사 오라는 부탁까지 했을까?

이러한 고향 상실은 디아스포라적 정서로 이어지고, 그에게 평생의 트라우마로 자리했다.

11) 1978년 홍원 명예군수를 역임할 정도로 애향심이 투철했다.

동심의 메아리
– 박홍근 동화론

Ⅰ. 들어가며

박홍근(朴洪根, 1919–2006)은 1919년 11월 11일(음 9. 19) 함경북도 성진시 학성면 쌍포동[1]에서 태어났다. 그는 사립학교인 쌍화학교를 나와 용정 대성중학교를 졸업하고 일본고등음악학교 예과에서 공부했다. 1941년 건강이 좋지 않아 일본대학 예술학과를 중퇴하고 돌아와 1942년 고향 성진 쌍포동에 있는 쌍화학교에서 학생들을 가르쳤다.

1945년 광명여중에 재직하며 성진예술협회 창립에 참여했다. 무크지 〈문화〉에 광복의 기쁨을 그린 시 「돌아온 깃발」을 발표하면서 문학 활동을 시작했다. 1946년 〈새길 신문〉에 동시 「고무총」, 「일기」 등을 발표하며 아동문학에 입문했다.

---

1) 박홍근의 수필 '나뭇잎배의 고향 대동천'에 따르면 고향인 쌍포동의 '쌍포'는 포구가 두 개 있기 때문에 붙여진 지명이다. 두 개의 포구 사이로 뭍에서 흘러내려오는 냇물이 있는데 이것이 대동천이다. 그러니까 쌍포동은 대동천을 중심으로 흩어져 있는 다섯 개의 마을을 합쳐 부르는 행정구역 명칭인 것이다. 이 중에서 바닷가 남쪽으로 40호 정도가 모여 사는 승지촌이 있는데 이곳이 그의 고향이다. 승지촌에는 큰댁을 비롯하여 큰댁에서 살림 나간 두 집과 선생의 댁이 모여 살았다고 한다. 큰댁은 농사를 지었고, 장손 조카는 보통학교 교장, 형님은 공무원을 했다 하니 선생의 댁도 큰 부자는 아니더라도 행복한 어린 시절을 보냈을 것으로 짐작된다.

1948년 평양농민신문 편집부 기자로 일하다 한국전쟁 중인 1951년 1월 후퇴하는 국군을 따라 배를 타고 월남하여 거제에 도착했다. 1953년 부산 해군본부에서 편수관으로 일하는 한편, 『어린이 신보』의 편집을 맡아 일하면서 임인수[2], 박경종[3] 등의 아동문학가들과 교류했다.

그는 1960년 첫 동시집 『날아간 빨간 풍선』(신교출판사) 발간과 더불어 동시와 동화 창작에 열성을 다했다. 1959년 KBS에서 문학 프로그램을 담당했고, 1960년에는 월간 〈새사회〉 주간을 지냈다. 1964년에 임인수, 정상묵과의 공저 동시집 『종아, 다시 울려라』(교학사)를 발표했으며, 1979년에 동시집『바람개비』(서문당)를, 1994년에 동시집 『읍내로 가는 달구지』(도서출판 곰)를 발표했다. 박홍근은 초기에는 동시(동요) 창작에 주력했지만 1960년대 후반부터는 동화와 소년소설 창작에 열정을 쏟았다.

박홍근의 동화로는 장편 「은하수에 가지 않은 토끼」와 아동소설인 『해를 보며 별을 보며』(1969), 『눈동자는 파래도』(1972), 『은행나무집 아이들』[4](1974), 『해란강이 흐르는 땅』[5](1979) 등이 있다.

동화집으로는 『시계들이 본 꿈』(1979), 『할아버지들이 없는 마을』(1979), 『봄

---

2) (1919~1967). 호는 현석(玄石), 경기도 김포 출생. 1944년 조선신학교를 졸업한 뒤 〈아이생활〉·〈현대공론〉·〈기독교문화〉 등의 잡지를 편집했고, 한국글짓기지도회 회장을 역임했다. 1940년대 초 『아이생활』에 동시 「봄노래」(1940. 4.)와 「겨울밤」(1941. 1.)을 발표하고 문단에 등단했다. 1944년 동인 회람지 『동원(童園)』을 주재하여 일제 강점기 말 암흑기의 문학운동에 힘썼다. 광복 후에는 동시·동화·아동소설 등 아동문학 작품 외에 시도 발표하면서 주로 잡지의 편집일을 보았다.

3) (1916~2006). 호 내양(來陽). 함경남도 홍원 출생. 1933년 〈조선중앙일보〉에 동요 「왜가리」가 입선, 이듬해인 1934년 만주 용정 동흥중학교 졸업. 홍원 군청에 근무하면서 아동 잡지 〈아이생활〉 등을 중심으로 작품 생활을 계속했다. 1940년 〈동아일보〉 신춘문예에 동요 「둥글다」가 입선, 해방 후 홍원에서 교편 생활을 하다가 1951년 월남, 상업에 종사하면서 동요와 동화를 창작했다. 그 후 그는 방송 동요 「초록바다」 외 700여 곡을 작사했다.

4) 『은행나무집 아이들』(카톨릭출판사, 1974)은 평범한 중산 가정 아이들의 현실적인 일상을 과장 없이 보여주면서 자라 나가는 모습을 그리고 있는 소년소설이다. 우리나라의 지방 중소 도시 어느 곳에서나 쉽게 만나 볼 수 있는 아동들의 삶과 행동 양식, 의식 등을 과장 없이 기술하고 있는 것이 이 글의 미덕이라고 할 수 있는데, 당시의 사회상과 아동들의 삶, 우정, 인간됨 등을 진솔하게 보여주는 사실주의 계열의 소년소설이다.

5) 그의 대표작이라 할 수 있는 『해란강이 흐르는 땅』은 1919년 기미 독립운동 직후 독립지사, 우국열사, 지식인 등이 간도 지방을 중심으로 무력 항쟁이 가열화 되었던 시기를 시간적 배경으로 하고 있다. 일제에 대항해 북간도에서 독립운동을 벌이는 한 아버지의 헌신과 그 아들 '형일'이가 민족의식에 눈을 떠 가는 과정이 드러나 있는 아동소설이다.

을 물고 가는 깡충이』(1979), 『참 야단들이야』(1979), 『이를 뽑기 싫어서』(1983), 『아기 물새와 고동소리』(1988), 『쪼르르와 깡총이』(1988), 『빗속의 엄마 얼굴』(1994), 『기러기 아빠』(1996) 등이 있다.

그의 문단활동을 보면 1963년 한국문인협회 아동문학분과 회장을 역임하고, 1981년부터 1986년까지 한국아동문학가협회장을 지냈다. 1990년에는 박홍근아동문학상이 제정되었다. 그가 받은 상훈으로는 소천아동문학상[6](1966), 이주홍아동문학상[7](1981), 대한민국문학상 우수상[8](1983), 은관문화훈장(1999) 등이 있다.

박홍근은 2006년 3월 28일 밤 고향 성진에 두고 온 '나뭇잎배'를 그리며 부인 김미사[9]가 지켜보는 가운데 조용히 숨을 거두었다. 87세를 일기로 별세한 그는 포천시 화현면에 위치한 천주교 평화묘원 양지녘에서 영면하고 있다.

Ⅱ. 박홍근의 동화 세계

본고는 『방지거 신부님의 수염』(지경사, 2001)을 텍스트로 삼았다. 이 책에는 표제작인 「방지거 신부님의 수염」을 비롯한 15 편의 단편동화가 실려 있다. 「부르는 소리」, 「방지거 신부님의 수염」, 「옛말 해주는 집」, 「비바람 속에서도」 등 4편을 빼고는 모두가 의인화 동화이다.

「까만 붕어」는 집안 마당 못에서 기르는 붕어를 소재로 한 의인화 동화이다. 새로 온 까만 붕어가 생김새 때문에 집단 따돌림을 당하는 이야기를 통

6) 수상작은 동화 「존」, 「광고하는 아저씨」이다.

7) 수상작은 「야, 내 얼굴 봤다」이다.

8) 수상작은 「이를 뽑기 싫어서」이다.

9) 그는 가톨릭대 의류학과 교수를 지냈으며 슬하에 자녀는 없다.

해 인간 사회의 왕따 문제를 풍자하고 있다. 할아버지 집 못에 사는 왕초 금붕어는 다섯 마리의 금붕어들을 거느리고 산다. 어느 날 할아버지의 조카가 까만 붕어를 한 마리 사다 못에 넣자, 왕초를 중심으로 한 금붕어들이 깜둥이라고 놀리며 텃세를 한다.

> 왕초가 눈을 험상궂게 치뜨고 까만 붕어가 있는 데로 갔습니다. 다섯 마리의 금붕어들이 뒤를 따랐습니다.
>
> "이봐, 넌 대체 뭐냐?"
>
> 왕초가 쏘아붙였습니다.
>
> 까만 붕어는 험상궂게 생긴 왕초가 소리치는 바람에 어리둥절했습니다.
>
> "나…… 금붕어야."
>
> 까만 금붕어는 기어들어가는 소리로 말했습니다.
>
> "네까짓 게 금붕어라고? 참 별일 다 보겠네. 연탄보다도 더 까만데 어떻게 금붕어야?"(8~10쪽)

피부색이나 외모로 업신여기고 인종차별까지 서슴치 않는 사회 풍조를 풍자하고 비판한 것이다. 동물의 세계에서도 강한 자가 약한 자를 괴롭히고 힘센 자가 힘없는 자 위에 군림하며 지배하는 것이 일반적이다.

까만 붕어는 왕초 무리들에게 집단 괴롭힘을 당해 눈이 찌그러지고, 비늘까지 떨어져 나간다. 할아버지는 괴롭힘을 당하는 까만 붕어를 양철로 칸을 만들어 격리시킨다. 며칠 후 이런 사실을 알게 된 조카는 까만 붕어를 자신의 집으로 데려가 기른다. 이처럼 집단 따돌림 현상은 비단 오늘날 학교 현장의 문제만이 아님을 알 수 있다.

「유성이 떨어진 곳」은 숲속 자작나뭇골에 사는 토끼 형제가 유성이 떨어진 곳을 찾아 나서는 이야기이다. 유성은 별똥별이라고도 하는데 유성을 만드는 알갱이를 유성체(meteoroid)라고 한다. 유성체는 소행성보다 작은 천체로, 반지름 10km의 작은 소행성부터 행성 간 티끌에 이르기까지 그 크기가 다양하다. 유성체가 지구 대기층에 들어올 때 공기와의 마찰로 가열되면서 빛을 내게 되는데, 이를 유성(meteor)이라고 부르는 것이다.

저녁을 먹고 언덕을 오른 토끼 형제는 빛을 내며 떨어지는 유성을 본다. 토끼 형제는 유성이 떨어진 곳을 찾아 나선다. 산 위에 불빛 두 개가 타오르는 것을 보고 유성으로 생각하지만 부엉이의 눈이었다. 부엉이는 토끼 형제에게 유성을 찾으려면 산을 몇 개는 더 넘어야 한다고 말한다. 토끼 형제는 산을 넘고 넘어 바다가 보이는 곳까지 이르러 거북을 만난다. 거북은 토끼 형제에게 유성은 바닷속 깊은 곳에 있는 용궁에 떨어지는 거라고 말하며, 용왕이 다스리는 용궁 이야기를 들려준다.

용궁에 사는 공주는 용왕에게 별을 따 달라고 조른다. 별을 가질 수 없다는 것을 알게 된 공주는 병이 든다. 이 사연을 안 바닷속 모든 물고기들은 하느님께 열심히 기도한다. 어느 날 별 하나가 바다로 떨어져 내린다.

> 별은 용궁 공주 방 앞에 떨어져 빛났습니다./ 바닷속은 더욱 소란해졌습니다. 모두가 기뻐서 날 뛰었습니다. 유성은 공주의 방과 뜰을 황금빛으로 밝고 아름답게 빛냈습니다./ 공주는 별을 갖게 되었습니다. 병은 그날부터 나아지고 그 별빛에 공주는 더 아름답게 보였습니다. - 중략 - 그 후부터 공주 방 앞에는 유성이 빛을 잃게 될 때면, 또 새로운 유성이 떨어졌습니다.(32쪽)

토끼 형제는 유성이 용궁에 떨어진다는 것을 알고 즐겁게 웃는다. 논어의 첫머리에 나오는 '학이시습지 불역열호아(學而時習之 不亦說乎)를 떠오르게 하는 장면이다. 집으로 돌아가는 토끼 형제는 "너희들은 다 몰라" 하며 거만하게 뽐낸다. 유성이 떨어지는 곳과 용궁의 공주에 대하여 자신들만 알고 있다고 믿기 때문이다. 토끼의 이러한 마음은 순박한 동심의 표상이다.

동심의 실체는 단순하고 잘 믿고 순수하기 때문이다.

「종달새」는 이삭이 나올 무렵의 보리밭을 배경으로 수채화처럼 펼쳐지는 이야기이다. 중심인물인 석호는 낮잠을 자다 자신을 찾아 헤매는 어머니 꿈을 꾼다. 초등학교 입학 전에 밭일을 가던 아버지를 따라 나서다 길을 잃은 경험이 있다. 이러한 사건이 트라우마가 되어 꿈으로 나타나는데, 그 원인은 석호가 보리밭에서 어린 새끼 네 마리가 있는 종달새 둥지를 들고 나온 일이 있기 때문이다. 종달새는 강가의 풀밭이나 보리밭 · 밀밭 등의 지상에 마른 풀이나 가는 뿌리로 컵 모양의 둥지를 틀고, 타원형의 작은 알을 3~6개 낳는다.

> 아이들은 길가에 있는 느티나무 아래에서 종달새가 보리밭에서 날아오르기를 기다렸다. - 중략 - 종달새가 보리밭에서 곧게 하늘로 날아오르고 있었다. - 중략 - 정말로 종달새의 둥우리가 있었다. 둥우리 속에는 깐 지 이십 일이 못 돼 보이는 새끼 네 마리가 있었다.(44~45쪽)

종달새 둥지 안에는 깐 지 얼마 안 되는 새끼 네 마리가 있었다. 석호는 둥지를 집으로 갖고 와서 새장 속에 넣는다. 구경을 온 아이들이 부러워하자 석호는 으스댄다. 밭에서 돌아온 아버지는 둥지를 제자리에 갖다 놓으라 다그치지만 석호는 듣지 않겠다고 생각한다.

이 동화는 입체적 구성 형식을 취하고 있다. 현재(석호는 어머니가 울면서 자기를 찾아다니는 꿈을 꾸다 깬다) – 과거(석호는 초등학교 입학 전에 아버지를 쫓아 집을 나섰다가 고기잡이하는 아이들을 따라가는 바람에 부모를 애타게 했던 일을 회상한다) – 현재(꿈에서 깬 석호는 마루로 나가 새장 속에 든 네 마리의 새끼 종달새를 본다. 석호는 꿈에서 본 어머니가 새끼를 잃은 어미 종달새인지 모른다고 생각한다. 석호는 동생 석민이 종달새 먹이로 여치를 잡아오자 종달새들을 도로 제자리에 갖다 놓겠다고 한다.) – 과거(보리밭에서 종달새 둥지를 들고 집으로 가져온다.), 이처럼 이 동화는 현재와 과거의 시공을 오가며 이야기가 전개되기 때문에 이야기가 지루하지 않고 문학성도 고양시키고 있다.

> 석민이는 여치를 잡아 와도 좋아하지 않는 형의 태도가 이상해서 묻는다./ "아니, 저 말야. 새끼종달새 도로 제자리에 갖다 놓으려고 해."
> – 중략 – 석민이는 여치가 들어 있는 깡통을 그대로 손에 들고 떼를 쓴다./ "금 말야. 널 엄마하구 같이 안 살게 하믄 좋겠어?"
> 석민이는 석호가 한 말의 의미를 깨닫지 못한다. 멍하니 형의 얼굴을 쳐다 본다.(40쪽)

석호가 동생 석민에게 종달새 둥지를 보리밭에 도로 갖다 놓자고 하자 동생은 싫다며 떼를 쓰는 장면이다. 석민은 형의 설득에 종달새 둥지를 보리밭에 갖다 놓는 것에 동의한다. 석호가 새장을 들고 마당에 내려서자 석민도 보리밭을 가기 위해 따라 나선다.

> 석호는 느티나무 밑에서 종달새의 둥우리가 있던 곳을 짐작해 가지고 보리밭으로 들어갔다./ 바로 그 자리에 둥지를 놓고, 근처의 보리를 잘 세워 놓고 길로 나왔다. – 중략 – 어디서 날아왔는지 어미종달새가 보리밭 위를 한참 돌다가 바로 둥우리가 있는 곳에 내렸다.(46-47쪽)

작가는 작중 인물인 종철이의 입을 빌려 종달새의 생태[10]를 잘 표현하고 있다. 그런데 이 작품에서 청각적 효과를 살리기 위해 종달새의 울음 소리를 넣었더라면 하는 아쉬움이 든다. 종달새는 놀라서 날아오를 때 '삐르르,

10) 종달새는 하늘에서 보리밭 둥우리로 내릴 때, 둥우리가 있는 곳을 사람들이 알아차릴까 봐 여간 조심하지 않는다./ 그래서 하늘에서 빙빙 돌며 사람들이 근처에 있는지 없는지를 똑똑히 보고 내린다./ 그러나 둥우리에서 하늘로 오를 때는 곧게 올라간다. 그렇기 때문에 종달새가 날아오른 그곳에는 종달새의 둥우리가 반드시 있다.(44쪽)

삐르르', '캬아, 캬아' 또는 '쭈르르, 쭈르르' 하고 운다. 이런 울음소리를 넣었더라면 훨씬 생생하고 현장감 있는 동화가 되었을 것이다.

「시계들이 본 꿈」은 시계방 시계들을 소재로 한 의인화 동화이다. 시계는 동화의 소재로 많이 등장한다. 시각을 알려주고 시간의 흐름을 느낄 수 있게 하는 개체이기 때문이다. 오늘날의 시계는 대부분 디지털이지만 이 작품이 쓰여진 시기는 아날로그 시계를 사용하던 시절이다. 시계의 대부분은 태엽을 감아 움직이게 하는 수동 시계였다. 이 동화의 배경이 되는 시계방은 '아주 오래된' 곳이다. 이 시계방의 진열장에는 부엉이 시계, 그네 시계, 파랑새 시계, 비둘기 시계 등 다양한 시계들이 있다.

> 부엉이 시계는 나무가 많은 앞산을 바라보며,
> '저 산에 가면 나 같은 부엉이들이 많겠지. 산에 한번 가 봤으면….'
> 언제나 이런 생각을 했습니다.
> 파랑새나 비둘기 시계도 마찬가지였습니다./ 부엉이나 파랑새나 비둘기나 그네 뛰는 아이는 꿈을 꾸어 본 일이 없습니다./ 언제나 아침이면 시계방 주인 아저씨가 태엽을 짜락짜락 감아 주므로 시계들은 잠을 자 본 일이 없기 때문입니다.(49쪽)

어느 날 시계방 주인은 아들에게 가게를 맡기고 여행을 떠난다. 아들은 손님들이 가지고 오는 고장 난 시계를 고치느라 여념이 없다. 그러자 시계방의 부엉이 한 마리가 푸득푸득 하늘을 날아 어두운 숲으로 간다. 숲속의 할아버지 부엉이는 눈에서 파란 불빛을 내며 나뭇가지에 앉아 있다. 할아버지 부엉이는 시계 부엉이의 눈에서 빛이 나지 않는다며 간첩으로 의심한다. 비둘기 시계의 비둘기도 숲속으로 날아간다. 시계 비둘기는 할아버지 부엉이에게 비둘기들의 행방을 묻는다.

"응, 없어. 비둘기란 놈들은 숲이 싫다고 모두 사람들이 사는 동네로 내려갔지."

"그래요? 난 그래도 산에 오면 나 같은 비둘기들이 있을 줄 알고 찾아왔는데요."

"이제 너희들은 이 아름다운 산에서는 살 수 없어. 어서 산을 내려 가서 서로 남을 욕하고 속이고 싸우며 나쁜 짓만 하는 사람들과 같이 살란 말야. 그렇지 않으면 붙잡을 테야." – 중략 – "응, 내가 없는 동안에 시계 태엽을 감아 주지 않았군!"(52~53쪽)

인용문의 마지막 부분은 시계방 주인이 여행에서 돌아와 하는 말이다. 자신이 없는 동안 아들은 시계를 고치는 데만 정신을 팔아 시계 태엽을 감아 주지 않았다는 말이다.

이 동화는 판타지를 담고 있다. 태엽을 감은 시계가 째깍째깍 움직이는 것은 시계가 생명을 얻어 살아있는 것이다. 태엽이 풀려 움직이지 않는 상태는 시계가 잠을 자는 것으로 설정했다. 시계가 잠을 자기 때문에 부엉이 시계와 비둘기 시계는 꿈을 꿀 수 있는 것이다. 그런데 주인 아저씨가 태엽을 감아 주는 바람에 꿈에서 깨어난 것이다. 이처럼 이 동화는 판타지 세계로의 드나듦이 합리적으로 설정되어 핍진성을 담보하고 있다.

「새끼여우의 술래잡기」는 전승적 판타지에 해당된다. 여우가 사람으로 둔갑하여 아이들과 술래잡기를 하며 노는 이야기이기 때문이다. 여우가 사람으로 둔갑하는 변신 모티브는 전설이나 전래동화에 자주 등장한다.

이제부터 이야기하려는 새끼여우가 살고 있는 그때는 호랑이도 오늘날의 우리 어른들처럼 뻐끔뻐끔 답배를 피웠습니다. 그뿐이 아니었습니다./ 여우는 무엇으로나 둔갑을 할 수 있었습니다.(54쪽)

이처럼 동화의 통시적 배경을 호랑이 담배 피던 시절로 설정함으로서 여우가 사람으로 둔갑하는 행위의 개연성을 확보하고 있다. 전승적 판타지는 오랜 옛날부터 전해져 온다는 설정 때문에 독자들이 쉽게 판타지 세계에 빠져들게 된다. 이러한 현상을 필자는 신앙적 언어 마술 효과라고 정의하고자 한다. 옛날 이야기 속에서 여우들이 사람으로 둔갑하는 것은 자연스러운 일이다. 호랑이가 담배 피우던 시절이라는 실재할 수 없는 상황도 신앙적 언어 마술 때문에 여우의 둔갑을 거리낌 없이 수용하게 되는 것이다.

> 아이들이 되돌아섰을 때 새끼여우는 다시 아이로 둔갑했습니다./ 새끼여우는 그때까지 큰 돌멩이로 둔갑하고 있었던 것입니다. - 중략 - "어허, 어디 숨어 있었지?"/ 아이들은 모두 머리를 갸우뚱했습니다. "돌무더기 뒤에 숨어 있었는데 그것도 못 찾아?" 하고 으스대며 말했습니다. - 중략 - 다시 시작했습니다. 몇 차례 되풀이를 했습니다. 그러나 술래는 매번 산 너머 마을의 아이를 찾아 낼 수가 없었습니다.(60~62쪽)

'산 너머 아이'는 새끼 여우를 지칭한다. 술래잡기를 하던 아이들이 아이로 둔갑한 새끼 여우에게 집이 어디냐고 묻자 산 너머라고 말했기 때문이다. 술래잡기를 할 때 아이들은 '야또'를 외친다. 야또는 '겨우', '간신히'라는 뜻을 가진 일본말이다. 박홍근 작가가 어린 시절 고향에서 친구들과 술래잡기를 할 때 쓰던 감탄사이다. 도망자가 술래의 눈을 피하여 숨어 있다 술래가 숨은 곳을 지나치면 얼른 술래 집에 달려가 외치는 말이다.

> 한 아이가 자기 옆에 있는 나무 그루터기에 올라섰습니다. 그와 동시에 "꽥!" 하고 아파하는 소리가 났습니다. - 중략 - 나무 그루터기에 올라섰던 아이가 놀라 뛰어내렸습니다. 그때 술래의 눈에 그루터기 옆의 뭔가가 바라보였습니다. 가까이 가서 보니 그것은 짐승의 꼬리 같았습니다./ '혹

시….' 하고 생각한 술래는 나무 그루터기를 힘껏 발로 걷어찼습니다.

– 중략 –

그와 동시에 나무그루터기가 움직거리더니 새끼여우 한 마리가 바람같이 도망치기 시작했습니다. 산 쪽으로….(64쪽)

이 동화에 나오는 새끼 여우는 사람뿐만 아니라 사물로도 둔갑한다. 나무를 베어 낸 아랫동아리인 그루터기로도 둔갑한 것이다. 새끼 여우는 그루터기로 둔갑할 때 꼬리 감추는 것을 잊었기 때문에 술래에게 들킨 것이다. 새끼 여우가 도망치는 모습이 우스워 아이들은 배를 움켜쥐고 웃는다. 작가는 에필로그에서 '참으로 사람도 태평하고 짐승도 태평한 때였'다고 술회한다. 아이들과 새끼 여우가 어울려 숨바꼭질을 하는 상황이라면 마땅히 태평스러운 때일 수밖에 없다.

「아기 물새와 고동소리」는 집을 나가 돌아오지 않는 아빠 물새에 대한 아기 물새의 망부가(亡父歌)이다. 아빠 물새의 부재는 가족의 해체이고, 가정의 붕괴이다. 아기 물새의 기다림은 나라의 광복을 기다리는 식민지 국민의 소망이다. 아기 물새가 기다리는 큰 배의 고동 소리는 해방의 만세 소리인 것이다.

아기물새는 커 가면서 아빠물새가 있는 다른 아기 물새들을 부러워했습니다./ "엄마, 아빤 언제 돌아와?"/ 아기물새는 엄마물새의 가슴에 파고들며 물었습니다.

"아빠는 큰 배가 고동을 부웅 울리면 돌아오신단다."

엄마물새는 언제나 같은 대답을 했습니다.

아빠 물새는 아기 물새가 태어나기 얼마 전에 집을 나갔다. 아버지의 부재는 상실의 이미지이다. 고향의 상실이고 더 나아가 국권의 상실이다. 작가가 태어났을 때 조국은 9년 전에 이미 국권을 상실했고, 그가 장성한 30대 초반[11]에는 남북의 분단으로 인해 고향까지 상실했다. 조국과 고향의 상실은 박홍근의 내면에 자리잡은 디아스포라[12]적 정서의 단초가 된다. 엄마 물새는 아기 물새에게 아빠는 큰 배가 고동을 울리면 돌아온다고 한다. 아기 물새에게 있어서 큰 배의 고동 소리는 희망이고 간구이다. 광복을 기다리는 식민지 백성들에게는 소망하는 축포 소리이기도 하다.

> 어느 날 밤, 멀리 수평선에서 짙은 안개가 자욱이 밀려왔습니다./ 넓은 바다가 안개에 뒤덮였습니다. 옆에 있는 바위도 보이지 않았습니다. 그때 어디선가,/ 부웅 부웅 부웅….../ 고동 소리가 길게 길게 들려왔습니다.
> – 중략 –
> "엄마, 나, 나가 볼까?"/ "안 돼, 안 돼. 안개가 짙어 옆 바위도 보이지 않는데 어딜 간다는 거니?" 엄마 물새는 차갑게 말했습니다.(70~71쪽)

아기 물새는 아빠 물새를 하염없이 기다린다. 엄마 물새는 아기 물새와 달리 현실적이고 냉정하다. 아빠 물새의 부재는 가족을 위한 희생이 아니라 가출이고 방랑[13]이다. 엄마 물새도 처음에는 아빠 물새를 찾아나섰지만 곧 현실로 회귀하게 된다. 아기 물새의 기다림은 단지 희망일 뿐 피그말리온 효과도 자성적 예언도 되지 못한다. 아기 물새는 등대의 고동 소리를 큰 배의 고동 소리로 믿고 있기 때문이다. 아기 물새가 듣는 고동 소리는 자욱

---

11) 그는 한국전쟁 중 후퇴하는 국군을 따라 월남했다.(흥남에서 해군 상륙함 LST를 타고 거제도로 피난함)

12) 디아스포라는 본래 '이산(離散)'을 의미하는 그리스어이자 팔레스타인 땅을 떠나 세계 각지에 거주하는 이산 유대인과 그 공동체를 가리키는 용어였다. 바빌론 유수(幽囚) 이후 '팔레스타인 밖에서 흩어져 사는 유대인 거류지'를 지칭하거나 '팔레스타인 사람 또는 근대 이스라엘 밖에 거주하는 유대인'을 지칭하는 용어였으나, 그 의미가 점차 확장되어 유대인뿐 아니라 국외로 추방된 소수의 집단 공동체나 정치적 난민, 이민자, 소수 인종, 정체성 등과 같은 다양한 범주의 사람들을 가리키는 말로 폭넓게 사용되게 되었다. 서경식, 김혜신 역, 『디아스포라 기행 – 추방당한 자의 시선』, 돌베개, 2006, 13쪽 참조. 두산백과 doopedia 참조.

13) 엄마물새는 이리저리 돌아다니며 아빠물새를 찾았습니다./ 그러나 아빠물새는 어디에도 없었습니다./ 헛고생을 하고 집으로 돌아온 엄마물새는 밤이 깊도록 잠을 이루지 못하고 아빠물새를 기다렸습니다.(67쪽)

한 안개로 시야가 차단된 식민지 현실을 풍자하고 있다.

「부르는 소리」는 옛날이야기 형식을 취하고 있다. 이야기의 배경은 산적들이 활동하던 조선 시대이다. 돌쇠는 산적들에게 밥을 해 주는 일을 맡은 소년이다. 어느 날 산적들은 나무꾼 소년을 잡아 나무 기둥에 묶어 놓는다. 어린 나무꾼 소년은 훌쩍훌쩍 울고 있고 이를 본 돌쇠는 불쌍하다는 생각이 든다. 산적들은 나무꾼 소년의 신변을 어떻게 할지에 대해 숙의를 한다. 소년을 살려주면 밀고를 하여 자신들에게 불리하게 되므로 죽여야 한다는 두목의 주장과 불쌍하니 살려줘야 한다는 주장으로 맞선다. 그 때 산 아래에서오라버니를 부르는 동생의 목소리가 희미하게 들려온다.

> "오라버니!"/ 또 여동생이 오라버니를 부르는 갸날픈 소리가 산에 메아리쳤습니다.
>
> 두목은 머리를 숙이고 생각에 잠겼습니다. 이때까지 없었던 일입니다./ 부하들이 자기에게 강하게 말한 적은 한 번도 없었던 것입니다.
>
> '쫓기는 신세가 되니, 너희들도 나한테 이러는구나.'/ 두목은 땅이 무너지는 것같았습니다.(88쪽)

인간은 소리에 민감하게 반응한다. 불안하거나 어려운 상황일수록 더욱 예민해진다. 그리운 소리는 인간의 정서를 온유하고 유순하게 한다. 때로는 부드러운 것이 강한 것을 이기는 법이다. 유능제강(柔能制剛)이 그것이다. 사방에서 들리는 초나라 노랫소리가 항우를 낙담[14)]시킨 것처럼 오라버니를 부르는 여동생의 가냘픈 소리가 얼음장 같은 산적 두목의 마음을 녹인 것이다. 돌쇠가 두목에게 나무꾼 소년을 풀어 주라고 청하자 다른 산적들도

14) 초나라와 한나라의 싸움에서, 초패왕 항우가 한 고조의 군에 패하여 해하에서 사면이 포위되었을 때, 한나라 군사 쪽에서 들려오는 초의 노래를 듣고, 초나라 군사가 이미 항복한 줄 알고 놀라서 애첩 우미인과 함께 자결했다는 고사에서 유래하였다.

동조한다.

> "모두가 그러한 생각이라면 하는 수 없지…. 저 아이를 풀어 주어라!" 하고 두목은 힘없는 소리로 말했습니다.
>
> 별빛에 두목의 눈에 고인 눈물이 반짝거렸습니다./ 바로 아래서,/ "오라버니!"/ 하고 부르는 어린 누이동생의 가냘픈 소리와 함께 초롱의 노랑 불빛이 흔들리며 다가오고 있었습니다.(88~89쪽)

여동생이 나무꾼 소년을 부르는 목소리는 그리움의 소리이고 추억의 소리이다. 어린 시절 저녁 먹는 것도 잊어버리고 정신없이 뛰어놀 때 밥 먹으라고 부르던 누이의 목소리이다. 나무꾼 소년의 여동생은 노랑 초롱을 들고 오빠를 찾아 산으로 올라오고 있다.

돌쇠도 나무하러 왔다가 산적들에게 붙잡혀 산적의 일원이 되었고, 고향에 누이동생이 있다. 돌쇠가 죽음을 무릅쓰고 두목에게 직언할 수 있었던 것은 나무꾼 소년의 여동생 목소리를 들었기 때문이다. 부드러운 것이 강한 것을 이긴다는 유능제강의 고사를 떠올리게 하는 동화이다.

「야, 내 얼굴 봤다」는 아기 다람쥐 이쁜이가 주인공이다. 자기 얼굴을 보고 싶어하는 이쁜이에게 엄마는 엄마 얼굴을 보면 된다고 한다. 얼굴이 많이 닮았기 때문이다. 그래도 보고 싶어 하는 이쁜이에게 봄이 되어 얼음이 녹아야 옹달샘에 얼굴을 비쳐볼 수 있다고 한다. 그 때문에 이쁜이는 어서 눈이 녹기를 기다린다. 이쁜이는 옹달샘이 있는 느티나무 아래로 갔지만 눈이 녹지 않아 실망하고 돌아온다.

> '물소리다! 골짜기에는 얼음이 풀린 모양이다!'
>
> 이쁜이는 곧 골짜기로 뛰어내려갔습니다. – 중략 –
>
> "야! 얼음이 녹았구나!"/ 이쁜이는 큰 소리로 외쳤습니다. – 중략 –

물 속에 있는 또 하나의 다람쥐, 그것은 틀림없는 이쁜이였습니다. 무엇보다도 이마의 흰 점이 그것을 말해 주고 있었습니다./ "야! 이게 내 얼굴이다. 나는 내 얼굴을 봤다!"

이쁜이는 큰 소리로 외쳤습니다.(97~98쪽)

자기의 얼굴을 보고 싶어 하는 아기 다람쥐의 심리가 잘 묘사된 삽화이다. 유년기일수록 참을성이 부족하기 마련이다. 순진무구한 어린이들이 자신의 감정을 억누르며 인내력을 발휘하기란 어려운 일이다. 이쁜이의 마음은 온통 자기의 얼굴을 보고 싶어 하는 생각에 꽂혀 있다. 이루고 싶은 일을 해 냈으니 기쁨이 클 수밖에 없다. 이쁜이는 기쁜 마음을 전하려고 놀이터로 달려가 다람쥐, 산토끼, 꿩 , 비둘기 같은 친구들에게 자랑을 한다. 이 동화는 어린이의 심리 묘사를 자연친화적 시선으로 따뜻하고 유쾌하게 그려내고 있다.

「방거지 신부님의 수염」은 이 동화의 표제작으로 새로 부임한 방지거 신부의 수염에 얽힌 이야기이다. 성당 주일학교에 다니는 바오로는 젊은 신부인 방지거 신부가 수염을 기른 것을 무척 궁금하게 생각한다. '방지거'[15]는 한자어로서 '프란치스코'라는 말이다. 가톨릭의 '프란치스코(Francisco)' 성인을 가리킨다.

성당에서 방지거 신부님을 처음 보고 집으로 돌아온 바로로는,

"할머니, 새 신부님은 왜 수염을 길게 기르고 있어?" 하고 하머니에게 물었습니다. - 중략 -

"바오로야, 옛날 할미가 명동 성당에 나갈 때도 프랑스 신부님들은 모두 그렇게 수염을 길렀단다. 그게 뭐가 이상하니? 돌아가신 너희들 할아

15) 우리나라 천주교는 '서학'이라는 이름으로 중국을 통해 들어왔다. 중국에서는 음이 비슷하면서도 중국 사람 이름과 유사한 번역을 했다. 프란치스코(Francisco)는 방지거(方濟角, 방제각)로 표기한 것이다. 우리나라에 천주교를 공식적으로 전파한 나라는 프랑스이다.

버지도 길게 수염을 길렀었는데….”

하고 할머니는 유쾌하게 웃었습니다.

“그건 할아버지니까 그렇잖아. 신부님은 아직 젊단 말야.”(111쪽)

박홍근 작가는 카톨릭 신자이다. 이 동화는 그가 체험한 에피소드를 동화로 엮은 것이다. 바오로는 젊은 한국인 신부가 수염을 기른 것에 대해 궁금증을 감추지 못한다. 할머니에게도 물어보고, 친구들에게도 물어보지만 뾰족한 답을 듣지 못한다. 그러다 마침내 주민등록증 때문이라고 생각한다.

> 바오로는 다리 위에서 그야말로 문득 주민등록증 생각이 떠올랐던 것입니다./ 신부님의 주민등록증을 본 일은 없지만 주민등록증에 붙어 있는 사진은 틀림없이 수염이 있는 사진일 것이라고 생각되었던 것입니다./ 만약에 수염을 깎으면 사진과는 아주 딴사람이 되기 때문에 주민등록증을 조사받을 때 딴 사람이라고 의심을 받을 – 생략 –(118쪽)

바오로는 자신의 생각이 맞을 거라고 확신하며 할머니에게도 말한다. 할머니도 바오로의 말에 힘을 실어 주자, 신이 난 바오로는 친구들에게도 알리려 밖으로 뛰어나간다. 이 동화는 궁금증과 호기심을 풀어 나가는 아동들의 심리를 바탕으로 문제를 해결하는 과정을 그려 재미를 증폭시키고 있다. 어린이들은 어른들에 비해 호기심이 강하기 때문에 판타지를 수용하고 이야기의 실마리를 쉽게 풀어내기도 한다.

「자작나뭇골 어미곰」은 모성애를 주제로 한 생태동화이다. 자작나무골 어미 곰은 초겨울이 되자 굴 속에 들어가 겨울잠에 든다. 어미 곰은 자다 깨다 하면서 지난 가을 아기 곰을 잃던 날의 아픈 기억도 떠올리고, 서커스단에 잡혀가 채찍을 맞으며 재주를 익히는 아기 곰의 꿈도 꾼다. 자작나뭇골 어미 곰은 사냥꾼의 덫에 걸린 아기 곰을 감쪽같이 잃고 만다.

> 자작나뭇골 어미곰은 울면서 돌아오지 않을 수 없었습니다. 자작나뭇골 새끼곰이 덫에 걸렸다는 소문은 깊은 산중에 널리 퍼졌습니다./ 곰들은 총으로 잡지 않고 덫으로 잡은 걸 보니 죽이지 않고 동물원이나 서커스단에 팔 거라고들 했습니다. – 중략 –
>
> 새끼곰을 잃은 어미곰은 아무것도 먹지 않고 매일같이 슬프게 울었습니다./ 그러던 어느날, 건넛골 어미곰이 사냥꾼의 총에 맞아 죽었다는 슬픈 소식을 또 암여우에게서 들었습니다.(137~138쪽)

자작나뭇골 어미 곰은 건넛골 새끼 곰이 어미 곰을 그리워하여 총맞은 곳으로 찾아올거라 생각하고 날마다 그곳에 가 보지만 나타나지 않는다. 할 수 없이 겨울잠에 들었고, 잠에서 깨어나자마자 건넛골 새끼 곰을 찾아 나선 것이다. 작가는 사냥꾼의 덫에 자신의 새끼 곰을 잃고, 친구인 건넛골 어미 곰까지 흉탄에 잃은 자작나뭇골 어미 곰을 통해 인간의 잔인성을 고발하고 있다.

「옛말 해주는 집」은 옛말, 즉 옛날이야기를 좋아하는 다섯 살 훈이가 펼쳐 가는 동화이다. 훈이는 두 살 짜리 동생 때문에 할머니와 함께 잠잔다. 밤에 잘 때에는 할머니를 졸라 옛말을 듣다가 잠을 잔다. 아침에 눈을 뜨면 어젯밤 옛말을 마저 해 달라고 조르기도 한다.

독일의 시인 쉴러는 인생이 가르쳐준 진리보다 훨씬 심오한 의미가 어린 시절에 들었던 옛이야기 속에 들어 있다고 말했다. 옛이야기는 수백 년 동안 거듭되면서 표면적 의미와 심층적 의미를 함께 지니게 되었다. 그리하여 인간의 모든 심리적인 측면에 동시에 호소할 수 있게 되었으며. 어른은 물론이고 순진한 어린이의 마음에까지 닿을 수 있는 방법으로 의미를 전달한다.

정신분석 모델을 적용해 보면 옛이야기는 의식, 전의식, 무의식[16] 등 모든 정신 층위에 작용하며 중요한 메시지를 전달한다. 그리고 삶의 보편적인 문제들, 특히 어린이들의 머릿속에 자리잡고 있는 문제들을 다룸으로써, 이제 싹트기 시작하는 자아의 발달을 자극한다. 뿐만 아니라 옛이야기는 어린이를 전의식과 무의식의 억압에서 해소시킨다. 이야기가 전개됨에 따라 어린이는 본능의 억압을 긍정적으로 자각하게 되며, 또 자아와 초자아가 허용하는 선에서 본능을 충족시킬 방법을 찾게 된다.[17]

할머니는 훈이를 데리고 이발소에 가려 한다. 하지만 훈이는 이발소를 싫어한다. 할머니는 훈이의 환심을 사기 위해 옛말 해 주는 집에 가자고 한다.

> 옛말 해주는 집은 길에서 좀 뒤로 들어앉은 집입니다. – 중략 – 벽에는 커다란 거울들이 붙어 있고 그 앞에 의자가 나란히 있으며, 하얀 위생복을 입은 아저씨들이 세 사람의 머리를 깎고 있지를 않겠습니까!/ 그래도 할머니는/ "이 집이 옛말 해주는 집이 틀림없지요?"
>
> 하고 말하며 이발소 주인아저씨를 쳐다봅니다.
>
> "우리 훈이는 옛말을 밥보다 더 좋아해요. 그래 옛말 들으러 왔어요."
>
> "이 꼬마가 옛말을 좋아한다죠? 나도 소문을 들었어요. 옛말 좋아하게 얌전히도 생겼구나."(148쪽)

---

16) 무의식을 규정함에 있어, 단지 의식의 표면에 등장하지 않고 있다는 속성만을 지칭하여 무의식적이라고 하는 것은 아니다. 프로이트가 말하는 무의식은 무엇보다도 자기 자신에 대한 억압과 자체 검열에 의해 통상적인 접근이 차단되어 있다는 점에서 특징적이다. 지금 의식 속에서 활동하지는 않고 있지만 계기가 주어지면 언제든 의식에 떠오를 준비가 되어 있는 것은, 프로이트의 용어에 따르면 전의식이다. 이에 비해 무의식은 어떤 특별한 이유 때문에 의식의 표면으로 떠오르는 것이 억제되어 있어, 우리로서는 쉽게 접근하거나 확인해 볼 수 없는 어떤 것이다. 예를 들면, 컴퓨터에서 현재 작동되고 있는 프로그램이나 파일이 의식이라면, 현재 가동되지는 않고 있으나 하드에 저장되어 있어 불러내고 싶으면 언제든지 화면을 통해 확인해 볼 수 있는 파일이나 프로그램은 전의식이다. 이에 비해 무의식은 지워져 버리거나 덧씌워져 버린 파일들이다. 이들은 보통 방법으로는 불러내기 어렵고, 아주 복잡한 과정을 통해서나 전문가의 도움을 받아야 가까스로 복구를 시도해 볼 수 있는 것들이다. 이처럼 그 어떤 이유로 인해, 마음속에 존재하고 있으면서도 겉으로는 쉽게 드러나지 못하고 있는 마음의 영역이 무의식이다. 말을 바꾸면, 내면화된 금지와 억압이 있는 곳에는 어김없이 무의식이 생겨나는 것이다.

17) 옛이야기의 매력(시공주니어, 브루노 베텔하임, 김옥순 주옥 옮김, 1998. 6) 15~17쪽.

할머니는 이발사 아저씨에게 옛말을 해 달라고 부탁하지만, 아저씨는 옛말을 끝까지 아는 게 없어 난처해 한다. 그러다 어린 시절 고향 이야기를 들려준다.

두 살 때 어머니를 여읜 영철이는 젖동냥을 먹으며 가난하게 자란다. 영철이는 친구들과 산에 나무를 하러 갔다가 새둥지를 노리고 올라가는 뱀을 돌팔매질로 쫓는다. 훈이는 아저씨가 겪었던 옛이야기에 빠져 자신도 모르게 이발을 한다는 내용이다. 이발하기 싫어 하는 손자를 구슬려 이발소 주인과 맞장구를 쳐 가며 이발을 하게 하는 할머니의 재치와 기지가 웃음을 머금게 하는 동화이다.

「도깨비 감투」는 전래동화에 등장하는 '도깨비 감투'를 차용하여 실향민인 작가의 통일 의지를 그린 동화이다. 초등학교 1학년인 형일이는 중학생인 영호에게 '도깨비 감투' 이야기를 듣는다. 여우가 나무에 걸린 도깨비 감투를 구하여 산신령 흉내를 내다가 감투가 벗겨지는 바람에 낭패를 본다는 내용이다. 이 동화는 입체적 구성을 띄고 있기 때문에 이야기가 풍성해지고 독자들에게 확장적 사고를 즐기게 한다.

> 형일이는 도깨비 감투 이야기를 들으며 아버지 생각을 했습니다.
>
> 지난 설날입니다. 집 식구들은 윷이며 화투도 하고 모두 즐겁게 놀았습니다./ 아버지와 삼촌은 술을 마셨습니다.
>
> "아버지와 어머니가 어떻게 됐는지 소식이라도 알았으면…."
>
> 아버지가 한숨을 길게 내쉬고 말했습니다.
>
> "그러게 말입니다. 아직도 살아 계실는지요."
>
> 삼촌이 말했습니다.(165~167쪽)

형일이 아버지는 이북이 고향인데, 1·4후퇴 때 부모님을 남겨 두고 피난을 와서 이산가족이 되었다. 이 이야기 역시 작가의 간절한 염원이 용해되어 있다. 형일이는 영호 형의 이야기를 듣고 도깨비감투를 무척 갖고 싶어 한다. 도깨비감투만 있으면 아버지가 할아버지, 할머니가 계신 고향을 찾아갈 수 있고, 감쪽같이 모시고 올 수도 있다고 생각하기 때문이다.

> 산 아래 우물이 있고, 그 옆의 양철집이 형일이 할아버지의 집입니다. 형일이 아버지는 방에 들어섰습니다./ "무슨 바람이…."/ 열려진 문을 닫는 할머니는 머리칼이 눈처럼 하얗습니다. 틀림없는 어머니입니다. 형일이 아버지는 기뻤습니다. 얼른 도깨비 감투를 벗었습니다.
> "어머니… 저여요. 석한이입니다."/ "뭐? 석한이라구?"(168쪽)

인용문은 형일이가 상상한 내용이다. 아버지가 도깨비감투를 쓰고 고향으로 간 것을 머릿속으로 그려 본 것이다. 주인공의 마음속에 펼쳐지는 상상력이므로 심리적 판타지라고 할 수 있다. 형일이가 이런 생각에 빠져 있을 때 아버지가 형일이를 부르며 들어온다. 형일이가 아버지에게 도깨비감투 이야기를 꺼내자, 아버지도 흥미로워하며 막을 내린다. 국토 분단으로 마음대로 오가지 못하니 도깨비감투라도 쓰고 몰래 고향 땅을 밟고 싶은 작가의 염원이 깃들인 동화이다.

「오리들의 행차」는 형일이네 집에서 기르는 오리들이 늪을 오가며 겪게 되는 이야기를 그렸다. 어미 오리는 농사철이 되어 개울에 물이 마르자 새끼 오리들을 데리고 늪을 오간다. 늪을 가기 위에서는 신작로를 건너야 하는데 달리는 자동차들 때문에 여간 위험한 것이 아니다. 늪에서 놀다 아홉 마리 새끼 오리를 이끌고 오던 어미 오리는 영호네 개에게 물려 새끼 한 마리를 잃기도 한다.

> '그러나 사람만은 믿을 수 있어. 사람은 인정도 있고, 자기들보다 약한 것은 보살펴 줄 줄도 아니까 일부러 우리들을 해치지는 않을 거야.'

– 중략 – 어미 오리는 사람을 믿는 마음에서 용기를 내어 신작로로 나갔습니다./ 신작로만 넘으면 늪은 바로 거기에 있습니다./ 자동차가 오지 않는 틈을 타서 어미 오리는 신작로에 들어섰습니다.(177~178쪽)

차가 오지 않는 틈을 타서 어미 오리가 새끼 오리들을 이끌고 뒤뚱뒤뚱 신작로 한가운데에 들어서자 자동차들이 급정거를 하며 멈춘다. 자동차를 타고 도로를 달리다 보면 차에 치어 죽은 동물들의 사체를 목격하게 된다. 이른바 로드킬이다. 급하게 서두르는 생활이 일상이 되어 과속을 하게 되고 사고를 겪게 되는 오늘날 새겨 읽어야 할 동화이다.

화물차의 운적석에서 길에 내려선 늙은 운전사 아저씨는 뚱뚱한 몸을 흔들면서,/ "아핫핫…."/ 하고 유쾌하게 웃었습니다./ 그래도 오리들은 조금도 당황하지 않고 신작로를 가로질러 갔습니다./ 화물차의 반대쪽에서 오던 승용차가 '삐익!' 하고 급정거를 했습니다.

"야, 이건 또 뭐야! 아핫핫…."/ 젊은 운전사 아저씨가 유쾌하게 웃으며 오리들의 행렬을 바라봅니다.(178~179쪽)

신작로를 건너는 오리 떼의 행렬을 보고 차를 멈추고 기다려 주는 장면이다. 늙은 운전사나 젊은 운전사나 모두 짜증을 내는 대신 유쾌하게 웃는다. 뒤따르던 다른 운전사들도 "아핫핫…, 이건 오리들의 행차구나!" 하고 배를 쥐고 웃는다. 멈춰선 차의 운전사들은 모두 싱글벙글 웃는 얼굴로 오리들의 행렬을 지켜본다. 오리들이 뒤뚱거리며 신작로를 다 건널 때까지 기다려 주는 여유, 그 기다림과 느림의 미학을 일깨워 주는 동화이다.

「비바람 속에서도」는 두부가 실린 수레를 끌며 두부 장수를 하며 굳세게 살아가는 6학년 아이 민우네 이야기이다. 이 작품의 배경은 리어카 두부 행상이 있던 1960년대 서울 만리동 부근이다. 민우 아버지는 손수레에 두부를 싣고 종을 울리면서 팔러 다닌다. 그런데 폐결핵으로 입원을 하는 바람에 어머니가 두부 장사를 하게 된다. 민우는 학교를 마치고 어머니의 장사를 돕기 위해 찾아 나선다. 중간에 친구인 성호도 함께 따라나서 어머니를 만난다. 성호는 수레를 끌고 민우는 종을 울린다. 1960년대 초는 두부 한 모에 10원이나 20원 하던 시절이다.

> 초등학교 1학년 정도의 곱게 생긴 여자 아이는 세 사람의 얼굴을 번갈아 보면서 십 원짜리를 내민다./ "십 원어치 줘?"/ 성호가 웃으면 물었다.
>
> 여자 아이는 말 대신 고개를 끄덕인다. 성호는 여자 아이가 내미는 양재기에 두부를 담아 준다. - 중략 - 성호는 다시 리어카를 끈다. 민우는 종을 딸랑딸랑 소리낸다.(195~196쪽)

어느 날 민우가 두부 장사를 하러 골목에 갔다가 공을 차며 놀던 골목대장 철갑에게 손찌검을 당하는 일이 생긴다. 이를 안 성호가 선생님한테 알려 교장선생님이 조회 시간에 훈시를 하는 일까지 생긴다. 며칠 후 철갑이네는 아버지 회사 직원들이 모여 식사를 하게 된다. 어머니는 철갑에게 두부 스무 모를 사오라는 심부름을 시킨다. 철갑이는 민우네 두부를 사려고 기다렸다가 산다. 중편에 해당하는 이 작품은 어려운 환경에서도 꿋꿋이 살아가는 민우와 친구들의 우정을 그린 아동소설이다.

Ⅲ. 나오는 말

박홍근은 고향을 북에 두고 온 실향 작가이다. 갈 수 없는 고향인 까닭에 그의 동화에는 고향에 대한 짙은 향수와 어린 시절 추억이 스며 있다. 어린 시절 고향에서 할머니로부터 들었던 여우의 둔갑술 이야기도 있고, 도깨비감투 이야기도 있다. 그는 서른 즈음에 떠나와 마음대로 갈 수 없는 고향 땅을 도깨비감투를 쓰고라도 가 보고 싶은 망향의 꿈을 늘 간직하고 살았다. 그 때문에 그의 작품 속에는 디아스포라적 심리도 담겨 있다.

박홍근 동화에는 의인화 동화가 많다. 그는 동물을 통해 인간 사회를 풍자했다. 그의 동화에 등장하는 동물은 토끼, 여우, 오리, 곰, 종달새, 물새, 금붕어 등 다양하다. 동물이 중심인물로 등장하는 동화에서 동물들은 동심을 가진 아이들처럼 순박하게 행동하며 웃음을 머금게 한다.

재미에서 비롯된 웃음과 함께 교훈을 주는 작품들이 많다. 그의 동화는 과거와 현재, 꿈과 현실을 교차시키는 입체적 구성을 통해 서사의 재미를 증폭시키고 있다.

사실동화의 경우 어려운 환경에서도 꿋꿋이 살아가는 아이들의 우정을 그렸거나 궁금증과 호기심을 풀어 나가는 아동들의 심리를 유쾌하게 그린 작품들이 있다. 이는 그의 낙천적 성격과 따뜻한 품성과 무관하지 않다. 그것은 어렵고 답답한 현실에 처한 독자들을 응원하고 격려하기 위한 작가의 바람이다.

동화시의 견인차 백석의 삶과 문학
– 동화시집 『집게네 네 형제』를 중심으로

Ⅰ. 들어가는 말

백석(白石)[1]의 본명은 백기행(白夔行)이다. 그는 1912년 7월 1일 평안북도 정주군 갈산면 익성동에서 백시박(時璞)과 이봉우(鳳宇) 사이의 장남으로 태어났다. 그의 아버지는 사진 기술이 있어 사진사로 일했다.

1924년 오산소학교를 졸업하고, 오산고등보통학교에 입학했다. 오산학교는 남강 이승훈이 설립했는데, 재학 중에 조만식[2], 홍명희가 교장으로 부임하기도 했다. 백석은 여러 과목 중 문학과 영어에 흥미를 보였고, 성적 또한 좋았다.

백석은 오산고보를 졸업한 뒤, 집안 형편상 대학에 진학하지 못하고 집에서 책을 읽으며 소일했다. 그는 6년 선배인 김소월을 롤 모델로 시인의 꿈을 키워 나갔다. 그러다가 1929년 조선일보사가 후원하는 춘해장학회 장학생 선발 시험에 뽑혀 일본의 아오야마학원 전문부 영어사범학과에 입학

---

1) 일본의 시인 이시카와 다쿠보쿠(石川啄木)의 시를 너무 좋아하여 그의 이름의 석을 빼와서 썼다고 한다.

2) 내가 아는 백석은 성적이 반에서 3등 정도였으며, 문학에 비범한 재주가 있었다. 특히 암기력이 뛰어나고 영어를 잘했다. 회화도 썩 잘해 선생들에게 칭찬을 받았다. 백석은 용모도 준수했지만 나이가 어린 편이었다.(나이가 어렸지만 용모도 출중하고 재주가 비범했다) 백석은 부친을 닮아 성격이 차분했고 친구가 거의 없었다.(조만식의 회고)

했다. 1930년 조선일보 신년현상문예에 단편소설 「그 모(母)와 아들」이 당선되었다. 유학 중 일본 시인 이시카와 다쿠보쿠(石川啄木)의 시를 즐겨 읽었고, 라이너 마리아 릴케와 프랑시스 잠의 시에 심취했다. 그와 함께 모더니즘에도 관심을 가졌다.

백석은 1934년 아오야마학원 졸업과 함께 교원 검정고시에 합격했다. 그는 귀국 후 바로 조선일보사에 입사해 계열 잡지인 〈여성〉의 편집을 맡았다. 같은 해 조선일보에 산문 「이설(耳說) 귀ㅅ소리」를 비롯해 번역 산문 「임종 체홉의 6월」·「죠이쓰와 애란(愛蘭) 문학」을 발표했다. 1935년에는 단편 「마을의 유화(遺話)」를 발표했다. 백석의 초기 단편들은 노년 부부의 삶이나 죽음 등 삶의 어두운 부분을 다룬 것이 많다. 그런데 시를 창작하면서 이런 분위기는 바뀌게 된다.

백석이 소설을 쓰다 시로 전한한 이유는 직설이 아닌 은유로 자신의 감정을 은폐할 수 있었기 때문일 것이다. 그가 시를 쓰게 된 것은 창작 이외의 문단 활동에는 거리를 둔 폐쇄성과, 집에 돌아와서도 항상 세수를 할 정도의 심한 결벽증과 관련이 있어 보인다.

백석은 1935년 〈조광〉에 시 「정주성(定州城)」·「산지」·「주막」·「나와 지렝이」·「비」·「여우 난 곬족(族)」·「흰 밤」 등을 발표했다. 백석이 1936년 조광인쇄주식회사에서 펴낸 첫 시집 『사슴』[3]은 우리 문학사에서 특별한 시집으로 기록된다. 『사슴』은 백석의 초기작 33편을 담아 100부 한정판으로 출판했다. 당시 책값은 2원이었는데, 다른 시집과 비교했을 때 2배 가량 더 비싼 가격[4]이었다.

백석은 1937년 겨울, 2년 동안 일하던 신문사 교정직을 그만두고, 본격적으로 시를 쓰기 위해 산촌이 많은 함경도로 떠난다. 그는 이때의 전후 상

---

3) 시인과 평론가로 활약하며 조선일보 사회부 기자로 있던 김기림은 조선일보에 서평을 실었다. "〈사슴〉의 세계는 그 시인의 기억 속에 쭈그리고 있는 동화와 전설의 나라"라면서도 "주착없는 일련의 향토주의와는 명료하게 구별되는 '모더니티'를 품고 있다."고 평했다.

4) 당시 쌀 한가마 가격이 13원, 고급 양복이 30~40원이었다.

황을 같은 해 9월 조선일보에 실린 산문 「가재미 · 나귀」라는 글을 통해 밝혔다. 소설가 최정희, 시인 노천명, 모윤숙 등과 자주 어울렸으며, 「함주시초」, 「바다」 등을 발표했다.

1938년 함경도 성천강 상류 산간 지역을 여행했고, 함흥의 교원직을 그만두고 경성으로 돌아왔다. 「산중음(연작)」, 「석양」, 「고향」, 「절망」, 「나와 나타샤와 흰 당나귀」, 「물닭의 소리(연작)」 등 22편의 시를 발표했다. 1939년 자야와 동거하면서 『여성』지 편집주간 일을 하다가 사직하고 고향인 평북 지역을 여행했다.

여행을 즐기던 그는 이 무렵 여러 고장을 돌아다니며 고유의 민속, 명절, 향토 음식 같은 갖가지 풍물과 방언 등을 취재하여 시에 담아낸다. 이런 풍물과 방언은 특히 「남행시초(南行詩抄)」를 시작으로 해마다 나오는 기행시 형식의 연작시에서 잘 표현되었다. 조선일보와 〈조광〉, 〈시와 소설〉에 「통영(統營)」 · 「오리」 · 「탕약(湯藥)」 · 「연자ㅅ간」 · 「황일(黃日)」 등을 발표했다.

백석은 조선일보사에 재입사한 지 열 달 만에 일을 그만두고 만주로 떠나버렸다. 그는 떠나면서 친구인 소설가 허준과 화가 정현웅에게 "만주라는 넓은 벌판에서 시 1백 편을 건져오리라."고 말했다.

1940년 1월 만주 신징(新京)에 도착한 백석은 먼저 시영 주택 황씨방(黃氏方)에 방을 얻었다. 곧이어 친구들의 도움으로 만주국 경제부에 자리를 얻어 나중에 일본인들의 횡포에 못 이겨 그만둘 때까지 시를 쓰며 직장 일에 충실했다. 친구와 함께 살던 황씨방은 토굴이나 마찬가지여서 주말마다 근교의 러시아인 마을로 방을 얻으러 돌아다녔다. 이런 일로 북만주 오지의 원시 부족 사람들과도 얼굴을 익히게 되었고, 밤이면 '시 1백 편'을 건지기 위해 시작에 몰입했다.

1939년 조선일보에 산문 「입춘」과 연작시 「서행시초(西行詩抄)」와 시 「안동」을, 〈문장〉에 「함남도안(咸南道安)」 · 「동뇨부(童尿賦)」 · 「넘언집 범 같은 노큰마니」 등을 내놓은 그는 이어 1940년 〈문장〉에 「목구(木具)」 · 「북방에서」 ·

「허준(許俊)」 등을 발표했다.

같은 해 〈인문평론〉에 「수박씨 호박씨」를 발표하고, 조광사에서 토머스 하디 원작의 「테스」를 번역해 발간한 뒤, 이듬해에는 생계를 위해 만주에서 측량 보조원과 측량 서기로 일했다. 1941년 그는 『문장』에 시 「국수」·「흰 바람벽이 있어」·「촌에서 온 아이」, 〈인문평론〉에 「사포나 이백(李白)같이」, 『조광』에 「귀농(歸農)」 등을 발표했다.

백석은 일제의 한민족 말살정책이 강화되면서 한 곳에 머물지 못하고 여기저기 떠돌며 살았다. 그는 1942년 만주 안둥(安東) 세관으로 직장을 옮긴 후 엔 패아코프의 원작 소설 「밀림 유정」을 번역했다. 그가 만주에 있는 동안 동료 김소운은 백석의 시 「산우(山雨)」·「미명계(未明界)」 등 7편을 일본어로 옮겨 『조선 시집』에 실었다.

1945년 8월 해방이 되자 귀국한 백석은 신의주에서 잠시 머물다가 고향 정주로 갔다. 10월에 조만식을 따라 소설가 최명익, 극작가 오영진 등과 '김일성 장군 환영회'에 참석해 러시아어 통역을 맡았다. 1946년 북조선예술총동맹이 결성되었으나 처음에는 참여하지 않았다가 1947년 문학예술총동맹 외국문학 분과위원이 되었다. 이때부터 러시아 문학을 번역하는 일에 매진했다. 1947년 〈신천지〉에 「적막 강산」, 신한민보에 「산」을 발표했고, 1948년 〈신세대〉에 「마을은 맨천 구신이 돼서」, 〈학풍〉에 「남신의주 유동 박시봉방」[5], 〈문장〉에 「칠월 백중」 등을 발표했다.

1949년 숄로호프의 『고요한 돈강』 등을 번역하는 작업에 몰두했다. 한국전쟁이 휴전된 후, 1953년 9월 전국작가예술가대회 이후 외국문학 분과원으로 이름을 올리고 번역에 집중했다.

1956년 동화시 「까치와 물까치」, 「집게네 네 형제」를 발표했고, 「동화문학의 발전을 위하여」, 「나의 항의, 나의 제의」 등의 산문을 발표했다. 10월에

5) 허준이 백석이 해방 전에 쓴 「적막강산」, 「마을은 맨천 구신이 돼서」 등을 보관하고 있다가 1947년 말부터 48년 가을에 걸쳐 서울의 잡지에 실었다. 1948년 『학풍』 창간호에 「남신의주 유동 박시봉방」을 발표했다.

열린 제2차 조선작가대회 이후 조선작가동맹 기관지 『문학신문』의 편집위원으로 위촉되었다. 또한 『아동문학』과 『조쏘문화』 편집위원을 맡으며 안정적인 창작활동의 기틀을 마련했다. 1957년 동화시집 『집게네 네 형제』를 정현웅[6]의 삽화를 넣어 간행했고, 동시 「멧돼지」, 「강가루」, 「기린」, 「산양」을 발표한 뒤 격렬한 비판을 받았다. 6월에 「큰 문제, 작은 고찰」과 「아동문학의 협소화를 반대하는 위치에서」를 발표하면서 아동문학 논쟁이 본격화되었고, 9월 아동문학토론회에서 자아비판을 했다. 1958년 시 「제3인공위성」을 발표했고, 9월의 '붉은 편지 사건' 이후 창작과 번역 등 문학적 활동이 대부분 중단되었다.

1959년 양강도 삼수군 관평리에 있는 국영협동조합으로 내려가 축산반에서 양을 치는 일을 맡았다. 삼수군 문화회관에서 청소년들에게 시 창작을 지도하면서 농촌 체험을 담은 시 「이른 봄」, 「공무여인숙」, 「갓나물」 등을 발표했다. 1960년 1월 평양의 『문학신문』 주최 '현지 파견 작가 좌담회'에 참석했고, 시 「눈」, 「전별」 등과 동시 「오리들이 운다」, 「앞산 꿩, 뒷산 꿩」 등을 발표했다. 그는 1962년 10월 북한 문화계에 복고주의에 대한 비판이 거세게 일어나면서 창작활동을 전혀 하지 못했다. 1996년 삼수군 관평리에서 84세를 일기로 타계했다.

Ⅱ. 백석의 동화시

백석은 1955년 러시아의 사무일 야코블레비치 마르샤크(Samuil Marshak, 1887~1964)의 『동화시집』을 번역하며 동화시와 만나게 된다. 그는 1956년 1

6) 정현웅(1910~1976)은 일제 강점기 시절 대표적 서양화가, 삽화가로 활동했다. 동아일보와 조선일보, 〈조광〉, 〈여성〉, 〈소년〉 등 신문과 잡지에 수많은 삽화와 표지화를 그렸다. 1950년 한국전쟁 과정에서 월북함으로써 오랫동안 잊혀졌으나 월북 작가 해금 및 친일 작가 명단 삭제 등 조치로 최근 재조명되고 있다.

월에 나온 〈아동문학〉 제1호에 동화시 「까치와 물까치」, 「지게게네 네 형제」를 발표했다. 이 동화시는 백석의 창작을 다시 알리는 신호탄이었다. 그리고 시에서 아동문학의 영역으로까지 장르를 확장했음을 알려주는 작품이다. 1948년 「남신으주 유동 박시봉방」을 남한의 잡지 〈학풍〉에 실은 이후 무려 8년만의 일이었다.

백석은 북한 문예지 『아동문학』(조선작가동맹출판사) 1957년 11월호에 게재한 '마르샤크의 생애와 문학'이란 글에서 마르샤크에 대해 "유명한 소련의 시인이며 극작가이며 번역가이며 이론가이며 거대한 아동 문학가"라고 소개한 바 있다.

마르샤크 『동화시집』 번역에서 나타난 독자적인 짓본뜬말(의태어), 소리본뜬말(의성어)의 쓰임, 각운과 압운의 적절한 사용, 지역어나 신어 쓰임, 반복과 병렬의 짜임새가 『집게네 네 형제』에서도 고스란히 드러났다. 이런 동화시는 북한 어린이 문학뿐 아니라 중국 조선족 문학에도 큰 영향을 끼쳤다.

마르샤크 『동화시집』에는 「철없는 새끼 쥐의 이야기」, 「불이 났다」, 「우편」, 「선수–망그지르기[7] 선수」, 「게으름뱅이들과 고양이」, 「책에 대한 이야기」, 「드네쁘르 강과의 전쟁」, 「미스터 트비스터」, 「할아버지와 아이와 나귀」, 「누가 더 잘났나?」, 「다락집 다락집」 등 11편의 동화시가 실렸다. 그 중 「불이 났다」, 「우편」, 「드네쁘리 강과의 전쟁」 등은 각각 소방대, 우편배달부, 건설 노동자들의 활약상을 다루며 소련 사회의 건실함을 선전하는 동시에 어린이 눈높이에 맞춘 감각적인 표현으로 동화시의 특징을 담고 있다. 앞서의 시편들이 평범한 이들을 영웅으로 그려 사회주의 국가에 대한 낙관을 심어 주었다면 「게으름뱅이와 고양이」, 「미스터 트비스터」 등은 게으름뱅이 아이와 미국의 인종차별주의자, 대자본가인 부정적인 주인공을

6) 정현웅(1910~1976)은 일제 강점기 시절 대표적 서양화가, 삽화가로 활동했다. 동아일보와 조선일보, 〈조광〉, 〈여성〉, 〈소년〉 등 신문과 잡지에 수많은 삽화와 표지화를 그렸다. 1950년 한국전쟁 과정에서 월북함으로써 오랫동안 잊혀졌으나 월북 작가 해금 및 친일 작가 명단 삭제 등 조치로 최근 재조명되고 있다.

7) 잘 짜인 물건을 찌그러뜨리거나 부수어 못 쓰게 하다.

꾸짖고 폭로하면서 공민이 갖춰야 할 윤리와 품성을 깨닫게 했다.

마르샤크의 『동화시집』 번역은 이후 백석의 동화시집 『집게네 네 형제』의 창작에 영향을 미쳤다. 이 책에는 「집게네 네 형제」, 「귀머거리 너구리」, 「오징어와 검복」, 「준치 가시」[8], 「수라」[9], 「산골 총각」 등 12편의 동화시가 실려 있다. 마르샤크의 『동화시집』 번역 후 동화시를 본격적으로 창작하기 전에 백석이 발표한 아동문학에 관한 평론들을 살펴봄으로써 동화가 갖추어야 할 요건으로 시와 철학을 강조한 백석의 관점이 마르샤크의 『동화시집』을 통해 형성되었다.

두 시집의 비교를 통해 "-네"라는 종결어미의 사용이 어떤 의미를 지니는지도 눈여겨볼 필요가 있다. 백석 시에서 "-네"라는 종결어미가 쓰인 것은 동화시를 번역하고 창작하면서부터였다. 그 이전에 백석이 창작한 시에서는 전혀 찾아볼 수 없었던 종결어미 "-네"가 1955년 마르샤크의 『동화시집』을 번역하면서 일부 쓰였고, 이후 『아동문학』 1956년 1월호에 발표한 창작 동화시 「까치와 물까치」에서 동화시로서는 처음 쓰인 후 『집게네 네 형제』 수록 창작시 12편 모두에서 "-네"가 본격적으로 쓰였다.

마르샤크의 동화시집을 번역하면서 백석이 "-네"라는 종결어미를 선택하게 된 이유에 대해서는 동향의 선배 시인인 김억과 김소월[10]의 영향을 무시할 수 없어 보인다. 자신의 창작시에서는 전혀 사용하지 않던 종결어미

---

8) 가시가 많은 준치에게도 한때는 가시가 없어 서러운 시절이 있었다. 준치는 다른 물고기들을 찾아가 자신에게 가시를 하나만 달라고 한다. 그런 준치의 부탁을 들을 물고기들은 준치에게 가시를 찔러 준다. 그만 됐다고 달아나는 준치를 따라가며 하나씩 덤을 준다.

9) 거미 새끼 하나 방바닥에 날인 것을 나는 아무 생각없이 문밖으로 쓸어버린다./ 차디찬 밤이다./ 어디선가 새끼 거미 쓸려나간 곳에 큰 거미가 왔다/ 나는 가슴이 짜릿하다/ 나는 또 큰 거미를 쓸어 문밖으로 벌이며/ 찬 밖이라도 새끼 있는 데로 가라고 하며 서러워한다./ 이렇게 해서 아린 가슴이 싹기도 전이다./ 어데서 좁쌀알만한 알에서 가제 깨인 듯한 발이 채 서지도 못한 무척 적은 새끼 거미가 이번엔 큰거미 없어진 곳으로 와서 아물거린다. 나는 가슴이 메이는 듯하다./ 내 손에 오르기라도 하라고 나는 손을 내어미나 분명히 울고불고할 이 작은 것은 나를 무서우이 달아나벌이며 나를 서럽게 한다./ 나는 이 작은 것을 고이 보드러운 종이에 받어 또 문밖으로 벌이며/ 이것의 엄마와 누나나 형이 가까이 이것의 걱정을 하며 있다가 쉬이 만나기나 했으면 좋으련만하고 슬퍼한다.

10) 오산고보 교사를 지낸 김억은 16년 선배이고, 소월은 6년 선배이다.

를 『동화시집』을 번역하면서 쓰기 시작해 동화시 계열의 창작시를 쓸 때에도 적극적으로 활용했다는 것은 이전의 창작시들과 동화시가 성격을 달리하는 시임을 백석이 분명히 인식하고 있었음을 의미한다.

> 까치는 긴 꼬리 달싹거리며/ 깍깍 깍깍깍 하는 말이/ "내 꼬리는 새까만 비단 댕기"/ 물까치는 긴 부리 들먹거리며/ 삐삐 삐리리 하는 말이/ "내 부리는 붉은 산호 동곳"// 깍깍 깍깍깍 까치 말이/ "내 집은 높다란 들메나무/ 맨맨 꼭대기에 지었단다"// 삐삐 삐리리 물까치 말이/ "내 집은 바다 우 머나 먼 섬 낭떠러지 끝에 지었단다"// 깍깍 깍깍깍 까치 말이/ "산에 산에 가지가지/ 새는 많아도/ 벌레를 잡는 데는/ 내가 으뜸"// 삐삐 삐리리 물까치 말이/ "바다에 가지가지/ 물새 많아도/ 물속 고기 잡는 데는/ 내가 으뜸"// 깍깍 깍깍깍 까치 말이/ 나는 재간도 큰 재간 있지—/ 우리 산골 뉘 집에 손님 올 걸/ 나는 먼저 알구/ 알려 준다누// 삐삐 삐리리 물까치 말이/ 나두나두 재간 있지 큰 재간 있지—/ 우리 개포 바다에 바람이 불 걸/ 나는 먼저 알구/ 알려 준다누// 깍깍 깍깍깍 까치 말이/ 너는 아무래야 보지 못했지/ 우리 산골 새로 된 협동조합에/ 농짝 같은 돼지를 보지 못했지// 삐삐 삐리리 물까치 말이/ 너는너는 아무래야 보지 못했지/ 물 건너 저 앞 섬 합작사에/ 산같이 쌓인 조기 보지 못했지// 까치는 꼬리만 달싹달싹/ 한동안 잠잠 말이 없더니/ 갑자기 깍깍깍 큰 소리 쳤네—/ 그래 나는 우리나라 많은 곳곳에/ 새로 선 큰 공장 높은 굴뚝마다에/ 뭉게뭉게 피여나는 검은 연기 보았지// 물까치는 부리만 들먹들먹/ 한동안 잠잠 말이 없더니/ 갑자기 삐리리 큰 소리 쳤네—/ 그래 나는 우리나라 넓고 넓은 바다에/ 크나큰 통통선 높은 돛대마디에/ 펄펄펄 휘날리는 풍어기를 보았지// 그러자 까치는 자랑 그치고/ 기다란 꼬리를 달싹거리며// 물까치야, 물까치야/ 서로 자랑 그만하자/ 너도 잘난 물새/ 나도 잘난 산새/ 너도 우리나라 새/ 나도 우라나라 새/ 우리나라 새들 다 잘났구나!/ 이 말

들은 물까치/ 자랑 그치고/ 기다란 부리를 들먹거리며// 서로 자랑 그만 하자/ 너도 잘난 산새 / 나도 잘난 물새/ 너도 우리나라 새/ 나도 우리나라 새/ 우리나라 새들 다 잘났구나!// 바다가 산길에서/ 서로 만나/ 저마끔 저 잘났단/ 자랑하던/ 까치와 물까치는 훨훨 날았네—/ 뭍으로 바다로/ 쌍을 지어 날았네—// 크고도 아름답게 일떠서는/ 우리나라/ 모두모두 구경하러/ 훨훨 날았네/ 모두모두 구경하러/ 쌍을 지어 날았네

– 「까치와 물까치」 전문[11)]

이 작품에는 두 마리 까치가 등장한다. 두 까치는 서로 자기만 잘났다고 자기를 내세우며 자랑하다가 나중에는 자기가 사는 고향만 좋다고 서로 자랑한다. 그러다 나중에는 쓸데없는 자랑을 그만두자고 까치가 말하며 네 고향도 내 고향도 다 우리 나라 땅이고 너도 나도 다 잘난 새라고 한다. 두 까치는 사이좋게 훨훨 날아간다.

이 작품은 특히 1956년 출간된 아동문학 창작 입문서라 할 수 있는 이원우의 『아동문학 창작의 길』에 다음과 같이 언급이 되고 있다. 동화시 「까치와 물까치」에 나오는 두 까치는 서로 자기 개성을 갖고 있다. 서로 구별되는 개성의 표현은 자기를 자랑하는 과정에서 형성되었다. 이 동화시는 아동들에게 애국적 감정을 환기시키는 예술적 형상을 갖고 있는 동시에 새에 대한 관찰력과 조국 각지의 생활을 보여주는 인식적 면에서도 역할을 하고 있다.

어느 바닷가/ 물웅덩이에/ 깊지도 얕지도 않은/ 물웅덩이에/ 지게게네네 형제가/ 살고 있었네.// 막냇동생 하나를/ 내여 놓은/ 지게게네 세 형제는/ 그 누구나/ 강달소라,/ 배꼽조개,/ 우렁이가/ 부러웠네.// 그래서/ 맏형은/ 강달소라 껍지 쓰고/ 강달소라 흉내 내고/ 강달소라 행세했네.//

11) 『꽃초롱』, 조선작가동맹출판사, 1956. 12. 30~34쪽.

그래서/ 둘째 형은/ 배꼽조개 껍지 쓰고/ 배꼽조개 흉내 내고/ 배꼽조개 행세했네.// 그래서/ 셋째 형은/ 우렁이 껍지 쓰고/ 우렁이 흉내 내고/ 우렁이 행세했네.// 그러나/ 막냇동생은/ 아무것도 아니 쓰고/ 아무 흉내 내지 않고/ 아무 행세 아니하고/ 지게게로 태어난 것/ 부끄러워 아니했네.// 그런데/ 어느 하루/ 밀물이 많이 밀려/ 물웅덩이 밀물에/ 잠겨버렸네.// 이때에 그만이야/ 강달소라 먹고 사는/ 이빨 세인 오뎅이가/ 밀물 따라/ 떠 들어와/ 강달소라 보더니만/ 우두둑 우두둑 깨물려 드네.// 강달소라 껍지 쓰고/ 강달소라 흉내 내고/ 강달소라 행세하던/ 맏형 지게게는/ 콩만 해진 간을 쥐고/ 허겁지겁 벗어놨네/ 강달소라 껍지 벗고/ 겨우겨우 살아났네.// 그런데/ 어느 하루/ 난데없는 낚시질꾼/ 성큼성큼 오더니/ 물웅덩이 기웃했네.// 이때에 그만이야/ 망둥이 미끼 하는/ 배꼽조개 보더니만/ 낚시질꾼/ 얼른 주어/ 돌에 놓고 깨려 드네.// 배꼽조개 껍지 쓰고/ 배꼽조개 흉내 내고/ 배꼽조개 행세하던/ 둘째 형 지게게는/ 콩만 해진 간을 쥐고/ 허겁지겁 벗어놨네/ 배꼽조개 껍지 벗고/ 겨우겨우 살아났네.// 그런데 / 어느 하루/ 부리 굳은 황새가/ 진창 묻은 발 씻으러/ 물웅덩이 찾아왔네.// 이때야 그만이야/ 황새가 좋아하는/ 우렁이 하나/ 기어가자/ 황새의 굳은 부리/ 우렁이를 쪼려 드네.// 우렁이 껍지 쓰고/ 우렁이 흉내 내고/ 우렁이 행세하던/ 셋째 형 지게게는/ 콩만해진 간을 쥐고/ 허겁지겁 벗어놨네/ 우렁이 껍지 벗고/ 겨우겨우 살아났네.// 그러나/ 막냇동생/ 아무것도 아니 쓰고/ 아무 흉내 아니 내고/ 아무 행세 아니해서/ 오뎅이가 떠와도/ 겁 안 나고/ 낚시질꾼 기웃해도// 겁 안 나고/ 황새가 찾아와도/ 겁 안 났네.// 지게게로 태어난 것/ 부끄러워 아니하는/ 막냇동생 지게게는/ 형들 보고 말하였네—/ 남의 것만 좋다하고/ 제 것을랑 마다하니/ 글쎄 그게 될 말이요.// 그리하여 그후부터/ 지게게로 태어난 것/ 부끄러워 아니하며/ 지게게네 네 형제는/ 평안하게 잘 살았네.

–「집게네 네 형제」 전문

『집게네 네 형제』의 표제작 「집게네 네 형제」의 '원전'이 되는 작품이다. 얼핏 보아 '지게게'는 '집게'의 오자로 인식되기 쉽지만, 사실 집게와 지게게는 엄연히 다른 생물이다. 집게가 비어 있는 우렁이 껍질 등 속이 비어 있는 물체 속에 들어가 사는 게라면 지게게는 보통의 게 모양을 하고 있으며 천적으로부터 위협을 받을 때 무엇이든지 등에 짊어져 자신의 모습을 위장하는 게다.

실제 백석이 그린 이 동화시에 나오는 게는 '집게'보다 '지게게'의 습성을 더 많이 따르고 있다. 따라서 '집게네 네 형제'라는 제목은 원래 발표 당시의 제목 그대로 '지게게네 네 형제'로 명명하는 것이 옳을 듯하다. 그러나 무슨 이유에서인지 백석은 자신의 동화시집을 엮을 때 '집게네 네 형제'라는 제목으로 개작을 했으며, 또 그 작품을 동화시집의 표제로 삼았다.

또 한 가지 이 작품에서 살펴볼 것은 애초 잡지에 발표한 작품과 동화시집으로 엮을 때의 작품의 모습이 몇 군데 상이한 모습을 보이고 있다는 점이다. 즉, 이 작품은 제목뿐만 아니라 내용까지 개작이 된 셈인데, 가장 눈에 띄는 점은 원작에는 삼형제가 죽을 뻔했다가 다시 살아나는 것으로 진술되고 있지만, 개작된 작품에서는 첫째, 둘째, 셋째가 각각 오뎅이, 낚시꾼, 황새에게 목숨을 잃는 것으로 그려지고 있다.

이 작품은 자신이 집게인 것을 부끄럽게 여기고 남의 허울을 쓰고 남의 흉내를 내는 집게네 세 형제를 통해서, 자신의 정체성을 찾지 못한 채 무작정 남을 부러워하고 남의 흉내를 내는 것이 얼마나 위험한 것인가를 보여주고 있다. 나다움을 찾는 것이 삶의 진리라는 교훈을 주고 있는 것이다.

백석은 자라나는 어린이에게 자기 자신이 갖고 있는 장점을 발견하지 않고, 화려하게 보이는 남의 장점을 흉내 내는 어리석음을 일깨워 주고 있다. 우리 속담에 '뱁새가 황새 따라가다 가랑이 찢어진다'는 말에 가장 적합한 내용일 것이다.

사나운 주인에게/ 쫓겨나 죽은/ 불쌍한 오월이가/ 죽어서 된 이 달래,/ 세상 사람 이름 지어/ 쫓기달래.

-「쫓기달래」 부분

이 작품은 오월이가 주인집 부엌에서 배가 고파 먹으려던 쉰 찰밥 한 덩이 때문에 매 맞고 쫓겨나 엄마를 찾아 헤매다 얼어죽어 달래가 되어 세상에 다시 나온다는 이야기이다. 사나운 주인에게 쫓겨나 죽은 불쌍한 오월이가 죽어서 된 이 달래를 세상 사람들은 이름 지어 "쫓기달래"라 부르게 된다. 이는 명칭을 설명해 주는 유래담으로 볼 수 있다.

뼈 없던 오징어께/ 뼈 하나가 생긴 것은/ 바로 그때 일.// 그러나 빼앗긴 뼈/ 아직까지 다 못 찾아/ 오징어는 외뼈라네.// 살결 곱던 검복이/ 얼룩덜룩해진 것은/ 바로 그때 일.// 오징어가 토한 먹물/ 그 몸에 온통 묻어/ 씻어도 씻어도 얼룩덜룩/

-「오징어와 검복」 부분

이 작품은 오징어와 검복이 갖고 있는 신체적 특징을 소재로 이야기를 엮어 가고 있다. 상당히 긴 장시 형태로 백석의 탁월함이 돋보이는 작품이다. 잃어버린 뼈를 찾기 위하여 검복과 싸우는 오징어의 모습을 통해서 오징어와 검복이 왜 오늘날과 같은 신체적 특징(생김새)을 가지게 되었는지 설명해 주고 있는 유래담으로 볼 수 있다.

사납고 심술궂은/ 임금 하나 살았네.// 하루는 이 임금/ 가재미를 불렀네,/ 가재미를 불러서/ 이런 말 했네—/ (가재미야 가재미야,/ 하루 동안에/ 은어 3백 마리/ 잡아 바쳐라)// 이 말에 가재미/ 능청맞게 말했네/ (은어들을 잡으러/ 달려갔더니/ 그것들 미리 알고/ 다 달아났습니다.)// 이 말 듣자 임금은/ 독같이 성이 나/ 가재미의 왼뺨을/ 후려갈겼네.// 임금의 주먹바람/ 어떻게나 셌던지/ 가재미의 왼눈 날아/ 바른쪽에 가 붙었네.// 임금의 주먹바람/ 어떻게나 셌던지/ 넙치의 바른눈 날아/ 왼쪽에 가 붙었네.//

–「가재미와 넙치」 부분

이 작품에서 가재미와 넙치는 임금의 명을 거역한다. 도저히 실행할 수 없는 어불성설이다. 고민 끝에 이들은 능청스런 답을 한다. 화가 난 임금은 이들의 얼굴을 주먹으로 후려갈긴다. 그 후로 가재미와 넙치는 각각 오른쪽과 왼쪽에 눈이 붙게 되었다. 그래서 이 작품은 신체적 특징을 설명한 유래담으로 볼 수가 있다.

이 세상 어느 곳/ 새 한 마리,/ 재주 없고 게으른/ 새 한 마리는/ 날아가고 날아오다/ 눈에 띠우는/ 말똥덩이 바라고/ 내려앉네,/ 메추리로 여겨서/ 내려앉네,/ 들쥐로 여겨서/ 내려앉네.// 재주 없고 게으른/ 새 한 마리/ 말똥덩이 타고 앉아/ 쿡쿡 쪼으며/ 멋없이 성이 나/ 중얼대는 말—/ (털이나 드문드문/ 났으면 좋지,/ 피나 쭐쭐/ 끌으면 좋지!)// 이때에 지나가던/ 뭇새들이/ 이 꼴이 우스워/ 내려다보며/ 서로 지껄여/ 비웃어 주는 말—/ (재주 없고 게으르고/ 말똥만 쫓는/ 네 이름 다름 아닌/ 말똥굴이.)

–「말똥굴이」 부분

이 작품에 등장하는 새는 독수리나 다른 매처럼 사냥에 능하지 못하다. 그리고 부지런하지 못하다. 늘 말똥 위에 앉아 자신의 신세 한탄만 한다. 뭇새들은 이를 비웃으며 놀려 댄다. 그 후 이 새는 말똥굴이라는 이름을 갖게 된다. 이 또한 「쫓기달래」와 같은 명칭 유래담으로 볼 수 있겠다.

> 준치는 옛날엔/ 가시 없던 고기/ 준치는 가시가/ 부러웠네,// 고기들을 찾아가/ 준치는 말했네/ 가시를 하나씩만/ 꽂아 달라고/ 고기들은 준치를/ 반겨 맞으며/ 준치가 달라는/ 가시 주었네,/ 저마끔 가시들을/ 꽂아주었네.// – 중략 – 그러나 고기들의/ 아름다운 마음!/ 가시 없던 준치에게/ 가시를 더 주려// 달아나는 준치의/ 꼬리를 따르며/ 그 꼬리에 자꾸만/ 가시를 꽂았네,/ 그 꼬리에 자꾸만/ 가시를 꽂았네.// 이때부터 준치는/ 가시 많은 고기,/ 꼬리에 더욱이/ 가시 많은 고기.//
>
> –「준치 가시」 부분

준치는 늘 가시가 있는 물고기들을 부러워한다. 어느 날 물고기들을 찾아가 가시를 달라고 한다. 마음씨 착한 물고기들은 준치에게 가시를 꽂아 준다. 준치는 이에 만족해 하지만 물고기들은 더 많은 가시를 주려 한다. 부담을 느낀 준치는 달아나지만 물고기들이 계속 쫓아와 가시를 꽂아 준다. 그래서 특별히 꼬리 부분에 가시가 많게 되었다. 이 작품은 준치가 왜 가시가 생기게 되었고, 꼬리 부분에 가시가 더 많은지를 설명한 유래담으로 볼 수 있다.

> 해 저물어/ 일 끝내고/ 아들 총각 돌아왔네./ 오조 멍석/ 간 곳 없고/ 늙은 어미/ 쓰러졌네.// 오소리의 한 짓인 줄/ 아들 총각 알아채고/ 슬프고 분한 마음/ 산길로 달려갔네,/ 오소리네 집을 찾아/ 뒷산으로 달려갔네.//
> – 중략 –
>
> 이때 바로 아들 총각/ 오소리께 달려들어/ 통 배지개 들어/ 거꾸로 메쳤네.// 그러자 오소리는/ 콩 하고 곤두박혀/ 네 다리 쭉 펴며/ 피두룩 죽고 말았네// – 중략 –
>
> 백년 묵은 오소리/ 둘러 메쳐 죽였으니/ 쌀 빼앗긴 사람/ 쌀 찾아가고,/ 옷 빼앗긴 사람/ 옷 찾아가라고.// 그리고 땅속 깊이/ 고래 같은 기와집

은/ 땅 위로 헐어내다/ 여러 채 집을 짓고/ 집 없는 사람들게/ 들어 살게 하였네.//

–「산골총각」 부분

이 작품은 산골 총각이 툭 하면 산을 내려와 양식을 훔쳐 가고 사람을 헤꼬지하는 오소리를 찾아가서 오소리가 죽을 때까지 싸워서 이긴다는 이야기이다.

어느 산골에 한 총각과 어머니가 살고 있었다. 그리고 집 뒤 높은 산에는 땅속 깊이 고래 같은 기와집에 백 년 묵은 오소리가 살고 있었다. 오소리는 가난한 사람의 옷과 쌀을 빼앗아 잘살았다. 어느 날, 아들 총각은 밭으로 일하러 가며 늙은 어미에게 멍석을 보고 있으라고 했다. 그러자 얼마 가지 않아 뒷산 오소리가 내려와서 멍석을 말아 등에 지고 가려고 했다. 늙은 어미가 죽을힘을 다해 소리를 질렀지만, 오소리의 뒷발에 차여서 쓰러지고 말았다. 해가 지고 아들 총각이 돌아오자 멍석은 사라졌고 늙은 어미는 쓰러져 있었다. 총각은 오소리 짓인 줄 알고 오소리 집을 찾아간다.

오소리는 양식을 약탈해 가는 녀석이고, 일은 하지 않으면서 고래 같은 기와집에 사는 녀석이다. 산골 총각이 어렵게 마련한 오조 멍석을 통째로 훔쳐 간 오소리에게 달려들어 싸우지만 역부족이다. 여기저기 수소문해 오소리를 이기는 법을 배우지만 번번이 실패한다. 하지만 산골 총각은 좌절하지 않고 새로운 싸움의 방법을 터득해 간다. 그렇게 몇 번이고 싸운 끝에 산골 총각은 오소리를 이기게 된다. 이렇게 산골 총각은 오소리가 훔쳐간 곡식을 자신의 힘으로 찾았을 뿐만 아니라 남들이 잃어버린 것까지 찾아주게 되었다. 「산골총각」은 인간과 오소리의 적대관계를 그리고 있다.

어느 때 어느 곳에/ 배꾼 하나 살았네,/ 하루는 난바다에/ 고기잡이 나갔더니/ 센 바람에 돛 꺾이고/ 큰 물결에 노를 앗겨/ 바람 따라 물결 따라/ 밤낮 없이 떠 흘렀네.// - 중략 - 그러자 난데없는/ 새 세 마리 날아왔네.// 한 새는 고물 밀고/ 한 새는 이물 끌고/ 또 한 새는 뱃전 밀어/ 어느 한 섬 다달았네.// - 중략 - 그러자 이 배꾼은/ 걱정 근심 하나 없이/ 들물 따라 썰물 따라/ 그물질을 나갔다네,/ 도요새가 알리는/ 소리 듣고// 그러자 이 배꾼은/ 걱정 근심 하나 없이/ 돛을 달고 노를 저어/ 먼 바다에 배질했네/ 톱새가 잘라놓은/ 돛대와 노로// 그러자 이 배꾼은/ 걱정 근심 하나 없이/ 무채나물 외채나물/ 저녁 찬도 맛있었네,// 쑥쑥새가 썰어 무친/ 채나물로/

-「배꾼과 새 세 마리」 부분

이 작품은 배꾼이 바다에 나갔다가 배가 난파되어 죽을 고비에 처했을 때 새들이 나타나 도움을 준다는 이야기이다. 먼저 톱새는 돛대와 노가 없어 걱정하는 배꾼에게 열심히 톱질을 해 그물질을 할 수 있도록 도와준다. 도요새는 들물, 썰물을 몰라 걱정하는 배꾼에게 도요 도요 외치며 배질을 할 수 있도록 도와준다. 쑥쑥새는 무채, 외채 없어 걱정인 배꾼에게 쑥쑥쑥 채 썰어 저녁 찬을 맛있게 먹을 수 있도록 도와준다는 이야기로 인간과 새의 우호관계를 그리고 있다.

옛날 어느 곳에/ 개구리 하나 살았네,/ 가난하나 마음 착한/ 개구리 하나 살았네// 하루는 이 개구리/ 쌀 한 말을 얻어 오려/ 벌 건너 형을 찾아/ 길을 나섰네.//개구리 덥적덥적/ 길을 가노라니/ 길가 보도랑에/ 우는 소리 들렸네.//개구리 닁큼 뛰어/ 도랑으로 가 보니/ 소시랑게 한 마리/ 엉엉 우네.// 소시랑게 우는 것이/ 가엾기도 가엾어/ 개구리는 뿌구국/ 물어보았네—/ "소시랑게야/ 너 왜 우니?"// 소시랑게 울다 말고/ 대답하였네—/ "발을 다쳐/ 아파서 운다."// 개구리는 바쁜 길/ 잊어버리고/ 소시랑게 다친 발/ 고쳐주었네.// 개구리 또 덥적덥적/ 길을 가노라니/ 길 아래

논두렁에/ 우는 소리 들렸네.// 개구리 닁큼 뛰어/ 논두렁에 가 보니/ 방아다리 한 마리/ 엉엉 우네.// 방아다리 우는 것이/ 가엾기도 가엾어/ 개구리는 뿌구국/ 물어보았네—/ "방아다리야/ 너 왜 우니?"// 방아다리 울다 말고/ 대답하는 말—/ "길을 잃고/ 갈 곳 몰라 운다."// 개구리는 바쁜 길/ 잊어버리고/ 길 잃은 방아다리/ 길 가리켜주었네.// 개구리 또 덥적덥적/ 길을 가노라니/ 길 복판 땅구멍에/ 우는 소리 들렸네.// 개구리 닁큼 뛰어/ 땅구멍에 가 보니/ 소똥굴이 한 마리/ 엉엉 우네.// 소똥구리 우는 것이/ 가엾기도 가엾어/ 개구리는 뿌구국/ 물어보았네—/ "소똥굴이야/ 너 왜 우니?"// 소똥굴이 울다 말고/ 대답하는 말—/ "구멍에 빠져/ 못 나와 운다."//

개구리는 바쁜 길/ 잊어버리고/ 구멍에 빠진 소똥굴이/ 끌어내 줬네.// 개구리 또 덥적덥적/ 길을 가노라니/ 길섶 풀숲에서/ 우는 소리 들렸네.// 개구리 닁큼 뛰어/ 풀숲으로 가 보니/ 하늘소 한 마리/ 엉엉 우네.// 하늘소 우는 것이/ 가엾기도 가엾어/ 개구리는 뿌구국/ 물어보았네—/ "하늘소야,/ 너 왜 우니?"// 하늘소 울다 말고/ 대답하는 말—/ "풀대에 걸려/ 가지 못해 운다."// 개구리는 바쁜 길/ 잊어버리고/ 풀에 걸린 하늘소/ 놓아주었네.// 개구리 또 덥적덥적/ 길을 가노라니/ 길 아래 웅덩이에/ 우는 소리 들렸네.// 개구리 닁큼 뛰어/ 물웅덩이 가 보니/ 개똥벌레 한 마리/ 엉엉 우네.// 개똥벌레 우는 것이/ 가엾기도 가엾어/ 개구리 뿌구국/ 물어보았네—/ "개똥벌레야/ 너 왜 우니?"// 개똥벌레 울다 말고/ 대답하는 말—/ "물에 빠져/ 나오지 못해 운다."//

개구리는 바쁜 길/ 잊어버리고/ 물에 빠진 개똥벌레/ 건져주었네.// 발다친 소시랑게/ 고쳐주고,/ 길 잃은 방아다리/ 길 가리켜주고,/ 구멍에 빠진 소똥굴이/ 끌어내 주고,/ 풀에 걸린 하늘소/ 놓아주고,/ 물에 빠진 개똥벌레/ 건져내 주고……//

착한 일 하노라고/ 길이 늦은 개구리,/ 형네 집에 왔을 때는/ 날이 저물고,/ 쌀 대신에 벼 한 말/ 얻어서 지고/ 형네 집을 나왔을 땐/ 저문 날이 어두워,/ 어둔 길에 무겁게/ 짐을 진 개구리,/ 디퍽디퍽 걷다가는/ 앞으로 쓰러지고/ 디퍽디퍽 걷다가는/ 뒤로 넘어졌네.//

밤은 깊고 길을 멀고/ 눈앞은 캄캄하여/ 개구리 할 수 없이/ 길가에 주저앉아/ 어찌할까 이리저리/ 걱정하였네.// 그러자 웬일인가,/ 개똥벌레 윙하니/ 날아오더니/ 가쁜 숨 허덕허덕/ 말 물었네—/ "개구리야, 개구리야/ 무슨 걱정 하니?"// 개구리 이 말에/ 뿌구국 대답했네—/ "어두운 길 갈 수 없어/ 걱정한다."// 그랬더니 개똥벌레/ 등불 받고 앞장서,/ 어둡던 길 밝아졌네.// 어둡던 길 밝아져/ 개구리 가기 좋으나/ 등에 진 짐 무거워/ 등은 달고/ 다리 떨렸네.// 개구리 할 수 없이/ 길가에 주저앉아/ 어찌할까 이리저리/ 걱정하였네.// 그러자 웬일인가/ 하늘소 씽하니/ 날아오더니/ 가쁜 숨 허덕허덕/ 말 물었네—/ "개구리야, 개구리야/ 무슨 걱정 하니?"// 개구리 이 말에/ 뿌구국 대답했네—/ "무거운 짐 지고 못 가/ 걱정한다."// 그랬더니 하늘소/ 무거운 짐 받아 지고/ 개구리 뒤따랐네.// 무겁던 짐 벗어놓아/ 개구리 가기 좋으나,/ 길 복판에 소똥 쌓여/ 넘자면 굴어나고/ 돌자면 길 없었네.// 개구리 할 수 없이/ 길가에 주저앉아/ 어찌할까 이리저리/ 걱정하였네.// 그러자 웬일인가/ 소똥굴이 휭하니/ 굴러오더니/ 가쁜 숨 허덕허덕/ 말 물었네—/ "개구리야, 개구리야/ 무슨 걱정하니?"// 개구리는 이 말에/ 뿌구국 대답했네—/ "소똥 쌓여 못 가고/ 걱정한다."// 그랬더니 소똥굴이/ 소똥 더미 다 굴리어,/ 막혔던 길 열리었네.// 막혔던 길 열리어/ 개구리 잘도 왔으나,/ 얻어 온 벼 한 말을/ 방아 없이 어찌 찧나?/ 방아 없이 어찌 쓸나?/개구리 할 수 없이/ 마당가에 주저앉아/ 어찌할까 이리저리/ 걱정하였네.//

그러자 웬일인가/ 방아다리 껑충/ 뛰어오더니/ 가쁜 숨 허덕허덕/ 말 물었네—/ "개구리야, 개구리야/ 무슨 걱정하니?"// 개구리 이 말에/ 뿌구국 대답했네—/ "방아 없어 벼 못 찧고/ 걱정한다." //그랬더니 방아다리/ 이 다리 찌꿍 저 다리 찌꿍/ 벼 한 말을 다 찧었네.// 방아 없이 쌀을 찧어/ 개구리는 기뻤으나/ 불을 땔 장작 없어/ 쓿은 쌀을 어찌하나,/ 무엇으로 밥을 짓나!// 개구리 할 수 없이/ 문턱에 주저앉아/ 어찌할까 이리저리/ 걱정하였네.// 그러자 웬일인가/ 소시랑게 비르륵/ 기어오더니/ 가쁜 숨 허덕허덕// 말 물었네—/ "개구리야, 개구리야/ 무슨 걱정 하니?"// 개구리 이 말에/ 뿌구국 대답했네—/ "장작 없어 밥 못 짓고/ 걱정한다."// 그랬더니 소시랑게/ 풀룩풀룩 거품 지어/ 흰 밥 한솥 잦히었네.// 장작 없이 밥을 지은/ 개구리는 좋아라고/ 뜰악에 멍석 깔고/ 모두들 앉히었네.// 불을 받아준/ 개똥벌레,/ 짐을 져다준/ 하늘소,/ 길을 치워준/ 소똥굴이,/ 방아 찧어준/ 방아다리,/ 밥을 지어준/ 소시랑게,/ 모두모두 둘러앉아/ 한솥 밥을 먹었네.//

– 「개구리네 한솥 밥」 전문

이 작품은 서로 도우며 살아가야 한다는 아주 평범한 진리를 보여주고 있는 작품이다. 개구리의 착한 품성은 백석이 권장하는 가장 중요한 사람됨의 기준이다. 상황이 어려운 다른 친구들을 돌보다가 그만 시간을 넘겨버린 개구리와 어두운 밤에 무거운 짐을 들고 돌아오는 길에는 자신이 도와준 친구들의 도움을 받아 무사히 집으로 돌아와 사이좋게 밥을 지어먹는 모습을 통해 서로 돕고 사는 사회의 아름다움을 보여주고 있다. 아마 백석은 개구리와 같은 인간형이 바로 사회주의적 인간형이라고 생각했는지 모른다. 이런 품성을 가진 인간이 대우를 받는 사회가 진정 아름다운 사회일 것이다. 권모술수가 판치는 현실에서 개구리 같은 아름다운 품성을 가진 사람이 오히려 어리석게 인식된다면 참으로 슬픈 일이 아닐 수 없다.

그러자 밭 임자 영감/ 두—두— 소리쳤네.// 그 소리 듣고/ 멧돼지가 먼저 달아났네.// 그 뒤로 곰이 달아났네.// 그러나 귀머거리 너구리/ 그 소리 들리지 않아/ 꿈쩍도 아니 하고/ 뚝 하고 한 이삭/ 뚝 하고 두 이삭/ 강냉이만 따 먹었네,/ 그러면서 하는 말/ (달아나긴 왜들 달아나?)// - 중략 - 이리하여/ 귀먹은 도적놈은/ 귀밝은 도적놈들 속에서/ 겁 없고 용감한/ 첫째 가는 도적놈 되었네.// - 중략 - 바로 그 눈앞에/ 몽둥이 든 사람들/ 개들을 앞세우고/ 오는 것 보자./ 그만이야 맨 먼저/ 질겁을 하며/ 네 발이 떠서 도망쳤네.// 귀머거리 겁쟁인 줄/ 꿈에도 모르고/ 너구리를 대장 삼고/ 싸우러 나왔던/ 산짐승들 이때에야/ 깨닫고 한했네—/ (귀머거리 겁쟁이/ 너구리를 대장 삼은/ 우리들이 얼마나/ 어리석은가!)//

- 「귀머거리 너구리」 부분

이 작품의 주제는 우리가 곰곰히 생각해 볼 필요가 있다. 귀머거리 너구리를 용감하다고 잘못 판단한 뭇 짐승들이 싸움에서 지고 마는 것을 통해 백석은 현상만을 보면 본질을 잘못 볼 수 있음을 알려주고 있다. 산짐승들은 너구리가 귀머거리라는 것을 모른 체 가장 나중에 도망가는 것을 보고 용감하다는 어처구니없는 판단을 내리고 만다.

이런 메기는/ 그 언제나/ 용이 돼서 하늘로/ 오르고만 싶었네.//
하루는 이 메기/ 꿈을 꾸었네—// - 중략 -
설레는 물 속에서/ 푸른 실, 붉은 실/ 입에 물고/ 하늘로 둥둥/ 높이 올랐네.//
그러자 꿈을 깬/ 메기의 생각엔—/ 이것은 분명/ 용이 될 꿈.// - 중략 -
꿈에 물은 붉은 실/ 붉은 지렁이,/ 꿈에 물은 푸른 실/ 푸른 낚싯줄,/
꿈에 둥둥 하늘로/ 오른 그대로/ 낚싯줄에 둥둥 달려/ 메기 올랐네.//
어리석고 헛된/ 꿈을 믿어/ 용이 되려 바다로/ 내려왔다가/ 낚시에 걸려/ 죽게 된 메기//

- 「어리석은 메기」 부분

이 작품은 자신의 삶에 만족하지 못하고 용이 되고 싶어하는 메기의 이야기다. 어리석은 메기는 꿈을 잘못 해석하여 강을 따라 내려가다 늙은 숭어의 충고(낚시에 걸릴 꿈)를 잊고 배가 고파 지렁이와 낚싯줄을 덥석 물어 죽게 된다는 이야기이다. 꿈속에 푸른 실 · 붉은 실을 물고 하늘로 둥둥 높이 오르는 꿈은 용이 되는 꿈이 아니라, 붉은 지렁이와 푸른 낚시 줄을 물어 낚시에 걸린 채 푸덕거릴 꿈이었던 것이다. 백석은 이 작품을 통해 인간의 지나친 허욕이 자신의 비극적 삶까지 초래할 수 있음을 경고하고 있다.

> 어느 깊은 산골짝/ 빽빽한 나무판에/ 나무 동무 일곱 동무/ 사이 좋게 살아갔네.// – 중략 – 저희들이 태어난/ 니 나라에서/ 저희들의 힘대로/ 저희들의 원대로/ 나라 위해 일하려/ 마음 먹었네.// – 중략 – 그는 나무들을/ 부르러 온 사람,/ 나라에 몸 바칠 나무/ 부르러 온 사람,/ 나무들을 모아놓고/ 그는 말했네—// (원수들과 싸우고 난/ 나라에서는/ 나와서 일할 나무/ 기다리오,/ 전선대가 될 나무,/ 배판장이 될 나무,/ 동발 괴목이 될 나무,/ 문짝 연장이 될 나무,/ 그리고 종이가 될 나무를/ 간절히 기다리오.)// – 중략 – 그리하여 분비나무는/ 넓고 넓은 서해 바다/ 중선배의 배판장 되어/ 농어, 민어, 조기, 달째/ 가지가지 고기 생선/ 그 팔로 실어 나르네.// – 중략 – 이리하여 어느 산골/ 나무 동무 일곱 동무/ 언제나 꿈꾸며 바라던 대로/ 나라 위해 몸과 마음 바쳐 일하네./
>
> – 「나무 동무 일곱 동무」 부분

이 작품에 등장하는 일곱의 나무들은 저마다 되고 싶었던 꿈이 있었지만, 나라가 위험에 처하자 꿈을 접어 버린다. 그리고 전쟁에 임해서는 자신의 역할을 다하여 결국 적을 무찌르고 평화가 오자 자신의 꿈을 이루었다. 해방 후 복구사업을 위해 나무동무 일곱 동무가 제각기 자기가 되고 싶었던 일을 하게 된다. 이 작품은 동화시중 「쫓기달래」와 함께 식물이 등장하는 작품이다. 나무를 의인화시켜서 애국심을 고취하려는 내용으로 되어 있다.

Ⅲ. 나오는 말

백석은 1940년 1월 만주 신징(新京)에서 생활하며 주말마다 근교의 러시아인 마을을 다니며 러시아인들과도 교류했다. 그는 일본어는 물론 중국어와 러시아어에도 능통했다. 백석은 김소월과 정지용이 다져놓은 현대시의 기틀 위에서 새로운 시의 문법을 세움으로써 한국 시의 영역을 넓히는 데 기여했다. 평안도와 함경도 방언을 비롯한 여러 지역의 언어들을 시어로 끌어들이고 고어와 토착어를 빈번하게 사용함으로써 시어의 영역을 넓히고 모국어를 확장시켰으나, 시를 쓸 수 없는 상황이 되자 동화시라는 새로운 장르에 천착했다.

백석의 시는 형태적인 측면에서도 정제된 운율이 있는 전통적인 서정시 형식 대신 이야기 구조를 갖춘 서사 지향적인 시를 보여준다. 이때 '이야기 구조'는 서사 양식처럼 사건의 서사적 진행에 초점을 맞추는 것이 아니라 장면 묘사와 서술에 그 중심이 놓여 있다. 이러한 이야기 구조의 시는 그가 동화시를 쓰는 데에도 영향을 끼쳤다.

백석은 8·15해방 후 스승 조만식의 부름을 받고, 평양에 머무르면서 비서 겸 러시아어 통역으로 조만식을 도왔다. 조만식이 연금당한 이후로는 시를 쓰는 대신 아동문학을 연구했다. 1950년대 초만 해도 북한 문예계에서 권위를 인정받는 러시아 문학 번역가로 활동하면서 아동문학가로 활동했다. 백석은 동시도 몇 편 썼지만 동화시 창작에 더 정성을 쏟았다. 백석의 동화시는 마르샤크의 영향을 받았다.

마르샤크의 『동화시집』과 백석의 『집게네 네 형제』는 비슷한 편수의 창작시가 수록되어 있고, 삽화를 시와 함께 배치한 점이라든가 전래동화를 시로 형상화한 점 등 시집의 체제나 구성에서 유사성을 보인다. 하지만 그에 못지않게 차이점도 있다. 마르샤크의 『동화시집』의 경우, 동물이 등장하는 우화적 성격의 시보다는 인물이 등장하는 시들이 더 많은 비중을 차지하는 데 비해, 백석의 『집게네 네 형제』에는 인물이 등장하는 시보다 동물이 등장하는 동물 유래담이나 우화적 성격의 시들이 훨씬 더 많다. 또한 마르샤크의 『동화시집』은 백석의 『집게네 네 형제』보다 풍자적 성격이 더 강하고 사회주의체제의 이념을 드러낸 시들도 더 높은 비중을 차지한다.

석동 윤석중이 시작한 동화시는 북에서는 흰돌 백석이 1950년대에 불꽃을 피웠고, 남에서는 검돌 이석현이 1960년대에 메아리로 되울렸다. 석동(石童) 백석(白石) 현석(玄石)이란 세 개의 주춧돌에 의해 구축된 한국의 동화시는 이제 새롭게 이끌어갈 견인차가 필요한 때이다.

자연애를 통한 합일정신의 구현
- 유여촌 동화론

Ⅰ. 들어가는 말

유여촌(柳麗村)의 본명은 운생(云生)으로 1912년 4월 18일 경북 안동군 풍남면 하회리 731번지에서 출생했다. 4남 2녀 중 장남으로 태어나 마을 앞 낙동강가를 놀이터로 성장했다. 그의 집 건너에 있던 부용대(芙蓉臺)[1)]는 하회마을을 한눈에 조망할 수 있는 높이 64m의 절벽이다. 그의 성장지인 풍산평야의 자연환경[2)]은 훗날 그가 동화를 쓰는 데 많은 영향을 끼쳤다.

그는 15세인 1927년 풍남보통학교를 졸업한 후 야학을 열어 마을 어린이들에게 한글 공부를 시켰다. 1929년 대구사범학교 심상과에 입학하여 문학서적을 탐독하는 등 문학에 뜻을 펼쳤다. 그가 1학년 때에 〈어린이〉지에 단편소설을 투고한 사실이 이를 뒷받침한다.

20세 때인 1932년 이순학(李順鶴)과 대구에서 혼인하여 이듬해에 장남 병락(炳洛)을 낳았다. 1934년 대구사범학교를 졸업하고 전북 남원군 운봉보통

1) 부용대라는 이름은 중국 고사에서 따 온 것으로, 부용은 연꽃을 뜻하며, 하회마을이 들어선 모습이 연꽃 같다는 데서 유래한 명칭이다.

2) 그가 자란 집은 솔밭이 시원하게 펼친 강둑 쪽으로, 부용대를 마주보며 있다.

학교에 발령받아 교직의 길을 걷게 된다. 이 무렵 그는 일본의 동화작가인 미야자와 겐지(宮澤賢治)[3]에 심취되어 그의 동생인 미야자와 세이로구(宮澤清六)와 자주 편지를 주고받았다.

1936년 장남 병락이 뇌막염에 걸려 사망하자, 삶에 회의를 느껴 불교 서적을 탐독하기도 했다. 이 무렵 〈모나미 닛뽕가이시진(日本海詩)〉이라는 시 잡지의 편집 동인으로 활동했으며, 차남 걸호(杰浩)가 출생했다.

1938년 경북 상주군 함창 동부심상소학교로 전근하여 매신순보(每申旬報)에 일본어 소설 〈산협의 서광(山峽의 瑞光)〉을 응모하여 당선되었다. 이 무렵 〈시진시다이(詩人時代)〉와 〈닛뽕가이시진〉의 편집 동인이 되었으며, 경성일보에 수필을 기고하기도 했다. 이 해에 3남 영호를 낳았다.

1940년 안동군 풍북심상소학교로 전근하여 방학 때는 아동 극단을 이끌고 인근 지방으로 순회공연을 다녔다. 1941년 태평양 전쟁 중에는 잠시 교직에서 물러나 하천 부지를 개간하는 등 농업에 종사했다. 이 해에 장녀 연자(燕慈)가 출생했고, 1944년에는 차녀 덕자(德子)가 출생했다.

1945년 해방을 맞아 교직에 복귀하여 미군정청 학무과에 근무하게 되었고, 이듬해에는 학무과 성인교육계장이 되었다. 1947년 3녀 미자(美慈), 1949년에 4남 명호(明浩), 1952년에 4녀 난희(蘭熙), 55년에 5녀 애라(愛羅)가 출생했다. 1952년에는 대구초등학교 분교사 주임, 1955년에 남산고등학교 강사, 1963년 문경군 생달초등학교 교장이 되었다. 그는 이 무렵부터 아동문학에 뜻을 두고 여러 편의 동화를 쓰기 시작했다.

1964년 마침내 〈경향신문〉 신춘문예에 동화 「바람을 그리는 어린이」가 당선되어 52세 늦깎이로 동화작가로 등단했다. 그는 창작열을 불태워 1967

---

3) 宮沢賢治(1896년 8월 27일- 1933년 9월 21일)는 이와테 현 출신의 일본의 문인이자 교육자, 에스페란티스토이다. 향토애가 짙은 서정적인 필치의 작품을 다수 남겼으며, 작품 중에 다수 등장하는 이상향을 고향인 이와테의 에스페란토식 발음인 ihatovo라고 명명했다. 지주들의 수탈로 가난에 허덕이던 농촌의 비참한 환경을 개선하기 위해 애니메이션 《은하철도 999》의 원작인 《은하철도의 밤》을 창작하기도 했다. 사후 그의 작품에 대한 평가가 점점 높아져 국민 작가로 불려지고 있다.

년에 동화선집 5권[4]을 상재하여 새싹회가 주관한 제1회 〈해송동화상〉[5]을 수상했다.

1965년 구미 동부초등학교, 1970년 대구 평리초등학교, 1971년 대구 서부초등학교 교장으로 재직하며 동화 창작에 몰두했다. 1971년에 동화선집 제2집 전5권[6]을 상재했는데, 제1집에 실린 99편에 이어 58편의 동화가 실려 있다.

1975년에는 모성애를 소재로 한 동화집 『눈내리는 밤』을 출간했다. 1977년 경북 금천 모암국민학교 교장으로 정년 퇴직 후에는 서울 영등포구 당산동 자택에서 창작 활동에만 전념했다. 그 결실로 유년동화집 『달나라 땅나라』를 출간했고, 미 발표작으로 『도루묵 교장 선생』, 『염소 할아버지』, 『당자동 마을』, 『낙동강』 등이 있다.

말년에 위암 선고를 받고 투병 중 서울대병원에서 수술을 받고 자택에서 요양하다 향년 69세로 1981년 5월 9일 별세했다. 그는 경기도 고양 벽제 국제공원묘지에 잠들어 있다. 타계 3주기를 맞아 벽제 국제공원묘지에 문학비가 세워졌다.

Ⅱ. 여촌의 동화 세계

1. 목가적 이상주의

여촌 동화에 대한 본격적인 논의는 그의 문학적인 업적에 비해 전무하다

---

4) 『바람을 그리는 어린이』, 『금개구리 은개구리』, 『어린이나라 별나라』, 『물새알』, 『우정이 싹틀 무렵』(성문각, 1967)

5) 새싹회에서는 해송동화상 첫 번째 수상이라는 뜻을 살리기 위해 마해송이 신춘문예에서 뽑은 제자 중에서 작품을 뽑아 상을 주었다.

6) 『사랑 학교 꿈 학교』, 『봉숭아의 노래』, 『철수의 동화나라』, 『은방울꽃 피는 마을(전편)』, 『은방울꽃 피는 마을(후편)』(성문각, 1971)

시피 했다. 단지 동화집의 서문이나 서평, 교류기 정도가 있을 뿐이고 평론으로는 이재철의 「유여촌론」[7]과 필자의 졸고[8]가 있을 정도이다.

그는 50이 넘은 늦은 나이에 등단하여 20년도 채 되지 않은 기간에 200여 편의 단 · 중 · 장편동화와 아동소설을 썼을만큼 창작열이 대단했다.

그가 활동했던 1960년대 후반과 1970년대를 통틀어 그만큼 왕성하게 창작 활동을 했던 아동문학가는 찾아보기 힘들다. 유여촌은 동화 할아버지로[8] 통할 만큼 동화 문학에 대한 열정이 탁월했다.

그는 등단한 지 7년 동안에 10권의 아동선집을 내놓을 만큼 다작의 작가이다. 이들 선집에는 총 157편의 동화와 아동소설이 실려 있다. 이들 대부분은 단편이지만 중편에 해당하는 작품이 8편, 장편이 1편이다.

중편의 작품을 열거하면 「에디슨의 여우」, 「아빠산새 엄마산새」, 「점순 할아버지와 아기너구리」, 「꼬마 음악가」, 「사랑학교 꿈학교」, 「 교회의 첨탑이 빛나는 밤」, 「고니의 호수」, 「굴뚝새와 국화꽃」 등이다. 장편은 9권과 10권에 전 · 후편으로 나누어 싣고 있는 『은방울꽃 피는 마을』이다.

이재철은 유여촌의 문학 세계를 시적 환상의 문학이요, 목가적 이상의 문학[10]이라고 정의했다.

> "옥련이도 순자도 단숨에 담임 선생님 앞으로 모여들었읍니다. 우윳빛 이슬이 이제는 두터운 안개가 되어 산골짝으로 사라져 가는 안개의 실마리를 잡아 밤색 윗도리에 칭칭 감고 계셨읍니다. - 중략 -
>
> 옥련이는 하늘이 시키는대로 도화지를 깔고 청동파리의 등 뒤에 숨었읍니다. 순이는 이제는 색연필을 도화지에 문지르면서 꼼짝도 할 수 없다

7) 이재철, 「유여촌론」, 『한국아동문학작가론』(개문사, 1992. 2) 258~266쪽.

8) 「자연과 인간이 어우러지는 교육성」, 『한국현대아동문학작가작품론』(사계 이재철교수 정년 기념 논총, 집문당, 1997)

9) 이재철, 위의 책, 260쪽.

10) 위의 책, 261~262쪽.

는 듯 서서만 있는 감나무를 쳐다봤읍니다. 어느덧 검푸른 앞산의 숲속에서 상수리나무들이 대열을 지어 운동장 변두리를 서성거리기 시작했읍니다. – 중략 –

옥련이는 점점 발길을 바쁘게 옮겨 놓았읍니다. 어쩌면 억새밭을 훨훨 나는 것같이 느껴졌읍니다. 잔잔한 나뭇가지가 친근하게 귓속말로 속삭입니다. 단풍잎은 붉다 못해 이제는 아주 까맣게 그을려진 곳도 많았읍니다. 할아버지 까마귀는 민식이의 도화지에 날개를 잃고 울지도 못하고 몸둥이를 오므린 채 나뭇가지에 앉아 있었읍니다.

옥련이는 억새밭을 날면서 치맛폭을 펼쳤읍니다."

〈바람을 그리는 어린이〉

위의 작품은 유여촌의 등단작이자 대표작이라 할 수 있는 동화[11]이다. 이 작품은 낭만적 요소와 시적 환상성을 짙게 깔고 있다.

이 작품이 씌어졌던 1960년대 초는 우리의 아동문학이 비로소 본 궤도에 올라 본격 동화 운동이 결실을 맺기 시작하는 때이다. 이 시기에 발표된 작품 중에서 현실과 환상의 정교한 교직을 보여 주는 이만한 작품을 그리 흔하게 찾아 볼 수 없다.

본격 문학운동이 일어난 배경을 살펴보면, 1950년대 문단의 중추 장르로서의 아동소설의 기능은 교육성이나 오락성 등의 비문학적 요소에 크게 의존하고 있었다. 정치 · 사회적 모든 여건의 변화에 의한 그 효용성의 감퇴는 아동소설에 대한 문학으로서의 인식 내지는 그 중요성에 대해서 필연적으로 재평가를 가져왔다. 따라서 아동소설은 중추적인 역할이나 핵심적 장르의 위치에서부터 서서히 밀려나게 되었다. 아동소설이 문학으로서 존재하기 위해서는 문학성을 갖추어야 했으며, 여기에서 문학성의 회복을 위한

11) 이 작품에 나오는 지명 · 산 · 내의 이름은 실명을 그대로 붙였고 등장하는 어린이도 그 학교 학생 이름을 따랐다.

온갖 시도들이 이루어졌던[12] 것이며, 이러한 기류는 본격 동화 운동을 일으키는 기폭제로 작용했던 것이다.

유여촌의 동화는 아름다운 자연과 더불어 살아가는 화전민들과 산촌 사람들의 인간애와 자연애호 사상을 주로 그리고 있다.

> 현대의 발달된 문명을 등지고 살고 있는 화전민들은 정말 불행한 사람들이지요. 그네들은 너무나 가난하며 초라합니다. 그러나 그네들이 살고 있는 아름다운 자연과 또 그네들의 소박하고 정다운 마음씨는 이 세상의 무슨 물건으로도 바꿀 수 없읍니다. 나는 이 책에서 주로 화전 마을의 그러한 소재를 펼쳐 놓고, 그 자연과 인간 사이에 엮어지고 있는 흐뭇한 이야기와 꿈의 세계로 보고 동화를 꾸미는 데 노력했읍니다.[13]

그의 말처럼 여촌은 주로 자연과 인간의 교감을 통한 "일치된 감정의 세계"를 작품에 투영하고 있다. 이는 그가 산골 학교에 근무하며 겪은 체험을 바탕으로 하고 있다. 그의 작품 경향은 한마디로 목가적인 이상주의를 추구하는 것으로 요약할 수 있다.

2. 교육적 효용성

여촌은 동화 창작에 있어 교육적인 효용성을 중시함으로써 예술성을 중시하는 동화 문단의 큰 흐름과는 다소 상대적 위치에 서게 되었다. 오랫동안 교직에 몸담아 온 그에게 있어서는 생태적 현상일 수밖에 없다. 그는 〈교육 동화의 가능성〉을 다음과 같이 역설하고 있다.

---

12) 이재철, 『한국아동문학 연구』(서울:개문사, 1982), 142쪽.

13) 『동화선집』 제1집, 머리말.

> 아동문학에 필연적으로 제기되는 두 가지 집약적인 문제가 있다. 즉, 예술성과 교육성이다. 대체적인 경향으로 교단 작가들은 예술성에 앞서 교육성을 중요시하는 것 같고, 이에 반해서 이원수 씨는 씨대로의 독특한 견해를 가지는 것 같다. 아동문학인 이상 문학으로서 좋은 작품이면 그만이지 교육성 운운은 사족이라는 것이다. 氏는 더 나아가서 유독 아동 세계를 인정하고 싶지 않는 것 같다. …… 동일 작가의 작품에서도 교육성을 강하게 다룰 때도 있겠고 예술성이 짙은 글을 쓸 수도 있을 것이다. 정도의 차이는 있다 할지라도 교육성이 전연 배제된 아동성이 있을 수 없을 것이다.[14)]

그의 이러한 주장을 통해서도 알 수 있듯이 그의 작품 전체에는 대부분 교훈성이 내재되어 있다. 이러한 그의 신념과 창작 태도는 유여촌 동화의 특징을 결정짓는 중요한 요인이 될 수밖에 없다.

어떤 분은 '여촌동화'의 특징을 다음과 같이 말하고 있다. '동화가 흔히 아동문학의 미명 아래 지나치게 예술성을 강조하는 나머지 성인문학의 영역에서 방황하거나 어른스럽게 엮이어 아동들의 세계와 동떨어지기 쉬운데 여촌 동화는 이 점을 잘 극복하고 있다.' 다시 말해서 예술성보다도 교육성을 더 강조한 것이다. 아닌 게 아니라 여촌 동화 전면에 그 점이 잘 나타나 있다.[15)]

3. 후렴조의 나열이 주는 효과

유여촌 동화에서 산견되는 또 하나의 특징은 대화문에서 찾아볼 수 있는

---

14) 유여촌, 「대구일보」(1970. 12. 19)

15) 김성도, 「영남일보」(1971. 8. 11)

짧은 후렴조의 반복이다. 이 후렴조 반복은 독자가 이야기 속에 자연스럽게 동화될 수 있는 장치도 되지만 지나치게 길어지면 글이 탄력을 잃게 되고 지루한 느낌을 주게 된다.

> 엄마는 눈을 감았습니다. 눈을 감고 아야기를 합니다. 아기도 눈을 감았습니다. 눈을 감고 이야기를 듣습니다.
> "산 너머 등 너머."/ "그래서요."
> "전나무 숲 속에."/ "그래서요."
> "깊고 깊은 겨울 밤에."/ "그래서요." …….[16]

이 동화 한 편에서 무려 30회가 넘는 '그래서요' 후렴조를 찾아 볼 수 있다. 이 같은 경우는 「점순이 할아버지와 아기 너구리」[17]나 「젊은이 개구리」[18], 「다람쥐와 곰」[19], 「기성회비」[20], 「굴뚝새와 국화꽃」[21], 「은방울 꽃피는 마을」[22] 등에서도 쉽게 찾아 볼 수 있다.

그 중 그의 최초의 장편인 『은방울 꽃 피는 마을』에 나타나 있는 예를 살펴보자.

> "이번에는 말요"/ "그래서"/ "오소리 집도 뺏고"/ "그래서"/ "꽃사슴 마을에 가서 오줌도 누고"/
> "그래서"/ "똥도 누구"/ "그래서"/ "침도 뱉고"/ "털도 뽑고"/ "그래서"/

16) 유여촌, 『동화선집』 6권, 64쪽.

17) 유여촌, 『동화선집』 2권, 75~77쪽(후렴조: 그래서요).

18) 『동화선집』 3권, 163~164쪽(후렴조: 개굴개굴).

19) 위의 책, 177~178쪽(후렴조: 예).

20) 위의 책, 227쪽(후렴조: 그래서).

21) 『동화선집』 7권, 191~192쪽(후렴조: 네), 212~214쪽(후렴조: 그래서요).

22) 『동화선집』 9권, 126~127쪽.

"뼈다기도 버리고"/ "그래서"/ "퀴퀴한 냄새를"/ "그래서" …….[23)]

복순 할배와 아기 너구리가 주고 받는 대화문의 인용이다. 이상의 인용에서도 알 수 있듯이 그가 즐겨 사용하는 후렴조의 나열은 독자를 동화 속으로 유인하는 매직적 판타지의 요소로 작용하기도 하고 음악적 리듬감과 함께 대화를 흥미롭게 이끌어 가는 긍정적 측면도 있다. 하지만 자칫 내용이 느슨하고 지루하게 될 부정적 요소도 안고 있다.

4. 자연과 합일된 우의적 동화

유여촌 동화에는 자연과 더불어 살아가는 사람들과 그 자연을 구성하고 있는 동식물들이 많이 등장한다. 그는 동식물을 의인화한 우의적 동화를 폭넓게 구사하고 있다.

유여촌 동화의 주 무대가 되는 두메 산골 화전촌의 정경을 그린 「순아의 마을」, 억새 줄기와의 대화를 그린 「명숙이의 동요」, 새 봄을 등지고 숨진 산골 아이 순옥이의 넋을 기린 「봄은 돌아와도」, 방울새들의 노래 소리가 울려 퍼지는 산골 학교의 정경을 그린 「꼬마 방울새」, 굶주림에 죽은 민숙이의 이야기인 「오월이 오면」, 외롭고 쓸쓸한 패랭이꽃 이야기인 「패랭이꽃」, 산 개울가에 사는 떡버들의 노래 소리인 「욜랑욜랑이」, 고목이 되어 쓰러진 은행나무와 정이와의 정을 그린 「늙은이 은행나무」, 그림 도구를 갖고 싶어하는 옥련이의 소망을 환상과 현실을 조화시켜 수채화처럼 그려 낸 「바람을 그리는 어린이」, 소풍 날 도시락 걱정을 할 만큼 가난한 산골 아이들의 인정을 그린 「우정」, 죽어 가는 메뚜기를 살려 주는 태진이의 따뜻한 마음을 그린 「올림픽 선수」, 자유와 평화의 상징인 꿀벌 마을이 잔인하고

23) 유여촌, 『동화선집』 9권, 126~127쪽.

욕심 많은 말벌 떼를 물리친 이야기인 「윙윙 윙그르르」, 음악 교습소를 차려 놓고 사욕을 채우다 죽을 고비를 맞게 된 개구리의 이야기인 「일등 신사 개구리」, 많이 먹고 몸집을 키워 왕이 되려다가 배가 터져 죽고 마는 다람쥐의 이야기인 「왕이 되고자 하던 다람쥐」, 가난한 산골을 배경으로 어머니의 사랑을 그린 「윤자의 어머니날」, 순진한 아기 토기를 꼬드겨서 잡아먹으려 한 살쾡이의 이야기인 「꼬깨미」, 지난날의 잘못을 뉘우치고 짐승 마을을 위해 좋은 일을 많이 하게 되는 늙은이 여우 이야기인 중편동화 「에디슨 여우」 등 동화선집 1권에 실려 있는 모든 동화들이 산골을 배경으로 했고, 등장인물들도 산골 마을 사람이거나 동식물인 것이다.

2권부터 8권까지 실려 있는 작품들 중 동물이 등장인물로 나오는 우의적 판타지 동화의 제목을 열거하면 다음과 같다.

2권 – 「수늑대와 암늑대」, 「토끼 올가미」, 「점순 할아버지와 아기 너구리 1 · 2」, 「오루고루 선생님」, 「꼬마 음악가」, 「숲속의 요리점」, 「미련장이 산돼지」, 「금개구리 은개구리」 등 전체 17편 중 9편이다.

3권 – 「넹가루 음악 학교」, 「덕복 할아버지」, 「오줌싸개 왕말벌」, 「포수와 너구리」, 「다람쥐와 장춘이」, 「아빠 제비」, 「바람둥이 산동이」, 「젊은이 개구리」, 「다람쥐와 곰」, 「정말 우습네」, 「아기거미의 모험」, 「동화 속의 짐승들」 등 전체 23편 중 12편이다.

4권 – 「아빠산새 엄마산새」, 「이야기 주머니」, 「노랑나비와 꿀벌」, 「굴뚝새와 산돼지」, 「다람쥐의 꿈」, 「까마귀 교장 선생님」, 「점순 할아버지의 감 맛」 등 15편 중 7편이다.

5권 – 「동화 「할아버지」, 「노래 방울새」, 「산새」, 「성구와 다람쥐」, 「먼산 까마귀와 귀뚜라미」 등 23편 중 5편이다.

6권 – 「연못 엄마」, 「할미새의 집」, 「귀뚜라미의 기쁨」, 「늦가을」, 「눈 내리는 밤」, 「토생원 자제 학교」 및 중편인 「사랑학교 꿈학교」 등 13편 중 7편이다.

7권 – 「복슬이의 스케이트」, 「까까코코 까까라라」,「옛집」,「뒤뚱이의 나들이」, 「고니의 호수」, 「굴뚝새와 국화꽃」 등 14편 중 6편이다.

8권 – 「새로 생긴 관광지」, 「짐승은 탈 수 없음」, 「멧새의 푸념」, 「은주의 신랑」, 「아기 두꺼비의 배꼽」, 「오화당 도둑」, 「개미와 사마귀」, 「실개울 나라 꿈나라」, 「파랑새의 아침인사」, 「복덕 할배」,「토끼 아줌마와 두더지」, 「한 쌍의 원앙새」 등 전체 30편 중 13편이다.

이밖에 장편인 9, 10권 『은방울꽃 피는 마을』에도 동물들이 많이 등장한다. 장편에서는 주로 병덕 할배가 들려주는 이야기나 동화 선생님인 순아 선생님이 들려주는 이야기 속에 등장한다.

이처럼 유여촌은 주로 동물을 의인화한 우의적 동화를 많이 창작했다. 이러한 그의 동화에는 숲속의 새, 곤충, 짐승 등 많은 동물들이 중심인물이거나 주변 인물로 등장한다. 그의 동화에 특히 많이 나오는 동물들은 다람쥐, 너구리, 토끼, 까마귀 살괭이 등이다. 이들 동물들은 병덕 할배나 점순 할아버지, 복배 할배, 교장 선생님 등과 스스럼없이 대화도 나누고 어리광도 부리고, 개구진 짓도 하는 등 친화력 있는 관계로 나타난다. 마치 마음씨 좋은 할아버지와 귀염둥이 손자 사이처럼 느껴진다. 그 때문에 그의 동화에 등장하는 동물들은 하나같이 정답고 친근감을 자아내게 한다. 이와 같이 그의 동화에서는 인간과 동물, 더 나아가 인간과 자연은 하나가 되어 결국 인간과 자연의 합일로 나타난다.

동물뿐 아니라 식물들까지도 인간과 일체가 되어 대화를 나누고 일치된 감정을 노래한다. 즉, 꽃이나 나무, 옥수수대나 갈대들, 나무 열매까지도 동물이나 사람들과도 자연스럽게 대화를 한다.

이는 두메산골 화전촌을 배경으로 그 자연과 인간 사이에 엮어지는 흐뭇한 정을 일치된 감정으로 꾸미려 했다는 작가의 창작 의도와도 부합되는 것이라 하겠다.

5. 꿈을 좇는 아동상

유여촌 동화에 등장하는 대부분의 아동들은 작품의 주 배경이 되는 산골 아이들이다. 그들은 문명 생활과는 거리가 먼 순진무구하고 착한 아이들이다. 그리고 그들은 대부분 가난한 아이들이다.

그가 동화 창작을 활발히 하던 1960년대는 보릿고개로 지칭될 만큼 가난한 생활을 하던 시대였다. 온 국민들이 허리띠를 졸라매고 가난과 싸우던 시대였지만 산골 화전민촌의 생활은 비참하리만큼 가난에 찌든 생활이었다. 그 때문에 병들어 치료도 받지 못하고 죽어가는 어린이들이나 심지어 굶어 죽게 되는 어린이도 생기게 되었다. 그의 동화 중에 「봄은 돌아와도」, 「5월이 오면」, 「물새알」 등은 이러한 어린이들의 슬픈 사연을 형상화시킨 작품이라 하겠다.

유여촌이 그리는 아동상은 자연과 인간과의 일체감에서 오는 인간의 순수성을 그 기본 바탕으로 깔고 있다. 여촌이 추구하는 인간의 순수성은 자연과 더불어 티없이 살아가는 아동들에게서 찾고 있다. 유여촌 동화에 나타나는 아동들은 어려운 환경에 굴하지 않고 꿈을 좇거나 역경을 이기는 어린이들로 나타난다. 그가 작품에 도입하고 있는 몽환적 판타지의 요소는 생리적 꿈인 경우와 희망적 꿈인 경우로 구별할 수 있다.

꿈을 좇는 아동상은 대개 서정과 환상성이 짙은 작품들에서 찾아 볼 수 있다. 영양실조로 쓰러질 만큼 가난한 생활을 하면서도 그림을 그리고 싶어하는 꿈을 포기하지 않고 결국은 그 꿈을 이루는 「 바람을 그리는 어린이」의 옥련이, 소아마비를 앓아 왼쪽 다리가 부자연스러운 순련이가 날개 달린 화판을 타고 하늘을 나는 환상 세계를 그린 「소아마비 순련이」, 교통사고로 머리를 다쳐 환상 세계를 체험하며 숲속의 동물들과 일체가 되는 「사랑학교 꿈학교」의 강윤이, 기차를 타고 시골 할아버지댁을 찾아가며 은하수나라를 여행하는 꿈을 꾸는 「철수의 동화나라」의 철수, 억새 줄기와의 대화를 통해 억새 숲을 지나가는 와삭 바람의 동요를 짓게 되는 「명숙이의 동요」에 나오는 명숙이 등은 환상을 매개로 자신의 꿈과 이상을 실현하고 있다.

Ⅲ. 나오는 말

지금까지 『동화선집』에 나타난 작품을 중심으로 유여촌 동화의 특징을 살펴보았다. 그가 추구하는 작품의 경향은 인간과 자연이 공생하는 합일정신과 몽환적 환상의 세계로 요약할 수 있다.

유여촌 동화의 배경이 되는 화전민촌은 현대 물질문명과는 거리가 먼 곳이다. 그가 화전민촌과 같은 두메산골을 작품의 배경으로 삼은 것은 황금주의와 물질문명에 용해되어 가는 인간의 순수성을 회복시키기 위한 몸부림이다.

그의 동화에 등장하는 어린이들은 한결같이 가난하고 어려운 환경에 처해 있지만 그 역경을 딛고 일어서는 당차고 마음씨 고운 어린이들이다. 그들은 순박한 인정이 물씬거리고 맑고 고운 마음씨들을 소유하고 있다. 또한 다람쥐, 너구리, 여우, 토끼 등을 등장시킨 수많은 우의적 판타지 동화를 통해 자연 애호 사상을 주창하고 있다.

유여촌 동화에 나오는 동물들은 사람과 자연스럽게 어울려 함께 말하고 함께 뛰놀며 울고 웃는다. 때로는 어리광을 부리기도 하고 개구쟁이 짓을 하기도 한다. 거기에는 사람과 동물이 따로 존재하는 것이 아니라 함께 화합하며 일치된 감정으로 융화한다.

유여촌 동화의 특성으로 꼽을 수 있는 환상성은 동화가 지향하는 특성으로 높이 평가받을 수 있다. 하지만 리얼리티를 상실한 무질서한 환상이 자칫 독자들을 혼란에 빠뜨려 무슨 내용인지 이해하기 힘든 작품들도 발견되고 있다. 또한 지나치게 교훈성이 드러나 문학성을 폄하하는 일련의 작품들[24]이나 개과천선적 이야기들이 많이 엿보이는 것은 적극적인 풍자 정신의 결여와 함께 유여촌 동화의 한계점이라 지적할 수 있다.

지금까지 살펴본 유여촌 동화의 특성과 작품 경향을 요약해 보면 문학성보다는 교육성에 관점을 두고 사랑의 문학을 강하게 실천하고 있다는 점과 탁월한 상상력으로 시적이고 몽환적인 환상의 세계를 자유롭게 넘나들지만 무질서한 환상의 무분별한 도입으로 이해하기 어려운 작품들도 산견된다는 점을 들 수 있다. 또한 그의 동화에는 자연과 인간을 동일선상에 놓고 동물에게도 인격을 부여하는 등 동물 애호 사상을 고취시키는 우의적 동화들이 많다.

---

24) 괴테는 위대한 작품은 우리를 가르치지 않고 변화시킬 뿐이라고 했다.

대구가 낳은 불세출의 동요 시인
– 윤복진 동요시론

Ⅰ. 프롤로그

윤복진(尹福鎭)은 1907년 1월 9일 대구 중구 궁정(사일)동 72번지에서 수공업을 하는 윤경옥과 이봉채의 6남매 중 장남으로 태어났다. 어린 시절 이름은 복술(福述)이었고, 필명으로 김수향(金水鄕), 김귀환(金貴環) 등을 사용했다. 그는 한정동, 이원수, 윤석중 등과 더불어 일제 강점기를 대표하는 동요 시인이다.

윤복진은 어려서부터 교회에 다녔다. 대구 희원보통학교를 거쳐 1924년 기독교계 미션스쿨인 계성중학교를 졸업했다. 그는 보통학교 고학년 때부터 중학교를 졸업할 때까지 '대구소년회'의 회원으로 활동했다.

그는 1925년 〈어린이〉지 9월호에 동요 「별따러 가세」가 추천되어 창작 활동을 시작했다. 윤석중 중심의 '기쁨사'[1] 회원과 '글벗사' 동인이 되어 회람지 〈굴렁쇠〉[2]에 작품 활동을 하기도 했다.

---

1) 1925년 8월 윤석중이 주도하여 동인회 '기쁨사'를 만들어 등사판 잡지 『기쁨』을 1년에 4회 출간했다.

2) 『굴렁쇠』는 두꺼운 표지에 '회람 잡지 굴렁쇠'라 쓰고 회원들이 지은 동요와 글동무들에게 알릴 내용을 편지 형식으로 넣어서 편집했다. 서울의 윤석중이 진주의 소용수에게, 소용수는 마산의 이원수에게, 이원수는 언양의 신고송에게, 신고송은 울산의 서덕출에게, 서덕출은 수원의 최순애에게 보냈다.

1927년 8월 윤석중이 울산으로 서덕출[3]을 만나러 오자, 연락을 받은 '굴렁쇠' 동인들(언양의 신고송, 대구의 윤복진)이 서덕출 집에 모여 며칠을 함께 지냈다. 그들은 헤어짐이 아쉬워 한 소절씩 돌아가며 시를 썼는데, 이 시가 「슬픈 밤」[4]이다.

윤복진의 동요시 「하모니카」, 「고향 하늘」, 「바닷가에서」 등은 홍난파가 작곡하여 1929년 발행된 한국 최초의 동요곡집인 『조선동요백곡집』에 실렸다. 윤복진은 제일교회 성가대원, 계성학교 합창부원으로 활동했으며 박태준과는 각별한 사이였다. 두 사람이 함께 만든 동요는 대구 중구 서성로에 있던 무영당(서점 및 백화점)에서 1929년 『중중 때때중』, 1931년 『양양 범버궁』 등의 책으로 발간되었다.

윤복진은 1930년에 일본으로 건너가 호세이대학 영문과를 졸업했다. 1936년에 대학을 졸업하고 귀국하여 서울과 대구 등지에서 생활하며 주로 동요시를 썼다. 1942년에 일제의 감시와 탄압을 피해 강원도 화천군의 산촌에서 기거하다가 이곳에서 광복을 맞이한다. 해방 이후 조선문학가동맹에 참여하여 아동문학 분과의 초대 사무장을 맡는다. 그러나 곧 건강이 악화되어 대구로 낙향했고, 그곳에서 조선문화단체총연맹의 경북지부 부위원장의 일원이 되었다.

윤복진은 1945년 〈조선일보〉에 평론 「아동문학의 당면과제–민족문학 재건의 핵심」을 발표했다. 1946년 4월 창간된 아동문학잡지 『아동』의 동시와 동요 부문을 맡아 집필도 했다.

1949년에 그동안 발표했던 작품을 골라 동요시집 『꽃초롱 별초롱』을 펴

---

3) 1906년에 울산광역시 중구에서 태어나 줄곧 태화강 인근에서 살았다. 시대일보 기자였던 아버지 서형식(徐炯植)과 어머니 박향초(朴香杪) 사이에서 태어났다. 5살 때 대청마루에서 떨어져 척추를 다쳐, 다리를 쓰지 못하는 장애인이 되었다.

4) 오동나무 비바람에/ 잎 떠는 이 밤/ 그립던 네 동무가 / 모였습니다/
이 비가 그치고/ 날이 밝으면/ 네 동무도 흩어져/ 떠나갑니다//
오늘 밤엔 귀뚜라미/ 우는 소리도/ 마디마디 비에 젖어/ 눈물 납니다/
문풍지 비바람에/ 스치는 이 밤/ 그리운 네 동무가/ 모였습니다 –「슬픈 밤」 전문

냈다. 그는 정부 수립 후 좌익으로 몰려 고초를 겪다가 6·25 한국전쟁 중 월북했다.

Ⅱ. 순구한 동심의 노래

1. 1920년대 동요시

1925년 9월 〈어린이〉지에 「별 따러 가세」[5]가 입선하면서 동요 시인으로서 첫발을 내딛었다. 이 작품은 동무들과 함께 뒷산에 올라가 장대로 별을 따다 어머니들의 주머니에 채워 드리자는 내용이다. 1932년에 나온 윤석중의 「달 따러 가자」[6]에서도 아이들이 뒷동산에 올라 무등을 타고 장대로 달을 따는 장면이 나온다. 따려는 대상은 다르지만 모티브가 비슷한 작품이다.

윤복진은 이듬해에 〈어린이〉지에「종달새」(1926. 4), 「바닷가에서」(1926. 6), 「각씨님」(1926. 7) 등이 연달아 입선되며 문학적 재능을 인정받았다. 당시는 신고송, 이원수, 윤석중, 서덕출, 최순애 등[7]이 잇달아 등단하던 때인데, 이들은 〈어린이〉지의 열렬한 독자로 출발해서 한국의 동요시를 개척한 문인들이다.

윤복진은 대구의 동요시 모임 가나리아회[8]를 만들어 이끌었고, 신고송

---

5) 별따러가자 내동무들아/ 뒷산우으로 별따러가자/ 너의집장때 우리집장때/ 싀골장-때 서-울장/ 알뜰살뜰이 모아가지고/ 뒷산머리에 놉흔나무에/ 씃까지올라 선무등타고/ 이슨장때로 별을따서요/ 너의어머니 우리어머니/ 주머니씃헤 채워드리자

6) 애들아 나오너라 달따러 가자/ 장대 들고 망태 메고 뒷동산으로// 뒷동산에 올라가 무등을 타고/장대로 달을 따서 망태에 담자// 저 건너 순이네는 불을 못 켜서/ 밤이면은 바느질도 못 한다더라// 애들아 나오너라 달을 따다가/ 순이 엄마 방에다가 달아 드리자. -「달따러 가자」 전문

7) 신고송의 〈우체통〉, 이원수 〈고향의 봄〉, 윤석중의 〈오뚜기〉, 서덕출의 〈봄편지〉, 최순애의 〈오빠 생각〉 등이 어린이지를 통해 발표된다.

8) 〈어린이〉지 1926년 6월호의 애독자 사진란에 윤복진의 주소가 '대구 남산정 가나리아회'로 되어 있다.

서덕출 등과 등대사[9] 회원으로 활동했다. 오늘날까지도 활성화 된 대구·경북 지역의 아동문학의 인맥이 이때부터 비롯되었다는 것을 알 수 있다.

> 봄이왓다 봄왓다고/ 보리밧에 종달새가/ 은방울을 흔들면서/
> 깃분노래 하닛가요//
> 첨하씃에 새롱속에/ 엄마업는 색긔새가/ 보리밧을 내다보며/
> 쓸쓸하게 운담니다.
>
> —「종달새」(〈어린이〉, 1926. 4월호)

종달새는 종다리라고도 불리며 우리나라 어디에서든 볼 수 있는 친근한 텃새로, 노고지리라고도 했다. 봄이 오면 주로 보리밭에 많이 나타난다. 둥지를 틀고 알을 낳기 위해서이다. 사람이 나타나면 놀라서 날아오르며 '삐르르, 삐르르', '캬아, 캬아' 또는 '쭈르르, 쭈르르' 하고 운다. 이처럼 봄을 상징하는 종달새의 노랫소리를 은방울을 흔든다고 표현했다. 처마 끝 새장 속에 갇혀 사는 새끼 새는 보리밭에서 함께 모여 사는 종달새 가족들을 보며 쓸쓸하게 운다고 했다.

이 동요시의 주제는 2연에 함축되어 있다.

> 바닷가에 족그만 돌/ 어엽버서 주워 보면/ 다른돌이 쪼조와서/
> 작고 새 것 밧굼니다.// 바닷가의 모래밧헤/ 한이업는 족고만돌/
> 어엽버서 밧구고도/ 주서들면 실여저요// 바닷가의 모래밧엔/
> 돌맹이도 만-치요/ 맨-처음 버린돌을/ 다시찻다 해가저요
>
> —「바닷가에서」(〈어린이〉, 1926. 6월호)

---

9) 〈어린이〉지 1927년 3월호의 독자 담화란에는 서덕출, 신고송, 문인암, 박태석, 황종철, 윤복진을 '대구 등대사' 회원으로 소개하고 있다.

바닷가에 가면 모래밭이 있고, 그곳 언저리에는 파도에 씻겨 동글동글한 돌멩이들을 볼 수 있다. 그 예쁜 조약돌을 주워 보면 더 예쁘게 생긴 다른 돌들이 눈에 밟혀 바꿔치기를 하고 만다. 손이 작아 더 많은 조약돌을 주워 가질 수 없기 때문이다. 내 손에 쥔 것보다 다른 것이 더 좋아 보이는 아이들의 심리를 잘 표현하고 있다. 이 동요시에는 어린이의 천진한 동심이 잘 묻어 나고 있다.

> 각씨님의 옛집은/ 파랑유리 창달고요/
> 그창밧게 마당에는/ 봉선화가 피엿담니다//
> 각씨님은 지금도요/ 유리눈을 두룩두룩/
> 전에살던 파랑집의/ 봉선화를 찻는담니다
>
> —「각씨님」(〈어린이〉, 1926. 7월호)

각씨님은 파랑 유리집에 있는 인형이다. 유리 눈알을 가진 인형은 이사를 했다. 인형이 살던 옛집 마당에는 봉선화가 피어 있었다. 인형은 옛집을 그리워하며 봉선화를 찾는다. 나라 잃은 설움을 각시인형에 빗대어 노래하고 있다. 봉선화는 고려시대 이전부터[10] 가꿔 온, 우리나라에서 흔한 한해살이 꽃으로 봉숭아라고도 불리며, 우리나라 여름 꽃을 대표한다.

> 요롱조롱 꽃잎에/ 이슬방울은// 풀벌레 꼬마각시/ 거울이래요//
> 등넘어 꼬마신랑/ 놀러 온다고// 요리기웃 조리기웃/ 야단이지요
>
> —「이슬방울」(〈어린이〉 1926. 7월호)

---

10) 원산지는 인도, 말레이시아, 중국 남부로 알려져 있다. 우리나라에서는 봉선화를 언제부터 심었는지 정확하지 않으나, 1241년에 나온 〈동국이상국집〉에 "7월 25일경 오색으로 꽃이 피고 비바람이 불지 않아도 열매가 자라 씨가 터져 나간다는 봉상화(鳳翔花)"가 언급되어 있는 점으로 보아 고려 때부터 가꾸었다고 볼 수 있다.

꽃잎에 맺혀 있는 이슬 방울의 모양을 '요롱조롱'이라고 표현했다. 한곳에 모여 있는 작은 것들의 생김새나 크기가 제각기 다른 모양을 '오롱조롱'이라고 한다. '오롱'보다는 '요롱'이라는 말이 발음하기에 더 편하여 요롱조롱이라 한 것 같다. 맑고 투명한 이슬 방울을 풀벌레들이 제 몸을 비쳐 보는 거울에 비유한 점도 재미있다. 거울을 보는 풀벌레를 각시로 표현한 점이나 꼬마 각시가 갸웃거리며 거울을 보는 이유를 고개 너머 꼬마 신랑이 놀러 오기 때문이라고 했다. 이처럼 윤복진의 동요시에는 동심과 함께 묻어나는 유희성으로 인해 미소를 머금게 한다.

순진무구한 동심의 눈으로 직조한 그의 동요시들은 4 · 4조나 7 · 5조의 정형률을 표방하며 의성 · 의태어를 즐겨 쓰고 있다. 그의 작품은 대부분 유년기 어린이를 대상으로 한 동요시이다. 윤복진 동요시들의 강점은 활달한 아이들의 생활을 있는 그대로 잘 그려 낸 점이다. 즉, 개구쟁이들의 일상생활을 동심의 눈으로 그려 보이고 있는 작품이 많다.

> 욕심쟁이 작은 오빠 하모니카는/ 큰아저씨 서울 가서 사보낸 선물
> 작은 오빠 학교 갔다 집에 오면요/ 하모니카 소리 맞춰 노래불러요
> 도레미파솔라시도 불고서는/ 도미솔도 도솔미도 재미난대요//
> 욕심쟁이 작은 오빠 학교 갈 때엔/ 나 모르게 하모니카 숨겨두지요
> 우리 우리 어머니가 오빠 없을 때/ 서랍속의 하모니카 찾아주어요
> 도레미파솔라시도 내가 분 줄은/ 도미솔도 도솔미도 누가 아나요
>
> — 「하모니카」, 『조선동요백곡집』, 상편 1929, 연악회

오늘날 널리 불리는 동요 「옥수수 하모니카[11]」는 원래 1929년 윤복진의

11) 우리 아기 불고 노는 하모니카는/ 옥수수를 가지고서 만들었어요/ 옥수수 알 길게 두 줄 남겨 가지고/ 우리 아기 하모니카 불고 있어요/ 도레미파솔라시도 소리가 안 나/ 도미솔도 도솔미도 말로 하지요// 우리 아기 불고 노는 하모니카는/ 옥수수를 가지고서 만들었어요/ 옥수수 알 길게 두 줄 남겨 가지고/ 우리 아기 하모니카 불고 있어요/ 도레미파솔라시도 소리가 안 나/ 도미솔도 도솔미도 말로 하지요

'하모니카'로 발표된다. 하지만 윤복진이 북으로 가자 금지 곡이 되었다. 그 곡을 작곡한 홍난파를 기리기 위해 만들어진 기념사업회에서 1964년 윤석중에게 부탁해 개사할 때 제목도 「옥수수 하모니카」로 바뀌게 된다. 윤복진이 1928년에 발표한 「기러기」는 계성학교 선배인 박태준(1900~1986)[12]이 작곡하여 동요로 선보였다.

> 울 밑에 귀뚜라미 우는 달밤에/ 길을 잃은 기러기 날아갑니다.
> 가도 가도 끝없는 넓은 하늘로/ 엄마 엄마 찾으며 흘러갑니다.//
> 오동잎이 우수수 지는 달밤에/ 아들 찾는 기러기 울며갑니다.
> 엄마 엄마 울고 간 잠든 하늘로/ 기럭기럭 부르며 찾아갑니다.
>
> – 「기러기[13]」(〈어린이〉, 1930, 8월호)

가을은 떠남의 계절이다. 나무들은 낙엽과 이별을 해야 하고 철새들도 살던 곳을 떠나야 한다. 귀뚜라미 우는 슬픈 달밤에 하늘을 날던 기러기들도 길을 잃고 서로를 애타게 찾는다. 아들 기러기는 엄마를 찾아 날아가고 엄마 기러기도 아들을 부르며 울고 난다. 이파리가 큰 오동잎 지는 소리가 유난히 크게 들려 애타는 마음을 더욱 뭉클하게 한다. 윤복진의 동요시에는 순구한 동심을 표현한 작품들이 많다.

> 할버지 안경은/ 돗보기 안경/ 두 눈을 쓰고도/ 쑴쑤는 안경
> 콧등에 걸고서/ 들여다 보면/ 하늘 땅 어리리/ 쑴가태 뵈여요.//

12) 윤복진의 노래 106곡 중 59곡이 박태준에 의해 작곡되었다. 그 이유는 박태준은 윤복진이 졸업한 대구 계성학교의 음악 교사로 있었고, 윤복진이 다니던 남성정 교회의 성가대 지휘자로 친분 관계가 있었기 때문이다.

13) 「기러기」는 이태선 작사의 「가을밤」과 이연실 작사의 「찔레꽃」 등으로 바뀌어 불렸다. 이태선의 「가을밤」은 다음과 같다. 가을밤 외로운 밤 벌레 우는 밤/ 초가집 뒷산길 어두워 질 때/ 엄마품이 그리워 눈물 나오면/ 마루끝에 나와 앉아 별만 셉니다.

할버지 안경은/ 맴도는 안경/ 지난 봄 환갑에/ 선물 온 안경
할아지 코골때/ 몰래 셔보면/ 하늘이 맴돌고/ 짱도 돌아요.//

-「할버지 안경」(〈중외일보〉, 1929. 2. 28일자)

돋보기를 쓰면 갑자기 사물이 크게 보여 어질어질하게 마련이다. 마치 꿈을 꾸는 것처럼 느껴져 '어리리'하다고 표현했다. 음수율을 맞추기 위하여 할아버지를 '할버지'로 지칭했다. 아이들은 호기심이 많아 무엇이든 해보고 싶어 한다. 할아버지의 돋보기 안경을 써 보니 하늘도 땅도 어질어질하여 꿈속 세상처럼 느껴진다. 할아버지가 잠잘 때 안경을 몰래 써 보니 어지러워 하늘과 땅이 맴도는 것처럼 느껴진다.

쿵당당 쿵당당/ 북소리 난다/ 누나야 쿵당당/ 달마중가자
정월이라 대보름 두리방석달/ 저긔저긔 먼산에 써오른단다//
쿵당당 쿵당당/ 북소리난다/ 누나야 쿵당당/ 달ㅅ불을 노아라
굽이굽이 실개천/ 흐르는 마을/ 버드나무 숩우에/ 달이 썻구나/
(정월대보름날)

-「쿵당당 달마즁 가자」(〈중외일보〉, 1929. 2. 28일자)

정월대보름은 우리 민족의 세시 명절의 하나로, 마을 공동체를 기반으로 한해 농사의 풍요와 안정을 기원하는 날이었다. 대보름날 자정을 전후로 마을의 평안을 비는 마을 제사를 지냈고, 오곡밥과 같은 절식을 지어 먹으며, 달맞이와 달집태우기, 지신밟기와 쥐불놀이 등의 전통 행사를 벌였다. 이 시는 정월대보름날 밤의 정경을 그린 시이다. 두둥실 떠오르는 보름달을 보니 가슴이 뭉클하여 북소리가 울리는 듯하다.

봉사나무 씨 하나/ 꽃밭에 묻고//

하루 해도 다 못 가/ 파내 보지요,//
아침결에 묻은 걸/ 파내 보지요.

-「봉사나무」 전문

봉사나무는 봉선화의 방언이다. 봉선화 작은 씨앗을 꽃밭에 묻고 빨리 싹이 터서 꽃이 피기를 바라는 마음을 담았다. 어린이는 참을성이 부족하다. 몸과 마음이 불편하면 금세 울음을 터뜨리는 것도 참을성이 없기 때문이다. 참을성이 없다는 것은 그만큼 솔직하고 순수하다는 뜻이다. 아침에 묻은 씨앗을 하루 해도 다 못 가 파 보는 아이의 순진무구한 심리를 그리고 있다.

주먹나팔 뛧, 뛧, 뛰,/ 미닫이 북이 둥, 둥, 둥,//
우리 집 군악대 야단이지요,/ 우리 집 군악대 말썽이지요.//
피리 젓대 랄, 랄, 라,/ 장판 방이 쿵, 쿵, 쿵,//
우리 집 군악대 야단이지요,/우리 집 군악대 말썽이지요.

-「우리 집 군악대」 부분

아이들이 군악대를 흉내 내며 즐기는 놀이를 그리고 있다. 나팔이 없기 때문에 주먹으로 나팔 모양을 만들어 흉내를 낸다. 북이 없어서 미닫이문과 방 장판을 두드리며 북소리를 낸다. 할아버지가 부는 젓대가 있어 피리를 부는 것이다. 젓대는 대금이라고도 부르며 악기를 가로로 비껴 들고 한쪽 끝 부분에 있는 취구에 입술을 대고 소리를 내는 국악기이다. 아이가 군악대 흉내를 내며 한바탕 법석을 떠는 모습을 그리고 있다.

뱅글뱅글 돌아라 울애기야/ 뱅글뱅글 돌아라 땅도 돈다.
뱅글뱅글 돌아라 울애기야/ 뱅글뱅글 돌아라 집도 돈다.

-「뱅글뱅글 돌아라」, 전문

제자리에서 뱅글뱅글 도는 짓을 '맴'이라 한다. 어린이들이 맴을 돌면 어지러워서 비틀거리다가 넘어지기 일쑤다. '맴맴' 놀이는 어지러움을 즐기는 놀이로 주로 심심풀이로 하게 된다. '뱅글뱅글 돌아라'는 아기가 맴돌며 노는 놀이를 그리고 있다. 일곱 글자가 반복되고 있다. 뱅글뱅글 돌면 땅도 돌고 집도 돈다. 그러다가 어지러워 쓰러지기도 한다. 아이들이 제자리를 빙빙 맴돌며 노는 모습을 그린 생활 동요시이다.

> 자야 자야 금자야/ 어깨동무 네 동무/ 누구 누구 누구고,//
> 그건 물어 뭐하노/ 어깨동무 내 동무/ 아무 아무 아무지.
>
> –「자야 자야 금자야」, 부분

이 동요시는 7 · 7조의 운율로 이루어져 있다. 동무와 어깨동무 놀이를 하며 부를 수 있는 노래이다. 나이나 키가 비슷한 동무를 어깨동무라고 한다. 서로 어깨에 팔을 얹어 끼고 나란히 하고 노는 아이들의 놀이를 뜻하기도 한다. 7 · 7조의 운율에 맞춰 친한 동무와 어깨동무 놀이를 하며 정겹게 부를 수 있는 동요시이다.

> 꼬옥꼬옥 숨어라/ 꼬옥꼬옥 숨어라// 텃밭에는 안 된다,/
> 상추 씨앗 밟는다,//
> 꽃밭에도 안 된다,/ 꽃모종을 밟는다,// 울타리도 안 된다,/
> 호박순을 밟는다.
>
> –「숨바꼭질」, 부분

숨바꼭질은 도구나 기구 없이 어느 곳에서나 부담 없이 할 수 있는 전래놀이다. 숨바꼭질의 핵심은 술래에게 들키지 않게 빨리 숨는 것이다. 빨리 숨기 위해서는 서둘러야 한다. 그런데 상추씨를 뿌려 놓은 텃밭이나, 꽃모

종이 있는 꽃밭과 호박순이 자라는 울타리에 가서 숨어서도 안 된다. 아무리 급해도 숨을 곳은 가려서 숨어야 한다는 내용이 담겨 있다. 우리 격언이나 속담에도 '급할수록 천천히 가라.'는 말이나 '아무리 바빠도 바늘허리 매어 쓰지는 못한다.'는 말이 있다.

집 안팎에서 요란하게 웃고 떠들며 노니는 아이들의 활달한 모습이 눈앞에 선하다. 동무들끼리 주고받는 이야기 말로 된 것들은 그 생동감이 곧 작품의 율동으로 되어 있기 때문에, 따라 읽노라면 숨이 가빠지고 어깨가 들먹여진다. 시인은 우리말에 배어 있는 흥겹고도 아름다운 가락을 아주 잘 살려 쓰고 있는 것이다.

> 중중 때때중/ 바랑 메고 어디 갔나/ 중중 때때중/ 목탁 치고 어디 갔나/
> 등등 등 넘어/ 골목골목 동냥 갔지/ 강강 강 건너/ 이집저집 동냥 갔지.
>
> –「중중 때때중」, 부분

때때중이란 나이가 어린 중을 뜻한다. 이 작품에는 머리를 빡빡 깎고 나온 동무를 '때때중'이라고 놀려 주는 이야기가 담겨 있다. 이 시에 등장하는 중은 바랑을 메고 목탁을 치며 탁발을 하러 다닌다. 산등성이를 넘고 강을 건너 이 마을 저 마을, 이 골목 저 골목을 다니며 탁발을 하고 있다. 이러한 모습을 중이 동냥을 가는 것으로 표현했다. 5 · 8조로 운율이 일정한 이 동요시는 작곡가 박태준에 의해 노래로 만들어졌다. 이 동요시는 내용이 익살스럽고 운율이 살아 있어 동요를 읽는 즐거움을 더해 주고 있다.

윤복진의 동요시들은 박태준, 홍난파, 정순철 등 동요 작곡가들에 의해 노래로 만들어져서 널리 불려지게 된다. 당시 학교에서는 일본 노래인 창가를 가르치고 있었는데, 1927년 경성방송국이 라디오 방송을 시작하면서부터 윤복진의 작품을 비롯한 우리 동요들이 활발히 전파되었던 것이다.

작곡가 박태준의 첫 번째 작곡집 이름이 『중중 때때중』(1929)이고, 두 번째 작곡집 제목이 『양양 범버궁』(1931)인 데서 알 수 있듯이, 윤복진과 박태준의 사이는 각별하였다. 박태준은 윤복진이 졸업한 대구 계성학교의 음악 선생을 했고, 윤복진이 다니던 남성정 교회의 성가대 리더였다. 박태준이 윤복진의 동요만을 가지고 펴낸 책으로는 『물새 발자국』(1939)과 『박태준 동요곡집』(1952)이 있다.

2. 1930년대의 동요시

윤복진은 1930년 동아일보 신춘문예에 동시 「동리의원」과 조선일보 신문 문예에 「스무 하루 밤」이 당선되었다. 「동리의원」은 어린이들이 담 밑에서 소꿉놀이하는 모습을 담은 생활 동요시이다.

> 우리 동리 차돌이/ 의원이라오,/ 동리 안에 이름난/
> 의원이라오.//
> 앞 담 밑에 흙 파서/ 가루약 짓고/ 풀잎 따서 꽁꽁/
> 싸서 주지요.//
> 동리 애들 병나면/ 솔잎침 놓고/ 약 한 봉지 쓰면은/ 당장 나아요.
>
> – 「동리 의원」, 〈동아일보〉, 1930. 1. 1

의원은 의사를 일컫는다. 차돌이는 양지바른 담장 밑에서 동무들과 소꿉놀이를 한다. 흙을 파서 가루약이라 하고 풀잎은 붕대삼아 상처를 싸매 준다. 소꿉동무들이 아프다고 찾아오면 솔잎으로 침을 놓아준다. 이렇게 치료를 잘하기 때문에 동네에서 이름난 의원인 것이다. 소꿉장난하는 아이들의 천진한 모습이 눈에 선한 작품이다.

이 무렵 카프(KAPF) 문학운동의 영향 아래 경향적 색채를 띤 아동문학 작품[14]이 쏟아져 나왔다. 윤복진도 예외는 아니라서 조선일보 신춘문예 당선작인 「스무 하루 밤」은 그런 경향적 색채를 보여준다.

> 스무 하루 이 밤은 월급 타는 밤/ 실 뽑는 어머니가 월급 타는 밤//
> 버드나무 숲 위에 높은 굴뚝엔/ 동짓달 조각달은 밝아 오는데//
> 어머니는 어디 가 무엇하시고/ 이 밤이 깊어 가도 아니 오실까.
> – 줄임 –
>
> – 윤복진 「스무 하루 밤」, 1930년 〈조선일보〉 신춘문예

윤복진의 고향 대구는 일찍부터 섬유산업이 발달했다. 실 뽑는 제사 공장이 있고, 옷감을 짜는 방직공장이 많았다. 수공업 위주의 대구 섬유공업은 1905년 공장제 섬유공업 시대를 맞이했다.[15] 이러한 연유로 대구는 섬유산업의 메카로 불리기도 했고, 섬유박물관도 개관되어 있다.

어머니는 밤 늦도록 제사공장에서 일을 한다. 매월 21일은 그 어머니가 월급을 타는 날이다. 화자는 월급을 타서 돌아와야 할 어머니를 기다리고 있다. 동짓달 추운 날 밤 공장에 일 나간 어머니는 월급조차 못 받았는지 오지 않는다. 어머니를 초조하게 기다리며 잠들지 못하는 아이의 마음이 나타나 있다.

> 욕심쟁이 오빠한테 왜떡뺏기고/ 글방가는 옵바길에 그림그렷네/
> 삭울삭울 술돼지 옵바얼굴을/ 사람보는 벽에다 그려두엇지//

---

14) 우루룩 우루룩/ 우–루룩 천동/ 쑤드락싹 썰어저// 띳둑배 돼지배/ 그놈배 부자배/ 투더락탁 터져라 – 줄임 –. 정적아(鄭赤兒) 「천동」, 〈신소년〉 1931년 2월호 42쪽.
공장주 얼골은 뚱뚱한얼골/ 기름이 흐르는 살잇진얼골/ 직공의 얼골은 싯검은얼골/ 주름이 잡힌 여위인얼골 – 줄임 – 직공들 피땀을 빠라먹어서/ 얼골이 살지고 개기름돌죠 – 줄임 –. 이고월(李孤月) 「두 얼골」 부분 〈신소년〉 1931년 4월호 15쪽.

15) 동양염직소는 후일 일제가 세운 조선방직보다 2년 앞서 설립된 최초의 방직공장이다. 달성군 공산면 지묘동에서 수직기 족답기 1대로 베를 짜던 추인호는 1915년 대구시 인교동에 족답기 20대로 동양염직소를 설립했다. 동양염직 공장이 달성동으로 옮겨지면서 달성동과 비산동 일대 공장 설립이 활기를 띄게 되었고, 1920년대 달성공원 부근에는 20여 개의 직물공장이 생겨나 베틀 소리가 밤낮으로 그치지 않았다고 한다.

딱정마님 언니한테 욕을 먹고서/ 아츰저녁 우물길에 그림그렷네/
야옹야옹 고양이 언니얼굴을/ 사람보는 벽에다 그려두엇지//
골목대장 돌이한테 놀림받고서/ 울며울며 돌아오다 그림그렷네/
골목골목 강아지 돌이 얼굴을/ 사람 보는 벽에다 그려두엇지

–「벽에 그린 그 얼굴」(〈동아일보〉 1930. 2. 26. 5면)

힘이 약하면 강한 자에게 때때로 억울함을 당하기 일쑤이다. 어린 약자는 오빠, 언니, 골목대장 돌이 등 강자들에게 저항하기 위해 낙서를 한다. 화자는 욕심쟁이 오빠에게 떡을 뺏기고, 오빠가 글방 가는 담장 벽에 오빠의 돼지 얼굴을 그려 보인다. 딱정 마님은 '깍정마님'의 오기로 보여진다. 자신에게 욕을 하는 언니가 얄미워 언니가 물길러 다니는 우물 길에 고양이 얼굴의 언니를 그린 것이다. 행동이나 말이 얄밉도록 약삭빠른 사람을 얕잡아 이르는 말을 '깍쟁이'라고 한다. 화자는 골목대장 돌이에게 놀림을 받고 울며 돌아오다 분함을 못 참고 강아지 얼굴의 돌이를 그린다. 꾸밈없이 순구한 동심은 입가에 웃음마저 감돌게 한다.

보리밧 등너머로 / 긔차가 달어오네 //
길다란 연긔몰고 / 붕붕붕 달어오네 //
실푸는 순이아가 / 돈버러 도라오나 //
밧갈든 순이엄마 / 긔차를 바라보네

–「긔차가 달어오네」, 〈어린이〉 1930. 8월호

윤복진이 나고 자랐던 대구는 경부선 철도[16]가 지나가는 교통의 요지이

16) 일본 자본으로 설립된 경부철도주식회사가 1901년 8월 20일 서울 영등포와 9월 21일 부산 초량에서 각각 공사를 시작해 1904년 12월 27일 완공했다. 1905년 1월 1일 영업을 시작했고, 그 해 5월 25일에 서울 남대문 정거장(지금의 서울역) 광장에서 개통식을 가졌다.

다. 경부선은 일제 강점기 일본이 대륙침략정책을 수행하려는 목적으로 계획되었는데, 윤복진이 태어나기 2년 전에 개통된 것이다. 당시의 기차는 석탄을 연료로 썼기 때문에 연기를 날릴 수밖에 없었다. 길게 내뿜는 연기는 여운으로 남아 기다림의 미학이 된다. 기차에는 실 뽑는 공장으로 돈벌러 갔던 순이가 타고 올 수도 있다. 엄마는 딸이 언제 올지 학수고대하고 있다. 순이 엄마는 힘들게 밭을 갈다가 기차가 지나갈 때마다 오매불망 그리운 딸의 얼굴을 그린다.

이렇게 고통스러운 시대 현실을 담아 낸 작품으로 「이삭 줍는 어머니 노래」(중외일보, 1929. 11. 15), 「봐라 참새야」(중외일보, 1929. 11. 26), 「달아난 부엉댁이」(중외일보, 1930. 2. 6), 「쪽도리꽃」(중외일보, 1930. 8. 19), 「선생님 얄궂더라」(조선일보, 1930. 8. 26), 「송아지 팔러 가는 집」(중외일보, 1930. 9. 6), 「가을밤」(조선일보, 1933. 9. 17) 등의 작품을 들 수 있다.

하지만 윤복진이 월북 시인이라고 해서 이런 경향적 색채의 작품이 우세했을 것이라고 예단해서는 안 된다. 수백 편을 넘는 그의 전체 작품에서 이런 경향의 작품들은 거의 없다고 해도 과언이 아니다. 위에 소개한 작품들도 몇 편을 빼고는 당대의 문단 추세를 좇아간 아류들에 지나지 않는다. 그러므로 윤복진 동요시의 특징은 천진한 동심성에 뿌리를 두고 있다고 할 수 있다.

윤복진 동요시의 특징이라고 내세울 수 있는 것은 토속성과 해학미를 들 수 있다. 토속성이란 한 지방의 특유한 풍속을 담고 있는 특성이고, 해학미는 익살스러우면서도 멋이 있는 특성을 말한다.

> 풀풀 풀밭에/ 양양 아가양// 버들피리 자장자장/ 잠을 부르지//
> 알롱달롱 꿈을 보지/ 머리를 묻고// 풀풀 풀밭에/ 양양 아가양//
> 버들피리 오소오소/ 손짓을 하면// 아장아장 돌아오지/ 해가 진다고
>
> – 「양양 아가양」(〈동아일보〉 1931. 1. 27 4면)

풀밭에서 풀을 뜯고 낮잠을 자다 해가 져서 집으로 오는 아기 양을 노래했다. 음수율을 맞추기 위하여 '풀풀 풀밭에', '양양 아가양'으로 표현했다. 글자 수가 규칙적으로 반복되면서 만들어지는 음수율은 동요시의 특징이기도 하다. 이 시에 등장하는 '알룽달룽'은 '알록달록'과 비슷한 말이다. 여러 밝은 빛깔의 얼룩이나 줄무늬따위가 고르지 않게 무늬를 이룬 모양을 나타내는 말이다. 봄이 되니 풀이 돋고 버드나무에도 물이 오른다. 풀밭에서 풀을 뜯던 아기 양은 목동이 부는 몽롱한 버들피리 소리에 취해 잠이 든다. 해질녘 꿈결에 들리는 버들피리 소리를 들은 아기 양은 집으로 돌아온다. 봄날 평화로운 목가적 풍경을 운율을 살려 노래했다.

> 달랑달랑/ 당나귀/ 점잖 피더라,// 아주 아주/ 제 꼴에/ 점잖 피더라,//
> 쫄랑쫄랑/ 강아지/ 마구 덤벼도,// 옆눈 한번/ 안 보고/ 지나 가더라.
>
> – 「당나귀」 전문, 『꽃초롱 별초롱』(兒童藝術院, 1949)

당나귀는 말과 비슷하나 몸이 좀 작고 귀가 길며, 앞머리의 긴 털이 없다. 몸집에 비해 힘이 세고 병에 대한 저항력이 높아 부리기에 알맞다. 말에 비하면 그다지 볼품이 없기 때문에 '제 꼴'이라 표현했다. 강아지가 쫄랑거리며 함부로 덤벼도 무시하고 의젓하게 가는 모습을 그렸다. 세상 물정 모르는 사람을 강아지에, 어른스럽게 점잖을 피는 사람을 당나귀에 비유하였다. 당나귀가 걸어가는 모습을 '달랑달랑', 강아지가 덤벙거리는 모습을 '쫄랑쫄랑'이라는 시늉말로 표현했다.

> 산 너머 풍서방이/ 장난꾸러기 풍서방이//
> 남의 집 대문짝을 왈캉 달캉/ 주인 양반 안계시우 왈캉 달캉//
> 바두기가 망, 망,/ 삽살이가 멍, 멍,
>
> – 「산 너머 풍서방이」 부분, 『꽃초롱 별초롱』(兒童藝術院, 1949)

바람은 사물을 흔들어 요란한 소리를 내는 특성이 있다. 청각적 이미지를 선명하게 그려 내고 있다. 바람을 장난 잘 치는 풍서방으로 비유했다. 바람에 인격을 부여한 것이다. 산에서 불어온 바람이 닫힌 대문을 흔들자 바둑이와 삽살개가 사람이 온 줄 알고 짖는 삽화를 그렸다. 대문 흔든는 소리를 '왈캉 달캉'이라고 표현한 의성어가 재미있다. 슬그머니 미소가 떠오르는 작품이 아닐 수 없다. 이 밖에도 「옛이야기 열두 발」, 「총각 마찻군」, 「영감 영감 야보소 에라 이놈 침줄까」, 「양양 범버궁」, 「구멍가게」, 「아기 참새」, 「가이 두 마리[17]」, 「하나 둘 셋」 등 웃음을 자아내게 하는 작품들이 많다.

이렇게 해맑은 동심과 토속성이 조합되어 창작된 작품군은 윤복진 동요시들이 지니는 독특한 특성이라고 할 수 있다. 윤복진 동요시에서 풍경을 다룬 작품들도 대부분 전통적 토속성이 묻어난다. 또한 아이들의 꾸밈없는 생활을 그린 소박한 정서를 지니고 있다.

> 싸립문에 양철통을/ 막 흔들어 놓고/
> 바람은 바람은/ 담 옆으로 몰래 숨는다.//
> 방안에 엄마가/ 누고/ 누고 / 누가 왔구나.//
> 마당에 애기가/ 나다/ 나다/ 아무도 안왔다.//
> 우습다야 우습다야/ 정말 우습다야.//
> 바람은 바람은/ 담 옆에서 혼자 웃고
>
> –「장난구러기 바람」, 『꽃초롱 별초롱』(兒童藝術院, 1949)

바람을 의인화한 동요시이다. 싸립문의 양철통을 마구 흔들어 놓고 담 옆으로 숨는 바람을 장난꾸러기라고 표현했다. 방안에 있던 엄마는 요란한 깡통 소리에 누가 왔느냐고 묻자 마당에 있던 아기는 아무도 안 왔다고 대

17) 가이는 고양이의 경상도 방언이다.

꾸한다. 바람이 담 옆에서 혼자 웃는다는 표현은 바람이 개구쟁이임을 잘 나타내고 있다. 윤복진의 동요시에는 이처럼 천진스럽고 귀여운 아기가 자주 등장한다.

> 댑 댑 댑싸리/ 댑싸리는 한 살/ 울울 울아기/ 울아기는 두 살//
> 댑 댑 댑싸리/ 이슬 먹고 자라고// 울울 울아기/ 맘마 먹고 자라고//
>
> –「댑댑댑싸리」, 『꽃초롱 별초롱』(兒童藝術院, 1949)

댑싸리는 명아주과에 속하는 한해살이풀이다. 어린 식물은 나물로도 먹고, 씨앗은 '지부자'라 하여 이뇨제로도 쓴다. 싸리비를 만들지만 싸리나무는 아니기 때문에 '댑싸리' 또는 '대싸리'라고도 한다. 댑싸리는 한해살이풀이기 때문에 한 살이고 아기는 두 살이다. 댑싸리는 이슬을 먹고 자라고 아기는 맘마를 먹고 자란다고 귀엽게 표현하고 있다. 운율이 느껴지는 동시이다.

> 곱다란 풍경이/ 바람에 흥겨워/ 짱그랑 짱그랑//
> 두 살난 아기는/ 풍경에 흥겨워/ 짱그랑 짱그랑
>
> –「풍경」, 『꽃초롱 별초롱』(兒童藝術院, 1949)

풍경이란 절이나 누각 등의 건물에서, 처마 끝에 다는 작은 종을 일컫는다. 풍경은 바람이 불지 않으면 소리를 낼 수 없다. 풍경이 짱그랑거리며 소리 내는 것을 바람에 흥겨워한다고 표현했다. 아기는 풍경 소리를 듣고 흥겨워 짱그랑 풍경 소리를 흉내 낸다. 짱그랑대는 풍경 소리에서 흥겨움을 유추해 내고 있다.

> 해저문 바닷가에/ 물새 발자욱// 지나가던 실바람이/ 어루만져요//

고 발자욱 예쁘다/ 어루만져요// 하이얀 모래밭에/ 물새 발자욱//
바닷물이 사르르/ 어루만져요// 고 발자욱 귀엽다/ 어루만져요//

– 「물새 발자욱」, 『꽃초롱 별초롱』(兒童藝術院, 1949)

윤복진의 동요시에서 자주 나타나는 7 · 5조의 운율이다. 해 저문 바닷가는 고즈넉하고 쓸쓸하다. 물새가 남기고 간 작은 발자욱을 실바람과 바닷물이 차례로 어루만져 주고 간다. 물새 발자욱이 예쁘고 귀엽기 때문이다. 평화로운 초저녁 바닷가의 애상이 깃든 정경을 노래하고 있다.

산 밑에/ 조그만/ 초가집 문에,/ 문 구멍이/ 송, 송,/ 뚫어져 있네.//
산 밑에/ 조그만/ 초가집에는,/ 조무래기/ 형제들이/ 사는가 보다.//

– 「초가집」 전문, 『꽃초롱 별초롱』(兒童藝術院, 1949)

조무래기란 어린아이를 얕잡아 이르는 말이다. 어린아이를 얕잡아 보아서나 무시해서가 아니라 작은 초가집에서 문구멍을 뚫을 정도의 나이이기 때문에 조무래기라는 표현을 썼다. 어른들은 산으로 들로 일하러 나가고 어린 아이들만 방안에 갇혀 있다. 누가 돌보아 줄 수도 없고 문밖은 위험하기 때문이다. 어린 아이들은 부모를 기다리며 울다 손가락으로 문구멍을 뚫는다. 마땅히 어린 아이들을 맡길 곳이 없어 방안에 가두어 놓고 일터로 갈 수밖에 없는 시대 상황이 나타나 있다.

산모롱이 고욤낢게/ 고욤이 두 개,/
새까맣게 익어 가는/ 고욤이 두 개,//
산골에 때때중이/ 흔들어 보고,//
산 밑에 까까중도/ 흔들어 보고,

– 「고욤」 부분, 『꽃초롱 별초롱』(兒童藝術院, 1949)

고욤나무는 감나무과에 속하므로 감나무와는 사촌인 셈이다. 감나무를 번식할 때 주로 고욤나무에 접목을 한다. 씨를 뿌려 묘목을 만들면 열매가 크게 퇴화하기 대문이다. 우리 속담에 "고욤 일흔이 감 하나보다 못하다." 라는 말이 있다. 작은 것이 아무리 많아도 큰 것 하나를 못 당한다는 뜻이다. 고욤은 감처럼 생겼으나 훨씬 작고, 가을이면 구슬 크기의 황갈색 열매가 나무 가득히 열린다. 서리를 맞히고 흑자색으로 완전히 익혀서 반죽처럼 으깨어 놓으면 맛이 달콤하다. 가난했던 시절 배가 고파 산모롱이에 있는 고욤나무의 열매 두 개라도 따려고 나이가 어린 중인 까까중이 흔들어 보는 장면을 그리고 있다.

> 나박머리 물동이 이고/ 아장 아장/ 종종머리 물단지 이고/ 아장 아장//
> 눈뚜랑 우물길로/ 아장아장/ 물길느러 아장아장/ 떠나갔읍네.//
> 나박머리 할미꽃따러/ 아장 아장/ 종종머린 범나배따라/ 아장 아장//
> 해저물어 종종머리/ 나박머리/ 꽃만 꽃만 한 아름/ 담어 왔읍네.//
>
> – 「나박머리 종종머리」(〈아이생활〉 1937. 7. 8월호

나박머리는 다박머리의 대구 사투리이다. 다박머리란 무성하고 소복하면서도 짧은 어린아이의 머리털을 일컫는다. 종종머리는 여자아이들의 머리를 땋는 방법의 하나로 아주 어릴 때 조금씩 모숨을 지어 여러 갈래로 땋던 머리를, 좀 더 자란 다음 한쪽에 세 층씩 석 줄로 땋아서 그 끝에 댕기를 드리는 방법이다.

이 시에 나타난 배경은 봄이다. 할미꽃이 피고 범나비가 나는 따뜻한 봄날이다. 물동이로 물을 길어 오던 아이들은 봄의 흥취에 빠져 있다. 여자아이들이 물동이와 물단지를 머리에 이고 물 길러 우물을 다녀오고, 할미꽃 따러 범나비 따라 야산에 다녀오는 모습을 귀엽게 나타냈다.

3. 해방 후 월북 전의 작품

해방이 되자 윤복진의 작품 세계는 경향적 색채를 띠게 되는데, 「무궁화 피고피고」(조선주보, 1945. 11. 19), 「돌을 돌을 골라내자」(중앙신문, 1945. 12. 13), 「새 나라를 세우자」(자유신문, 1946. 1. 1), 「자장 자장 자장-화전민 아들딸의 자장 노래」(예술, 1946. 2) 등이 그러하다. 이러한 작품들은 어린이 독자들에게 전하고 싶은 어른의 언어를 주로 쓰고 있다. 이는 그가 아동문학의 리얼리즘을 예술 형상의 원리가 아닌 관념으로서 받아들이고 있다는 반증이 된다.

윤복진은 1949년 아동문예예술원에서 동요집 『꽃초롱 별초롱』을 펴낸다. 그는 이 책의 발문에서 자신의 확고한 아동관을 내세우고 있다. "봉건시대와 그 전 시대에서 천대만 받아오던 아동을, 인간 이상의 인간으로 떠받쳐 현실의 아동을 선녀나 천사로 숭상하려던 시대도 있었다. 나도 그러한 과오를 범한 사람의 한 사람이다."(120쪽)라고 하면서 자신의 과거 문학관을 반성한다. 아울러 "아동을 초시간적, 초공간적인 존재처럼 신앙하여, 현실의 아동을 우상화시켜 구가하는 근대 낭만주의자의 동심지상주의 내지 천사주의의 아동관은 더욱 불법하고, 부당한 것"(121쪽)이라고 비판했다. 이는 해방 공간에서 좌우의 이념 대립이 심화되어 갈 때 자신의 좌경화 명분을 합리화하기 위한 선언이다. 하지만 그것은 이론적 선언에 그칠 뿐 남한에서 쓴 작품에는 그다지 반영되지 않았다.

> 조롱조롱 조오롱/ 뭐가 뭐가 조오롱/
> 자장자장 아기 눈에/ 잠방울이 조오롱//
>
> -「잠방울 꿈방울」 앞부분 『꽃초롱 별초롱』(兒童藝術院, 1949)

'조롱조롱'은 작은 열매 따위가 많이 매달려 있는 모양을 나타내는 말이다. 졸린 아기 눈에 잠이 가득한 것을 잠방울이 조롱조롱 맺혀 있다고 표현했다. 운율감을 살리기 위해 '조오롱'이라고 썼다. 윤복진은 『꽃초롱 별초롱』의 머리말에서 27년 동안 신문, 잡지에 발표했던 천 편의 동요에서 44편을 추려 엮은 것이라고 구술하고 있다.

초롱초롱/ 아기 눈,// 아기 눈은/ 꽃초롱,//
꽃초롱,/ 꽃초롱,// 엄마 마중/ 가알 때,//
꽃초롱 켜지요,/ 꽃초롱 켜지요.//
초롱초롱/ 아기 눈,// 아기 눈은/ 별초롱,//
별초롱,/ 별초롱,// 아빠 마중/ 가알 때,//
별초롱 켜지요,/ 별초롱 켜지요.

－「꽃초롱 별초롱」, 『꽃초롱 별초롱』(兒童藝術院, 1949)

'초롱초롱'은 별빛이나 불빛 따위가 또렷하고 밝은 모양을 나타내는 말이다. 눈이 빛날 정도로 정기가 있고 맑은 모양을 나타내는 말이기도 하다. 초롱초롱한 아기 눈을 꽃초롱으로 연결하고 있다. 초롱이란 촛불로 켜는 등의 하나이다. 초롱처럼 생긴 꽃을 초롱꽃이라 한다. 아기들의 맑고 예쁜 눈을 꽃초롱에 비유한 것이다. 별초롱은 초롱에 별이 들어 있는 것이다. 아기의 샛별 같은 눈빛을 별초롱에 비유하고 있다.

유리창이 하나/ 파아란 유리창이 하나//
파아란 하늘이 보이고/ 파아란 구름이 보이고//
유리창이 하나/ 파아란 유리창이 하나//
파아란 사람이 보이고/ 파아란 강아지가 보이고//
유리창이 하나/ 파아란 유리창이 하나//
해만 뜨면 아가야는/ 파아란 세상을 내다본다.

－「파아란 세상」〈어린이 세상〉 1949. 6월호)

파란색은 밝고 투명한 이미지이다. 유리창의 이미지와도 통한다. 파란 유리창으로 보는 세상은 온통 파란색이다. 아가의 눈으로 보는 세상도 파란색이다. 아가의 투명한 시선이 내비칠 듯하다. 파란 유리창을 통해 세상을 하나의 색으로 일원화시키는 천진한 동심의 상상력을 표현한 것이다.

> 노골노골 노고지리/ 한종일 구름 속에 노골노골//
> 노골노골 노고지리/ 한종일 구름 속에 노골노골//
>
> –「노골노골 노고지리」 앞부분(〈어린이나라[18]〉 1950. 4·5월호)

윤복진이 남한에서 발표한 마지막 동요시이다. 노고지리는 종달이의 옛말이다. 지금은 종달새가 표준말이 되었지만, 조선시대 남구만의 시조에도 '노고지리'가 등장한다. 노고지리는 봄을 대표하는 새이다. 보리밭이나 밀밭 같은 곳에 둥지를 틀고 있다가 위험한 상황이 되면 공중 높이 솟구쳐 우짖는다. 그 모습을 온종일 구름 속에서 '노골노골'이라고 표현했다.

> 동요와 아동문학과 그 밖에 아동 예술은 모든 인간의 가슴 속에 영원히 깃들여 있는 동심성에서 우러난 예술이요, 동심성에 아피일(呼訴)하는 예술이다. 한 수의 동요가 아동에만 아피일 되는 것이 아니라, 성인에게도 마찬가지로 아피일 된다. 동요는 아동의 시문학인 동시에 성인의 시문학이요, 모든 인간의 시문학이다.[19]

> 아동은 어디까지나 현실의 인간이다. 우리네 성인과 마찬가지로 현실 안에 살고 현실 안에 생활하는 인간이다. 그저 성인 이전의 인간으로서

18) 1949년 1월부터 1950년 5월까지 총 16호를 발행했다. 한국전쟁 발발 직전에 펴낸 1950년 4·5월 합본이 마지막 호이다. 정지용은 창간호부터 권두언을 매호 집필했다.

19) 윤복진, 「나의 아동문학관」, 『꽃초롱 별초롱』(兒童藝術院, 1949), 119쪽.

나날이 시시각각으로 생장하는 어린 인간이다. 미래할 세계의 새로운 인간이요, 닥쳐오는 새 시대의 주인공이다.[20]

윤복진이 발문에서 주장한 골자는 "일체의 봉건적 요소를 배제하고 새로운 민주주의의 길로! 일체의 비과학적 사상을 배격하고 새로운 사상과 새로운 과학으로 더불어 우리의 아동관을 새로이 하자!"[21]는 것이었다.

그런데 이 주장은 그가 가담했던 조선문학가동맹의 강령을 필사한 것에 지나지 않는다. 그는 "우리의 동요 문학을 민주주의적 과학적 아동관에 입각"[22]시켜야 한다고 거듭 주장하고 있다.

윤복진은 조선문학가동맹 아동문학부 사무장(1946)을 지낸다. 그리고 건강을 이유로 대구로 낙향하여 조선문화단체총연맹의 경상북도지부 부위원장단(4명)의 일원이 된다. 1948년 대한민국 정부 수립 후에는 좌익 활동자 전향 단체인 '보도연맹'에 가입할 수밖에 없었고, 이는 다시 6·25 한국전쟁 중 월북으로 이어지게 된다.

Ⅲ. 에필로그

윤복진은 대구가 낳은 한국의 대표적인 동요 시인이다. 그는 울산(언양) 출신 신고송[23]과 동갑으로, 그로부터 많은 영향을 받았다. 윤복진은 한 살 위인 서덕출과도 가까이 지냈고, 신고송과는 등단 연도도 같아 각별한 우정을 나누었다. 윤복진은 1925년 〈어린이〉 9월호에 동요시 「별 따러가세」가

20) 위의 책, 119쪽.

21) 위의 책, 122쪽.

22) 위의 책, 122쪽.

23) 1946년 4월 극단 운영과 문학 활동을 방해 받자 가족을 데리고 월북했다.

추천되었고, 신고송은 1925년 〈어린이〉 11월호에 동시 「우테통」이 입선되었다.

윤복진과 신고송은 문학 동무이면서도 선의의 경쟁관계에 있었다. 신고송[24]은 1927년 카프의 회원이 되고, 3년 후 불온사상을 가진 교원이라는 이유로 교직에서 추방되게 된다. 1930년 12월 일본으로 건너가 '일본프롤레타리아 연극연구소'에 입문하여 일본대학 연극전문부에서 약 3개월간 본격적인 연극을 공부한다. 1932년 5월에 귀국한 뒤 연극 이론을 국내에 소개하여, 카프 연극의 활성화에 큰 역할을 하였다. 윤복진도 1930년에 일본으로 건너가 고학으로 법정대학 영문과를 다녔다. 1936년에 대학을 졸업하고 귀국했다. 신고송이 해방 이듬해에 먼저 월북하자 윤복진도 6·25 한국전쟁 중에 월북했다. 이는 결국 신고송과 무관하다고 할 수 없다. 이 때문에 동요 시인으로 명성을 날리던 그의 이름도 40년 가까이 남한에서는 잊혀지게 되었다. 대한민국에서 그의 이름이 문단에 오르내리게 된 것은 1988년 전면 해금이 되면서부터이다.

일제강점기에 발표된 윤복진의 동요시는 대부분 문학적 품격을 유지하고 있었다. 동심천사주의 풍도 아니었고, 좌경화 되지도 않았으며 동심을 바탕으로 해학적이고 유머가 깃든 작품이 많았다. 윤복진 동요시는 시어의 반복이나 의성어, 의태어의 빈번한 사용, 4음보 율격을 통하여 구술성과 유희성을 구현하고 있다. 또한 고유어의 사용, 사물에 대한 순간적 응시와 표현, 아이러니한 상황, 반전 등의 기법으로 토속성과 해학성을 이끌어 내었다. 그의 작품은 3·4조, 7·5조의 정형률을 기조로 서정적 자연친화적 경향을 띠었다.

윤복진의 작품 세계는 유아적 동심주의를 바탕으로 토속적 해학미와 자연친화적 서정미를 담고 있다고 할 수 있다. 윤복진은 월북 후에도 조선작

24) 신고송은 윤복진의 동심주의적 작풍을 비판하는 평론도 발표했다.

가동맹 중앙위원회 작가로 있으면서 『아름다운 우리나라』(1958), 『시내물』(1980) 등을 발표하며 활발한 작품 활동을 했다.

월북 이후의 작품 경향은 북한 사회의 발전상을 생동감 있게 반영하려는 노력이 엿보이지만 작품 수준이 일제 강점기의 작품에는 미치지 못한다. 작품에 이념과 사상이라는 이물질이 파고들어 문학성이 훼손되었기 때문이다. 그는 1991년 7월 16일 84세를 일기로 평양에서 타계했다.

동화시 운동에 열정을 바친 보헤미안
– 이석현 동화시론

Ⅰ. 들어가는 말

이석현(李錫鉉)은 1925년 8월 28일 함경북도 회령에서 태어났다. 그의 고향에는 학포 · 유선 · 궁심 등 석탄을 채굴하는 탄광이 있어 검은 돌이 많았다. 그 때문에 그의 호도 현석(玄石)이라 했고, 검돌이라는 필명을 사용했다.

회령은 조선 세종 때 육진(六鎭)이 설치되었던 곳이다. 1931년 4월 1일 회령면이 회령읍으로 승격했다. 오봉산(1,329m)이 있는 함경산맥이 군 시역(市域) 중앙을 가로질러 뻗어 있어 산지가 많다. 서쪽은 무산군, 남쪽은 부령군 · 청진시, 동쪽으로는 경흥군 · 경원군 · 온성군과 접해 있고, 북쪽은 두만강을 사이에 두고 중국 지린성(吉林省) 옌볜 조선족 자치주 룽징시(龍井, 용정)와 마주하고 있다.

고향 회령에서 보통학교를 졸업한 그는 1946년 강계사범대학을 나와 강계 이서국민학교(吏西國民學校) 교사로 발령을 받는다. 그는 공산주의 체제에 염증을 느껴 월남한 후, 성재 이시영이 설립한 신흥대학 국문과(현재 경희대학교)에 입학하여 1951년에 졸업했다. 대학 재학 중인 1950년 〈상공(商工)〉에 「두더지」, 「황혼」을, 〈가톨릭문화〉에 「명암」이란 시를 각각 발표했다. 이후

각 신문 및 문예지에 시편(詩篇)들을 발표했다. 1952년 이후 군보도원(軍報道員)을 지냈고 〈매일신보〉, 〈가톨릭시보〉 기자로 일했다. 성 바오로 수녀원에서 강사로 일하기도 했다.

1966년부터 박경용 · 김사림 · 신현득 · 박송 등과 함께 동인지 〈동시인〉을 4집까지 발간했다. 1958년 첫 동시집 『어머니』를 출간, 이때부터 동시를 위시한 아동문학에 전념했다. 일련의 그의 시들은 종교적 · 민속적인 세계를 추구하고 있다.

1960년 「카톨릭 소년」[1] 편집장을 지냈고, 색동회 실행위원, 한국글짓기지도회 부회장으로 일하다 1975년 캐나다 온타리오주 토론토로 이민을 떠났다. 토론토에 있는 조지브라운대를 수료했으며. 캐나다 한국일보사 편집국장, 주필, 이민사 연구실장을 지냈다. 1977년 캐나다 한인문인협회를 결성하여 「캐나다 문학」 12권을 발행했고, 해마다 신춘문예를 열어 많은 후배를 양성했다. 2009년 85세를 일기로 토론토에서 영면했다.

이석현이 상재한 책으로는 동시집 『어머니』(카톨릭청년사, 1958), 『메아리의 집』(성바오로출판사, 1966), 『웃음동산의 동물들』(성바오로출판사, 1966), 동화집 『성큼성큼』(대한기독교서회, 1970), 『아름다운 비밀』(성바오로출판사, 1972), 동극집 『카톨릭극집』(카톨릭출판사. 1963) 시집 『이석현시집』(카톨릭출판사. 1975) 등이 있다. 그가 번역한 책은 『하늘 빛 옥 구슬』(성바오로출판사, 1986), 『마르첼리노의 기적』(바오로딸. 2007), 『파비올라』(바오로딸, 2011) 등이 있다.

그가 받은 상으로는 제2회 한정동 아동문학상(동시 「해야」), 제12회 새싹문학상(동시 「나이애가라폭포」), 캐나다 한국인상, 허균문학상, 중앙예술문화대상 등이 있다.

---

1) 월간 『가톨릭 소년』은 1960년 1월 어린이를 위한 교양 잡지로 천주교 서울대교구 산하에 있는 카톨릭 출판사에서 창간되었다. 창간 당시 발행인은 서울대교구 노기남(바오로) 대주교이고, 카톨릭출판사 사장으로 임명된 김옥균 신부가 편집인이며, 편집장은 아동문학가 이석현이 맡았다. 당시 잡지 한 권의 가격은 100환이었고, 인쇄는 경향신문사 인쇄국에서 했다. 잡지명은 종교적 색채보다는 대중성을 고려하여 1972년 4월호부터 『가톨릭 소년』에서 『소년』으로 제호를 바꿨다.

Ⅱ. 이석현의 문학 세계

1. 현석과 『가톨릭 소년』

이석현은 〈가톨릭 소년〉을 창간할 때부터 편집장을 맡았다. 기획과 집필, 편집 등을 두루 맡아서 〈가톨릭 소년〉을 발간하는 데 중요한 역할을 한 인물이다. 이석현은 단파, 토막소식, 동시, 편집후기, 천주교 동정 등에 '검돌', '돌', '편집부' 등의 필명을 바꿔 가면서 다양한 글을 기획하고 집필했다. 그가 '이석현'이란 이름으로 글을 쓴 것은 동시, 동화시, 동화, 성경이야기, 독자 문예란인 '시마을 글동네' 등 문학적 성격이 강한 글이다.

〈가톨릭 소년〉에서는 본명 이석현과 필명인 검돌을 함께 사용했다. 마땅한 필자 확보의 어려움과 원고료 지출을 줄이기 위한 고육책이었다. 또한 잡지를 기획, 편집하는 과정에서 여러 면의 글을 혼자 쓴다는 것을 은폐하기 위한 이유이기도 했다. 이석현은 1967년부터 한국글짓기지도회 부회장(회장 임인수)을 맡아, 어린이 글짓기 지도, 동화시 운동, 동시조 운동 등에 적극 참여했다. 또한 〈카톨릭 소년〉 중점 사업인 '문예작품콩클', '아동문학의 소개 코너' 등을 통하여 각 학교의 문예반 활동 소개 및 문예지도교사가 선정한 작품 등을 추천받아 실었는데, 이를 통해 어린이 글짓기 및 문화운동이 기여했다.

이석현은 〈가톨릭 소년〉 지면을 활용하여 문예 운동에 대한 다양한 정보와 '동화시'에 대한 관심을 기울였다. 자신이 동화시를 써서 매 호마다 게재했는데, 동화시를 아동문학의 한 장르로 정착시키기 위하여 아동문학가들과 지속적인 모임과 논의를 했다.

> 이전에 몇 분이 시험삼아 한 두편씩 써 보다가 말았을 뿐, 별로 꽃피어 본 일이 없는 〈동화시〉를 아동문학의 한 분야로 끌어올리려는 〈동화시〉

운동의 첫 모임으로 아동문학가 중에서 뜻 있는 분 여섯 명이 5월 14일 〈가톨릭 소년〉사 구내식당에서 진지한 의견을 나누었다. 김요섭, 박홍근, 어효선, 이석현, 임인수, 정상묵(가나다 순) 등이다.[2]

이와 같이 이석현은 〈가톨릭 소년〉이란 지면을 활용하여 '동화시'가 아동문학의 장르로 정착할 수 있도록 많은 노력을 기울였다. 1963년 1월호에 본 · 드로스테[3]의 「세 나그네」, 1964년 9월호 정상묵의 「책상들의 속삭임」, 이상현의 「햇네와 무지개」, 1967년 2월호에는 이석현의 「강마을 산마을」, 이원수의 「싸움놀이」 등 지속적으로 동화시를 실었다. 1966년 5월 그는 잡지와 신문에 게재했던 동화시를 단행본으로 묶어 『메아리의 집』(성바오로출판사, 국판 240쪽)이란 제목으로 출간했다.

2. 「메아리의 집」에 나타난 동심

「메아리의 집」의 표지화와 삽화는 백영수(1922~2018) 화백[4]이 맡았다. 머리시 「메아리의 집」과 제1부 「개구장이」에는 「엄마 반지」, 「야옹 야옹 선물」, 「창구멍」, 「아옹다옹」, 「엄마 이마에 갈매기」 등이 있고, 제2부 「배움집 마당」, 「봄이 오면」, 「아가야 새들」, 「울 엄마다!」, 「하얀 꽃 빨간 꽃배」, 제3부

2) 「단파」, 〈가톨릭 소년〉, 1964. 7월호, 54쪽.

3) 드로스테 휠스호프 Annette Freiin von Droste-Hulshoff (1797~1848) 베스트팔렌의 유서 깊은 귀족 집안에서 출생하여, 독서 및 지식인과의 교육으로 교양을 쌓고 문필 활동에 들어갔다. 드로스테는 일곱 살부터 문학적 재질을 보이기 시작했다. 이때부터 청년기까지 그녀가 쓴 시들은 가족을 위한 즉흥시가 대부분이었다. 1813년 드로스테와 언니는 뵈켄도르프의 외가에서 그림 형제들을 알게 되었고, 곧바로 그들과 함께 독일 동화와 민요 수집을 하게 된다. 그러한 활동을 통하여 민속적인 것에 관심을 갖게 되었고 인간적으로도 시야가 넓어지게 된다. 병고와 주위의 몰이해를 감내하며 시류를 초월하는 독자적 시작을 계속하다가, 보덴호 기슭의 메르제부르크에서 고독한 생애를 마쳤다. 회의와 불안의 엄습 속에서 신앙의 고뇌를 피력한, 사후에 간행된 종교시 〈영적인 한 해(Das Geistliche Jahr, 1851)〉가 대표작이다. 현상(現象)의 깊은 구석에 신비적인 힘의 지배를 예감케 하는 자연시(自然詩) 및 발라드는 지극히 높은 예술적 완성도를 보여 주고 있다. 고향의 한 유대인살해 범죄 사건을 소재로 한 중편소설 〈유대인의 너도밤나무(Die Judenbuche, 1842)〉는 범죄의 심리적 · 사회적 요인을 명확하게 밝힌 한편, 인지를 초월하는 미적인 힘과 신의 섭리가 암시되어, 그리스도교적 관용을 호소하는 작자의 경건한 의도가 엿보인다. 독일의 서정시인으로서는 19세기 최고의 자리를 차지한다.

「꿈은 성큼성큼」에는 「소년의 꿈」, 「꿈 조갑지」, 「별 마을의 전설」, 「흰나비」, 「신비산에 종칠 때」, 4부 「손을 모으면」에는 「빈 손의 싼타클로스」, 「네잎 클로버」, 「장미꽃 송이 송이」, 「커단 별이 뜨는 밤」 등 20편의 동화시가 실려 있다.

머리시 「메아리의 집」은 8연 32행으로 짜여져 있다. 봄날 산에 올라 메아리를 부르는 소년의 이야기로 꾸며져 있다.

> 산에 오르면/ 그림자만 데불고, 산에/ 오르면//
> 눈 감아/ 돌사람으로/ 가슴속 속 골짜기/ 마다/
> 차곡 차곡/ 쌓이는 숲의 소리/ 봉우리 소리//
> 날에 날/ 종일토록 외면만/ 하던/ 산의 메아리//
> 무섭게 조용해지면/ 줄줄이/ 메아리가 활개치나 보야//

화자는 맑은 날 혼자 산에 오른다. 혼자이긴 하지만 그림자가 함께 있으니 둘이인 셈이다. '돌사람'은 현석 자신이다. 산에 오르니 가슴 속으로 숲의 소리가 산봉우리 소리가 차곡차곡 쌓인다. 혼자 있는 산속은 무서울 정도로 조용하다. 그 무서움을 물리치기 위해서 화자는 소리를 지른다. 산봉우리를 되돌아 온 메아리는 산골짜기를 울린다. 산속은 온통 메아리가 울

---

4) 1922년 수원에서 태어난 그는 두 살 때 아버지를 잃고 어머니의 품에 안겨 일본 오사카에 정착한다. 오사카 미술학교에 입학해 유화를 배운다. 해방이 되자 1945년 어머니와 함께 귀국한다. 일본인 여교사의 주선으로 목포고등여학교 미술 교사로 재직하던 그는 조선대학 박철웅 초대 총장의 초대를 받고 광주로 거처를 옮겨 우리나라 최초로 대학에 미술과를 설립한다. 1947년 광주 생활을 끝내고 서울로 상경하여 제1회 조선미술전(국전)의 심사를 맡는다. 이 무렵 잡지 '국제보도'에 실린 그의 그림을 보고 깊은 인상을 받은 유엔 한국위원단 공보관 프랑스인 알베르그랑과 특별한 인연을 맺는다. 알베르그랑의 주선으로 1948년 덕수궁 석조전에서 광복 후 처음으로 개인전을 열고 많은 작품을 팔아 생활의 안정을 얻는다. 의정부에 작업실을 두고 활동하던 백영수는 1977년 프랑스로 이민을 떠난다. 해외에 머물던 35년 동안 프랑스 파리, 이탈리아 로마, 미국 뉴욕, 네덜란드 암스테르담 등 여러 도시에서 100여회의 전시를 열 정도로 활발한 활동을 한다. 2011년 1월 백영수는 35년의 긴 외국 생활을 정리하고 귀국길에 오른다. 외국에서는 좋은 평가를 받았으나 오랫동안 한국을 떠나 있었던 탓에 백영수의 작품은 국내에서 제대로 대접받지 못한다. 이런 사정을 안타깝게 여긴 광주시립미술관에서 2012년에 특별 초대전을 열어 준다. 2016년 서울 아트사이드 갤러리에서 전시회를 열었는데, 그해 정부는 해외에서 한국의 위상을 높인 백영수에게 은관문화훈장을 수여한다.

려 퍼져 활개치는 세상이 된다. 혼자 산에 올라 호연지기를 기르는 산 아이의 기개가 느껴지는 삽화이다.

> – 노루 지나간 진흙 자국/ 밤나무/ 자작나무 등걸에/
> 딱따구리 노래 새긴/ 다닥 자국/ 오그라든 누런 잎/ 속에서도 //
> 빠꼼 빠꼼/ 고개 드는 메아리/ 메아리–//
> 산에 오르면/ 그림자만 데불고 산에 오르면//
> 메아리의 집은/ 봄날/ 잔치집이 된다.//

산밤나무, 자작나무 우거진 숲에는 짐승이 지나간 발자국이 보인다. 진흙에 찍힌 자국 모양으로 보아 노루의 발자국이다. 딱따구리는 하얀 자작나무 등걸에 다닥다닥 노래를 새겼다고 했다.

등걸은 나무의 줄기를 베어 내고 남은 밑동을 가리킨다. 비슷한 말로 그루터기라고도 한다. 딱따구리는 보통 키가 큰 나무의 줄기 부분을 부리로 찍는다. 그런데 화자는 자작나무 등걸에 다닥다닥 노래를 새긴다고 표현했다. 시는 논리나 과학이 아니라 파격적인 상상이 신선함을 줄 수 있다. 아직은 이른 봄이어서 나무에는 누런 잎들이 남아 있다. 아직은 어설픈 봄날이지만 메아리가 울려 퍼지는 숲속은 생기가 돌고 잔칫집이 된다.

「엄마 반지」는 〈경향신문〉 1961년 5월 9일자에 발표되었다. '–어린이날에–'라는 부제가 붙어 있다. 모두 51연 228행의 구조로 된 동화시이다. 자전거를 타는 동무를 부러워하는 어린 아들에게 피난 시절에도 고이 간직했던 반지를 팔아 자전거를 사 주는 부모의 이야기이다. 아들을 위해서라면 무엇이든 해 주고 싶어하는 부모의 사랑이 느껴지는 글이다.

> 날마다 날력 한 장씩 찢으며/ 웅이 얼굴에/ 웃음꽃이 망울집니다.//
> 하루 지나고,/ 이틀이 가면/ 엄마 이마에는/ 짙은 먹구름–//

웅이가/ 그토록 갖고 싶어하는 것!//
진이랑 창이랑/ 신나게 타고 다니면서/ "찌링찌링/ 저리 비켜라!"/
빼기기를 잘하는/ 세발자전거//

아이들의 특성은 자기중심적이라는 것이다. 한번 갖고 싶은 것이 생기면 막무가내로 떼를 쓰는 것이 동심이다. 웅이가 갖고 싶은 것은 세발자전거이다. 진이랑 창이가 신나게 빼기면서 골목길을 누비고 다니기 때문이다. 막무가내로 조르는 아들에게 엄마는 세발자전거를 사 주기로 약속을 했다. 날이 갈수록 웅이의 얼굴엔 웃음꽃이 피지만 엄마의 얼굴에는 짙은 먹구름이 피어난다, 아들이 기죽는 것이 싫어 선뜻 약속은 했지만, 집안 형편이 구차하기 때문이다.

부러워서 부러워서/ 꿈에까지 잠꼬대하던 웅이/
"엄마, 흥…"/ "무얼 그러니?"/ "나두 찌링찌링 갖구파./
진이랑 창이랑 다 있잖아."/ "………"/
"응야! 엄마야,/나두 자앙거 사줘잉."//
조올졸/ 엄마 치마 꼬리 잡고/ 칭얼대는 입타령/
"찌링찌링 세발자앙거."/ "찌링찌링 세발자앙거."//

웅이의 마음속에는 세발자전거가 들어앉아 있다. 자전거를 타고 빼기고 다니는 진이와 창이가 부러워도 너무 부럽기 때문이다. 어찌나 간절히 갖고 싶었는지 꿈을 꾸며 잠꼬대까지 하는 웅이이다. 웅이는 세발자전거를 갖고 싶어 엄마 치맛자락을 잡고 다니며 조르고 또 조른다. 아직 나이가 어려서 '자전거'라는 발음도 서툴러 '자엉거'라고 하는 갓 서너살 된 아이이다. 자전거를 사 줄 형편이 못되니 엄마는 대답을 못 하고, 웅이는 자꾸만 칭얼댄다.

옆에서 바라보던 아빠/ 콧등이 시큰해집니다./
"오냐 오냐,/꽃장사가 잘되면/ 어린이날에 사 줄라."//
"정말야, 아빠?/ 찌링찌링 사주는 거지?"//
"응, 우리 웅이에게/ 어린이날 선물로/ 세발자전거를 사주께, 꼭."/
"야아! 멋지다./ 우리 아빠 제일야."//

엄마를 졸졸 따라다니며 끈질기게 조르자, 그 모습을 지켜보던 아빠의 콧날이 시큰해진다. 아빠는 꽃장사가 잘되는 경우를 전제로 어린이날에 사 준다는 약속을 한다. 또래 동무인 진이 창이가 뽐내며 타고 다니는 세발자전거를 사 준다니 얼마나 기쁜 일인가! 꿈에서도 갖고 싶어하던 자전거를 사 주겠다는 아빠가 세상에서 제일 멋질 수밖에 없다.

목청껏 외치며/ 통통통 한길로……/ 쩡쩡한 소리가/
파아란 하늘 저 멀리/ 구름 위로/ 알록달록/ 메아리로 퍼져갑니다.//
메아리가 메아리를 불러/ 하늘 높이서/ 뱅글뱅글 제자리 공부/
체조 공부하던 햇님/ 눈동자가 뚜웅글.//
그날부터 웅이 가슴은/ 부푼 비둘기 가슴-//

웅이는 기쁨에 겨워 "우리 아빠 제일"을 외치며 한길로 나간다. 웅이에게는 아빠가 이 세상 그 누구보다도 위대하다. 슈퍼맨이고 영웅이다. 웅이의 외침은 메아리가 되어 하늘을 떠돈다. 메아리는 소리가 산이나 절벽 따위에 부딪쳐 되울리는 현상이다. 맑은 하늘에는 메아리가 될 수 없다. 그런데 메아리의 시인인 현석은 웅이의 기쁨을 극대화하기 위해 메아리를 불러들이고 있다.

꿈이 가득 담기고/ 매일매일/ 날력 한 장씩 뜯어내며/ 손가락 꼽아보

군/ 생긋 웃음 띱니다.//

프랑스 인형의 눈동자 모양/ 새파란 오월 하늘 저 멀리/ 뭉게뭉게 떼구름이 몰려 다니고/

한길에는 플라타나스 잎들이/ 싱싱하게 우거져/ 남쪽 나라에서 이사 온/ 제비님들이/

집짓기에 한창인 한낮/ "찌링찌링 저리 비켜라."/ "내 자전거 일등이다./ 제트기 같다."//

진이와 창이가/ 어린이 놀이터를 판치며/ 빨랑 가기 내기-//

웅이는 빨리 어린이날이 오기만을 손꼽아 기다린다. 매일매일 한 장씩 넘기는 일력을 뜯어내며 기쁨에 젖는다. 5월의 파란 하늘을 프랑스 인형의 눈동자에 비유했다. 한길에 우거진 플라타나스는 발음이 프랑스와 어울려 앙상블로 잘 어울리게 된다. 그런데 제비가 플라타나스 나무에 집을 지을 리는 없다. 인가의 처마에 집을 짓는다면 웅이가 사는 곳은 서민들이 사는 서울의 달동네인 것이다. 진이와 창이는 여전히 자전거를 타고 다니며 놀이터를 휘젓고 다닌다.

"진아, 나두 한번만…"/ "안 돼! 이거나 먹어라."/ 힘센 진이한테 /
알밤 한 대 이맛빡에 받고/ 시무룩 물러선 웅이- 그래도//
고것 한번 타 보고픈 욕심에/ 호주머니를 부석부석 뒤져/
구슬치기 유리알 한 알/ 꺼내서 창이한테로 보로로-//
"창아, 이거 주께 한번 타 보자."/ "시, 까짓 유리알 나두 많어."/
창이는 세발자전거에 앉은 채/ 옆 주머니를 흔들어 보입니다./
자륵 자륵 유리알 부딪는 소리.//

웅이는 진이에게 자전거를 한번만 타 보자고 조르다가 이마에 알밤을 맞고 만다. 웅이는 포기하지 않고 호주머니에서 유리구슬을 꺼내 창이에게로 간다. 유리구슬 한 알로 자전거 타기를 흥정하기 위해서이다. 창이는 유리구슬이 많다고 주머니를 흔들어 보이며 거절을 하고 만다. 웅이에게는 귀한 유리구슬인데 창이는 주머니에 많이 들어 있어 자륵자륵 부딪치는 소리가 들리는 구슬이다. 결국 창이에게도 거절을 당하고 만다.

눈물이 글썽한 웅이!/ "니네들, 깍쟁아! 안 놀아."/
"누가 겁난대?"/ "나두 어린이날에 자앙거 있어.//
찌릉찌릉 방울 단린 멋진 거야./ 안 태워 줄 테야!"/ "가짓말!"/
"돈이 있어야 사지?"/ "웅이는 거짓부렁이 쟁이야."/
진이와 창이는 고개를 살래살래.//

실망한 웅이는 눈물을 글썽이며 깍쟁이 동무들하고 안 놀겠다고 선언을 한다. 자기도 어린이날이 되면 자전거를 갖게 되기 때문이다. 자전거가 생기면 안태워 주겠다고 으름장을 놓기까지 한다. 진이와 창이는 웅이의 말을 믿지 않는다. 웅이네가 가난하다는 것을 알기 때문이다. 오히려 웅이를 거짓말쟁이라고 놀리기까지 한다.

"정말애!"/ "아빠가 그랬어. 약속했는걸./ 요렇게 깍지 끼고…"//
집으로 뛰어온 웅이는/ 날력 한 장 뜯고/ 손가락 꼽아 봅니다./
"이제 세 밤만 자면 돼/ 햇해… 멋진 세발자앙거/ 냇거 돼."//

웅이는 아빠와 손가락을 걸고 약속을 했다고 알린다. 손가락 약속은 꼭 지키겠다고 맹세하기 위해 수행되는 대중의 풍습이다. 후크 모양으로 구부린 새끼손가락을 서로 걸어 맞는다. 손가락을 얽어 맞는 상태에서 엄지손가락으로 맞도장을 찍기도 한다. 웅이는 집으로 뛰어와 날력을 또 한 장 찢는다. 이제 세 밤만 자고 나면 어린이날이 오고, 그러면 멋진 세발자전거도 내 것이 된다.

> 리어커에/ 나리꽃, 카네이션/ 벚꽃이랑 철쭉꽃이랑 알록달록/
> 담뿍 싣고,/ 한길마다 골목마다/ 누비고 다니면서//
> "꽃 사려, 꽃 사시오./ 아리따운 나리꽃/ 향긋한 카네이션/
> 꽃을 사구려."//
> 웅이 아빠는/ 세발자전거 살 돈을 벌려고/ 첫 새벽에 나가, 밤중까지/
> 열심 열심/ 꽃을 팔며 돌아다닙니다.//

웅이 아빠는 손수레 가득 꽃들을 싣고 골목마다 누비며 꽃들을 팔러 다닌다. 나리꽃, 카네이션, 철쭉을 싣고 다니며 꽃을 사라고 외친다. 그런데 벚꽃을 판다는 건 오류이다. 벚꽃을 4월 중순에는 지므로 5월에 필 수는 없다. 게다가 벚꽃가지를 꺾어 가지고 다니며 파는 경우는 없기 때문이다. 벚꽃이 아니라 붓꽃의 오타가 아닌가 싶다. 또한 나리꽃은 향기가 진하지만 카네이션은 그다지 향긋한 꽃은 아니다. 아빠는 웅이의 세발자전거 살 돈을 마련하기 위해 새벽부터 밤중까지 꽃을 팔러 다닌다.

> "이거 안 되겠다. 몸이 뿌듯해./ 머리가 지끈지끈 쑨다."/
> 아빠가 몸살이 도져서/ 열이 펄펄,/ 숨가빠 자리에 눕게 되자/
> 엄마 이마에 주름이 둘, 셋.//
> "야단 났구나./ 어린이날이 내일인데…"/
> 곰곰 생각 끝에 엄마는/ 커단 대야에 꽃들을 담아/
> 머리에 얹고 나섰습니다.//

아빠는 꽃을 팔기 위해 무리를 하여 몸살을 앓게 된다. 몸이 찌뿌둥하고 머리가 지끈거린다. 열이 펄펄 나고 숨도 가쁘다. 어린이날이 코앞인데 몸살이 나 꽃장사를 못 하니 낭패가 아닐 수 없다. 근심어린 엄마의 이마에 주름살이 늘어 가고 결국 앓아누운 아빠 대신 엄마가 커다란 대야에 꽃을 담아 이고 다니며 장사를 하게 된다.

> 하루 종일/ 거리 거리, 뒷골목까지 쏘다니며/ "꽃 사셔요./
> 어여쁜 장미송이/ 깨끗한 도라지꽃/ 살구꽃도 사셔요."//
> 사람들은 힐끗 돌아보고는/ 그냥 지나갈 뿐./
> 햇님이 서쪽 산에 꾸뻑 하자/ 구름이 발갛게,/ 발갛게 수줍어지고,//
> 조금 있으니/ 어둑어둑 땅거미가 몰려듭니다.//

엄마는 장미꽃과 도라지꽃 살구꽃을 팔러 다닌다. 이러한 삽화는 사실에서 벗어나 있다. 살구꽃은 벚꽃이 필 무렵인 4월 초에 핀다. 그런데 어린이날인 5월 초에 피는 꽃으로 설정한 것은 오류이다. 이는 현석의 고향인 회령이 북쪽 지방이어서 살구꽃 벚꽃이 5월 초에 피기 때문이라고 추론할 수 있다. 하지만 살구꽃 가지를 꺾어서 팔러 다니는 꽃장수는 없을 것이므로 이 또한 사실성에서 벗어난 삽화가 아닐 수 없다. 엄마는 하루 종일 뒷골목까지 쏘다니며 꽃을 사라고 외치지만 장사가 잘 되지 않는다.

> 웅이 엄마 가슴은 방망이질// "꽃 사셔요./ 행복을 안겨 주는 달리아꽃/ 방실방실 웃음꽃 선녀의/ 함박꽃 화분 사셔요."//
> 집집을 기웃 기웃/ 목이 쉬어도 감감 소식/ 아빠 약도 사야겠고,/
> 쌀과 구공탄도 떨어졌고,/ 웅이 자전거 값도 돼야겠고//

장사가 안 되자 엄마의 가슴은 두근두근 요동친다. 엄마는 다알리아 꽃과 함박꽃 화분도 판다. 다알리아는 꽃이 공처럼 우아하고 아름답다. 꽃색은 빨강, 노랑, 분홍 등 밝은 색이며 꽃이 무척 화려하다. 함박꽃은 작약이라고도 하는 여러해살이풀로, 꽃은 5~6월에 핀다. 엄마는 이런 꽃들을 팔기 위해 여러 집을 기웃거리기도 한다. 엄마는 절박하다. 남편 몸살 약도 사야 하고, 쌀과 구공탄도 사야 한다. 웅이의 자전거 값도 벌어야 하는데, 꽃은 팔리지 않는다.

> 따끔 따끔/ 봄볕에 그을은 엄마 얼굴/ 반검둥이– 점심도 굶고/
> 해종일 꽃대야 이고 다니다가/ 별빛을 담고, 터덜 터덜/
> 집에 들어서니/ 종종걸음 다가선 웅이가/ 또 자전거 타령//
> "엄마! 날력 한 장 남았어./ 한 밤만 자면 어린이날야,/
> 해햇… 찌렁찌렁 세발자앙거/ 꼭 사 주지, 응 엄마?"//

엄마는 점심도 굶고 목이 쉬도록 꽃을 팔러 다니지만 소득이 없다. 얼굴은 봄볕에 그을려 따끔거리고 검게 그을려 있다. 엄마는 밤이 되어서야 터덜터덜 집으로 돌아온다. 철없는 웅이는 종종걸음으로 다가와 자전거 타령을 하며 꼭 사 달라고 다짐을 받는다. 웅이가 손꼽아 기다리는 어린이날을 하루 앞둔 전야이다. 웅이는 엄마가 돈을 벌어 왔는지 알지를 못한다. 오로지 세발자전거에만 정신이 팔려 있어 사정을 헤아릴 수가 없다.

> 손가락 입에 문 채/ 말끄러미 쳐다보는 샛별눈/
> 엄마는/ 와락! 아들을 올려 안고/ 뺨을 비비댑니다.//
> "사 주고 말고./ 어떤 수를 써서라도/ 우리 웅이/
> 세발자전거는 꼭 사 주께."//
> 굳게 닫힌 엄마 입가에/ 눈물이 주루루…//
> 저녁 밥 지어 먹고/ 웅이를 재운 엄마는/
> 아빠 귀에다 소곤소곤/ 거리로 나갔습니다.//

엄마가 대답이 없자 웅이는 손가락을 입에 문채 물끄러미 엄마를 쳐다본다. 엄마를 쳐다보는 웅이의 눈빛은 샛별처럼 초롱초롱하다. 엄마를 향한 기대감 때문이다. 아이가 손가락을 무는 이유는 마음의 안정을 취하기 위해서이며, 스트레스를 푸는 하나의 방법이다. 웅이는 손가락을 입에 물고 엄마의 눈치를 보고 있다. 엄마는 그런 아들을 얼싸안고 뺨을 비벼 댄다. 엄마는 무슨 수를 써서라도 자전거를 사 주겠다고 재차 다짐을 한다. 엄마는 웅이를 재운 후 아빠에게 알리고 집을 나간다.

명동 금은방에 들러/ 결혼반지 금반지를 빼 놓았습니다.//
– 6·25 피난 때에도 없애지 않고/ 고이 지닌 것,/ 살림이 쪼들려서/
하루 한 끼씩만 먹을 때에도/ 팔지 않고 견딘/ 결혼 반지를 –//
엄마는 어린 아들의 꿈 하나/ 이루어 주기 위해/ 팔아버렸습니다.//
반짓값을 받은 엄마는/ 남대문시장에서/ 세발자전거와 과자 한 봉지/
사 가지고 전차에 올랐습니다.//

엄마는 결혼반지를 팔기 위해 명동 금은방에 들른 것이다. 아무리 살림이 쪼들려도 팔지 않고 6·25 피난 시절에도 팔지 않았던 금반지를 팔기 위해 내놓은 것이다. 엄마는 아들의 꿈을 이루어 주게 하기 위해서 반지를 팔아 세발자전거를 산 것이다. 과자 한 봉지까지 덤으로 사서 전철에 몸을 싣는다. 아들과의 약속을 지키기 위해 소중하게 아끼던 반지를 판 엄마의 마음은 오히려 기쁨으로 일렁이고 있다.

지나는 가게마다 울긋 불긋/ 형광등이 깜박이는 사이에/
해바라기 닮은 웅이 얼굴이/ 엄마 눈에는 또렷이 보입니다.//
집에 들어선 엄마 입은 대구입,/ 아빠 얼굴도 햇님 얼굴,//
엄마 아빠 둘이서/ 저전거와 과자봉지를 상자에 넣고/

빨강 노랑 파랑 색종이로/ 곱게 곱게 싸서는/
웅이 머리맡에 놓아 두고,/ 마주 보며 한 번 더/
웃음꽃이 상그르.//

엄마는 차창 밖으로 보이는 네온사인 불빛을 보며 해바라기처럼 환한 웅이의 얼굴을 떠올린다. 세발자전거와 과자봉지까지 들고 집으로 들어선 엄마는 대구처럼 입이 벌어져 다물 줄을 모른다. 몸살로 앓아누워 있던 아빠도 해처럼 환한 얼굴이 되어 있다. 엄마 아빠는 상자에 어린이날 선물을 넣고 예쁜 색종이로 정성껏 포장을 한다. 잠자는 웅이 머리맡에 선물꾸러미를 놓은 엄마 아빠는 기쁨이 넘쳐 웃음꽃을 피운다.

가슴 벅차, 엄마는/ 잠이 아니 옵니다./ 어린이 명절/ 선물 꿈꾸며 새액색 잠이 든/ 웅이 꿈 속으로/
사랑의 메아리를/ 고요고요 불어 넣으며// 엄마는/ 아들 옆에 앉아/ 밤 새워, 웅이 양복이랑/ 양말이랑 꿰맵니다.//
머얼리서 첫닭 울음소리/ 해바라기 모양 샛노란/ 어린이날 햇님이/ 웅이네 들창을 기웃 기웃…

엄마는 기쁨에 들떠 잠이 오지 않는다. 아들이 자전거 선물을 받고 기뻐할 모습을 상상하니 엄마의 설레임은 잠까지 쫓은 것이다. 엄마는 피곤함도 잊은 채 아들의 구멍 난 양말도 꿰매고, 헤진 양복도 깁는다. 어느새 날이 새는지 첫닭이 울고, 아침 해가 떠서 웅이네 창가를 기웃거린다.

이 동화시는 사랑하는 아들이 갖고 싶어하는 세발자전거를 선물하기 위해 결혼반지를 파는 모정을 그리고 있다. 자식에게 기쁨을 주기 위해 희생하는 부모의 사랑을 노래한 향기로운 꽃타령이다.

「메아리의 집」은 〈카톨릭 소년〉 1965년 8월호에 발표되었다. 27연 93행의 구조로 된 동화시이다.

앞산에 오르면/ 어디선가/ "여봐라아!"//
골짜기 너머/ 아득한 구름가에도/ "여봐라아!"//
그리구선 메아리는/ 굴레굴레 넘어가/ 숲속에랑/ 호숫가 물 밑에랑 살그름 숨는다.//

메아리는 현석이 시에 즐겨 쓰는 소재이다. 그가 자란 회령 오봉산 골짜기에서 메아리를 부르던 추억을 소환하기 때문일 것이다. 그의 고향 회령은 조선시대 6진이 설치되었던 오지 산간이다. 깊은 골짜기일수록 메아리가 우렁차다. 우렁찬 메아리는 씩씩하고 기백이 있다. "여봐라아!" 하고 외친 목소리는 골짜기를 너머 구름까지 미친다. 숲은 물론 호숫가 물 밑까지 울려퍼져 숨는 것이다. 현석은 실감나게 표현하기 위해 '굴레굴레', '살그름' 같은 의태어를 만들어 사용하고 있다.

"저 산의 메아리/ 초록 메아리."/ "저 산의 메아리/ 초록 메아리."//
"너는 너는 누구냐?/ 어디메 사니?"/ 너는 누구냐?/ 어디메 사니?/ 어디메…."//
"입내장이 흉내장이/ 어디서 왔냐?"/ "입내장이 흉내장이/ 어디서 어디서 왔냐?"//
"냉큼 나와라!/ 어디 어디 숨었니?"/ "냉큼 나와라!/ 어디 어디 숨었니? 숨었? 었니?"//

산에 사는 메아리이기 때문에 산의 색깔처럼 '초록 메아리'라고 표현했다. 메아리는 되울리기 때문에 그대로 반복되는 특징이 있다. '어디메'는

'어디'의 함경도 방언이다. 살가운 고향 사투리를 일부러 사용하고 있다. 입내쟁이는 소리나 말로 내는 흉내를 잘 내는 사람을 얕잡아 이르는 말이다. 흉내쟁이는 남이 하는 말이나 행동 따위를 그대로 똑같이 옮기는 짓을 잘하는 사람을 가리키는 말이다. 흉내쟁이는 말뿐 아니라 행동까지 따라하는 사람을 일컫는 말인 것이다. 자신의 말을 그대로 따라하는 메아리는 입내쟁이이고 흉내쟁이인 것이다.

> 토요일 오후 한나절/ 메아리와 입씨름하다 지친/ 웅이는//
> 산마루터기/ 잔디밭에 벌렁 드러누워/
> 팔베개, 곰곰 생각에 잠겼다.//
> 아득한 높이서 햇님이 손짓한다./ 빙글빙글 함박 웃음이/
> 자꾸만 손짓한다.//
> 햇님 웃음은/ 하나씩 빛화살-수없는/ 빛화살이 쏟아진다./
> 한 군데로만-//

동화시가 발표되던 시절 토요일은 공휴일이 아니었다. 관공서에서는 오전에 근무하고 오후에 쉬는 이른바 반공휴일이었던 것이다. 학교 수업을 마친 토요일 오후 웅이는 혼자 산에 오른다. 친구도 없이 혼자이니 메아리를 친구 삼아 입씨름을 한다. 메아리를 부르다 지친 웅이는 산마루에 올라 팔베개를 하고 눕는다. 멀리 하늘에서 햇살이 화살처럼 쏟아진다. 빛나는 해를 함박웃음을 보낸다고 표현했다. 해님이 웃는다는 것은 내 마음도 즐겁다는 뜻이다.

> 오뚝, 꽃이 피었다./ 황금꽃 그 옆에/ 새하이얀 옥토끼 한 마리//
> 꽃냄새 맡으며 맡으며/ 어리둥둥 어깨춤 추는데/ "어흥! 어흥!"//
> 산이 쩡쩡/ 벼랑에 둥지 튼 산새들/ 모가지가 움츠러 든다.//

어두컴컴 숲길에서/ 불쑥 튀어나온 커다란 호랑이!/
불꽃튀는 눈망울 부리부리/ 냉큼 삼키려 든다.//

화자인 웅이는 눈부신 해를 보다 상상의 날개를 펼친다. 해바라기꽃처럼 빛나는 태양 그 옆에 토끼 모양을 한 흰구름이 떠 있다. 꽃향기를 맡으며 기분이 좋아 어깨춤을 추는데, 문득 쩌렁쩌렁한 호랑이 울음소리가 들린다. 벼랑 끝 둥지에 있던 산새들이 깜짝 놀라 목을 움츠린다. 별안간 숲길에서 나타난 호랑이는 웅이가 상상한 심리적 판타지이다. 눈에서 불꽃이 튀는 커다란 호랑이는 웅이를 냉큼 잡아먹으려 한다.

한 옆, 노송나무 뒤에 웅크려/ 가슴방아만 찧던 웅이/ 소리껏 손나발 불었다.//
"얘들아! 큰일 났다./ 호랑이닷!"/ "빨랑 도망가라./ 호랑이 온다!"//
봉우리도 벼랑도/ 골짜기도 숲도 모두/ 모오두 되뇌이는 소리에/
섬찟 멎어선 호랑이는/ 두리번 두리번//
메아리가 금세 구름을 불러/ 햇님 나라로 전갈갔나 보다./
"더르륵 더르륵…."/ "더르륵 더륵 더르륵…."//

늙은 소나무 뒤에 숨어 가슴만 태우던 웅이는 손나팔을 만들어 한껏 외친다. 호랑이가 나타났으니 빨리 도망가라고. 산봉우리를 떠난 웅이의 외침은 벼랑을 지나고 골짜기와 숲을 지나며 메아리로 떠돈다. 메아리 소리에 놀란 호랑이는 두리번거리며 멈칫한다. 메아리는 구름을 타고 하늘나라로 솟구쳐 오른다. 하늘나라의 왕인 해님에게 도움을 청하기 위해서이다. 이러한 삽화 또한 웅이가 엮어 내는 심리적 판타지이다. 심리적 판타지는 무한하여 역동성이 강하다. 하늘나라에서는 문이 열리는 소리가 더르륵 더르륵 들려온다.

우러르니/ 어느 새 온통 말도 마차도/ 황금빛깔//
채찍질도 날쌔게/ 쏜살같이 하늘서 굴러온/ 날개 달린 금빛 갑옷 입은 소년-//
휘파람 "휘익!" 불자/ 열, 백 천의 빛화살이/
펑펑펑 호랑이 둘레에 삥 돌려 꽂히며/ 꼼짝 없이 울에 간힌 짐승이 되었다//
"야! 신난다./ 짝, 짝, 짝,/ 짝, 짝, 짝."//

웅이가 하늘을 우러러보니 황금빛 말이 마차를 끌고 쏜살같이 달려 내려온다. 해님나라 전사이므로 황금빛 갑옷을 입은 소년이 채찍을 휘두르며 달려 내려온다. 날개 달린 소년이 휘파람을 불자 수천 개의 금빛 화살이 쏟아져 내려온다. 그 화살은 호랑이를 직접 해치지 않고, 호랑이 둘레에 꽂힌다. 호랑이는 꼼짝 못 하고 울에 갇힌 신세가 된다. 해님 나라의 도움으로 무서운 호랑이를 제압하게 된 것이다. 힘찬 메아리를 통해 어떤 어려움에도 굴하지 않는 용기와 기상을 주문하고 있다.

손뼉 치며 춤추다/ 손등으로 눈을 비비고/ 아무리 보아도/
모두들 아지랑이 되고/ 말았나 봐.//
고요- 하다./ 고요 하나만 깃든/ 산 숲에서/소쩍새 노래에 지랴고/
숯꾼 아저씨/ 나무 찍는 도끼가/ "쿵! 쿵!" 얼른다.//
저 건너 벼랑에서도/ 튕겨 오며 "쿵! 쿵!" 소리…//

호랑이를 사로잡게 된 웅이는 신이 나서 손뼉을 친다. 눈을 비비고 아무리 보아도 빛화살에 갇혔던 호랑이는 사라지고 없다. 하늘에서 황금마차를 타고 내려온 갑옷 입은 소년의 모습도 보이지 않는다. 모두 아지랑이처럼 사라지고 없다. 심리적 판타지 세계에서 현실로 회귀한 것이다. 고요한 숲에서는 소쩍새 소리가 들리고, 숯을 만들어 파는 숯꾼의 나무 찍는 소리가 들린다. 쿵쿵 울리는 숯꾼의 도끼 소리는 메아리가 되어 울려 온다.

"메아리야! 겁쟁이."/ "메아리야! 겁쟁이."/ "얄미운 심술통!"/
"얄미운 심술통! 심술…"//
"네 집이 어디냐?"/ "…어디냐?"/
"고향 어디냔 말이다!"/ "고향, 고향이 어디냔/ 말이다. 말이다!"//
메아리가 메아리, 더/ 메아리를 낳아 자꾸만/ 번져 간다.

현실로 돌아온 웅이는 다시 메아리를 부른다. 소리 지르면 달아났다 되돌아오는 메아리를 겁쟁이라고 놀린다. 심술을 부리는 심술통이라고 놀리다 사는 곳이 어디인지 고향이 어디인지도 묻는다. 그 바람에 메아리는 메아리를 만들며 자꾸만 번져 간다.

이 동화시의 제목인 「메아리의 집」은 산이다. 그가 어린 시절 추억을 반추하여 부르는 회령의 산골짝인 것이다. 「메아리의 집」은 토요일 오후에 산에 올라 메아리를 부르던 웅이가 상상 속에서 호랑이도 만나고 구원의 햇살 소년도 만난 심리적 판타지이다. 소년은 햇살을 상징한 것이다.

「창구멍」은 〈새벗〉 1963년 1월호에 발표했는데, 56연 178행으로 되어 있다. 이 작품은 추운 겨울날 감기에 걸릴까 봐 걱정되어 밖에 나가지 못하게 하는 엄마와 동무들과 놀고 싶어 안달이 난 웅이가 펼치는 이야기이다. 이 동화시에는 답답한 방 안에서 벗어나려고 발버둥치는 웅이의 심리와 행동이 잘 묘사되어 있다.

웅이는 밖에 나가고 싶다./
엄마가 기를 써 막으면/ 자꾸만/더 나가고 싶다.//

바람이 쌩쌩 분다./ 눈이 펄펄펄 날린다./
고목나무에/ 새하얀 예쁜 꽃이 핀다.//
개울이 꽁꽁 얼었다./ 하늘도 오도돌 춥다.//

바람이 생생 불고 흰눈이 펄펄 날리는 겨울날이다. 나뭇가지에는 하얀 눈꽃이 피고, 개울물은 꽁꽁 얼었다. 이런 날 아이들은 추운 줄도 모르고 밖에 나가 놀고 싶어 한다. 엄마는 웅이를 밖에 나가지 못하게 하고 웅이는 그럴수록 더 나가고 싶어 한다. 하지 못하게 말리면 더 하고 싶어 하는 게 역동적인 동심이다. 이 세상 모든 동심에는 청개구리증후군이 잠재되어 있기 때문이다.

가슴 활 펴고/ 언덕에 올라가/ 저 바람 속에서/ 연을 올렸으면….//
지난해처럼/ 눈송이를 뭉쳐서/ 패싸움 했으면….//
눈장군도 만들고/ 스키이도 타고/
거울장 닮은 얼음판에서/ 스케이트도 썰매도/ 타 보고 싶다.//
팽이도 치고/ 막 지치기 했으면….//

웅이는 바람 부는 언덕에 올라가 연을 날리고 싶다. 어른들에게는 귀찮을 수도 있는 연 날리기지만 아이들은 연에 꿈을 실어 올린다. 눈을 뭉쳐 동무들과 눈싸움도 하고 싶다. 어른들은 미끄러워 넘어질까 봐 조바심 띠는 눈길이지만 아이들은 마냥 신나는 놀이터이다. 커다란 눈사람도 만들고, 비닐 푸대를 깔고 스키도 타고 싶다. 얼음장 위에서 스케이트도 타고, 썰매도 타보고 싶다. 팽이치기도 하고 얼음지치기도 하고 싶다. 얼음지치기를 하다 얼음이 깨져 물에 빠져도 추운 줄 모르며 노는 것이 동심이다.

얼마나 신나는 겨울 방학이냐!//

머리가 따끈한 것쯤/ 문제 없어.//
그런데 엄마는/ 방문만 열면 질겁을 하신다.//
"얘가 큰일 나겠어."/ "갑갑해 죽겠는 걸."//

여러 가지 겨울놀이로 신나는 것이 겨울방학이다. 밖에서 놀다 감기에 걸려 열이 조금 오른다 해도 문제될 게 없다. 감기에 지지 않고 씩씩하게 놀다 보면 어느새 감기도 물러가기 때문이다. 그런데 엄마는 방문만 열면 질겁을 한다. 아이가 감기에 걸릴까 봐 지레 걱정이다. 엄마의 지레 걱정은 노파심 때문이다. 방 안에 갇혀 있는 웅이는 갑갑해서 죽을 지경이다. 엄마와 웅이의 심리적 갈등 구조는 가독력을 높이게 된다.

한길에서/ 숙이랑/ 바우랑/ 곰이랑/ 아이들 소리가 난다./
명랑한 참새되어/ 재재거리고, 웃고 날뛴다.//
심통이 난다./ 이래 뵈도/ 나가면 꼬마대장이다.//
"엄마!"/ "왜 자꾸 성화냐?"/ "한번만 나가서 놀구 오께, 응?"/
"안 돼!/ 철띠기 소리 마라."//
시무룩해진다./ 입이 돼지 주둥이 된다.//

집밖 한길에는 동무들이 떠들며 노는 소리로 시끌벅적하다. 숙이도 바우도 곰이도 모두 모여 있다. 그들은 참새처럼 재잘거리고 웃고 떠든다. 웅이는 좀이 쑤셔 견딜 수가 없다. 아이들과 어울려 골목대장이 되고 싶다. 한번만 나가 놀고 오겠다고 엄마를 조른다. 엄마는 철띠기 소리라고 핀잔을 준다. 철띠기란 철따구니의 방언이다. 엄마가 야속하고 불만이 그득하다. 그 때문에 웅이의 입은 돼지 주둥이처럼 튀어 나오고, 마음도 온통 시무룩해진다.

만화책 펴도 재미없다./ 속상하니/
이마가 지끈지끈/ 열이 난다./
사과를 와그작 와그작 먹는다./ 맛이 없다.//
아랫목에 웅크려 잠든/ 고양이가 얄밉다.//
(한 대 갈려 줄까?/ 아니야,/ 좋은 수 있어.)//

따분해진 웅이는 만화책을 펼쳐 보지만 재미가 없다. 되풀이해서 읽으니 재마가 있을 리가 없다. 하고 싶은 일을 못 하니 속이 상하고, 머리도 아프고 열이 난다. 엄마가 내미는 사과를 와그작거리며 먹어도 맛이 없다. 아랫목에 배를 깔고 잠들어 있는 고양이가 눈에 들어온다. 편히 잠을 자는 모습을 보니 공연히 미워진다. 문득 고양이에게 화풀이를 하고 싶어진다. 한 대 때려 줄까 생각하다 고양이를 놀려 주기로 마음먹는다. 애꿎은 고양이가 희생양이 된 것이다.

정강이 쳐진 데서/ 실오라기를 뜯는다./
고양이 귀에 쑤셔 넣으니/ 대뜸 귀를 턴다.//
(훗후!)// 이번에는 코를 쑤셔댄다./ "엣취!"/ 재채기하여 잠을 깬/
고양이-커단 눈망울 두리두리/ 심술궂은 개구쟁이 웃는 얼굴/
흘겨 보며/ 부엌에 나가버린다.//

웅이는 자신의 바지에서 실오라기를 뜯어 낸다. 그 실오라기를 잠자는 고양이 귀에 넣으니, 고양이는 간지러워 귀를 턴다. 고양이는 감정을 귀로 표현한다. 화가 나면 귀를 낮춰 옆으로 돌리고, 겁이 나거나 분노하면 귀를 머리와 평평하게 눕힌다. 실오라기를 코에 쑤셔 넣으니 재채기를 한다. 고양이는 시각이 발달되지 않는 반면, 후각은 사람의 여섯 배 정도로 발달되어 있다. 잠을 깬 고양이가 커다란 눈을 뜨고 두리번거린다. 웅이는 고양이를 상대로 개구진 짓을 하고 심술궂게 웃는다. 못마땅한 고양이는 웅이를 흘겨보며 부엌으로 나간다. 영민한 고양이가 웅이의 심술을 눈치챈 것이다.

> 심심하니/ 머리가 찐빵 같다.//
> "재깍재깍 재깍재깍/ 재깍재깍 재깍재깍…"//
> 책상 위로 눈이 쏠린다./사발시계를 내려 논다./
> 방울종 태엽을 감는다./ "따르르르!"//
> 다 풀리면 또 감는다./ "따르르르!"//
> 밖에서/ "와아! 와아!"/ 애들의 흥겨운 소리!//
> 태엽을 마구/ 힘껏,/ 힘껏…// "탁!"//
> "재가 환장을 했구나./ 시계 태엽을 끊고/ 어쩔 셈이냐?"//

놀려 먹던 고양이도 사라지니 심심하다. 심심하니 머리도 찐빵처럼 무디어진 듯하다. 책상 위에 있던 시계 소리만 크게 들린다. 사발처럼 둥글게 생긴 탁상시계이다. 웅이는 사발시계를 가지고 와서 종이 울리는 태엽을 감는다. 태엽을 감았다 풀면 '따르르르' 종소리가 울린다. 웅이는 심심풀이로 태엽 감기를 반복한다. 밖에서는 아이들의 노는 소리가 흥겹게 들린다. 웅이가 시계 태엽을 너무 세게 감는 바람에 끊어지고 만다. 그 때문에 엄마에게 호된 야단을 맞게 된다. 심심하기 그지없는 웅이의 심리를 잘 그려 낸 삽화이다.

> 요에 벌렁 드러누워/ 머리까지 이불을 푹 덮어 쓴다.//
> 억지잠 들려니/ 눈동자는 초롱초롱//
> 답답하다./ 숨이 막혀 참을 수 없다./ 이불을 확 젖힌다.//
> "오늘은 별스럽게도 군다."/ 엄마의 혼잣말이/ 귀에 따갑다.//

엄마가 부엌에 가신 동안/ 웅이 눈이 번득인다./ 장갑을 꺼낸다./
목도리, 털모자를 가슴에/ 우겨넣는다./ 방문을 살그름 연다.//

웅이는 머리까지 이불을 뒤집어 쓰고 잠을 청한다. 하지만 억지 잠을 자려 하니 잠이 올리 없다. 눈동자는 더 초롱초롱해지고 답답하여 숨이 막힌다. 참을 수가 없어 이불을 걷어 젖힌다. 엄마는 '별스럽게 군다'며 핀잔을 하고 부엌으로 나간다. 웅이는 그 틈을 타서 장갑과 목도리, 털모자를 꺼내 가슴에 우겨넣는다. 엄마에게 들키지 않으려고 살며시 방문을 연다.

부엌문이 홱! 열리며/ 매서워진 엄마 얼굴//
"왜 밖에 나가니?"/ "오줌 쌀려구 그래."/ "오줌은 요강에 싸라."/
"뒷간에 가야지 뭐."/
"바람 쐬면 안 돼./ 그런데/ 웬 가슴이 불룩하냐?"/
"아니야./아무– 것두…"//
두 손으로 가슴 누른다./ "꺼내 보아라."//
엄마가 달려들어/ 장갑이랑/ 목도리랑/ 털모자랑/ 모두 모두 꺼낸다.//
"요런 깍정이가/ 속일려구."//

하지만 엄마에게 들키고 만다. 웅이는 오줌을 누기 위해 나가는 길이라고 둘러대지만 엄마는 요강에 싸라고 한다. 요강은 오줌을 누는 그릇으로 놋쇠나 사기 따위로 조그만 단지처럼 만든 것이다. 보통 방에 두고 사용했는데, 특히 겨울철에는 밖에 나가 소변을 보기가 불편하므로 요강을 즐겨 사용했다. 웅이의 가슴이 불룩한 것을 본 엄마는 가슴에 감춘 것을 꺼내 보라고 한다. 결국 엄마에게 들켜 숨겼던 물건을 빼앗긴다. 엄마 몰래 나가 놀려던 웅이의 계획은 물거품이 된 것이다.

문을 꼭꼭 닫아 건다./ 자물쇠를 잠그고/
엄마는/ 부엌에 나가 빨래하신다.//
이제는 꼼짝 없다.// 밖에서 아이들 떠드는 소리!/ 우뚝 선 눈사람/
사이에 두고/ 전쟁놀이가 한창이다.//
이쪽, 저쪽에서/ 눈덩이가 날아간다./ 날아온다.//
"쉬잇!"/ "쉿!"/ "야아, 한 대 맞았다./ 우리 편 만세!"//

엄마는 웅이가 못 나가게 하려고 방문을 걸어 잠근 채 부엌에서 빨래를 한다. 자물쇠를 채웠기 때문에 도저히 집밖으로 나갈 수가 없다. 밖에서는 아이들 떠드는 소리가 요란하고, 우뚝 선 눈사람 모습도 보인다. 눈싸움을 하는지 눈덩이가 날아다니고 온통 시끌벅적하다. 웅이는 밖으로 나가고 싶어 안달이 난다. 오늘날 법의 잣대로 보면 불법 감금이니 아동학대죄일 수도 있다. 정서적 학대에도 해당될 수 있다.

주먹 둘 움켜쥔다/ 몸을 부르륵 떤다/
문을 밀어 본다./ 까딱 없다.//
자물쇠를/ 이리 저리 비튼다./
"……."/ 털썩 퍼질러앉는다.//
"와아!"/ "와아!"/ 바깥 소리는/ 귀에 쟁쟁 메아린다.//
손가락 입에 문다./ 침이 촉촉이 묻어난다./
눈동자가 디룩 구른다.//
젖은 손가락으로 창문을 찌른다./ 구멍이 폭! 나고/
구름 사이/ 햇빛이 사악! 스며든다./
창구멍에 눈을 댄다.//

웅이는 문을 밀어 보고 애꿎은 자물쇠를 비틀어 보지만 끄떡없다. 문 여는 것을 포기하고 털썩 주저앉는다. 바깥에서는 여전히 아이들의 노는 소리가 귀에 쟁쟁하게 들려온다. 갇혀 있는 신세라 나갈 수는 없고 밖의 동태라도 생생하게 살펴야겠다. 웅이는 손가락에 침을 묻혀 창호지로 바른 창문에 구멍을 낸다. 그래야 구멍이 뚫려도 소리가 나지 않기 때문이다. 창호지 구멍 속으로 햇살이 스며든다. 웅이는 창구멍에 눈을 대고 밖을 엿본다. 웅이의 안달은 문구멍을 뚫었고, 그것은 무죄일 수밖에 없다.

> 눈사람 만드는 아이/ 썰매 타는 아이/
> 눈싸움하는 아이/ 발지치기 하는 게 보인다.//
> 손가락 입에 문다./ 구멍 하나 더 뚫는다.//
> 창구멍 둘/ 눈동자 둘– 정신 없이/ 내다본다.//
> 눈물이 피잉 돈다.// 어느 새/ 방에 들어와서/
> 웅이 목덜미를 움킨 엄마/ 손이 스르르 풀리며//
> "그다지도 나가고 싶으냐?"

웅이가 내다본 세상은 하얀 설국이다. 눈사람을 만들고, 썰매를 타고, 눈싸움을 하고, 미끄럼을 지치고, 온통 눈부신 세상이다. 밖으로 나갈 수 없는 웅이는 더 자세히 보고 싶어진다. 손가락에 침을 묻혀 창구멍 하나를 더 뚫는다. 웅이는 망원경을 보듯 두 개의 창구멍을 통해 밖을 살핀다. 함께 어울려 놀고 싶은 마음에 눈물까지 핑 돈다. 웅이는 엄마가 방에 들어온 줄도 모른 체 바깥 세상에만 정신을 팔고 있다. 엄마도 웅이의 마음을 헤아리고 그다지도 나가고 싶냐고 되묻는다. 웅이에게 있어서 「창구멍」은 안과 밖의 경계를 허물고, 간절한 목마름을 해갈시켜 주는 갈등으로부터의 해방구이다. 한번 무엇에 빠져들면 막무가내인 동심의 특성을 잘 그려 낸 동화시이다.

Ⅲ. 나오는 말

한국의 동화시 운동[5]을 주도한 이는 이석현이다. 한국의 동화시는 육당 최남선의 「남잡이가 저잡이」라는 동화요에 기원을 두고, 윤석중의 동시집 「잃어버린 댕기」에 「오줌싸개 시간표」 등 5편이 등장한다. 그 뒤 임인수의 「별이야기」(아이생활, 1943)가 발표되었고, 박영종이 「바보 이반의 노래」(어린이나라, 1949)를 발표했다.

1960년대 이석현은 동화시 창작에 적극 나섰다. 그는 1966에 한국 최초의 동화시집 『메아리의 집』(성바오로출판사)을 출간했다. 이 책에는 「엄마 반지」,「창구멍」, 「메아리의 집」 등 19편의 동화시가 실려 있다. 『메아리의 집』에 나오는 화자는 웅이다. 웅이는 이석현의 어린 시절의 자화상이고 분신이다. 그는 소년 웅이를 통해 고향 오봉산에 올라 메아리를 부르고, 어머니의 사랑을 기리며 어린 시절을 추억했다.

이석현은 『동화시론』(교육자료, 1967)을 내면서 동화시 운동을 주창했지만 큰 호응을 얻지는 못했다. 동화시에서 시적 요소가 없으면 동화가 되고, 내용상 줄거리를 갖추지 못하면 단순히 장형 동시가 되므로 애매모호한 글이 될 수 있기 때문이다.

이석현이 1975년 돌연 캐나다로 이민을 떠나면서 그가 주창하던 동화시 운동도 점차 빛을 잃고 말았다. 그 때문에 동화시는 한동안 아동 문단의 관심 밖으로 밀려 있다가 1990년대 말 이후에 몇 권이 출간되었다. 발표된 동화시집으로는 위기철의 『신발 속에 사는 악어』(사계절, 1999)[6], 박종현의 『비 오는 날 당당한 꼬마』(세계문예. 2006), 「너무나 예쁜 하얀 사슴」(세계문예, 2007), 이경애의 『아침나라 이야기』(청개구리, 2008)[7] 등이 있다. 근래에는 원로 동시

---

5) 북한에서는 백석이 동화시 창작을 주도했는데, 이에 대한 논의는 다른 지면을 활용하려 한다.

6) 이 책은 전체 3부로 구성되어 있다. 1부 「주머니 속의 동전 한 잎」은 우리말의 재미와 상상력을 느낄 수 있는 내용이다. 2부 「신발 속에 사는 악어」는 아이들의 일상생활과 생활 습관 등을 담아 내고 있다. 3부 「백한 번째 토끼」는 옛이야기를 패러디하여 독자들에게 생각할 거리를 제공해 준다.

인 신현득이 연작 동화시집 『용철이와 해바라기 세상 바꾸기』(가문비어린이 2017)[8]를 상재하여 관심을 끌었다.

"실어증을 달래는 나그네의 이웃은/ 무수한 불빛들에 밀려난 외등 뿐이다. – 중략 – 공원 벤치에 화석이 된 나그네는/ 비안개 속에/ 무국적이 되고 만다." 그가 〈캐나다 문학〉에 발표한 「망향」이란 시의 독백처럼 그는 회령과 강계, 서울과 토론토를 소풍(逍風)한 후 고향을 그리워하다 떠난 보헤미안이었다. 그의 외로운 영혼은 태평양을 건너 오봉산에 올라 메아리를 한껏 부르고, 두만강 물을 바라보며 망향의 한을 달랬을 것이다.

---

7) 이 작품은, 환웅이 아버지 환인의 허락을 받아 하늘의 징표인 천부인 세 개를 가지고 이 땅에 내려와 신시를 여는 이야기에서부터 시작된다. 이리하여 고조선 · 신라 · 백제의 건국 이야기 3편, 고구려 건국 이야기 4편, 가락국 건국 이야기 2편, 왕과 신하의 이야기 9편, 백성 이야기 6편 모두 30편의 동화시로 구성되어 있다.

8) 용철이는 해바라기의 키가 부러웠다. 해바라기는 걸어 보고 뛰어다니고 싶었다. 둘은 어느 날 의견이 맞아서 몸을 완전히 바꾸게 된다. 한 포기 해바라기가 된 용철이는 초록나라에도 언어가 있다는 것, 초록나라 모두가 귀가 있다는 것, 초록나라가 자급자족하는 나라라는 것, 식물이 산소공장이라는 것 등을 직접 또는 간접으로 경험한다. 광합성의 경험, 해님은 공평하다는 것, 초록나라 아기는 시끄럽지 않다는 것, 초록나라 모두는 햇빛 · 흙 · 농부의 은혜와 고마움을 안다는 것, 초록나라에 만세를 부를 줄 아는 무궁화가 있어서 한국의 열사들을 이야기한다는 것, 초록나라에는 욕심쟁이가 없고, 게으름 피우는 자가 없다는 것, 자기 몸을 나누어 모든 생명을 먹여 살리고 있다는 것 등을 깨닫는다. 그러나 초록나라에도 '가뭄'과 '해충' 등 고난이 있다는 것을 알게 된다. 이것이 용철의 '해바라기 공부'였다. 꼬마 학생이 된 해바라기는 자기 실체가 노출되지 않게 조심하면서, 사람의 세계를 체험한다. 용철이의 집에서 용철이 노릇을 하면서 학교에 가서 공부를 한다. 씨름에서 판막음을 하고, 축구에서 인기 선수가 되고 학교에서 당번도 한다. 사람은 질서를 지키고 예술을 사랑하고, 과학을 발전시킨다는 사실에 놀라워 한다. 그러나 사람에게 질병이 있다는 것, 서로 다툰다는 것 등에 실망을 느끼기도 한다. 이것이 해바라기의 '사람 공부'였다. 어느 날 두 주인공은 서로를 찾아와 몸을 바꾸고 자기 자리로 돌아간다는 줄거리이다.

판타지 동화의 시금석
– 이원수의 『숲속 나라』를 중심으로

Ⅰ. 들어가는 말

동원(冬原) 이원수(李元壽)는 1912년 1월 5일(음력 1911. 11. 17) 경상남도 양산군 읍내면 북정동(현 양산시)에서 목수인 이문술과 어머니 진순남 사이에 7남매 중 다섯째 외아들로 태어났다.[1] 창원군 창원면 소답리(현 창원시 의창구 소답동)에서 유년 시절을 보내면서[2] 서당에서 한문을 공부했다. 1922년 마산으로 이사해 마산공립보통학교(현 성호초등학교) 2학년에 전학했다. 그의 누나들은 일찍부터 집을 떠나 여공으로 일했을 정도로 가난했다.

마산에 정착한 후 어린이 잡지인 〈어린이〉와 〈신소년〉을 애독하며 문학적 소양을 쌓았다. 1924년 〈신소년〉에 「봄이 오면」[3]을 발표했다. 마산공립보통학교에 다니던 1925년에 돌아가신 부친에 대한 그리움과 창원 소답리에서 지낸 유년 시절에 대한 향수를 그린 동요 「고향의 봄」을 〈어린이〉지에

1) 부근의 도로 명이 '고향의봄로'가 되었다.

2) 인근 남산에는 그를 기리는 '고향의봄도서관'이 있다.

3) '나는 나는 봄이 오면/ 버들가지 꺾어다가/ 피리 내어 입에 물고/ 라래라래 재미 있어// 나는 나는 봄이 오면/ 진달래와 개나리로/ 금강산을 꾸며 놓고/ 손꼽 장난 재미 있어// 나는 나는 봄이 오면/ 수양버들 밑에 앉아/ 꾀꼴 꾀꼴 꾀꼴 우는 새의/ 소리 듣기 재미 있어'(「봄이 오면」 전문)

투고하여 1926년 4월 입선하면서 등단했다.

1925년 마산에서 활동하던 소년 단체인 '신화소년회'에 가입하여 문학을 접하고 민족정신을 키워 나갔다. 1926년 마산공립보통학교 6학년 때 조선인을 학대하는 일본인의 만행을 비난하는 글을 학급신문에 게재하여 경찰에서 문제를 삼았으나 당시 담임교사가 책임을 져 처벌을 면했다.

1928년 마산공립보통학교를 졸업하고 마산공립상업학교(현 마산 용마고등학교)에 입학했다. 여기서 그는 〈기쁨사〉의 동인[4]으로 참여, 〈어린이〉지의 집필 동인으로서 동시 「비누풍선」과 누나에 대한 그리운 정감을 그린 「섣달그믐밤」 등을 발표했다.

1931년 마산공립상업학교를 졸업하고 경남 함안군 함안금융조합에 취직했다. 같은 해 9월 조선의 아동예술운동을 위한 단체인 '신흥아동예술연구소'가 창립될 때 발기인으로 참가했다.

1935년 2월에는 함안금융조합의 조합원들과 결성한 항일 문학 모임인 '함안독서회사건'[5]으로 일본 경찰에 체포되었다. 치안유지법 위반으로 1935년 4월부터 10개월간의 옥고를 치르고 징역 10월, 집행유예 5년을 선고받고 출옥했다.

1936년 1월 출감한 후, 6월 기쁨사 동인 최순애와 결혼했다. 경화, 창화, 영옥, 정옥, 상옥, 용화 등 3남 3녀[6]를 두었다. 한성당 건재약방의 서기로 잠시 근무하다 금융조합 이사 김정완의 도움으로 1937년 함안금융조합에 복직했다.

광복 이후, 경남 함안군 가야면 치안위원[7]으로 활동하면서 한글강습소에

---

4) 윤석중, 이응규, 천정철, 윤복진, 신고송, 서덕출, 이정구, 최순애가 동인이었다.

5) '독서회'는 일제 강점기 당시 책이나 문학작품 등을 연구하는 단체 조직이었다. 일제 강점기 때 일본 경찰은 이러한 책이나 문학작품들을 비밀리에 연구하는 것 자체를 '사상범죄자'로 취급했다. 그만큼 식민 통치를 강화하고 감시와 탄압의 강도를 높였다.

6) 1·4후퇴 때 딸 영옥, 상옥과 아들 용화를 천주교당에 맡겼다가 잃게 되었다. 후에 장녀 영옥은 제주도 고아원에서 찾았다.

7) 건준이나 인민위원회로 추정된다.

서 한글을 가르쳤다. 1945년 10월 경기공립공업학교(현 서울공업고등학교) 교사가 되었고, 12월 조선프롤레타리아문학동맹에 가입했다. 1945년 2월 조선문학건설본부와 조선프롤레타리아문학동맹이 통합하여 결성한 조선문학가동맹에 가입했다. 당시 좌익 계열의 〈새동무〉와 〈아동문학〉, 우익 계열의 〈소학생〉에 모두 참여하여 좌우파를 넘나들며 활동했다. 따라서 이원수는 중도파로 분류되는 문학가였다. 이러한 점 때문에 이원수는 대한민국 정부 수립 직후 국민보도연맹에 반 강제로 가입해야 했고, 우익 문학 단체인 한국문학가협회에도 가입하게 되었다.

1950년 6·25전쟁이 일어나자 피난지 경기도 시흥군에서 영국군 부대에 노무자로 징집되어 동두천에서 1년간 천막 생활을 했다. 1952년 대구에서 아동 월간지 〈소년세계〉[8]를 창간하고 주간으로 일했다. 1953년 창작집 「오월의 노래」와 「숲 속 나라」를 신구문화사에서 간행했고, 1954년 한정동과 함께 아동문학회 창립에 참여하여 부회장으로 추대되었다. 1956년에는 아동 월간지 〈어린이 세계〉의 주간을, 1958년에는 자유문학가협회 아동문학 분과위원장을 지냈으며, 1959년에는 서울시 문화위원회 문학분과위원을 지냈다. 1960년 삼화출판사 편집장을, 1965년부터 8년 동안 경희여자초급대학(현 경희대학교)에서 아동문학을 강의했다. 1968년 시 「고향의 봄」을 기리는 노래비가 경남 마산시 산호공원[9]에 건립되었고, 같은 해 창작집 『메아리 소년』이 대한기독교서회에서 출판되었다.

「민들레의 노래」, 「메아리 소년」, 「호수 속의 오두막집」 등 반전 메시지를 담은 작품과 「땅 속의 귀」, 「어느 마산 소녀의 이야기」, 「벚꽃과 돌멩이」 등 4·19혁명의 민주주의 의식을 담은 작품 「토끼대통령」, 「명월산의 너구리」, 「잔디숲의 이쁜이」 등 독재정치를 비판한 작품을 썼다. 또 전태일 분신 사

---

8) 이원수는 『소년세계』를 매월 발행하면서 기획과 편집, 개인 작품 발표, 투고 작품 관리와 심사 등으로 열정을 쏟았다.

9) 고향의 봄을 쓴 곳이 바로 이 용마산 앞 오동동의 주택가 골목 하숙방이었다고 한다.

건 때는 의로운 죽음을 의인화 동화에 담은 「불새의 춤」을 발표했다.

아동문학에 기여한 공헌으로 고마우신 선생님상(1970)과 대한민국문화예술상(1974), 예술원상(1978), 대한민국문학상(1980) 등을 받았다. 1979년 11월에 구강암이 발병하여 치료했으나 1981년 1월 24일에 별세했다. 장례 후 용인 공원묘지에 유해를 안장했으며, 1982년에 금관문화훈장이 추서됐다. 1984년 서울 어린이대공원에 그를 기리어 문학비가 건립되었고, 경상남도 양산시에는 도로명으로 '고향의봄로'가 붙여졌다.

이원수는 일제 강점기부터 1970년대까지 활발히 활동한 아동문학가였기 때문에 작품의 양도 많고, 동시, 동화, 아동소설, 위인전, 수필 등 장르도 다양하다. 활동 시기도 일제 강점기, 한국전쟁, 1950, 60, 70년대에 걸쳐 넓었기 때문에 사회 및 생활상이 작품 속에 다양하게 녹아 있다. 1983년에 웅진출판사에서 이원수의 작품 30권을 전집으로 출간했다.

이원수는 한국 아동문학계를 대표할 수 있고, 문단에 커다란 영향을 주었던 문인이었다. 사상과 이념도 좌우익에 얽히지 않았던 중도 노선을 띠었으며, 항일 문학 모임인 함안독서회에서의 활동으로 옥고를 치루는 등 민족 운동에도 참여했다. 하지만 일제 말기 전시 체제 때 내선 일체에 관한 글을 5편[10] 기고한 점 때문에 친일파로 몰려 비판을 받고 민족문제연구소가 발간한 친일 인명사전에도 등재되었다. 이러한 오점은 과오임에 분명하지만 그가 아동문학에 끼친 공적에 비추어 볼 때 문학과 삶 전체를 폄하 부정하는 것은 바람직하지 않다.

10) 일제 강점기 말기인 1942~1943년 조선금융조합연합회 기관지 〈반도의 빛(半島の光)〉에 동시 2편, 자유시 1편, 수필 2편 모두 5편의 친일 작품을 발표했다. 1942년 8월에 실린 친일 동시 「지원병을 보내며」에서는 일본이 벌인 태평양전쟁에 참전할 지원병을 위해 후방에서 병역봉공을 다해야 한다고 표현했으며, 자유시에서는 시 형식을 빌려 농업보국에 정성을 쏟아 총후봉공의 완수를, 수필에서는 편지글 형식으로 어린이들이 하루바삐 내선일체와 황국신민이 될 수 있도록 어른들이 노력해야 함을 강하게 주장했다.

Ⅱ. 숲속 나라의 문학사적 의의

『숲속 나라』[11]는 이원수가 처음 창작한 장편동화[12]이다. 일제 강점기 동시만을 발표하던 작가가 처음 창작한 판타지 동화라서인지 초보적 수준에 머물고 있다. 1949년 〈어린이나라〉[13]에 발표된 이 동화는 어린이들이 숲 속에 만든 새 나라에서 일어나는 이야기를 줄거리로 하고 있다.

〈어린이나라〉(동지사 아동원 발행)는 해방 이후 남북 분단과 단독 정부 수립에 이르는 해방 공간에 창간된 아동 잡지이다. 1949년 1월호[14]부터 1950년 5월호까지 모두 16호가 발행되었다. 한국전쟁 발발 직전에 발행한 1950년 4·5월 합본이 마지막 호이다.

1949년 1월 〈어린이나라〉 첫 호부터 정현웅은 표지화를, 이원수는 「설날」이라는 동요를 발표했다. 이원수의 「숲속 나라」 연재는 1949년 2월호부터

---

11) 노마는, 아버지를 찾아 나섰다가 우연히 숲속 나라로 들어가게 된다. 숲속 나라에서 만난 아이들은 노마에게, 이곳 숲속 나라는 아이들이 재미있게 지낼 수 있는 어린이 나라이며 모두가 열심히 일하고 배고파 굶는 사람 없는 자유롭고 평등한 나라라고 이야기해 준다. 노마는 숲속 나라에서 찾고 있던 아버지를 만나고 숲속 나라에서 지내게 된다. 아버지와 함께 숲속 나라를 구경하던 노마는 신기한 망원경을 통해 바다 건너 배에 타고 있는 나쁜 무리들의 모습을 보고 깜짝 놀란다. 그들은 숲속 나라에 남의 나라 사치품을 팔려고 하는 모리배들이었던 것이다. 또한 고향에 두고 온 친구들도 보게 되는데, 특히 사과를 팔고 있는 영이를 보고 너무 가슴이 아프다. 노마가 친구들을 그리워하며 숲속 나라의 학교에서 일하고 배우며 지내던 어느 날, 영이를 비롯하여 노마의 친구들이 숲속 나라로 노마를 찾아온다. 노마와 친구들은 숲속 나라에서 즐거운 나날을 보내게 되고, 사과를 팔던 영이는 숲속 나라에서 말하는 사과를 보고는 너무나 즐거워한다. 하지만 이 평화로운 나라를 노리는 나쁜 사람들 때문에 노마는 감옥에 갇히는 위기에 처한다. 다행히 친구들의 도움으로 바위로 변했던 노마가 다시 살아나고, 악한들도 물리친다. 노마가 돌아온 지 며칠 되지 않아서 숲속 나라에는 노마 동무들의 부모님들이 찾아오는데, 부모님들은 숲속 나라에서 힘들게 살지 말고 편하게 살자고 꼬드겨서 아이들을 데리고 간다. 동무들과 아쉬운 이별을 하고 노마와 영이는 숲속 나라를 우리들의 새 세상으로 만들자고 다짐한다.

12) 〈숲 속 나라〉는 나의 산문 작품으로 처음의 것이요, 그건 어린이들의 나라를 그린 것이었다. 자유와 사랑과 자주의 나라, 외세를 배격하는 참된 독립의 나라를 환상적인 이야기로써 만든 동화였다. 나는 이 작품에서 내 심중에 바라는 사랑과 자유의 나라를 만들어 보려 했던 것이다. 이원수, 「나의 문학 나의 청춘」, 『아동과 문학』 웅진출판, 1983, 257쪽.

13) 《어린이 나라》가 단편 50매 정도의 동화를 달래서 2회 중 1회 분을 주었다가 길게 써 달라는 편집자의 요청에 장편화한 웃지 못할 사정도 있는 것이었던 만치 작자로서는 버젓이 남에게 자랑할 작품은 못 된다. - 중략 - 이 《숲 속 나라》가 쓰여진 해방 직후의 정치적 돌풍 속에서 《숲 속 나라》는 내게 아슬아슬한 위험, 살얼음 같은 위태로운 시대였다. 임인수 씨가 한마디로 정의감 · 이상이라고만 말해 넘긴 소위 이 동화의 사상적 토대가 실은 자주적 독립, 민족의 눈을 속이는 경제적 침략 등을 경계하는 정신에 있었기 때문이다. - 위의 책.

시작해서 그 해 12월까지 총 8회 연재[15]로 마무리 되었다. 그림은 정현웅이 주로 맡았지만, 김용환이 참여하기도 했다.

이 작품이 창작된 시기는 대한민국 정부가 수립된 지 1년밖에 지나지 않아 나라의 기틀이 채 세워지지 않던 혼란기였다. 그런 시기에 집을 나가 돌아오지 않는 아버지를 찾아 숲으로 간 아이들이 만드는 어린이 나라는 우리 겨레가 꿈꾸던 새로운 나라였다. 이야기의 발단은 아버지와 단둘이 살아가던 노마가 집 나간 아버지를 찾아 산 고개로 가는 길을 나서면서부터 시작된다.

> 노마는 그 울창한 숲으로 가는 좁다란 길을 따라 걸어갔습니다.
>
> – 중략 – 그건 샘물이 솟아 흐르는 소리였지만 물 흐르는 소리가 꼭 노랫소리같이 들리는 것입니다.
>
> 가만히 듣고 있노라니까 정말 물소리는 노랫소리로 변했습니다. 돌 돌 돌 돌……/ 흘러가는 우리는/ 숲속의 즐거운 일/ 다 알고 있지…….
>
> – 중략 – 노마는 산새들의 음악에 취한 듯이 멍하니 앉아 있는데 '바스스' 하고 다람쥐 한 마리가 지나가다가 노마를 보고 어린애 목소리로 말을 걸었습니다.
>
> "도련님, 왜 여기 앉아 있나요? 어린이 합창회는 저쪽 느티나무 아래서

---

14) 1949년 1월호 〈어린이나라〉를 보면 따로 창간사라고 할 만한 것이 눈에 띄지 않는다. 그러나 1950년 1월호에 〈어린이나라 돌상 위에〉라는 지면이 마련된 것으로 보아 '1949년 1월호'가 그 창간호임은 분명해진다. 당시의 잡지 발행은 허가제였으므로 〈어린이나라〉는 '1948년 3월 24일 허가번호 159호'를 받아 등록이 되었다. 발행인은 이대의, 백남홍, 편집인 이종성이다. 창간호에는 김용환 그림의 「나라를 지키기 위하여」라는 펜화가 제일 첫 면을 장식하고 있다. '나라를 침범하는 외적을 물리치는 것'을 용사들의 일이라고 그림 해설은 담고 있다. 분단과 동시에 미 · 소의 외세 입김이 침투해 들어오는 긴박한 상황 속에서 〈어린이나라〉는 새로운 국가 건설의 미래 주역으로 '어린이'를 주목하고, 그들이 세울 이상적 공간의 하나로 '어린이나라'에 기대를 걸었던 것이다.

15) 1949년 2월호 숲속 나라(정현웅 그림)/ 1949년 5월 노마와 망원경–숲속 나라 얘기(김용환 그림)/ 6월호 즐거운 학교–숲속 나라 얘기(김용환 그림)/ 7월호 말하는 사과–숲속 나라 얘기(화가 표시 없음)/ 8월호 잃어버린 동무–숲속 나라 얘기(정현웅 그림)/ 9월호 바위가 된 노마–숲속 나라 얘기(정현웅 그림)/ 10월호 달님의 꿈–숲속 나라 얘기(정현웅 그림)/ 12월호 노래하는 마을–숲속 나라 얘기(정현웅 그림)

하는데요."[16]

물소리가 노랫소리로 변하고 다람쥐가 말을 걸어오는 숲속 나라는 현실 세계에서는 존재할 수 없는 매직적 판타지이다. 〈숲속 나라〉는 자연과 인간이 아름답게 어울려 사는 나라이다. 시냇물과 새들과 다람쥐들이 노래하고 이야기한다. 어린이들은 그들과 말을 주고 받을 수 있고, 함께 어울려 살아간다. 그런데 현실 세계에서 판타지 세계로 진입하는 장치가 미흡하여 판타지의 역동성을 떨어뜨리고[17] 있다. 아버지가 돌아오실지도 모른다는 막연한 생각에 동쪽 산 고개로 가는 길을 걸어 개울을 끼고 한참 걸어가 도착한 울창한 숲이 이상한 숲속 나라인 것이다. 굴을 따라 걸어 들어간 것도 아니고, 누군가에게 이끌려 도착한 곳도 아닌 숲속 나라이기 때문에 판타지의 진정성이 없게 느껴지는 것이다.

> 노래가 끝나자 아이들은 느티나무 밑둥에 이상하게 생긴 문을 열었습니다. 나무 속으로 커다란 구멍이 굴처럼 났는데, 아이들은 모두 그 구멍 속으로 들어갑니다. – 중략 – 나무 구멍 속은 컴컴한 줄 알았는데, 들어가 보니 컴컴하기는커녕 햇빛이라도 비치는 것처럼 환했습니다. 이상하다 생각하면서 몇 걸음 들어가자 그 안에는 아주 넓은 세상이 있고 – 생략 –
> (16~17쪽)

'아주 넓은 세상'은 어린이들에게 유토피아이다. 노마를 안내한 파란 모자 아이는 숲속 나라를 '아이들이 재미있게 지낼 수 있는 나라, 서로 돕고 사랑하기 때문에 슬픈 아이는 없는 나라'라고 말한다. 이처럼 '숲속 나라'는

---

16) 이원수, 『숲속나라』 웅진출판, 1983, 14~16쪽.

17) 임인수는 '각박한 현실하에 있는 어린이들이 〈숲 속 나라〉의 유토피아에서 감상적인 생각을 지닌 채 살고 있은들 무슨 일이 해결되겠는가'라고 비판하기도 했다. 〈새로운 아동상을 찾아서〉 『아동문학』, 1965 3 · 4월호.

어린이들이 서로 돕고 일하면서 재미있게 사는 나라이다. 욕심쟁이가 없고 허세부리는 이가 없고, 어린이가 주인이 되고 어른도 어린이로 되는 나라이다. 처음에는 어른과 어린이가 함께 어린이가 되어 건설한《숲 속 나라》안에 또 다른 '어린이 나라'를 만들어 진정한 어린이 해방을 추구하고 있다. 숲속 나라는 작가가 그려 본 이상적인 사회라 할 수 있다.

> 꼭 일을 하는 것이 장난하고 놀 때와 같다고 생각되었습니다. 이때, 뒤에서 "노마야!" 하고 부르는 소리가 났습니다.
>
> "앗! 아버지!"
>
> 노마는 깜짝 놀라 뒤돌아보았습니다. 아! 등 뒤에 어린이처럼 귀엽게 변한 아버지가 서 있지 않겠습니까! 아버지는 노마를 덥석 끌어안으며 볼에다 입을 맞추셨습니다. - 중략 -
>
> "아이들 나라에 와서 아이들과 마음이 맞아 가니까 나도 아이가 됐지. 어른들 나라보다 재밌고 좋은 걸. 몸뚱이가 작아지는 것쯤 어떠냐? 더 젊어져서 좋다." 하고 만족해하셨습니다.(21~22쪽)

일을 하는 것이 놀 때와 같다는 건 노동의 즐거움을 말한 것이다. 놀이처럼 즐거운 마음으로 일할 수 있다는 것은 인간이 꿈꾸는 유토피아이다. 이처럼 이 동화에는 일-놀이-교육의 합일 정신이 깃들여 있다. 그런데 노마 아버지가 아이들 나라인 숲속 나라에 온 것만으로 갑자기 아이로 변했다는 건 설득력을 떨어뜨려 판타지의 역동성을 훼손시키고 있다.

> 나무에서 뛰어내려 데굴데굴 굴러오는 사과들을 보고 아이들은 모두 눈이 휘둥그래졌습니다.
>
> "사과가 말을 한다."
>
> 너무나 어이없는 일이라 아이들은 서로 바라만 보고 있었습니다.(48쪽)

노마가 없어지자 정길이, 영이, 순동이, 순희가 동무를 찾아 숲속 나라로 온다. 동무들이 얘기를 나누다 탐스런 열매가 주렁주렁 열린 사과나무 아래로 온다. 사과는 '반가운 동무들이 모였으니 같이 잡수시'라며 나무에서 뚝뚝 떨어지며 아이들에게 데굴데굴 굴러 온다. 사과나무에 매달린 사과가 웃음소리를 내고 스스로 떨어지며 말을 하는 장면은 생경하다.

숲속 나라 사람들은 모리배들의 침략에 대항하여 단결함으로써 악질 장사꾼이 발을 들여놓지 못하게 하고 있다. 또한 외부의 침략을 물리치기 위하여 과학을 연구하고 무기까지 준비하고 있다. 어린이들은 즐겁게 일하며 살아갈 수 있는 사회를 만들려고 애쓰며 '소년회'를 만들어 '어린이 마을'을 경영한다. 그러던 중 노마가 폭력단에 잡혀 가 죽음에 이르게 된다.

> 그러나 악한은 요술쟁이가 요술을 부릴 때 호령을 하듯 뭐라고 꽥 소리를 지르며 주삿바늘로 노마의 팔을 찔렀습니다. 그리고는 바위와 같은 무늬가 있는 푸른 보자기를 뒤집어씌워 버렸습니다.(79쪽)

노마가 악한에 의해 주사를 맞고 바위가 되는 장면이다. 마술사나 요술쟁이가 아닌 악한이 주사를 놓아 바위로 변하게 하는 삽화는 설득력이 약하다. 노마가 '말하는 사과'로부터 정보를 알아내어 노마가 있는 곳을 찾아가게 되는 장면 또한 부자연스럽다.

> 푸른 바위를 보고 영이는 혼잣말로, "가엾은 동무!" 하고 불렀습니다. 마음속에서 그렇게 중얼거리게 하였던 것입니다./ 이 영이의 태도와 말소리를 들은 간삿덩이는 모든 비밀이 탄로된 것이라 생각하고 지금이라도 자기 죄를 자백하여, 받는 형벌을 가볍게 해 보아야 되겠다고 느꼈습니다.
>
> "아가씨! 그저 죽을 죄로 노마를 이런 바위로 만들었습니다. 이 죄를 용서해 주십시오. 바로 이 바위가 노마입니다. 바로 이 바위가 노마입니다.

아가씨, 죽을 죄를 졌습니다만……."(86쪽)

간삿덩이로 지칭되는 악한은 영이에게 용서를 빈다. 바위가 되었던 노마는 악한인 괴수가 주사를 놓자 다시 살아난다. '바위가 된 지 오래지 않으면 다시 살아날 수도 있'다는 논리는 아무리 판타지 세계라도 부자연스러운 장면이다. 이론적으로나 사조적으로도 판타지 문학이 성하지 않았던 시대의 산물이기 때문이라고 할 수 있다.

이 동화에서 숲속 나라 아이들은 부모들을 숲속 나라에 불러와 같이 살게 한다. 그런데 부모들 중 두 명은 자기 자식을 숲속 나라에서 밖으로 데려간다. 이들은 높은 관직에 있거나 큰 돈을 벌어 부자로 사는 사람들이다.

노마는 영이와 함께 소리까지 들리는 숲속 나라 망원경으로 낯익은 동네를 본다. 부자인 순희네가 거지를 내쫓는 장면도 보이고 사과와 담배, 신문을 팔고 있는 동무들의 모습도 보인다. 숲속 나라 어린이들은 "숲속 나라 어린이 만세"를 외치고 노래를 부르고 춤을 춘다.

하늘에 별들이 하나둘 눈을 깜빡이기 시작하자, 멀리 가까이 모든 살아 있는 것들이 소리를 맞추어 노래를 불렀습니다. 숲은 멀리서 우렁찬 소리로 합창을 하고, 꽃들은 가냘픈 목소리로 합창을 했습니다. 개울을 흘러가는 물도 노래를 같이 불렀습니다. 산 것, 움직이는 것, 모두가 기쁨에 넘쳐 있었습니다.

한동안 같이 노래를 부르다가 쉬고 있던 노마가 정다운 소리로 영이를 불렀습니다.

"영아, 이리 와."

노래를 멈추고 달려오는 영이의 손을 꼭 붙잡고 노마는 감격에 찬 소리로 말했습니다.

"영아, 우리 여기서 언제까지나 살자!"(120쪽)

『숲 속 나라』의 마지막 장면이다. 노마가 영이의 손을 잡고 감격에 찬 목소리로 말하는 장면은 신파적이고 감상적이다. 밭에서 자동차같이 생긴(트랙터) 걸 타고 농사를 짓고, 물레방아로 수력 발전을 하여 전기를 사용하는 나라, 자연친화적 산업 시설, 각자 자기 소질과 능력을 최대한 펼치면서 자유롭고 평등하게 일하는 사회, 외세의 침략을 막아낼 수 있는 지혜와 힘이 있는 나라, 그러면서도 어린이들답게 일과 놀이가 하나 되는 이상향이 〈숲 속 나라〉인 것이다.

Ⅲ. 나오는 말

『숲 속 나라』는 해방 공간의 혼란한 사회 상황에서 이원수가 바라는 이상향을 녹여 그의 사상을 투영한 작품이다. 그가 바라는 이상향은 자연과 인간이 친교를 맺으며 아름답게 어울리는 나라이고, 어린이들이 서로 돕고 일하면서 재미있게 사는 나라, 노래하고 춤추며 사는 나라이며, 어린이가 주인이 되고, 어른도 어린이로 되는 나라이다. 이처럼 『숲 속 나라』는 이상적인 인간 사회를 그리고 있다

『숲 속 나라』에 대한 평가는 크게 세 가지 측면에서 이루어져 왔다. 첫째, 이 작품은 주요섭의 『웅철이의 모험』, 마해송의 『토끼와 원숭이』와 더불어 장편동화 영역을 개척했으며, 둘째, 구성력의 발전과 더불어 현실과 접맥되는 환상 요소 활용의 새로운 면모를 갖추었으며, 셋째, 해방된 조국의 건설에 대한 희망을 이상향의 추구로 그렸다는 점이다. 위의 세 가지 평가 중에서 가장 활발한 논의를 보여준 것은 세 번째 부분이다.[18)]

이원수의 장편동화 『숲 속 나라』에 담겨진 몇 가지 이념과 사상을 정리하

18) 조은숙, 이원수의 동화 『숲 속 나라』 연구, 고려대학교 대학원 석사논문, 1995. 4쪽.

면 다음과 같다.

『숲 속 나라』는 어린이 해방 사상이 담겨져 있다. 『숲 속 나라』는 봉건적 사회 억압에서 해방된 어린이 나라다. 늙은이도 젊은이인 아버지도 모두 어린이로 된다. 처음에는 어른과 어린이가 함께 어린이가 되어 건설한 《숲 속 나라》 안에 또 다른 '어린이 나라'를 만들어 진정한 어린이 해방을 추구하고 있다.

『숲 속 나라』에는 반전 평화 사상이 깃들어 있다. 적이 침공하면 대포로 막겠다는 의지를 갖고 있지만, 결코 먼저 공격하겠다는 생각은 없다. 적의 침략에 대비해서 철저하게 대비를 하고 전쟁 준비를 하지만 침략자를 막을 수 있는 정도의 힘만 필요하다는 생각이 깔려 있다. 노마를 구해낼 때 무기를 갖고 가지만 상대편을 죽이지 않고 끌고 와서 법에 따른 처벌을 받게 하는 것도 그러한 사상을 뒷받침하고 있다.

『숲 속 나라』는 민족주의 사상이 담겨져 있다. 이원수는 어려서부터 반일 사상과 민족주의 사상에 눈을 떴다. 마산공립보통학교 재학 때 학급 신문에 일본인을 비판하는 글을 썼다가 조행(操行) 점수가 깎이고, 담임이 문책을 당하는 아픔을 겪었고, 독서회 사건으로 옥고까지 치렀다. 이러한 경험을 바탕으로 한 민족주의 사상은 『숲 속 나라』에서도 그대로 나타나 외세의 경제 침략을 막고 자립 갱생과 자주 독립 국가를 세우려는 의지가 굳건하다.

『숲 속 나라』는 민주주의 사상이 담겨져 있다. 『숲 속 나라』도 사랑과 우애, 자유와 평등, 정의와 합리적인 공존 질서를 추구하는 정치적 민주주의와 평등한 경제적 민주주의를 추구하고 있다. 소년회를 조직하여 '노래하는 마을'을 만들고, 어린이들끼리 자유롭고 자주적으로 운영한다. '춤추는 마을', '꿈의 마을', '사랑의 마을', '과학의 마을', '꽃마을'과 같이 별별 특성을 지닌 여러 가지 문화를 중심으로 하는 여러 어린이 해방 공간을 만든다. 그리고 이러한 다양한 마을의 어린이들이 모여 이야기를 나누고, 춤을 추고, 노래를 부르고, 동화도 하고, 이렇게 어린이가 주체가 되어 스스로 만들고 즐기는 잔치를 한 달에 한 번 정도로 연다.

『숲 속 나라』는 생명 공동체 전신을 지향한다. 『숲 속 나라』는 아이들이 재미있게 지낼 수 있는 나라이다. '서로 돕고 사랑하기 때문에 슬픈 아이도 없다. 거지 아이도 없다. 그리고 어른도 이 나라에 오면 어린이가 돼 버린다.'처럼 어린이와 어른이 공동체를 이루고 있다. 나아가 짐승과 사과 같은 동식물은 물론 시냇물 같은 무생물까지 서로 이야기를 주고받으면서 함께 살아가는 생명 공동체를 꿈꾸고 있다. 판타지 세계로 들어가는 길목에서 샘물이 노래하고, 새들이 노래하고, 다람쥐가 안내한다. 숲 속에서 열리는 어린이 음악회와 함께 짐승들의 음악회도 한 달에 한 번씩 열린다. 그리고 어린이들과 짐승들이 함께 음악회를 하면서 즐거워한다. 사과는 사람의 몸에 들어가 피와 살이 되고, 심지어 마음까지 된다. 푸른 바위에 갇혀 죽어가던 노마도 영이와 사과 한 알을 반쪽씩 나눠 먹었기 때문에 그 사과들이 마음에서 서로 호응하여 찾게 되고, 생명을 다시 살린다.

『숲 속 나라』는 일-놀이-교육의 합일 정신이 나타난다. 아버지의 예전 선생님이셨던 할아버지를 등장시켜 숲속 나라 운영을 지도하고 있다. 『숲 속 나라』에서는 일을 매우 중요하게 여긴다. 일을 놀이처럼 하고, 배우며 가르치는 터가 된다. 어린이들도 마을이나 학교에서 일을 한다. 스스로 계획을 세워 일과 놀이가 하나되도록 즐기고, 교육과 놀이가 하나되도록 하고, 일과 교육이 하나로 이뤄지게 하였다. 노래가 항상 생활 속에서 퍼져 나오도록 했다. 새로운 사회를 건설하기 위해서는 일과 교육과 놀이가 한 묶음이 되어야 한다고 보는 것이다.

그런데 임인수는 이 작품에 대해 '현실도 아닌 저 먼 숲속 나라에 아무리 어린이 천국 낙원을 꾸며 본 댓자 결국 헛꿈에 돌아가고 말 것을 우리는 구태여 고집하면서까지 그런 가상적인 동화의 분위기 속에서 오래 헤매일 필요는 없다.'고 폄하하고 있다. 이 작품은 한국 장편동화의 시금석이긴 하지만 판타지 세계로 나가는 특별한 장치도 없이 어른들이 아이처럼 변하는 삽화나 주사를 맞고 돌로 변했다가 다시 주사를 맞고 살아나는 삽화, 말하는 사과의 삽화 등이 판타지의 역동성을 떨어뜨려 미숙한 판타지로 평가받을 수밖에 없다

고아 의식이 빚은 애상과 울림의 동화
– 이태준 동화론

1. 작가의 생애

상허(尙虛) 이태준(李泰俊)은 '한국 단편의 완성자, 단편 미학의 대가'라는 칭송을 받을 정도로 문학사적 위상이 높다. 그는 1930년대에 '시는 정지용, 소설은 이태준'이라는 평가를 받았던 작가로 한국 현대 소설사에서 빼놓을 수 없는 중요한 인물이다.

그는 1904년 11월 4일 강원도 철원(용담)에서 이문교(李文敎)와 순흥 안씨[1] 사이에서 1남 2녀 중 장남으로 태어났다. 이태준의 부친은 개화당에 가담하여 나라를 개혁하려다 실패하자 가족을 이끌고 1909년 3월 블라디보스토크로 이주를 했다. 그해 가을 불길한 소식을 듣고는 졸도한 뒤 끝내 일어나지 못했다. 가장이 갑작스러운 죽음을 당하자 가족들은 서둘러 귀국의 길을 택했다.

그런데 이들은 고향으로 돌아가지 못했다. 이태준의 모친이 귀향선 안에서 출산을 했기 때문이다. 당시 이태준의 가족은 외할머니, 어머니, 여동생 송옥 등이었다. 이들은 심한 파도에 사경을 헤매다가 함경도 연안 작은

1) 이태준의 어머니는 본처가 아닌 소실이었다.

부두인 배메기(梨津)에 정박했다. 이후 이들은 근처 도시 소청(素淸)으로 가서 음식 장사를 시작했다. 이때 이태준은 서당에 다니며 천자문을 배웠다. 1912년 겨울 이태준이 서당에서 돌아와 보니 그의 모친은 이미 숨져 있었다. 이태준은 유년기에 연거푸 부모를 잃는 불행을 당했으나 외할머니 덕분에 역경을 이겨낼 수 있었다.

고아가 된 이태준은 외할머니와 함께 살다 철원 용담[2]으로 돌아왔다. 그곳에서 다소 먼 오지의 오촌 댁에 양자로 입양되어 어린 나무꾼이 되기도 했으나 양부가 장티푸스로 사망하자 다시 용담으로 돌아와 오촌 이동하[3] 집에 살았다. 1915년 철원 사립 봉명학교에 입학하고 1918년 3월에 우등으로 졸업한 후 간이농업학교에 입학했다.

한 달 후 가출하여 걸어서 원산[4]까지 갔다. 원산역 대합실에서 자다가 쫓겨난 이태준은 갈 곳이 없었다. 객주 집 호객꾼이 된 이태준은 어린 나이에 많은 사람을 접하게 되면서 세상살이를 차츰 알게 되었다.

외할머니가 원산으로 이태준을 찾아와 빈대떡 장사를 하며 그를 보살펴 주었다. 이태준은 미국 유학의 꿈을 안고 압록강을 건너 중국 안동현까지 갔다가 무일푼이 되어 걸어서 고향 철원으로 돌아왔다. 그간의 걸인 행세는 글자 그대로 이태준의 고아 체험 그것이었다. 이태준이 2여년 동안 걸인 생활을 하며 보낸 고행은 일종의 통과 의례였다.

1920년 상경하여 배재학당 입학 시험에 합격했으나 등록금이 없어 다니

---

2) 오래간만에 누나와 동생을 만나 보았다. 누나와 동생은 함경도 소청(배메기)에서 보다 때묻고 해진 옷을 입고 있었다. 그때 묻고 해진 옷 채로 할머니와 함께 십리나 되는 데 있는 아버지 산소(용담 공기꿀)로 갔다. – 생략 – 아버지의 산소는 조그마했다. 상돌도 망두석도 없었다. 제절로는 좁아서 넉넉히 물러서서 절도 할 수 없었다. – 자전적 소설, 『사상의 월야』(을유문화사, 1946년)

3) 누나와 여동생은 백학골 초입에 있는 오촌댁에서 살았고, 이태준은 웃골에 있는 작은아버지(용담에서는 삼촌, 오촌, 칠촌이나 어른이면 모두 작은아버지로 호칭을 함) 집에 있게 된다. 이동하는 봉명학교를 설립했다.

4) 날이 저물자 원산은 집집마다 전깃불이 켜졌다. 전등이 제일 환한 데를 가보니까 정거장이었다. 거기는 누구나 쉴 수 있는 걸상이 있었다. 배가 고파 잠이 올 것 같지 않더니 깜빡 잠이 들었다. "이 자식아? 어디서 자?"라는 청소부 소리에 놀라 쫓겨나오니 밖에는 언제부터인지 비가 부슬부슬 내리었다. 전등들은 그냥 밝으나 밤은 깊은 듯 괴괴하였다." 이태준이 겪은 원산에 가서의 첫날밤 정경이다.

지 못했다. 청년회관 야학교 고등과에 적을 두고, 낮에는 일하고 밤에는 공부하는 생활을 하던 끝에, 이듬해 휘문의숙에 입학했다. 이태준은 책장사로 학비를 벌어 가며 4년 반 학업을 계속했으나 결석이 잦고 학비를 체납하는 일이 많았다.

이태준의 문재는 휘문의숙 재학 때 발휘되었다. 그는 교지 〈휘문〉(1924) 제2호에 〈부여행〉, 〈물고기 이야기〉 등 6편[5]을 발표하면서 문우들과 어울려 지내게 되었다. 당시 휘문의숙에는 박종화 · 정지용 등이 재학 중이어서 이태준의 문학 수업에 많은 도움이 되었다. 이태준이 이 학교를 중퇴하게 된 직접적인 동기는 백두진(白斗鎭)[6]과 동맹 휴학을 주동했기 때문이다. 이 일로 이태준은 졸업을 1학기 앞두고 1924년 6월 퇴학당했다.

이태준은 1925년 봄 일본으로 갔다. 그는 도쿄에서 단편소설 〈오몽녀〉를 써서 그해 7월 〈조선문단〉에 투고하여 입선[7]했다. 이 작품은 이태준의 문단 데뷔작이 되었다. 이로부터 작가가 될 결심을 하고 문학 수업에 전념했다. 이태준은 1926년 4월 상지대학 문과에 입학해 문학 수업에 더욱 정진했다. 이태준은 도쿄 체류 기간 중 미국인 베닝호프(James Benninghof) 박사를 통해 자유 사상과 기독교 사상을 접하게 되지만 사회주의 사상 쪽에 더 기울어 있었다. 신문 배달을 하며 고학을 하던 이태준은 그의 도움을 받았지만[8] 1년 반 만인 1927년 7월 학업을 중단하고 귀국했다.

이태준은 1929년 개벽사에 입사하여 창작에 전념했다. 당시 「개벽」의 편집장이 박영희로 프롤레타리아 문학의 본거지인 탓도 있었겠지만, 이태준은 도쿄 시절에 관심이 컸던 사회주의 운동에 기울어져 있었다. 그 스스로

---

5) 감상문 「바람에 불려 백월(白月)을 알고」, 「억울한 노릇」 등도 발표했다.

6) 제3공화국 시절 유신정우회 의장, 국무총리, 국회의장을 역임했다. 호는 소계. 1934년 일본의 도쿄대학 상과대학을 졸업하고 조흥은행에 입사해 1945~50년 이사, 1949년 외자청장 · 한국식산은행장, 1950년 휘문의숙 이사, 1951년 재무부장관 · 기획처장 등을 지냈다.

7) 이 작품은 무슨 연유인지 〈조선문단〉에는 나오지 않고 〈시대일보〉 1925년 7월 13일 자에 실린다.

8) 삐닝호프 박사가 기독교를 가질 것을 요청했을 때 반응이 없었고, 미국 유학을 보내서 종교 관련 일을 맡기고 싶다 는 뜻을 피력했을 때 일언지하 거절했다.

가 말하듯이 이태준은 사회에 불평이 많은 사람이었다. 이태준의 사회에 대한 남다른 반항심은 그의 고아 의식의 발로였다. 〈학생〉의 책임 편집을 맡고, 〈신생〉 등의 잡지 편집에 관여하며 〈어린이〉에 소년물과 장편(掌篇)을 다수 발표했다. 9월 〈중외일보〉로 직장을 옮기고 사회부, 학예부 등에서 근무했다.

이태준은 1930년 이화여전 음악과를 나온 이순옥과 결혼했다. 그는 서울 성북동에 거주하며, 장남 유백, 차남 유진, 장녀 소명, 차녀 소남, 3녀 소현 등 2남 3녀를 두었다. 1931년에는 〈중앙일보〉 학예부 기자가 되었다. 1932년 이화여전 등에 출강하며 작문을 가르치고, 1933년 김기림 · 박태원 · 이효석 등과 함께 '구인회'를 결성했으며, 3월 〈조선중앙일보〉 학예부장에 임명되었다. 1935년 〈조선중앙일보〉를 퇴사한 후 창작에 몰두하고, 1938년 만주 지방을 여행했으며, 1939년 〈문장〉의 편집자 겸 신인 작품의 심사를 맡았다.

이태준은 일제 말기 황군위문작가단, 조선문인협회 등 친일적 문화인 단체에 가담했고, 1941년 제2회 조선예술상을 받았다. 그의 장편소설에는 신체제 순응적 색채가 짙게 반영되었다. 한마디로 친일의 그늘에서 벗어날 수가 없었다. 그는 1943년 6월 역사소설 〈왕자 호동〉 연재가 끝나자 절필을 선언하고 고향 철원 용담으로 내려가 해방이 될 때까지 낚시로 소일했다. 해방이 되자 이태준은 조용만[9]의 증언처럼 "지사적 영웅심 때문에 문단의 헤게모니를 쥐려고" 좌익으로 돌아섰다.

1945년 문화건설중앙협의회, 문학가동맹, 남조선민전 등의 조직에 참여하고 문학가 동맹 부위원장, 〈현대일보〉 주간 등을 역임했다. 1946년 2월부터 민주주의 민족전선 문화부장으로 활동하고, 7~8월 상순 사이에 홍명희와 함께 월북했다. 그 후 평양조선문화협회 방문 사절단 1호로 소련을 여행

9) (1909~1995). 서울 출생 영문학자 · 소설가. 〈동광〉에 희곡 〈가보세〉를, 〈비판〉에 단편소설 〈사랑과 행랑〉을 발표하면서 등단했다. 저서로 〈문학개론〉 · 〈일제하의 문화운동사〉 · 〈근대 영국희곡집〉 등이 있다.

하고 나서 『소련기행』을 출간했다. 『해방 전후』로 제1회 해방 문학상을 수상하고, 1949년 북조선문학예술총동맹 부위원장, 국가학위수여위원회 문학분과 심사위원이 되었다. 1950년 10월 중순 평양 수복 때 문예총은 강계로 철수했는데, 이태준은 평양 시외에 숨어 있으면서 은밀히 귀순을 모색했다고 한다.

1956년 2월 평양시 문학예술부 열성자 대회에서 한설야에 의해 비판[10]받고 숙청된 후 함흥노동신문사 교정원, 함흥 콘크리트 블록 공장의 수집 노동자 등으로 있다가 1964년 중앙당 문화부 창작 제1실 전속 작가로 복귀했다. 1974년에는 다시 강원도 장동탄광 노동자지구로 재추방되었으며, 그 뒤 고철 수집 등을 하며 힘겹게 살다가 아내가 죽은 뒤 행방불명되었다.

2. 이태준 동화에 나타난 고아 의식

이태준은 1930년대 후반에서 해방과 전쟁에 이르는 가혹한 억압의 시기에 중단편 60여편과 장편소설 13편을 썼다. 그의 작품은 현진건의 뒤를 이어 세련된 묘사와 인물 창조로 한국 단편소설의 예술적 완성도를 높였다고 비평가와 문인들로부터 평가받았다.

그는 개벽사에서 근무한 인연으로 〈어린이〉지에 다수의 동화를 발표했다. 그의 초기 동화들은 자신의 고아 의식이 강하게 스며 있어 슬프고 우울한 이야기가 대부분이다. 「어린 수문장」(어린이, 1929. 1), 「불쌍한 소년 미술가」(어린이, 1929. 2), 「슬픈 명일 추석」(어린이 1929. 5), 「쓸쓸한 밤길」(어린이 1929.

10) 지난날 카프에 반대하는 인물들이 모여 결성한 구인회에 가담해 다수의 우경적(右傾的)이고 친일적인 작품을 썼다는 죄목으로 혹독한 규탄을 받았다. 월북 문인들이 대개 그랬던 것처럼 이태준도 숙청의 칼날을 피하지 못했다. 그의 숙청에 빌미를 제공한 것으로 알려진 『먼지』에는 남북이 체제 경쟁을 하던 시기에 손쉽게 어느 한쪽의 편을 드는 대신 회의하고 판단을 유보하는 주인공 한뫼 선생이 등장한다. 문학이란 역사의 한 복판에서 답을 제시하는 것이 아니라 결론을 내리기까지의 그 흔들림 자체를 의미있게 보여 주는 것이다.

6), 「불쌍한 3형제」(어린이 1929. 7 · 8), 「눈물의 입학」(어린이, 1930. 1), 「외로운 아이」(어린이, 1930. 11), 등 1930년 이전까지 슬프고 어두운 내용의 동화를 다수 발표했다. 그런데 1930년 그가 결혼 후 발표한 동화들은 분위기가 밝고 명랑해진다. 이런 부류의 작품들은 「몰라쟁이 엄마」(어린이 1931. 2), 「슬퍼하는 나무」(어린이 1932. 7), 「꽃장수」(어린이 1933, 새동무 1947. 4), 「엄마 마중」(조선아동문학집 1938. 12) 등이다.

저녁 때 누이동생이 이런 소식을 가져왔습니다.

"오빠, 강아지가 물에 빠져 죽었더래. 저 동리 아이들이 고기 잡으러 나갔다가 저 아래 철로다리 밑에서 봤다는데……."/ 나는 그가 죽음의 나라로 떨어진 징검다리로 쫓아 나갔습니다.

그가 웬만큼만 다리에 힘이 있었던들 요만 돌다리야 뛰어 건널 수도 있었을 것이요, 혹시 발이 모자라 떨어진다 하더라도 요만 물은 헤어 건널 수도 있으련만, 그가 우리 집에서 이 개울까지 나온 것이 아무 힘없는, 아무 위험도 모르는 그의 난생 첫걸음이었을 것입니다.

어느 돌과 어느 돌 사이에서 떨어졌는지는 모르나 첫째 돌과 둘째 돌 사이를 건너 뛴 것이 그의 난생 첫 모험이었을 것입니다.

그 어린 목숨의 가련한 죽음은 그날 밤새도록 나의 꿈자리를 산란하게 하였습니다.

그 후 며칠 못 되어 나는 웃말에 갔다가 그 어미 개와 마주치게 되었습니다.

그는 자기 자식 하나를 그처럼 비참한 운명으로 끌어 낸 나임을 아는 듯이 불덩어리 같은 눈알을 알른거리며 앙상한 이빨을 벌리고 한 걸음 나섰다 한 걸음 물러섰다 하면서 원수를 갚으려는 듯한 기세를 돋구고 있었습니다./ 그때 마침 그 댁 할머님이 나오시다가, "네가 양복을 입고 와서 그렇게 짓는구나. 이 개. 이 개."/ 하시고 쫓아 주셨습니다./ 딴은 내가 양복을 입고 가기는 하였습니다.

–「어린 수문장」, 〈어린이〉(1929. 1월호)

「어린 수문장」의 마지막 부문이다. 어린 수문장은 이제 갓 젖을 뗀 강아지이다. 나는 쓸쓸한 집에 문간이라도 지키게 하려고 누이동생과 함께 웃말 할머니 댁에서 어린 강아지를 얻어 온다. 데려온 강아지가 밥도 안 먹고 끙끙거리자 추워서 그런 줄 알고 아궁이에 재웠는데, 아침에 보니 없어졌다. 그런데 다음 날 아침 강아지가 사라진다. 한참을 찾아다닌 끝에 개울을 건너다 물에 빠져 죽었다는 소문을 듣고 안타까운 마음에 어쩔 줄을 모른다. 강아지가 물에 빠져 죽고 '나'는 얼마 후 어미 개와 마주친다. 낯선 방문객을 보고 개가 짖자 어미 개의 주인인 할머니는 '내'가 양복을 입고 와서 그렇다고 생각한다. 할머니의 시선은 양복쟁이를 새끼 개를 죽인 원수와 동일시하는 어미 개의 짖음과 동렬에 놓인다.

이태준은 이처럼 근대의 물적 표지에 노골적으로 거부감을 표했다. 이태준의 유별난 자질로 거론되는 상고주의는 아동문학 작품에서 그 원형을 찾아볼 수 있는 것이다.

뚜, 하는 뱃고동 소리는 귀남의 잠귀에도 울렸으니 주인 아주머니 귀에 그냥 지나칠 리가 없었습니다./ "잠이 들지 않고 썩어졌으니, 배가 들어오는데 그냥 자빠졌으니……."

기어이 찢어지는 듯한 주인아주머니의 꾸지람이 내렸습니다.

귀남이는 두말없이 부스스 털고 일어났습니다.

서울서 온 밤차의 손님이 들어서 두 벌 저녁을 해 치르고 나니 새로 두 시에야 눈을 붙였는데, 아직 동도 트기 전 네 시도 못 되어 이번에는 듣기만 하여도 귀남이에게는 소름이 끼치는 뱃고동 소리가 울려왔습니다.

– 중략 –

귀남이는 눈물을 주먹으로 씻으며 놀래는 사람처럼 그 자리를 일어섰습니다. 그것은 신문 배달하러 갈 시간이 되었기 때문에……

귀남이가 ×학교 교문을 나와서 눈 아래 즐비한 서울을 내려다보며 뚜벅뚜벅 내딛는 발걸음은 마치 서울 덩어리를 혼자 짓밟고 나가는 것처럼 장엄스러웠습니다.

– 「눈물의 입학」, 〈어린이〉(1930. 1월호)

인용문은 「눈물의 입학」의 허두와 결말 부문이다. 이제 열네 살인 '나(귀남이)'는 원산에 위치한 객주에서 일을 하고 숙식을 해결한다. 소학교는 졸업했지만 가난한 사정 때문에 '나'는 더 이상 공부를 할 수 없다. 서울에 갈 차비만 있으면 어떻게든 일을 하며 공부할 생각으로 주인집에 서울에 갈 차비만 지원해 달라고 요청하지만, 되돌아온 것은 따끔한 뺨 따귀였다. 결국 '나'는 한 겨울, 11일을 걸어서 서울에 도착하고, 입학 시험에서 주인집 아들을 제치고 당당히 1등을 차지하며 서울 학교에 입학하게 된다.

이 작품은 현재는 처지가 어렵지만, 꿈을 포기하지 않으면 언젠가는 좋은 결과를 맺을 수 있다는 희망적인 메시지를 담고 있다. 공부도 썩 잘하고, 배움에 대한 열정도 큰 '나'는, 지금은 비록 남의 집에서 얹혀 살고 있지만 공부에 대한 열정을 포기하지 않고 서울까지 열흘 넘게 걸어가 입학 시험을 본다. 새벽부터 밤늦게까지 주인집의 일손을 돕느라 고단하여 공부할 시간도 없을 텐데도 '나'는 주인집 아들도 고배를 마신 서울 ×고등학교에 당당히 1등으로 합격하게 된다.

이 작품은 가난한 어린 시절을 보냈지만, 꿈을 포기하지 않고 주경야독한 작가의 자전적인 경험을 담고 있다. 또한 당대 가난하고 불쌍한 아이들의 현실을 보여 주지만, 결말에 희망적인 메시지를 내포하며, 이야기를 읽는 독자들에게 위로와 희망을 건넨다.

그리고 지금 안다고 소용은 없습니다마는 인근이가 담배 먹었다는 것도 말입니다. 정말은 인근이가 제가 먹으려고 담배를 가진 것이 아니라, 앓으시는 아버지가 돌아가시기 며칠 전까지도 가끔 담배를 찾으셨습니다. 그럴 때마다 인근 어머니는 이 집 저 집 들창 밑에서 주워다 둔 깜부기 담배를 내어 놓곤 하였습니다.

어떤 때는 그것도 없어서 쩔쩔 매는 것을 본 인근이는 그날 처음으로 길에 떨어진 담배 토막이 꽤 큰 것을 보고 대뜸 아버지 생각이 나서 주웠던 것이 그만 동무 눈에 띄어서 그렇게 되었던 것입니다.

–「외로운 아이」, 〈어린이〉(1930. 11월호)

영남이는 결심하였습니다. 베었던 베개를 집어 팽개치고 발목이 아픈 것도 깨달을 새 없이 불덩이 같은 몸을 일으켰습니다./ "나가자. 나가자. 이 놈의 집을 나가면 고만이다. – 중략 –

하늘에 총총한 샛별은 영남이의 앞길을 인도하는 듯이 빛나고 있었고, 멀리 바다에서 들려오는 파도 소리는 영남이의 고생 많을 앞길을 걱정하는 것도 같았습니다.

아, 밤길은 쓸쓸하였습니다. 고행을 떠나는 것이 슬펐고, 어머님 생각과 발목이 아파서 절름거리며 울면서 걸었습니다. 그러나 밤은 머지않아 밝을 것이며, 한참식 달음질쳐 앞서 가던 바둑이가 도로 와서 영남이의 옆을 서 주고 하였습니다.

–「쓸쓸한 밤길」, 〈어린이〉(1929. 6월호)

「쓸쓸한 밤길」의 마지막 장면이다. 고아인 영남이는 대근이네 집에 얹혀 살며 이른 아침부터 소를 몰고 나가 꼴을 먹이는 일을 한다. 세 살이나 많은 주인집 아들 대근이는 영남이를 수시로 때리고 욕을하며 괴롭힌다. 영남이는 학교에도 다니지 못한다.

이 작품은 작가가 어린 시절의 경험을 바탕으로 쓴 것이다. 내용은 억울한 환경에 처한 영남이의 힘겨운 삶을 그리고 있다. 슬픔과 서러움은 엄마에 대한 그리움으로 몰려오고 불쌍한 영남이는 구박받는 생활 속에서는 희망이 없음을 알고 자기 삶을 찾아 밤에 떠난다. 쓸쓸히 떠나는 영남이 곁에는 바둑이가 같이 가고 있다.

> 아, 그 소리는 늑대의 소리였습니다. 정손이를 물어간 늑대들의 소리였습니다. - 중략 -
>
> 아, 늑대들에게 죽을 것을 알면서도 소리치며 그 무서운 산골짜기를 들어갔습니다.
>
> 그러나 그 깊은 산골짜기는 을손이의 정손이 부르는 소리도 아주 끊어지고 말았습니다.
>
> 밤은 소리 없이 깊어 갔습니다. 그들의 엄마 산소 앞에는 을손이와 정손이가 먹으려던 떡바가지만이 무심한 달빛에 그들을 기다리는 듯이 놓여 있었습니다.
>
> -「슬픈 명일 추석」, 〈어린이〉(1929. 5월호)

「슬픈 명일 추석」의 에필로그이다. 이 작품은 작은 집에 얹혀 사는 을손이와 정손이가 겪는 가슴 아픈 이야기이다. 다른 날들보다 추석이나 설 같은 명일이 더 마음 아프고, 배고프다. 작은 어머니의 매질을 피해 엄마 산소에 찾아 간 남매는 깊은 밤까지 집에 들어가지 못한다. 을손이는 잠이 든 정손이를 두고 몰래 집으로 가 음식을 가져 온다. 정손이가 없어진 것을 알고 늑대가 사는 산속으로 정손이를 찾아 들어간다. 늑대가 자신을 해칠 것을 알면서도 정손이를 찾아 가는 을손이의 행동에 독자들은 가슴 아파한다. 결국 을손이도 늑대에게 잡아먹히게 된 것이다. 숙모의 구박 속에 살아가는 을손이와 정손이의 불쌍한 처지는 작가가 친적집을 전전하며 겪은 자전적 이야기이다.

"이 놈의 괭이가 잡아먹었구나!"

하고 영선이는 돌멩이를 집었으나, 고양이는 어느 틈에 울타리에 올라가서,

"누가 널더러 잡아 오래든."

하는 듯이 야옹거리고 있었습니다.

이 불쌍한 어린 까치는 영선의 것만이 죽은 것도 아닙니다. 문봉이가 가져간 것은 그 이튿날 저녁까지 살기는 하였으나 문봉이도 자는 밤중에 굶어서 죽고 말았습니다. 그리고 다른 동무가 가져간 것도 살지 못하였습니다. 그것은 붙들어 온 그날 저녁으로 아무도 없는 사이에 노끈이 풀어져서 달아나다가 그만 모깃불 놓은 화로에 빠져서 애처롭게도 뜨겁게도 타 죽고 말았답니다.

–「불쌍한 삼형제」, 〈어린이〉(1929년 7 · 8월 합본호)

「불쌍한 삼형제」는 새끼 까치들을 지칭한다. 친구들과 까치 새끼를 잡아 온 영선이가 고양이에게 까치 새끼를 먹히고 후회하는 내용이다. 영선이와 동무들은 까치 새끼를 둥지에서 꺼내 가지고 놀다가 집으로 데려온다. 영선은 까치가 먹이를 먹지 않자 마음이 쓰이는데, 자다가 어미 까치에게 쫓기는 꿈을 꾸고는 까치 새끼를 놓아 준다. 하지만 까치 새끼는 고양이에게 잡아먹히고, 다른 동무들의 새끼들도 모두 죽었다는 소식을 듣는다. 까치를 소유하려다 결국 잃어버리게 되는 이야기로 쓸데없는 욕심을 경계하는 이야기이다.

추워서 코가 새빨간 아가가 아장아장 전차 정류장으로 걸어 나왔습니다. 그리고 낑–, 하고 안전지대에 올라섰습니다.

이내 전차가 왔습니다./ 아가는 갸웃하고 차장더러 물었습니다./ "우리 엄마 안 오?"

"너희 엄마를 내가 아니?" 하고 차장은 '땡땡' 하면서 지나갔습니다.

또 전차가 왔습니다. 아가는 또 갸웃하고 차장더러 물었습니다./ "우리 엄마 안 오?"

"너희 엄마를 내가 아니?" 하고 이 차장도 '땡땡' 하면서 지나갔습니다.

그 다음 전차가 또 왔습니다. 아가는 또 갸웃하고 차장더러 물었습니다.

"우리 엄마 안 오?"/ "오! 엄마를 기다리는 아가구나."/ 하고 이번 차장은 내려와서,

"다칠라. 너희 엄마 오시도록 한군데만 가만히 섰거라, 응?"/ 하고 갔습니다.

아가는 바람이 불어도 꼼짝 안 하고, 전차가 와도 다시는 묻지도 않고,

코만 새빨개서 가만히 서 있습니다.

– 「엄마 마중」 전문, 〈조선아동문학집〉(1938. 12월호)

가난한 시절 일 나간 엄마를 애타게 기다리고 있는 어린아이의 모습을 수채화처럼 그린 동화이다. 동시에 가까울 정도로 짧고 간결하지만, 여운이 오래 남는 작품이다. 동화의 배경인 30년대 서울 종로 거리는 전차가 다녔는데, 지금은 잊혀진 풍경이 되었다. 요즘 아이들에겐 낯설 수밖에 없지만, 엄마를 기다리는 아이의 마음은 예나 지금이나 다를 바 없다.

몇 번씩 전차를 보내도 오지 않는 엄마와 추위에 떨면서도 오래 참으며 기다리는 꼬마의 사연을 유추해 보게 만든다. 추워서 코가 새빨개졌지만 하염없이 엄마를 기다리는 아기의 모습을 통해 엄마에 대한 애틋한 그리움을 엿볼 수 있다.

이야기는 아기의 엄마가 올지 안 올지 모르는 채 막을 내리지만 제목을 통해 언젠가는 엄마가 아기가 있는 곳으로 돌아올 것이라는 희망을 보여

주고 있다. 이 작품은 나라 잃은 일제 강점기의 암울한 현실 인식과 마중이라는 희망이 맞물려 있다.

> 어떤 날 아침 노마는 참새 소리를 들었습니다. 그리고 엄마한테 물어봤습니다.
>
> "엄마?"/ "왜!"/ "참새두 엄마가 있을까?"/ "있구말구."
>
> "엄마 새는 새끼보다 더 왕샐까?"/ "그럼, 더 크단다. 왕새란다."
>
> "그래두 참새들은 죄다 똑같은데 어떻게 자기 엄만지 남의 엄만지 아나?"/ "몰-라~."
>
> 참새들은 새끼라두 죄다 똑같던데 어떻게 제 새낀지 남의 새낀지 아나?"/ "몰-라."
>
> "엄마?"/ "왜!"/ "참새두 할아버지가 있을까?"/ "그럼!"
>
> "할아버지는 수염이 났게?"/ "아-니"/ "그럼 어떻게 할아버진지 아나?"/ "몰-라."
>
> "아니, 제기. 모두 모르나. 그럼 엄마? 이건 알아야 해."/ "무어?"
>
> "저어, 참새도 기집애 새끼하구 사내 새끼하구 있지?"/ "있구말구."
>
> "그럼 참새두 사내 새끼는 머리를 나처럼 빡빡 깎구?"/ "아-니."
>
> "그럼 사내 새낀지 기집애 새낀지 어떻게 알우?"/ "몰-라."
>
> "이런! 엄마는 물-라쟁인가, 죄다 모르게……. 그럼 엄마, 나 왜떡 사 줘야 해……, 그것두 모르면서……."/ 노마는 떼를 부리기 시작했습니다.
>
> -「몰라쟁이 엄마」 전문, 〈어린이〉(1931. 2월호)

「몰라쟁이 엄마」는 궁금증이 많은 노마와 이어지는 아이의 질문을 귀찮게 생각하는 엄마의 대화로 짜여 있다. 아이들이 6세 쯤되면 인지 능력이 빠르게 발달하는 시기이다. 대부분의 나라에서 초등학교 입학 연령을 만 6~7세로 정한 이유도 이 같은 발달 과정에 근거한 것이다. 이 시기의 아이들은 부모가 선뜻 대답하기 어려운 질문을 많이 한다. 또 궁금증이 풀리지 않으면 질문은 끊임없이 이어진다.

이 이야기에 나오는 노마도 호기심이 많은 아이이다. 참새 소리를 듣고 문득 궁금해진 노마는 엄마에게 참새도 엄마가 있는지, 할아버지 참새는 수염이 났는지, 기집애 새끼와 사내 새끼는 어떻게 구별하는지 끊임없이 질문을 한다. 아이의 아버지가 된 작가가 아이들의 특성을 살려 창작한 작품이라 보여진다. 이 작품에는 어린이들에게는 엄마가 꼭 필요하다는 것을 배경으로 삼고 있는데, 이것은 아홉 살에 고아가 된 자신의 심정을 반영했던 것으로 여겨진다.

새 한 마리가 나무에 둥지를 틀고 고운 알을 소복하게 낳아 놓았습니다.

아이 : 이 알을 모두 꺼내 가야지.

새 : 지금은 안 됩니다. 착한 도련님, 며칠만 지나면 까놓을 테니 그때 와서 새끼들을 가져가십시오.

아이 : 그럼 그러지.

며칠이 지나 새알은 모두 새끼 새가 되었습니다.

아이 : 하나, 둘, 셋, 넷, 다섯 마리로구나. 허리춤에 넣고 갈까, 둥지째 떼어 갈까!

새 : 지금은 안 됩니다. 착한 도련님, 며칠만 더 있으면 고운 털이 날 테니 그때 와서 둥지째 가져가십시오.

아이 : 그럼 그러지.

며칠이 지나 와 보니 새는 한 마리도 없고 둥지만 달린 나무가 바람에 울고 있었습니다.

아이 : 내가 가져갈 새끼 새가 다 어디 갔니?

나무 : 누가 아니. 나는 너 때문에 좋은 동무 다 잃어버렸다. 너 때문에!

– 「슬퍼하는 나무」 전문, 〈어린이〉(1932. 7월호)

「슬퍼하는 나무」는 어린아이의 호기심 어린 시각으로 사물을 바라보는 것을 주요 소재로 하고 있다. 이 동화는 아이와 새, 그리고 나무의 대화로 이루어졌다. 나무에 튼 새 둥지에서 알을 꺼내고 싶은 아이에게 나무는 조금 더 조금 더 있다 꺼내라고 한다. 결국 새는 모두 날아가 버리고 아이는 나무에게 화를 낸다. "너 때문에 좋은 동무 다 잃어버렸다"고 항변하는 나무의 외침은 이 동화의 주제요 울림이다.

> 한 아기가 꽃분 앞에 서서 어머니더러,/ "엄마?"/ "왜?"
> "꽃 장수 용치?"/ "왜?"/ "이렇게 이쁜 꽃을 만들어 냈으니까!"
> "어디 꽃 장수가 만들었다든. 기르기만 했지."
> "꽃 장수가 만들지 않았다면 이 이쁜 꽃을 누가 만들었수?"
> "만들긴 누가 만들어……. 씨를 땅에다 심으면 땅 속에서 싹이 나오고 자라면 절루 꽃이 되는 거지."/ "절루 펴? 땅에 씨만 묻으문?"
> "그럼?"/ "땅 속에 씨를 묻었더라도 하늘에서 비가 내려서 흙을 눅눅하게 적셔 주어야 하고, 또……."/ "또 뭐?"/ "또 하늘에서 햇빛이 따뜻이 비춰 주어야 싹이 터져 자라는 거야."
> "그런 걸 난 꽃 장수가 모두 만들어 내는 줄 알았지…….
> 그럼 엄마, 저 풀두, 오이두, 호박두, 나무들두 모두 그러우?"/ "그럼."
> "아유……."/ 아기는 땅을 한 번 보고 얼굴을 들어 끝없는 하늘을 멍하니 쳐다보았습니다.
>
> – 「꽃장수」 전문, 〈어린이〉(1933) / 〈새동무〉(1947년 4월호)

「꽃장수」는 아기와 엄마가 정답게 대화를 나누는 장면을 통해, 자연의 위대함을 느끼게 하는 동화이다. 천진한 아기는 꽃을 꽃 장수가 만드는 줄 믿고 있다. 아기는 엄마와의 대화를 통해 예쁜 꽃을 틔우는 일은 사람의 보살핌 외에도 자연의 도움이 있어야만 한다는 것을 배운다.

이 동화는 엄마가 아기에게 더 넓은 세상을 볼 수 있도록 이끌어 주는 교사의 역할을 한다. 또 세상 물정을 모르는 순진무구한 아이에게 자연의 위대함을 깨닫게 해 주는 동화이다.

3. 나오는 말

이태준은 1904년 태어나 22세의 나이로 1925년 7월 '조선문단'에 「오몽녀」가 당선되어 문단에 나왔다. 등단 후 1953년 무렵까지 단편 60여 편과 중 · 장편 18편 등 소설은 물론 시, 동화, 수필, 희곡, 평론 등 다양한 문학 장르에 걸쳐 활발한 활동을 펼쳤다. 그 중 그가 남긴 동화는 모두 12편으로 파악된다. 방정환과 친분이 두터웠던[11] 그가 '개벽사'에서 일을 하며 주로 〈어린이〉지에 발표한 작품들이다.

그의 동화 · 소년소설 중에는 아홉 살에 고아가 된 그의 체험이 짙게 묻어나는 작품들이 많다. 흔히 '고아 의식'이라 불리는 그런 감성이 강하게 드러나는 작품 외에도 아이들의 시선으로 세상을 바라보고, 또한 새삼스런 깨달음을 얻게 하는 이야기도 있다. 어린이들을 위해 쓴 작품이라고는 하나 그 문장의 아름다움과 묘미, 깊은 여운이 결코 덜하지 않다.

---

9) 소파가 타계한 후 그는 다음과 같은 조시를 발표했다. 편안할지어다 소파(小波)/ 정말 이제부터 그대는 대답이 없으려나?/ 몇 군데 가지 않아서 당장 찾아내일 듯한 그대를 모두 없어졌다고 하네./ 소파(小波)!/ 천재는 일찍 간다 한다. 그 예에 빠지지 않음인가? 그까짓 예에 빠져도 좋을 것을! 그까짓 천재는 떼버려도 그대는 얼마나 훌륭한 사람일 것을!/ 소파(小波)! 그대는 가난하였다./ 그러나 그대처럼 넉넉한 사람이 어디 있었으리오./ 소파(小波)! 그대는 느리었다./ 그러나, 그대처럼 민첩한 사람, 그대처럼 지성스런 사람이 어디 있었으리오. 그렇기 때문에 그대 가도 그대 남긴 자췻돌에 파놓은 듯 뚜렷하구나./ 오오! 뚜렷한 그대의 자취 빛남이여./ 소파(小波)!/ 이제는 전화를 걸어도 그대의 목소리는 들을 수 없을 것이다. 이제는 화동 골목에서도 개벽사 어느 방 안에서도 다시는 그대의 얼굴을 만나지 못할 것이다./ 이런 답답한 사실이 어지 있는가. 그러나…… 그러나 답답한 것도 아쉬운 것도 우리 남아 있는 사람의 얕은 정. 죽음이 무슨 봉변이리요. 더구나 소파 그대만한 요량이 깊은 사람은 필시 생사일여(生死一如)의 경(境)에서 편안히 발길을 뻗었을 것이 아닌가. 이젠 그대에겐 검열난의 고통도 없을 것이로다./ 소파(小波)!/ 한 골짜기 물처럼 우리도 그대의 뒤를 흘러가도다. 고작 몇 시간 잘해야 몇 십년 뒤 그것이로다. 슬프니 언짢으니가 모두 간사한 엄살이 아닌가./ 소파(小波)! 그대 간 곳이 미국이든 독일이든 천당이든 극락이든 길이길이 평안할 지어다./ 〈별건곤(別乾坤)〉(1931. 8월호)

이태준의 소년소설 대부분은 부모 없는 아이의 가난과 고단한 삶, 세상으로부터 버림받은 서러움이 담긴 이야기들이어서 연민의 정이 솟구친다. 「슬픈 명일 추석」, 「쓸쓸한 밤길」, 「외로운 아이」, 「불쌍한 소년 미술가」 등이 그런 이야기들이다. 하지만 어려운 환경 속에서도 자존심을 잃지 않고 자신의 환경을 극복하려는 의지와 꿈을 잃지 않고 분투하는 이야기들을 읽고 있으면 그들에게 꼭 희망적인 내일이 올 거라는 기대와 응원의 마음을 가지게 된다. 「눈물의 입학」에서 고아로 남의 여관집에서 허드렛일을 하며 온갖 설움을 견디다 못해 가출해 서울에 올라간 귀남이가 중학 입학 시험에 합격하고, 신문 배달을 하러 달려가며 웃는 장면에서는 희망적인 결말로 끝난다.

상허의 아동문학 작품들은 시대를 초월하는 보편성을 지닌 이야기들로, 사람과 자연을 하나로 아울러 그 애틋한 삶과 생명을 발견하게 하는 아름다운 작품들이다. 짧고 간결한 글이지만, 완벽한 구성과 넘치는 생동감으로 감탄을 자아낸다.

그의 동화에는 대부분 엄마와 아기, 그리고 어미와 새끼가 나온다. 「꽃장수」와 「몰라쟁이 엄마」는 아이와 엄마의 대화로 되어 있고, 「불쌍한 삼형제」, 「슬퍼하는 나무」, 「어린 수문장」은 어미와 새끼에 대한 이야기이다.

아이와 엄마가 나누는 대화 속에는 아이의 눈에 비친 세상과 그것을 향한 호기심이 온전히 담겨 있다. 또 그 대화를 통해 아이는 새로운 발견과 깨달음을 얻어 한 뼘 더 성장하기도 한다. 「몰라쟁이 엄마」에서 노마는 엄마를 졸졸 따라다니며 끊임없이 질문을 해 댄다. 그 질문들을 보면 노마의 생활이 그대로 담겨 있다는 느낌이 든다. 세상을 향한 호기심에 함께 고개를 갸웃거리게 된다. 「꽃장수」에서 아이는 예쁜 꽃을 꽃장수가 만들어 내는 것이라 믿고 있었다. 그런데 엄마와 대화를 나누는 중에 자연의 섭리를 깨닫고 새삼스레 하늘과 땅을 바라보게 된다. 그리고 그 모습을 보는 독자들 역시 생명을 키워 내는 대자연의 경이로움을 함께 호흡하게 된다. 이 짤막한 두 작품은 결코 독자에게 설명하거나 가르치지 않는다. 단지 아이들의 모습을 있는 그대로 정확하고 간결하게 담아 냈다. 하지만 그 솔직하고 호기심 어린 모습은 아이들의 눈높이에서 진실을 깨닫게 하며 깊은 공감을 이끌어 낸다.

「슬퍼하는 나무」나 「어린 수문장」, 「불쌍한 삼 형제」는 새끼와 어미 이야기를 통해 생명에 대한 또 다른 깨달음을 준다. 아기가 엄마의 보살핌을 받아야 하듯, 새끼도 어미의 보살핌이 있어야 한다. 자연 속의 생명들도 서로 기댈 친구가 필요하다. 그래서 억지로 어미에게서 떼어 놓은 새끼는 결국 불행한 최후를 맞게 되고, 친구를 빼앗긴 나무는 사람과 똑같이 외로움을 느끼고 슬퍼한다. 그런 과정을 겪고 지켜본 아이들은 놀라고 아파한다. 그렇게 나와 다른 생명이라 생각했지만, 결코 나와 다르지 않음을 발견하고 더욱 친근하게 느끼며 그 생명을 애틋하게 바라보게 되는 것이다. 그러면서 자연의 질서를 거슬러서는 안 된다는 것도 알게 된다.

이태준의 소년소설에는 고아 의식과 함께 당 시대 어려운 현실을 극복하려는 의지와 희망이 녹아 있다. 또한 그가 쓴 유년 동화에는 귀엽고 깜찍한 대화에서 스며나오는 천진스런 동심을 십분 느낄 수 있다. 그의 동화에는 궁핍한 현실을 타개하려는 등장인물의 의지가 묻어나고, 생명에 대한 감수성을 일깨우며 새로운 발견과 깨달음을 이끌어 내는 작가의 의지가 투영되어 있다.

동심으로 표출된 망향과 민족의식
– 정지용 동시론

1. 시인의 생애

정지용(鄭芝溶)[1]은 1902년 6월 20일(음력 5월 15일) 충청북도 옥천군 하계리에서 한약상[2]을 경영하던 정태국(鄭泰國)과 정미하(鄭美河)의 맏아들로 태어났다. 그는 세 살 때부터 초등학교에 들어가기 전까지 부친과 별거 상태에 있었다. 부친은 첩을 들여 두 명의 자녀까지 두었다. 아홉 살 때인 1910년 옥천공립보통학교(지금의 죽향초등학교)에 입학했고, 열두 살 때인 1913년 동갑인 송재숙과 혼인[3]했다. 1918년 서울로 올라와 휘문고등보통학교에 입학했다. 휘문고보에 재학하면서 박종화 · 홍사용 · 정백 등[4]과 사귀었고, 박팔양 등과 동인지 〈요람(搖籃)〉을 발간했으며, 1919년 3 · 1운동 때에는 교내

1) 연못의 용이 하늘로 올라가는 태몽을 꾸었다고 해서 아명(兒名)을 지룡(池龍)이라고 하였고, 이름도 지용(芝溶)이라고 하였다.

2) 그의 아버지는 젊은 시절 중국과 만주에서 익힌 한의학을 바탕으로 한약상을 하여 구차하게 살지는 않았다. 그러나 큰 홍수로 가세가 기울면서 옥천공립보통학교를 졸업한 뒤, 상급 학교에 진학하지 못하고 독학을 하게 된다. 이때 4년 가까이 겪은 고향에서의 체험은 문학의 자양분이 되었다.

3) 그의 가족 관계를 살펴보면, 1928(27세) 장남 구관 출생, 1931년 차남 구익(구인) 출생, 1934년 장녀 구원 출생, 1935년 4남 출생, 1936년 5남 구상이 출생했으나 이듬해 병사했다. 1939년 부친을 여의고, 1946에는 모친도 여의었다. 1971년에는 아내가 사망했고, 2004 장남 구관이 사망했다.

4) 홍사용 · 박종화 · 김영랑 · 이태준 등은 훗날까지 그와 가까이 지낸 휘문 출신 문우들이다.

시위를 주동하다가 무기 정학[5]을 받기도 했다. 그는 1919년에 창간된 월간 종합지 〈서광(瑞光)〉에 「3인」이라는 소설을 발표했다.

1922년 휘문고보를 졸업한 뒤에 시를 쓰기 시작하였고, 휘문고보 출신의 문우회에서 발간한 〈휘문(徽文)〉의 편집위원을 지냈다. 이듬해인 1923년 4월 휘문고보의 장학생으로 일본 교토(京都)의 도시샤(同志社)대학 영문과에 입학[6]했다. 1926년 유학생 잡지인 〈학조(學潮)〉 창간호에 「카페 프란스」 등 9편의 시를 발표하고, 그 해에 〈신민〉, 〈어린이〉, 〈문예시대〉 등에 「다알리아(Dahlia)」, 「'홍춘(紅椿)」, 「산에서 온 새」 등의 시와 동시를 발표하며 본격적으로 문단 활동을 시작했다.

1929년 대학을 졸업하고 귀국한 뒤에는 휘문고보 영어 교사로 부임하여 해방이 될 때까지 재임했다. 1930년에는 박용철, 김영랑, 이하윤 등과 함께 동인지 〈시문학〉[7]을 발간하고, 1933년에는 순수문학을 지향하는 김기림 · 이효석 · 이종명 · 김유영 · 유치진 · 조용만 · 이태준 · 이무영 등과 함께 9인회를 결성하며 한국 시단을 대표하는 인물로 떠올랐다. 또한 그해에 새로 창간된 〈가톨릭청년〉[8]의 편집 고문을 맡아 그곳에 다수의 시와 산문을 발표했으며, 시인 이상(李箱)의 시를 소개하여 그를 문단에 등단시키기도 했다.

1935년 지면에 발표했던 시들을 묶어 첫 시집인 『정지용 시집』[9]을 출간했으며, 1939년부터는 〈문장(文章)〉의 시 부문 추천 위원이 되어 조지훈, 박두

---

5) 이선근과 함께 '학교를 잘 만드는 운동'으로 반일(半日) 수업제를 요구하는 학생 대회를 열었고, 이로 인해 무기 정학 처분을 받았다가 박종화 · 홍사용 등의 구명 운동으로 풀려 났다.

6) 유학 시절부터 가톨릭 신자가 된 정지용은 방학 때 귀국해서 아버지에게 성당에 나가자는 권유를 하기도 한다. 그는 뒷날 휘문중학에 다니는 자신의 둘째 아들에게 가톨릭 사제 수업을 권하기도 했다.

7) 그는 〈시문학〉 창간호에 『이른 봄 아침』, 「경도 압천(京都鴨川)」, 2호에 「바다 2」, 「피리」, 「저녁 햇살」 등을 발표한다.

8) 가톨릭 신자로 세례명은 프란시스코(方濟角)이다. 〈카톨릭청년〉은 제호와 무관하게 모더니즘 취향의 실험성이 강한 시를 쓰던 김기림 · 이상 등에게 많은 지면을 할애한다. 정지용 자신도 이 잡지에 문예란 편집을 맡고 이 잡지에 방제각이라는 세례명으로 「은혜」, 「별」, 「임종」, 「불사조」 같은 신앙시와 본명으로 「소묘」, 「해협의 오전 두 시」, 「시계를 죽임」 등 모더니즘 시들을 발표함으로써 문학과 종교 사이의 균형을 유지한다.

진, 박목월, 박남수 등을 등단시켰다. 이 시기에는 시뿐 아니라 평론과 기행문 등의 산문도 활발히 발표했으며, 1941년에는 두 번째 시집인 『백록담』(문장사)을 발간했다. 이후 태평양 전쟁이 발발하고, 그로 인해 사회 상황이 악화되면서 일제에 협력하는 내용의 시인 〈이토〉[10]를 〈국민문학〉 4호에 발표했지만, 이후 작품 활동을 중단한 채 은거 생활을 하기도 했다.

해방 이후에는 이화여자대학교의 교수가 되어 한국어와 라틴어를 강의했고, 〈경향신문〉의 편집 주간에 위촉되었다. 1946년 2월에 사회주의 계열의 문인들을 중심으로 결성된 조선문학가동맹의 아동 분과 위원장으로 추대[11]되었고, 그 해에 시집 『지용시선』을 발간했다. 1947년에는 서울대학교에서 〈시경(詩經)〉을 강의하기도 했다. 1948년 대한민국 정부 수립 이후에는 이화여대 교수를 사임하고, 지금의 서울 은평구 녹번동에 초당을 짓고 은거하며 『문학독본(文學讀本)』을 출간했다. 1948년 윤동주의 후배 정병욱과 동생 윤일주, 친구 강처중 등의 노력으로 윤동주 유고 시집 『하늘과 바람과 별과 시』[12]를 상재할 때 정지용은 서문을 써 주었다. 이후 〈문장〉의 속간호와 소년 잡지 〈어린이나라〉[13]를 주관했다. 1949년 2월 『산문(散文)』을 출간했

---

9) 그동안 여러 동인지와 잡지에 발표한 시편들을 다듬어 실은 그의 첫 번째 시집이다. 이 시집은 나오자마자 커다란 반향을 불러일으킨다. 작품 중에는 전통적 순수 서정성을 지닌 시도 보이지만, 바탕에 외래 취향이 깔려 있는 시도 적지 않다. 이양하의 「바라던 지용 시집」이라는 글은 이 시집에 대한 문단의 관심을 잘 보여준다. 이 글은 시집 출간에 맞추어 1935년 12월 7일부터 11일까지 4회에 걸쳐 발표된 것으로, 서평이라기보다 정지용의 시 세계를 전반적으로 다룬 시인론에 가깝다. "그러나 우리는 여기 마침내 우리의 욕심을 채울 수 있게 되었다. 오늘 처음 씨의 시집이 출판되었으매 우리는 한아름 꺾어든 꽃다발처럼 씨의 시집을 그러안고 그의 아름다운 색채를 향기를 형체를 윤곽을 마음대로 그리며 엿보며 어루만질 수 있게 되었다." 이양하, 「바라던 지용 시집」, 〈조선일보〉(1935. 12. 8.)

10) 이토(異土) // 낳아 자란 곳 어디거나/ 묻힐 데를 밀어나가쟈// 꿈에서처럼 그립다 하랴/ 따로 짖힌 고양이 미신이리// 제비도 설산을 넘고/ 적도직하에 병선이 이랑을 갈제// 피였다 꽃처럼 지고보면/ 물에도 무덤은 선다.// 탄환 찔리고 화약 싸아한/ 충성과 피로 곯아진 흙에// 싸흠은 이겨야만 법이요/ 시를 뿌림은 오랜 믿음이라// 기러기 한형제 높이줄을 맞추고/ 햇살에 일곱식구 호미날을 세우쟈

11) 그의 조선문학가동맹 가입은 결벽증에 가까울 만큼 투철한 민족정신을 지닌 그가 해방 직전 일종의 '의전 행위'로 미온적이나마 일제에 협력한 것에 대한 반성, 그리고 오랜 지기인 이태준 · 이병기 등과의 친분에서 말미암은 것으로 추측된다. "나는 공산주의는 싫지만 몇 십 년을 두고 사귄 우의는 끊을 수 없다."는 그의 말에서도 이런 점은 드러난다.

12) 발문은 연희전문 동급생이었던 경향신문 기자 강처중이 썼다.

으며, 6월 국민보도연맹이 결성된 뒤에는 조선문학가동맹에 참여했던 다른 문인들과 함께 강제로 가입되어 강연 등에 동원[14]되기도 했다.

1950년 6월 한려수도를 여행 중 6·25 전쟁을 맞아 급히 상경했지만, 얼마 후 김기림, 박영희 등과 함께 서대문 형무소에 수용되었다. 이후 북한군에 의해 납북되었다가 사망한 걸로 보인다.

북한에서 발행하는 〈통일신보〉는 1993년 4월에 정지용이 1950년 9월 납북 과정에서 경기도 동두천 소요산 부근에서 미군의 폭격으로 사망했다는 내용의 기사를 발표하기도 했다. 한 때 납북된 것인지 월북한 것인지를 확인하지 못해 1988년 7·19 해금 조치를 통해 그의 시가 해금되기 전까지 정○용이라는 이름으로 알려져 있었다.

2000년에 북한에 있던 셋째 아들(정구인)[15]이 아버지 정지용을 찾겠다고 이산가족 상봉 신청을 해서 가족을 만난 적이 있다. 상봉 대상자에 아버지, 어머니, 형, 조카를 넣었는데 결국 큰 형(정구관)과 상봉했다. 아버지의 행방을 묻는 형에게 북으로 가던 중 폭격으로 사망했다고 했다. 2018년 문화체육관광부로부터 '2018 문화예술 발전 유공자'로 선정, 금관문화훈장에 추서됐다.

---

13) 1949년 1월부터 1950년 5월까지 총 16호를 발행하였다. 한국전쟁 발발 직전에 펴낸 1950년 4·5월 합본이 마지막 호이다. 정지용은 창간호부터 권두언을 매호 집필했다. 「장난감 없이 자란 어른」(1949. 1), 「연날리기」(1949. 2), 「3월 1일」(1949. 3), 「4월달」(1949. 4) 외 다수의 산문이 실려 있다. 특히 어린이들의 작품을 직접 심사했다. 그의 심사평에는 동시와 동심을 보는 관점이 잘 나타나 있다. "동요나 동시가 어린이에게나 어른에게나 마찬가지로 어려운 것이다. 숙성한 체도 없는 어린 양도 없는 철저하게 천진스러워서 어른이 읽든지 어린 아이가 읽든지 저절로 감복해지는 것이 동요, 동시다. 나와 같이 늙은 사람이 색동저고리를 입고 율동춤을 춘다면 얼마나 숭업겠으며, 초등학교 어린 아이가 금수강산 삼천리에 건국 사업의 노래를 지어 바친다고 하면 반드시 일등상을 주어야 할 것인가?"(1949. 6)

14) 좌우의 대립이 극렬해지자 월북을 선택한 동료들과는 달리 전향을 선택, 보도연맹에 가입했다. 그런데 그 전향한 것도 보도연맹 입안 추진자였던 오제도가 정지용에게 가서 강요로 가입해 달라고 재촉한 것이었다고 한다.

15) 정구인은 양강도 방송위원회 중서군 주재원 책임 기자로 일하고 있다고 밝혔다.

2. 정지용의 동시 세계

정지용은 어린 시절을 몹시 불우하게 보냈다. 일제 강점기에 피식민지 백성 누구나 겪었던 경제적 궁핍과 세 살 때부터 초등학교 입학 무렵까지 아버지 없이 살아야 했던 점은 그를 우울하게 만들었다. 또한 지나칠 정도로 엄격했던 아버지의 훈육이나 훗날 아버지가 첩을 얻은 점 등은 정지용이 스스로 불행하다는 생각으로 절망하게[16] 만들었다. 그래서인지 그의 동시에는 아버지가 등장하지 않고 오히려 이태준 동화에서도 엿볼 수 있는 고아 의식이 나타난다.

정지용은 1926년 6월 〈학조〉 창간호[17]에 동시[18] 5편을 발표했다. 「서쪽하늘」, 「띄」, 「감나무」, 「하늘 혼자 보고」, 「딸레와 아주머니」 등이다. 또한 『정지용 시집』 제3부에 16편[19]이 제2부에도 몇 편이 수록되어 있다. 그 후 「굴뚝새」(《신소년》, 1926. 12), 「산 너머 저쪽」(《신소년》, 1927. 5), 「할아버지」(《신소년》, 1927. 5), 「말」(《조선지광》, 1927. 7) 등을 차례로 발표했다.

> 할아버지가/ 담뱃대를 물고/ 들에 나가시니,/
> 궂은 날도/ 곱게 개이고,// 할아버지가/ 도롱이를 입고/
> 들에 나가시니,/ 가문 날도/ 비가 오시네.
>
> –「할아버지」 전문(《신소년》 1927. 5)

---

16) '어린이에 대한 글을 쓰라고 하시니 갑자기 나는 소년 적 고독하고 슬프고 원통한 기억이 진저리가 나도록 싫어진다. 다시 예전 소년 시절로 돌아가는 수가 있다면 나는 지금 이대로 늙어 가는 것이 차라리 좋지 예전 나의 소년은 싫다 조선에서 누가 소년 시절을 행복스럽게 지났는지 몰라도 나는 소년적 지난 일을 생각하기도 싫다./ 인생에 진실로 기쁜 때가 있다면 그것은 어린 시절 뿐이요 어린이들의 기쁨이란 순수하게 기쁜 것이다./ 불행하게도 조선에 태어나서 기쁨을 빼앗긴 어린 시절에 나는 마침내 소년이 없었고 말았으니 청년기도 없었던 것이요 애초에 청춘이 없었으니 말하자면 노년도 없이 우습게 쇠약하여 죽을 것 같다.'(정지용 전집 2 '산문', 427쪽)

17) 휘문고보 재학 시절에 펴낸 동인지 〈요람〉에도 동시가 실려 있을 것으로 짐작되지만, 그 책이 발견되지 않고 있다.

18) 박목월, 박두진, 조지훈 같은 청록파 시인과 윤동주도 정지용의 영향을 받아 동시를 썼다.

19) 그 중 12편을 1926년과 1927년에 〈학조〉, 〈어린이〉, 〈신소년〉 등에 집중적으로 발표했다.

평생 농사를 지어 온 할아버지는 날씨 변화를 예견하고 미리 대처하는 생활의 지혜를 가지고 있다. 도롱이는 농부들이 비오는 날 일을 할 때 착용한 우장(雨裝)의 하나로, 짚이나 띠를 엮어 만든다. 겉쪽에 줄기가 포개져 이어지게 만들어 빗물이 스며들지 않고 흘러내린다. 가뭄이 심할 때 비가 내리면 반갑고 고마워 비가 '오신다'고 한다. 할아버지가 털벙거지를 쓰고 나가면 눈이 내리리라. 할아버지가 펼치는 마술이 화자를 즐겁게 한다. 이 시를 읽는 독자들은 할아버지가 들에 나가 흐뭇한 표정으로 바라보는 평화로운 농촌 풍경을 그려 볼 수 있다.

> 해바라기 씨를 심자./ 담모롱이 참새 눈 숨기고/ 해바라기 씨를 심자.//
> 누나가 손으로 다지고 나면/ 바둑이는 앞발로 다지고/
> 괭이가 꼬리로 다진다.// 우리가 눈 감고 한 밤 자고 나면/
> 이슬이 내려와 같이 자고 가고,// 우리가 이웃에 간 동안에/
> 햇빛이 입 맞추고 가고,// 해바라기는 첫 시악씨인데/
> 사흘이 지나도 부끄러워/ 고개를 아니 든다.//
> 가만히 엿 보러 왔다가/ 소리를 깩! 지르고 간 놈이/
> 오오, 사철나무 잎에 숨은/ 청개고리 고놈이다.
>
> -「해바라기 씨」 전문

바둑이와 고양이가 누나를 도와 꽃씨를 심는 평화로운 농촌 모습을 보여 주는 동시이다. 누나가 손으로 해바라기 씨를 다지고 나면 바둑이가 앞발로 다지고 괭이가 꼬리로 다진다. 해바라기를 색시에 비유했다. 사흘이 지나도 부끄러워 고개 들지 않는 해바라기 싹을 보고 청개구리란 놈이 엿보려고 왔다가 소리를 '객!' 지르고 간다는 구절이 재미있다. 그런데 해바라기 씨를 심는 것이 해방의 꿈을 심는 것이고, 청개구리를 눈에 불을 켜고 감시하던 일본 순사로 해석한다면 새로운 의미로 다가올 수도 있다.

어저께도 홍시 하나./ 오늘에도 홍시 하나.// 까마귀야. 까마귀야./
우리 남게 왜 앉았나.// 우리 오빠 오시걸랑/ 맛뵐라구 남겨 뒀다.//
후락 딱 딱/ 훠이훠이!

–「감나무」 전문

우리 조상들은 감을 수확할 때 높은 가지 위에 있는 홍시감 몇 개는 따지 않고 두었다. 이를 '까치밥' 혹은 '까마귀밥'이라고 부른다. 까마귀나 까치들이 먹으라고 남겨둔 배려이다. 생태계의 구성원들과 더불어 살아가려는 따뜻한 마음씨가 담겨 있다. 집을 떠난 오빠는 가을이 깊어 홍시가 익었는데도 돌아오지 않는다. 그리운 오빠가 오면 맛을 보이려고 홍시를 남겨 둔 여동생의 마음씨가 홍시처럼 곱다. 화자인 여동생은 감나무 가지에 앉는 까마귀를 쫓는다. 오빠는 당장 곁에 없지만 언젠가 돌아올 것이라고 믿기 때문에 희망이 있다.

오빠가 가시고 난 방안에/ 숯불이 박꽃처럼 새워간다.//
산 모루 돌아가는 차, 목이 쉬어/ 이 밤사 말고 비가 오시려나?//
망토 자락을 여미며 여미며/ 검은 유리만 내어다 보시겠지!//
오빠가 가시고 나신 방안에/ 시계(時計)소리 서마서마 무서워.

–「무서운 시계」 전문

"오빠가 떠나고 난 겨울밤 방 안에 숫불이 박꽃처럼 새워 간다."는 구절에서도 오빠와의 이별은 일시적인 것으로 나타난다. "망토 자락을 여미여 여미여/ 거문 유리만 내여다 보시겟지!" 하는 구절에서 밤새워 기차를 타고 달리면서 차창을 내다보는 오빠의 모습[20]을 그리는 여동생의 마음을 엿

20) 정지용에게는 계용이라는 이복 누이동생이 있었다.

볼 수 있다. '서마서마'는 '섬마섬마'의 방언으로 마음이 든든하지 못해서 조마조마하게 조이는 데가 있다는 뜻이다. 든든했던 오빠가 없는 방은 시계소리마저 무섭게 들린다.

> 삼동내- 얼었다 나온 나를/ 종달새 지리지리 지리리……//
> 왜 저리 놀려 대누.// 어머니 없이 자란 나를/
> 종달새 지리지리 지리리……// 왜 저리 놀려 대누.//
> 해바른 봄날 한종일 두고/ 모래톱에서 나 홀로 놀자.
>
> -「종달새」 전문

겨울철의 추운 석 달을 3동이라 일컫는다. 어머니마저 없는 겨울은 엄동설한이 아닐 수 없다. 바야흐로 봄이 와서 종달새는 '지리지리 지리리' 울어 댄다. 화자에게는 그 소리가 놀리는 소리로 들린다. '일체 유심조'라고 자신의 처지에 따라 그렇게 들리는 것이다. 새들에게 조차 놀림을 받는 나는 친구도 없이 혼자 냇가 모래톱에서 논다. 나라를 빼앗긴 식민지 백성의 처지를 어머니 없이 자란 나에 비유한 것이다.

> 부헝이 울든 밤/ 누나의 이야기—//
> 파랑 병을 깨치면/ 금시 파랑 바다.//
> 빨강 병을 깨치면/ 금시 빨강 바다.//
> 뻐꾸기 울든 날/ 누나 시집갔네—//
> 파랑 병을 깨뜨려/하늘 혼자 보고.//
> 빨강 병을 깨뜨려/ 하늘 혼자 보고.
>
> -「하늘 혼자 보고」 전문

이 시는 「병」이라는 제목으로도 실려 있다. 누나는 부엉이 울던 겨울밤에 나에게 옛이야기를 들려준다. '빨간 병 파란 병' 이야기이다. 괴물(여우)에게 쫓겨 다급해질 때 병을 던져 가까스로 위기를 모면한다는 내용이다. 긴 겨울밤 이야기를 들려주며 나를 보살피던 누나는 봄이 되자 시집을 가 버리고 지금은 혼자다. 누나와 헤어져 혼자 보는 하늘은 외롭다.

> 서낭산골 시오리 뒤로 두고/ 어린 누이 산소를 묻고 왔오./
> 해마다 봄바람 불어를 오면,/ 나들이 간 집새 찾어 가라고/
> 남먼히 피는 꽃을 심고 왔오

-「산소」 전문

어린 누이는 꽃 피는 봄에 죽었다. 누이의 무덤은 서낭산골에 있다. 봄바람이 불면 꽃이 피리라. 시적 화자는 누이동생 무덤가에 일찍 피는 꽃을 심고 왔다. '남먼히'의 '먼히'는 '먼저'라는 뜻의 옥천 방언이다. 지금도 옥천에서는 '남 먼저'를 '남 먼히'로 쓰고 있다. 죽은 누이를 그리워하는 마음이 잘 나타나 있다.

> 산 너머 저쪽에는/ 누가 사나?//
> 뻐꾸기 영 우에서/ 한나절 울음 운다//
> 산 너머 저쪽에는/ 누가 사나?//
> 철나무 치는 소리만/ 서로 맞아 쩌 르 렁!//
> 산 너머 저쪽에는/ 누가 사나?//
> 늘 오던 바늘장수도/ 이 봄 돌며 아니 뵈네.

-「산 너머 저쪽」 전문

뻐꾸기 울음소리는 늦은 봄날 야산에서 흔히 들을 수 있다. 그 뻐꾸기가 고개 위에서 한나절 울고, 도끼로 나무 찍는 소리가 쩌르렁 울린다. 바늘장수는 방물장수를 말한 것이다. 여자들의 일상생활에 필요한 화장품, 바느질 기구, 패물 등의 간단한 물건들을 팔러 다니는 사람으로 주로 노파들이 했다. 방물장수는 물건만 파는 것이 아니라 이웃 마을과 바깥세상의 소식을 전해 준다. 오늘날처럼 교통과 통신이 발달하지 않았던 옛날에 방물장수는 산골 마을에 세상 소식을 전해 주는 소식통이었다. 그런데 무슨 까닭인지 올봄에는 방물장수가 오지 않는다. 궁금해서 산 너머 마을을 가 보고 싶은 마음이다.

> 우리 오빠 가신 곳은/ 해님이 지는 서해 건너/ 멀리 멀리 가셨다네./
> 웬일인가 저 하늘이/ 핏빛 보담 무섭구나!/ 난리 났나. 불이 났나.
>
> –「지는 해」 전문

해가 지면 어둠이 찾아온다. 어둠은 절망과 상실의 이미지이다. 집안의 기둥이던 오빠가 집을 떠나고 없다. 오빠가 떠난 곳은 해지는 바다 건너 서쪽 나라이다. 독립운동을 하러 중국으로 떠났으리라 생각해도 무방하다. 오빠를 걱정하는 마음을 '노을이 핏빛보다 무섭다'거나 '난리 났나 불이 났나'로 표현하고 있다. 이 시의 분위기는 무언가 큰일이 날 것 같은 불안 의식에 휩싸여 있다. 이러한 불안은 오빠의 부재가 몰고 온 트라우마인 것이다.

이처럼 정지용의 동시에 나타난 고아 의식, 불안 의식과 상실 의식은 일제의 탄압과 수탈, 그리고 계속되는 침략 전쟁 등으로 앞날을 예측할 수 없는 시대 상황과 깊은 관련이 있을 것으로 판단된다.

> 새삼나무 싹이 튼 담 위에/ 산에서 온 새가 울음 운다.//
> 산엣 새는 파랑 치마 입고./ 산엣 새는 빨강 모자 쓰고.//
> 눈에 아른아른 보고 지고/ 발 벗고 간 누의 보고 지고.//

따순 봄날 이른 아침부터/ 산에서 온 새가 울음 운다.

–「산에서 온 새」 전문(《어린이》 1926. 11)

새삼은 메꽃과의 한해살이풀로 다른 풀이나 나무에 붙어 사는 기생식물이다. 이 식물의 씨앗은 땅에 떨어져 싹을 내며 곧 넝쿨을 뻗어서 주위에 있는 나무를 감는다. 하루나 이틀이 지나면 나무를 감고 자라던 새삼은 곧 스스로 뿌리와 접한 줄기를 잘라 버린다. 그 후부터는 감고 있는 나무에 붙어 나무의 진액을 빨아먹고 사는 기생식물이 되는 것이다.

산에서 온 새는 빨강 모자를 쓰고 파랑 치마를 입었다. 머리 깃이 빨갛고 날개가 파란 새일 터이다. 그 새가 죽은 누이를 생각나게 한다. 누나는 빨강 저고리에 파란 치마를 즐겨 입었을 것으로 짐작된다. 그 누이가 환생한 듯 이른 아침 담 위에 새가 와서 애달프게 운다. 죽은 누이는 봄이 되자 새로 다시 태어나 새삼 싹이 튼 담장 위에 앉아 우는 것이다.

말아, 다락 같은 말아/ 너는 점잔도 하다마는/
너는 왜 그리 슬퍼 뵈니?/ 말아, 사람 편인 말아/
검정콩 푸렁콩을 주마//
이 말은 누가 난 줄도 모르고/ 밤이면 먼 데 달을 보며 잔다.

–「말」 전문 (『정지용시집』(1935))

이 동시에 등장하는 말은 '다락 같은 말'이다. 아마도 다락의 높고 어두컴컴한 이미지가 말과 닮았다고 생각한 것이다. 화자의 눈에 말은 점잖고 굳세게 보이지만 한편으로는 왠지 슬퍼 보였던 것이다. 말은 사람에게 이로움을 주는 가축이므로 사람 편으로 여겨 말이 가장 좋아하는 검정콩 푸른콩을 주겠다고 말에 대한 애정을 표현하고 있다. 그런데 이 말은 자기를 낳아 준 부모도 모르고, 밤이면 먼 데 달을 보며 잔다. 말이 밤마다 달을 쳐다보며 헤어진 부모를 그리워하고 있음을 알 수 있다. 이 동시에도 말이 겪고 있는 이산(離散)의 아픔을 통해 고아 의식을 표출하고 있다.

> 굴뚝새 굴뚝새/ 어머니-/ 문 열어놓아주오, 들어오게/
> 이불안에/ 식전 내-재워주지//
> 어머니-/ 산에 가 얼어죽으면 어쩌우/ 박쪽에다/ 숯불 피워다주지
>
> -「굴뚝새」 전문(《신소년》 1926. 12)

굴뚝새는 우리나라 전역에 흔히 번식하고 서식하는 텃새이다. 우리나라에서 서식하는 새 중에서 작은 편에 속한다. 굴뚝새의 수컷은 여러 둥지를 만들어 놓고 암컷과 번식한다. 좋은 둥지와 멋진 노랫소리를 가지지 못한 수컷은 암컷을 만날 수 없고 번식할 수 없다.

어린 화자는 추운 겨울 밖에서 떨고 있는 굴뚝새가 불쌍하여 어머니에게 문을 열어 달라고 부탁한다. 하루 중 가장 추운 아침 식전 동안 이불 안에 재워 주고 싶어서이다. 또한 굴뚝새가 산에 가서 얼어 죽을까 봐 깨어진 바가지에 숯불을 피워 주고 싶어 한다. 이 동시에는 새를 사랑하는 동심이 불잉걸처럼 따스하게 타고 있다.

> 중, 중, 때때 중,/ 우리 애기 까까 머리//
> 삼월 삼질 날,/ 질나라비, 훨, 훨,/ 제비 새끼, 훨, 훨//
> 쑥 뜯어다가/ 개피떡 만들어/ 호, 호, 잠들여 놓고/
> 냥, 냥, 잘도 먹었다//
> 중, 중, 때때 중,/ 우리 야기 상제로 사갑소
>
> -「삼월 삼짇날」 전문

삼월삼짇날은 음력 3월 3일로, 제비가 돌아온다는 날이다. 들판에 나가

꽃놀이를 하고 새 풀을 밟으며 봄을 즐기는 명절이다. '질나라비'는 '사람이 기르기 전에 스스로 자연 속에서 살던 닭'을 말한다. 삼짇날이 되면 제비도 돌아오고 들에서 자라는 질나라비도 활개를 친다. 쑥이 자라 숙을 뜯어다 개피떡을 만든다. '개피떡'은 '흰떡, 쑥떡, 송기떡을 얇게 밀어 콩가루나 팥으로 소를 넣고 오목한 그릇 같은 것으로 반달 모양으로 찍어 만든 떡'이다. 중처럼 머리카락이 없는 아기를 잠들여 놓고 쑥개피 떡을 만들어 먹는 봄날의 풍경을 노래하고 있다.

> 딸레와 쬐그만 아주머니/ 앵도 나무 밑에서/ 우리는 늘 셋동무//
> 딸레는 잘못 하다/ 눈이 멀어 나갔네.//
> 눈먼 딸레 찾으러 갔다 오니/ 쬐그만 아주머니 마자/ 누가 다려 갔네//
> 방울 혼자 흔들다/ 나는 싫여 울었다
>
> –「딸레」 전문

딸레는 인형의 이름이다. 화자는 딸레와 장난감 아주머니하고 셋이 앵두나무 아래서 소꿉놀이를 한다. 화자인 나는 딸레 인형을 가지고 놀다가 눈을 다치게 한다. 내가 눈먼 딸레를 찾으러 간 사이 누가 데려갔는지 아주머니 마저 사라져 버린다. 그 무서운 공간을 혼자 방울 소리를 내며 견디는 상황은 공포심이 가득하다. 그러한 외로움과 상실, 공포의 분위기가 정지용의 동시에 짙게 배어 있다.

3. 나오는 말

정지용이 펴낸 책 중에서 시집은 『정지용 시집』과 『백록담』 두 권이다. 그 중에서 『정지용 시집』 제2부와 제3부에 동시가 실려 있다. 제2부에 실려 있는 「호수 1」[21]과 「호수 2」[22]도 동시로 분류할 수 있다. 박용철은 제3부에 실린 작품을 가리켜서 '자연 동요의 풍조를 그대로 띤 동요류와 민요풍 시편'이라고 말했다. 제3부에 실린 시는 모두 23편인데, 전반부 16편은 동시이고, 후반부 7편은 민요풍 시로 볼 수 있다.

9인회 회원이었던 김환태는 정지용을 '가장 완전하게 동심을 파악한 동요 동시 작가'라고 평했으며, 그는 좌경적인 작품을 단 한 편도 쓰지 않았다. 그럼에도 문학가동맹에서는 아동분과위장으로 추대되기도 했다. 그가 아동분과위장으로 추대된 것은 자의가 아니었다. 그렇기 때문에 이 단체에서는 어떠한 활동도 한 적이 없는 것으로 알려졌다. 그렇지만 이 사실은 그가 일반으로부터 동요 동시 작가로 인정을 받고 있었다는 이야기가 된다.

정지용 동시는 1922년을 전후한 습작기의 소산으로 여기고 가볍게 처리해 온 것이 일반적인 경향이었다. 박용철이 시집의 발문에서 '많은 눈물을 가벼이 진실로 가벼이 휘파람 불며 비눗방울 날리든 때'의 부산물이라고 언급했고, 오탁번은 '민속적 정서에 바탕을 둔 가벼운 소품들' 정도로 취급하기도 했다.

『정지용 시집』이 발간된 것은 1935년이다. 이때는 정지용의 시작이 원숙기에 들어선 시기이다. 지용은 첫 시집을 펴내면서 동시를 민요풍 시와 함께 별도의 장을 설정하여 수록했다. 시조를 제외시킨 것과는 사뭇 다른 태도이다. 이는 정지용이 동시에 각별한 애정과 관심을 보인 것이라고 할 수 있다.

대체로 정지용 동시에는 작품의 주제가 비교적 짙게 노출되어 있다. 이것은 지용의 일반 시에서는 볼 수 없는 또 다른 모습이다. 그렇기 때문에 그의 전체적인 시 세계를 이해하는 데 눈에 띄는 단서를 제공한다. 김종철은 '대단히 높은 정신적 경지를 나타내는 지용의 시들은 그의 동시의 변형'

---

21) 얼굴 하나야/ 손바닥 둘로/ 폭 가리지만,// 보고 싶은 마음/ 호수만 하니/ 눈 감을 밖에

22) 오리 모가지는/ 호수를 감는다.// 오리 모가지는/ 자꾸 간지러워

이라는 견해를 피력했고, 김학동은 '초기의 동요나 민요풍의 시편들은 그 뒤로 전개되는 「바다」와 「신앙」과 「산」의 시편에서 보인 고고한 정신적 태도와 표현 기법의 바탕'이 되었다고 보았다.

정지용은 일본 교토에서 6년을 보냈다. 지용은 유학 초기에 새로운 서구 문물을 접하면서 많은 경이감을 느꼈다. 그렇지만 그에 못지않게 현해탄 건너 멀리 이국의 하늘 밑에서 고향 옥천에 대한 향수와 고독도 절실히 느꼈다. 그는 압천(鴨川)이라는 냇가 마을에서 하숙을 했다. 그곳은 고향 마을의 자연 풍경을 떠올리게 하는 곳이었다. 그래서 그는 자주 시상을 다듬으며 압천을 따라 거닐었다. 압천 유역은 고향에 대한 향수를 달래면서도 한편으로는 망국민의 비애와 울분을 터뜨리게 하는 곳이었다. 그는 이런 심정을 동심으로 승화시켰다. 이것이 『정지용 시집』의 제3부에 실린 동요류 및 민요풍 시편들인 것이다. 이 시들은 망국의 설움을 달래고, 나아가서는 민족의 동질성 고취와 민족의식을 일깨우기 위한 간절한 심정에서 씌어진 것임을 잊어서는 안 될 것이다.

정지용 동시는 전승 설화, 세시풍속, 민요 등을 주요 소재로 한다. 또한 우리 시의 전통적인 율격을 훌륭하게 계승하고 있다. 그의 동시는 전통 지향 정형적 동시라고 부를 수 있을 만큼 향토적 색채가 짙다. 이것은 일본 경찰의 총검 아래서도 조선의 자연 풍토와 조선인의 정서와 우리 언어를 끝까지 지키려고 했던 그의 항일 의식을 드러 낸 것이기 때문이다.

김학동이 정지용 동시를 가리켜 '고향으로 향하는 마음이 유년 시절의 동심과 조화되어 민요의 율조를 타고 고독과 비애로 표상'했다고 했듯이 그의 동시가 어떤 배경에서 씌어졌는지를 다시 한 번 깨닫게 해 준다.

정지용의 동시는 망향가인 동시에 나라 잃은 서러움을 달래고 민족의식을 일깨워 주는 영혼의 노래였다. 정지용의 동시에는 유년 시절에 느꼈던 상실과 고아 의식, 일본 유학 시절 고향을 그리는 망향의 그리움과 민족의식이 배어 있다.

재조명되어야 할 통속성과 명랑성
– 조흔파 소설 『얄개전』을 중심으로

Ⅰ. 들어가는 말

조흔파(趙欣坡)[1]의 본명은 조봉순(趙鳳淳)이다. 그는 1918년 11월 4일 평양시 판동(염전리) 125 번지에서 부친 조창일과 모친 양창신 사이에서 외아들로 태어났다.

그의 부친은 장사로 부를 일군 기독교인으로 장로였고, 모친은 권사였다. 평양의 기독교 학교에서 기독교 교육을 받고 자라난 조흔파는 신학을 전공하기 위해 일본 유학을 떠났다. 유학 중 YMCA활동을 통해 범교파적, 평신도적, 청소년 교육 운동을 표방한 YMCA 정신을 받아들였다. 그는 신학 대신 동경에 있는 센슈대학(專修大學)에서 법학을 전공했다.

유학 시절 일본의 아동문학가 사사키구니(在在木邦)의 학원 소설을 접하고 많은 영향을 받았다. 또한 마크 트웨인의 소설에 관심을 보여 그의 대표작인 『톰소여의 모험』과 『허클베리킨의 모험』을 번역[2]하기도 했다. 1941년 대학을 졸업하고 귀국하여 1942년 경성방송국 촉탁직으로 근무했다. 해방 후

1) '趙欣坡'의 흔(欣)은 '기쁠 흔' 자로 기쁨이 물결치는 언덕이라는 뜻이다.

2) 정미영, 「조흔파 소년소설 연구」, 인하대학교 석사학위 논문, 2002.

인 1945년 11월 아나운서 공채에 응시하여 아나운서가 되었다.

1947년 5월 방송국을 그만 두고 경기여고와 휘문고교[3]에서 국어 교사로 근무했다. 6·25전쟁이 발발하자 국방부 문관으로 정훈국 부산분실 선무반장 겸 종군 작가로 활동했다. 1951년 『고시계』에 소설 「계절풍」을 발표하고, 1953년 첫 작품집 『청춘유죄』를 간행하면서 작가 활동을 시작했다.

1954년 〈현대여성〉 주간으로 근무하다 육군사관학교 · 경찰전문학교 등에 출강하기도 했다. 1957년부터는 〈국도신문〉 · 〈세계일보〉 · 〈한국경제신문〉 등에서 논설위원을 역임했다. 1960년 4·19 이후 민주당 정부가 들어서자 공보실 공보국장으로 자리를 옮긴 뒤, 국무원사무처 공보국장과 KBS 중앙방송국장을 지내기도 했다.

그의 필명은 『백민』[4]에 「종소래」를 발표할 때 김억과 정비석이 봉순이라는 여성 이름보다는 흔파로 하는 것이 좋겠다고 하여 붙여졌다. 1956년 정명숙[5]과 혼인하여 아들 영수와 딸 수연을 두었다. 그는 말년에 서대문구 남가좌동에서 살다 1980년 12월 24일 향년 62세를 일기로 신촌 세브란스병원에서 영면했다.

그가 남긴 주요 저서로는 『얄개전』(1956, 학원사), 『천하태평기』(1957, 정음사), 『협도 임꺽정』(1959, 대양출판사), 『푸른 구름을 안고』(1962, 학원사), 『주유천하』(1962, 신태양사), 『고명 아들』(1965, 학원사), 『배꼽대감』(1970, 소년세계사), 『에너지 선생』(1970, 소년세계사), 『꼬마전』(1970, 소년세계사), 『짱구』(1970, 소년세계사), 『대한 백년』(1970, 삼성출판사) 등과 청소년을 위해 쓴 『소설 한국사』, 『소설 성서』,

3) 휘문고 시절 유머 작가인 고 조흔파 선생님이 국어 담당이었는데, 수업 시작 전에 아이들이 소란스럽게 떠들면 곧잘 제게 독본 낭독을 시켰지요.(2011. 11.4일자 문화일보 임택근 아나운서 인터뷰)

4) 1945년 12월 작가 김현송(金玄松)에 의해 창간된 문예지로서 종합 교양지의 성격도 갖추고 있었다. 처음에는 격월간으로 발행하다가 월간으로 바꾸어 발행했다. 김현송은 일제하에서 문화에 굶주렸던 국민들에게 배불리 먹을 수 있는 문화의 식탁 구실을 하고자 이 잡지를 발간하게 되었다고 했다. 1948년 1월호까지 통권 21호를 발간한 월간 종합 문예지이다.

5) 정명숙은 수필가이다. 그의 증언에 의하면 흔파는 낭만적인 성격에 주색잡기에 능한 작가였다. "길을 가다가 도박하는 곳이 있으면 저를 세워 둔 채 몇 시간이고 몰두하고, 나의 대학 등록금을 들고나가 도박을 하였다."고 회고하기도 한다.(남산 문학의 집 주최 '음악이 있는 금요 문학마당' 2011. 5. 20)

『사건 백년사』 등이 있다.

그의 작품의 특징은 유머와 위트가 넘쳤고, 인간의 애환을 긍정적이고 희극적으로 그려 인간미[6]로 승화시켰다는 데 있다. 그는 유머 소설 또는 명랑 소설의 선도적 역할을 하며 장르 정착에 기여했다.

조흔파 소설에 대한 연구물은 극히 미미하여 정미영의 「조흔파 소년소설 연구」(인하대학교 석사학위 논문, 2002), 송수연의 「'진정한 명랑'을 위하여 –조흔파의 『얄개전』을 중심으로」(국립어린이청소년도서관 연구 세미나, 2013), 최은영의 「얄개전 연구 –학원 연재 소설을 중심으로(54. 5~55. 3)」(전북대학교 인문학연구소, 2016) 등이 있을 뿐이다.

Ⅱ. 한국 명랑소설의 대명사 『얄개전』

한국 아동문단에서 명랑 소설을 비롯한 통속 대중물의 출현은 6·25전쟁 발발 직후라기보다 휴전이 성립되고 정부가 서울로 환도한 1954년 이후라는 게 정설이다. 그것은 전쟁 초기에는 갑작스런 전쟁이 안겨 준 긴박성 때문에 미처 통속적 독소들이 서식할 겨를이 없었을 것이라는 추론적 이유도 있겠지만, 가장 명료한 근거는 이 시기 출판물의 경향에서 더욱 분명히 드러났기 때문이다.

1952년을 기점으로 환도 이전 창간된 아동지인 〈소년세계〉, 〈새벗〉, 〈학원〉 등이 대체로 아동독물의 특수성을 띠고 나온 아동지[7]였다는 점을 주목

6) 흔파는 하루 4시간 수면에 글 쓰고 술 마시는 시간이 아니면 라이카 카메라 메고 다니며 연애하는 시간이었습니다. 그것을 뭐라 하면 작품 구상이라고 했지요. 그 시절은 보통 말 쌀을 사 먹던 시절인데 백색 전화를 놓고 쌀 한 가마를 들일 정도로 원고 청탁을 받았습니다. 그 쌀 손님 대접해야 했고 오는 사람 모두 퍼 주어야 했으므로, 실제 2말 정도만 우리가 먹었습니다. 가난뱅이 문인 친구들이 어떻게 너만 원고 청탁이 많으냐고 시샘하면서 쌀 내라, 돈 내라 하여 마침내는 교통비까지 주어 보내며 내 결혼반지까지 빼 주어야했습니다.

7) 목해균, 「아동독물과 아동교육」, 〈동아일보〉(1955. 8. 25일자)

해야 한다. 특히, 환도 후 아동 잡지 20여 종이 격증한 것은 문화 운동이 아닌 상업주의적 경영 체제로 변모했다는 점이다. 그에 대한 방증으로는 소년소설 · 탐정 모험물의 대폭적인 증가와 만화 및 입시 위주의 편집 추세 등이 통속화 현상을 보여준 것이다.[8)]

『학원』은 6·25전쟁 중인 1952년 11월에 창간하여, 1991년 7월 통권 353호로 폐간되었다. 매호마다 명랑 소설, 명랑 꽁트, 명랑 희곡 등을 번갈아 가며 연재를 했다. 1954년 1월호에 처음으로 조흔파의 단편 「할머니」[9)]를 명랑 소설이란 타이틀로 싣는 것을 시작으로 5월호에는 「얄개전」이 연재되기 시작하자 뜨거운 반응을 얻었다.

명랑 소설이 인기를 끌자 조흔파와 함께 최요안[10)], 유호[11)], 오영민[12)] 등도 명랑 소설 집필에 앞장섰다. 이렇게 『학원』에서 시작된 명랑 소설의 열풍이 다른 잡지로 전파되고, '명랑 소설'과 『학원』은 부흥과 쇠퇴를 같이 했다고 해도 과언이 아니다. 하지만 우스운 개그식 이야기가 주류를 이루고 인기

---

8) 이재철, 『아동문학의 이해』, 2014, 국학자료원, 92~93쪽.

9) 어느 날 금숙이네 삼남매가 화롯가에 앉아 밤알을 구워 먹으며 '세상에서 제일 무서운 것'에 대한 이야기를 나눈다. 금숙 누나는 '사람', 동생 금식이는 '치과의사', 나는 '할머니'라고 말한다. 할머니는 오토바이가 가장 무섭다고 하는데, 이웃집 아이가 치어 죽는 것을 목도했기 때문이다. 할머니가 무섭다고 한 까닭은, 아버지는 할머니 앞에서 늘 큰소리로 대답하며 꼼짝을 못 하고 오십이 다 된 아버지의 종아리까지 때리기 때문이다. 그런데 치과에 갔다 무서워 도망친 금식이의 이를 할머니가 실로 묶어 빼자 금식이도 할머니를 가장 무섭게 생각할지도 모른다는 줄거리이다.

10) 요안은 세례명이고, 본명은 덕룡(德龍)이다. 1915년 인천 출생하여 일본 니혼대학 법문학부를 졸업했다. 해방 후 귀국하여 서울 중앙방송국 전속작가로 활동하고, 최초로 어린이를 위한 방송극 『바람부는 언덕』을 집필했다. 1957년 제1회 방송극 작가협회상, 1958년 제1회 방송문화상, 1973년 육영재단 작품상을 수상했다. 작품으로 방송극 『느티나무 있는 언덕』, 『바람 부는 언덕』, 『지는 꽃 피는 꽃』 등이 있고, 소년소설에 『은하의 곡』(1959, 학원사), 『억만이의 미소』(1964, 학원사), 『나 일등』(1964, 구미서관), 『남궁동자』(1959), 『마법 두루마기』(1971), 『국적없는 소녀』(1971), 『아파도 웃는다』(1971), 『돌부처의 비밀』(1974), 『왕눈이의 비밀』(1976) 등이 있다. 1987년 지병으로 인천에서 타계했다.

11) 본명은 유해준으로 1921년 11월 15일, 황해도 해주에서 출생했다. 1921년 11월 15일 황해도 해주에서 5남매 중 막내로 태어났다. 네 살 때 서울로 이사해 39년 서울 제2고등보통학교(현 경복고등학교)를 졸업한 후, 일본으로 유학, 42년 일본 제국미술학교 도안공예과 2년을 수료했다. 1947년 단편 「먹」을 〈백민〉에 발표한 후, 《나를 기억하십니까》(19448) 등 많은 단편을 발표했다. 해방 후 '신라의 달밤', '전우야 잘자라', '진짜 사나이', '전선야곡' 등 수많은 대중가요의 작사와 소설 · 시나리오 · 라디오 드라마를 썼다. 주요 작품에 장편 『일요부인』, 『우리엄마 최고야』, 『맹선생행장기』(한국일보, 1955. 9~56. 3), 『0호 부인』, 『나비』, 『잡았네요』 등 대중 유머 소설이 있다. 제3회 내성문학상(1957), 제1회 방송문화상(1968)을 받았으며, 2002년 '방송인 명예의 전당'에 올랐다.

에 영합하다 보니 문학성은 담보될 수 없었고 통속화 될 수밖에 없었다.

조흔파의 대표작이라고 할 수 있는 『얄개전』[13]은 1954년 5월호부터 1955년 5월호까지 학생 잡지 〈학원〉[14]에 연재되어 인기를 끌었다. 전쟁으로 인한 폐허 후에 천막 수업 등으로 고난을 겪던 시절, 청소년들에게 웃음과 희망을 주던 소설이었다.

얄개의 사전적 의미는 말이나 행동이 조금 괴상하고 얄밉게 되바라진 사람을 뜻한다. 성질이 얄망궂고 되바라진 사람을 얕잡아 이르는 말로 '야살스럽다'는 말이 있다. 이 야살스럽다에서 파생된 '얄개'는 원래 함경도 방언으로, 말과 행동이 비정상적인 사람에 대한 비하어이다. 얄개[15]의 뜻은 야살쟁이다. 야살스럽다는 말은 '말이나 하는 짓이 얄망궂고 되바라진 태도가 있다.'는 것이고, 얄망궂다는 '괴상하고 짓궂다.'는 의미이다. 즉, 얄개전이란 '말이나 하는 짓이 괴상하고 짓궂으며 조금은 되바라진 태도를 지닌 아이의 이야기'라는 뜻이다.

---

12) 본명은 영식(英植)으로 1926년 황해도 봉산에서 출생했다. 평양사범학교를 졸업하고, 황해도 신막국교, 동부국교 등에서 교편을 잡았다. 1958 평화신문에 동화가 입선되고, 1961년 동화 「남수와 닭」이 조선일보 신춘문예에 당선되었다. 1962년 서울신문 신춘문예에 장편 소년소설이 입선되었다. 밝고 명랑한 주제를 다루어 교육적인 경향이 짙다. 장편동화집으로 『처음부터 끝까지』(1964), 『승리의 기를 올려라』(1969), 『아스팔트에 트는 싹』(1970), 『여물어 가는 얼굴』(1971), 『물오르는 나무들』(1971), 『개구장이 박사』(1972), 『2미터 선생님』(1973) 등이 있으며, 단편동화로는 「빨간 신호등」, 「흰구름 먹구름」, 「구두 짝짝이」 등이 있다. 〈학원〉, 〈주부생활〉의 편집장을 역임했다. 미국으로 이민하여 살다 1994년에 영면했다.

13) 〈학원〉에 연재 된 후, 1970년 소년세계사에서 펴낸 〈한국소년소녀명작선집〉, 1982년 아리랑사에서 펴낸 〈흔파 학생 소설선집〉과 1985년 법왕사에서 나온 〈흔파 학생 명작 전집〉에 실리며 재출간되었다. 그후 민서출판사에사 간행된 〈우리들의 얄개〉 시리즈물 1권으로 재출간되었고, 2000년 아이필드에서 2002년, 2007년 2회에 걸쳐 재출간되었다.

14) 초기에는 국판으로 펴내다가 1979년 3월부터 4×6배판, 1988년 9월부터 4×6판으로 바뀌었다. 대구에 임시 사무소를 둔 대양출판사에서 발행하다 서울 수복 후 학원사로 회사명이 바뀌었다. 창간호에서 한국의 장래는 학생들의 두 어깨에 달렸으며 학생들의 교양 · 취미를 살리고 마음의 양식이 되고자 펴낸다고 했다. 학습 · 시사 · 과학 · 문예 등 다양한 내용을 실었다. 1959년 한자 제호를 한글로 바꾸었고, 경영난으로 1960년 3월부터 1년간 휴간했다. 그 뒤 학원사 계열사인 학원장학회에서 펴내다가 1969년 학원출판사로 판권이 넘어가 1978년 6월호까지 10년간 발행하고 휴간했다. 1978년 10월 학원사에서 판권을 다시 인수하여 1991년까지 펴냈다.

15) "외아들로 자란 나는 어릴 때 어머님께로부터 〈얄개〉라는 이름으로 불리웠었읍니다. 그러고 본다면, 이 작품은 나의 어린 시절을 그린 자서전의 일절인지도 모릅니다."(『얄개전』 머리말, 소년세계사, 1970)

> 나 두수란 것은 얄개의 본명이다. KK중학교의 천여 명 학생 중에서 얄개를 모르는 학생이라곤 거의 없을 지경으로, 그는 전교 내에 명성(?)을 떨치고 있는 것이다. 그러기에 KK중학교의 교표를 달고 다니는 가짜 학생들을 잡아낼 양이면, 그들이 가지고 있는 신분증명서를 조사하기보다는 얄개를 아느냐고 물어보아서, 잘 알고 있으면 진짜 학생으로 믿어도 틀림이 없으리라고까지 일러오는 것이다. – 중략 – 그밖에도 새로 부임해 오신 선생님의 별명 짓기, 복도에 양초칠을 해서, 선생님 넘어뜨리기, 교실 문 안쪽 핸들에 먹물 칠을 해서, 선생님 손을 까마귀 발처럼 만들기……. 하여간 장난학에는 박사학위를 타도 좋을 만큼 조예가 깊은 권위자였다.(7~8쪽)[16]

얄개의 본명은 나두수이다. 그 시절은 가난하게 살아서 가짜 학생도 많던 시절이었다. 그래서 "얄개전을 아느냐? 모르느냐?" 물어서 알면 진짜 학생이고, 모르면 가짜 학생이라는 말이 있을 정도로 인기가 대단한 명랑소설이었다.

인용문을 통해 알 수 있는 것처럼 나두수는 두 번씩이나 낙제를 했는데 둘째가라면 서러워할 장난꾸러기이다. 그의 아버지는 S대학 영문학 부장인 교수이며, 위로 누나 두희와 두주가 있다. 아버지는 엉터리 발명가이고 두수처럼 장난을 좋아한다. 두 번씩이나 낙제한 두수에 대해서도 너그럽게 이해한다. 두수는 수학을 담당하는 배 선생을 싫어한다. 초칠하기나 먹칠하기 같은 장난도 배 선생을 곯리려고 하지만 애매한 선생들이 걸려들어 희생을 하는 것이다.

> 한번은 수학 시간이 시작되려는 때, 두수는 교탁 위에 후추 가루를 뿌

16) 본고는 소년세계사 간 『얄개전』(1970년 9월 30일 발행, 발행인 박세영)을 자료로 삼았다.

려 놓고 분필 서랍 속에는 개구리 한 마리를 넣어 두었다.

배 선생은 수업이 시작되기 전이면, 의례히 교탁 위에 뽀얗게 쌓인 분필 가루를 훅훅 불고 나서 서랍을 열고 분필을 꺼내는 버릇이 있으므로 두수는 그것을 노린 것이다.

아니나 다를까, 그 시간에도 교탁 위를 불던 배 선생은, 무엇이 폭발하는 소리와 함께 기관총처럼 재채기를 쏟아 놓는다. 후추 가루가 콧구멍으로 들어간 모양이었다. 눈물까지 흘리면서 재치기를 연발하다가, 겨우 진정한 배 선생이 서랍을 열자, 이번에는 수류탄 같은 개구리 한 놈이 기를 쓰고 뛰어 올랐으니, 놀라도 이만저만, 기절을 안 한 것이 다행한 일이다. (9쪽)

수학 선생을 싫어하는 두수가 배 선생을 골탕먹이는 장면이다. 대부분 학교마다 두수처럼 유별난 개구쟁이가 있기 마련이다. 그런데 두수가 이렇게 심한 장난을 칠 수 있는 당위성을 작가는 다음과 같은 이유로 합리화한다.

"후추 가루를 뿌려 놓은 것은 증거가 없고, 또 개구리를 서랍에 넣으면 처벌한다는 교칙이 없을 뿐 아니라, 개구리는 혼자서도 동작할 수 있는 것이기 때문에 저 혼자서도 동작할 수 있는 것이기 때문에 저 혼자 들어갔다고 볼 수도 있는 일이니, 책임이 두수에게 돌아올 이는 없다. 두수는 그것을 다 알고 있는 것이다. 게다가 KK중학교는 미국 선교회에서 설립한 미션스쿨이고, 교장은 닥터 하드선이라는 미국인인데, 그는 선생들이 학생들에게 손질을 못 하도록 하기 때문에 어떠한 일을 해도 따귀를 얻어맞는다든가 하는 따위의 위험이 결코 없으니, 장난치기에는 아주 안성마춤이다."

하지만 이런 이유는 이재철이 말한 '사상의 비형상적 노출, 허구로서의 비진실성, 안이한 상황 설정'[17]에 기인하여 문학성의 폄하를 자초하게 된다.

17) 이재철, 앞의 책 94쪽.

> "여러분 중에서 잘 아는 영어 한 마디 해볼 학생 손드시오."
>
> 두수는 대뜸 손을 쳐들고 일어서서,
>
> "아이 · 러브 · 유우."/ 하였더니, 여 선생은 새파란 눈을 대여섯 번 깜박거리더니,
>
> "발음 매우 좋으나 내용 매우 아니 좋소." 하고 수업을 계속하다가, 수업 참관을 하러 들어온 교장을 향하여,/ "저 학생의 장래 매우 무섭소."/ 하며 두수를 가리키는 것이었다.(10쪽)

학생이 영어 교사에게 "아이 러브 유"라고 말했다고 해서 내용이 안 좋고, 학생의 장래가 무섭다고 교장에게 고자질하는 교사의 행동은 억지스러운 면이 있다. 아무튼 이런 일로 두수는 입학한 지 며칠이 안 되어 교장이 기억하는 존재가 되었다.

KK중학교에는 생활지도계 대신 감화계라는 것이 있다. 문제를 일으킨 학생들에게 처벌 대신 감화를 시키는 역할을 하는 것이다. 늘 말썽을 일삼는 두수는 감화계의 단골손님이 될 수밖에 없다.

> 두수는 옆에 있는 동글 걸상을 가만히 끌어당기었다. 그리고는 기회를 노렸다. 이윽고 다시 콧물을 닦은 박사의 손이 머리 위로 다가올 때에 이내 머리를 제치고 대신 걸상을 갖다 놓았더니, 박사는 걸상 위에 손을 얹고,
>
> "하느님의 어린 양…."
>
> 을 자꾸 외우는 것이었다. 두수는 살금히 밖으로 빠져 나왔다. 하드슨 박사는 기도하기에 진력이 났다. 약 삼십 분 후, 이윽고 박사는
>
> "두수 학생, 잘못 깨달았소, 깨달았소?"
>
> 하고 물었으나, 둥근 걸상이 대답을 할 이가 만무하다. 오정이 가깝도록 동글 걸상과 닥터 하드슨은 기도를 계속하였던 것이다.(14쪽)

두수네 학교에서는 아침마다 강당에 모여 예배를 본다. 남들이 다 찬송을 부를 때, 두수는 아리랑 노래를 부른다. 모두 눈을 감고 기도를 할 때에 두수는 눈깔사탕을 마루바닥에 굴린다. 소리를 듣고 눈을 뜬 학생들이 사탕을 집으려고 덧포개져서 법석을 뜬다. 두수는 교장인 하드슨 박사에게 불리어 교장실로 간다. 하드슨 교장은 두수를 마루 위에 꿇어앉히고 달아날 것을 염려하여 손을 머리 위에 얹고 기도를 한다. 교장은 감기에 걸렸는지, 가끔 손수건을 꺼내 콧물을 닦느라 머리에서 손을 뗀다. 두수는 이 순간을 놓치지 않고 동글 걸상을 갖다 놓는 장면이다.

중학생들이 기도 중에 눈깔사탕을 서로 주우려고 법석을 떠는 삽화나 두수 학생을 부르며 오정이 가깝도록 기도를 하는 허드슨 교장의 행동은 억지스럽다. 아무리 유머스러운 설정이라도 억지스럽지 않고 자연스러워야 공감을 얻을 수 있다. 리얼리티에서 멀어지면 문학성도 살아날 수 없다.

> 목욕탕에서 나온 두희는 곧장 두수에게로 달려와 코 먹은 음성으로,
> "두수야, 너지?"/ 하며 아랫입술을 꼬옥 깨물고 서서 바르르 몸을 떤다.
> "뭘 말이야? 나야 나지."/ "아, 아니야. 잉크에다 목욕탕을 집어넣은 게 네 장난이 아니란 말야?"
> "하하하… 뭐라구? 잉크에 목욕탕을 집어넣었다고? 그렇게 큰 걸 무슨 재주로 잉크병에 몰아넣어? 할 수만 있댐 누나가 한번 해 봐. 그건 사뭇 마술이야, 마술. 하하…."
> "잉크에다 목욕탕을… 아니, 목욕탕을 잉크병에… 그것두 아니고, 목욕물에 잉크를 풀어 넣은 것이…. 그래, 그래. 잉크를 풀어 넣은 것이… 너지?"
> 하고 흥분과 추위 때문에 굳어진 입술로 겨우 여기까지 말하고 두수를 본 때는, 벌써 두수가 냉큼 달아나 버린 뒤였다.(20쪽)

두수는 황기자와 사귀는 두희 누나를 골탕 먹인다. 황기자는 데이트를 방해하는 두수를 누나 몰래 꼬집고 뒤통수까지 때린 적이 있다. 누나가 목욕을 하려고 목욕탕에 더운 물을 준비해 놓자, 두수가 빨간 잉크 한 병을 풀어 놓는다. 사람은 놀라거나 당황하게 되면 말이 뒤죽박죽 될 때가 있다. 잉크에다 목욕탕을 집어넣었다거나, 목욕탕을 잉크병에 넣었다고 말하는 상황은 언어 유희이다. 이러한 언어 유희는 만담이나 개그 프로에서 많이 볼 수 있는 수법으로 명랑 소설을 이끌어 가는 주요 동력이다.

> 두수가 입학하던 날 백 선생이 부임했고, 백 선생의 별명을 지은 것이 두수이고 보니, 보통 인연이 아니다./ 백 선생에게는 머리를 약간 오른쪽으로 굽히고 다니는 버릇이 있었다. 언제 어디서 보나 고개가 옆으로 굽었다. 그래서, 두수는 쪽지에 다음과 같은 글을 써서 백 선생 등에 꼬리표처럼 달아 놓았다.
>
> – 시보를 알려드리겠습니다. 지금 시간은 여섯 시 오 분 전입니다. –
>
> 머리가 조금 오른 편으로 굽어져서 명명한 〈여섯 시 오 분 전〉이란 별명은 삽시간에 전교 내에 퍼지었다./ 백 선생 자신이 샌드위치맨처럼 등에다 광고판을 지고 반나절이나 학교 안을 쏘다녔기 때문이다.(31쪽)

국어 교사인 백상도 선생은 아버지의 제자이다. 백 선생은 미션 스쿨에서는 금기되는 담배를 즐겨 핀다. 그렇다고 떳떳이 필 수는 없고 몰래 피다가 교장에게 발각된다. 하드슨 교장이 담배 피우는 것은 하느님 도리에 맞지 않는다고 질책하자, 백 선생은 담배도 하느님이 창조한 것이니 애용해야 한다고 맞선다. 이러한 언어 유희는 억지스러워 설득력이 떨어진다. 성인인 교사가 학생들 앞에서 교장에게 억지 주장을 펴는 삽화는 고급 유머가 아니다.

학생끼리라면 몰라도 학생이 교사의 등에 꼬리표를 달아 골탕을 먹이는 장면은 비상식적인 일이다. 특히, 당 시대로서는 도저히 있을 수 없는 일이고, 도덕적 가치로는 악행이다. 하지만 이러한 장면의 설정은 기성세대의 권위에 대한 도전이고 저항 의식이 내포되어 있다. 이러한 권위와 억압으로부터의 탈출구는 또래 독자들에게 열열한 환호와 지지를 받는 원인이 된다.

> 오늘은 말하리라. 굳은 결심으로 두수는 계동으로 찾아갔다. 어릴 때, 예방 주사를 맞을 적에 자꾸 차례가 다가오는 것이 초조하고 가슴이 두근거리던 것과 마찬가지로, 인숙에게 어색한 말을 건네야 할 일을 생각하니, 심장의 고동이 뚜렷이 귀에 들릴 지경으로 가슴속에 가라앉지를 않았다. – 중략 –
>
> "저어, 이를테면 말이야, 결의 남매를 하게 되면 말이… 야…." – 중략 –
>
> "일학년에서 낙제를 한 주제에…, 흥! 오빠가 다 뭐 말라 죽은 오빠야."
>
> 하며 인숙이가 샐쭉해서 돌아 앉는다.(55쪽)

두수는 둘째 누나 두주의 친구 동생인 김인숙을 짝사랑한다. 인숙은 중3으로 상급생이지만 생일은 두수가 더 빠르다. 백 선생은 계동에 있는 인숙의 집에서 살며 인숙을 개인지도 한다. 두수네 집에서 두주를 본 백 선생은 두주 누나를 좋아하여 날마다 동숭동 두수네 집으로 찾아와 두수를 가르치겠다고 나선다. 두수는 인숙이를 자주 보기 위하여 인숙이네 집으로 찾아가 배우겠다고 한다. 동상이몽인 두 사람의 행동은 웃음을 자아낸다.

두주 누나가 대전 할머니 댁에 놀러 가는 일이 생기자 백 선생은 두수네 집에 발이 멀어진다. 그러자 두수는 백 선생에게 개인지도를 받으러 인숙이네 집을 찾아간다. 두수는 백 선생에게 성경을 제외한 전 과목 개인지도를 받아 성적이 향상된다. 그런데 두주 누나가 대전 할머니댁에서 돌아오자 백 선생은 다시 동숭동 두수네 집에서 공부하자고 한다. 그 바람에 두수는 인숙을 만날 수가 없게 된다. 두수는 인숙에게 접근하기 위하여 의남매를 맺자고 제의하게 된 것이다.

"뭐, 뭐라구? 낙제를 한 주제라고…?"

하고 뺨을 갈겨 주려고 할 때, 밖에 나갔던 백 선생이 방 안으로 들어섰다. - 중략 -

인숙이가 사내만 같았으면 이맛박으로 코 허리를 한번 보기 좋게 받아 넘길 것이지마는 대추씨만한 것을 건드릴 수도 없는 것이어서 다시 벌떡 일어나서는,

"야잇! 대추씨, 병아리 오줌, 죽은 거미, 썩은 감자, 말괄량이… 내가 우등생이 될 터이니, 두구 봐라. 인격자가 될 터이니, 두구 봐라, 두구 봐라."

하면서, 아래 입술을 발발 떠는 것이었다.(56쪽)

아무리 좋아하는 사람이라도 수모를 당하면 참을 수 없이 화가 나기 마련이다. 부아가 치민 두수는 차마 때리지는 못하고 대추씨 운운하며, 우등생이 될 거라고 다짐한다. 두수가 백 선생에게 "이런 더러운 집에를 다시는 오지 않겠다."고 하자, 백 선생은 두수의 뺨을 때린다. 두수는 백 선생의 무릎에 엎드리어 울음보를 터뜨린다. 두수는 백 선생 앞에 울먹이며 "우등생이 되고 인격자가 되겠다."고 재차 다짐한다. 그 후로 두수는 장난도 삼가고 제법 열심히 공부하는 태도를 보인다.

두수의 단짝인 용호 또한 두수처럼 낙제생이다. 두수는 용호와 그림자처럼 붙어다닌다. 그러면서 두 살이나 어린 동급생 정선과도 친하게 지낸다. 정선이는 시골에서 올라와 하숙을 했는데, 두수가 함께 지내자고 꼬드기어 같은 방을 쓰며 함께 지내게 된다. 두수는 정선을 닮아 성적이 조금씩 나아졌고, 정선은 두수를 닮아 장난기가 조금씩 늘어간다.

두수가 그렇게 걱정하던 복덕방에는 불이 꺼지고 사람이 없는 모양이다. - 중략 -

방안을 들여다보니, 인숙이 혼자서 책을 들여다보며 아작아작 사과를 씹어 먹고 있다. - 중략 -/ "두수야, 뭘 하구 있니? 빨리 해라."/ "가만 있어, 경치가 좋다."/ "모가지가 부러지는 것 같다."/ 그 말에 두수는 인숙이의 주위를 끌려고,/ "히히히……"/ 하고 웃으니, 인숙이가 창문을 바라보았다.

이때, 말이 된 용호의 목덜미를 잡는 커다란 손이 있었다.

"이 놈, 남의 처녀 방을 넘겨다보는 불한당 놈들 같으니!"

하는 소리에 용호의 몸이 기우뚱하자, 두수는 떨어지면서 손으로 누군가의 등 위에 업히었다. 그것은 복덕방 영감이었다.(92~93쪽)

두수는 정선과 지내는 동안 다시 장난기가 발동했고, 용호도 공부를 핑계로 가끔 왔다가 장난을 치고 돌아간다. '계란껍질에 도깨비 화상을 그리고 속에다 반딧불이를 잡아넣어서 변소 안에 놓아두기, 고양이 오누를 잡아서 알콜 주사를 놓아 술 취하게 만들기, 두주의 핸드백 속에 기다란 용수철을 몰아넣어 열기만 하면 튀어나오게 해 놓기' 등 장난을 멈추지 않는다.

그러는 동안 두수는 다시 인숙이가 보고 싶어 용호와 함께 인숙이네 집을 찾아간다. 인숙에게 영어를 가르치던 백 선생이 자리를 뜨자, 두수는 용호의 어깨 위에 무등을 타고 인숙의 방을 엿본다. 그러다 인숙이가 던진 사과에 이마를 맞아 혹이 생기고 복덕방 영감에게 봉변을 당하게 된다.

선생님들은 신발장 문을 열고 꺼낸 신발이 자기의 것이 아닌 줄 알자, 차례차례 뒤지기 시작한다. 그러나 혼자서 찾는 게 아니라, 칠십 명이 한꺼번에 달려들어 찾는 것이니까 서로 붐비고 혼란을 일으키어 쩔쩔 매신다. - 중략 - 이리하여 신발은 고물상처럼 시멘트 위에 쏟아졌고, 선생님들은 쓰레기를 줍듯이 그 속을 헤매인다. 자기의 것이 아닌 신발은 발길로 차서 밀어 놓는 이도 있다. - 중략 - 하드슨 박사는 울상이 되어 가지고 누구의 장난인지 고백하라고 열심히 추궁하지마는 두수는 얼굴에 돋은 여드름 하나도 까딱없다.(103~104쪽)

두수는 소풍 가기가 싫어서 감기에 걸렸다며 헛기침을 하며 꾀를 부린다. 용호는 다리에 종기가 나서 수술을 했다며 가짜 붕대를 감았지만 실패하고 만다. 그들이 소풍을 싫어하는 이유는 우이동까지 장거리 행군을 해야 하기 때문이다. 두수는 억수 장마가 내리라고 기도했지만 소풍 당일 하늘은 드높았다. 두수는 용호와 함께 출발을 지연시키려고 교직원 회의를 하는 틈을 이용해 교사들의 신발짝을 서로 바꾸고 칸까지 바꾸어 넣는다. 이처럼 두수의 장난은 주로 자신보다 나이가 많거나 우월한 지위에 있는 인물들을 대상으로 행해진다. 그렇기 때문에 제도와 권위에 억압받으며 살아가는 독자들로부터도 열띤 호응을 받게 된 것이다.

두수는 운동회날 다시 응원 대장으로 나갔다. 청 백 양진영으로 갈린 경기에 백군의 응원을 지휘, 총괄하는 직책이다. - 중략 - 춤을 추다가 우연히 스탠드 위를 바라보니, 앗! 거기에 있는 낯익은 얼굴- 꿈에도 잊지 못하던 인숙이가 와 있지 아니한가. - 중략 - 출발 신호의 총소리와 함께 그는 스탠드로 줄달음쳐서 인숙이의 손을 덥썩 붙잡고 운동장으로 끌고 나왔다. 뭇사람이 보고 있는 가운데에서 몸부림을 치는 것이 더 한층 창피스러운 일이라고 깨달은 인숙이는 두수와 손을 잡고 운동장을 달린다.(108쪽)

두수가 운동회 때 인숙이의 손을 잡고 뛴 것은 내빈을 한 사람씩 잡고 운동장을 한 바퀴 도는 '손님 모시기' 경주였기 때문이다. 두수는 일등을 하여 노트와 연필을 상으로 받고, 인숙이는 하드슨 박사로부터 만년필을 선물 받는다. 두수는 인숙이의 손을 잡고 달렸기 때문에 세수할 때에도 손을 씻지 않겠다고 기염을 토한다. 좋아하는 여학생의 손을 잡고 운동장을 달리고, 그 손을 씻지 않겠다고 하는 장면에서 이성에 관심이 많고 감수성이 예민한 독자들은 자신의 일처럼 기뻐하고 환호할 것이다. 이러한 삽화의 설정이 독자들의 인기를 끄는 비결인 동시에 통속으로 폄하되는 요인이기도 하다.

> 백 선생은 속이 타는지 연거푸 담배를 피우고 있을 때, 두수는,
> "기쁘다 구주 오셨네…."/ 하고 찬송을 불렀다. 그렇지만 백 선생은 뒤도 돌아보지 않고 담배 연기를 훅 공중으로 내뿜으면서,
> "하하하… 두수야, 또 속을 줄 알구서…? 나는 겁날 것 없다. 교장이구 된장이구 온대도 나는 무섭지 않단 말야."/ 하고 고함을 쳤을 때다.
> "백 선생, 된장 여기에 왔소."
> 하는[18] 하드슨 박사의 음성이 바로 등 뒤에서 들리었다. 백 선생은 얼떨결에 손에 쥐었던 담배를 양복 주머니에 넣고,/ "헤헤헤, 된장… 아니, 교장 선생님이십니까?"/ 하였다.(118~119쪽)

어느 날 두수는 상급생인 안드레라는 학생과 사소한 말다툼을 하다 주먹으로 때려 코피를 쏟게 한다. 이를 안 백 선생은 상급생을 두둔하고 두수를 꾸중한다. 이에 앙심을 품은 두수는 백 선생을 골탕먹이려고 한다. 두수는 백 선생이 담배를 피우기를 기다렸다가, 두어 모금 빨자, "기쁘다 구주 오셨네" 찬송을 부른다. 이 노래는 백 선생이 담배를 피울 때 하드슨 교장이 나타나면 알려주기로 약속한 암호송인 것이다. 백 선생이 화들짝 놀라 담

---

18) 작가는 인용문에서 처럼 "하고", "하는" 식의 대화문을 습관처럼 사용하고 있다. 하지만 대화문을 일일이 설명하는 문체는 문장의 격을 떨어지게 하므로 바람직하지 못하다.

뱃불을 끄고 둘러보니 하드슨 교장은 보이지 않는다. 속은 것을 안 백 선생이 다시 담배를 피우자 허드슨 교장이 나타난다. 두수가 찬송을 불러도 속지 않겠다며, 태연히 담배를 피우다 봉변을 당한 것이다.

남을 골탕먹이던 두수도 골탕을 먹을 때가 있다. 남잡이가 제잡이가 되는 것이다. 두수도 제잡이가 되는 일이 발생한다. 학예회 연극 공연을 앞둔 어느 날, 두수는 학교 소사로부터 편지가 매달려 있는 꽃다발을 받게 된다. 편지는 꿈에도 그리던 인숙으로부터 온 것이다. 편지의 내용은 연극을 축하할 겸 동생이 되는 기념으로 꽃다발을 보내니 집으로 갈 때 학교 느티나무 아래에서 만나 같이 가자는 내용이다. 이러한 상황 설정은 독자들의 호기심과 함께 흥미를 자아내는 흥행성을 유발할 수 있다.

> 두수는 연극 의상을 싼 보따리와 꽃다발을 옆에다 놓고는 혹이 돋은 이맛박을 눈 덮인 땅바닥에 대고 자꾸 재주를 넘는다. 옷에 눈이 묻어서 전신이 하얗게 된 채 그것을 그냥 계속한다. - 중략 - 인숙이가 여기서 재주를 넘고 있으라고 하지 않았는가. - 중략 -
>
> 스무 번 쯤 재주를 넘었을 때 강당에서 이쪽으로 오는 검은 그림자 세 개를 발견하였다. - 중략 - 인숙이만 오면 그만이다. 두수는 더욱 신이 나서 열심히 재주를 넘었다. 행여 잘못 볼세라 염려하여 더욱 기운을 내어 넘으려니까, 눈알이 다 뱅뱅 돈다./ 가까이 온 세 사람의 얼굴이 잘 보이지 않는다. 숨이 가빠서 씨근씨근하면서 뱅뱅 도는 눈으로 자세히 살펴보니, 두 남자는 난데없는 용호와 정선이고, 여자는 인숙이가 아니라 두주 누나였다.
>
> "하하하… 흰곰의 새끼 같구나. 눈 벌판 위에서 재주를 넘는 곰 새끼."
>
> 그때야 두수는 용호에게 속은 줄을 알았다.(128쪽)

두수에게 인숙은 늘 애증의 관계이면서도 그리움의 대상이다. 의남매를 맺자고 애원을 해도 핀잔만 주던 인숙이가 동생이 되어 주고 함께 가겠다고 자청하니 얼마나 설레이는 일인가! 인숙은 사람이 많아 누군지 알아보기 어려울 것 같으니, 자신이 알아보기 쉽도록 나무 아래서 계속 비행기 재주를 넘어 달라고 부탁을 한다. 결국 두수는 인용문에서처럼 용호에게 속아 눈알이 뱅뱅 돌도록 재주를 넘고 있는 것이다. 참으로 코믹한 장면이다. 이렇게 남을 골탕먹이던 두수도 때로 속아 골탕을 먹기에 흥미를 끌 수 있는 것이다.

어느 날 두수는 용호, 정선과 어울려 놀다가 담력 시험을 해보자는 제안을 한다. 복마전[19]이라고 불리는 학교 삼층 생물 표본실에 가서 해골 표본에 입을 맞추고 오자는 것이다. 세 학생은 가위바위보로 차례를 정하는데 용호, 두수, 정선의 순서가 된다. 두수는 해골 표본에 갔다 왔다는 증거로 그 곳에 모자를 씌워 놓고 오자는 제의를 한다. 그런데 표본실에 갔던 용호가 얼굴이 백짓장이 되어 돌아온다.

> "표, 표본실에 누가 있다. 불빛이 복도까지 비치고 있어…."
> 하고는 숨을 가쁘게 몰아쉬고 있다. 그러나 두수는 껄껄 웃었다.
> "야잇, 겁보 자식, 있긴 누가 있단 말이냐. 내가 다녀오께."
> 하며 두수가 용호의 모자를 벗겨 쓰고 회중전등을 빼앗아 들고서 나가려고 할 때 백 선생이,/ "나도 같이 가자. 이상한 일이로구나."/ 하며 나서는 것을,
> "선생님하고 같이 가면 시담회가 되지 않습니다. 염려 마십시오. 곧 다녀오겠습니다."/ 하고 팔을 뽐내었다.(151쪽)

두수가 표본실에 이르자, 용호의 말대로 교실 안에 촛불이 켜져 있다. 두

19) 마귀가 숨어 있는 소굴이란 뜻으로, 나쁜 일을 꾀하는 무리들이 모이는 곳을 비유적으로 이르는 말이다.

수는 용호가 자신을 놀리려고 장난으로 불을 켜 놓았다고 생각한다. 그런데 사실은 도둑이 들어 현미경, 우승컵, 실험 도구 등을 자루에 담아 놓은 것이다. 두수는 도둑과 맞서 싸우다 알콜병이 깨진다. 그러다 촛불이 넘어지면서 불이 나게 된다. 두수는 회중전등으로 도둑의 명치를 지르고 무릎과 이마로 공격하여 제압한다. 그러고는 잠바를 벗어 불을 끈 후 정신을 잃고 만다.

병원에서 정신을 차린 두수의 눈에 백 선생, 아버지, 하드슨 박사가 보인다. 두수는 어깨에 전치 1개월의 상처를 입고 얼굴에도 가벼운 화상을 입게 된 것이다. 잠시 후, 용호가 두수의 사진이 실린 신문을 가지고 들어온다. 신문에는 "꼬마 영웅 나 두수 군의 활약"이라는 제목이 실려 있다.

> 배짱 시험 날 밤 일이 생각난다. 내년 섣달 그믐날 밤에는 백 선생님도 숙직을 하지 않도록 내가 힘써 보리라. 할머니가 말씀하신 대로 두주 누나를 선물하도록 하리라.
>
> 이렇게 생각하니, 저절로 웃음이 난다. 새 출발… 내일부터는 새 출발이다./ 찬송 소리가 또 들려온다. – 중략 –
>
> 밖에서는 아직도 눈이 소리없이 내려서는 소복소복 쌓이고 있다. 저 눈이 녹으면 봄이다. 두수는 자신의, 인생의 봄을 구가하려는 듯이, 벌떡 일어나 앉아서 주먹으로 식을 줄 모르는 눈물을 닦고는 혼자서 빙그레 웃어 보는 것이었다.(156쪽)

얄개전의 에필로그이다. 두수는 백 선생을 두주 누나와 혼인시키도록 하여 매형으로 맞으려 한다. 기쁨의 눈물을 흘리며 새로운 출발을 다짐하며 막을 내린다. 얄개전의 기둥 줄거리는 얄개라는 별명을 가진 장난꾸러기 중학생 나두수가 인숙이라는 모범생 여학생에게 의남매를 맺자고 접근하나 실패하고, 그것이 자극이 되어 더욱 열심히 공부를 하다 학교 표본실에

든 도둑을 잡아 유명해진다는 이야기이다.

이처럼 얄개전은 타고난 얄개 나두수의 기성세대 골탕먹이기, 인숙이와의 이성교제, 친구들과의 우정, 도둑 잡는 영웅담 등이 어우러지며 웃음과 즐거움을 안겨 준다.

Ⅲ. 나오는 말

조흔파는 1950년대 중반에서 1970년대 이후까지 청소년소설, 수필, 방송극본, 가요 작사 등 다방면에 걸쳐 활약한 만능 엔터테인먼트였다. 그는 한국 명랑 소설의 대명사 격인 『얄개전』을 비롯하여 『고명 아들』, 『배꼽대감』, 『에너지 선생』, 『꼬마전』 등을 상재하여 독서물이 빈곤하던 당 시대 청소년들에게 풍부한 읽을거리를 제공하고 독서에 취미를 갖게 했다.

그의 대표작인 얄개전[20]은 한국 명랑 소설의 효시라고 할 수 있다. 얄개전이 탄생하게 된 배경은 6·25전쟁의 폐허로 정서마저 메마른 청소년들에게 즐거움을 주고 웃음을 선사하기 위함이었다. 이 소설은 월간 〈학원〉에 연재되며 선풍적인 인기를 끌었다. 그 후 1977년에 영화화[21] 되어 절찬리 상영되기도 했다. 얄개전은 원래 학원사에서 출간되었지만, 소년세계사(1970), 계몽사(1975), 아리랑사(1977)[22], 아이필드(2002) 등에서도 속간되었다.

조흔파는 전쟁 직후 정신적으로 피폐한 청소년들을 위해 악동의 괴행과 유머가 풍부한 소설을 집필하여 삶의 활력을 불어넣었다. 또한 주인공의

---

20) 『얄개전』의 제목을 어떻게 할까, 고심하는 흔파에게 함경산맥 쪽에서는 기질이 드센 개구쟁이는 '얄개'로 불리니 '얄개'가 어떠냐고 하여 제목으로 쓰기 시작했습니다.(남산 문학의 집 주최 '음악이 있는 금요 문학마당' (2011. 5. 20) 정명숙의 회고담)

21) 석래명 감독이 메가폰을 잡았는데, 당시 25만 명이라는 기록적인 관객 동원을 이뤘다. 이 영화에서는 주인공들을 중학생이 아닌 고교생으로 설정했다.

22) 당시 판권을 가지고 있던 아리랑사에서는 얄개전의 표지를 바꾸면서 여러 번 인쇄했다.

거침없는 기행을 통해 만연한 봉건적 권위를 풍자하고 기성세대의 이중성을 비판했다. 조흔파의 청소년소설은 위선적이고 봉건적인 당 시대의 억압받던 청소년들에게 청량제의 역할을 했다. 조흔파는 얄개전에서 이성을 향한 연애 감정과 어른을 골탕먹이는 주인공의 행동을 통해 화해와 반항이라는 이중성을 드러내고 있다. 이것은 조흔파 청소년소설의 한계인 동시에 특징이기도 하다. 그런데 기상천외한 장난을 일삼는 명물 악동의 행위는 때로 지나치게 허구적으로 묘사되어 현실감이 떨어지는 한계를 노출하기도 한다. 그럼에도 불구하고 비약된 허구 속에는 이상과 현실의 합일을 추구하려는 작의가 내재되어 있음도 살필 수 있다.

우리 아동문학사에서 조흔파는 한낱 통속 작가의 범주에 머물고, 그의 소설은 통속된 명랑 소설로 치부되어 온 것이 사실이다. 통속이란 전문적이 아니고 일반 사람에게 널리 쉽게 통하는 것을 뜻한다. 따라서 통속 문학은 진지하지 못하고 가볍거나 쉬운, 이를테면 저급한 문학을 의미한다. 그러나 그의 문학작품에서 통속성으로 취급 받아온 '재미'의 요소들은 허위적이고 권위적인 사회에서 억눌리고 규제받던 당대 청소년들에게 위로와 용기를 주는 선 기능으로 작용했다. 또한 '악동'의 유쾌통쾌하고 신출귀몰한 장난을 대하는 독자들은 기성세대의 부정적 가치 체계를 비판하며 저항함으로써 대리만족의 카타르시스를 경험하기도 했다.

그러한 이유로 당시의 청소년들에게 큰 영향력을 끼쳤던 조흔파 청소년소설의 '재미'를 단지 통속적 특성으로만 평가하는 것은 재고해야 한다. 차제에 조흔파 청소년소설의 '통속성'과 '명랑성'은 새롭게 평가 조명되어야 마땅하다. 아울러 이러한 작업을 통해 오락성과 대중성의 요소가 부족한 한국 아동문학사에 또 다른 시사점을 얻을 수도 있을 것으로 파악된다.

판타지 동화에 나타난 풍자와 시대정신
- 주요섭의 『웅철이의 모험』을 중심으로

Ⅰ. 들어가는 말

주요섭(朱耀燮)은 1902년 11월 24일 평안남도 대동군에서 개신교 목사 주공삼의 차남으로 태어났다. 요섭이란 이름은 성경에 나오는 인물 요셉의 이름을 딴 것으로, 호는 여심(餘心), 여심생(餘心生), 금성(金星)이다. 그의 형은 최초의 근대시 「불놀이」를 쓴 주요한이고, 동생은 극작가인 주영섭[1]이다.

평양의 숭덕소학교를 거쳐 1918년 숭실중학 3학년 때 아버지를 따라 일본으로 가 아오야마학원(青山學院) 중학부 3학년에 편입했다. 1919년 평양에서 3·1운동에 참가했다. 1919년 5월 평양 숭덕학교 학생들과 등사판 지하 신문인 〈독립신문〉을 발간했다. 이 일로 김동인 등과 일본 경찰에 체포되어 징역 5월을 선고 받고 평양 감옥에서 옥고를 치렀다.

1920년 중국으로 가 쑤저우(蘇州) 안세이(安晟)중학교를 거쳐 1921년 상하이 후장대학(滬江大學) 부속중학교를 졸업[2]한 후, 1927년에는 후장대학 교육

1) 일제 강점기 「광야」·「창공」·「어머니」 등의 작품을 낸 극작가 · 연극 연출가 · 시인이었으며 해방 직후 월북했다. 형 요한과 함께 친일반민족행위자 명단에 올랐다.

학과를 졸업[3]했다. 1928년 미국으로 건너가 스탠퍼드 대학교에서 교육학 석사를 마친 뒤 1931년 동아일보에 입사하여 〈신동아〉 부장과 주간으로 활동했다. 그 후 1934년 중국의 베이징 푸렌대학(輔仁大學) 교수, 코리아타임스 주필, 경희대학교 교수, 국제펜클럽 한국본부위원장, 코리안리퍼블릭 이사장 등을 역임했다.

1943년 일본의 대륙 침략에 협조하지 않는다는 이유로 추방령을 받아 귀국했다. 1946년부터 1953년 사이에 상호출판사 주간과 〈코리아타임스〉의 주필로 활약했다. 1955년부터 1969년까지 경희대학교 교수로 재직하면서 1954년부터 국제펜클럽 한국본부 사무국장과 이사장을 지냈으며, 1959년 독일 프랑크푸르트에서 열린 국제펜클럽 제30차 세계작가대회에 한국 대표로 참가했다. 1961년 코리안리퍼블릭 이사장과 1968년 한국문학번역협회 회장 등을 역임하는 등 언론계, 교육계, 문학계 등에서 왕성한 활약을 하다가 1972년 11월 14일 심장마비로 별세했다. 묘소는 경기도 금촌 기독교 공원 묘지에 있다가 2004년 건국훈장 애족장을 받으면서 국립대전현충원 국가유공자 묘역으로 이장되었다.

그의 작품 활동은 1921년 4월 〈개벽(開闢)〉 제10호에 단편소설 「추운 밤」[4]을 발표하면서 시작되었다. 그 후 「여대생과 밍크코우트」(1970)에 이르기까지 40여 편의 단편소설과 「구름을 잡으려고」(1923), 「길」(1938) 등 4편의 장편소설, 「첫사랑」(1925), 「미완성(未完成)」(1936) 등 2편의 중편소설을 남겼다. 또한 장편동화인 「웅철이의 모험」과 10여 편의 단편동화를 창작하여 아동문학 발전에도 기여했다.

그는 사회주의 계열 문학회인 카프 쪽 활동을 많이 했다. 「인력거꾼」이

---

2) 1921년 12월 23일, 상하이 삼일예배당에서 재상해한인학생회가 개최되었을 때, 대한독립을 관철하기 위해서는 최후의 일인까지 싸워야 한다는 취지로 독립 정신을 고취하는 연설을 했다.

3) 1927년 3월 개최된 상해한인청년회 창립총회에서도 집행위원에 선출되는 등 유학생/청년 단체에서도 활발한 활동을 벌였다.

4) 「성냥팔이 소녀」의 영향을 받았지만, 꿈도 희망도 없는 현실을 보여 주는 작품이다.

주요섭의 대표적인 카프 계열 소설이다. 그런데 33세 때에 발표한 「사랑 손님과 어머니」로 인기 작가의 대열에 서면서 카프와 거리를 두었다. 그 때문에 광복 이후 사회주의에 부정적이던 시절에도 살아남을 수 있었던 것으로 추정된다.

주요섭은 아동문학에도 관심을 가지고 창작과 번역, 아동문학 이론을 구축했다. 그는 잡지 〈학등〉[5] 창간호에 발표한 「아동문학연구대강」으로 아동문학의 성격을 확실하게 제시했다. 그 글에서 그는 서구의 교육과 심리학을 공부하고 나름대로 다듬어서 한국 아동문학에 대해 구체적으로 언급했다.

> 그러면 아동문학이 성인문학과 다른 점은 어디 있나? 성인이 아동문학을 이해하고 감상할 수는 있겠지만, 아동은 성인문학을 일률로 이해 감상할 지능과 경험을 구유(具有)하지 못한 것이 사실이다. 그러므로 아동문학이란 것은 그 내용이 아동 심리와 아동 생활에 적합하여야 할 것이고 그 문체와 형식이 평이하여야 될 것은 물론이다.

이 글은 아동문학의 이론 정립이 미비하던 당 시대의 창작 이론을 나름대로 체계화하고 있다. 독자 대상이 '아동'인 점으로 인하여 발생하는 아동문학의 특성을 '성인문학'과 대비하여 설명한 점, 그리고 그로 인해 아동문학이 갖추어야 할 본질적 요소로 '아동 심리', '아동 생활', '평이한 문체와 형식' 등을 언급한다. 이 평론은 1923년 방정환이 『개벽』에 발표한 「새로 개척 되는 동화에 관하야」 이후 10년 만에 정립된 아동문학의 이론적 성과라고 평가할 수 있다.

주요섭은 1937년 4월부터 1938년 3월까지 1년 동안 〈소년〉에 장편동화

5) 『學燈(학등)』은 청소년을 위한 교양 문예 잡지로 창간되었는데, 창간호에서 '조선의 학원'에 '학등'이 되겠다고 밝혔다. '한글 맞춤법 통일안' 철자법을 적용한 책으로 1933년 10월 15일자로 창간되어 1936년 3월까지 통권 23호를 낸 잡지이다. 한성도서주식회사에서 발행하였고, 발행인은 한규상(韓奎相)이었다.

『웅철이의 모험』을 발표했다. 그 밖에도 단편인 「풀잎이 가진 진주」, 「진달래와 옥순이」, 「고양이의 심사」, 「슬퍼하는 인형」, 「병아리 오형제, 「토끼의 꾀」, 「구멍 뚫린 고무신」, 「쫓겨난 선녀」 등을 발표했다. 그 중 「풀잎이 가진 진주」와 「토끼의 꾀」는 우화이다. 「풀잎이 가진 진주」가 일제의 절대 권력을 그대로 보여 주고 있다면, 「토끼의 꾀」는 절대 권력으로 상징될 수 있는 일제에 대해 약한 백성이지만 기지를 발휘해 자신이 처한 상황에서 벗어나는 것을 보여 준다.

그는 작품을 통해 일제의 권력을 그대로 보여 주기도 하고 우회적으로 돌려서 보여 주는 듯도 하지만 당대의 독자뿐만 아니라 현대의 독자도 시대성의 반영과 일제의 야욕을 소재로 했음을 어렵지 않게 파악할 수 있을 것이다. 우화를 선택하는 이유는 일제의 검열을 피하고 독자들에게 자신이 의도하는 주제를 부각시키려 한 것으로 풀이된다. 또한 번안 동화인 「어머님의 사랑」, 「부싯돌」, 「한스의 돈벌이」와 중국 동화를 번안한 「잠긴 못」, 「팔척장비」, 「백룡」, 「세 가지 시험」, 「슬기잇는 토끼」, 「견우직녀 이야기」 등도 상재했다.

Ⅱ. 한국적 판타지 『웅철이의 모험』

오늘날에는 어린이들을 위해 쓰여진 모든 이야기 글을 동화라고 통칭하는 경향이 있다. 전래동화, 의인화 동화, 사실 동화, 아동 소설까지도 동화라는 이름으로 통칭되고 있는 실정이다. 하지만 엄밀히 따지면 동심과 판타지를 수용한 이야기 글이라야 동화라고 지칭할 수 있다. 동화에 있어서 판타지의 기능은 절대적이라고 할 수 있다. 따라서 동심을 바탕으로 판타지를 담보하지 않은 작품은 동화라고 할 수 없다.

『웅철이의 모험』[6]은 주인공 소년 웅철이가 친구 애옥이와 함께 애옥이 큰

언니로부터 〈이상한 나라의 앨리스〉 이야기를 듣다가 조끼 입은 토끼의 안내로 땅속 나라 · 달나라 · 해나라 · 별나라 등 신비한 세계를 여행한다는 구조로 되어 있다. 이 이야기 속에는 우리가 익히 알고 있던 옛이야기나 설화, 상상의 동물, 당시 시대 상황을 짐작해 볼 수 있게 하는 여러 요소들이 나타나 흥미를 더해 주고 있다.

어느 날 동네 친구들인 애옥이와 복실이와 차돌이와 소꿉놀이[7]를 하던 웅철이는 갑자기 복실이와 차돌이가 싸우는 바람에 소꿉장난을 그만하게 된다. 그대신 웅철이는 애옥이와 함께 애옥이 큰언니에게 옛날이야기를 들으러 뒷산으로 올라간다. 애옥이 큰언니는 웅철이와 애옥이에게 〈이상한 나라 앨리스〉를 읽어 준다.

> 웅철이는 두 팔로 턱을 괴고 넓적 엎드려 두 다리를 너들너들 하면서 재미난 이야기가 나오기를 기다렸습니다. - 중략 - 책 읽는 소리를 들으며 웅철이는 다시 "흥" 하고 혼자 웃었습니다.
>
> "토끼가 조낄 입다니! 시곈 또, 웬 시계, 하하."
>
> 웅철이는 크게 말했습니다. 그랬더니 이상한 일도 있지요. 바로 웅철이 머리 뒤에서 누가 가느다란 목소리로 "왜요, 토끼는 조끼도 못 입나요?" 하고 말하는 소리가 들렸습니다. 그 소리는 분명 애옥이 큰언니 목소리가 아니었습니다.[8]

어리둥절해서 보니까 소리의 주인공은 바로 복돌이네 집에서 기르는 토끼다. 토끼는 사라졌지만 웅철은 복돌이네 토끼니까 복돌이네 집으로 갔으

---

6) 1946년 9월 10일에 조선아동문화협회에서 단행본으로 출간되었는데, 김의환이 삽화를 그렸다.

7) 이 동화의 프롤로그는 -"콩 닦아 줄게 나무새기 나라(콩 볶아 줄게 남새 나라), 콩 닦아 줄게 나무새기 나라."/ 웅철이는 먼지가 폴폴 이는 봉당 위를 손바닥으로 살살 쓸면서 이렇게 외쳤습니다.-로 웅철이가 남새들을 뽑아 조개껍질 안에 담아 소꿉놀이를 하는 삽화로 시작된다.

8) 주요섭, 『웅철이의 모험』 풀빛, 2006. 14~16쪽.

려니 짐작하고 그리로 달려간다. 토끼를 쫓아 복돌이네 집까지 따라간 웅철이는 복돌이네 토끼에게 땅속 나라 구경을 가자는 제안을 받는다. 그리고 제안을 받아들인 웅철이는 토끼가 준 알약을 먹고 토끼장 속의 땅속 나라 구경을 시작으로 달나라, 해나라, 별나라 구경을 시작하게 된다. 높은 언덕으로 꽉 막혀 있는 줄로만 알았던 토끼장 뒤가 아주 막힌 것이 아니고 뒤로 통하는 문이 있는 것이다.

> "웅철 씨, 오늘 땅속 나라 구경 한번 잘 시켜 드릴 테니 어서 이 안으로 들어오세요. 땅속 나라로 들어가는 문은 이 안에 있어요." – 중략 –
>
> "아, 참, 몸집이 저렇게 크니 들어올 수가 있나? 몸이 작아져야 들어오지. 자, 이걸 잡수세요." 하면서 조끼 주머니에서 약봉지 하나를 꺼내 주었습니다. 봉지 속에는 사탕 같은 것이 한 알 있었습니다. 웅철이는 얼른 약을 먹었습니다. 그랬더니 금세 웅철이의 몸이 줄어들기 시작했습니다.(19쪽)

복돌이네 집 장독 옆 토끼장 앞에 있는 석유 상자가 바로 땅속 나라로 가는 출입구이다. 토끼가 준 알약을 먹고 몸집이 작아져 좁은 입구를 지난 웅철이는 이곳에서 콩가루로 호콩(땅콩)을 만드는 장님 쥐들을 만난다. 장님 쥐들은 호콩을 만들어 천장에 늘어진 나무 뿌리에 매다는 일을 하는데, 사람들이 뿌리만 많이 내리는 이상한 풀을 여기 저기 심어 놓아 장님 쥐들을 속여 호콩을 빼앗아 간다는 말을 토끼에게 전해 듣는다. 그런데 이 동화의 판타지가 진정성을 주는 이유는 토끼가 준 알약을 먹고 웅철이의 몸이 토끼 크기로 줄어들었다는 장치를 설정한 것이다. 또한 이야기에 사실성과 박진감을 보태기 위해 〈토끼는 조끼 주머니에서 시계를 꺼내 보고 "아이구 큰일 났습니다. 어서 빨리 갑시다. 시간이 늦으면 안 될 텐데." 하면서 웅철이 팔을 잡아끌었습니다.〉와 같은 삽화를 설정하고 있다.

웅철이가 호콩 제조 공장을 지나 도착한 곳은 손가락 한 마디 크기 밖에 안 되는 풀의 정령들이 천장에 구멍을 뚫는 일을 하는 곳이다.

> "그거 뭘 하느라고 그러니?"
>
> 하고 소리를 벌컥 질렀습니다. 그랬더니 이런 큰일이 있겠습니까? 웅철이 목소리가 너무 컸는지 온 굴속이 찌르릉 하고 울리더니 사방이 지진이 난듯 푸르르 떨리면서 사다리가 부러진다, 사람이 떨어져 죽는다, 손가락 사람 나라에 한바탕 큰일이 일어났습니다.(29쪽)

웅철이는 자신의 잘못으로 지진이 일어나 풀의 정령들 수십 명이 죽거나 다치게 되자 불쌍하여 울게 된다. 토끼는 풀의 정령들이 "봄이 되면 땅 위로 나가려고 그렇게 모두 열심히 땅을 뚫고 있다."는 말과 "가끔 땅 위에서 아이들이 콩 닦아 준다면서 땅을 살살 쓸어 주면 한결 쉽게 뚫고 나가기도" 한다며 위로해 준다. 이처럼 프롤로그의 삽화를 다시 끌어들임으로써 판타지에 역동성을 실어 주고 있고, 풀의 정령들을 통해서는 비록 흔한 풀이라도 땅속에서는 손가락만 한 사람들로 존재한다는 것을 보여 줌으로써 독자들에게 생명의 소중함[9]을 일깨워 주고 있다.

이윽고 토끼를 따라 간 곳은 앉은뱅이꽃 · 진달래꽃 · 할미꽃의 정령들이 모여 사는 아름다운 꽃 정령 나라에 도착한다. 꽃의 정령들은 울긋불긋 여러 가지 색의 옷을 입고 춤도 추고 노래를 부른다. 이곳에서 나비 수렝이[10]를 지키기 위한 꽃 정령 나라와 개미 나라와의 전쟁을 목격하고, 꽃 정령 나라 군인들과 함께 전투에 나서 개미를 물리친다.

---

9) 토끼는 헤헤 웃으며 "풀의 정령들은 땅속에서만 사람 모양을 하고 있어요. 흙 밖으로 나가면 모두 풀 모양을 하고 있지 여기서처럼 사람 모양은 안 하는 법이랍니다. 그렇기 때문에 세상 밖에서는 아이들이 풀을 뽑아 죽일 때마다 땅속에 있는 풀의 정령들이 죽는 줄을 모르는 것이지요." 하고 일러주었습니다.

10) 번데기의 평안도 사투리.

"나비가 없어지다니? 말도 안돼!" 웅철이는 소리를 지르면서 싸움터로 달려들어 개미를 밟아 죽이기 시작했습니다. 그러나 몸이 토끼만하게 줄어들어 발이 어떻게나 작아졌는지 한 번 밟으면 기껏해야 서너 마리밖에 더 밟히지 않아 안타까웠습니다. 개미들도 웅철이의 발잔등 위로 수십 마리씩 한꺼번에 기어 올라와서 이곳 저곳 마구 물어뜯었습니다.(41쪽)

웅철이가 개미 떼들을 수백 마리쯤 밟아 죽여 퇴각시키자 꽃 정령들은 기뻐서 춤추고 노래한다. 다시 토끼를 따라 굴 밖을 벗어나니 무더운 여름 동산이 나온다. 참대밭을 지나 수백 마리의 잠자리 떼가 끄는 수레를 타고 달나라로 행한다. 이 동화가 재미를 더하는 것은 차장 토끼를 차돌이 할아버지 얼굴처럼 생겼다고 묘사한 점이다.

"어서들 타시오. 어서들 타시오. 지금 곧 떠나요."

하고 소리를 질렀습니다. 이 늙은이는 분명 토끼는 토끼인데도 그 얼굴 모습이 곡 차돌이네 할아버지처럼 생긴 것이 신기했습니다. - 중략 - 그러자 맨 앞자리에 탄 늙은 토끼가 꼭 차돌이 할아버지처럼 침을 퉤 하고 뱉더니 종을 찡그렁 치고 멍에 줄을 들어 낚아채니까 와그그 하고 수백 마리 잠자리들이 떠올랐습니다. 그러자 웅철이가 탄 수레가 흐느적하더니 하늘로 하늘로 훨훨 떠올랐습니다.(48쪽)

웅철이가 다른 토끼들과 함께 도착한 곳은 토끼들만 사는 달나라이다. 달나라 토끼들은 사람들처럼 기와집과 초가집, 함석집 같은 집에서 산다. 웅철이는 계수나무 아래에서 혼자 쉬지 않고 절구를 찧는 늙은 토끼를 본다.

"할아버지, 허리 안 아파요? 절구를 왜 혼자만 찧어요?"

웅철이는 늙은 토끼가 가엾은 생각이 들어 물었습니다. 그러자 늙은 토끼는 한숨을 길게 한 번 내쉬더니/ "모두 내 잘못이니 할 수 있나? 달게 알아야지. 이게 내게는 벌이란다, 벌." - 중략 -

"교만을 부리던 죄로 벌을 받는 거지. 그놈 거북이하고 경주를 하다가 내가 그만 졌기 때문에 평생 동안 이렇게 벌을 받는 거야."(52쪽)

웅철이는 토끼 할아버지를 보며 "너무나 측은한 생각이 솟아" 올라 "잠시 절구질을 대신해 드릴게 좀 쉬세요."라고 말하려 한다. 웅철이가 동정심이 있고 예의바른 아이라는 것이 나타난 삽화이다. 이 동화에는 〈토끼와 거북〉, 〈토끼의 간〉 같은 전래동화와 불개, 용 같은 우리의 설화적 요소와 한데 어울려 서양 작품과는 다른 독특한 재미를 안겨 준다. 웅철이는 새끼 용을 동아줄로 묶어 끌고 가는 불강아지(불개)를 쫓은 죄로 불개나라에 넘겨져 사형을 당할 지경에 이르기도 한다.

웅철이도 마지막에는 몹시 화가 나서 불개 가운데 늙은 개 한 마리를 붙들고 "대관절 나를 어쩔 셈이오?"/ 하고 물었습니다. 말을 하고 보니 그 개는 꼭 금동이네 누렁이와 얼굴이 똑같이 생겼습니다. 그래서 반가워/ "애, 너 금동이네 누렁이로구나!" 하고 소리를 질렀더니 그 늙은 개는 놀라서 뒤로 멈칫 물러나면서 모르겠다는 듯이 고개를 설레설레 흔들었습니다. - 중략 -

"사람을 놀려도 분수가 있지. 나보고 무슨 동물이라니." 하고 대답하자 그 말이 끝나기가 무섭게 그 늙은 과학자 개는 꼬리를 설레설레 흔들며 기뻐 소리쳤습니다.

"그래! 사람, 사람, 사람이로구나!"/ 이 소리에 많은 다른 학자 개들도 갑자기 모여들었습니다.(77~78쪽)

웅철이가 지구에서 왔다는 사실을 안 불개나라 재판관은 개를 종으로 부린다는 죄목으로 사형 선고를 내리게 된다. 화형을 당하게 된 웅철이는 자신이 구해 준 새끼 용의 도움으로 해나라로 가게 된다. 해나라에 이르자 몸이 새까맣고 납작하게 되어 그림자로 변하게 된다. 해나라는 원숭이를 비롯한 그림자들만 사는 나라이다. 그림자들이 사는 허상의 나라는 현실에 대한 풍자로도 읽힐 수 있다. 해나라는 조선을 강점하여 지배하던 일본을 상징한다고도 볼 수 있다. 동 시대에 활동했던 마해송도 『토끼와 원숭이』에서 원숭이 나라를 일본을 상징하는 나라로 묘사[11]했기 때문이다.

> "얘! 원숭이야, 저 조개껍질들은 무얼 하려고 저렇게 많이 쌓아 두니?"
> 웅철이의 말에 원숭이는 놀랐다는 듯이 눈이 멍해서 한참이나 웅칠이를 바라보더니
> "넌 바보로구나. 그것도 모르니? 조개껍질을 많이 쌓아 두어야 높은 사람이 되지."
> "어째서?"/ "그냥 그게 법이라니까. 어디서 바보 새끼가 왔군."(90쪽)

조개껍질은 돈을 상징하고 돈은 곧 권력임을 풍자한 장면이다. 해나라는 먹을 것이 귀하여 아이들이 배고프다고 울고 어른들도 한숨을 푹푹 쉬는 나라이다. 이는 일제에 착취당하고 굶주림에 시달리는 식민지의 아이들을 풍자한 삽화이다. 대부분 달팽이를 먹고 사는데 조개껍질을 많이 가진 원숭이들은 개구리를 먹기도 한다. 조개껍질을 많이 가진 원숭이들은 일제 지배 계급이나 찬일파인 특권층을 상징한다. 웅철이는 수십 마리의 원숭이들이 살고 있는 별장을 구경하게 된다. 별장의 개구리들은 살찐 개구리들을 마음껏 먹고 연못에서 춤을 추는 인어들에게도 던져 준다. 이러한 삽화는 굶주리는 민초들을 외면하고 호의호식하는 일부 특권층의 생활을 풍자

11) 중편동화 『토끼와 원숭이』는 1931년 『어린이』지 8월호에 앞부분이 발표되었다. 일제의 검열로 중단되었던 이 동화는 해방 후 『자유신문』에 전편(1946년 1월 1일)과 후편(1947년 1월 1~8일)이 실리면서 완성되었다.

한 것이다.

창고에는 해나라의 가난한 사람들이 먹고사는 달팽이가 푹푹 썩어 나도록 많이 쌓여 있는데 주인 원숭이는 달팽이가 썩으면 위생에 해롭고 냄새도 고약하니까 태워 버리라고 명령한다. 그러나 썩어 가는 달팽이라도 얻어 가려던 노인 그림자는 "할 수 없다는 듯이 콧물을 훌쩍 들이마시며" 주춤 주춤 산 아래로 내려간다. 이러한 현실 문제에 대해 웅철은 "절반 썩은 달팽이를 태우면 그 냄새가 고약할 것 같아서" 하며 슬그머니 꽁무니를 빼고 만다.

이렇게 사회적 모순에 대해 저항은 커녕 분노조차 없이 체념해 버리는 것은, 문학에 계급성과 투쟁성을 요구하던 30년대 식민지 상황과는 거리를 두고 있다. 하지만 등단 초기 카프에 관여했던 요섭이었지만 〈사랑 손님과 어머니〉 집필 이후 투쟁성을 선동한 카프와는 거리를 둔 시기였음을 상기할 필요가 있다.

웅철이는 다시 해나라 과학자들이 만든 로켓을 타고 새로운 별나라에 가게 된다.

> "글쎄. 여기는 아이들 나라라니까. 어른이 있으면 나라가 미워지고 더러워지고 약해지지. 우리 별나라에는 언제나 아름답고 깨끗하기 위해 어른들이라고는 통 안 생겨."
>
> "아니, 그럼 돈벌이는 누가 하니?" - 중략 - 아이들만 사는 별나라는 돈이라는 것도 없고 뭘 산다는 것도 판다는 것도 없었습니다. 어른이 없으니 아이들을 때리거나 못살게 구는 일 없이 아이들 마음대로 노는 자유의 나라였습니다.(104쪽)

웅철이가 어린이들만 사는 별나라에 도착하여 별나라 아이와 대화하는 내용이다. 별나라 아이들은 동산에 있는 과일을 먹고 산다. 깨끗하게 흐르는 물을 마음껏 마실 수 있고 병도 고통도 없는 이상향인 곳이다. 웅철이는 아이들과 김도 매고 물도 주며 재미있게 지낸다. 별나라는 이렇게 일종의 이상향으로 그려져 있다. 그곳은 아이들 나라이다. "어른이 있으면 그 나라가 미워지고 더러워지고 악해지"기 때문에 "우리 별나라는 언제나 언제나 아름답고 깨끗하기 위해서 어른이라고는 통 안" 생긴다는 설명이다.

> "너희들 횃불을 뭐 하려고 이렇게 켜 드니?" 하고 물었습니다. 그러니까 그 중 한 아이가
> "저기 저기 하늘을 지나 먼 곳에는 우리보다 더럽게 사는 아이들이 많단다. 지구라는 나라인데 지구나라 아이들은 배도 고프고 병도 들고 얻어맞기도 한대. 그래도 밤이 되면 아이들은 하늘을 쳐다보며 별나라에 불이 켜졌나 안 켜졌나 세어 보곤 한단다."(107~108쪽)

별나라 아이의 말을 듣고 웅철이는 자신이 지구에서 왔다고 말한다. 그러자 별나라 아이는 "지구나라 아이들이 모여서 놀 때에도 별나라가 몹시 그리워지면 '별 하나 나 하나 별 둘 나 둘' 하고 부르며 논다지?" 하고 묻는다. 작가의 상상력과 이야기의 구성력이 돋보이는 대목이다. 별 나라 아이들은 마음대로 노는 한편 "김 매고 물 주고 북돋아 주"는 노동으로 먹을 것을 마련한다. 또한 '배도 고프고 병도 들리고 얻어맞기도 하는 지구라는 나라의 아이들'을 위해 횃불을 켜 들고 있는 이타적인 마음씨를 갖고 있다. 주요섭은 아이들만 사는 세상을 보여 줌으로써 아이들과 같이 순수하고 깨끗한 마음이 있다면 답답하고 어려운 현실도 극복할 수 있다는 의지와 믿음을 제시하고 있다.

별나라 아이들과 며칠 동안 즐겁게 지내던 웅철이는 다시 로켓을 타고 꿈나라로 날아간다. 꿈나라는 '기억'으로 존재하는 나라이고 귀신들의 나라이기도 하다. 특히, 복돌이네 토끼가 귀신이 되어 나타나는 장면은 아이들이 좋아하

는 귀신 이야기를 연상시킨다. 그곳은 날아다니는 뱀도 있고, 개만한 새도 있고, 주먹만한 개미도 있고, 눈 셋 달린 사람도 있고, 뿔 돋친 고양이도 있고, 다리 여섯 달린 소도 있는 이상한 나라이다. 무서운 짐승들 때문에 주저앉아 엉엉 울자 재작년에 돌아가신 할머니가 어깨를 흔들며 깨운다. 할머니와 대화를 나누고 있을 때 불개나라에 잡혀 가서 죽은 줄 알았던 복돌이네 토끼가 귀신이 되어 나타난다.

> 웅철이는 아무리 뛰려고 애를 썼으나 웬일인지 발걸음이 빨라지지 않아 애만 바득 바득 썼습니다. 막이라는 짐승은 어느덧 웅철이 발꿈치 뒤까지 따라와 훅 하고 입김으로 웅철이를 빨아들였습니다. 웅철이는/ "아이고, 어머니! 어머니! 어머니!"
>
> 하고 어머니를 수없이 부르면서 괴물의 입속으로 빨려 들어갔습니다.(117쪽)

웅철이가 꿈을 잡아 먹고 사는 '막'이라는 짐승에게 잡아먹히는 장면이다. '막'은 주요섭이 창작한 상상의 동물이다. 말같이 생긴 몸집에 날개가 돋고 온몸에 털이 부르르 난 동물이다. 막은 사람이나 짐승이나 새뿐 아니라 꿈까지 잡아먹는 짐승인 것이다. 결국 웅철이는 막의 입 속으로 빨려 들어가면서 놀라 꿈에서 깨어나게 된다.

> "앤 낮잠 자면서도 잠꼬대를 하는구나."/ 하는 애옥이 목소리가 들렸습니다. 웅철이는 눈을 번쩍 떠 보니 애옥이와 애옥이 언니의 웃는 얼굴이 눈앞에 나타났습니다.
>
> "응, 여기가 어디야?"/ 하고 소리를 지르니까 애옥이와 애옥이 언니는 허리를 잡고 자꾸 웃는 것이었습니다. 웅철이는 전신을 수습하면서 두리번 두리번 둘러보니 자기 몸은 동리 뒷산 잔디밭에 누어 있는 것이었습니

다. 그는 거기 누어서 애옥이 언니가 자꾸만 우스워서 허리를 잡고 웃는데 그만 부끄러운 생각이 들어서 웅철이는 그만 벌떡 일어나서 집을 향해서 줄달음쳐서 내려왔습니다.(120쪽)

『웅철이의 모험』의 마지막 장면이다. 이야기의 허두에 회중시계를 찬 토끼가 등장하는 것이나 꿈속에서 펼쳐지는 기이한 사건들, 그리고 꿈에서 깨어나는 결말 구조가 『이상한 나라의 앨리스』와 흡사하다. 하지만 이야기 자체는 이상한 나라의 앨리스와는 전혀 딴판으로 우리의 정서를 듬뿍 담고 있다. 달나라와 해나라에서는 우리가 잘 알고 있는 옛이야기나 설화들을 통해 일제 강점기에 우리 민족이 처한 상황인 식민 사회의 계급적 모순이나 가진 자와 못 가진 자와의 불평등, 암울한 사회상을 유머와 풍자로 보여주고 있다.

Ⅲ. 나오는 말

『웅철이의 모험』은 우리나라에서 발표된 최초의 장편 판타지 동화라는 데 의의가 있다. 작품의 허두는 웅철이가 앨리스 이야기를 듣고 있는데 느닷없이 나타난 조끼 입은 토끼를 따라가는 데서 시작된다. 작가는 의도적으로 『이상한 나라의 앨리스』와 상호 텍스트성[12]을 취하는 것이다. 이 작품은 『이상한 나라의 앨리스』의 모티프와 구조를 차용한[13] 작품이지만, 그 줄거리는 루이스 캐럴의 그것과는 전혀 다르다.

---

12) 상호 텍스트성(Intertextuality)은 한 텍스트와 다른 텍스트(들)와의 관련성을 일컫는 용어로 저자가 선행 텍스트에서 차용하거나 변형할 수 있으며, 독자가 텍스트를 읽을 때 다른 텍스트를 참조하는 것을 말한다.

13) 일본의 반식민지였던 중국에서도 『이상한 나라의 앨리스』와 상호 텍스트성이 있는 『앨리스 아가씨(阿麗思小姐)』가 1933년에 천보추이(陈伯吹, 1906~1997)에 의해 발표되었다. 이 작품은 1931년 봄부터 반월간(半月刊) 〈소학생(小學生)〉에 연재되었고, 1933년 북신서국(北新书局)에서 단행본으로 출간되었다.

『웅철이의 모험』는 일제 강점기의 현실을 풍자했고, 우리의 옛이야기나 설화들을 차용하여 이야기의 흡인력을 높이고 있다. 이 작품에는 주인공 웅철이의 성격이 잘 드러나 있다. 웅철이는 의협심이 강하고 동정심도 있는 소년이다. 달나라에서 거북이와의 경주에 진 벌로 평생 절구를 찧어야 하는 토끼 할아버지를 도우려 하고, 처음 용을 보았을 때는 겁이 나서 옴짝달싹 못 하기도 한다. 또한 해나라에서는 문지기 그림자가 떡 버티고 서 있는 문밖으로 가끔 여위고 맥없는 그림자들이 왔다가는 쫓겨가고 왔다가는 쫓겨가는 모습에 호기심을 느껴 다가가 보기도 한다. 식민지 치하에서 힘겨운 삶을 남다른 용기로 극복하는 소년의 모습은 아니지만, 그렇다고 착한 아이로 미화되지 않고 평범한 아이로 묘사되고 있다.

이 작품에 숨겨져 있는 풍자성을 간과해서는 안 된다. 그것은 해나라로 상징되는 일제에 대한 저항 정신이다. 해나라는 원숭이들이 지배하는 그림자들이 사는 나라인데, 그 그림자들은 주권을 잃고 노예화된 조선의 민초들인 것이다. 원숭이들은 지배 계급인 일제와 친일파 앞잡이들을 상징한다. 이 동화는 최초의 장편 판타지동화라는 관점에서 옛이야기의 속성이 강한 동화나 리얼리즘 계열의 소년소설이 지배적이었던 당시 아동 문학계에서 매우 선도적이고, 독보적인 작품이라 평가할 수 있다.

어떤 정원사의 천석고황과 그리움의 편운
– 최승렬 동시론

Ⅰ. 작가가 걸어온 길

최승렬(崔承烈)은 자신의 호를 원정(園丁)이라 했다. 굳이 풀이를 하자면 정원을 가꾸는 사람이란 뜻이다. 그는 자연 속에서 동심으로 정원을 가꾼 정원사였다. 제물포고등학교 국어 교사로 재직하며 줄곧 문예부와 원예부 학생들을 가르친 것도 그의 호가 원정일 수밖에 없는 자명한 이유이다.

최승렬은 1921년 6월 25일 전북 전주에서 출생하여 신흥보통학교[1]를 졸업했다. 빈곤한 생활 탓에 상급학교 진학을 포기하고 서울로 올라와 재래식 여관 아궁이에 불을 지피는 화부로 일하기도 하고, 수원 교동에 있는 부국원(富國園)에서 씨앗 고르는 일을 하는 등 막노동을 하면서 독학했다. 그는 1930년대 후반 내몽고 헤이룽강(黑龍江)성의 싱안링(興安嶺) 계곡과 몽고의 고비사막을 여행하며 대자연 속에 방랑하다 1940년에 귀국했다.

1) 1900년 9월 미국인 이눌서(W.D. Raynolds) 선교사가 설립한 후, 1909년 9월 대한제국으로부터 사립신흥학교로 인가받았다. 1922년 9월에는 조선총독부로부터 전주신흥학교로 인가받았으나 1937년 9월 일제 신사 참배 거부와 함께 자진 폐교 후, 1946년 11월 일제 패망으로 복교했다.

1945년 국민학교 교사 자격 시험에 합격한 후, 고향인 전주에서 국민학교 교사로 있다 전주북중학교 국어 교사[2]로 근무했다. 이때 가람 이병기에게 시를 배우고, 전주고등학교[3] 교사로 있던 열네 살 위의 신석정[4]과 교유했다. 1957년부터는 주소지를 인천으로 옮겨 제물포 고등학교 국어 교사[5]로 재직했다. 그는 타협과 절충을 모르는 꼿꼿한 성격 때문에 문단과는 거리를 두고 늘 외롭게 지냈다. 하지만 학교 제자들과는 자식과 친구처럼 지내며 교육열을 불태우던 천상 교육자였다. 만학으로 기차 통학을 하며 국학대학교[6] 국문학과를 졸업했다.

그의 저서로는 동시집 『무지개』(목포항도출판사[7], 1955), 소년 시집 『푸른 눈동자에 그린 그림』(익문사, 1975)이 있고, 시집으로는 『園丁』(1955), 『山脈』(양문각, 1981), 『순수시대』(1996, 영신기획) 등이 있다. 원정은 한글 연구에도 몰두하여 한글 연구서 『한국어의 어원』(한샘사, 1987), 『한국어와 일본어의 비교』(인문사, 1992)를 출간하기도 했다.

인천대건고 교사와 1973년 인천신명여고 초대 교장으로 6개월 근무하다 1974년 충남 태안여상 교장과 목포 마리아회고등학교 교감을 지냈고, 59세

---

2) 신석정은 1954년부터 전주고등학교에서 국어 교사로 근무했고, 1961년 김제고등학교 교사, 1963년부터 정년퇴직할 때까지 전주상업고등학교 교사로 근무했다.

3) 전주 북중학교는 전주고등학교와 한 울타리 안에 있었다.

4) 고독을 애인처럼 사랑할 것을 다짐하고, 그런 고독의 주변에서 월미도 저편에 사위어가는 붉은 노을을 바라보면서 인생을, 애정을, 끝내는 스스로까지를 무심코 쥐었다 버리는 모래알처럼 건져 보지만, 이것이 그의 위선이 아니더면 나는 승렬을 내 교우록(交友錄)의 심장부에서 무참히 붉은 줄을 그었을 것이다. - 중략 - 기린같이 커다란 그의 체구는 그 성분으로 따져볼 때 애정과 진실과 뜨거운 불덩이가 그 주요소일 것이다. 지치고 허덕이면서 자학 끝에도 승렬은 다시 재처 하잘것없는 것들에 피나는 항거도 하지만 이것들은 그의 본연한 마음의 표정은 아니다. 항상 가슴에 타오르는 불길을 던져 볼 방향과 대상과 시간을 궁리하기에 그는 여념이 없는 것이다. 신석정(辛夕汀), 최승렬 시집 『원정(園丁)』 서문(序文) 앞 부문.

5) 최승렬이 제물포고 교사로 오게 된 것은 길영희(吉瑛羲) 교장이 당시, 전국의 유명 교사들을 무조건 인천으로 유치해 인재를 기르려 했던 신조에 의해서였다.

6) 1946년 서울 서대문구 현저동에 국학전문학교(國學專門學校)가 설립되었으며, 이듬해인 1947년에 국학대학교로 승격되었다. 이후 1967년에 수도의과대학교에 흡수되어 우석대학교(友石大學校)로 개편되었으며, 1971년에 고려대학교에 흡수되어 오늘날에 이른다.

7) 차재석은 극작가 차범석의 아우이다. 6·25전쟁이 끝난 직후 목포시 경동 1가에 '항도출판사'를 차리고 월간지 〈갈매기〉, 주간지 〈전우〉 등 각종 간행물을 출간하게 된다.

에 교직에서 물러났다. 퇴직 이후 인천국어어원연구회를 설립하고 대표가 되어 우리말 어원 연구에 전념했다. 1997년 인천시문화상을 받았다. 그의 가르침을 받은 제물포고 출신 문인들은 김흥규(고려대 교수), 조남현(서울대 교수) 평론가를 비롯하여 김윤식 · 원동은 시인, 단국대 및 인하대 이사장을 지낸 김학준 등이 있다.

원정은 타계할 때까지 인천 십정동에 거주하다 2003년 1월 5일 82세로 영면했다.

Ⅱ. 원정의 천석고황(泉石膏肓)과 그리움

1. 자연을 노래한 시

강 언덕 마을에/ 불이 켜지면// 비안개에 창들이/ 젖어 울고//
저녁녘 건너간/ 언니 나룻배// 기다리는 우산 끝에/ 지는 빗소리

–「비」 전문

비 내리는 날 해가 지고 밤이 되자 강 언덕 마을에 하나둘 불이 켜진다. 멀리 안개 낀 마을의 창마다 불빛이 희미하다. 저녁녘에 나룻배를 타고 건너간 언니가 돌아오지 않자 화자는 우산을 받고 기다리고 있다. 비 오는 날 저녁 안개 낀 강변 풍경이 시각적 이미지로, 우산 끝으로 떨어지는 빗소리가 청각적 이미지로 다가오는 시이다. 한 폭의 수채화를 보는 듯 장면이 선하다.

소록소록 애기 눈에/ 밤비가 젖네//
애기 꿈 파란 길을/ 적시러 오나.//

그 언덕 고운 꽃들/ 감기 들겠네.

–「밤비」 전문

봄이 되자 비가 촉촉이 내린다. 아기는 포근한 빗소리를 자장가 삼아 소록소록 잠이 든 모양이다. 밤비 소리를 듣는 화자는 아기가 꾸는 파란 꿈길을 적시러 온다고 생각했다. 그와 함께 봄꽃들이 비에 젖어 감기 들까 봐 걱정하고 있다. 빗소리를 들으며 아기처럼 고운 꽃들을 걱정하는 동심이 잘 드러난 시이다.

산에/ 비가 와// 하얀 꽃/ 파란 꽃/ 오슬 떤다//
나뭇가지/ 배쫑새도/ 젖어 운다// 우산/ 받쳐 주고 싶다

–「가을 비」 전문

가을에 내라는 비는 쌀쌀하다. 산에 내리는 비는 더욱 추워 꽃들도 오슬오슬 떤다. 가을 산에 피는 흰 꽃은 흰물봉선일 수도 있고, 사위질빵 꽃인지도 모른다. 파란 꽃이라면 벌개미취이거나 투구꽃일 수도 있다. 가을비에 젖어 떠는 꽃들도 안쓰럽지만 차가운 비를 맞으며 나뭇가지에 앉아 뱃종뱃종 우는 이름 모를 새의 모습은 더욱 애처롭다. 새가 더 애처로운 것은 뱃종뱃종 소리내어 울기 때문이다. 화자는 비에 젖어 우는 새에게 우산을 받쳐 주고 싶어 한다. 자연과 합일되는 따뜻한 정감을 느낄 수 있는 시이다.

서산머리/ 금바다/ 물결 곱게//
저녁 덤불/ 새 집에/ 불 붙었다.// 불 붙었다.

–「 저녁놀」 전문

해가 지자 서산 머리에 금빛 저녁놀이 곱게 물들었다. 시간이 지날수록

노을 빛은 붉게 물든다. 덤불은 어수선하게 엉클어진 얕은 수풀을 이른다. 저녁노을이 깔린 서산머리는 덤불이다. 그 덤불 숲 새 집에 불이 난 것처럼 노을이 붉어진 것이다. 시각적 색채 이미지를 진하게 느낄 수 있는 동심의 시이다.

돌각담 너머/ 하얀 닭/ 운다// 빠알간 복사꽃이/ 호로록//
나비 한 쌍/ 넘어갔다.// 배고파 비잉/ 도는 해님//
어디서 머언/ 고동 소리 난다.

－「저녁때」 전문

때는 복숭아꽃 피는 4월 중순이다. 한가한 시골 마을 돌 담장 너머로 흰 닭의 울음소리가 들린다. 그 소리에 놀랐는지 복숭아 꽃잎이 호로록 진다. 나비 한 쌍이 꽃잎이 동무인 줄 알고 복숭아꽃으로 날아간다. 가난한 아이는 배가 고프다. 내 배가 고프니 서산으로 뉘엿거리는 해조차 배가 고프게 느껴진다. 멀리서 들리는 뱃고동 소리와 닭 울음소리가 날줄과 씨줄로 교차되며 고픈 시장기를 극대화하고 있다. 닭도 배가 고파 울고, 해님도 배가 고파 기울고, 떠나는 뱃고동 소리도 허기져 우는 듯 들리는 봄날의 저녁 풍경이다.

하얀/ 애기 염소는// 강물에/ 그림잘/ 언제까지 담겄어야.//
자장가같이/ 고읍게,// 강물도/ 포근히/ 조을며 가드라야.

－「강」 전문

강가에 아기 염소 한 마리가 풀을 뜯는 듯 마는 듯 서 있다. 그 하얀 모습이 강물에 비친다. 고요히 흐르는 강물이기에 염소의 그림자도 잔잔하게 곱다. 포근히 흐르는 강물을 졸며 간다고 표현했다. 하얀 아기 염소가 있는 강가의 풍경을 그림처럼 그리고 있다. 어미에 전라도 방언인 '~야.'를 넣어 토속어의 정감을 살리고 있다.

> 잠자면/ 샘 소리/ 꽃 피는 소리//
> 언덕/ 봄 언덕// 잠자면/ 샘 소리/ 꽃 지는 소리//
>
> -「봄 언덕」 전문

6·5조의 외형률로 편안한 시이다. 봄이 오니 날씨가 따뜻하다. 춘곤증 때문에 졸음도 쏟아진다. 풀 냄새 피어나는 언덕 포근한 풀 방석에 누워 있으니 졸음이 밀려온다. 졸졸 흐르는 샘물 소리와 함께 꽃 피는 소리도 들린다. 푸른 봄 언덕에 누워 샘물 소리와 함께 꽃 지는 소리도 듣는다. 원정이기에 느낄 수 있는 샘 소리와 꽃 피고 지는 소리이다.

> 바람같이/ 오오토바이가 갔다.//
> 폭발한 듯/ 뜨겁게 터진 작약이/ 후두둘/ 떤다.//
> 불꽃처럼 타서/ 후두둘/ 떤다.
>
> -「작약」 전문

작약은 함박꽃이라고도 불리며 5~6월에 흰색 또는 붉은색으로 핀다. 모란보다는 작으나 원줄기 끝에 큰 꽃이 한 송이씩 달린다. 활짝 핀 붉은 작약 꽃을 오토바이가 폭발음을 내며 지나간 것에 비유했다. 클리셰한 표현이다. 불꽃처럼 피어난 작약 꽃이 바람에 흔들리는 풍경이 눈에 선히 다가온다. 흐드러지게 활짝 핀 모습을 후두둘 떤다고 표현했다. 그야말로 의태어가 후두둘 살아나고 있다.

> 콩콩 딱자구리/ 산울림 노네/ 산울림 노네/

산산 메아리가/ 샘물에 젖어//
송송 샘물 속에/ 국화 삼 형제//
산마루 흰 구름에/ 손 저어 웃지/ 손 저어 웃지.//

－「국화 삼 형제」 전문

'콩콩', '산산', '송송' 등의 의성어가 율격을 살리고 있다. 딱자구리는 딱따구리의 방언이다. '딱따구리'보다 거칠지 않아 시어로서는 제격이다. 딱따구리의 콩콩 나무 찍는 소리가 산 메아리가 되어 옹달샘 물을 적시고 샘물 속에는 노란 국화 세 송이의 그림자가 비추고 있다. 가을 산 산마루에는 흰 구름이 떠 있다. 국화꽃 세 송이를 삼형제로 의인화하여 동심으로 채색했다. 가을날 한가로운 산 경치가 선명히 그려져 있다. 리듬감 있고 실감나는 의성어를 넣어 시의 청각성과 함께 회화성까지 살리고 있다.

물총새 오두마니/ 잠든 달밤은/ 연꽃이 모올래/ 피인답니다.//
연잎에 개구리도/ 모르는 사이/ 달빛이 살그마니/ 피운답니다.//
그렇기 바람결에/ 품기어 오는/ 비단결 향기 도는/ 살결이 곱지….

－「연」 전문

원정은 흰꽃을 좋아했다. 목련, 탱자꽃, 박꽃, 찔레꽃 등을 노래했다. 분홍 연꽃도 있지만 원정이 좋아한 연꽃은 하얀 꽃으로 가늠할 수 있다. 먹이를 사냥하려던 물총새도 잠이 든 여름밤이다. 개구리 한 마리도 연잎에 누워 잠들어 있다. 7·5조의 운율이 달밤의 정취를 고요히 느끼게 해 준다. 흰 연꽃이 하얀 달빛을 받아 바람결에 향기를 풍기고 있다. 부드러운 달빛 받아 피어나는 연꽃이기에 살결도 비단처럼 고운 것이다.

달기까비/ 이슬 먹고/ 하늘 마시고// 오오라/ 파랬다네/ 파랬다네//

개달팽이/ 천기 보고/ 조반 잡숫고 어얼레/ 수염 다듬네/ 수염 다듬네

– 「달기까비」 전문

원정은 시에 토속어를 살려 쓰고 있다. 달기까비는 달개비를 이른다. 달개비라는 흔한 표현보다는 '달기까비'라는 말이 훤씬 토속적이고 정감이 묻어난다. 전라도에서도 닭을 '달기새끼'라고도 부른다.

달개비는 닭의장풀라고 불리는데 닭장 근처에서 잘 자라고, 꽃잎이 닭의 볏과 닮아서 붙여진 이름이다. 풀밭, 습기가 있는 땅, 길가 등 어디에서나 잘 자라는 1년생 잡초로 꽃은 여름철에 잎겨드랑이에서 나온 꽃대에서 파란색으로 핀다. 달개비꽃이 파란 이유를 맑은 이슬 먹고 파란 하늘색을 마셔서라고 했다.

몸집이 작거나 천하고 보잘것없을 때 접두어 '개'자를 붙인다. 개복숭아, 개떡, 개살구, 개망나니 등이다. 개달팽이도 몸집이 작고 볼품없는 달팽이를 가리킨다. 달개비 밑에서 더듬이를 내밀고 있는 개달팽이의 모습을 아침밥 먹은 후 날씨를 본다고 재미있게 표현했다.

찔레 향기/ 호오호 매워//
애송아지/ 크막한 눈엔//
아련히/ 아련히/ 눈물이 솟지//

– 「찔레」 전문

하얀 찔레꽃 향기는 진하다. 그 진한 향기를 맵다고 표현했다. 찔레나무는 어떤 나무보다 해맑은 햇살을 좋아한다. 밭두렁 가장자리의 양지바른 돌무더기는 찔레가 가장 좋아하는 곳이다. 개울가의 돌무넘가도 잘 자라는 터이다. 긴 줄기를 이리저리 내밀어 울퉁불퉁한 돌무더기를 감싸며 오뉴월 오솔길을 향긋한 꽃내음으로 물들인다. 어미 소를 따라 들에 갔던 애송아

지의 커다란 눈에 비쳤던 그 찔레꽃. 어미와 헤어진 송아지의 눈에 아련한 찔레 향기가 고여 눈물을 솟구치게 한다.

> 리리리/ 보리피리// 보리 깜장 뽑아서/ 지어 분 피리//
> 종다리/ 쪽쪼글/ 돋는 언덕을// 가다 가다 심심해/ 불어 본 것을//
> 몇 삼 년/ 언니는야/ 온단 말 없이//
> 아까샤/ 꽃 초롱도/ 사그는구나.
>
> –「보리피리」 전문

아카시꽃 피는 5월은 보리 이삭도 파란 모가지를 쳐든다. 성한 보리 모가지는 피하고 깜부기병에 든 깜장 보리 모가지를 뽑아서 피리를 만들어 분다. 깜장은 깜부기의 방언으로 깜부깃병에 걸려 까만 가루덩이가 된 곡식의 이삭을 뜻한다. 리리리 풀피리 소리에 맞춰 종달새도 쪽쪼글 지저귀며 언덕 위를 날고 있다. 가난한 시절 보릿고개에 돈 벌러 나간 언니는 몇 삼 년이 지나도 소식이 없다. 향기 시든 아카시아꽃도 시들어 가고 보리 피리 소리도 쓸쓸해진다.

> 검은 연못께// 하늘이/ 살풋/ 내려앉았어!//
> 애기별님이/ 모여/ 목욕하나 바이!
>
> –「연못」 전문

밤이 되어 어둠이 내린 연못은 검고 고요하다. 그 어두운 연못에 별들의 모습이 아른거린다. 고요함을 깨뜨릴 수 없는 하늘이 살풋 내려앉았다. 밤하늘이 내려앉은 연못에는 별들의 그림자가 모여 있다. 연못에 비친 별들을 목욕하는 아기 별들로 조명하고 있다. 토속적 표현을 살리려 쓴 '바이'라는 어미가 정감이 들어 귀엽게 느껴진다.

푸른 잎/ 물소리에/ 눈 방실 떴다.//
새파란 마음/ 이슬이 똑똑 진다.//
아침 꾀꼬리/ 세수했나// 산기운/ 환히/ 하도 맑다.

–「아침」 전문

아침은 하루의 시작이다. 산골의 아침은 신선하다. 아침이 오면 마음도 파랗다. 푸른 잎마다 이슬이 맺혀 있다. '방실'이란 입을 예쁘게 살짝 벌리고 소리 없이 밝고 보드랍게 웃는 모양을 나타내는 말이다. 웃음이란 입으로만 웃는 것이 아니라 눈으로도 웃는다. 이슬 방울 떨어지는 소리에 눈이 방실 떠진다. 아침에 우는 꾀꼬리는 소리가 더 맑다. 세수를 하고 나면 눈도 마음도 맑아진다. 아침 꾀꼬리를 세수했나라고 한 표현은 소리가 드맑고 그 때문에 산기운조차 더 맑기 때문이다.

풋보리/ 탐진 이랑 위// 연두빛/ 바람이 일어 가고//
자운영 꽃 속/ 아른한 아지랑이//
넘나드는 꽃날개/ 노랑 흰 나비 나비//
꿀 냄새/ 상글한/ 아까샤 그늘엔

–「그리웁디다」 전문

보리 모가지가 돋아나 풋보리 이삭이 되니 탐스런 보리밭 이랑에는 연둣빛 바람이 출렁거린다. 논에는 보랏빛 자운영 꽃이 한창인 오월이다. 한꺼번에 많은 꽃이 피기 때문에 보라색의 구름이 피어 오른 듯 아름답다 하여 유래된 이름이 자운영이다. 노랑나비 흰나비들은 꿀을 따기 위해 날개를 너울대며 자운영 꽃밭 위를 날아든다. 아카시아 꿀 향기에 취해 화자는 눈웃음을 치며 소리없이 웃는다. 그리움이 묻어나는 봄날의 풍경을 그리고 있다.

애기 신나무/ 그늘이 살풋 어려// 금붕어 날개/ 파르르 고웁다//
옛이야기같이/ 푸른 못 속에// 꽃잎이 동옹동/ 헤엄친다.//

－「금붕어」 전문

신나무는 단풍나무의 한 종류이다. 셋으로 갈라진 잎의 가운데 갈래가 가장 길게 늘어져 있는 것이 특징이다. 신나무는 사람들의 왕래가 많은 길가나 야산자락, 들판의 물길 둑에서도 쉽게 만날 수 있다. 늦은 봄에는 은은한 향기를 풍기는 연노란색 작은 꽃이 아기 우산 모양으로 핀다. 못가에 서 있는 아기 신나무의 그림자가 살포시 물에 어려 있다. 빨갛거나 노란 금붕어의 지느러미를 날개로 표현했다. 고운 색깔의 금붕어를 꽃잎에 비유했다. 금도끼 은도끼가 잠겨 있는 옛이야기는 충분히 환상적이다. 그 환상의 못에서 헤엄치는 금붕어는 꽃잎일 수밖에 없다.

함박꽃/ 탐스런 꽃 언덕// 노루 등이/ 보일락/ 남실거리고//
보드란/ 향기 바람/ 이슬에 피어// 자작나무 새순에/ 해가 고웁다.

－「노루」 전문

한 폭의 그림을 보는 듯한 시이다. 함박꽃 피어나는 언덕 위로 보일듯 말듯 노루 등이 남실거린다. 함박꽃은 작약 꽃의 또 다른 이름이다. '입을 함지박처럼 크게 벌리고 환하게 웃는 웃음을 함박웃음이라고 한다. 이렇게 함지박처럼 크고 탐스러운 꽃인 함박꽃은 모란과 더불어 화려한 미인에 비유될 정도로 '꽃 중의 꽃'으로 손꼽힌다. 자작나무는 추운 지방에서 잘 자라는, 줄기가 하얀 나무이다. 매서운 추위를 얇은 껍질 옷을 겹겹이 껴입고 잘도 버틴다. 종이처럼 얇은 껍질이 겹겹이 쌓여 있는데, 마치 하얀 가루가 묻어날 것만 같다.

시인은 이 장엄한 자작나무의 숲을 청년 시절 헤이룽강성의 싱안링 계곡에서 마주했을 것이다. 자작나무 새순 사이로 떠오르는 햇살이 고운 아침 녘이다.

푸른 달밤/ 별 드믄/ 하늘이 높아//
ㅅ 자 ㄱ 자/ 울며 건넨다.//
내일쯤은/ 또 눈이/ 내릴려는가?//
사온 날/ 녹은 물속/ 달님이 어려//
ㄹ 자 ㅇ 자/ 잡으렸어도//
마른 갈잎/ 그늘에도/ 달님은 없지…….

－「기러기」 전문

흐린 겨울밤이기에 푸르스름한 달밤이다. 초겨울 밤하늘엔 기러기 떼들이 울음소리를 내며 날아간다. 'ㅅ' 자 'ㄱ'자 모양으로 대형을 지어 날고 있다. 흐린 하늘로 보아 내일쯤엔 눈이 내릴 것도 같다. 나흘 동안 포근한 날씨가 계속 되어 냇물의 얼음도 녹아 달빛이 어린다. 물 위에 비친 달님의 모습이 어른거려 'ㄹ' 자 'ㅇ' 자로 비친다. 마른 갈대 숲 그늘에 달님의 그림자가 보이지 않는다. 기러기 날아가는 초겨울 밤의 정취를 노래한 시이다.

말의 그/ 까아만 눈망울 속엔야/ 머언 들판이 있드라//
구름이 피는/ 푸른 들판이어야//
말은 그래서/ 그렇게 애띤 눈을/ 뜨고만 있나 봐야//
그래서 그렇게/ 슬프게 뜨고만/ 있는가 봐야!//

－「말」 전문

마굿간에 갇혀 있거나 짐을 실어 나르는 말의 눈을 본다. 말의 표상은 벌판을 달리는 기개가 넘치는 모습이다. 갇혀 있는 말은 살아 숨쉬는 말이 아니고 슬픈 목마일 뿐이다. 화자는 말의 눈망울 속에 펼쳐진 벌판을 보고 있다. 구름이 피어오르는 푸른 벌판이다. 말은 벌판을 달리고 싶어 슬프게 애띤 눈을 뜨고 있다.

> 호롱 비이 배쫑/ 찌이 쪼그르 호로롱.//
> 산새는 산에 살지/ 숲에서 살지.//
> 가지 속 하늘 한 점/ 담근 샘물께//
> 솔방울 씨 쫘 먹고/ 물 떠 마시고.//
> 호롱 비이 배쫑/ 씨이 쪼그르 호로롱
>
> –「숲」 전문

찌이 쪼그르 호로롱 하는 산새의 맑은 노랫소리가 들리는 듯한 청각적인 시이다. 솔씨를 쪼아 먹고, 샘물을 마시는 산새의 모습을 보는 듯한 시각적인 시이기도 하다. 샘물이 하도 맑아 하늘과 나뭇가지가 비치고 있다. 이러한 풍경은 '퐁퐁 솟아오른/ 샘물이드라'고 노래한 「하늘」에도 나타난다. 이 시 또한 청각과 시각이 씨줄과 날줄처럼 교차하며 자연친화적인 시청각 시로 다가오고 있다.

> 나비나비나/ 저것은 장다리 밭이랍네/ 랄리랄리라//
> 그거야 지줄이 봄새랍지/ 야들야들이/ 자운영 꽃멍석 해가 곱네.
>
> –「나비」 전문

즐겁고 흥겨운 봄의 정취를 듬뿍 느낄 수 있다. 장다리 꽃밭으로 너울너울 춤추며 날아드는 나비 떼의 모습을 보는 듯한 시이다. 화자는 그 모습이 흥겨워 랄리랄리라 노랫소리가 절로 난다. 새들도 지줄지줄 재잘대며 날아드는 봄날, 멍석을 깔아 놓은 듯 윤기 흐르고 보들보들한 자운영 꽃밭도 나비들의 놀이터가 된다.

> 벗은/ 포푸라/ 우는 시골길//
> 하얗게 하얗게/ 잠긴 눈길//
> 산짐승 발자국/ 무늬 논 눈 위//
> 개 한 마리/ 안 데린/ 작은 발자국이 갔다.//
> 손이 곱아/ 호오호/ 불며나 갔으료.//
>
> –「발자국」 전문

눈이 내려 쌓인 하얀 시골길이다. 잎을 떨군 미루나무가 추위에 떨며 울고 있다. 토끼인지 고라니인지 산짐승의 발자국이 찍혀 있는 눈길, 그 눈길 위로 홀로 지나간 발자국이 보인다. 곁을 주는 길동무도 없이 외로운 길을 추위에 손이 곱아 입김으로 녹이며 갔을 것이다. 눈 온 아침 한적한 시골길의 풍경을 노래한 시이다.

> 달빛에 고운/ 푸른 비로오드//
> 창마다 비친/ 오렌지 등불//
> 하나/ 둘/ 꺼진 뒤/ 차분히 내려//
> 눈은/ 달빛에/ 젖은 비로오드.
>
> –「눈」 전문

눈 내리는 밤의 풍경을 그린 회화적 시이다. 겨울밤이 깊어 가자 창호지 너머로 노란 불빛이 꺼진다. 등불조차 꺼진 밤에 눈이 내려 쌓인다. 쌓인 눈에 달빛이 비치자 푸른 비로드처럼 빛난다. 우단(羽緞)이라고도 하는 비로드란, 짧고 고운 털이 촘촘히 심어진 직물을 일컫는다. 옷이나 실내 용품을 만드는 데에 많이 쓰며 부드러운 것이 특징이다. 달밤에 눈이 내려 쌓이면 달빛이 반사되어 푸르스름하게 보인다.

> 바다 위에/ 막 돋은/ 초승달// 세수해/ 맑은/ 새 얼굴이다.//
> 바다는/ 검도록/ 푸른데// 별이나/ 퐁당/ 뛰어들라
>
> -「초승달」 전문

초승달은 처음 생겨나기 시작하는 달이라는 뜻의 '초생(初生)달'이 어원이지만 초승달로 바뀌었다. 음력 초사흗날에 나타나는 눈썹 모양의 달이다. 바다 위로 막 떠오른 초승달은 바닷물로 세수한 얼굴처럼 맑게 보인다. 그런데 금세 기울기 때문에 저녁에 서쪽 하늘에서 잠시 볼 수 있다. 초승달마저 지고 난 바다는 더욱 검푸르다. 그 밤바다 위로 돋아나는 별들이 퐁당 뛰어들 것같이 느껴진다. 밤바다 위로 돋아난 초승달의 풍경을 그린 시각적인 시이다.

> 비 지난 언덕/ 호들기 불면// 송아지 등 너머/ 무지개 섰다.//
> 건너말/ 옹달샘께/ 하얀 그림자.// 머리 거친 순이나/
> 물 길러 가지….
>
> -「무지개」 전문

원정의 동시집의 제목이 된 시이다. 호드기를 꺾어 불 무렵이니 이른 봄이다. 비조차 내린 버드나무에 물이 올라 아이들은 버들가지를 꺾어 호드기를 분다. 봄 들녘에서 풀을 뜯는 송아지 등 너머로 무지개가 떴다. 건너마을 옹달샘 가까이에 순이의 모습이 보인다. 꽃샘 추위 탓에 머릿결이 거칠어지고 헝클어진 순이는 물을 길러 간 것이다. 순이는 원정의 동시에서 유일하게 등장하는 여자 친구이다. 이른 봄 무지개 뜬 시골 들녘의 풍경을 수채화처럼 그린 시이다.

길고 긴 겨울밤 이야기가/ 끝이 나면/
할머니는 남쪽 마루에 물레를 내어놓으시고,//
들어도 싫지 않은 그때/ 그 옛이야기길 띠-엄띠엄 날어서/
물레에 감습니다.

–「양지」 전문

겨울밤은 길다. 할머니는 손자에게 옛날이야기를 물레에 감긴 실처럼 풀어 놓는다. 물레란 솜에서 실을 자아내는 틀을 말한다. 중국에서 목화씨를 전래한 문익점(文益漸)의 손자 래(萊)가 목화씨에서 실을 자아내는 틀을 발명했다고 하여 문래라 부른 것이 변이되어 물레가 되었다고 전해진다. 아침이 되어 낮이 시작되면 다시 햇살 잘 드는 양지 마루에 물레를 내놓고 잣기 시작한다. 날마다 되풀이하여 들어도 싫지 않은 할머니의 옛이야기, 이어지는 할머니의 이야기는 물레에 감긴다.

몸을 씻어서 깨끗한 아침/ 창을 열으니 햇볕이 모여/ 온다.//
손바닥에 받아서 눈 감으면/ 환히 스며 오는 밝은 하늘//
멎은 듯 고요해진 뜰 안에/ 이슬에 씻긴 매화 향기가/ 넘친다.

–「아침」 전문

매화 향기가 넘친다니 이른 봄 아침이다. 아침은 하루의 시작이다. 풀과 나무들은 이슬로 몸을 씻고 사람도 세수를 한다. 몸이 깨끗해지니 마음도 맑아지기 마련이다. 화자는 맑은 마음으로 손바닥에 햇볕을 모아 얼굴에 대 본다. 하늘이 밝아지니 뜰 안도 고요해진다. 매화 향기 넘치는 이른 봄의 풍경을 노래한 시다.

2. 사모곡(思母曲)과 망자가(望姉歌) · 사우요(思友謠)

원정은 어린 시절부터 어머니가 홀로 키웠다. 아버지가 일찍 세상을 등졌는지, 가출을 했는지는 알 수가 없다. 그의 시적 화자를 통해 보면 누나도 한 명 있었던 것 같다.

어머니가 시의 화소(話素)인 작품으로는 「강낭콩」, 「종소리」, 「눈길」, 「귀뜨라미」, 「슬픔」, 「어리광」, 「부엉이」, 「자장가」, 「등」, 「박꽃」 등이다. 누나가 시의 화소가 되는 작품으로는 「강낭콩」, 「양구미」, 「이른봄」, 「목련」, 「탱자나무꽃」 등이다.

누나가 등장하는 시에는 꽃도 함께 화소로 등장한다. 동무들과의 추억을 노래한 시로는 「동무 얼굴」, 「메아리」 등이 있다.

> 옛 임금이 오래/ 묻히셨다기에요,//
> 아름다운 금관을/ 쓰셨던 게라기요,//
> 나두야 한번/ 꽃을 따 머리에/ 꽂아 보았죠,/
> 발 벗은 왕자가/ 되어 보았죠,
>
> -「왕릉」 전문

어린 시절 아버지 없이 자란 화자는 왕릉을 찾았다. 오래된 왕릉이다. 왕의 상징은 왕관이다. 임금은 권위를 높이기 위하여 금관을 쓴다. 화자도 임금을 흉내 내려고 꽃을 따 머리에 꽂는다. 노란 민들레꽃을 따서 머리에 꽂으니 금관처럼 느껴진다. 아버지가 없는 화자는 발 벗은 왕자가 된다. 아버지에 대한 그리움도 묻어나는 시이다.

> 눈길/ 하얀 길이 차요.// 내 발엔/ 고무신//
> 추웁다 신고 가란/ 어머니 고무신//

어머니는 온종일/ 어찌시려나// 눈 위 남는/ 호젓한 내 발자국.

-「눈길」 전문

눈이 오면 온통 하얀 길이 된다. 원정이 살던 가난한 시절에는 고무신[8]조차 호사품이었다. 차가운 눈길을 떠나는 화자에게 어머니는 자신의 고무신을 준다. 나는 어머니의 고무신을 신고 눈길을 걷지만 어머니 걱정이 앞선다. 인적이 없어 쓸쓸한 느낌이 들 만큼 고요한 눈길. 그렇게 호젓한 눈 위에 남는 내 발자국을 보며 화자는 어머니를 생각한다.

저어기 산 절에/ 종소리 난다.// 성벽은/ 저녁놀//
갈밭에 햇발이/ 고옵게 사근다.//
마음에 궤잉/ 종소리 퍼지면// 창문은/ 보랏빛//
어머니 얼굴이/ 화안하다.

-「종소리」 전문

저녁놀이 지고 산사에서는 범종 소리가 울린다. 절에서 저녁 타종은 여섯 시 쯤에 한다. 절에서 울리는 저녁 종소리라는 청각적 이미지와 성벽에 지는 저녁놀을 배경으로 갈대밭에 곱게 퍼지는 석양의 햇발이 시각적 이미지로 교차하며 멋진 영상을 보는 듯하다. 저녁놀이 번지는 산사에서 울려오는 종소리, 그 종소리 퍼지는 창문은 보랏빛이다. 종소리 또한 메아리처럼 청각적 이미지이다. 원정은 보라색을 좋아한다. 산사에서 들려오는 종소리는 내 마음에도 울려 퍼진다. 화자의 마음속에 늘 살아있는 어머니의 얼굴도 보랏빛 창문에 환하게 오버랩 된다,

---

8) 원정은 수원 부국원에서 첫 월급을 받아 어머니께 흰 고무신 한 컬레를 사다 주었지만 어머니는 이 신을 차마 신지 못하고 아끼다 결국 영위(靈位) 앞에 놓이게 되었다.

뜰 뜰 뜰 뜰// 왜 잠 안 자니/ 자장가가 없-니// 호롱 호롱 호오롱//
왜 잠 깨우니/ 엄마 마실 갔니// 달각 달각 달-각//
왜 문 두드리니/ 잠자리가 춥-니

-「귀뜨라미」 전문

귀뜨라미는 귀뚜라미의 경상, 전라, 충청도의 방언이다. 귀뚜라미는 가을에 나타나 풀밭이나 뜰 안에 살면서 가을을 알리듯이 운다. 화자는 뜰뜰거리며 우는 귀뚜라미에게 말을 건다. 자장가가 없어 잠을 안 자느냐고 묻고, 왜 잠을 깨우냐고도 묻고, 엄마가 이웃 사람을 만나기 위해 놀러 갔느냐고 묻고, 날씨가 쌀쌀해지니 잠자리가 춥느냐고도 질문을 던진다. 동심이 묻어 있는 이 시에서 원정은 귀뚜라미의 소리를 '뜰 뜰 뜰 뜰', '호롱 호롱 호오롱', '달각 달각 달각' 등으로 다양하게 표현하고 있다.

달구지 끄는/ 엄마가 안타까워// 애기 말은/ 말없이/ 따라갔다.//
엄마 엄마/ 따라갔다.//

-「슬픔」 전문

달구지는 말이나 소가 끄는 수레를 말한다. 본디 이름은 달구지이지만, 소가 끌면 '우차(牛車)', 말이 끌면 '마차(馬車)'라고 부른다. 어미 말 곁에서 묵묵히 따라가는 어린 말을 보고 엄마가 힘겹게 달구지를 끄는 모습이 안타까워 애기 말이 말없이 따라갔다고 표현했다. 가끔씩 히잉거리는 울음소리를 상상하여 '엄마 엄마' 울며 따라갔다고 슬픔을 묘사했다.

즐거운/ 꿈을/ 깨인 밤은// 하두야/ 마음이/ 섭섭해서요.//
어머니/ 앞가슴에/ 얼굴 파묻고// 흐으응/ 어리광이/ 떨고 싶었어.

-「어리광」 전문

무서운 꿈에 시달리다 깨면 안도의 한숨을 내쉬지만 즐거운 꿈을 꾸다 깨면 마음이 허전하고 섭섭하기 마련이다. 그 아쉬움과 섭섭함을 달래려 어머니 품에 안겨 어리광을 부리고 싶은 화자의 마음이 잘 그려져 있다. 그런데 어리광을 떨고 싶은 대상인 어머니는 시방 세상에 없다. 어머니에 대한 애틋한 그리움을 담아낸 사모곡이다.

> 이웃집 제향이 끝나고/ 헤져 간 발자국에 또 눈이/
> 덮이면/ 으레/ 뒷숲에 무거운 부엉이 울음//
> 기인 밤 꿈을 깨선/ "양식 없다 부엉!"/
> 어머니 서러운 옛이야길 들었어…….
>
> –「부엉이」 전문

부엉이는 야행성 조류로 밤에 활동하며 낮에는 물체를 잘 보지 못한다. 밤이 긴 겨울에는 부엉이의 울음소리도 크게 들린다. 전래 동요에 "떡 해 먹자 부엉. 양식 없다 부엉~ 걱정 말게 부엉 꿔다 하지 부엉~"으로 이어지는 부엉이 노래가 있다.

기제사는 보통 자정 무렵에 지낸다. 눈 내리는 깊은 밤 이웃집에서는 제사를 지내고 나서 음식을 배불리 먹었으리라. 함께 제사를 마친 친척들이 눈길을 걸어 집으로 돌아갈 때 뒷산에서 부엉이 울음소리가 들린다. 화자는 먹을 것이 없어 유난히 배고프던 기인 밤에, 부엉이 울음소리조차 '양식 없다'고 서럽게 우는 소리로 느낀 것이다.

> 머언 산울림/ 은은히 퍼지는 노래가 있어요.//
> 어머니 손결에 포근히 잠겨/ 끝없이 꿈을 엮던 그때/ 그 노래가요.//
>
> –「자장가」 전문

자장가는 어린아이를 재울 때 부르는 노래이다. 엄마의 자장 노래는 고요하고 은은하다. 산울림처럼 맑은 노래이다. 세상의 어머니들은 한없이 사랑스러운 눈으로 아이를 보며 졸려서 칭얼거리는 아이를 달랜다. 아이는 어머니의 포근한 손결에 잠겨 스르르 잠이 든다. 엄마의 품에 안겨 꿈을 꾸던 어린 시절을 그리워하고 있다.

> 저녁놀 골짜기로 기어 내리어/ 울타리마다 박꽃은 환히 피었다.//
> 달 밝아 잠깬 쓰르라미 꿈꾸듯 울고/
> 강낭콩 까며 어머니 일르시는 이야기 어느듯 멈춰도//
> 박꽃에 맺힌 이슬엔 별들/ 총총히 빛나 있었다.

-「박꽃」 전문

박꽃은 해가 진 저녁에 피어난다. 서산마루에 붉은 저녁놀이 지자 울타리마다 하얀 박꽃이 피어난 것이다. 달이 뜨자 낮잠 자던 쓰르라미가 깨어 운다. 쓰르라미는 매미와 비슷한 곤충으로 '쓰르람 쓰르람' 하며 주로 저녁에 많이 운다. 하루 종일 바쁜 어머니는 쉬지 못하고 달빛 아래 강낭콩을 깐다. 밤이 깊어지자 어머니의 이야기도 멎고 박꽃엔 이슬이 내리고 별들은 총총히 빛난다.

> 등시렁 아래 엄마가 날 재워 주시던 달빛이
> 머리를 말리며 좋아하신 바람에 흔들리고,//
> 연보라 꽃잎에 달무리 아롱아롱
> 순한 향내에 젖어 아름다운 밤이면,//
> 엄마가 수놓으신 꽃바구니에
> 나는 꽃을 주워 담으며 꿈을 엮곤 했어요.

-「등」 전문

5월이 되자 등나무 시렁에서는 등꽃 타래가 주저리주저리 달린다. 연보라색 등꽃이 달빛 아래 피어난다. 엄마는 달 뜨는 밤이면 등시렁 아래에서 화자를 재워 준다. 등시렁 아래로는 달빛이 들고 등꽃 향기는 바람에 흔들린다. 달무리가 져서 엷고 희미한 달밤이다. 달 언저리에 둥그렇게 생기는 허연 테 달무리가 구름같이 아롱거린다. 화자는 엄마가 수놓은 꽃바구니에 등꽃을 주워 담으며 꿈을 엮는다. 엄마의 향기 나는 사랑을 받으며 자란 유년의 추억을 노래하고 있다.

그것은/ 달밤.// 엄마랑/ 누나랑/ 마루 끝에 엮은/ 우리 집 전설.//
눈만 감으면/ 환히 트여 오는/ 달밤이라요.//
엄마도 없이/ 누나도 없이/ 강낭콩 하나/ 심어 두네요.//

–「강낭콩」 전문

화자는 엄마, 누나와 함께 달 뜨는 밤에 마루 끝 뜨락 화분에 강낭콩 씨앗을 심었다. 강낭콩에는 줄기가 길지 않은 것과 덩굴을 뻗는 종류가 있다. 화자가 심은 덩굴 강낭콩은 줄을 타고 올라가 마루 끝을 장식한다. 강낭콩은 중국 운남(雲南) 지방에서 왔기에 운두(雲豆)라고 하는 말이 있으므로 남쪽 지방에서 들어왔다는 것을 알 수 있다. 강남에서 들어왔기에 강낭콩으로 불리다 강낭콩이 되었다. 여름에 흰색 · 보라색 · 붉은색 등의 꽃이 피어난다. 달이 떠 오면 눈을 감고 강낭콩 심던 옛일을 추억한다. 지금은 엄마도 누나도 없이 쓸쓸해진 화자는 강낭콩 씨앗을 심는다.

달 없어도/ 향기가/ 어스름 환해요//
달이 돋걸랑/ 누나야/ 나와 봐요//
이슬 먹은/ 달무리/ 꽃잎에 아롱지리.//

–「목련」[9] 전문

4월이 되면 목련이 하얀 달처럼 돋아난다. 하얀 목련이 달처럼 어둠을 밝혀 준다. 누나는 목련처럼 얼굴이 희다. 화자는 누나에게 달이 돋으면 꽃구경을 하라고 불러 낸다. 희뿌연 달밤, 꽃도 하얗고 달빛도 하얗고 누나 얼굴도 하얗다. 뿌연 달무리도 목련 꽃잎에 스며들어 아롱진다. 목련꽃 피는 하얀 달밤 누나를 생각하는 화자를 마주할 수 있다.

하이얀 꿈 서린 꽃속에서/ 달님은 은실 그네를 매고 잔다//
아련히 방그는 꽃망울마다/ 달무리 무지개처럼 서려.//
포푸린 환한 옷매무새/ 목소리 곱던 누나/
달덩이 같은 미소가 핀다.//
달그림자 하이얀 꿈 서린 꽃속/ 내 마음속 그림이 오부룩 핀다.

–「목련」 전문

이 시에서도 화자는 하얀 목련꽃을 보며 누나를 그리워하고 있다. 하얀 달빛이 목련 꽃잎에 비친 모습을 달님이 은실 그네를 매고 잔다고 했다. 포푸린은 포플린(poplin)의 오기이다. 씨실과 날실의 굵기 · 가닥 수를 변형시켜 직조한 튼튼한 옷감으로 결이 곱고 촘촘하다. 목련의 꽃잎은 비교적 질기고 두꺼우므로 포플린 환한 옷감에 비유했다. 화자는 달밤에 목련꽃을 보며 목소리 곱던 누나를 그리워하고 있다.

하이얀 꽃 위로/ 비 솔솔 날리네요.//
꽃잎에 향내 젖은/ 물 또옥 지네요//
누나가 펵은/ 보고 싶네요.

–「탱자나무 꽃」 전문

---

9) 제2소년시집 『푸른 눈동자에 그린 그림』에 실려 있다.

원정이 어린 시절 살았던 선너머 밭둑에는 탱자나무 울타리가 많았다. 탱자꽃은 5월쯤 흰색으로 핀다. 탱자나무는 가지에 가시가 많아 울타리로도 많이 심었다. 탱자나무의 꽃말은 추억이다. 봄비가 내리는 날 탱자나무꽃도 비에 젖어 꽃잎이 진다. 비에 젖어 떨어져 내리는 꽃잎을 보니 떠나간 누나가 더욱 보고 싶어진다. 탱자나무꽃을 보며 누나를 생각하는 화지의 마음이 꽃향기처럼 진하게 스며 온다.

누나와 나비를 보았다고 하얀 나비를 보았다고
누나도 나도 가느단 걱정에 마음을 떠노라면
회오리바람 도르르 몰아가는 앞 언덕 양지에
애들이 뒹굴어 환한 웃음소리 구울러 퍼집니다.

–「이른 봄」 전문

이른 봄에 고치에서 나온 나비들은 꽃을 찾아 날아다닌다. 아직은 쌀쌀한 날씨여서 가냘프고 기운이 없어 보인다. 흰나비를 먼저 보면 상을 당한다는 민간 신앙이 있다. 하필이면 흰나비를 본 나도 누나도 식구 중에 누가 죽을까 봐 걱정이 앞선다. 회오리바람이 부는 언덕 양지녘으로 아이들의 환한 웃음소리가 울려 퍼진다. 화자와 누나는 걱정을 하지만 해바라기하며 노는 아이들은 걱정이 없다. 흰나비를 본 화자의 동심을 회화처럼 풀어놓은 시이다.

누나는/ 이 봄에/ 시집가고,// 양지에/ 생그르/ 눈웃음친 꽃//
연보라/ 이울듯이/ 가냛은 얼굴// 먼 산/ 구름마다/ 그늘도 깊다.

–「양구미」 전문

양구미는 양구비의 오타인 듯하다. 양구비는 양귀비의 옛말이다. 화자는 양귀비꽃을 볼 때마다 누나가 그립다. 양귀비는 5~6월에 흰색 · 붉은색 · 홍자색 · 자주색 등 여러 빛깔로 꽃을 피운다. '양귀비'란 이름은 중국의 미인 양귀비(楊貴妃)에서 유래했다. 연보라빛 양귀비처럼 얼굴이 예쁜 누나는 봄에 시집을 갔다. 양지쪽에서 생그르 웃고 있는 양귀비꽃을 볼 때마다 불현듯 누나가 그리워진다. 그리움을 달래려 먼 산 위를 보니 구름도 그늘이 깊다.

> 은모래 밭에/ 무심코/ 그려 본 동무 얼굴//
> 무너져/ 어릿이/ 잊어버린 그 얼굴//
> 지웠다/ 그렸다/ 어렴풋한 그 얼굴

–「동무 얼굴」 전문

화자는 모래밭에 앉아 문득 생각난 동무의 얼굴을 그린다. 하지만 떠오르지 않아 몇 번씩 지우고 다시 그리지만 무너지고 만다. 너무 오래 되어 잊어버린 얼굴, 추억이 아쉬워 마음이 몹시 쓰리고 따가운 느낌마저 든다. 화자는 홀로 앉아 옛동무와의 얼굴을 추억하지만 되뇌일 수 없어 마음이 어릿하다. 동무 얼굴은 원정 자신의 자화상이다.

> 귀에다/ 손을 대이면// 머언 그날의/ 동무 소리.//
> 진달레 꽃 속에서/ 아스므레/ 부르던/ 그 소리…….

–「메아리」 전문

원정이 살던 전주시 다가동 전주천변에는 다가산이라고 불리는 야트막한 산이 있다. 그가 다녔던 신흥보통학교가 인근에 있었다. 산 아래에는 활터인 천양정이 있고, 산 정상에는 조선총독부에서 만든 신사(神社)가 있었다, 유연대와 엉골 뒷산, 용머리 고개와 완산칠봉으로 이어지는 그곳 산자

락은 어린 원정의 놀이동산이었다. 봄이 되어 진달래꽃이 피면 동무들과 어울려 산메아리를 불렀던 곳이다. 원정은 메아리를 좋아한다. 진달래 꽃 속에서 아스무레 부르던 「메아리」 소리를 좋아한다. 은은히 남는 여운 때문이다. 화자인 원정은 먼 그날의 동무들과 어울려 부르던 메아리를 그리워하고 있다.

> 틀렸니?/ 틀렸니?// 용서해 응//
> 장난이랬어!/ 장난이랬어!// 미안했어//
> 틀어져/ 가 버리는/ 동무 등을// 하이얀 낮달이/ 보고 있었다.
>
> – 「낮달」 전문

달은 스스로 빛을 내지 못하고, 태양으로부터 빛을 받아 반사한다. 달에 반사된 빛은 지구의 대기를 통과하면서 산란하게 된다. 이 과정에서 달빛은 밤에는 노란색으로 보이고, 밝은 낮에는 태양과 달의 거리가 가까워 잘 보이지 않거나 흰색으로 보인다. 화자는 동무와 말다툼을 하고 헤어지고 있다. 장난이었으니 미안하다고 말해도 톨아져 등을 보이고 가는 동무! 그 동무에게 미안해 하는 마음을 낮달처럼, 희미하지만 오히려 또렷하게 그리고 있다. 나의 아쉬운 마음을 낮달의 여운으로 승화시키고 있다.

Ⅲ. 나오는 말

최승렬 동시의 고갱이는 어머니와 자연이다. 홀어머니 슬하에서 자란 원정의 어린 시절은 퍽 외로웠다. 그 외로움은 그의 심상 속에서 그리움의 촉으로 자라 꽃으로 피었다. 그리움의 대상은 「자장가」의 어머니이고 「목련」 같은 누나이며, 「무지개」의 순이이고 「낮달」의 동무이다. 원정의 어머니에 대한 사모곡은 더욱 절실하다. 어린 시절부터 자신을 홀로 키운 어머니를 향한 그리움은 달밤 속에 피는 박꽃과 등꽃의 이미지로 실루엣 된다.

최승렬 동시의 특징은 간결하고 절제된 구성을 통한 감칠맛 도는 정서의 구현이라 할 수 있다. 그의 시에는 어머니에 대한 사랑과 누나에 대한 애틋한 그리움, 어린 시절 동무들과의 아련한 추억이 담겨 있다. 향토성 짙은 모국어를 맑은 숨결로 다듬어 자연의 정경과 정서를 순정한 동심으로 노래하고 있다. 시의 구성은 짧고 단순하지만 여운 짙은 언어의 활용으로 서정미를 한껏 높이고 있다.

그의 작품에 나타나는 심상은 은은하면서도 선명하다. 「노루」·「발자국」·「강」·「초승달」·「금붕어」·「저녁놀」 등에서 보이는 맑고 또렷한 시각적 이미지, 「탱자나무 꽃」·「찔레」·「그리웁디다」·「아침」 등에서 피어나는 아릿한 향기의 후각적 심상, 「비」·「저녁때」·「종소리」·「부엉이」·「메아리」·「귀뜨라미」 등을 통해 들을 수 있는 포근하고 아련한 청각적 심상은 독자들의 마음속에 영롱한 무지개로 떠올라 빛나게 될 것이다.

원정은 사람들과 어울리기보다 목가적인 생활을 즐겼다. 지면을 통한 작품 발표조차 외면하여[10] 문단에서도 크게 주목받지 못했다. 그의 호처럼 화초 가꾸기를 좋아하고, 자연을 사랑했다. 그의 성품은 거구에 어울리지 않게 여리고 착하며[11] 제자 사랑[12]은 각별했다.

『무지개』 피는 언덕에는 그가 좋아하는 꽃들이 어머니처럼 아련하게, 누

---

10) 동시집 무지개 이후 이십 년이 흘렀다. 아동문학을 한답시고 발들여 놓은 지 벌써 삼십 년이 됐다. 내 원래 사람들 틈에 끼어 법석대기를 꺼리는 성미라 홀로 초야에 묻혔더니 다 늙어서야 고 사장의 성화 같은 권유와 내 제자들의 서두름으로 하여 이것을 세상에 내어 놓는다. 제2소년시집 『푸른 눈동자에 그린 그림』 머리말.

11) 신석정은 참되고, 참하고, 아름답고, 불길같이 타오르는 심성을 가졌다고 회고했다. 신석정(辛夕汀) 『원정(園丁)』 서문(序文) 중에서.

12) 스승의 날을 맞이하면서 필자는 필자에게 많은 가르침을 주셨던 훌륭한 선생님들을 떠올리게 되었다. 그분들 가운데 고등학교 때 3년 내내 국어를 가르치셨고, 또 문예반에서 3년 내내 지도해 주셨던 최승렬 선생님을 회상하기로 하겠다. - 중략 - “학생을 가르치는 사람이라는 생각을 버리고 학생의 친구라는 생각으로 생활해야 하네.” 「재주보다 덕있는 사람이 되라」, 김학준, 〈한국교육신문〉 2020. 5. 21.

나처럼 담백하게, 순이처럼 수수하게 피어 있다. 그런 꽃들을 살펴보면 장다리 · 목련꽃 · 탱자꽃 · 박꽃 · 찔레꽃 · 달개비 · 자운영 · 양귀비 · 등꽃 · 진달래 · 국화 · 함박꽃 · 아카시꽃 등으로, 특별히 가꾸지 않아도 피는 꽃들이 대부분이다.

속세보다 자연을 사랑했던 원정은 자연과 합일되는 동심으로 살았다. 그가 노래한 자연은 어머니에 대한 그리움이고, 그 사모곡은 메아리로 되살아났고, 달무리로 번져 갔으며, 무지개로 피어났다. 그와 먼 길을 오가며 교유했던 시인 석정은 원정을 "종려나무 그늘에 깃드는 이국정조에 의지하면서 귤나무의 진한 향기와 파초 잎 사이에 명멸하는 생명의 고향인 어머니의 환상을 찾는 그는 수선, 히아신스, 아네모네를 가꾸면서 이것들의 육체 속에 자신을 묻[13]었다고 회고했다.

원정 그는 고향 전주 완산의 자연을 천석고황 삼아 죽는 날까지 동심의 숲을 가꿔 낸 수수한 정원사였다.

---

13) 위의 책.

시대상과 인간상의 구현
– 최인욱 소년소설론

Ⅰ. 프롤로그

최인욱(崔仁旭)은 아동문학가라기보다 소설가로 유명하다. 그의 아동문학과의 인연은 1948년 〈소년〉에 발표한 「신문 파는 소년」에서 비롯되었다. 그 후 1950년대에 발행된 〈소년세계〉[1], 〈새벗〉[2], 〈학원〉[3] 등에 몇 편의 소년소설을 발표했다.

최인욱은 1920년 경남 합천군 가야면에서 태어났다. 본명은 상천(相天)이고, 호는 하남(河

1) 1952년 7월 피난지 대구에서 창간, 1956년 9월 통권 40호를 끝으로 폐간되었다. 1953년까지는 대구에서 발행되다가 1954년 서울로 옮겨 계속 발행되었다. 4×6배판 50쪽 안팎. 주간은 이원수 · 김원룡 · 구왕산 · 최계락 · 정영희 등이 맡았고, 편집 고문은 김소운이었다. 당시 〈새벗〉 · 〈어린이 다이제스트〉와 함께 3대 어린이 잡지 가운데 하나였다. 상업주의 문학이 활발하게 전개되던 때 순수 문예지임을 내세웠으며, 아동문학가가 아닌 문인의 글도 실었다.

2) 일제 강점기 조선예수교서회에서 펴냈던 〈아이생활〉의 후신지로서 1952년 1월 대구에서 창간되었으며, 최석주 · 강소천 등이 주간을 맡았다. 창간호는 70면 내외 A5판으로 발행했다. 집필진으로는 이원수 · 김영일 · 김요섭 · 임인수 · 박화목 등으로부터, 1960~1980년대는 당대의 대표적인 아동문학가가 두루 참여했다. 1954년부터 현상 문예 작품 모집 제도를 두어 아동문학가를 발굴해 오다가 1960년부터 신인 추천제를 실시했다. 1968년과 1970년대에 휴간했다가 복간했으며, 1982년 1월부터는 (주)성서원에서 인수하여 발행하다 2003년 5월부터는 휴간에 들어갔다.

3) 1952년 11월에 대구에서 김익달(金益達)이 청소년을 대상으로 발행한 잡지이다. 6·25전쟁과 그 뒤의 혼란한 시기에 대중매체가 거의 없을 당시 청소년들의 정서순화와 학습활동, 여가 선용 등에 크게 이바지했다. 특히 『학원』에서 주관하고 시상한 '학원문학상'은 20여 년에 걸쳐 매년 우수한 젊은 문학 지망생들을 발굴, 양성했다.

南)이다. 해인불교전문학원 고등과(동국대학교의 전신)를 졸업하고, 일본으로 유학을 떠나 1941년 동경 니혼대학 종교과를 중퇴했다. 1938년 단편「시들은 마음」이 매일신보 신춘문예에 선외 가작으로 입선했고, 1939년에 다시 매일신보에「산신령」이 가작으로 입선되면서 문단에 나왔다.

1939년에 〈조광〉지에「월하취적도」를 발표하면서 작가적 위치를 굳히고, 1942년 단편「멧돼지와 목탄」(춘추),「생활 속으로」 등을 발표했다. 해방 후 1949년 전국문화단체총연합회 중앙위원을 지냈고, 경성전기공업학교 교사로 있으면서 여러 잡지에 단편소설을 발표했다.

1952에는 첫 장편소설『행복의 위치』(백조사) 등을 출간했고, 1955년 한국문학가협회 중앙위원, 서라벌예술대학 전임 강사와 중앙대학 강사를 지냈다. 1958년 장편『화려한 욕망』(자유신문)과『고독한 행복』(자유신문. 58~59) 등을 발표하고, 1960년 장편『풍선』(평화신문)을 내놓았다. 1961년 〈조선일보〉에 연재한 대표적인 장편『초적(草笛)』(을유문화사)을 출간했다. 1962년 전작 장편『임꺽정』(서울신문. 62~65)을 연재하기 시작, 장편 역사소설『사명당』(을유문화사)을 발간했다.

1965년에는 전작 장편『임꺽정』(교문사.전5권)을 출간했다. 1967년 장편『만리장성』,『전봉준』과 다음 해 장편『자규야 알랴마는』(대한일보),『태조 왕건』,『여왕』을 발표했다. 그가 쓴 소년소설은「신문 파는 소년」(1948. 8. 소년),「길」(1952. 학원),「운동화」(1952. 7. 소년세계),「갓골 강영감」(1953. 7. 소년세계),「수복이의 꿈」(1954.새벗),「푸른 계단」(1954. 학원),「김현이와 호랑이」(1954. 5 소년세계),「눈온 아침」(1954. 12, 소년세계),「쥐와 뱀」(1956. 새벗) 등을 비롯, 단행본으로 출간된 장편 소년소설「일곱 별 소년」(1954. 학원)[4] 등이 있다.

최인욱은 애주가여서 술에 얽힌 일화[5]도 많이 남겼다. 그는 6·25전쟁 당

---

4) 1954년 대양출판사에서 단행본으로 출간했다.

5) 1·4후퇴 후 대구에서 일어난 일인데, 최인욱이 아니면 누구도 흉내 못 낼 일이지. 어느 날 인욱이 술을 많이 마시고 취해서 그만 통금 시간을 어긴 거야. 그렇지만 잘 곳도 없는지라 집으로 돌아가지 않을 수가 없었단 말이야. 그런데 공교롭게도 인욱이 집으로 돌아가려면 파출소 앞을 지나야 되게 되었단 말이야. 통금이 지

시 종군 문인 모임인 창공구락부[6]의 사무국장으로 활동했다. 1972년 4월 12일 진달래꽃 피던 계절에 서울에서 53세를 일기로 위암으로 사망했다.

Ⅱ. 시대상을 반영한 소년소설

문학은 두말할 것도 없이 현실의 반영이다. 하지만 현실의 반영으로만 머문다면 문학으로서의 가치가 없다. 르포르타주나 다큐멘터리는 문학 동네의 이웃이긴 하지만, 주민의 범주에 넣을 수는 없다. 최인욱의 소년소설은 대부분 당 시대의 적나라한 현실을 배경으로 하지만, 작가의 상상력이 작용하고 있어 르포와 다큐에서 벗어나게 하고 있다. 최인욱이 조망한 현실 속 배경은 궁핍하고 고단한 삶이지만, 절망을 넘어 희망을 노래하고 있다.

「신문을 파는 소년」에는 열네 살 소년 기석이가 주인공으로 등장한다. 기석이네 집안은 해방 공간 서울 한복판 빈촌에 거주하는 하층민이다. 기석이네는 부엌도 없는 두 칸짜리 셋방에서 여섯 식구가 살고 있다. 사십대 중반의 아버지는 날품팔이를 하는 건설 노동자이다. 마흔 살의 어머니는 해산 후유증으로 신장염을 앓아 시난고난 누워 있고, 누나는 19세로 어머니 대신 집안일을 도맡아 본다.

나 시계는 1시를 가리키고 있었지. 어떻게 파출소 앞을 무사히 지나갈까, 생각하던 인욱이 파출소 앞에 가선 그만 개가 되는 것이야. 개처럼 엉금엉금 기어서 파출소 앞을 지나치려는데 한 보초 순경이 보고 소리를 질렀어. "게 누구냐? 서라." 하고 순경이 집총한 자세로 쫓아갔단 말이야. 개처럼 기어가던 위대한 작가 최인욱이 힘없이 일어나 앉으며 하는 말이 "여보시오. 개에게도 통금 시간이 적용되는 게요." 순경이 크게 웃고 일어난 그를 데리고 파출소 안으로 들어오니 한 젊은 순경이 소스라쳐 일어나며 외쳤다. "교수님, 이게 무슨 일입니까?" 이 광경을 보고 있던 소장이 젊은 순경에게 물었지. "이 사람을 잘 아는가?" "네, 저의 대학 교수님입니다." "그래? 그러면 댁에까지 김 순경이 모셔다 드리게." 시인 조지훈이 황금찬에게 들려준 회고담이다.

6) 공군창공구락부는 1950년 한국전쟁 당시 군의 사기전략을 위해 창설되었다. 그 당시 문인들은 마해송(단장), 조지훈(부단장), 김동리(부단장), 최인욱(사무국장), 박두진, 이상로, 유주현, 곽하신, 방기환, 최정희, 이한직, 박목월, 전숙희, 김윤성, 황순원 등이었다. 이들은 일선 비행단을 돌면서 조종사들을 격려하고, 이를 소재로 작품을 집필, 국내 잡지에 게재하여 장병들의 사기를 고양시키고 당시의 분위기를 후대에서도 생생히 느낄 수 있도록 하는 역할을 했다.

기석이는 올해 초등학교를 우등으로 졸업했으나 집안 형편이 곤궁하여 중학교도 못 가고 거리에서 신문을 파는 소년이다. 이 작품이 발표된 시기는 해방 공간으로 사회가 안정되지 못하고 서울의 인구도 160여만 명에 불과했다.

> 어제만 같아도 창선이는 키나 몸집이 저렇게 의젓하지를 못했는데, 단 하룻밤 사이에 저 모양으로 변해졌는가, 보면 볼수록 딴 사람만 같았다.
>
> "창선이는 중학생이 된 지금에도 나를 동무로 생각하는 것일까?"
>
> 기석이는 괘니 이런 생각도 해보았는 것이었다. 그리고 또 "우리 반에서는 육십 명 중에서 상급학교 가는 사람이 열두 사람밖에 안 된댔는데."
>
> 그는 국민학교 때 담임 선생님이 하시던 말씀을 다시금 생각해 내고 상급학교 못 가는 사람이 자기 하나뿐이 아닌 것과 숫자로 따져 봐도 못 가는 편이 네 곱절이나 많은 것을 생각하니 그제는 웬만치 마음이 가벼워지기도 하였다.
>
> – 〈소년〉[7] 1948년 8월호 30쪽.

기석이는 골목에 나갔다가 교복을 차려입고 등교하는 창선이를 만나 풀이 죽는다. 기석이는 창선이와 같은 반이었는데 반장도 하고 우등상을 탔지만 집이 가난하여 진학을 못해 의기소침해 있다. 기석이네 반 60명 중에 중학교에 진학한 사람은 12명으로 20%에 불과하다. 지금은 의무교육으로 모두가 진학을 하는 시대지만 당 시대에는 현실이었다. 가정 형편으로 진학을 못 하는 경우 생업을 위해 일자리를 구해야 했다.

기석이는 먼저 신문팔이를 하던 친구 성준이의 제의로 아버지의 반대를 무릅쓰고 신문을 팔게 된다. 신문 장수를 하기 위해서는 미리 거스름돈도

---

7) 1947년 8월 방기환이 창간하여 주재했다.

챙겨야 하고, 인기가 좋은 신문을 다른 사람보다 먼저 사서 팔아야 이문이 많은 법이다.

> 기석이는 신문 장사를 시작한 지 아직 며칠 되지 않으므로 가두판매에는 어느 신문이 제일 잘 팔리는지, 또 어느 신문이 제일 일찍 나오고 늦게 나오는 것인지 모든 것을 경험이 많은 성준이에게 묻고 배워야만 했고, 신문을 파는데도 알아야 할 것은 일일이 성준의 가르침을 받아야만 했다.
>
> 신문을 파는 데는 처음에 신문을 사는 밑천 말고도 호주머니 속에 십 원짜리가 몇 백 원씩은 준비되어 있는 것이 효과적이었다. 모처럼 신문을 사려고 하는데도 돈이 백 원짜리가 되어서 이쪽에서 미처 거스름돈을 못 내주게 될 때는 딴 사람에게 빼앗기기 일쑤였고, 설령 받게 되어도 남에게 다니며 돈을 바꾸느라 꽤 시간이 걸리게 되므로 손님에게도 미안하고, 또 그러는 동안에 남보다 팔리는 푼수가 뒤떨어지기도 하는 것이었다.
>
> 어쨌던 잘 팔리는 신문을 제일 먼저 받아서 남보다 먼첨 선발을 해야할 것과 신문을 팔고 돈을 받는데도 번개같이 빠른 사람이 늘 장사에는 이기는 사람인 것이다.
>
> – 앞의 책, 32~33쪽.

이 소설에는 해방 공간 서울 중심지의 거리 풍경이 잘 묘사되어 있다. 신문사 옆 담벼락 밑에서는 비누 장수가 비누를 팔려고 호객 행위를 하고 전철이 운행되고 있다. 대낮인데도 정전이 되어 신문 발행이 늦어지기[8]도 한다. 신문팔이 아이들이 신문을 먼저 사려고 달려들어 아수라장이 되기[10]도 한다. 기석이가 신문사 앞에서 신문을 사 신문을 팔기 위해 이동한 동선은

---

8) "여늬 때 같으면 벌써 나올 때도 됐지. 헌데 오늘은 정전이 돼서 좀 늦겠대."라는 성준의 말에서 알 수 있다.

9) 남에게 발을 밟히고 뒷굼치를 채이면서도 내가 먼저 받으려고 기를 쓰며 달려드는 판에, 뒤에서 늘 밀치락 닥치락 와글와글 신문사 앞거리는 온통 수라장이 되는 것이었다. 33쪽.

10) 오늘날에도 서울신문사는 태평로 1가(세종대로 124)에 위치하고 있다.

다음과 같다.

태평로 서울신문사[10] 앞 → 전차 정류장과 극장[11] 앞 → 조선호텔에서 명동으로 빠지는 골목(안경을 쓴 중년 신사에게 마수) → 전찻길을 건너서 시공관[12] 앞 → 충무로 3가 갈림길 → 귀가 중 가게에서 엿과 카라멜 구입

기석이는 신문을 다 팔고 귀가길에 마음의 갈등을 겪는다.

> "에라 좀 더 벌어가지고 다음 달치부터 사보기로 하지."/ 그는 속으로 이런 생각을 하고는 다시 발을 떼어 놓았다./ 그로부터 또 얼마쯤을 걸어가다 하니 이번에는 아파 눠있는 어머니가 생각났다.
>
> 기석이는 몰아 쥐었던 지전뭉치에서 십 원짜리 석 장을 꺼내 엿을 샀다. 기석이가 하필 엿을 산 것은 그의 어머니가 과일보다도 엿을 제일 좋아하기 때문이다.
>
> 엿을 사고 나니 그제는 또 누나와 아우가 생각났다. 그는 어째 볼까 하고 주저를 하다가 또 삼십 원을 덜어내 가지고 카라멜 한 갑을 샀다.
>
> 자꾸만 망설이기보다는 살 것을 대강 사고 나니 의외로 마음이 편해서 좋았다.
>
> 기석이는 지금 다시 생각하니 중학생이 되지 못한 것이 조금도 원통하지 않았다.
>
> 그는 즐거운 마음으로 휘파람을 불며 집을 향해서 가볍게 발을 떼어 놓았다.
>
> – 앞의 책, 34쪽.

---

11) 76년 동안 명동을 대표하는 영화관이었지만, 지금은 없어진 중앙시네마 극장(1934~2010)으로 짐작된다.

12) 시공관은 1936년에 일본인 이시바시가 세운 극장으로, 광복 전까지의 명칭은 메이지자(明治座)였다. 서울특별시 명동에 자리잡은 이 극장은 1930년대 일본인들의 위락시설로 지어졌기 때문에 주로 일본 영화를 상영했다. 광복 후에도 한동안은 일본의 소유로써 국제극장으로 불리었고, 서울시가 접수하여 시공관으로 개칭했다. 시공관은 1950~1970년대까지 20여년 동안 우리나라 공연 예술, 특히 연극의 유일한 전당이었다는 데에 그 의의가 있다.

이 소설의 마지막 부분이다. 신문 20부를 산 후 거리에서 밤 9시까지 신문을 모두 판 기석이의 손에는 400원이 쥐어져 있다. 한 부를 팔면 20원이 남는 셈이다. 기석이는 평소 보고 싶던 〈소년〉 잡지[13]를 사려다 돈이 아까워 사지 못한다. 그는 아파 누워 있는 어머니에게 주려고 30원어치 엿을 사고, 또 누나와 어린 동생에게 주려고 30원을 주고 카라멜 한 갑을 산다. 기석은 자신이 힘들게 번 돈을 자신을 위해 쓰지 않고 식구들에게 줄 먹거리를 사고 기뻐하는 것이다. 이처럼 기석이의 인물상은 긍정적이고 착하다. 성실하고 의지가 굳으며 착한 청소년이다.

「운동화」는 6·25전쟁이 한창이던 때 대구에서 발행한 〈소년세계〉 창간호에 발표되었다. 가난한 시절 운동화를 갖고 싶어 하는 여자아이의 심리를 잘 묘사한 소년소설이다. 시골 학교를 다니는 순옥이는 집이 가난해서 한 번도 운동화를 신어 본 적이 없다. 짚신을 신거나 명절에 한 켤레 산 고무신을 다 망그러지도록 누덕누덕 기워서 신고 다닌다. 고무신이 닳을까 봐 맨발로 다니던 시절의 이야기이다.

> 순옥이는 자기 발에 꼭 맞는 운동화 한 켤레를 골라 따로 표나게 얹어 놓고 잡화점을 나오면서 주인을 보고 이런 말을 하였읍니다.
>
> "지금은 돈이 없으니까 있다 돈을 가지고 와서 사겠어요."
>
> 순옥이는 그만 괜히 얼굴이 붉어지는 것입니다. 남의 물건을 사지도 않고 만져본 자신이 이내 뉘우쳐지기도 하였습니다.
>
> 순옥이는 얼굴이 화끈 달아서 다 떨어진 고무신을 질질 끌며 앞서 가는 동무들의 뒤를 따라갔습니다.
>
> -「운동화」〈소년세계〉 1952. 7월호(창간호) 20쪽.

13) 그 당시 〈소년〉 잡지 한 권의 가격은 100원이었다.

1950년대, 특히 전쟁 중의 아이들은 극심한 궁핍에 시달렸다. 시골의 아이들은 가난한 형편 때문에 찢어진 고무신도 꿰매어 신곤 했다. 냇물에서 물놀이를 하다 신발이 떠내려가기라도 하면 기를 쓰고 잡으려다 목숨을 잃기도 하던 시절이었다. 순옥이는 가게에 자신의 발에 꼭 맞는 신발이 하나밖에 없는 것을 알기에, 주인한테 나중에 사겠다고 장담을 한 것이다. 순옥이가 나중에 꼭 사겠다고 장담을 한 까닭은 어머니가 설빔으로 사 주겠다는 약속을 했기 때문이다.

> 순옥이는 책보를 갖다 놓고 도로 교실로 나오다가 신장 안에 벗어놓은 차순이의 하이얀 운동화에 눈이 갔습니다. 한참을 유심히 들여다보다가 사방을 한번 기웃거리고 나서 차순이의 운동화를 가만히 신어 보았습니다. 그리고는 속으로 이런 생각을 하였습니다.
>
> "아유, 참 가볍기도 하다. 이런 신발을 신고 뜀뛰기를 하면 얼마나 좋을까? 내 몇 판이라도 이기지 뭐."/ 그러면서 뜀뛰기 흉내를 내어 보았습니다. 달음박질도 하여 보았습니다.
>
> 이때 한 반에 있는 노마와 철숙이가 순옥이의 곁으로 다가오며 줄넘기를 하지 않겠느냐고 청했습니다./ 세 사람은 한데 어울려서 추운 줄도 모르고 한참을 뛰었습니다.
>
> – 앞의 책, 20~21쪽.

날씨가 추운 겨울날 순옥이는 운동장으로 나가려다 신발장에 있는 차순이의 운동화를 신어 본다. 운동화를 갖고 싶어 하는 순옥이의 심리가 잘 드러나는 장면이다. 순옥이는 잠깐만 신어 보려던 생각을 잊고 동무들과 운동장으로 나가 줄넘기를 한다. 신발장에서 자신의 운동화가 없어진 걸 안 차순이는 순옥이가 신고 있는 것을 보고 화를 내며 망신을 준다.

순옥이는 학교 수업을 마치고 집으로 돌아오다 잡화점에 들러 연필 두

자루를 산다. 순옥이가 잡화점에 들린 목적은 연필 구입이 아니라 찜해 놓은 운동화를 보기 위해서이다. 잡화점을 나온 순옥이는 차순이와 마주친다. 신발 가게에서 기웃거린 것을 친구가 보았을 것이라 생각한 순옥은 자존심이 상한다.

그런데 차순이는 학교에서 순옥에게 한 일을 사과한다. 순옥은 엉겁결에 연필 한 자루를 차순에게 선물한다. 이틀날도 순옥은 학교에서 돌아오다 운동화를 확인하러 잡화점에 들린다. 그런데 그 운동화가 사라지고 없다. 순옥이는 자기 물건을 잃어버린 것처럼 무척 섭섭하다.

> "인제 오니!"/ 어머니는 그 다음 이런 말을 하시었읍니다.
>
> "차순이가 너 오거든 주라고 저기 뭘 갖다 놓고 갔다. 끌러 보려마."
>
> 어머니는 방으로 들어가서 종이상자 하나를 순옥이의 앞에다 내어 놓았읍니다.
>
> "뭘까?"/ 순옥이는 약간 떨리는 손으로 노끈을 풀고 종이를 벗겼읍니다.
>
> "어마나!"/ 상자 안에는 예쁘장하게 생긴 하아얀 운동화 한 켜레가 들어 있었읍니다.
>
> 그렇게도 탐나던 운동화였읍니다. 보고 또 보고…….
>
> 그러나 순옥이는 어쩐지 어제 차순이에게 연필을 줄 때처럼 그만치 즐겁지는 않았읍니다.
>
> – 앞의 책, 23쪽.

순옥이가 낙심을 하고 집으로 돌아오니 부엌에서 저녁을 짓던 어머니가 하는 말이다. 차순이가 순옥에게 운동화를 선물로 준 것이다. 순옥이가 그토록 갖고 싶어 하던 운동화를 선물 받고도 자신이 차순에게 연필을 줄 때보다 즐겁지 않았다는 것은 소녀의 자존심을 잘 표현한 대목이다. 영국 속담에 '자존심은 악마의 정원에 피는 꽃이다.'라는 말이 있다. 지나친 자존심 때문에 자신을 학대할 필요는 없다. 이 소설은 여기서 끝나는 것이 아니라 다음과 같은 에필로그가 있다.

> 이것은 지금으로부터 열네해 전 일. 김순옥이는 자라서 지금 영등포에다 신발 공장을 내고 삽니다./ 이 땅의 어린아들이 일상 신어야 할 어여쁜 운동화를 많이 많이 만들어 내려고 날마다 기계를 돌리고 있읍니다.
>
> "차순이는 지금 어디서 무얼 하고 있을까? 버얼써 시집을 가서 지금 쯤은 학교에 다니는 아이들도 있겠지?"/ 순옥이는 이따금 어릴적 동무가 가슴 저리도록 그리웠읍니다.
>
> – 앞의 책, 23쪽.

가난했던 순옥은 자라서 신발가게 사장이 된 것이다. 이러한 에필로그는 이 소설에서 사족이 되고 말았다. 시간적 배경이 지금으로부터 열네 해 전 이야기라면 1938년경의 이야기가 되는 셈이다. 일제 강점기는 6·25 당시보다 더 곤궁했던 시기이다. 운동화는 고사하고 고무신도 귀하던 시절에 아이가 운동화를 사서 선물한다는 것은 당위성이 부족하다. 또한 순옥이의 어린 시절 이야기가 김순옥 사장의 자전적 회고담 같아서 문학성을 떨어뜨리는 결과를 낳았다.

「갓골 강영감」은 독거노인인 강 영감이 아이들과 교유하며 친구처럼 살아가는 이야기를 그렸다. 갓골에 사는 강 영감은 아내도 자식도 홀아비이다. 갓골에서 나서 자라고, 갓골에서 늙었다고 하여 그런 별명이 붙은 것이다. 그의 아내는 병자년 호열자에 걸려 목숨을 잃었다. 호열자란 콜레라의 별칭이며, 사망률이 높은 법정 전염병의 하나이다.

주인공인 강 영감의 나이는 쉰세 살이다. 백세 시대인 요즘에서 보면 어울리지 않는 명칭이지만 이 글이 발표된 6·25전쟁 때[14]에야 영감으로 불려도 어색하지 않은 시대였다. 강 영감은 얼굴이 얽어서 아이들로부터는 곰보딱지 영감이라고 불린다. 천연두[15]를 앓고 나면 얼굴에 흉터가 남아 소위 곰보가 되는데, 1950년대에는 어렵지 않게 볼 수 있었다.

> 아이들은 벌써 신이 나서 풀벌레를 잡기에 부산하다. 영감의 낚시 미끼를 대기 위해서다.
>
> "갓골영감님은 고기를 참 잘 낚으신대." – 중략 –
>
> 아이들은 서로 다투어 칭찬을 늘어놓으니, 영감은 입이 합쭉해지며 좋아서 벙긋벙긋 웃는다./ 영감은 어른 아이 할 것 없이 자기를 추겨 주기만 하면 좋아하는 그런 성미다.
>
> "아무나 낚으면 낚는 줄 알아도 다 요령이 있는 거야. 에헴! 에헴!"
>
> 영감은 여봐란 듯 점잔을 빼고 턱 밑에 난 염소수염을 내리쓰다듬는다.
>
> 그러나 영감은 아이들이 잡아 온 미끼를 다 놓지도록 한 마리도 낚지 못한다.
>
> 아이들은 고기를 낚으면 얻을 생각으로 또 풀벌레를 잡아 온다.
>
> "영감님 이번엔 꼭 낚아요." / "암 낚고 말고."
>
> 그러나 번번이 고기는 낚이질 않고 미끼만 떼인다.
>
> 아이들은 참다 참다 안 되니까 그제는 하나둘 핀잔을 주기 시작하였다.
>
> –「갓골 강영감」, 〈소년세계〉 1953년 7월호 32쪽.

갓골 영감은 아이들의 칭찬에 벙긋벙긋 잘 웃을만큼 순수하다. 하지만 화가 나면 마음을 숨기며 참지도 않는다. 낚싯대 한반을 정강이에다 대고 뚝 분질러 버리며 "애잇! 이 색기들 낚이지 않는 걸 낸들 어떡하란 말이냐? 정 그렇거던 너나 한번 낚아 보렴." 하며 화를 버럭 내기도 한다.

---

14) 1950년대 말 우리 국민의 평균 수명은 52.4세였다.

15) 1967년에만 세계적으로 200만 명이 천연두로 사망했으나, 백신의 개발로 1970년대 이후에는 사라진 전염병이 되었다.

어른이 아이들에게 무절제된 말로 화를 내는 것은 위선도 가식도 아닌 본성 그 자체이다. 아이들의 핀잔에 화가 난 갓골 영감은 아이들의 놀림을 받으며 마을로 간다. 그는 정자나무 그늘에서 쉬고 있는 동네 머슴들에게 범 잡는 법, 곰 잡는 법을 이야기해 주고 담배를 얻어 피기도 한다.

그는 아이들과 친구처럼 어울릴 만큼 순박한 성격이다. 마을에서 길을 닦는데 영감이 젊었을 때는 기운이 장사였다고 사람들이 추켜 주는 바람에 무거운 바위를 혼자서 떠밀다가 다리뼈를 다쳐 석 달이나 고생을 한 경력이 있을 정도이다.

> 이 영감이 엿판을 메고 마을로 들어서기만 하면 아이들은 가위소리를 듣기가 바쁘게 골목으로 뛰어나가며/ "곰보딱지 영감 엿 팔러 왔네."/ 하고 신이 나서 우쭐거린다.
>
> 영감이 정자나무 밑에다 엿판을 내려놓고 마을을 들여다보며 가위소리를 내면 아이들은 삽시간에 모여든다./ "영감님 안녕하세요?"/ "응 잘 있었니?"
>
> "영감님 엿 팔아서 돈 많이 버세요."/ "응 고맙다."
>
> 영감은 언제나 아이들에게는 보물이다. 코 흘리는 놈이 있으면 신문지 쪽으로 코도 훔쳐 주고 헌데가 난 놈이 있으면 고약도 발라주고 머리가 더부룩한 놈은 엿판 밑에서 녹쓰른 이발 기계를 꺼내 머리를 깎아준다.
>
> – 앞의 책, 35쪽.

갓골 영감은 엿판을 메고 가위질 소리를 내며 이 마을 저 마을로 엿을 팔러 다닌다. 그는 넝마[16]나 파쇠를 받고 엿을 판다. 여러 가지 병은 물론 고무신 떨어진 것, 운동화 떨어진 것, 백철 냄비 떨어진 것, 숟가락 부러진 것

---

16) 낡고 해져서 입지 못하게 된 옷이나 천 조각 따위를 이르는 말.

까지 엿과 바꾼다. 지금은 고물을 받고 엿을 파는 엿장수들이 사라졌지만 1970년대까지만 해도 익숙한 풍경이었다. 갓골 영감은 엿만 파는 게 아니라 자선 봉사활동도 한다. 상처가 생겨 곪은 곳이 있는 아이에겐 고약도 바라 주고, 머리털이 더부룩한 아이는 이발도 해 준다. 이런 영감을 아이들은 기다릴 수밖에 없는 것이다.

아이들은 쉬 알아낼 도리가 없어 서로 얼굴만 쳐다보고 킬킬 웃는다. 아무래도 이번만은 알아낼 도리가 없다. 남의 얼굴에 있는 곰보 자죽을 하나하나 세어 보기 전에는 어떻게 알아낼 재주가 있겠는가? 생각다 안 되니까 웅기가 있다가 하는 말이

"영감님 내 얼굴에 눈썹이 모두 몇 개예요?"

그 말에 영감은 무릎을 탁 치고

"됐다, 됐어. 너하고 나는 비겼다. 옜다, 너도 한 가락 먹어라. 암 먹어야지."

하고 엿 한가락을 집어서 웅기를 주며 사뭇 만족한 듯이 너털웃음을 웃는다.

영감은 담배를 한 대 피우고 나서 엿판을 지고 일어서며

"닷새만 지나면 또 올게."/ 하고 커다란 손으로 아이들의 머리를 쓰다듬는다. 이럴 때는 그 빡빡 얽은 얼굴도 고운 색시의 얼굴처럼 부드럽고 인자해 보였다.

"영감님 안녕히 가세요."/ "응 잘 있어."/ "영감님 또 오세요."/ "응 또 오마."

앞의 책, 35쪽

이 소년소설의 마지막 장면이다. 갓골 영감은 아이들이 내는 수수께끼를 족족 잘 맞히자 자신의 얼굴에 난 곰보 자국이 몇 개인지를 맞추라는 엉뚱

한 문제를 낸다. 자신의 아킬레스건을 당당하게 내세울 만큼 마음이 건강한 인물인 것이다. 함께 어울리는 아이들도 갓골 영감만큼 입담이 좋다. 웅기가 자신의 눈썹 갯수를 묻자 영감은 비겼다며 엿가락을 준다. 영감이나 웅기의 입담과 재치는 작가가 평소 지닌 입담이고 재치이다. 갓골 영감은 아이들과 헤어지며 머리를 쓰다듬어 줄 만큼 인정이 넘치는 캐릭터이다.

「눈온 아침」은 눈이 내린 날 아침 아이들이 설레임 속에 미끄럼을 타는 정경과 에피소드를 그린 소년소설이다. 방학도 하고 강에는 얼음도 얼었는데 수돌이네 마을엔 눈이 오지 않는다. 노인들도 겨울에 눈이 오지 않으면 보리 농사에 해롭다며 눈을 기다린다.

이 글이 발표된 1950년대엔 집집마다 화로가 있었다. 난방 시설이 잘 구비되지 않았던 그 시절에 방을 온화하게 하기 위해서는 화로가 요긴했다. 긴 겨울밤 마땅한 군것질거리가 없을 때는 화롯불에 알밤을 구워 먹기도 했다.

그러던 어느 날 눈이 왔다. 수돌이도 몰래 감쪽같이 눈이 왔다.

질화로에 알밤을 구워 먹는 달콤한 꿈을 꾸다가 수돌이는 잠을 깨었지. 아직도 화로 곁에는 밤이 몇 톨 남았는데 깨고 보니 아무 것도 없다. 날이 세었다. 창문을 열어 보니 눈이 하얗게 왔다. 산에도 들에도 지붕에도 장독대에도 눈이 하얗게 쌓였다.

"야아! 눈이 왔다, 눈!"/수돌이는 부랴부랴 밖으로 뛰어 나왔다. 눈 속에 오금이 푹푹 빠진다.

"눈 온 아침 좋은 아침, 즐거운 아침."

수돌이는 큰 소리로 외치며 우쭐우쭐 뛰었다. 이렇게 좋은 아침에 수돌이는 남 먼저 잠을 깬 것을 자랑으로 생각한다. 아마 나보다 더 일찍 일어난 사람은 없겠지. 동네로 다니며 눈이 왔다는 것을 알려 줘야지. 수돌이는 이런 생각을 하면서 대문을 열었다.

그런데 행길에는 벌써 움푹 움푹 커다란 발자국이 났다.

-「눈온 아침」, 〈소년세계〉 1954. 12월호 16쪽.

한밤중에 오는 눈은 소리가 없다. 그래서 몰래 감쪽같이[17] 왔다고 표현한 것이다. 눈이 오면 마음이 들뜨기 마련이다. 이전과는 전혀 다른 세상으로 바뀌었기 때문이다. 수돌이도 눈을 뜨자마자 눈 경치를 구경하러 밖으로 나간다. 남보다 일찍 발자국을 내기 위해서이다. 아침 일찍 잠에서 깨어 눈 구경을 나가는 수돌이는 몸과 마음 모두 건강한 아이이다. 가장 먼저 족적을 남기려 하는 것은 인간의 원초적 심성이다. 눈이 내린 날 아침 신이 나서 들떠 있는 주인공의 행동이 잘 묘사되어 있다.

손과 손을 맞잡고 눈을 다진다. 한참을 다지고 나니 가파른 고갯길이 면경알처럼 반들반들하게 되었다./ 반들반들한 고갯길에서 수돌이와 그의 동무들은 미끄럼을 탄다. 고개 마루에서 두 다리를 버티고 서면 한달음에 미끄러져 눈 깜짝할 사이에 솜틀집 앞에까지 간다. 엉금엉금 고개를 올라 와서는 또 다시 미끄러진다. 야아! 참 재미가 있다. - 중략 -

면경알처럼 반들반들한 고갯길로 복덕방 영감이 올라온다. 넘어질까 무서워 엉금엉금 기어 온다.

"야, 이거 어떻게 미끄러운지 도무지 갈 수가 없구나."

그러던 복덕방 영감이 그만 쭐떡 미끄러져서 빙판 위에다 엉덩방아를 찧는다.

수돌이와 그의 동무들은 손뼉을 치고 깔깔 웃으면서 복덕방 영감의 곁

---

17) 곶감의 쪽을 먹는 것과 같이 날쌔게 한다는 데서 나온 말이다. 곶감의 쪽은 달고 맛이 있기 때문에 누가 와서 빼앗아 먹거나 나누어 달라고 할까 봐 빨리 먹을 뿐더러 흔적도 없이 말끔히 다 먹어치운다. 이런 뜻이 번져서 현재의 뜻처럼 일을 빨리 하거나 흔적을 남기지 않고 처리할 때 감쪽같다는 말을 쓰게 된 것이다.

으로 몰려 왔다.

"복덕방 할아버지, 저희들이 모셔다 드릴까요?"

"그래, 어떻게든지 나를 이 고개마루까지만 데려다 다오."

– 앞의 책, 17쪽.

동서고금을 통해 눈이 오면 가장 들뜨고 좋아하는 이들은 아이들이다. 그들이 눈을 좋아하는 이유는 두려움도 없고 때묻지 않은 순수함이 있기 때문이다. 아이들은 빙판을 무서워하기는 커녕 즐기는 존재들이다. 가파른 고갯길에 쌓인 눈을 반들반들하게 다져 미끄럼틀을 만드는 것이다. 어른들은 빙판길이 무서워 엉금엉금 걷지만 아이들은 얼음판 미끄럼틀에서 놀이를 즐긴다. 마땅한 겨울놀이가 없던 시절 눈이 오면 볼 수 있는 풍경인 것이다.

고갯길로 올라오던 복덕방 영감이 미끄러져 엉덩방아를 찧자 아이들은 깔깔거리며 웃다가도 할아버지를 도와주러 몰려 간다. 이 소설에 등장하는 아이들은 영이 할머니나 복덕방 영감 같은 노인들을 부축하여 고갯마루까지 모셔다 드리는 착한 아이들이다. 오늘날에는 '부동산 중개소'로 통하지만 당시에는 복덕방으로 불렸다. 아이들은 개구지기도 하지만 어른을 공경할 줄 아는 것이 당대의 소년상인 것이다.

솜틀집 영감이 나오다 보고 깜짝 놀란다.

"자네 무슨 그런 위험한 짓을 하는가? 몸도 성치 않으면서……."

아저씨는 빙글 빙글 웃으면서 솜틀집 영감 앞에 고개를 굽실거린다.

"아니올시다. 참으로 통쾌한 일입니다. 통쾌한 일이예요."

"아서! 그래도 다시는 그러지 말게. 위험하이."/ "예, 인제 다시는 그러지 않겠어요."

아저씨는 솜틀집 영감에게 꾸중을 듣고도 여전히 통쾌한 듯 빙글빙글 웃으며, 꼬마들을 돌아보고 손을 올려 경례를 붙였다. 그리고는 팔 지팡이를 이끌고 바람이 윙윙 부는 행길 모퉁이로 사라져 갔다./ 눈 온 아침, 좋은 아침, 즐거운 아침, 꼬마들은 미끄럼을 타기에 추운 줄도 몰랐다.

– 앞의 책, 19쪽.

「눈온 아침」의 마지막 장면이다. 인용문에는 요즘 보기 힘든 솜틀집이 나온다. 솜틀집은 눌린 솜을 도톰하고 풍성하게 해 주는 일을 업으로 하는 가게를 일컫는다. 요즘에는 무거운 솜이불보다 화학섬유나 가벼운 깃털로 속을 넣어 만든 이불을 쓰기 때문에 솜틀집도 거의 사라졌다.

솜틀집 영감에게 꾸중을 들은 복순이네 아저씨는 6·25전쟁터에서 한쪽 다리를 잃은 상이군인이다. 한쪽 다리가 없는데도 위험하게 미끄럼을 타는 복순 아저씨를 솜틀집 아저씨가 꾸중을 하는 것은 당연하다. 성하지 않은 다리로 미끄럼을 타는 상이군인은 중학교 때 스케이트 선수였기 때문에 가능하다. 전쟁에서 한쪽 다리를 잃고도 아이들과 어울리며 동심에 젖어 통쾌해 하는 복순 아저씨의 행동은 눈 온 아침을 배경으로 희망을 노래하고 있다.

Ⅲ. 에필로그

최인욱의 소년소설에는 1950년대 한국전쟁과 휴전 후의 생생한 시대상을 엿볼 수 있다. 「김현이와 호랑이」[18]는 공휴일로 지정되기 전 석가탄신일

18) 「김현이와 호랑이」는 경주에 있었다고 전하는 호원사(虎願寺)의 창건에 얽힌 설화를 바탕으로 쓴 소설이다. 신라 때 처녀로 변신한 호랑이가 김현(金現)과 부부 인연을 맺은 뒤, 그를 위해 죽음을 택하는 내용의 사원(寺院) 연기 설화이다. 〈삼국유사〉 권5 효선편(孝善篇) "김현 감호조"에 수록되어 전한다. 최인욱은 이 설화를 재구성하여 소설로 창작한 것이다. 석가탄신일은 1975년부터 공휴일로 지정되었고, 2017년부터 공식 명칭을 "부처님 오신날"로 바꾸었다.

에 경주읍 소재 학교 학생들이 호묘산(虎墓山) 소풍길에 선생님으로부터 듣는 이야기이다. 「신문 파는 소년」에는 전차가 다니는 거리를 누비며 신문을 파는 소년과 발전량 부족으로 정전이 되어 신문이 늦게 인쇄되는 장면도 나온다. 「눈온 아침」은 헤진 고무신을 신고 다닐만큼 궁핍한 일제 강점기가 배경이지만 50년대의 분위기와 별로 다르지는 않다. 「갓골 강영감」은 넝마와 고물을 받고 엿장수를 하며 아이들과 어울리는 곰보 영감이 등장한다.

최인욱의 아동문학과의 만남은 「신문 파는 소년」에서 비롯된다. 1938년 단편소설이 매일신보 신춘문예에 입상함으로 문단에 나온 그가 소년소설을 쓴 것은 〈소년〉 잡지의 주간인 방기환[19]의 청탁해 의해서였다.

이후 6·25전쟁 발발 후 문인종군단인 창공구락부 사무국장을 지내며 대구에 머물 때 이원수가 주재한 아동잡지 〈소년세계〉와 환도 후 서울에 거주할 때 〈새벗〉에 수 편의 소년소설을 발표함으로써 1950년대 아동문학과 인연을 맺게 된다.

한국아동문학사에서 최인욱이 활동했던 1950년대는 통속 팽창기[20]에 해당된다. 이재철은 이 시대 통속 대중문학의 중추는 소년소설이었고, 이에 동원된 작가의 80%가 성인문학가로 정비석, 박계주, 김래성을 위시하여 김영수, 김말봉, 최정희, 최인욱, 전영택, 안수길, 곽하신, 손소희, 손창섭, 박경리 등 주로 순정 미담물을 쓴 작가군과 방인근, 조풍연, 박태원 등 모험 탐정물을 쓴 작가들과 명랑물로 인기 있었던 최효안, 조흔파, 유호[21] 등이 었다고 주장한다. 하지만 이 시기에 발표한 최인욱의 소년소설을 보면 순정 미담물의 통속성과는 거리가 있다는 것을 알 수 있다.

---

19) 1923년 서울에서 출생한 그는 1944년 극단 청춘좌(靑春座)에서 현상 모집한 희곡이 당선되어 문단에 등단했다. 1947년 아동잡지 〈소년〉을 창간하여 주재하면서 장편 소년소설 「꽃 필 때까지」를 연재 발표함으로써 아동문학가로서도 활동을 시작했다.

20) 이재철은 1950~1960년을 통속 팽창기로 규정하고, 이 시기의 양상으로 '통속 대중 독물의 범람'을 거론하며 통속적 양상이 본격화된 시기는 정부가 다시 환도한 1954년 이후라고 주장했다.

21) 이재철, 「한국아동문학사」, 『아동문학의 이해』(국학자료원, 2014) 93~94쪽.

그의 소년소설은 삼국유사에서 소재를 취한 「김현이와 호랑이」, 북두칠성 전설을 모티브로 한 장편 「일곱별 소년」이 있다. 또한 「신문 파는 소년」, 「운동화」, 「눈온 아침」, 「길」, 「수복이의 꿈」, 「푸른 계단」 등은 순수성이 살아있는 청소년들의 따뜻하고 진솔한 심성을 그리고 있다. 「갓골 강영감」은 가족 없이 외롭게 살며 '곰보딱지'로 놀림을 받는 강 영감이 엿장수를 하면서도 아이들과 친구처럼 어울리며 동화되는 풋풋한 인정을 그리고 있다. 그는 1951년 9월에 벨기에의 작가 마테를링크의 동화 『파랑새』를 그림동화[22]로 상재하기도 했다.

최인욱의 소년소설에 등장하는 인물들은 성실하고 개척적이다. 「신문 파는 소년」의 기석이, 「운동화」의 순옥이는 가난한 현실에 순응하면서도 이를 극복하려는 의지의 인간상이고, 「눈온 아침」의 수돌이도 긍정적이고 우호적인 캐릭터이다. 「갓골 강영감의」의 창수, 기만이, 웅기 등도 친구들과 잘 어울리고 낙천적인 캐릭터이다.

최인욱의 소년소설에는 노인들이 많이 등장한다. 「눈온 아침」의 복덕방 영감, 콩나물 장수 영감, 솜틀집 영감, 영이 할머니는 주변 인물이지만 아이들과 친화적이다. 「갓골 강영감의」 곰보딱지 영감은 인정이 많다. 아이들과 어울려 낚시도 하고, 아이들에게 수수께끼를 내고 답을 맞추면 엿을 나누어 주기도 하는 친구 같은 캐릭터이다. 이처럼 최인욱의 소년소설에는 당 시대의 곤궁한 현실과 이에 적응하며 살아가는 인간상들을 살펴볼 수 있다.

한정된 지면 관계상 최인욱이 〈새벗〉과 〈학원〉에 발표한 소년소설은 다루지 못했다. 추후 기회가 있으면 언급하여 마무리 짓고자 한다.

---

22) 이 동화는 가난한 나무꾼의 아이인 틸틸과 미틸 남매가 파랑새를 찾아 온 세상을 돌아다니는 이야기로, 그림은 김의환 화백이 그렸다. 창조사에서 발행했고 34쪽, 책값은 1,500원이었다.

망향가 · 사모곡의 이중주
– 한인현 동요시론

Ⅰ. 시인이 걸어온 길

한인현(韓寅鉉)은 1921년 11월 1일 함경남도 원산시 중청리 190번지[1]에서 기독교 교인인 한병익의 아들로 태어났다. 그곳은 마식령 산맥의 봉우리들이 영흥만 쪽으로 흘러내린 갈마반도 명사십리 부근이다.

그는 캐나다인 선교사가 세운 광명보통학교[2]를 다녔다. 이 학교는 외국인이 운영하는 사립 학교여서 일본 경찰의 감시에서 어느 정도 벗어날 수 있었다. 조선인 교사들은 교실 문을 걸어 닫고 학생들에게 조선 역사를 가르치고 춘원 이광수가 쓴 『단종애사』 등을 읽어 주었다. 그는 선생님이 읽어 주는 『단종애사』를 듣고 가슴앓이를 하며 자랐다. 그 시절 한인현은 체육, 음악, 작문, 동극 등 문예체 부문에서 뛰어난 재능을 보였다. 자립심도 강해서 학교 공작실에서 고학을 해서 번 돈으로 수업료를 내

1) 1914년 함경남도 덕원군 현면 중청리였는데, 1946년 원산시 중청리로 행정구역이 개편됨. 갈마반도 명사십리 해수욕장에서 멀지 않은 곳이다.

2) 1926년 원산에는 제일공립보통학교, 제이공립보통학교가 있었고, 사립학교로는 기독교에서 경영하는 보광중학교(保光中學校)와 루씨여자고등보통학교 및 진성학교(進誠學校) · 해성학교(海星學校) · 광명학교(光明學校) 등이 있었다. 광명학교 둘레 울타리에는 무궁화가 많이 심어져 있었다.

고 필요한 책을 사[3] 보기도 했다.

1934년 1월 〈어린이〉지에 동요시 「아가 아가」, 「겨울바람」을 투고하여 입선되면서 작품활동[4]을 하기 시작했다. 그는 보통학교를 졸업하자 어렸을 때부터 꿈인 교사가 되기 위해 함흥사범학교로 진학했다. 1942년 함흥사범학교를 제1회로 졸업한 그는 경기도 여주군 가남초등학교 교사로 첫 발령을 받았다.

한인현은 일제 강점기 우리말을 쓰지 못하게 하던 시절 하숙방으로 아이들을 불러 우리글과 동요를 가르쳤다. 이것이 소문이 나 이웃 마을에 있는 마구실교회에서 크리스마스 때 동극을 해 달라는 요청을 받았다. 그는 이를 승낙하고 동극 공연을 위해 어린이들에게 우리말과 우리글을 가르쳤다. 1944년 성탄절을 앞두고 '눈내리는 밤' 동극을 우리말로 발표하다 일본인 순사들에게 들켜 교직에서 쫓겨날 위기에 몰렸다. 하지만 일본인 교장의 적극적인 도움으로 간신히 위기에서 벗어날 수 있었다.

한인현은 1943년 원산에서 함흥 출신의 박경양[5]과 결혼하여 슬하에 1녀 2남을 두었다. 1944년 장녀 영신이 태어나고, 1946년 장남 영일과 1950년 차남 영철이 태어났다.

1946년 한글날을 맞아 창작동요집 『문들레』[6]를 펴냈다. 이 책은 김의환이 삽화를 그리고 시조시인 가람 이병기가 서문을 썼다. 1947년 12월 그는 동요를 보급하기 위해 윤석중이 주도한 '노래 동무회'에 나가 합창 지휘 및 지도[7]를 맡았다. 노랫말은 윤석중, 작곡은 윤극영 · 정순철, 지휘는 한인현,

---

3) 솔솥과 청소용 긴 대솔을 만들어 매달 5~6원씩 월급을 받아, 월사금(수업료) 1원을 내고 나머지는 모두 책을 사서 읽었다.(1965. 8. 16 〈소년동아일보〉 수록)

4) 그후 문턱(3월호), 거울(4월호), 어름 신둥이(5월호) 등이 차례로 입선되었다.

5) 1960년대 여성법률상담소에서 일하기도 했고, 영화 제작에 참여하다 실패하기도 했다. 말년에는 미국 뉴욕에 있는 딸의 집에서 거주하다 2015년 7월 2일 뉴욕에서 타계했다.

6) 민들레의 옛 표현이다. 사립문 둘레에서 많이 볼 수 있는 꽃이어서 '문둘레'라고 부르다 문들레, 민들레로 변했다. 한인현은 「이 책을 내면서」에 "저 돌밭이나, 논둑길이나, 밭머리에서 눌리고 밟히고 뜯겨도 해마다 봄이 오면 다시 피는 민들레와 같이 오늘보다도 내일은 더 씩씩하고 굳세게 자라주십시오."라고 당부했다.

반주는 김천이 각각 맡아 일요일 오후 1시에 서울 종로구 명륜동에 있는 윤석중의 집에 모여 어린이들에게 창작 동요를 가르치기로 한 것이다.[8)]

한인현은 〈소학생〉[9)] 67호(1949. 5월호)에 「저녁」, 69호(1949. 7월호)에 「꿈」, 74호(1950. 1월호)에 「사냥군」, 77호(1950. 4월호)에 「섬집 아기」, 78호(1950. 5월호)에 「강물」 등 5편을 발표하였다. 이 무렵 〈소학생〉지에 동요시를 발표한 아동문학가들은 박은종(화목), 이원수, 권태응, 윤석중, 김상옥 등이었다.

그는 1954년 1월 한국아동문학회 창립 시 발기인으로 참여했다. 그 후 서울 종암초등학교, 서울대학교 사범대학부속초등학교 교사(1946. 10. 22~ 1961. 6. 16)를 지내다 은석초등학교 개교 교사로 전출한 후 63년 4월 교감을 거쳐 1965년 제3대 은석초등학교 교장이 되었다. 그는 국정교과서 심의위원으로 일하며, 새싹회 간사를 맡아 윤석중을 돕기도 했다.

한인현은 음악에 재능이 있었다. 아코디언이나 트럼펫 연주도 하고, 작사와 작곡[10)]은 물론 합창 지도도 하였다. 스포츠를 좋아해서 스스로 농구와 같은 운동을 즐겼고, 교장이 되어서는 교내 빙상부를 창설하고 전국초등학교 빙상경기연맹 회장이 되었다.

모든 일에 열정적으로 일하던 그는 한국글짓기지도회 회장으로서 1969년 2월 7일 춘천 공지천에서 열린 빙상 대회에 참석 후, 오후에는 전라남도 광주에서 열린 글짓기 지도 연수에 참석하여 강의를 하다 쓰러졌다. 전남대학교 부속병원에서 치료하다 2월 14[11)]일 새벽에 타계[12)]했다. 그는 경기도 광릉 가족 묘지에서 영면하다, 2020년 4월 분당 메모리얼파크로 이장되어

---

7) 원산은 자연 풍광이 아름다워 '한국의 나폴리'라 불렸다. 항구에는 세계 각국의 군함들이 들어와 해군 군악대들이 시가행진을 하며 멋진 군악을 연주하였기 때문에, 한인현도 음악에 취미를 가지게 되었다.

8) '내가 겪은 이십 세기(46) 석동 윤석중씨', 〈경향신문〉 1973. 5. 5 참조.

9) 조선아동문화협회(1946년에 창립된 을유문화사 부설 아동문화단체, 약칭 아협)의 기관지로, 윤석중 · 조풍연 등이 편집했다. 1946년 2월 주간지로 시작하여 통권 제49호까지 낸 뒤, 1947년부터 월간지로 바꾸어 한국전쟁 때까지 통권 79호(1950. 6월호)를 냈다.

10) 은석초 교가는 윤석중 작사 한인현 작곡이다.

11) 이 날은 은석초등학교 졸업식날이었는데, 비보를 접한 졸업생들이 식장을 눈물바다로 만들었다.

부인과 함께 잠들어 있다.

그가 타계한 지 1주기 되는 날 한인현기념사업회에서 은석초등학교 정원에 한인현 노래비를 세우고, 한인현 글모음집 『민들레』[13]를 펴냈다.

Ⅱ. 한인현의 동요시 고찰

1. 아동문학 입문기의 작품

1920년대와 30년대의 소년문사들은 이른 나이에 등단한 이들이 많다. 「봄」의 윤석중은 1924년 〈신소년〉에 13세로, 「오빠 생각」의 최순애는 1925년 〈어린이〉 11월호에 12세로, 「고향의 봄」의 이원수는 1926년 〈어린이〉 4월호에 15세로 등단하였다. 한인현은 12세 때인 1933년 〈어린이〉에 동요시를 발표하기 시작하면서 아동문학의 길을 걷게 된다.

그는 〈어린이〉 1월호에 「아가아가」, 「겨울 바람이」를, 3월호에 「문턱」을, 4월호에 「거울」을, 5월호에 「어름」, 「신둥이」 등을 차례로 발표했다. 이 시기의 작품은 문학적 기교를 부리지 않고, 일상생활에서 체득한 느낌을 과장하거나 수사(修辭)하지 않고 직관적으로 표현하고 있다. 아직 미성숙의 나이를 감안할 때 문학적 수사력이나 상상력이 높지 않다고 치부하거나 폄하할 수는 없을 것이다.

아가아가 울지마라/ 과자 줄까/ "아-ㅇ 아-ㅇ"/ 업어줄까/ 시러 시러//

12) 1969년 2월 14일 우리는 훌륭하신 교장 선생님 한 분을 잃었습니다. 서울은석초등학교 한인현 교장님이 바로 그 분으로 한 선생님은 노래도 잘 부르시고, 악기도 잘 다루시고, 글짓기도 잘 이끌어 주시고, 이야기도 잘하시고, 얼음도 잘 타시고, 공도 잘 치시던 참으로 못하시는 것이 없는 어린이의 참벗이었습니다. 『동요 따라 동시 따라』, 1971, 창조사.

13) 이 책에 실린 동요와 동시는 모두 59편이다. 앞부분에 실린 「섬집 아기」와 「여름방학의 노래」를 합하면 61편이 된다.

아가아가 울지마라/ 우는 아이 잡아가러/ 영감님이 밖에 왓다/ "아가 뚝"

– 「아가아가」 전문

「아가아가」는 어린 아기의 심리적 특성을 잘 표현하고 있다. 아기들은 자신의 불편을 표현할 때 울음으로 호소한다. 아기가 울면 당황한 어른들이 아이를 어르거나 달래기 마련이다. 아기가 좋아하는 과자를 주겠다고도 하고, 업어 준다고 해도 소용이 없다. 급기야는 "순사가 잡으러 왔다.", "망태 할아버지가 잡으러 왔다." 따위의 공갈로 공포감을 조성하기도 한다. 이 동요시에서도 우는 아기 잡아가는 영감님을 둘러대며 아기를 달래고 있다.

마당에 쌧눈을/ 날려가지고// 사람을 칩니다/ 겨울바람이//
굴뚝에 연기를/ 몰아가지고// 산으로 갑니다/ 겨울바람이

– 「겨울 바람이」 전문

겨울바람은 차갑다. 체감온도를 떨어뜨려 몸을 움츠러들게 한다. 마당에 내린 눈을 쓸어날려 얼굴을 때리기도 한다. 추위를 막기 위해 군불을 때면 굴뚝에서 연기가 피어오른다. 겨울바람은 그 연기도 몰아가지고 산으로 간다. 야속한 겨울바람의 모습이 잘 부각되어 있는 동요시이다.

어름아 어름아/ 물우에 떠서 어디로 가니/
추운 북쪽으로 고향 찾아 가니

– 「어름」 전문

겨울철 냇물에 떠내려가는 얼음 덩어리를 친구 삼아 어디로 가는지 질문을 하고 있다. 얼음이 떠내려가는 냇물은 북쪽으로 흐르고 있다. 화자인 어린 시인은 추운 북쪽을 얼음의 고향이라 생각하고 있다. 얼음을 의인화하여

생명을 부여하고 친구에게 묻는 것처럼 던지는 질문에 동심이 묻어 있다.

> 땃뜻한 햇빛이/ 앞뜰악에 들엇네/ 우리집 신둥이/ 털만또를 입고도/
> 무엇이 치운지/ 양지쪽에 누어잇네
>
> -「신둥이」 전문

신둥이는 흰털을 가진 흰둥이 강아지를 가리키는 북한 사투리이다. 겨울철 앞뜰에 햇빛이 들자 강아지가 햇볕을 쬐러 양지에 누워 있다. 털옷을 입었는데, 무엇이 춥냐고 한 질문이 재미있다. 털이 많아 복슬복슬한 강아지를 망토옷을 입었다고 표현한 것도 재치가 넘친다. 겨울철 한가한 시골 뜨락 풍경을 그려 내었다.

> 애기가 앨쓰며/ 넘어가랴는/ 정지방[14] 문지방//
> 아가/ 너는 상게[15] 그 문턱/ 넘어가지 못한다
>
> -「문턱」 전문

걸음마도 하지 못하는 어린 아기가 부엌 문지방을 넘어가기 위해 애를 쓰고 있다. 아마도 엄마는 부엌에서 음식을 준비하는지도 모른다. 문지방 문턱은 아직 어린 아기에게는 성둑처럼 높다. 화자는 문턱을 넘기 위해 애를 쓰는 아가를 보며 너는 아직 어려서 넘어가지 못한다고 타이르고 있다. 아가의 행동을 세심히 관찰하여 묘사한 점이 돋보인다.

---

14) "정주간"의 북한어로 부엌과 안방 사이에 벽이 없이 부뚜막과 방바닥이 한데 이어져 있는 곳을 일컫는다.
15) "아직"의 함경도 방언.

2. 동물과의 교감을 노래한 시

동물들이 살아가는 모습을 자세히 관찰하면 흥미로운 장면들이 많다. 풀밭에서 한가로이 풀을 뜯는 황소와 수많은 자리를 제쳐두고 황소 뿔에 앉아 휴식을 취하는 잠자리, 날이 자물자 뒤뚱뒤뚱 새끼들을 이끌고 집으로 가는 엄마 오리, 봄이 되면 남쪽 나라에서 돌아와 반갑게 인사하는 제비 떼들이 그렇다. 가을 밤의 스산함을 맑은 소리로 달래주는 귀뚜라미와 베짱이의 노래 소리를 듣고 자란 이의 정서는 비오는 밤 산새들이 잠못들까 걱정하는 마음을 지닐 수밖에 없다.

황소는 풀을 먹다/ 풀밭에서 잠이 들고
짱아는 혼자 놀다/ 황소 뿔에 잠이 들고

–「황소와 잠자리」 전문

황소는 덩치가 크고 잠자리인 짱아는 몸집이 작다. 짱아는 잠자리를 부를 때 쓰는 유아어이다. 황소는 고삐에 매여 풀밭에 있기 때문에 짱아보다는 덜 자유롭다. 황소는 풀을 뜯다 풀밭에서 잠이 들었다. 자유롭게 날아다니던 잠자리는 황소마저 잠이 들자 심심하다. 잠자리도 날개를 쉬기 위해 황소 뿔에 앉는다. 전원의 목가적인 풍경이 평화로운 이미지를 자아내고 있다.

엄마 오리 갈갈갈/ 앞에 서서 갈갈갈/ 해가 해가 진다고/
어서 어서 가자고//
새끼 오리 갈갈갈/ 뒤에 서서 갈갈갈/ 해가 져도 좋다고/
놀다 놀다 가자고

–「물오리」 전문

새끼 오리를 데리고 가는 엄마 오리는 마음이 바쁘다. 해가 져서 어두워지기 전에 보금자리로 가기 위해서이다. 세상 물정에 어두운 새끼 오리는 엄마의 마음도 모르고 놀다 가자고 투정을 부린다. 엄마 오리도 갈갈갈, 아기 오리도 갈갈갈, 울음 소리에 변화를 주어 달리 했어도 좋을 텐데, 작가는 엄마 말을 그대로 따라하는 걸로 표현했다. 어린 시절 어머니를 여읜 작가의 사모정(思母情)이 담겨 있을지도 모른다.

강남 갔던 제비가 다시 찾아와/ 앞담 위에 나란히 모여 앉아서/
지지재재 지재재 인사를 해요/ 남쪽 나라 먼 곳서 이제 왔다고//
지붕 위를 한 바퀴 빙빙 돌구선/ 빨래줄에 또다시 나란히 앉아/
지지재재 지재재 인사를 해요/ 우리 식구 모두 다 안녕하냐고

–「제비」 전문

제비는 봄소식을 가장 먼저 알려주는 새이다. 민간에서는 보통 중양절인 음력 9월 9일쯤에 남쪽 나라로 떠났던 제비 떼가 음력 3월 3일인 삼짇날쯤 돌아온다고 보았다. 제비는 농사에 해를 끼치는 벌레를 잡아먹기 때문에 농경사회에서는 이로운 새로 보고 처마 끝에 집을 짓는 것도 좋은 일로 받아들였다.

제비를 도와주어 복을 받은 고전소설 『흥부전』의 영향과 무관하지 않을 것이다. 남쪽 나라에서 돌아온 제비는 앞 담에도 앉았다가 지붕 위도 한 바퀴 돌며 빨랫줄에 앉아 인사를 한다. 강남에서 돌아온 제비를 보고 반가워하는 화자의 마음이 잘 드러나 있는 동요시이다.

철이네 울타리와 어깨 겯는 박줄은/ 귀뚜라미 찌릉찌릉 전화하는 줄이죠/
우리 집 울타리서 귀뚜라미 찌르릉/ 철이네 울타리서 귀뚜라미 찌르릉//
오늘 밤 음악회는 어디 모여 할까요/ 찌릉지릉 찌릉찌릉 울 밑에서 합시다/

서로서로 찌릉지릉 알았다고 찌르릉/ 잠자리도 박줄 위에 몰래 앉아 엿듣네

–「귀뚜라미」 전문

귀뚜라미는 가을을 대표하는 곤충이다. 가을에 우는 곤충들인 귀뚜라미 · 여치 · 방울벌레 · 철써기 등은 대개 수컷이다. 수컷은 날개를 비벼서 소리를 내고 암컷을 유인한다. 귀뚜라미는 울음 소리가 청량하고 처량하기도 하여 가을밤의 정취를 돋우는 벌레이다. 박 넝쿨 아래서 울타리에서 찌릉찌릉 귀뚜라미가 소리 내는 것을 서로 전화한다고 표현했다. 긴 박넝쿨 줄을 전화줄에 비유한 상상력이 재미있다.

달밤에는 베짱이가 오색 천을 짠다지/
어젯밤도 오늘 밤도 짤까닥 짤깍짤깍/
숲 속에서 밤 깊도록 짤까닥 짤깍짤깍//
어젯밤에 짜낸 것은 연두 길, 분홍 동 감/
오늘 밤에 짜는 것은 노랑 섶, 남 끝동 감/
내일 밤엔 자줏빛 고름, 깃 감 짠다지//
베짱이야 베짱이야 오색 천을 다 짜거든/
귀뚜라미 자봉침에 뜨륵뜨륵 박아서/
귀염둥이 우리 동생 까치저고리 해 주자//

–「베짱이」 전문

베짱이는 '베를 짜는 이'[16]라는 뜻이다. 베짱이의 울음 소리가 '쓰윽 짤까닥, 쓰윽 짤까닥' 하는 베 짜는 소리를 닮아서이다. 우리의 조상들은 낮에는 논밭에 나가 일을 하고 가을밤 늦도록 베를 짰다. 달이라도 휘영청 밝은 날

---

16) 중국에서는 베짱이를 직랑(織娘)이라고 불렀다. 베 짜는 아가씨라는 뜻이다.

이면 더욱 열심히 베를 짰다.

한인현도 이런 정서를 담아 이 동요시를 썼다. 베짱이가 숲속에서 짜는 오색 천은 연두, 분홍, 노랑, 남색, 자주색 천이다. 화자는 베짱이에게 오색 천을 다 짜면 귀뚜라미네 재봉틀로 바느질해서 동생 까치저고리[17]를 해 주자고 부탁을 하고 있다.

> 주룩주룩 궂은비 내리는 밤엔/ 산에 사는 산새들 어디서 자나/
> 나뭇가지 위까지 비가 내리고/ 숲 속에서 자려 해도 비가 샐 테지//
> 주룩주룩 궂은비 내리는 밤엔/ 산에 사는 산새들 잠도 못 자고/
> 어둠 속을 헤매며 울고 있겠지/ 우리 집에 찾아오면 재워 줄 텐데
>
> –「비 내리는 밤」 전문

「비 내리는 밤」은 산새들의 안녕을 걱정하는 동요시이다. 이슬비나 가랑비가 아닌 주룩주룩 궂은비가 내리기 때문에 걱정하는 마음이 더 크다. 이 동요시에는 동물의 목숨도 소중히 여기는 생명 경외사상이 깃들어 있다. 화자는 어둠 속에서 울고 있을 새들이 집에 찾아오면 재워 줄 것이라는 착한 마음을 표현하고 있다.

3. 자연을 통한 정서의 고양

풀, 꽃, 나무, 바람, 낙엽 같은 자연은 인간의 정서를 순화시킨다. 같은 장미라도 숲속에 홀로 피어 있는 향기 진한 꽃에 정감이 더 가고, 척박한 환경에 굴하지 않고 피어나는 민들레꽃이 자랑스럽다. 봄밤에 꽃바람 타고 은은하게 들려오는 피리소리가 더 정겹고, 바람에 휩쓸려 뒹구는 가을 낙

---

17) 까치 설빔으로 입는 어린아이용 색동저고리를 뜻한다.

엽을 보면 마음이 더 쓸쓸해진다.

어여쁜 장미야 참 아름답다/ 거친 언덕 길가 외로운 숲속에/
그 누구 보라고 예쁘게 피었나//
어여쁜 장미야 참 향기롭다/ 바람이 언덕 넘어 네 곁을 지날 때/
어여쁜 네 얼굴을 만지고 가겠지

－「들장미」 전문

중학교 음악 교과서에 실렸던 들장미가 한인현의 시라는 것을 아는 사람은 드물 것이다. 이 노래는 브람스의 「대학축전 서곡; Op.80」에 나오는 곡인데, 브람스가 영국 민요를 차용한 것이다. 원산 광명학교 선배이고 풍문여고 음악 교사로 근무하던 이흥렬의 요청에 의해 한 시인이 노랫말을 입힌 것이다. 어여쁜 장미가 언덕 길가에 피어 있다. 길을 가던 나그네는 그 꽃을 차마 만지지 못하고 바람이 향기 나는 장미의 얼굴을 만지고 갈 것이라고 예단하고 있다.

민, 민들레는/ 꽃 중에도 장사 꽃/ 큰 바위에 눌려서도/
봄바람만 불어오면/ 그 밑에서 피고 지는/ 꽃 중에도 장사 꽃//
민, 민들레는/ 꽃 중에도 장사 꽃/ 가고 오는 사람들이/
밟고 밟고 또 밟아도/ 길가에서 피고 피는/ 꽃 중에도 장사 꽃//
민, 민들레는/ 꽃 중에도 장사 꽃/ 나물 캐는 아가씨가/
뜯고 뜯고 뜯어가도/ 뿌리에서 다시 피는/ 꽃 중에도 장사 꽃

－「민들레」 전문

「민들레」는 「섬집아기」와 더불어 한인현의 대표작이다. 민들레는 금잠초(金簪草, 금비녀)라고도 하며 앉은뱅이라는 별명도 있다. 민들레는 겨울에 꽃

줄기와 잎이 죽지만 이듬해 다시 살아나는 강한 생명력을 지니고 있어, 이것이 마치 밟아도 다시 꿋꿋하게 일어나는 백성과 같다 하여 민초(民草)로 비유되기도 한다. 한인현도 민들레의 이와 같은 특징을 살려 '꽃 중에도 장사꽃'이라고 노래하였다. 큰 바위에 억눌려도, 사람들이 밟고 지나가도, 뜯고 뜯어 가도 꿋꿋하게 다시 피는 꽃이 민들레인 것이다.

어디서 부는지는 알 수 없어도/ 별들도 고요하게 잠들은 밤에/
멀리서 아름다운 피리 소리가/ 어둠 속 헤치면서 들려옵니다//
그 누가 부는지는 알 수 없어도/ 꽃송이 남모르게 피는 봄밤에/
멀리서 은은하게 피리 소리가/ 잠들은 이 마을에 들려옵니다

–「봄밤」 전문

평화로운 봄밤의 정경을 노래하고 있다. 봄밤에는 꽃향기를 실어 나르는 바람이 불고, 어디서 피리 소리까지 들려온다. 별들도 고요한 저녁에 꽃송이도 피어나고 은은한 피리 소리까지 들린다. 「봄밤」은 이러한 봄의 서정을 잘 표현하고 있다. 피리 소리의 청각 이미지와 별이 떠 있고 꽃송이가 피어나는 시각적 이미지가 날실과 씨실로 작용하여 아름다운 정경을 연출하고 있다.

앞마당에 떨어진 나뭇잎들이/ 이리저리 온종일 잘 굴러간다/
쏠랑쏠랑 바람이 스칠 때마다/ 떼굴떼굴 떽떼굴 잘 굴러간다//
바람이 나뭇잎을 굴려 가는지/ 나뭇잎이 바람을 따라가는지/
쏠랑쏠랑 바람이 스칠 때마다/ 떼굴떼굴 떽떼굴 잘 굴러간다

–「나뭇잎」 전문

가을이 되면 낙엽이 진다. 바람이 불 때마다 낙엽은 떽떼굴 잘 굴러 다닌

다. 바람이 나뭇잎을 굴려 가는지, 나뭇잎이 바람을 따라가는지 알 수 없지만 온종일 잘 굴러 다닌다. 바람이 스치는 소리를 '쏠랑쏠랑'이라고 표현한 말이 재미있고 신선하다. 늦가을 낙엽이 굴러다니는 마당 풍경을 수채화처럼 시폭에 담아 내었다.

4. 향수에 젖어 부르는 노래

한인현 시인은 은근히 두고 온 고향 원산을 그리워하고 있다. 그곳 중청리 고향집에서 함께 살았던 식구들을 그리워한다. 그 집에는 북두칠성 별자리를 알려주던 누나가 있었고, 울밑에는 그 누나가 심은 국화꽃이 피어났다. 여름에는 마루에 앉아 하모니카를 불듯 찐 옥수수를 먹었고, 바닷가에 나가 모래밭에서 뒹굴며 통통거리며 가는 똑딱배를 보았다. 겨울에는 할머니 이야기를 들으며 화롯불에 군밤을 구워먹었다.

> 울 밑에 곱게 핀 국화꽃은요/ 재작년 여름에 우리 누나가
> 큰집서 따다가 심은 꽃이지/ 누나는 없어도 국화꽃은요
> 가을만 되면은 곱게 피어요//
> 서리 찬 가을에 국화꽃은요/ 그 누굴 보라고 홀로 필까요
> 오늘도 누나가 그리워져서/ 국화꽃 한 송이 얼굴에 대고
> 나 홀로 가만히 울었답니다

– 「누나 생각」 전문

가을은 누군가가 그리워지는 계절이다. 과꽃이 피고 국화꽃이 피고 코스모스도 핀다. 사연이 얽힌 꽃을 보면 대상자가 더 보고 싶어질 수밖에 없다. 울밑에 핀 국화꽃은 누나가 큰집에서 옮겨 심은 꽃이다. 화자와 나이 터울이 많은 누나는 도시로 돈을 벌러 나갔는지 시집을 갔는지 지금은 함

께 살지 않는다. 누나를 그리워하는 화자의 마음이 국화 향기처럼 진하게 스며 있는 작품이다.

> 밤이면 북쪽 하늘에 별 일곱 개/ 국자의 모양으로 뵈는 그 별은/
> 시집가신 누나가 그 어느 땐가/ 마루 끝에 앉아서 가리켜 준 별//
> 유난히 빛나는 북두칠성은/ 누나의 눈같이도 아름다운 별/
> 볼수록 그 빛은 더 아름답고/ 볼수록 누나가 더 그리워요
>
> –「북두칠성」 전문

북두칠성은 큰곰자리의 꼬리에 해당하는 알파(α)별에서 에타(η) 별까지 일곱 개의 별이며, 7성 모두가 2등급보다 밝은 별들이다. 동양에서는 독립된 별자리이지만 서양에서는 큰곰자리의 일부분으로 여긴다. 북두칠성은 밝고 모양이 뚜렷해서 항해의 지침이나 여행의 길잡이로 이용되었다. 또한 북극성을 중심으로 일주운동을 하고 북반구에서는 사계절 어느 때나 볼 수 있으므로 그 위치를 보면 밤에도 시간을 알 수 있어 밤에 시간을 측정하는 방법으로도 쓰였다.

시집간 누나는 언젠가 화자에게 북두칠성 별자리를 가르쳐 주었다. 그래서 북두칠성을 보면 누나가 더욱 그리워지는 것이다. 교통과 통신이 발달하지 않았던 옛날에는 소식마저 잘 모르는 시집간 누나는 늘 그리움의 대상인 것이다.

> 사뿐사뿐 함박눈이 내리는 밤은/ 화롯가에 누나하고 같이 앉아서/
> 할머니의 이야기에 잠 안 오는 밤//
> 포송포송 함박눈이 내리는 밤은/ 화롯 속에 묻은 밤이 톡톡 튈 때에/
> 한 알 두 알 까먹으면 맛이 나는 밤//
> 한 치 두 치 함박눈이 쌓이는 밤은/ 천장 속에 생쥐들도 잠 안 자고서/

밤 깊도록 소근소근 속삭이는 밤

-「눈 내리는 밤」 전문

시인의 고향 갈마반도에는 눈이 많이 내린다. 해풍과 반도라는 지형적 영향 때문이다. 밖에는 함박눈이 내리고 방 안에서는 화롯불을 피워 놓고 할머니의 이야기에 빠진다. 밤이 깊어 갈수록 함박눈은 한치 두치 쌓여가고 화로에서는 군밤이 톡톡 튄다. 할머니의 이야기를 들으며 군밤을 까먹는 동안 천장에서는 생쥐들도 보시락거리고 있다. 눈 내리는 겨울밤 평화로운 시골 풍경을 노래한 동요시이다.

통통통통 나간다 똑딱배가 나간다/ 동그라미 연기를 폭폭폭폭 던지며/
흰 물결 박차고 춤을 추며 나간다//
통통통통 똑딱배 무엇하러 가나요/ 넓고 푸른 저 바다 고기잡이 가나요/
멀고 먼 저 섬에 손님 타고 가나요

-「똑딱배」 전문

똑딱배는 통통배라고도 불리는 발동기로 움직이는 작은 배로, 흔히 말하는 똑딱선을 지칭한다. 옛날에는 노를 젓거나 돛을 달아 움직이던 배가 기선인 똑딱배가 도입되며 문명의 혜택을 누리게 된 것이다. 똑딱배는 경유로 디젤기관을 움직이기 때문에 기관차처럼 폭폭거리며 연기를 내뿜는다. 한인현이 살았던 원산 갈마반도 앞바다에도 똑딱배가 들락거렸는데, 주로 어선이거나 연락선(連絡船)[18]이었다. 똑딱배가 파도를 헤치며 나가는 모습을 춤을 추며 나간다고 표현한 점이 인상적이다.

---

18) 바다, 강, 호수 등지에서 양쪽 교통을 이어 주기 위하여 정기적으로 다니는 배를 말한다. 원산 앞 바다에는 신도, 대도, 여도 등 20여 개의 섬이 있다.

바닷물에 헤엄치다 싫증이 나면/ 바닷가에 모래성을 쌓고 놀지요//
한두 번 쌓고 놀면 그것도 싫어/ 모래 위에 금을 긋고 씨름을 하죠//
씨름도 한참 하면 기운이 빠져/ 모래톱에 뒹굴뒹굴 굴며 놀지요
모래톱에 굴다 나면 몸이 뜨거워/ 게들처럼 모로 기어 물에 들지요

–「바닷가에서」 전문

「바닷가에서」는 어린 시절 자신의 추억담이다. 그는 명사십리 바닷물에 뛰어들어 헤엄을 치다 지치면 모래밭에서 모래성을 쌓기도 하고 동무들과 씨름을 했다. 씨름을 하다 지치면 모래밭을 굴러다니다 놀고 그러다 더워지면 다시 바닷물로 기어든다. 이처럼 한인현은 어린 시절의 추억을 소환하여 시폭에 담고 있다. 어린 시절의 추억은 문학적 감수성과 정서 함양의 자양분이 된다.

아버지도 어머니도 누나도 나도/ 마루 끝에 앉아서 쩍쩍쩍/
옥수수 하모니카 모두 불지요/ 옥수수 하모니카 병이 났는지/
쩍쩍 쩍쩍 소리만 나요//
노란 옥수수가 속만 남아서/ 하얗게 되면은 새걸 불지요/
쩍쩍 소리는 재미 없어도/ 고소한 맛이 나서 자꾸 불지요/
쩍쩍 쩍쩍 쩍쩍쩍

–「옥수수 하모니카」 전문

옥수수는 강냉이라고도 불리는데 수수보다 알곡이 커서 '구슬 같은 수수', 즉 옥수수라 불린다. 옥수수는 알갱이 배열이 줄지어 있기 때문에 먹을 때의 모습이 하모니카를 부는 것처럼 보인다. 여름날 온 식구가 마루에 앉아 하모니카를 부는 모습이 잘 그려져 있다. 옥수수알을 이로 떼어 먹는 소리를 쩍쩍 쩍쩍으로 표현한 점이나 옥수수를 다 먹어 하얗게 되면 새걸 분다

는 표현이 재미있다. 시인은 마루에 앉아 옥수수를 먹던 유년의 추억을 그리워하고 있다.

> 구름아 구름아/ 봄 하늘에 종달새 숨어 우는 흰 구름아/
> 어제도 오늘도 흐르고 또 흘러/ 구름 가는 곳이 그 어드메냐/
> 산 너머 높이 뵈는/ 새파란 하늘/ 내 고향 하늘 위도 지나겠구나//
> 개나리 울타리 아름다운/ 밤마다 꿈에 뵈는 우리 집 하늘을/
> 너는 마음대로 지나가겠구나/ 마당에서 뛰노는 내 동생들도/
> 냇가에서 빨래하는 우리 엄마도/ 너는 보고서 흘러가겠구나//
> 구름아 구름아/ 내 고향까지 나를 태워다 주렴
>
> –「구름」 전문

구름은 자유롭게 떠다닐 수 있다는 특성 때문에 고향을 그리워하는 시객들의 주요 시재가 되어 왔다. 시인도 봄 하늘에 높이 뜬 구름을 보며 향수를 달래고 있다. 봄이 되니 개나리꽃 울타리가 있는 집이 그립고, 마당에서 뛰어 노는 동생들도 보고 싶고, 냇가에서 빨래하는 엄마도 그립다. 시인의 망향은 뜬 구름을 향해 고향까지 태워다 달라는 부질없는 부탁까지 하기에 이른다.

> 엄마가 섬 그늘에 굴 따러 가면/ 아기가 혼자 남아 집을 보다가
> 파도가 불러주는 자장노래에/ 팔 베고 스르르르 잠이 듭니다.//
> 아기는 혼자 남아 집을 보지만/ 갈매기 울음 소리 맘이 설레어/
> 다 못 찬 굴바구니 머리에 이고/ 엄마는 모랫길을 달려옵니다.
>
> –「섬집 아기」 전문

「섬집 아기」는 1946년 발간된 동시집 『민들레』에 수록되었다. 그 후 1950

년 〈소학생〉 4월호에 재수록되었다. 7·5조의 음수율을 지닌 이 작품은 중학교 선배인 이흥렬이 곡을 붙여 한때 우리 국민이 좋아하는 애창 동요 1위[19]가 되기도 하였다.

한인현은 어린 시절 어머니를 여의었다. 그래서 어머니에 대한 그리움을 늘 가슴에 안고 살았다. 그는 여름이면 해당화가 한창인 명사십리 바닷가에서 깜둥이가 되도록 뛰어놀았다고 회고[20]한다. 그는 그리움의 대상인 어머니와 고향 명사십리의 모래밭을 생각하며 이 동요시를 창작했다.

아기를 돌볼 사람이 없는 엄마는 잠이 든 아기를 두고 섬그늘에 굴을 따러 간다. 하지만 엄마는 아기가 걱정되어 굴바구니를 채우지 못하고 돌아온 것이다. '다 못 찬' 굴바구니를 머리에 이고 모랫길을 달려오는 엄마의 모습은 엄마의 사랑을 갈구해 온 시인이 자신의 간절한 마음을 투영시켜 창조해 낸 엄마의 모습인 것이다. 「섬집 아기」는 모성애를 바탕으로 한 정서적 안정과 심리적 만족감을 안겨 주는 까닭에 온 국민이 세대를 뛰어넘어 애창하는 국민 동요가 될 수 있었던 것이다.

5. 잃어버린 것에 대한 회상

사라져 가는 것은 소중한 것이다. 잃어버리고 나면 그리워지기 때문이다. 산업화에 밀려 사라지는 대장간이 그렇고, IT시대에 까마득한 옛날 이야기가 되어 버린 우리의 세시풍속이 그렇다. 디지털 시대의 시계는 소리가 안 나지만 디지털 시대의 시계는 고요한 밤의 적막을 깨우기도 한다. 그 디지털 시대를 살던 귀머거리 할아버지의 엉뚱한 대답이 때로는 미소를 짓게 하기도 한다.

---

19) 1992. 1. 19(일) 〈경향신문〉 '新 名曲을 찾아서'(김동률 기자) 기사를 참조함.

20) 〈소년동아일보〉 1965. 8. 16일자 참조.

똑닥똑닥 똑닥똑닥 대장장이는/ 이른 새벽 먼 하늘이 밝기 전부터
풀덕풀덕 풍구질을 하여 가면서/ 똑닥똑닥 똑닥똑닥 일을 하지요//
빨갛게 핀 숯불 속에 쇠를 달과서/ 쇠돌 위에 얹어 놓고 마치로 치면
칼도 되고 낫도 되고 괭이도 되지/ 똑닥똑닥 대장장인 재간둥이요//
검은 얼굴 굳센 팔뚝 힘도 장하지/ 비가 오나 눈이 오나 쉬지도 않고
대장장이 영감님은 일만 하지요/ 우리 옆집 대장장인 부지런해요

–「대장장이」 전문

대장간은 쇠를 달구어 온갖 연장을 만드는 곳이다. 낫, 호미, 괭이, 쟁기 같은 농기구로 농사를 짓던 80년대 초까지만 해도 시골 장터에서 대장간 찾기는 어렵지 않았다. 기계로 농사를 짓게 되고, 낫과 칼 같은 도구가 공장에서 대량 생산이 가능해지자 대장간은 거의 자취를 감추게 되었다.

대장장이는 하루 종일 쇠붙이를 불에 녹이거나 달구어 여러 가지 연모를 만들어야 한다. 쇠붙이를 녹이려면 화력이 센 불이 필요하므로 풍구질로 바람을 공급해야 한다. 풍구질은 풀무질이라고도 한다. 풍구로 바람을 일으켜 곡식에 섞인 쭉정이, 겨, 먼지 따위를 날려 없애는 일을 뜻하지만, 대장간에서 불을 피워 쇠붙이를 달구는 데에도 유용하게 쓰인 것이다. 쇠를 달구기 위해서는 아침 일찍부터 풍구질로 불을 피우고, 달구어진 쇠를 두드리느라 똑딱똑딱 일을 할 수밖에 없다. 쇠붙이를 칼과 낫, 괭이로 만들어 내는 대장장이를 재간둥이라고 표현했다.

땡 열한 시가 되어도/ 철이 눈 말똥말똥/ 순이 눈도 말똥말똥//
눈썹 세는 거 참말이냐고/ 아빠보고 물어봐도 참말이라지
엄마보고 물어봐도 참말이라지/ 철이 눈도 말똥/ 순이 눈도 말똥//
암만 참으려고 해도/ 눈썹이 자꾸 내려오지요/
갓자를 쓰면 낫자가 되고/ 낫자를 쓰면 갓자가 되고/ 참다 참다 못해/

할머니 방에 가서 다시 물어보고 오더니/ 철이도 꼬빡/ 순이도 꼬빡

-「섣달 그믐밤」 전문

요즘 아이들은 잘 모르는 세시풍속이지만, 섣달 그믐밤 잠을 자면 눈썹이 하얘진다는 속설이 있었다. 잠은 쏟아지는데 어른들은 잠자면 눈썹이 하얗게 된다고 겁을 준다. 눈꺼풀이 내려앉는 걸 애써 참던 아이들은 스르르 잠이 들고 만다. 그런데 아침에 일어나면 정말로 눈썹이 하얗게 변해서 깜짝 놀란다. 어른들이 재미있게 하려고 밀가루를 눈썹에 칠했기 때문인 것을 눈치채지 못했기 때문이다. 요즘 어린 아이들이 우는 아이에게는 산타클로스가 선물을 안 준다는 말을 믿듯이, 옛날 아이들도 섣달 그믐날 밤에 잠을 자면 눈썹이 샌다는 말을 믿은 것이다. 그런데 왜 섣달 그믐에 잠을 자면 안 된다고[21] 했을까? 「섣달 그믐밤」은 이러한 세시 풍속을 바탕으로 창작한 동요시이다.

밤은 시계 소리에 맞춰서 척척척/ 어둠을 데리고 척척척/
하늘나라 아기별들 깊은 잠을 깨워 놓고/
천 등 만 등 꼬마 등을 하나 가득 켜 놓고/
밤은 밤은 척척척/ 하늘에서 하늘로 척척척//
밤은 시계 소리에 맞춰서 척척척/ 어둠을 데리고 척척척/
집집에 등불을 켜 놓고/ 꼭꼭 앞문 뒷문 다 닫아 놓고/
밤은 밤은 척척척/ 마을에서 마을로 척척척//
밤은 시계 소리에 맞춰서 척척척/ 어둠을 데리고 척척척/

21) 옛날 사람들은 인간이 죄를 많이 지으면 죽는다고 믿었다. 사람의 뱃속에는 세 마리의 죽음의 벌레가 있는데 바로 '삼시충(三尸蟲)'이란 것이다. 이 벌레는 사람이 죄를 짓도록 화를 내게 한다든가 질투를 하게 한다든지 충돌질을 시킨다. 인간이 짜증을 부리거나 죄를 짓는 건 바로 삼시충 때문이라는 것이다. 삼시충은 우리 뱃속에 있기 때문에 몰래 나쁜 맘먹은 것까지 다 기억해 둔다. 그러다 섣달 그믐 날 사람이 잠든 사이에 우리 몸을 빠져나가 하늘로 올라가 옥황상제에게 고해 바친다. 그러면 옥황상제는 죄에 따라 사람의 수명을 깎는다. 우리가 한 살 한 살 먹을 때마다 늙는 이유는 바로 이 때문이라는 것이다.

착한 아기 머리맡엔 오색 꿈을 주고 가고/
심술쟁이 머리맡엔 무서운 꿈 주고 가고/
밤은 밤은 척척척/ 꿈속에서 꿈속으로 척척척

–「밤」 전문

밤을 의인화한 시이다. 고요한 밤에는 시계소리가 또렷이 들린다. 어둠 속에서 시계가 내는 초침 소리는 척척척 잘 들린다. 밤이 되어 어둠이 깊어지면 하늘의 별들이 더욱 또렷이 빛난다. 시인은 이를 두고 밤이 아기별들의 잠을 깨워 놓았다고 표현했다. 밤은 어둠을 데리고 다니며 집집마다 등불을 켜놓고 문단속도 해 준다. 밤의 발자국 소리 또한 시계소리 같은 '척척척'이다. '척척척'이란 무엇을 매우 솜씨 있고 시원시원하게 잘 해내는 모양을 나타내는 말이다. 그런가 하면 차지고 끈끈한 큰 물체가 아주 바짝 다가붙거나 끈기 있게 달라붙는 모양을 나타내는 말이기도 하다. 따라서 '척척척'이란 시늉말의 이미지는 무엇을 솜씨 있게 잘하고, 적극적이며 긍정적인 이미지이다. 착한 아기에게는 오색 예쁜 꿈을 주고 가고, 심술쟁이 머리맡엔 무서운 꿈을 두고 간다고 표현했다. 스토리텔링이 들어 있는 동화시라고 할 수 있다.

"할아버지 할아버지 어디 가셔요"/ "오오냐, 순이 집에 있나 보드라"/
"아아뇨, 어디 가시느냐구요"/ "글세, 가 보아라. 공부하나 보더라"

–「귀먹거리 할아버지」 전문

귀머거리는 청각장애인을 얕잡아 부르는 말이다. 청각장애는 소리를 들을 수 있는 능력이 상당히 떨어져 있거나 전혀 들리지 않는 상태의 장애이다. 소득 수준이 낮고, 의술이 발달하지 못했던 과거에는 귀머거리로 지내던 노인이 많았다. 오늘날에는 보청기가 널리 보급되어 청각장애인들이 많이 줄어들었다. 시 전체가 대화로 이루어져 있고 귀머거리 할아버지의 모습을 실감 있게 그려 내어 웃음을 안겨 주고 있다. 귀머거리 할아버지는 소리가 안 들려 상대방의 말을 못 알아듣는 데에도 질문을 어림잡아 마음대로 대답을 한다. 그 때문에 동문서답이 되는 것이다. 이 동요시는 귀머거리 노인을 폄하하는 것이 아니라 상황이 재미있어 웃음을 유발해 준다.

Ⅲ. 나오는 말

한인현은 아동문학가이기 전에 훌륭한 교육자였다. 교사의 길을 걷기 위해 16세 되던 해에 함흥사범학교에 입학하여 제1회로 졸업했다. 그는 사범학교 시절 야영 군사훈련[22] 때 조선어로 이야기하다 일본인 교사에게 발각되어 며칠 동안 지하실에 구금[23]되기도 하고 교사가 되어서는 우리말로 동극을 지도하다 일본순사에게 들켜 곤경에 빠지기도 했다. 그만큼 정의로웠으며 애국심도 남달랐음을 알 수 있다.

일제 강점기인 1942년부터 초등학교 교사의 길을 걸으며 예체능 지도에 열성적이었다. 그는 노래도 잘 부르고 아코디언, 트럼펫, 바이올린 같은 악기도 잘 다루었다. 학생들에게 가창지도와 합주부를 지도하고, 합창단도 지휘하였다. 스포츠를 좋아하여 농구를 즐겨 했고, 은석초 교장이 되어서는 빙상부[24]를 창단하기도 했다.

22) 일제의 조선인에 대한 군사훈련은 전쟁의 장기화와 전장의 확대에 따라 조선인을 군인으로 동원하였을 때 일본 군대에 적응할 수 있도록 하기 위한 것이었다. 당시 각각의 군사훈련 내용을 살펴보면 1942년 이후 육군 현역 장교가 배속된 학교의 교련 교수 시간은 중학교의 경우 5년간 총 430시간의 교련과 23일간의 야외연습을 실시하였다. 그리고 이와 같은 학교 교육의 군사훈련은 실업학교, 사범학교, 양성소, 대학 예과 전문학교, 전문학교, 대학 등 상급 학교에서도 교련 및 야영 연습 시간이 각기 책정되었다.

23) 함흥사범 동기인 김달성(전 단국대 예술대학 학장) 교수의 회고담.

24) 한 교장은 스케이팅을 전교생 필수과목으로 정했다. 동계올림픽에서 금메달을 딴 이상화, 모태범 선수가 은석초 빙상부 출신이다.

한인현은 13세 때 〈어린이〉지에 동요시를 투고하여 입선되면서 아동문학의 길을 걸었다. 해방 후인 1946년에는 동요시집 『민들레』를 상재하고, 월간 〈소학생〉에 동요시를 여러 편 발표했다. 한국아동문학회 발기인으로 참여했고, 새싹회 간사로도 일했다. 국립초등학교인 서울대학교 사범대학 부속초등학교의 교사로 있다 사립초등학교 교장이 되어 학교 경영을 책임지기도 했다.

그의 동요시는 크게 등단 시절 일상을 직관적으로 그린 동요시, 동물과의 교감을 노래한 동요시, 자연을 소재로 정서를 고양한 동요시, 향수와 망향을 그린 동요시, 잃어버린 것에 대한 회상을 노래한 동요시 등 다섯 가지로 나눌 수 있다.

일상을 직관적으로 그린 동요시로는 등단 초기의 작품인 「아가아가」, 「겨울 바람이」, 「문턱」, 「거울」, 「어름」, 「신둥이」 등을 들 수 있다. 동물과의 교감을 노래한 동요시로는, 「황소와 잠자리」, 「물오리」, 「제비」, 「귀뚜라미」, 「베짱이」, 「비 내리는 밤」 등을 들 수 있다. 자연을 소재로 정서를 고양한 작품으로는 「들장미」, 「민들레」, 「봄밤」, 「나뭇잎」 등을 들 수 있다. 향수와 망향을 그린 동요시로는 「누나 생각」, 「북두칠성」, 「눈 내리는 밤」, 「똑딱배」, 「바닷가에서」, 「옥수수 하모니카」, 「구름」, 「섬집 아기」 등을 들 수 있다. 잃어버린 것에 대한 회상을 노래한 작품으로는 「대장장이」, 「섣달 그믐밤」, 「밤」, 「귀먹어리 할아버지」 등이 있다.

한인현은 말년에 글짓기 지도의 중요성을 깨닫고, 한국글짓기지도회(1961년 창립, 초대 회장 이원수)제3대 회장을 맡아 초등교원 글짓기 연수시 강의하다 과로로 쓰러져 48세라는 젊은 나이에 타계했다. 그가 일찍 타계하지 않았다면 문학적으로도 더 큰 성과를 냈을 것이고 한국의 동요 문학사에도 변화가 있었을 것이다.

한국 아동문학의 태두
– 한정동 동요시론

Ⅰ. 들어가는 말

백민(白民)[1] 한정동(韓晶東)은 1894년 12월 7일 평안남도 강서군 초리면[2] 이월리에서 출생했다. 본관은 청주이며, 한승규(韓升奎)의 4남 2녀 중 셋째 아들[3]로 태어났다. 그는 다섯 살 때부터 형들이 다니는 서당에 따라가 천자문을 익혔고, 여섯 살 때 동문선습을 배웠다.[4] 1909년 결혼과 더불어 평양 숭실학교에 입학했다. 이듬해 그의 문학적 소양을 길러 준 모친이 별세하자 실의에 빠져 숭실학교를 자퇴했다. 그 후 고향에서 농사를 짓다가 1912년 평양고등보통학교 2학년에 편입하여 1916년에 졸업했다.

---

1) 서학산인(棲學山人) · 성수(星壽)라는 호도 병용했다. 그의 호가 서학산인인 것은 그의 고향에 있는 산이 서학산이기 때문이다.

2) 도산은 1878년 초리면 칠리 도롱섬에서 태어났다.

3) 그의 형은 도산이 1908년 평양에 세운 대성학교에 다니며 창가를 배워 한정동에게 가르쳤다. 그런 관계로 그는 '창가명창'으로 불리웠고, 가끔 노래를 지어 혼자서 흥얼거렸다고 회고한다. 「문단 데뷔와 작품 활동」, 장영미 엮음, 『한정동선집』, 현대문학, 2009, 398쪽.

4) 그가 서당을 다닐 때 어른들이 이름을 재동으로 고치자고 할 만큼 총명했다. 소학교 고등학교에서도 수석 자리를 독차지하였는데, 과거시험에 장원급제한 거의 삼촌은 "우리 형제 소생이 일곱 명이나 되지만 나를 대적할 만한 놈은 큰집 셋째(백민) 한 놈뿐"이라고 했다고 술회한다. 「잊혀지지 않는 두 가지」, 『한정동선집』, 385쪽.

1917년 총독부에서 시행한 보통문관 시험에 합격하여 진남포 시청 서기로 부임하여 3년 동안 근무했다. 민족주의 사상이 깊었던 그는 홍만호와 함께 기독교계 학교의 소년회를 중심으로 보이스카우트의 전신인 '소년척후단' 창단에 관여했다. 이윽고 서기직을 버리고 1920년 삼숭(三崇)학교[5] 교사로 부임하여 5년 동안 교편을 잡았다. 백민은 교직에 있으며 동시를 쓰기 시작했다. 많은 습작 중 〈소금쟁이〉[6], 〈달〉, 〈갈잎배〉, 〈어머니 생각〉 등 4편을 골라 1923년 매일신문, 1924년 조선일보 신춘문예에 응모하지만 낙선했다. 같은 작품들을 1925년 동아일보에 응모하여 당선한 후, 동요 창작에 매진[7]했다.

이후 1930년부터 1932년까지 〈조선일보〉 진남포 지국장 겸 기자로 있었고, 1937년부터 3년 동안에는 〈동아일보〉 진남포 지국장을 맡아 일했다. 일제 말엽 진남포의 비밀결사 모임인 '십인회[8]' 회원으로 일제에 항거하고 시국 토론을 하는 등 민심과 여론을 유도하는 등 항일운동에도 참여했다. 해방 후에는 소련 점령군에 의해 진남포시 인민위원회 시장직에 임명되지만 몰래 도피하여 단 몇 시간 동안의 시장을 경험했다. 이로 인해 요주의 인물로 몰려, 부인의 빈대떡 장사로 생계를 유지하기도 했다. 그는 조만식이 결성한 조선민주당 진남포 시당 창당 멤버로도 활동했다. 그 후 6·25전쟁 전까지 진남포 용정국민학교를 설립하여 교장으로 근무하기도 했다.

---

5) 진남포에 있었던 사립학교로 〈화수분〉의 작가 전영택도 이 학교 교사로 있었으며, 윤심덕, 박인덕, 김일엽 등이 이 학교를 다녔다. 이 무렵 '나팔꽃'의 시인 곽노엽도 진남포에 살았다.

6) 虹波는 1926년 9월 23일자 동아일보 3면 문단시비 「당선동요 소금쟁이는 번역인가」라는 제호의 글에서 〈소금장이〉는 보통학교 6학년생 하기휴학습장의 일문시와 유사하다며 그 일문시를 공개하였다. 심사위원이었던 김억은 10월 8일자 〈소금쟁이에 대하여〉라는 글에서 신춘문예 당선작은 문제가 된 '소금쟁이'뿐 아니라 '갈잎 배' 등 다른 작품도 있고, 그 뒤에 발표한 동시를 보면 소질을 인정할 수 있다는 요지의 글을 썼고, 한정동은 10월 9일, 10일 자에 소금쟁이의 창작 과정을 자세히 소개하며 결코 번역한 것이 아님을 피력하였다. 이 사건은 결국 '비슷하기는 하지만 표절은 아니다.'라는 결론으로 흐지부지 막을 내렸다.

7) 내가 동요에 당선되어 문단에 이름이 오르기 시작하자 첫째는 명예 보전을 위하여, 둘째는 책임 완수를 위하여 짬만 있으면 노래 쓰기에만 열을 올렸기에 단 오년 동안에 무려 오백편의 동요를 쓸 수가 있었다. 『문단 데뷔와 작품 활동』, 앞의 책, 400쪽.

8) 진남포 용정병원 이현주 원장이 주도하였다.

한정동은 슬하에 1남 3녀를 두었는데, 둘째가 아들이고 나머지는 딸이다. 전쟁이 난 후 1950년 12월 막내딸[9]만 데리고 피난했다. 피난 생활이 오래지 않을 것 같아 원고를 두고 왔기 때문에 많은 작품이 유실[10]되었다. 이후 1951년부터 1953년까지 〈국제신보〉사 기자로 일하다, 1953년부터 1960년까지 덕성여자고등학교 교사로 근무했다.

1958년에는 작품집 『갈잎 피리』[11]를 상재하였고, 1968년에는 동화집 『꿈으로 가는 길』을 펴냈다. 1968년 '노래동산회'(대표 박병두)와 서울교육대학 아동연구회에서 제정한 '고마우신 선생님상[12]'의 상금과 개인 돈을 내어 1969년 '한정동아동문학상'을 제정했다. 원고료를 저축[13]하여 모은 오십만 원이 상의 기금이었으며, 이후에도 원고료를 모아 상금을 마련했다.

한정동은 1976년 6월 23일 83세를 일기로 타계하여 경기도 시흥군 군자면 물왕리 남대문교회 묘지에 영면하고 있다. 그의 무덤가에는 아동문학가 박경종이 쓴 '따오기 시비'가 자리잡고 있다.

Ⅱ. 백민의 작품 세계

1. 한국 아동문학의 태두

---

9) 이후 딸은 학교를 마치고 한국은행에서 행원으로 근무하였다.

10) 나는 수많은 동요를 써서 각 잡지와 신문에 고료 없이 게재하였는데, 특히 〈별나라〉에는 매달 한두 편씩 책임을 지고 보냈던 것이다. 나는 이렇게 발표된 것과 발표되지 않은 작품들을 합쳐 무려 삼백여 편이나 모아 두었는데, 1·4후퇴 때 쉬 돌아올 것이라는 예측도 가졌지만, 너무 총망하여 묶어 놓았던 짐짝을 가지고 올 힘이 없어서 그냥 왔으니 그 물건들이 남아 있을 리가 없을 것이다. 「내가 걸어온 아동문학 50년」, 〈아동문학〉7집, 1963. 12

11) 청우출판사에서 상재한 책으로 동화 33편, 동요(시) 33편, 동극 3편이 실려 있다.

12) 벽지와 섬 학교 교가 지어 주기 운동에 참여한 아동문학가 작곡가들에게 수여한 상으로, 1963년 제1회에 윤극영이 받았고 윤석중, 박태준, 이흥렬로 이어졌다.

13) 차비를 아끼려고 안국동에서 거주지인 상도동까지 걷기도 했다.

백민은 우리나라 아동문학계 신춘문예 제1호 당선 작가이다. 1925년 동아일보는 최초로 신춘문예제[14]를 실시했다. 백민은 동아일보 신춘문예에 당선하기 전 1924년 〈별나라〉 6월호에 동요 '일편단심 민들레'와 '모종'을 발표했다. 한국 동요의 황금 시대를 여는 데 기여도가 가장 큰 매체는 1923년 방정환에 의해 창간된 〈어린이〉[15]지다. 〈개벽〉[16]의 자매지인 이 잡지에 윤극영[17]은 '반달'(1924년)을 발표하고, 유지영[18]은 〈고드름〉을 발표했다. 서덕출[19]은 〈봄편지〉(1925년)를, 이원수[20]는 〈고향의 봄〉(1926년)을 발표했다.

한정동이 1925년부터 1928년까지 4년 동안에 〈어린이〉지에 발표한 작품 수는 14편이다. 같은 기간에 활동했던 윤극영 3편, 이원수 3편, 유도순[21] 3편, 손진태 1편, 진장섭 1편, 윤석중[22] 1편을 발표한 것에 비하면 한정동의 왕성한 활동력을 알 수 있다. 따라서 한정동은 한국 동요의 황금기[23]를 이

---

14) 1923년 3월 동아일보는 1천호 기념 상금 1천 원 대현상공모를 실시한다. 동요 부문에 유도순의 '별', 이헌구의 '봄'이 갑에 당선하는데, 이는 신춘문예 제도 이전이다.

15) 1923년 3월 1일 창간되었다. 초대 편집인은 방정환이었고, 그뒤 김옥빈 · 이정호 · 박달성 · 손진태 · 윤석중 등이 맡았다. 창간호만 일본 도쿄에 있는 천도교소년회에서 펴냈고, 제2호부터는 개벽사에서 펴냈다. 〈개벽〉 · 〈신여성〉과 함께 개벽사에서 발행하는 3대 잡지 가운데 하나였다.

16) 1920년 6월 25일 창간되어 1926년 8월 1일 통권 72호를 끝으로 강제 폐간되었다. 사장 최종정, 발행인 이두성, 편집인은 이돈화였다.

17) (1903~1988). 서울에서 태어나 경성고보를 졸업했다. 도쿄 음악학교의 사범과 재학 시절인 1922년 방정환 · 조재호 · 진장섭 · 손진태 · 정순철 · 고한승 등과 한국 최초의 어린이 문화 단체인 색동회를 조직하고 동요를 작곡하면서 어린이 운동을 이끌었다.

18) (1896~1947). 선린중학 졸업 후 와세다대학에 다니다 음악 전문 학교로 전학하여 바이올린을 전공했다. 1918년에 귀국하여 동아일보 사회부 기자를 지내며 동요 동화를 발표하다 해방 후 지병으로 사망하였다. 고드름은 1924년 2월호 〈어린이〉지 머리 시로 발표되었다.

19) (1906~1940). 울산에서 출생하여 신체 장애로 어려서부터 가정에서 독학하였다. 1925년 〈어린이〉에 '봄편지'를 발표하여 문단에 등단하였고, 그 뒤 '봉선화', '봄맞이' 등 70여 편의 동요를 발표하였다.

20) 이원수는 1925년 〈어린이〉지 5월호에 실린 한정동의 '두루미'를 읽고 동요 짓기에 몰두했다고 회고한다. 이원수가 〈어린이〉지에 발표한 동요는 '고향의 봄' 외에 1927년 '섣달 그믐밤', 1928년 '기차' 등이다.

21) (1904~1938). 평북 출생. 만년에는 신의주에서 거주하였다. 일본에 유학하여 니혼대학(日本大學) 영문과를 졸업한 뒤 4년간 신문기자를 지냈다. 〈어린이〉에 동요 '닭알'(1928. 2), '조희배'(1928. 7), '개똥벌레'(1928. 7.) 등을 발표하였다.

22) 윤석중은 13세 때인 1924년 봄 〈신소년〉 독자투고란에 '봄'을 투고하여 실린 뒤, 1925년 〈동아일보〉 신춘문예 동화극 부문에 '올빼미의 눈'이 가작 입선한다. 그 후 1925년 〈어린이〉 10월호에 '오뚜기'가 추천된다. "따뜻한 봄이 오니/ 울긋불긋 꽃봉오리/ 이곳 저곳 나비춤// 따뜻한 봄이 오니/ 파릇파릇 풀잎사귀/ 여기저기 새소리". '봄' 전문.

끈 트로이카 중에서도 리더인 셈이다.

백민은 고향인 강서 초리면 이리섬(일명 남포답)의 자연과 정서를 동시로 표현했다. 그의 고향 이리섬은 대동강에서 갈라져 나온 봉상강의 지류라 물이 풍부하고 갈대밭과 버드나무가 많았다.

> 갈밭 안쪽에는 큰 둑으로 막아 놓았는데 그 둑들 위에는 높고 낮고 한 검푸른 참버들 나무가 심어진 데가 많고 실개울을 따라 가노라면 군데군데 일부러 만든 봇동(물웅덩이)이 있는데, 이 봇동에는 푸른 기름이 철철 흐르는 듯한 장풍(창포)이 옆으로 죽 늘어서 있어서 초여름에는 그 봇동 물면을 불어오는 간드러진 바람이 장풍꽃 냄새를 가끔 싣고 와 선사해 주기도 한다./ 이맘때면 갈잎을 따서 피리를 만들어 불곤하는데, 그것을 더욱 흥겹게 도와주기 위하여서인지 아니면 갈새는 갈새들대로 제 흥에 겨워서인지 파란 갈대밭 속 여기저기서 '갈갈갈…' 노래를 불러 주는 것이다.[24)]

2. 영예와 시련의 소금쟁이

백민은 고향을 그리워하며 창포 못의 소금쟁이를 노래하였고 갈대밭의 갈잎 피리를 연주하였다. 그의 시심의 고향은 17세에 여읜 어머니이고, 그가 불던 갈잎 피리는 어머니를 향한 사모곡이다. 그가 시에 입문하던 때에 쓴 초기 시가 소금쟁이다.

이 시는 신춘문예 당선작이 되어 영예를 안겨 주기도 했지만 표절 시비에 휘말려 곤경에 처하기도 했다.

---

23) 백민이 이 시기 각 매체에 발표한 동요 중 확인된 것은 〈어린이〉 31편, 〈별나라〉 19편, 〈동아일보〉 11편, 〈신소년〉 4편, 〈별건곤〉 3편, 〈조선일보〉 2편, 〈신여성〉 2편, 〈아이생활〉 1편 등 73편이다.

24) 「고향과 나」, 『한정동선집』 장영미 엮음, 현대문학, 2009. 428~429쪽.

창포밭 못 가운데/ 소금쟁이는/ 1234567/ 쓰며 노누나//
쓰기는 쓰지만도/ 바람이 불어/ 지워지긴 하지만/ 소금쟁이는//
싫다고도 안하고/ 빙빙 돌면서/ 1234567/ 쓰며 노누나

소금쟁이 전문(〈동아일보〉 1925. 3. 9)

이 작품은 이듬해 9월 23일 홍파(虹波)에 의해 표절 시비를 받게 된다. 보통학교 6학년 여름방학 학습장에 있는 일문 시와 유사하다는 것이다. 이에 대해 백민은 동아일보 지면을 통해 시의 원작과 함께 창작 과정의 일화를 소개하면서 그 유사성에 대해서는 인정했다.

내가 시를 쓰기 시작한 것은 1922년 첫 여름 6월이다. 나는 고향을 찾았다. – 중략 – 마침 그 수문턱에는 소금쟁이 네다섯 놈이 물을 거슬러 올라갔다가 물에 밀려서 내려오고 또 올라갓다 내려오곤 하였다. 숱하게도 재미스러워서 "야, 은섭아(여섯살 된 조카) 저 소금쟁이가 무엇하고 있니?" 하고 물었더니 그 애는 조금도 주저치 않고 "삼촌 그것 소금쟁이가 글 쓰는 구나!" 하였다. 나는 생각도 못 하였던 의외의 대답에 놀랐을 뿐 아니라 꼭 그때의 실경을 그려서 시 한 편을 써 보았다. – 중략 –

장포밭에/ 소금쟁이/ 글씨글씨/ 쓰며 논다//
글씨글씨/ 쓰지만도/ 물을 너서 지워진다//
지워져도/ 소금쟁이/ 글씨글씨/ 또 써낸다

그 시의 원작은 이러하다. '그런데 나는 어떤 까닭인지 4·4조나 8·8조를 그다지 좋아하지 않은 까닭에 이것을 자기가 좋아하는 7·5조로 고쳤으면 혹 어떨까?' 하고 여러 번 생각도 하였고, 또 동시에서는 쉽고도 재미로운 것이 좋으려니 하는 생각으로 '글씨글씨'란 것을 좀 더 재

미롭게 하기 위하여 숫자 1 2 3 4 5 6 7을 넣은 것이요, 또 지워진다는 말을 형용할 수가 없어서 바람은 불어도 안 오는 것을 억지로 잡아넣었던 것이다. – 중략 – 나는 보통학교 학습장에서 그런 글을 본 적도 없으려니와 내가 이 동시를 처음 발표한 것이 1923년 12월임에야 어찌합니까. – 하략 –[25]

3. 갈대 잎과 수양버들

백민의 초기 시에는 그가 나서 자란 강서 초리면 이리섬의 정경이 자주 등장한다. 그곳은 논벌로 이어져 있는 강성평야이다. 백민은 고향 마을에 대해 다음과 같이 회고한다.

"이 벌의 한 자리를 차지하고 있는 이리섬을 별칭 '남포답'이라고 부르며 평양 부자들의 선망의 대상이 되고 있었지만 이 섬은 앞에는 넓은 대동강을 거느리고 삼면은 소룽개(작은 냇가)로 둘러싸여 갈밭과 버들의 푸르름 속에 숨어 자는 듯 아늑한 노을을 머리에 인 만절의 논틀이다."[26]

이렇듯 그의 동시에는 푸른 갈잎(갈대 잎)과 수양버들이 주요 소재로 등장한다. 이러한 소재는 시각적 이미지를 자극하는 요소로 작용하고 있다. 갈잎과 버드나무는 그가 나서 자란 이리섬의 상징이요, 그의 정서적 고향인 것이다.

외대박이 두대박이/ 청갈잎 배야//
새빨간 아이들의/ 꿈을 태우고//
달아나라 갈잎배야/ 얼른 가거라//
아이들의 단꿈이/ 깨기나 전에/

25) 〈소금쟁이는 번역인가?〉 동아일보, 1926. 10. 10
26) 「고향과 나」, 『한국대표수필선』, 성기조 편저, 금자당, 1985

한껏한껏 달아나라/ 어디까지든//
꿈나라의 복판까지/ 얼른 가거라

갈잎 배 전문(〈동아일보〉 1925. 3. 9)

'갈잎배'는 '소금쟁이'와 더불어 신춘문예 당선작이다. '외대박이'와 '두대박이'는 외돛대와 쌍돛대를 뜻한다. 청색의 보색은 적색이다. 아이들을 새빨갛게 표현한 것은 청갈잎과 대비하기 위해서이다. 꿈이 많고, 밝고 예쁜 아이들을 '새빨간 아이들'이라고 표현하였다. 이는 푸른 청갈잎과의 보색 효과를 염두에 둔 것이다. 화자는 사랑하는 아이들의 꿈을 태운 청갈잎배가 무사히 달아나기를 기원하고 있다. 백민이 염원하는 꿈나라의 복판은 일제에 강점된 조국의 해방인 것이다.

혼자서 놀을라니/ 갑갑하여서/ 갈잎으로 피리를/ 불어보았소//
보이얀 하늘가엔/ 종달새들이/ 봄날이 좋아라고/ 노래 불러요//
내가 부는 피리는/ 갈잎의 피리/ 어디어디까지나/ 들리울까요//
어머님 가신 나라/ 멀고 먼 나라/ 거기까지 들리우면/ 좋을 텐데요

갈잎 피리(〈동아일보〉 1925. 4. 9)

백민은 어린 시절 혼자 놀기 심심하여 갈잎 피리를 즐겨 불었다. 갈대가 무성한 하늘에는 종달새들이 봄노래를 부른다. 피리를 불던 시절에는 어머니가 생존했지만 시인이 되어서는 어머니가 작고한 후이다. 시인은 서른이 넘은 나이에 '어머님 가신 나라'까지 들리라고 갈잎 피리를 분다. 갈잎 피리 소리는 작고한 어머니를 그리워하는 애상적인 사모곡이다.

못가에 수양버들/ 한가도 하다/ 바람에 흥겨워서/ 흐은작흔작//
못가에 수양버들/ 곱기도 하다/ 실실이 늘어져서/ 바안짝 반짝//

저편 가지 난 꽃에/ 그네를 메고/ 수양버들과 같이/ 놀고 싶어요

수양버들(〈어린이〉 1926. 6)

백민의 고향 작은 못가에는 갈대와 함께 수양버드나무가 늘어져 있었다. 바람에 흔들리는 실가지는 봄의 흥취를 더한다. 그는 7·5조의 음율을 좋아하여 동요마다 음수율을 맞추려 노력한다. 고운 수양버들은 곱기도 한 어머니의 자태이다. 시인은 수양버들 고운 가지에 그네를 메어 함께 놀고 싶어한다. 그네를 뛰며 놀던 어린 시절을 추억하는 동요이다.

4. 시각 이미지와 청각이미지의 교합

청산포 어귀/ 살구꽃 복숭아꽃 피는 동리에

오막살이 초가 한 채/ 고향 집이 그리워요/ 참 그리워요.//

서늘한 달밤/ 우거진 갈밭 사이/ 창포 못가에

어미 오리, 새끼 오리/ 머리 머리 마주대고/ 꿈만 꾸지요.//

차알삭 찰삭/ 찰삭이는 물결에/ 반짝이나니

금가룬 듯, 은가룬 듯/ 오리 오리 머리들을 달이 비춰요.//

청산포 어귀/ 메찰벼 고개 숙인/ 황금 벌판에

오막살이 초가 한 채/ 고향 집이 그리워요/ 참 그리워요.

고향 생각(〈어린이〉 가을 특별호 1925. 10)

청산포는 백민의 고향 마을에서 가까이에 있는 작은 포구이다. 그가 살던 초가 마을에는 살구꽃이 피고, 복숭아꽃도 핀다. 복숭아꽃과 살구꽃은 개나리, 진달래와 더불어 한국의 봄을 대표하는 꽃이다. '북숭아꽃 살구꽃'을 연상하면 동원 이원수의 '고향의 봄'에 나오는 '복숭아꽃 살구꽃'이 떠오르기 십상이다. 동원은 이 작품을 1926년 〈어린이〉지 4월호에 발표한다.

백민이 〈어린이〉지 특별호에 발표한 '고향생각'보다 6개월 뒤의 일이다.

이 시도 시각적 이미지와 청각적 이미지가 조화를 이루며 그리움을 자아내게 한다. 1 · 2연은 봄, 3 · 4연은 가을의 정취이다. 갈대가 자라나는 서늘한 봄 밤 갈대밭 사이에 창포 꽃이 피어 있는 못이 있다. 밤이 되자 달이 뜨고 못에는 어미 오리와 새끼 오리들이 머리를 맞대고 고요히 잠들어 있다. 노란 창포 꽃 핀 봄밤, 하늘에는 달이 훤히 떠 있고, 못에는 오리들이 머리를 맞대고 잠들어 있는 장면은 한 폭의 그림을 보는 듯 시각적 이미지가 선명하다. 가을이 되자 논벌은 벼가 익어 황금 벌판으로 변한다. 가을 밤 바람이 살랑 불자 연못 물은 찰싹거리며 금가루 은가루를 뿌려 놓은 듯 반짝인다. 달은 못에 잠든 오리 떼들을 비추고 있다. 가을 달밤, 못 물이 찰삭찰삭 소리를 내는 삽화는 청각적 이미지를 생성시키게 한다.

그의 초기 시에 나오는 또 한 편의 '복숭아꽃'을 살펴보자.

> 산막집 늦은 볕에 복숭아꽃은/ 쓸쓸한 토방가로 떨어집니다.//
> 가는 봄 긴 하루를 물레질 소리/ 졸음 오게 붕-붕 늙은 할머니//
> 뻐꾹새 외마디로 울고 가니까/ 또 한잎 복숭아가 떨어집니다.
>
> 산막의 늦봄(〈별나라〉 1928. 7)

늦은 봄 농촌 산골집의 정경이 떠오르는 이 시 또한 시각 이미지와 청각 이미지가 교합을 이루고 있다. 늙은 할머니 혼자 물레질을 하는 산막집 흙마루(토방)에는 복숭아꽃이 떨어지고 있다. 한 폭의 수채화처럼 시각적 이미지가 선명한 장면이다. 할머니는 진종일 붕붕 물레 소리를 내고 있고, 뻐꾸기는 뻐꾹 외마디로 울고 간다. 외마디 울음에 맞춰 복숭아꽃도 한 잎만 떨어지는 것이다. 물레 소리와 뻐꾸기 울음소리는 청각적 이미지를 자아내게 한다.

5. 국민 동요가 된 애절한 사모곡

백민은 그가 열일곱 살 때 여읜 어머니를 그리워하는 애상적인 사모곡을 많이 썼다. 그 대표적인 시가 국민 동요가 된 〈따오기〉[27]이다. 그런데 이 시의 원 제목은 "두루미"[28](당옥이)였다. 이 시가 널리 회자될 수 있었던 것은 시각이라는 씨줄과 청각이라는 날줄이 직조해 내는 환상성과 함께 8·5조의 음수율로 되풀이되는 반복어의 유희성 때문이다.

> 보일 듯이 보일 듯이/ 보이지 않는/ 당옥당옥 당옥 소리/ 처량한 소리
> 떠나가면 가는 곳이 어디이드뇨?/ 내 어머님 가신 나라/ 해 돋는 나라//
> 잡힐 듯이 잡힐 듯이/ 잡히지 않는/ 당옥당옥 당옥 소리/ 구슬픈 소리
> 날아가면 가는 곳이 어디이드뇨?/ 내 어머님 가신 나라/ 달 돋는 나라
> 약한 듯이 강한 듯이/ 또 연한 듯이/ 당옥당옥 당옥 소리/ 적막한 소리
> 흘러가면 가는 곳이/ 어디이드뇨?/ 내 어머님 가신 나라/ 별 돋는 나라//
> 나도 나도 소리 소리/ 너 같을진대/ 달나라로 해나라로/ 또 별나라로/
> 훨훨 활활 떠다니며/ 꿈에만 보고/ 말 못하던 어머님의/ 귀나 울릴걸
>
> 두루미(〈어린이〉 1925. 5)

---

27) 따오기는 20세기 초반까지만 해도 한국과 중국, 일본에 널리 서식했던 겨울 철새이다. 그러나 분별없는 개발과 농약 사용으로 서식지가 파괴되면서 세계적 멸종 위기 조류가 됐다. 우리나라에서는 1979년 판문점 부근에서 마지막으로 관찰된 뒤 자취를 감추었다. 중국은 1978년 산시성 양시엔에서 따오기 7마리를 발견하여 복원 작업을 시작, 1989년에는 인공 번식에 성공했다. 천연기념물 제198호인 따오기가 우리나라에 돌아온 것은 2008년 10월이다. 한·중 정상회담이 계기가 되어 중국으로부터 기증 받은 한 쌍이었다. 우포따오기복원센터에서 인공 부화에 성공해 개체수가 28(암컷은 16, 수컷 12)마리로 늘었고, 2014년 4월 현재 25개의 알이 부화하여 53마리가 되었다.

28) 그 후(어머니가 세상을 뜬 후) 나는 삼년 동안 농사를 짓다가 평양고등보통학교 2학년 보결 시험에 합격했다. 그 해 늦가을 어느 토요일에 학비를 얻으려고 집으로 왔다 돌아가는 일요일 오전이었다. 학비라곤 단돈 일 원도 못 얻은 채 평양 칠십 리 길을 걷지 않으면 안 되었다. - 중략 - 잔디 벌판에 다달았을 무렵 뜻밖에도 나는 따오기 소리를 들었다. 어려서 어머니와 같이 들어본 처량하고 구슬픈 곡조이기에 그 소리는 문득 어머니 생각으로 내 마음을 꽉 채워 놓고 말았다. 나는 그 잔디 벌판에 주저앉아 이내 목놓아 울기 시작했다. - 중략 - 그 날로부터 일주일 이내였다고 기억에 남아 있거니와 내 작문 노트에는 '따오기' 노래가 쓰여졌다. 그러니까 내가 스물하나 때 작품이다. 「따오기」 〈사상계〉, 1965. 8월호.

'보일 듯이 보일 듯이 보이지 않'고 '잡힐 듯이 잡힐 듯이 잡히지 않는'은 동어 반복으로 애상을 자극하고 시각적 감각을 자극한다. '당옥당옥 당옥 소리'는 '처량한 소리'이고 '구슬픈 소리'이기 때문에 청각을 자극한다. 게다가 동일어 반복으로 애상을 더욱 증폭시켰다. 그 당옥이가 가는 곳은 '내 어머님 가신 나라'인 '해 돋는 나라'이고, '달 돋는 나라'이며 '별 돋는 나라'인 것이다.

> 높은 달아 저 달아/ 기러기도 왔는데/ 새 가을도 왔는데/
> 어머니도 안 오니//
> 가을 밤에 귀뚜라미/ 고운 노래 부를 때/ 기럭 함께 오시마/
> 약속하신 어머님//
> 밝은 달아 저 달아/ 우리 엄만 왜 안 와/ 앞집 곤네 읍하고/
> 정성들여 묻는다

달(〈동아일보〉 1925. 3. 9)

「달」 또한 동아일보 신춘문예 당선작 중의 한 편이다. 7·7조의 음수율로 어머니를 그리는 사모곡이다. 조동일은 "아동문학이 불우한 어린이들의 슬픔을 함께 울어 주고 위로해야 한다는 방정환의 지론을 받아들여 한정동이 어머니 없는 고아 의식을 환기시켰다."[29]고 주장한다. 하지만 작고한 어머니를 그리는 애상적인 정서라고 해서 고아 의식을 환기시켰다고 한 주장은 지나친 비약이다. 고아 의식은 곤궁과 결핍과 슬픔과 동정의 이미지를 수반하므로 애상적 정서와는 격이 다르기 때문이다. 백민의 어머니는 그가 열일곱 되던 해 여름에 작고했다. 시인은 앞집 친구 곤네를 화자로 내세우고 있다. 곤네는 예를 갖춰 읍[30]하고, 기러기와 함께 온다고 약속한 어머니

---

29) 조동일, 『한국문학통사』 5권, 1989, 539쪽.

30) 인사 예법의 하나로 두 손을 맞잡아 얼굴 앞으로 들어 올리고 허리를 공손하게 굽혔다가 펴면서 손을 내린다.

는 가을이 되어 기러기도 왔는데 왜 안 오느냐고 묻는다. 이 시에도 어머니를 사무치게 그리워하는 정서가 가득 배어 있다.

> 집 떠나 십 년 만에/ 물레질 소리/ 부웅붕 지금 듣고/ 나는 울었소!//
> 고향의 초가지붕/ 능짓불 아래/ 주름진 엄마 얼굴/ 눈에 어려서….//
> 지금은 안 계시는/ 어머니기에/ 부웅붕 물레 소리/ 나는 울었소.
>
> 물레 소리(《별나라》 1927. 5)

백민의 어머니는 물레질을 했을 것으로 짐작된다. 물레란 솜을 자아서 실을 뽑는 재래식 기구이고, 능짓불은 송진가루로 만든 등잔불이다. 초가집에서 능짓불 아래 주름진 얼굴로 부웅붕 물레질을 하던 어머니는 이 세상에 없다. 화자는 고향을 떠난 지 십 년 만에 물레질 소리를 들으며 어머니를 그리워하며 운다. 이 동요시 역시 회고적이고 애상적인 정서로 가득 차 있다.

> 오라고 부르지도/ 않았것만은/ 누른 잎 뜰가로/ 다투어든다//
> 『헐벗은 나무에는/ 저녁 엷은 빛/ 뎅그런 아치 둥지/ 춥지 않을까』//
> 잊었노라 생각도/ 안 하것만은/ 햇조밥의 땅콩알/ 보기만 하면//
> 『어머님 계실 때엔/ 골라 스무 알/ 오히려 적을세라/ 좀더 달라늬』
>
> 가을이 되면 – 어머님을 생각하며 –(《어린이》 1930. 9)

낙엽지는 가을의 정경이 눈에 선한 동요이다. 가을이 깊어지자 떨어진 누런 낙엽이 뜰가로 모여든다. 해가 뉘엿하자 빈 나뭇가지에 있는 뎅그런 둥지가 춥지 않을까 걱정이다. 헐벗은 나무 위에 있는 뎅그른 둥지는 화자인 백민의 자화상이다. 춥지 않을까 걱정하는 마음은 어머니 마음이다. 가을이 되어 햇조밥에 섞인 땅콩 알을 보며 어머니를 생각하는 자식의 마음이 간절하다.

6. 일제에 대한 저항 의식

백민은 「따오기」를 지을 1914년 평양고보 편입 시험에 합격한 후, 일본말을 잘못하여 수업에 지장이 많았다. 마침 일본에서 유학 중인 친구가 《도오와》(동요)라는 일본의 아동잡지 한 권을 보내주었는데, 그 책 내용 중 우리 민족을 폄하하는 만화가 실려 있었다. 백민은 울분을 참지 못하고 일본에 대한 저항감을 키우게 되었다.

> 외어깨로 엿 고리/ 둘러메고서/ 엿사시오 외치는/ 엿장사 영감/
> 금년은 어디 가고/ 아니 오실까//
> 앞마당/ 너른 마당/ 널뛰는 마당/ 내년도 널을 뛰는 정월 보름엔/
> 기어코 또 온다고 약속했건만//
> 엿장사 영감님은 잊어버렸나/ 아니면 늙어늙어 꼬부라졌나/
> 오늘도 정월보름 널은 뛰건만

엿장사 영감(〈별나라〉, 1928. 3)

정월대보름은 설날 못지 않은 우리의 명절이다. 지금은 많이 퇴색되어 가지만 대보름엔 우리의 민속놀이인 널을 뛰고 연을 날렸다. 그 정월보름이 돌아왔는데, 오겠다고 약속한 엿장수 영감이 오지 않자 화자는 걱정을 한다. 일제 강점기 때 엿장수나 방물장수로 가장하여 전국을 돌며 독립운동을 하던 애국지사들이 적지 않았다. 엿장사 영감을 기다리는 화자의 속내는 빼앗긴 조국의 해방을 기다리는 마음이 간절하다.

> 곱지도 않다는데/ 왜 왔던 말가/ 제 집이 있는데도/ 남의 뜰에를/

소꼽을 놀자고는/ 다 가져가는/ 고놈의 땅땅보는/ 밉상 중 밉상!

땅달보 「문단 데뷔와 작품 활동」, 『한정동선집』 402쪽.

백민은 삼숭학교 재직 시 위의 시를 지어 학생들에게 가르치다 일경 고등계에 불려 간다. 글 중의 '왜'는 왜(倭)로 일본을 지칭한 것이 아니냐? '땅달보'는 키가 작은 왜인을 뜻한 것이 아니냐? '소꼽을 다 가져간다'는 것은 물건들을 빼앗아간다는 뜻이 아니냐며 취조를 받는다. 이에 백민은 "당신은 아동문학을 이해 못 하고 있다. 어린이에게는 거짓이나 왜곡은 가르칠 수도 없고 통하지도 않는다. 당신의 말은 억측이니 내 주변을 조사해 보고 다시 따져 주기를 바란다."고 당당히 맞선다. 다시 조사를 해 보니 과연 '땅딸보'라는 별명을 가진 아이가 있고, 그 아이가 장난감을 가끔 가져간 일이 있어 종결되었다. 백민은 이 작품이 실제의 사실을 읊은 것이지만, 왜를 풍자했다고 보아도 틀리지 않아 널리 퍼뜨리려 했다[31]고 회고한다.

살진 풀도 싫소 싫소/ 늘 먹는걸요/ 외양간도 싫소 싫소/ 늘 있는데요/
멧부리에 닫고 뛰는/ 굴레벗은 말//
산에 가면 높아 좋다/ 껑충 뛰고요/ 들에 가면 넓어 좋다/ 달아납니다/
멋있게도 뛰며 닫는/ 굴레 벗은 말//
벌거숭이 나도 나도/ 굴레 벗은 말/ 백두 금강 태백 한라/ 모두 내 차지/
거침없이 뛰며 놀을/ 내 땅이라네

굴레 벗은 말(〈어린이〉, 1930. 9)

'굴레 벗은 말'은 우리 민족이 처한 현실을 직시하며 일제에 항거하는 정신이 들어 있는 동요이다. 속박된 현실에서 벗어나고 싶은 마음을 굴레 벗

31) 〈현대아동문학〉 창간호, 1973

은 말에 비유한 것이다. 화자인 자신을 굴레 벗은 말이라고 명시하고 백두 금강 태백 한라 온 나라 산천이 우리의 땅임을 천명하고 있다. 이는 한시바삐 강탈 당한 국토를 되찾고 독립해야 한다는 의지가 강하게 투영된 작품이다.

Ⅲ. 나오는 말

백민 한정동은 한국 최초의 신춘문예 당선 아동문학가이자 1920년대 한국 동요문학의 황금 시대를 이끈 트로이카 중에서도 중심 리더였다. 그런 그가 문학사적 업적에 비해 크게 조명받지 못한 이유는 세 가지로 요약할 수 있다.

첫째로 신춘문예 당선작의 한 편인 「소금쟁이」에 대한 표절 시비로 인한 손상된 이미지 때문이다. 표절 시비는 유사성은 있지만 표절이라고만은 볼 수 없다고 당시에 이미 판가름 났고, 여타 많은 작품들이 문학성을 인정받았기 때문에 더 이상 재론하는 것은 무의미하다.

둘째 정형율을 중시한 동요시 창작에만 치중하고 내재율을 중시하는 자유 동시에는 상대적으로 취약했다는 점이다. 그의 동요시는 개화기 창가 형식에 영향을 받아 7·5조의 동요시가 대부분이다.

셋째 6·25 전쟁 중 남한 정착 시 안정되지 못한 생활 환경과 고령으로 인하여 창작 여건이 여의치 못했다는 점이다.

그는 57세의 고령에 막내딸만 데리고 월남하느라 미발표된 많은 작품이 유실되었고, 건강도 좋지 못하였다. 북에 두고 온 가족을 생각하며 평생을 외로움 속에 살다간 백민이 사회 활동에 두각을 나타내지 못한 까닭은 겸손한 성격에 과묵하고 목소리도 작아 진취적이지 못해서이다. 월남 후에는 자유 동시와 동화(아동소설)도 다수 창작했지만 그 성과는 동요시에 미치지 못하였다.

한정동은 그가 개척한 아동문학적 위상이나 문학적 성과로 보아도 한국 아동문학의 태두로 존경받아야 마땅하다. 그럼에도 불구하고 연배로나 문단 경력으로도 미급한 윤석중, 이원수, 강소천 등의 문단 활약의 위상에 밀려 제대로 평가받지 못하고 있다. 지금부터라도 백민의 문학 세계를 바르게 조명하고 그의 위상을 바로 세워 한국 아동문학사의 어긋난 질서를 바로 세워야 하겠다.

놀이로 풀어낸 동심의 미학
- 현덕 동화론

Ⅰ. 들어가는 말

현덕(玄德)은 1909년 2월 15일 현동철(玄東鐵)과 전주(全州) 이 씨(李氏)의 3남 2녀 중 차남으로 서울 종로구 삼청동 117번지에서 태어났다. 그의 본명은 현경윤(玄敬允)으로, 현덕이라는 이름은 보통학교 입학 전에 개명한 것으로 현수덕(玄秀德)에서 따온 예명이라고 할 수 있다.

현덕이 쓴 『자서소전(自敍小傳)』에는 '출생은 삼청동 지금 세균검사소 뒤 별장'이라고 되어 있다. '삼청동 별장'은 무관으로 종2품까지 오른 조부 현흥택(玄興澤)[1]의 소유였다. 그곳은 조부 현흥택의 고급 사교장이었다. 이처럼 현덕은 출생 당시 가정 형편이 꽤 넉넉했지만 그의 부친이 금광사업에 실패하여 재산을 탕진했다. 그 때문에 그는 내성적인 성격으로 변했고, 삶을 비관적으로 생각하게 되었다. 집안이 기울자 그의 모친이 생계를 이어가다 조부의 집에

1) 현흥택은 민영익의 수행원 자격으로 1883년 7월 최초의 대미외교사절단 보빙사(報聘使)에 참여했고, 1895년 6월에는 시위대(侍衛隊) 연대장에 임명된다. 그는 정동구락부의 일원으로서 독립협회에 참여한다. 현흥택은 민영익의 재산을 관리하는 집사였다. - 중략 - 그는 한국기독교청년회(YMCA)의 창립에도 일정하게 관여했다. 종로의 기독교청년회관 건물을 지을 때, 자신이 소유한 그곳의 대지의 절반을 기부했다고 한다.(원종찬, 『현덕전집』, 847쪽.)

맡겨져 자라게 되었다.

현덕은 대부도 친척집에서 대부공립보통학교를 2년 동안 다니다 1924년, 상경하여 중동고등보통학교 속성과를 수료한 뒤, 1925년 4월에 경성제일고등보통학교에 입학한다. 하지만 그의 학업 생활은 1년 만에 끝이 난다. 그는 아우 재덕[2]과 함께 폐결핵을 앓고 있었다. 『자서소전』에 따르면 그는 '쓰일 수 없는 몸으로 할 수 있는 최후의 한 가지 일로 지금까지 동경해 오던 문학의 길을 밟아 보겠다는 생각'으로 귀경하여 김유정[3]을 만나 문학가로의 뜻을 굳히게 된다.

현덕은 1927년, 동화 「달에서 떨어진 토끼」를 조선일보 독자 공모에 응모하여 1등으로 당선된다. 그 후 1932년 동화 「고무신」이 동아일보 신춘문예에 가작으로 뽑힌다.[4] 이후에 그는 노동자 생활을 하였지만, 소설가 김유정[5]과 함께 문학의 길을 본격적으로 걷게 된다. 그 후 1938년 조선일보 신춘문예에 소설 「남생이」가 당선되면서 동화, 소년소설, 소설 등 활발한 작품 활동을 펼치게 된다. 그는 2년 남짓한 기간에 단편소설 8편, 콩트 1편, 동화 37편, 소년소설[6] 9편, 방송극 대본[7] 3편을 남긴다.

해방 이후 현덕은 '조선문학가동맹'에 참여하여 적극적으로 활동한다.

---

2) 이현주, 「현덕(1909~?) 문학의 사상적 배경-가계 및 거주지 변화와 관련하여-」, 『한국사상사학』, 한국사상사학회, 2008. 6. 326쪽. "화가이면서 동화작가로도 이름을 남긴 '재덕'은 형과 닮은 점이 많았다. 현덕의 고백처럼, 등단 뒤 그가 창작활동을 하는 데 있어서 김유정의 존재도 중요했을 것이나, 그 이상으로 아우 재덕은 무기력한 형의 현실을 지탱해 주는 언덕이었다. 형이 만나는 문단의 동료들은 곧 동생의 동료였다."

3) 원종찬, 『현덕전집』, 역락, 2009. 848쪽. "제일고보를 중퇴하고 현덕은 '창백한 병적인 생활'을 겪는다. 염인증으로 거리를 나가기 두려워하였고, 칩거벽으로 도서관엘 다니기 시작했다. … 김유정과의 만남은 그에게 운명적이었다. 두 사람은 여러 면에서 공통점이 많았다. … 현덕은 틈만 나면 김유정의 집을 찾았다. 유정의 집에는 단짝 친구인 안회남(安懷南)이 자주 와 있었다. 안회남은 내성적이고 소극적인 현덕이 문단의 여러 인사들과 교류할 수 있는 창구로 작용했다."

4) 1927년 동화 「달에서 떨어진 토끼」가 〈조선일보〉 공모에 뽑혔지만, 대부분의 연구에는 그의 등단작을 1932년 〈동아일보〉 신춘문예 입선작인 「고무신」으로 보고 있다.

5) 현덕은 폐결핵으로 요절한 김유정과 마지막을 함께한 친구이자 동료였다. 현덕은 김유정의 미완성작 「두포전」을 완성하여 〈소년〉에 발표하였다. 현덕은 『두포전』의 10장 가운데 1장부터 6장까지를 집필하고 미처 발표하지 못한 김유정을 대신해 7장~10장까지를 완성했다. 생전 김유정이 들려 준 이야기를 기억하여 현덕이 후반부를 쓴 것이다. 이 작품은 아기장수 설화의 모티프를 차용한 전래동화로 결말 부분이 변용되어 있다.

제1차 '전국문학자대회'를 시작으로, 1946년에는 '조선문학가동맹'의 소설부, 아동문학부, 대중화위원회의 위원으로 참여한다. 1946년 동화집『집을 나간 소년』(아문각)과 『포도와 구슬』(정음사)을 간행한다. 이듬해 소설집 『남생이』(아문각), 동화집 『토끼 삼형제』(을유문화사)를 발간한다.

1948년 남한 단독 정부가 수립되자 현덕은 월북하지 않고 서울에 남아 사회주의 리얼리즘의 대표작 중 하나인 『고요한 돈강』(숄로호프)을 공동 번역하기도 한다. 6 · 25 전쟁 당시 인민군이 서울을 점령했을 때 '남조선문학가동맹' 제2서기장이 되기도 한다. 이후 9 · 28 서울 수복 때 월북한 것으로 보인다.

북에서의 창작 활동은 그리 활발하지 못했다. 1951년에 「하늘의 성벽」, 「복수」, 「첫 전투에서」 등을, 1960년을 전후한 시기에 「부싱쿠동무」, 「수확의 날」, 「전진하는 사람들」, 「불붙는 탄광」 등을 발표했다. 해방 이전의 작품 경향과 어느 정도 이어지는 전자의 작품들은 안함광, 한설야 등에 의해 자연주의적, 형식주의적 특성을 지니고 있다고 비판을 받게 된다. 후자의 작품들은 중국과의 친선, 천리마 운동, 남한의 노동자 투쟁 등 북한의 공식 문예정책에 부합하는 작품들로, 북한 비평가들에게 높은 평가를 받는다. 이에 힘입어 1962년 소설집 『수확의 날』(조선문학예술총동맹출판사)이 간행되었다. 하지만 그는 곧 공식적인 북한 문단에서 사라지고 만다. 1962년 한설야가 '종파주의자'로 몰려 숙청당할 때 그 일파로 낙인찍혀 함께 숙청된 것으로 보인다.

---

6) 1937년 4월 조선일보에서 창간한 아동잡지 〈소년〉의 주간인 윤석중의 권유로 주로 〈소년〉에 발표했다. 〈소년〉은 문예물을 절반 정도 실었는데, 대부분 동화와 소년소설로 구성되어 있다. 윤석중은 현덕을 만나 소년소설을 써 볼 것을 권유했다고 한다. 「하늘은 맑건만」(〈소년〉, 1938.8), 「권구시합」(〈소년〉, 1938. 10), 「고구마」(〈소년〉, 1938. 11), 「집을 나간 소년」(〈소년〉, 1939. 6), 「잃엇던 우정」(〈소년〉, 1939. 10), 「월사금과 스케이트」(〈소년〉, 1940. 2), 「나비를 잡는 아버지」(발표지와 연대미상), 「모자」,(발표지 연대미상), 원종찬, 「현덕의 아동문학」, 『민족문학사 연구』, Vol.6, 1994, 352쪽 참고.

7) 「눈사람」, 「꿩과 닭」 등이다.

Ⅱ. 현덕의 동화

본고에서는 현덕이 남긴 아동문학 작품 중 소년소설이 아닌 동화를 중심으로 논구하려고 한다. 현덕의 동화에는 놀이하는 아이들의 모습이 많이 등장한다. 놀이는 생활상의 이해관계를 떠나서 자발적으로 참여하는 활동으로서 즐거움과 흥겨움을 동반하는 가장 자유롭고 해방된 활동이다. 그 때문에 노동으로부터 자유로운 아이들은 놀이에 더 몰입하고 놀이를 즐기게 된다. 아이들은 또래들과 놀이를 하면서 사회성이 길러지고, 즐거움을 얻는다. 현덕의 동화에서 놀이를 하는 주체들은 주로 노마, 영이 기동이, 똘똘이 등이다. 현덕은 동화 속에 발랄하고 꾸밈없는 동심의 세계를 부각시킨다. 그의 동화에는 반복되는 문장이 많이 등장한다. 스토리의 구성 역시 반복적 형태를 취하는 게 특징이라고 할 수 있다. 사건의 구성이 반복되지만 등장인물의 입장이 교체되면서 이야기 속에 교훈을 담는다.

> 기동이는 포도 한 송이를 가졌습니다. 노마는 유리구슬을 여러 개 가졌습니다.
>
> 기동이는 얼마나 맛있는 포도인가를 보이기 위하여 노마 앞에서 한 알씩 따서 한참씩 눈 위에 쳐들어 보이다가는 먹습니다. – 중략 – "너 이것하구 바꿀까?"/ "뭣하구 말이야?"/ "포도하구 말야."/ "이런 먹콩 같으니."/ – 중략 – "난 일없어."/ "그까짓 먹는 게 존가. 가지고 노는 구슬이 좋지."/ "그래두 난 일없어."/ – 중략 – 그러다가 노마는 구슬 네 개를 내밀고 입을 열었습니다./ "그럼 이것하구 바꿀까?"/ "몇 개하구 말야."/ "구슬 네 개허구."/ "난 일없어."/ "그럼 구슬 다섯 개하구."
>
> –「포도와 구슬」, 『나비를 잡는 아버지』(창비, 1993), 103~104쪽.

현덕의 동화에서는 일상생활에서 주고받는 대화와 되풀이되는 문장의 리듬감으로 읽는 재미를 한껏 느낄 수 있다. 또한 시늉말을 자주 사용하고 있어 말의 재미를 풍부하게 한다. 그 때문에 읽고 있지만 듣고 있는 것 같은 효과를 주어 가독성을 높이게 된다. 포도와 구슬은 생김새가 닮아 있다. 포도는 먹거리이지만 구슬은 놀이 도구이다. 중심인물인 노마는 1회용 포도 대신 오래 가지고 놀 수 있는 구슬을 택한다. 기동이는 자신이 갖고 있는 포도 한 알과 노마의 구슬을 바꾸려 하지만 노마는 쉽사리 응하지 않는다. 먹으면 사라지는 포도보다 가지고 놀 수 있는 구슬이 더 좋기 때문이다. 구슬은 재미있게 놀 수 있는 도구이므로 맛의 유혹을 물리칠 수 있었던 것이다.

현덕은 동화에 옛이야기를 끌어들여 재미성을 증폭시킨다. 이와 같은 작품으로는 「고무신」, 「삼형제 토끼」가 있다. 작품 속에 등장하는 옛 이야기는 환상과 현실을 이어주는 가교 역할을 한다. 옛 이야기에 나타나는 초현실 세계는 현실 세계의 모사이며 반영이다. 옛사람들이 이야기 속에 초현실의 장치를 구축한 것은 현실 인식과 무관하지 않다. 즉, 현실의 부조리와 모순을 깨뜨리려는 의지가 현실을 뛰어넘는 환상의 세계로 나타난 것이다.

> 깡충깡충 노마 영이 똘똘이는 토끼처럼 하고 골목을 달립니다. 한 바퀴 골목을 돌아 큰길로 나왔습니다. 큰길도 딴 세상이 되었습니다. 날마다 보던 그런 큰길이 아닙니다. 노마 영이 똘똘이가 토끼가 되기에 알맞은 큰길입니다. 그래서 노마 영이 똘똘이는 더 토끼가 되었습니다.
>
> 지금 노마는 어제 집에서 영이 똘똘이 하고 둘러 앉아 보던 그림책 가운데 토끼가 되어 등 넘어 숲으로 어머니를 찾아갑니다. 영이도 그렇게 등 넘어 숲으로 어머니를 찾아갑니다.
>
> -「삼 형제 토끼」, 『현덕 동화선집』(지식을만드는지식, 2013)[8], 90~91쪽.-

8) 원작은 〈소년〉 제3권 3호(1939. 3)에 실림.

노마와 아이들은 눈 내리는 날의 신비로운 분위기 속에 동심의 세계로 빠져든다. 새하얗게 변한 세상은 순수한 동심의 세계 그 자체이다. 노마와 친구들은 그림책의 옛이야기로 빠져든다. 노마와 똘똘이, 영이는 토끼가 되어 엄마 토끼를 찾아 떠난다. 그림책에서는 늑대가 엄마 토끼를 잡아갔기 때문에 아이들은 토끼 삼형제가 되어 늑대를 잡으러 향한다. 가는 길에 기동이를 만나고 기동이는 늑대가 된다. 이처럼 자연스럽게 역할놀이를 즐기는 것이다. 등장인물들은 이야기에 동화되어 자연스럽게 동화 속의 환상 세계로 빠져들게 된다.

> "우린 토끼고 넌 늑대하구."
>
> 그래서 기동이는 늑대가 되었습니다. 두루마기를 뒤집어서 얼굴만 내놓고 늑대처럼 등을 꼬부리고 웅웅 하고 늑대 우는 소리를 합니다. 그리고 살살 토끼집을 향해 갑니다. / 지금 삼 형제 토끼는 집에서 등 넘어 나무하러 간 어머니를 기다리고 있는 것처럼 하고 늑대가 오길 가만히 지키고 있습니다. – 중략 –
>
> 이때에 살몃이 삼 형제 토끼는 일어나 덜컥 광문을 잠것습니다. 고만 늑대는 광 속에 가치고 말앗습니다./ 그래서 노마 영이 똘똘이는 기동이를 가운데 넣고 둘러 서서 막 뭉기며 소리를 첫습니다. "늑대 잡앗다!"
>
> – 위의 책, 94~95쪽. –

아이들은 역할놀이 좋아한다. '역할'이란 일정한 형태를 띤 감정과 말, 그리고 행동으로써 그 사람의 내면화된 행동 양식이다. 역할에 따라, 자신과 타인간의 지각 양식에 따라, 역할 수행 행동이 달라진다.

Walsh(1980)는 역할놀이란 아동이 다른 사람의 입장에서 역할이나 행동을 대신해 봄으로써 타인에 대한 생각이나 느낌을 갖게 하는 투사적인 방법이라고 하였다. Hohmann과 Weikart는 하나의 가정된 역할을 수행해 보는 놀이를 역할놀이라 하였다. 아이들의 소꿉놀이, 전쟁놀이, 학교놀이 등도 역할놀이이다. 이때 아동의 행동들은 어떤 상황에 대해 그들이 겪었던 경험을 재연하거나 창의적으로 재구성하여, 말이나 행동을 흉내 내어 보는 것이다. 즉, 역할 놀이는 하나의 가정된 역할을 수행해 보는 놀이로 아동이 다른 사람의 생각이나 느낌을 경험하게 하는 방법이다.

아이들은 역할놀이를 통해 하나의 상황에서 다양한 경험을 체험해 봄으로써 자신의 가치와 의견을 보다 분명하게 해 주는 문제 해결력을 기를 수 있다. 또한 사람들이 어떻게 타인의 행동에 영향을 미치는가를 잘 이해할 수 있는 이해력을 증진시킴으로써 아동의 사회성 발달에도 도움이 된다.

노마 영이 똘똘이는 토끼가 되고, 기동이는 늑대가 되어 역할놀이를 하는 것이다. 그림책의 늑대는 삼형제 토끼에게 몸을 꽁꽁 묶이고 말지만, 기동이는 늑대가 묶인 몸을 풀고 달아나듯 영이와 똘똘이 사이를 헤치고 달아난다. 기동이는 눈쌓인 비탈길에 미끄러지고 뒤를 쫓던 아이들도 함께 미끄러져 내리며 좋아라 손뼉을 치며 막을 내린다.

「고무신」은 동아일보 신춘문예 가작 입선작[9]이다. 낡은 고무신을 갖고 있는 아기는 전날 친구들에게 '땅의 거지'라는 말을 듣고, 새 신을 살 때까지 밖에 나가지 않고 집에만 있기로 한다. 심심한 아기는 마당에서 옛날이야기의 주인공이 되어 심리적 환상 세계 속에서 놀이를 한다. 이러한 상상놀이는 주인공의 외로움을 미화시키면서 현실의 갈등을 증폭시키는 역할을 한다. 혼자서 할멈이 되고 호랑이도 되면서, 전래동화 속 이야기로 무료함과 외로움을 달래고 있다. 그런데 담 너머 골목에서 들려오는 동무들의 노는 소리에 현실로 돌아와 마음이 상한다.

"엄마, 아이들이 내버린 신 주서 신엇다고 짱의 거지라고 쎄밀고 장난에

---

9) 1932년 2월 10~11일자 지면에 게재됨.

도 안 부치고 하다우."/ "가엽서라. 오늘은 그 신 신고 나가지 마라, 응."

"그럼 어듸서 누구하고 놀우?"/ "오날만 마당에서 엄마하고 놀고."

"그럼 나하고 술래잡기할 태유?"/ "암 그러지."

"그런대 뚱뚱보는 빠작빠작 하는 구두를 신엇다우. 그애내 아버지가 사주섯대. 엄마 난 아버지 업수?"/ "왜 업긴 사위스럽게.[10]"/ "그럼 어듸 게시우?"

"아주 먼 눈 나리는 나라에."/ "무엇하시러 그러케 멀리?"/ "영진이 조와하는 것 갓다 주시랴고."/ "그럼 내 구두도 가지고 오실가?"/ "암으렴."

– 중략 –

아기의 마음에는 아버지라는 키 커다란 이가 먹을 거랑 입을 거랑 노리개랑 가득이 찬 커다란 보통이를 질머지고 타박타박 지금 머지 안은 고개를 넘어오시는 것 갓탓습니다.

– 「고무신」, 『현덕동화선집』, 7~8쪽. –

아기[11]의 아버지는 이 세상에 없다. 엄마 혼자 아기를 키우느라 곤궁한 엄마는 아기에게 이 사실을 숨긴다. 가난하기 때문에 고무신 한 켤레 사 줄 돈이 없어 남이 신다 버린 걸 주워 신겼다. 또래 동무들은 그런 아기를 땅거지라고 놀리며 놀이에도 끼워 주지 않는다. 아기는 마당에서 놀아 주는 엄마에게 뚱뚱보는 아버지가 구두를 사 주었다며 부러워한다. 아기가 아버지의 존재를 묻자 엄마는 아기가 좋아하는 것을 사 가지고 온다고 둘러댄다. 그 말을 들은 아기는 키 큰 아버지가 커다란 선물 보따리를 들고 고개를 넘어오고 있다는 상상을 한다. 이 상상은 전래동화 「해와 달이 된 오누이」의 이야기로 이어지며 환상의 세계로 이어진다.

---

10) 마음에 불길한 느낌이 들고 꺼림직하게

11) 이 동화에 나오는 '아기'는 달리기를 할 정도의 유치원생 쯤 되는 연령으로 묘사되어 있다.

아기는 지금 어머니에게서 들은 예날이야기의 꼬부랑 할멈이 되여, 열 두 고개 넘어 아기의 집을 차저가는 길입니다./ "아이고, 무서워."/ 훨훨 한 고개를 넘어서 할멈은 호랑이를 맛낫습니다./ 바위 틈에서 호랑이는 도적놈처럼 낫타낫습니다. - 중략 -

"나 하나 주면 안 잡아먹지."/ "우리 착한 아기 목아치인데 너를 주어?"/ "그럼 잡어먹지."

그래서 어절 수 업시 할멈은 썩 한 덩이를 빼앗기고 훨훨 고개 한아를 또 넘엇습니다.

- 위의 책, 9쪽. -

아기는 부지깽이를 집고 꼬부랑 할멈 시늉을 내며 쓸쓸한 마당을 뱅뱅 돌고 있다. 아기는 동무들 없이 혼자 놀고 있지만 '참새는 버드나무에 그득이 동모를 모아 놓코 아기의 거동을 구경하고' 있는 것이다. 엄마의 이야기에 빠진 아기는 이야기 속의 주인공 꼬부랑 할머니가 되어 고개를 넘는다. 호랑이가 "할멈 머리에 잉게 무어유?" 하고 묻자 할머니는 떡 세 조각이라 한다. 아기는 혼자 이렇게 호랑이가 되고 할멈이 되고 아기도 되는 1인 3역을 하며 이야기의 세계를 유영한다.

밖에서는 동무들이 '나와 놀자'고 부르는 소리가 들린다. 아기는 당장 뛰쳐나가고 싶지만 낡고 구멍 난 고무신 때문에 '짱의 거지'라고 놀림을 받을까 봐 나가지 못한다. 아기는 길거리 가게에서 보았던 고무신을 상상하며 고무신과 대화를 나눈다.

아기는 그중에서 마음에 들어 보이는 조고만 고무신을 붓들고 이야기를 부첫습니다./ 고무신아 너는 내가 실으냐?/ 아니./ 그럼 왜 내게 안 오니?/ 가난뱅이 아가니까./ 그래도 그래도 너만은 오렴./ 그래서 착하고 입븐 고무신 한 켜레는 배불뜨기 영감의 무서운 눈을 살며시 빠저나와 족제

비처럼 살살 기여옵니다./ - 중략 - 이럴 때 미닫이 여는 소리가 나며

"영진이 이것 신어 보아라."

하시는 어머니 소리에 머리를 돌린 아기는 전에 못보든 고무신 하나가 어머니 손에 잇는 것을 보앗습니다./ 아기의 헌 신을 어머니의 얌전하신 솜씨로 구녕 난 바닥에고 골언감을 오려 깔고 떨어젓든 뒤축에는 골무가 죽을 돌아감치고 하야 명양잇게 고치신 것입니다.

- 위의 책 , 12~13쪽. -

외로운 영진이는 자신을 혼자이게 만든 고무신에게 말을 걸면서 다시 상상의 세계로 나간다. 상상의 세상에서는 영진이의 괴로움인 동무들로부터의 고립이 '고무신이 살살 기어서 영진이에게 오는 것'으로 해결된다. 예쁜 고무신 한 컬레가 가게 주인의 눈을 피해 영진이에게 다가오는 것은 영진이의 상상놀이이다.

상상놀이란 사물이나 장난감을 사용하여 타인의 동작이나 활동을 모방해서 노는 것이며, 상상작용에 의하여 이루어지고 여러 인물이나 장면을 혼자 가작(Make-believe)하는 놀이다. 가작화(假作化)란 거짓으로 꾸며서 행동하는 것을 뜻한다. 어린이들은 가작화 놀이를 즐긴다. 가작화 놀이는 상징놀이라고도 하는데, 예를 들어 인형을 마치 친구나 가족처럼 여기고 이에 따라 행동하는 것이다.

아이들의 가작화 놀이는 주로 자신의 생활 속 경험을 그대로 반영하는 경우가 많다. 아이들은 놀이에서 자신이 다른 사람, 심지어 물건인 것처럼 가작화하고 자신에게 의미 있는 상황을 만들어 놀이에 몰입한다. 역할과 상황을 설정해 자유롭게 노는 가작화 놀이는 아이가 자신의 정서를 간접적으로 표현하도록 돕고, 부모나 친구 등과 친밀감을 유지하면서 부정적인 감정을 스스로 다스리는 기술을 익히게 해 준다.

이 동화가 창작된 1930년대 전반기는 일제의 수탈과 착취로 극도로 궁핍

한 생활을 했기 때문에 고무신을 기워 신는 일이 다반사였다. 비록 새 신은 아니지만, 어머니의 훌륭한 솜씨로 명양 있게 고친 고무신을 보고 아기는 기뻐한다. 또한 수선한 신을 신고 경주를 하면 1등을 할 수 있을 것이라 자신한다.

이와 같이 현덕은 소외된 어린이의 편에 서서 이야기를 전개해 나가고, 전래동화를 끌어와 현실의 문제점을 극대화하는 동시에 갈등을 해결해 나간다. 현덕은 그늘지고 암울한 현실을 헤쳐 나갈 수 있는 열쇠를 전래동화의 가작화에서 찾았으며, 그것의 고갱이는 동심임을 확인시키고 있다. 이 동화에는 당시대의 궁핍한 생활고 속에 슬프면서도 웃음이 묻어나는 천진스러운 동심과 엄마의 사랑이 녹아 있다.

> 그리고 이발소 아플 왓습니다. 인젠 기동이는 노마하고 영이가 가는 곳이 알어젓습니다./ 그래서 기동이는 입을 열어 말햇습니다.
> "어웅 너이들 이발소 구경 가는구나."/ 그러나 노마는 조금도 기동이에게 자기가 가는 곳을 알리고 싶지 안헛습니다./ 영이도 그럭케 알리고 십지 안헛습니다. 둘이서만 알고 둘이서만 정답게 어깨동무를 하고 가고 시퍼젓습니다.
>
> -「둘이서만 알고」, 소년조선일보, 1938. 12. 11. -

「둘이서만 알고」에는 혼자이기 때문에 외로운 기동이가 나온다. 노마와 영이는 정답게 어깨동무를 하고 기동이 앞을 지나간다. 기동이가 "너이들 둘이서 어딜 가니?" 하고 물어도 대답 없이 지나친다. 쓸쓸해진 기동이는 둘을 뒤따른다. 두 아이가 노마집 앞에 이르자 기동이는 "노마집 가는구나." 했지만 노마나 영이는 뒤돌아 나온다. 노마와 영이는 기동이에게 가는 곳을 알리고 싶지 않아 말없이 되돌아 나오다 이발소 앞에 이른다. 기둥이는 동무들 사이에 끼어들고 싶어 "이발소 구경 가는구나." 하고 말을 붙인다. 하지만 둘이는 침묵하며 오던 길을 돌아 나와 정답게 큰길로 향한다.

전신주 아플 지나 반찬 가게 아플 왓습니다. 거기 노마 어머니하고 영이 어머니하고 섯습니다. 배장수 광우리에서 배를 고르고 섯습니다. 인젠 기동이는 노마하고 영이가 가는 곳이 알어젓습니다./ 그래서 기동이는 입을 열어 말햇습니다.

"으응 너이 어머니 배 사시는 데 가는구나."/ 그러나 이번엔 노마는 기동이에게 가는 곳을 알리지 안흐려고 도라설 수 업습니다. 영이도 그러케 도라설 수 업습니다. 다 가치 팔을 버리고 노마 영이는 기동이가 말한 곳으로 뛰어갓습니다.

"나아 배 하나 줘."/ "나아 배 하나 줘."

-「둘이서만 알고」, 위의 신문. -

사소하지만 비밀을 만들고 싶어 하는 것이 동심이다. 그 비밀을 기어코 알아내고 싶은 것 또한 동심이다. 이러한 동심을 잘 녹여 낸 작품이 「둘이서만 알고」이다. 노마와 영이는 기동이를 따돌리기 위해 가는 곳을 바꾸지만 엄마들 앞에서는 속내를 감출 수 없어 결심이 무너지고 만다. 어머니들이 배를 고르는 것을 본 아이들은 엄마를 부르며 달려가는 것이다. 이 동화 역시 등장인물들의 행동과 대화가 반복되는 패턴으로 나타나고 있다. 이 동화에는 새침떼기 아이들의 심리와 행동이 잘 묘사되어 있다.

노마 집 들창 박게 기동이가 와 노래하는 소리로 노마를 부릅니다.

"노마야, 나와 노라."/ "그으래, 잠깐만 기대려."

노마 집 들창 박게 기동이는 노마가 나오기를 기다리고 섯습니다. 기다려도 노마는 아니 나오고 방 안에서 실패에 실 감는 소리만 납니다.

"노마야 나와 노라. 눈 오시는데 기차째끼하구 노라."

"그으래 잠깐만 기다려."

-「암만 감어두」, 소년조선일보, 1938. 12. 18. -

아이들은 심심해지면 동무를 불러내어 놀려고 하기 마련이다. 기동이도 노마 집 들창 밖에서 노마를 부른다. 방 안에서 실패에 실 감는 일을 돕던 노마는 '잠깐만 기다려'라고 소리친다. 기다려도 나오지 않자 기동이는 '눈이 오니 기차깨끼(기차놀이)하고 놀자'고 재차 꼬드긴다. 밖에는 눈이 오고 동무가 부르고 실은 아무리 감아도 끝나지 않아서 노마는 마음이 분주하다. 기동이가 눈사람을 만들며 놀자고 재차 부르자 노마의 마음은 온통 밖에서 기다리는 동무에게 있다.

아무리 기다려도 노마가 나오지 않자 기동이는 자리를 뜬다. 다시 영이가 와서 눈사람을 만들며 놀자고 노마를 불러낸다. 노마는 실 감는 일을 돕느라 나오지 못하고 흥흥거린다. 기다리던 영이도 돌아가고 똘똘이가 찾아와 노마를 불러낸다.

노마집 들창 박게 똘똘이가 노마를 기다리고 섯습니다. 기다려도 노마는 아니 나오고 방 안에서 노마가 흥흥거리는 소리만 납니다.

"흥흥, 난 실 고만 붓잡을 테야. 암만 감어두 끄치 업는걸 뭐."

"실 감다 고만두면 어떡허니, 잔깐만 참어라. 그럼 내 귤 세 개 사 줄게."

그러나 방 안에서 노마는 더욱 흥흥거립니다.

"난 그까진 귤 실허. 세 개두 실혀. 열 개 백 개두 실혀. 암만 감어두 끄치 업는걸, 흥 흥 흥…."

-「암만 감어두」, 위의 신문. -

동무들이 번갈아 불러낼 때마다 노마는 좀이 쑤신다. 마지못해 실감는 일을 돕지만 마음은 콩밭에 있다. 밖으로 나가고 싶어 칭얼거리는 노마에게 일을 시키는 주체[12]는 귤을 주겠다며 환심을 사려 한다. 처음 기동이가 불러낼 때에는 한 개로 꼬드기다 영이가 불러낼 때는 두 개로, 똘똘이가 불러낼 때에는 세 개를 사 주겠다고 한다. 실을 아무리 감아도 끝이 날 기미가 없자, 노마는 귤을 열 개, 백 개 사 줘도 싫다며 훙훙거린다. 귤은 겨울철 주전부리로 인기가 있다. 지금은 생산량이 풍부해 흔한 과일이 되었지만 일제 강점기엔 아무나 마음대로 먹을 수 없는 귀한 과일이었다. 동무들과 밖에서 뛰어놀고 싶은 노마는 귤을 백 개 주어도 싫다고 항변한다. 귤이라는 물질의 이득보다 당장 동무와 어울려 놀고 싶어 하는 동심의 승리를 구가한 작품이다.

「내가 제일이다」는 어린이들의 심리 묘사를 잘 반영하고 있는 작품이다. 노마가 무서움을 참고 축대에 가장 먼저 올라가 외치자 기동이와 똘똘이도 두려움을 이기고 따라 올라와 외친다. 동무들 중 제일이 되고 싶은 노마는 마침내 높은 축대에서 뛰어내리기까지 한다. 겁을 내던 기동이와 똘똘이도 노마를 따라 뛰어내린다. 두려움을 극복한 그들은 모두 세상에서 제일이 되고 영웅이 된다.

> 노마가 돌축대 우에 올라섯습니다. 노마는 무척 키가 커젓습니다. 축대 아래 기동이가 조그마케 눈 아래로 보입니다. 똘똘이도 그러케 눈 아래로 보입니다. 노마는 팔을 처들고 소리칩니다./―내가 제일이다. 어림업구나.
>
> 기동이가 아래서 처다봅니다. 똘똘이도 거기서 처다봅니다. 모두 노마를 으뜸으로 보는 얼굴입니다. 노마는 더 팔을 처들고 소리칩니다. 마침내 기동이도 제일이 되고 시퍼젓습니다. 신을 벗고 돌축대를 기어 올라갑니다. 발 놀 데를 더듬고 손잡을 데를 골르고 한 층을 올라갑니다. 두 층을 올라갑니다. 셋 층 넷 층을 올라갑니다. 기동이는 돌축대를 다 올라갓습니

12) 일을 시키는 이가 어머니인지, 할머니인지 나타나 있지 않다.

다. 다 올라가서 팔을 처들고 소리칩니다./ —내가 제일이다. 어림업구나.

–「내가 제일이다」, 『현덕 동화선집』, 17쪽. –

이 작품은 노마, 기동이, 똘똘이가 벌이는 '축대 위에 올라서기'와 '축대에서 뛰어내리기' 놀이를 소재로 지순한 동심의 세계를 형상화한 작품이다. 뽐내고 싶어 하는 동심과 어려움에 포기하지 않고 도전하는 희망의 메시지가 독자들에게도 미소를 던져 준다. 위기 속에서도 스스로 자존감을 회복하는 동심의 승리가 섬세하게 그려져 있다. 아이들의 놀이를 통해 일제 강점기 조선의 현실에 대한 섬세한 자의식을 표출하고 있다.

작가는 자신이 제일이라고 뽐내고 싶은 아이들이 제각기 축대 위에 올라가고, 또 뛰어내리는 모습을 통해 "모두 똑같이 제일"이 되는 과정을 그들의 행동 언어로 경쾌하게 그려 내고 있다. 구술성에 바탕한 반복, 점층의 문체는 아이들의 동심을 효과적으로 드러내는 데 이바지하고 있다.

그러나 노마는 그대로 고만둘 수가 없습니다.

"그럼 나 머리 조금만 만져 볼게."

"일없어. 일없어."/ "그럼 꽁지 조금만."

하고 노마는 기동이의 바지 앞에 나온 강아지 꼬리를 만지려고 손을 내밀엇습니다. 허지만 기동이는/ "안 된데두. 안 된데두."/ 하고 손을 내저며/ "난 안 물어두 너이들은 막 물걸. 괘나 물리면 큰일 날라구."/ 하고 아무도 얼신을 못하게 하고 기동이는 강아지를 혼자만 가지고 놉니다./ 그러나 노마는 아주 가지고 놀고 싶어 하는 얼굴로 그 앞을 떠나지 못합니다.

–「강아지」, 『현덕 동화선집』, 74~75쪽. –

「강아지」는 현덕이 동아일보에 1939년 3월 5일부터 3월 12일까지 연재한 동화이다. 「내가 제일이다」에서 모두가 제일이 된 아이들이, 「강아지」에서는 그렇지 못하다. 아버지가 사 준 강아지를 독차지하고 있는 기동이 앞에서 아이들은 왜소해진다. 기동이의 눈치를 살피며 허락을 받아 한번만 만져 보는 것이 소원이다. 어른의 눈에는 지극히 사소한 일도 아이들에게는 세상이 끝나는 것처럼 큰 짐으로 다가오기도 한다. 아주 미미한 일이 상황과 조건에 따라 모두 같아지기도 하고 전혀 달라지기도 한다. 이 동화는 평등과 경쟁의 문제를 아이들의 일상을 통해 자연스럽게 그려내고 있다. 현덕 동화에서 제시하는 현실 인식이 명료하게 표현되는 대목이다.

> 강아지는 또 정말 산양개처럼 풀섶을 헤치며 킁킁 냄새를 맡습니다. 날라가는 새를 쫓아 뛰어가기도 합니다. 노마도 가치 뛰엇습니다. 그리고 강아지가 풀삷을 헤치며 냄새를 맡는 때는 노마는 막대기 총을 어깨에 메고 눈을 찌긋이 건양을 하며 즘생이 뛰어나오기를 기대리엇습니다./ 그러케 얼마던지 노마는 강아지하고 놀아도 아무도 뭐라지 안헛습니다. 기동이는 강아지보다 자전거가 더 조앗고 그리고 다른 아이들도 그랫습니다./ 노마는 아주 강아지하고 친한 동무가 되엇습니다.
>
> – 위의 책, 85~86쪽. –

순수한 놀이의 세계에서는 또래 모두가 정다운 동무가 되기도 하지만 상품이 개입될 때의 상황은 달라질 수 있다. 「강아지」는 순구한 동심의 세계와 성인의 세계를 보고 배운 자본주의의 그림자를 대비시켜 두 세계의 차이를 부각시키고 있다. 강아지란 생명체를 기동이네가 구매한 상품으로 인식할 때 노마와 아이들은 강아지한테 얼씬도 못한다. 강아지는 오직 기동이만의 독과점 상품이다. 강아지가 장난감 상품이 아니라 함께 노는 동무가 되었을 때 비로소 노마는 강아지와 우정을 나눌 수 있게 된다.

> "누가 너 가지고 놀라고 사 온 강아진 줄 알어. 우리 아버지가 아주 돈

석 만히 주고 사 온 강아진데."

하고 노마 손에서 강아지를 빼아서 갓습니다./ 노마는 아주 멀쑥해지고 말엇습니다. 여전히 강아지와 가치 마당을 돌며 뛰노는 기동이 모양을 아주 섭섭한 얼굴로 구경만 하고 섯습니다./ 한참 구경만 하다가 노마는 한칭 아주 쓸슬한 얼굴을 하고 자기 집을 향해 고기를 숙이고 갓습니다.

- 위의 책, 77~78쪽. -

강아지 같은 동물을 지금은 반려동물이라 부르며 한 가족처럼 지내지만, 장난감처럼 여기던 시절에는 애완동물이라고 불렀다. 강아지가 상품으로 취급되는 아이들의 놀이 세계에서는 그렇지 않다. 상품을 구입하여 소유한 아이와 그렇지 못한 아이 사이에는 위계질서가 발생하기 마련이다.

「고무신」에서 영진이는 전래동화의 장면을 반복하며 내면화하는 과정을 통해 외로움과 따돌림을 위로받는다. 「강아지」에서도 마찬가지다. 현덕 동화의 등장인물들은 자신들이 처한 현실적 어려움을 그들에게 친숙한 전래동화나 환상 혹은 상상을 통해 해결한다.

Ⅲ. 나오는 말

현덕은 일제 강점기 당 시대 현실을 진솔한 동심의 프리즘으로 조명하여 문학 예술로 승화시킨 작가이다. 그는 어린이들의 눈높이로 동심을 해석하여 가장 어린이다운 발상으로 당 시대 현실을 묘사했다. 어린이들은 친구들과 어울려 놀이를 즐기는 것을 좋아한다. 특히 유아일 때는 소꿉놀이로 대표되는 역할놀이나 가작화 놀이로 대표되는 상상놀이를 좋아한다.

현덕은 그의 동화에 노마, 영이, 기동이, 똘똘이를 등장시켜 역할놀이를 즐기게 했다. 또한 상상놀이와 가작화 놀이를 통해 고난과 역경을 극복해 내는 어린이의 특성을 잘 그려 내고 있다. 아이들은 역할놀이를 통해 하나의 상황에서 다양한 경험을 체험해 봄으로써 자신의 가치와 의견을 보다 분명하게 해 주는 문제 해결력을 기를 수 있다.

현덕 동화에 등장하는 아이들은 현실의 어려움을 역할놀이와 상상놀이를 통해 헤쳐 나가고 있다. 긍정적인 상상력은 두려움도 떨쳐 낼 수 있고 할 수 있다는 자신감을 안겨 준다. 현덕은 등장인물들이 펼치는 놀이를 통해 동심의 역동성을 구가하고 있다. 그는 또 동심의 핍진성을 담보로 일제 강점기의 지난한 현실을 극복하려 했다. 가정이나 학교로부터 소외된 현덕 동화 속 어린이들은 순정하지 못한 어른들의 세계를 비판적으로 성찰하는 계기를 마련해 준다. 그의 동화에 나타난 순진무구한 동심은 암울하고 모순된 시대 현실을 직 · 간접적으로 드러내는 장치로 작용했다.

현덕이 창작한 동화에는 경쾌하고 발랄한 동심의 세계가 부각된다. 그의 동화는 주로 〈소년조선일보〉에 발표되었고, 소년소설은 〈소년〉에 발표하였다. 1930년대 말은 일제의 극심한 탄압 속에서 문학 그 자체가 위협받는 암흑의 시기였다. 이때 집중적으로 발표된 현덕의 아동문학은 고난의 암흑기를 이겨 나가는 하나의 방법이었고 시대의 어둠을 관통할 수 있는 터널이었다. 현덕의 동화는 프로 문학의 이념지향주의를 넘어 아이들의 구체적 일상을 서사했다. 그는 일제 말 암울했던 우리 문학의 토양을 보다 풍요롭게 하는 데 크게 기여했다.

현덕은 어린이의 심리를 체득하고, 쉽고 간결한 문체로 어린이들이 즐기는 놀이를 동화라는 그릇에 담아내었다. 그가 월북하지 않았더라면 더 맛깔나고, 동심을 꾸밈없이 조탁한 동화들을 더 많이 만날 수 있었을 것이라는 확신이 아쉬움의 잔영으로 남는다.

저자 소개

박상재(朴尙在)

전북 장수에서 태어나, 단국대학교 대학원 국어국문학과에서 문학박사(현대문학) 학위를 받았다. 한국일보 신춘문예에 동화가 당선되어 동화작가가 되었다. 제6차, 7차 초등학교 국어 교과서 집필 및 심의위원으로 일했다.

한국아동문학학회 회장, 단국대학교대학원 외래교수 등을 지냈고, 현재는 한국글짓기지도회 회장으로 활동하며 아동문학 전문지 〈아동문학사조〉를 발행하고 있다.

한국아동문학상, 방정환문학상, PEN문학상, 이재철아동문학평론상 등을 받았다.

그동안 『원숭이 마카카』, 『개미가 된 아이』, 『잃어버린 도깨비』 등 100여 권의 동화책과 『한국창작동화의 환상성 연구』(집문당), 『한국동화문학의 탐색과 조명』(집문당), 『동화창작의 이론과 실제』(집문당), 『한국동화문학의 어제와 오늘』(청동거울), 『한국 대표아동문학가 작가 · 작품론』(도담소리) 등의 아동문학 이론서를 냈다.

[주요 저서]

『한국 창작동화의 환상성 연구』

문화관광부 우수학술도서

저자의 문학박사 학위 논문이 수록된 이론서로 제1부에서는 1920년대부터 1980년대까지 발표된 창작동화들을 분석하여 환상 동화를 많이 쓴 작가를 선정한 후, 그들의 작품 속에 내재되어 있는 문학적 특성을 규명하고 분석했다. 제2부에서는 1980년대 아동문학 전문지에 나타난 동화 및 아동 소설의 유형을 분석하고 특성을 파악했다. 제3부는 계평과 서평을 모은 것으로, 1990년대 한국 창작동화에 나타난 여러 양상을 조명했다.

『한국 동화문학의 탐색과 조명』

방정환문학상 수상

한국 최초의 창작동화를 쓴 마해송, 꿈의 상징성을 동화로 풀어낸 강소천, 한국 환상동화의 개척자 김요섭, 동심적 페미니즘을 구현한 이영희, 전통문화와 토속성을 추구한 이준연, 판타지의 지경을 확장한 최효섭, 동화를 구원의 문학으로 접근한 정채봉, 자연애와 박애사상을 추구한 배익천, 인간성 회복을 추구한 김문홍, 꽃 · 눈물 · 사랑을 주제로 천착한 김병규, 소외된 이웃을 배려한 박성배, 그리움과 기다림을 노래한 강원희, 별의 상징성을 조망한 신동일의 동화를 탐색하고 조명한 평론집이다.

『동화 창작의 이론과 실제』

제1장 「동화의 본질과 특성」에서는 아동문학의 성격과 특성, 동화와 환상성, 동화문학의 형성 배경을 짚어보고 있다. 제2장 「동화의 이론과 실제」에서는 동화의 구성 요소, 환상동화의 분석적 접근, 동화 구조의 미학으로 짜여 있다. 특히 제2장에서는 활발하게 작품 활동을 하고 있는 다양한 작가들의 폭넓은 작품을 예문으로 제시하여 동화 창작에 실질적으로 도움을 주도록 구성한 이론서이다.

『한국 동화문학의 어제와 오늘』

이재철아동문학평론상 수상

한국 동화문학의 기틀을 마련한 이주홍, 김성도, 최태호를 비롯하여 1960년대 동화 문단을 창출해 갔던 조대현, 권용철, 유여촌, 70년대 동화문학을 주도해 갔던 강준영, 손춘익, 강정규, 1980~90년대 동화문학을 힘차게 이끌어 갔던 이금이, 김자환, 1990년대에 등단하여 2000년 이후에 활발한 작품 활동을 하고 있는 김향이, 심상우, 이성자, 정진, 홍종의, 함영연, 김경옥, 이지현, 서석영 등 다양한 작가들의 삶과 문학을 다루었다.